삼대록계 국문장편소설

유씨삼대록

3

역주자 김지영(金志映)은 서강대학교 국문과를 졸업하고 동 대학원에서 석박사 학위를 받았다. 현재 서강대와 경기대 등에서 글쓰기 및 전공 강의를 하고 있다. 『근대적 글쓰기의 제도화 과정과 변환 양상 연구』로 박사 학위를 받았으며 저술한 논문으로는 「조선시대 애정소설에 나타난 사랑과 성」, 「홍대용의 『의산문답』을 통해 살펴본 한국 생태 사상의 가능성」, 「신소설을 둘러싼 담론적 논쟁들」이 있다.

이화한국문화연구총서 9

유씨삼대록 3

초판 인쇄 2010년 2월 20일 **초판 발행** 2010년 2월 25일

역주자 김지영 **펴낸이** 박성모 **펴낸곳** 소명출판 **출판등록** 제13-522호

주소 서울시 서초구 서초동 1621-18 란빌딩 1층

전화 02-585-7840 **팩스** 02-585-7848 **전자우편** somyong@korea.com **홈페이지** www.somyong.co.kr

값 24,000원

ISBN 978-89-5626-452-3 93810
ISBN 978-89-5626-445-5 (세트)

이 저서는 2005년 정부의 재원으로 한국연구재단의 지원을 받아 수행된 연구임(KRF-2005-078-AS0041)

이화한국문화연구총서 9

삼대록계 국문장편소설

유씨삼대록 3

김지영 역주

소명출판

| 일러두기 |

가. 현대어역 및 주해

1. 현대어 번역문은 한글 맞춤법 체계에 의거해 자연스러운 현대 한국어 문장이 되도록 하였다.
2. 띄어쓰기와 관련해 한 인물에 대한 관직명이 연달아 나올 때는 붙여 썼다.
3. 띄어쓰기와 관련해 '공'이나 '부인'과 같은 호칭이 성(姓)과 연이어 나올 경우, 원래는 띄어 써야 하나 독서의 편의를 위해 예외적으로 붙여 썼다.
4. 현대어로 번역한 표현이 작품 원문의 형태와 많이 달라졌을 경우, 각주에서 원문의 표현을 밝혔다.
5 현대어로 번역한 본문에서 어려운 한자어는 한자를 병기했다.
6. 판독(判讀)이 어려운 어휘나 문장은 이본을 참조하여 보완하고 주석을 달아 그 사실을 밝혔다.
7. 이본을 참조해도 판독이 어려울 경우 그 사실을 각주에서 밝혔다.
8. 면이 바뀔 때는 바뀐 부분 첫 글자 위에 방점(˙)을 찍고 원문의 면수를 표시하였다.
9. 주해는 다음과 같은 경우에 하였다.
   1) 관직명, 인명과 같은 고유명사.
   2) 전고(典故)가 있는 한자어 및 지금은 사용하지 않는 한자어.
   3) 어학적 주석이 필요한 근대 국어 어휘나 표기 체계.
   4) 등장인물 및 그들 간의 관계, 앞 줄거리를 환기시킬 필요가 있을 경우.
10. 주석의 표제어는 현대어로 번역한 본문을 대상으로 하였다.
11. 문장 부호의 사용은 다음과 같다.
   1) 큰 따옴표(" ") : 직접 인용, 대화, 장명(章名).
   2) 작은 따옴표(' ') : 간접 인용, 인물의 생각, 독백.
   3) 『 』: 책명(冊名).
   4) 「 」: 편명(篇名)
   5) 〈 〉: 작품명
   6) ( ) : 한자어의 한자를 드러낼 경우.
   7) [ ] : 표제어와 그 한자어의 음이 같은 경우는 '( )'를, 음이 다른 경우는 '[ ]'를 사용함.
   8) { } : 원문 표현을 그대로 옮긴 경우.

나. 원문

1. 현대 맞춤법 체계에 의거해 띄어쓰기를 했다.
2. 한자는 병기하지 않았다.
3. 면이 바뀌는 곳은 면수 표시를 했다.
4. 판독이 불가능한 경우에는 □ 표시를 했다.

유씨삼대록 해제

『유씨삼대록』은 일찍이 『열하일기』에 소개되었듯 18세기 초반에 창작되어 널리 향유된 국문장편소설이다. 『유효공선행록』의 후편으로서 연작형 삼대록계 국문장편소설의 선편을 잡은 이 작품은 삼대록계 소설의 전형적인 구조를 갖추고 있으면서 상층 중심의 품격 높은 취향을 잘 보여준다.

『유씨삼대록』은 널리 향유된 작품인 만큼 현재 40여 종의 이본이 전한다. 그 중에서도 20권 20책의 국립중앙도서관본은 완본일 뿐만 아니라 여러 완본들 가운데서도 가장 표현이 풍부하고 다채롭다. 분량도 같은 20권 20책인 한국학중앙연구원본보다 수십 만 자 정도나 더 많다. 따라서 이 책에서는 국립중앙도서관본을 선본(善本)으로 보고 이를 현대어로 옮겼다.

『유씨삼대록』은 유씨 가문 주요인물들의 이야기가 3대에 걸쳐 유장하게 펼쳐진다. 『유씨삼대록』 안에서 1세대라 할 수 있는 유백경, 유우성

형제 등에 관한 이야기, 2세대인 유세기, 유세형 형제 등에 관한 이야기, 3세대인 유관, 유현 형제 등에 관한 이야기가 비슷하면서도 다양한 변주를 보이면서 전개되고 있다. 그 중에서도 '세'자 돌림 항렬인 유세기, 유세형, 유세창, 유세경, 유세필 그리고 설영, 현영, 옥영 등의 부부 이야기가 중심이 되어 펼쳐진다.

정인군자와 요조숙녀가 만나 별 갈등 없이 잘 살아가는 부부, 미리 약혼한 정혼자가 있음에도 불구하고 부마로 간택되어 공주와 혼인하게 됨으로써 숱한 갈등을 겪는 부부, 요조숙녀인 아내보다 뒤늦게 만난 활달한 여협(女俠)의 아내를 사모함으로써 갈등을 겪게 되는 부부, 서로 간에 별다른 결함이 없는데도 성격이 맞지 않아 갈등을 겪다가 죽을 고비를 넘기고서야 화합하는 부부, 시계조모(媤繼祖母)로 인해 정실 자리를 빼앗기기까지 하며 온갖 구박을 받다가 시계조모를 감화시킴으로써 비로소 함께할 수 있는 부부, 호탕한 성품의 남편이 강렬한 성품의 아내의 기를 꺾으려고 온갖 구박을 하다가 아내가 죽을 고비를 겪고서야 화합하는 부부 등 다양한 혼사장애담이 펼쳐진다. 이는 『유씨삼대록』이 가문의 창달과 번영에 관한 이야기로 한정되지 않고 인생살이의 다채로운 모습을 밀도 높게 보여줌으로써 '인생총서(人生叢書)'로 기능하고 있음을 보여준다.

특히 여타의 국문장편소설에서 주요인물들이 수복을 누리는 것과는 달리 『유씨삼대록』에서는 주요인물들이 요절하는 양상을 통해 죽음에 관한 문제를 집중적으로 조명하고 있다. 『유씨삼대록』을 '진양공주전'이라 평가하기도 할 만큼 살아서나 죽어서나 유씨 가문을 수호하면서 가장 전인적인 인물로 그려지는 진양공주가 25세에 요절하며, 남성인물들 중 가장 비중 있게 그려지는 인물인 진양공주의 남편 유세형이 48세에 요절하는 등 가문구성원들의 때 이른 죽음이 집중적으로 부각된다. 이밖에도 여타의 국문장편소설에서 대개 80세를 향유한 뒤 저 세상으로 가는 주요 인물들과는 달리, 40~60세의 나이에 죽음을 맞이하는 가문구성원들에 관한 이야기가 빠짐없이 비중 있게 서술되고 있다.

이를 통해 일상적인 죽음의 모습들이 곡진하게 형상화된다. 임종을 목전에 두고 죽어가는 자는 집안의 후원에서 가족들과 담담하게 시를 주고받으며 영원한 이별을 나누지만 다른 가족들은 슬픔을 이길 수 없어 뒤돌아서서 처절히 눈물을 흘리는 대목, 가족들이 손가락을 잘라 피를 내어 죽어가는 부모형제의 입에 넣고 자신의 목숨으로 대신하기를 간절히 빌지만 결국 부모형제는 죽어갈 수밖에 없는 대목, 가족들이 죽어갈 부모형제 앞에서 낮에는 억지로 웃음을 짓지만 밤에는 그 옆에 번갈아가며 잠을 자면서 남몰래 눈시울을 적시는 모습 등 죽음과 관련한 사소한 일상들이 섬세하게 그려진다. 『유씨삼대록』은 과장되지 않은 실제적인 삶의 모습을 충실히 재현하는 가운데 상층의 품격 높은 삶을 재현한 작품이라 할 수 있다.

더욱이 아픈 몸임에도 불구하고 친구가 관복을 입고 찾아보면 억지로 몸을 추슬러 관복을 입고 맞이하는 모습, 기운이 다해 죽어가는 찰나에 황제가 내림하면 관복을 이불 위에 덮고서 황제를 영접하는 모습, 장례식 때 황제가 조문 오면 죽은 사람의 명정(銘旌)을 내려 절하게 함으로써 황제에 대한 예를 다하는 모습 등 세세한 대목에서 당대의 예법을 충실히 재현하려 애쓰고 있다. 『유씨삼대록』은 현존하는 국문장편소설 중 당대 상층의 삶에 가장 밀착되어 있는 가운데 이를 격조 높게 형상화한 작품은 아닐까 생각한다.

이렇듯 의미심장한 작품일 뿐만 아니라 분량이 워낙 방대하기에 2005년부터 현대어 번역을 시작하여 2010년에서야 비로소 그 결실을 맺을 수 있게 되었다. 처음에 번역은 1권~9권은 한길연이, 10권~17권 79면은 김지영이, 17권 80면~19권은 한길연이, 20권은 정언학이 담당하였다. 이 과정에서 수십 차례의 회의를 통한 상호 검토와 교정이 있었다. 이후 이를 총 4책의 현대어본으로 출간할 계획을 세우면서 1책(1~5권)과 2책(6~10권)은 한길연이, 3책(11~15권)은 김지영이, 4책(16~20권)은 김지영, 한길연, 정언학이 다시 재검토를 하면서 수차례의 상호 교정 작업을 거쳤다.

아직도 한두 가지 미결로 남은 부분이 없는 것은 아니지만, 본 작업이 많은 사람들에게 『유씨삼대록』과 같은 걸작을 널리 알릴 수 있는 소중한 발판이 되었으면 한다. 그리하여 우리 고전에 대한 새로운 인식의 전환을 마련하는 데 작은 디딤돌이 되기를 기대한다.

2010년 1월

한길연

◎ 유씨삼대록 3

차례

현대어역

원문

유 씨 삼 대 록

11권

1 차설(且說).[1] 태자사인(太子舍人)[2] 유현[3]이 강정(江亭)[4]으로 내쫓겼는데 이 강정은 도성 남문(南門) 밖 20리에 있었다. 앞으로 구교강이 있고 뒤로는 금화산(金華山)이 있어 경치가 빼어나므로 진공은 이 경치를 사랑하여 이곳에 채색 단청으로 꾸며진 1천여 칸의 정자를 지어놓았다. 다락은 하늘에 닿을 듯하고 백옥 기둥은 붉은 모래 바위에 박혀 있었으며 푸른 박공과 아로새긴 기둥은 강물 가운데서 밝게 빛나고 있었다. 이미 궁관과 집안 일꾼이 이곳을 지키고 수호하고 있었으나 진궁에서 50여 리 떨어진 곳이라 서로 간의 거리가 요원하고 산천이 길게 막혀 왕래가 드물었다. 사인은 태어난 후 한 번도 문 밖을 나선 적이 없어 아는 곳이라고는 상부(相府)[5]와 진궁뿐이었다. 평생을 부귀와 편애 속에 자라다가 이처럼 엄한 꾸지람을 받고 교외로 내쳐지니 슬픈 마음을 금할 길이 없었다. 이렇게 조부모, 부모를 떠나고 여러 형제를 보지 못할 것을 생각하니 마음속에 뉘우침이 가득하여 종일 넋 나간 듯이 당 위에 누워있을 뿐이었다. 그러자 이곳을 지키던 궁감(宮監)이 사인에게 나아가 고하였다.

2 "공자께서 여기에 처음 오셨으니 이곳을 지키는 일꾼들이 만나 뵙고 술잔을 올리겠다고 합니다."

사인이 말했다.

"내 기운이 편치 않으니 조알(朝謁)[6]은 천천히 하기로 하자. 주공도 안

---

1) 차설(且說) : 화제를 돌릴 때 쓰는 말. 각설(却說)이라고도 함.
2) 태자사인(太子舍人) : 태자를 가까이에서 모시는 벼슬.
3) 유현 : 진공 유세형과 진양공주 사이에서 태어난 둘째 아들.
4) 강정(江亭) : 별장의 일종으로 보임.
5) 상부(相府) : 재상의 관사(官舍)를 말함. 여기서는 유현 자신의 집안을 말함. 유현의 조부(祖父)인 유우성이 승상(丞相)이기 때문임.
6) 조알(朝謁) : 조정(朝廷)에서 임금을 만나 뵌다는 뜻인데, 여기서는 아랫사람들이 자신의 주인을 찾아 뵙는다는 의미 정도로 쓰임.

계신 때에 내가 어찌 감히 조알을 받겠느냐?"

그런 후 마지못해 방 안을 살피니 상아로 된 침상과 호박으로 만든 베개에 비단 옷을 가지런히 차려 입은 절색의 미녀 한 쌍이 향을 피우고 차를 받든 채 명을 기다리고 있었다. 생이 물었다.

"너희들은 어떤 사람인데 이곳에 있느냐?"

그러자 두 여자가 대답했다.

"저희들은 진양 땅의 창기들입니다. 이 강정이 너무 외지고 멀리 떨어져 있는 까닭에 유씨 부중(府中)[7]의 여러 어르신들께서 구경 오시면 반드시 두어 날씩 머물다 돌아가시므로 궁관이 저희들을 가려 준비하게 하셨습니다. 가까이 하시거나 안하시는 것은 어르신들 마음이지만 전례는 폐하지 못하므로 궁관이 보내어 이렇게 왔나이다."

사인은 고개를 끄덕인 후 다 물러가라 하였다. 그 후에는 자기가 데려온 시동(侍童) 왕경과 정홍에게 심부름을 시키며 다시 여자들을 가까이 부 3
리지 않고 오로지 글만 읽었다. 밤이 깊은 후 침상에 나아가 생각하니 장씨가 저지른 일이 너무 공교롭고 간사하여 전고에 듣지 못한 바이며 전기, 계영 등이 그에 상응한 것도 진실로 측량치 못할 장난 같았다. 사인은 자기의 무지하고 과격한 점이 너무 부끄러워 탄식하며 말했다.

"내가 당초 여색에 마음을 두어 예의에서 벗어난 서간과 상사의 마음 때문에 병이 된 것은 죽어도 아깝지 않을 일이지만 이미 취한 후에는 공평히 제가를 하여 진정케 하고자 했더니 공평했던 것 때문에 도리어 집안에 환란을 일으켰구나. 한낱 나의 탓이 아니라 집안의 운수와 관

---

7) 부중(府中) : 부(府)라는 행정구역의 안이나 재상이 집무하던 관아 혹은 높은 벼슬아치의 집안을 말함.

계된 것이니 그만두고자 하여도 어찌 면할 수 있었겠는가? 다만 장씨를 들인 것은 내 탓이니 앞으로는 분수를 지켜 이 허물을 반드시 고치고 말리라."

이렇게 마음을 먹은 사인은 그 후로부터 성현의 글을 읽으며 행실을 닦고 육례(六禮)[8]를 익혀 마음을 잡으며 그렇게 세월을 보내었다. 그러나 점
4 점 마음이 답답해지자 부친의 애정을 생각하고는 눈물을 흘리며 점점 먹고 마시는 일이 줄어들었다.

이렇게 벌써 수개월이 지나자 부모를 그리워하는 마음이 날이 갈수록 심해졌다. 궁관이 아침저녁으로 모시며 산천 경치의 기이함을 고하고 유람하기를 청하였으나 사인은 허락하지 않으며 이렇게 말했다.

"내 꾸지람을 받고 내쳐진 자식이 되어 아침저녁 문안을 폐하고 부모님 슬하를 떠나온 지 오래인데 어찌 산천경개를 유람할 홍이 나겠느냐?"

하루는 홀로 중당 관천루(觀天樓)에 올라가 설경을 보는데 시절이 바야흐로 음력 십이월[9]이었다. 고목은 하늘을 찌를 듯하고 강물에는 맑은 얼음이 얼었으며 흰 눈이 높이 쌓여 정자를 덮고 있었다. 이는 곧 시에 이른바 '하늘은 차고 눈 덮인 오막살이집 가난하다.'[10]한 것과 같았다. 뜰 안에 사람이 끊기니 사립문에는 개 짖는 소리가 없었다. 문득 서글프고 즐

---

8) 육례(六禮) : 인론(人論)의 여섯 가지 예법. 『예기(禮記)』「왕제(王制)」 편에서는 관례(冠禮)·혼례(婚禮)·상례(喪禮)·제례(祭禮)·향례(饗禮)·상견례(相見禮)를, 『주례(周禮)』『춘관(春官)』 조에는 제후(諸侯)가 4계절과 수시로 천자를 배알(拜謁)하는 예로서 조례(朝禮 : 봄)·종례(宗禮 : 여름)·근례(覲禮 : 가을)· 우례(遇禮 : 겨울)·회례(會禮 : 수시)·동례(同禮 : 일제히)를 육례로 들었음.

9) 음력 십이월 : {납월(臘月)}. 음력 십이월, 섣달을 가리킴.

10) 하늘은 ~ 가난하다 : {텬한빅옥빈[天寒白屋貧]}. 중국 당(唐) 나라 때 시인인 유장경(劉長卿)의 시 〈봉설숙부용산(逢雪宿芙蓉山)〉의 한 구절. 전문은 "날 저물어 푸른 산은 먼데 하늘은 차고 눈 덮인 오막살이집 가난하다. 사립문 밖의 개 짖는 소리 눈보라치는 이 밤 누가 돌아오는고[日暮蒼山遠, 天寒白屋貧, 柴門聞犬吠, 風雪夜歸人]."

겁지 않은 마음이 든 사인은 좌우로 하여금 한 장의 종이를 내오라 하여 부모를 그리워하는 마음과 지난 일을 뉘우치는 내용의 칠언율시(七言律詩)를 썼다. 그것을 학사인 유관[11]에게 보내니 말뜻이 매우 구슬프고 글재주가 사람을 놀라게 했다. 학사는 이 글을 보고 눈물을 흘리며 깊이 슬퍼
했으나 감히 부친께 고하지는 못하고 모여 있던 친척 어른들께 애걸하며 5
현을 용서해주시길 청했다. 여러 공들은 비록 조카를 사랑했으나 그 허물은 꾸지람 받는 것이 마땅한지라 아직 허물을 고칠 동안 그대로 내버려두라고 하였다. 장부인[12]도 공에게 여러 번 간절히 호소했으나 공이 듣지 않으며 말하기를 "이는 현을 사랑하는 것이 아니라."하였다. 부인은 감히 다시 청하지 못하고 오직 탄식할 따름이었다.

이러구러 다음 해 신정을 당하여 혜의 남매가 어머님을 모시고 장부에 세배하러 가니 학사가 홀로 영주소저와 함께 돌아가신 어머니를 추모하다 사인을 생각하고 남매가 서로 보며 눈물로 옷을 적시고 있었다. 진공이 공주 사당에 절하고 내려오다가 소저 남매가 슬퍼하는 것을 보고 놀라 그 까닭을 물었다. 학사가 급히 눈물을 거두고 손을 가지런히 맞잡은 채 대답하지 못하자 소저가 눈물로 흐느끼며 말했다.

"세월이 유수와 같아 어머님을 여읜 지 거의 10년이 되었습니다. 신정을 당하여 여러 형제들이 어머니를 모시고 즐거운 시간을 보내는 것을
보니 소녀 남매만은 홀로 세상이 무너질 듯한 슬픔이 날로 새로운데 6
살아 있는 둘째 형조차 떠나 있으니 슬퍼 그렇습니다."

말을 마치자 소저의 얼굴에 눈물이 가득하였다. 공이 매우 감동하여

---

11) 학사인 유관 : 사인 유현의 형.
12) 장부인 : 사인 유현의 모친. 죽은 진양공주가 유현의 친모이고 장부인은 또 다른 어머니가 됨.

안색을 고치고 딸아이를 위로하며 말했다.

"현의 죄가 중하여 용서하기 어려운 탓에 한 2~3년을 내쳐 징계하고자 했으나 너희들의 사정이 가련하여 안 되겠구나. 내 용서할 터이니 마음을 편히 하여라."

이 말에 소저 남매는 삼가 감사하며 감격을 이기지 못했다. 공이 즉시 사람을 보내어 사인을 불렀다.

사인은 진부를 떠난 지 수개월이 지나 밤낮으로 그리운 마음을 이기지 못하고 있었다. 그러다 부친인 진공의 부르심을 받고는 거듭 절하며 감사하고 즉시 돌아와 부친께 죄를 청했다. 공이 불러서 보니 생의 기색이 수척하고 용모가 초췌하여 근심했던 모양이 겉으로 나타나 있었다. 사인이 황공하여 공손히 삼가며 조심하길 마지않으니 공은 부자의 정이 불현듯 맹렬히 일어남을 느꼈다. 공은 사인에게 위로 올라오라 하여 그 손을 잡고 말없이 한참 동안을 생각하다가 탄식하며 말했다.

"네가 이제는 허물을 고쳤느냐?"

7 이때 사인은 꾸짖는 말씀이 내릴까 두려워하고 있다가 부친의 반기시는 기색과 용서하시는 말씀이 이처럼 부드럽고 온화한 것을 보고 깜짝 놀랐다. 이렇게 가까이 앉히고 따뜻이 대하시는 빛은 장씨를 얻은 후 3년 만에 처음이었다. 사인은 본래 남보다 효심이 뛰어난데다 아버지의 편애를 받아 재롱떨며 사랑하는 것이 예사 부자간이 아니었다가 이렇듯 오랜만에 그 온화한 말씀을 들으니 갑자기 슬픈 마음이 일어났다. 눈물이 잇달아 옷섶에 비처럼 떨어지자 생은 능히 참지 못하고 공의 무릎에 엎드려 겨우 대답했다.

"소자가 착한 행실이 없어 전후로 득죄함이 무겁습니다. 어쩌다 요사스런 여자를 얻어 집안을 어지럽히고 아버님의 교훈에 욕을 먹였으니 부끄럽기 그지없습니다. 이제 제 허물이 얼마나 큰지 깨달았으니 어찌 다시 두 번 죄를 범하겠습니까?"

공은 그 등을 어루만지며 어여삐 여겼다. 그리고 깊이 경계하며 좋은 말로 타일렀다. 사인은 평생 한이 없어 거듭 절하며 감사하고 물러나왔다. 사인이 학사와 함께 손을 잡고 반기며 또한 누이를 찾아보고 함께 유부에 나아가 일가친척들을 뵈오니 모두 반기며 훈계하여 이후엔 집안을 어지럽히지 않기를 당부하였다. 8

사인은 다음날 밤부터 영하전에서 공을 모시고 자며 10여 일 동안 학사와 함께 헤어져 있던 정을 나누었다. 그러나 사인은 시간이 지나도 부인인 양씨의 침소를 찾을 생각이 없었다. 자기가 비록 전날의 허물을 뉘우치긴 했으나 양씨가 깊이 원망하는 것은 아닌가 싶어 마음이 자연히 불편하였기 때문이었다. 게다가 월앵을 베어버리고 모욕을 준 것이 너무 부끄러워 서로 보기 무안하고 고맙다 말하기도 괴로운 까닭에 머리를 숙이고 위로할 뜻이 없어 수개월이 그냥 그렇게 흘러갔다. 진공은 기상이 활달한 탓에 여태까지의 일은 작은 일이라 여기고 사인이 이미 허물을 깨달아 고친 후에는 자연 화락하리라 하여 아는 체를 하지 않았다. 사인이 일생 두려워하고 가장 중히 여기는 바는 부친이었으니 공의 명이 없는 후에야 억지로 할 리가 없었다.

이때 양소저는 한바탕 환란을 겪은 후 사인이 강정으로 내치이자 마음이 평소 같지 않았다. 자기 신세를 생각하니 일마다 순탄하지 못한 것이 너무 슬펐다. 비록 신상의 누명은 벗었지만 더럽게 잡힌 것이 한스러워 사람 보기를 부끄러워하였다. 9

때는 곧 춘삼월 답청일(踏靑日)[13]이었다. 이부인[14] 생일이 다가오자 일가가 모두 모여 큰 잔치를 베풀고 승상(丞相)[15] 부부께 술을 부어 올리며 만수무강하시기를 빌었다. 승상의 다섯 아들은 모두 벼슬이 혁혁하여 자줏빛 도포에 금장식이 찬란했는데 그 중에서도 유상서는 각로(閣老)[16]에 올라 입각(入閣) 대신이 되어 있었다. 승상은 술에 취한 중에도 여러 자손들을 보니 아름다운 마음을 이기지 못하여 부부들로 하여금 쌍쌍이 잔을 잡게 했다. 성의백[17]으로부터 여러 공이 부인과 함께 잔을 받들어 부모님께 바쳤다. 차례가 진공에게 미치자 공은 마음속으로 공주를 생각하며 슬프고 서운했으나 부모를 위한 즐거운 날이라 겉으로 드러내지 않고 기쁘게 장부인과 함께 옥으로 된 술잔을 받들고 나아왔다. 이 모습을 본 승상과 부인이 눈물을 흘리며 말했다.

"오늘 너희 부부가 나란히 서 있는 것이 기쁘지 않은 것은 아니나 홀로 공주의 자취만 없으니 이 슬픔을 어찌 참겠느냐?"

그러자 공이 온화하게 위로하며 말했다.

"세월이 이미 오래 되었고 생사가 서로 다르니 이제 생각하셔도 유익할 것이 없습니다. 원컨대 마음을 편히 하소서."

그런 후 공은 탄식하고 물러났다. 차례로 잔을 올려 학사와 사인의 차례가 되었다. 학사와 사인이 설씨, 양씨와 더불어 쌍쌍이 나아오니 승상

---

13) 답청일(踏靑日) : 봄에 파랗게 난 풀을 밟고 거닐며 들을 산책(散策)하는 날. 당(唐) · 송(宋) 시대(時代) 이후(以後) 중국(中國)의 풍속(風俗)의 하나. 청명절(淸明節)에 교회(敎會)를 산책하며 화조(花鳥)를 즐김.

14) 이부인 : 진공 유세형의 모친이자 승상 유우성의 부인.

15) 승상(丞相) : 승상은 중국의 역대 왕조에서 천자(天子)를 보필하던 최고 관직임. 여기에서 승상은 유현의 조부인 유우성을 말함.

16) 각로(閣老) : 당대(當代)에는 중서사인(中書舍人)의 연공자(年功者)를 가리키는 말이었는데, 명대(明代)에 이르러서는 재상(宰相)을 지칭하는 말로 통용됨.

17) 성의백 : 유현의 큰아버지인 유세기를 말함.

과 부인이 각별히 기뻐하며 사랑스런 목소리로 말했다.

"관은 설씨와 금슬이 화합하여 거칠 것이 없으나 현은 허물을 고친 후에도 지금까지 부부가 모이지 않았다 하니 이 어찌된 일이냐?"

영릉후[18]가 웃으며 아뢰었다.

"자기가 지은 죄가 부끄러워하여 감히 양씨를 찾지 못한 것이니 오늘 합환주를 먹여 저 부부를 모이게 하심이 옳을 듯하옵니다."

승상 또한 웃고 고개를 끄덕이자 영릉후가 양학사 부인을 돌아보고 웃으며 말했다.

"누이가 큰 잔에 술을 부어 먼저 양씨에게 반만 먹게 하여라. 나는 마땅히 현에게 권하는 일을 맡으마."

양학사 부인[19]은 낭랑하게 웃고 나서 곁에 있던 시녀에게 금굴치(金屈巵)[20]를 가져오게 한 후 술잔에 향온주(香溫酒)[21]를 부어 양씨에게 주며 말했다.

"오늘 부모님의 명을 받들어 셋째 형과 내가 스스로 부어 조카를 주는 것이니 이는 희롱하려 하는 것이 아니다. 모름지기 사양 말고 반을 먹고 조카에게 보내어라."

소저가 무릎을 꿇고 잔을 받았으나 얼굴에 홍조가 은은히 비치어 감히
먹지 못했다. 부끄러워하는 태도와 머뭇거리는 거동이 더욱 훌륭하고 뛰 11
어나 밝은 달이 빛을 잃고 온갖 꽃이 색을 빼앗긴 듯하니 이 모습을 본 양상서 부인[22]이 웃으며 말했다.

---

18) 영릉후 : 유현의 작은아버지인 유세창을 말함.
19) 양학사 부인 : 첫째 유현의 고모인 유설영을 말함.
20) 금굴치(金屈巵) : 구부러진 손잡이가 달린 금술잔.
21) 향온주(香溫酒) : 멥쌀과 찹쌀로 빚은 맑은 술.
22) 양상서 부인 : 유현의 둘째 고모인 유현영을 말함.

"셋째 오라버니와 언니는 난처한 일로 사람을 핍박하시렵니까? 여러 사람이 모인 자리에서 아녀자의 담력으로 어찌 술을 먹고 남겨 남편에게 주겠습니까? 마땅히 조카로 하여금 한 잔을 부어 스스로 먹고 다시 부어 양씨를 주는 것이 옳습니다."

그러자 영릉후가 웃으며 말했다.

"누이는 세상일을 모르는구나. 저놈이 근래 씩씩하고 꿋꿋한 체하며 공연히 양씨를 찾지 않으니 정말 밉지 않느냐? 오늘 먼저 양씨에게 먹이고 그 찌꺼기를 저놈에게 먹여 그 어른다운 체하며 자존하던 기운을 꺾게 하려 함이거늘 양씨는 어찌 구태여 시간을 끌어 현이 먹던 나머지를 달게 받으려 하느냐?[23] 빨리 술을 반만 먹고 반은 이리 주거라."

좌중이 웃고 진공 또한 온화하게 웃으며 말란 말이 없으니 소저는 황공하면서도 기쁘지 않았다. 그러나 영릉후의 재촉이 심하므로 마지못해 잔

12 을 들고 짐짓 기울여 술을 남기지 않았다. 큰 잔에 부으면 설마 다 마실까 싶어 소저가 주량이 없는 것으로 생각하고 다 먹지 못하게 하려 함이었는데 양씨가 다 먹는 것을 보고 영릉후가 거짓으로 정색하는 체하며 말했다.

"양씨가 어른의 말을 듣지 않으니 이는 부덕이 아니로구나."

소저는 앉았던 자리에서 물러나 땅에 엎드려 말이 없었다. 진공이 그제야 웃으며 말했다.

"합환주는 아들아이와 며늘아기가 처음 만나던 날 한 것인데 이제 어찌 다시 하겠는가? 셋째 아우가 이제 나이가 쇠하였어도 농담이 줄어들지 않으니 스스로 즐거운 것은 좋지만 그 보채이는 자는 어린 며늘아

---

23) 먹던 ~ 하느냐 : {더공을 감심(甘心)ᄒᆞᄂᆞ뇨}. 이수봉본에 '현으 먹던 남져지를 구ᄒᆞᄂᆞ뇨'로 되어 있어 이를 참조함.

기니 어찌 능히 편안하겠는가? 가히 어른 되기 어렵구나."

영릉후가 크게 웃으며 말했다.

"현이 허물을 뉘우친 후에도 무단으로 양씨를 찾지 않는 것은 괴이한 일입니다. 그래서 금슬을 권하는 것뿐인데 형은 어찌 그것을 그릇되게 여기십니까?"

공이 빙그레 웃음을 머금다가 한 번 시원하게 웃으니 양소저는 더욱 부끄럽고 창피스러웠다. 사인 또한 머리를 숙이고 손을 가지런히 맞잡은 채 부끄러운 기색이 있으니 이는 온전히 전날의 잘못을 뉘우치기 때문이었
다. 승상과 부인이 사인의 손을 잡고 등을 어루만지며 사랑하고 타일러 13
부부의 의를 온전히 하라 하니 사인이 공손히 명을 받들었다. 또한 여럿이 모인 자리에서 양씨의 빛나는 얼굴과 천성적으로 단정하고 정숙한 기질을 보고 마음으로 탄복한 사인은 이날 잔치가 끝난 후 죽서루에 이르렀다. 소저는 그때 긴 단장을 벗고 산호 서안(書案)을 대하고 앉았다가 사인을 보고 일어나 한 구석으로 가 옷깃을 여미고 단정히 앉았다. 사인 또한 자리를 이룬 후 한참 동안 말이 없었으나 결국 한 번 탄식한 후 천천히 말했다.

"우리 부부가 어려서 혼인하여 서로 가문이며 재주며 외모가 남보다 뛰어난데 시운이 좋지 못하였는지 내 여색에 빠져 명교에 죄인이 되었네. 그대 역시 홍안박명으로 조물의 희롱을 받았으니 이 어찌 내가 무지하고 어리석은 탓뿐이겠는가? 부인은 전날을 원망하지 말고 지금부터 부부가 화합하여 늙을 때까지 화락하게 지내세."

그러나 소저는 슬피 탄식할 뿐 말이 없었다. 사인이 양씨의 손을 잡고
은근히 위로하여 대답을 재촉했으나 소저는 끝내 대답하지 않았다. 그저 14

냉담한 얼굴로 사인의 달콤한 말을 귀에 담지 않으려 했다. 사인은 소저가 깊이 노한 것을 알고 다만 웃으며 은근히 위로하였다. 이로부터 옛정을 다시 이으니 두터운 정은 산과 바다 같았다. 궁중이 이것을 알고 매우 기뻐하고 공과 장부인도 즐거움을 이기지 못했다.

양소저는 사인이 은근히 정 있게 구는 것을 보면 옛날 담소하던 중에 월앵의 머리를 베어 자기에게 던졌던 일이 생각나 내심 놀랍기도 하고 심장이 내려앉는 듯해 날로 정신을 가다듬고 공경하며 조금도 마음을 놓지 못했다. 그러나 모든 일이 다 무사하여 사인이 깨달은 것을 알고는 월앵의 인생을 더욱 불쌍하게 여겨 그 제사를 끊지 않고 억울하게 죽은 영혼을 위로하였다. 사인은 양씨에 대한 사랑이 태산 같고 옛일을 뉘우치긴 하였으나 아직 한편으로는 장씨를 생각하는 마음이 남아 있었다. 자기가 천신만고 끝에 얻은 여자를 새로운 정을 채 다 채우지도 못한 채 이별한 데다 부친이 그 혼서와 봉채를 불 질러 다시는 용납하지 않으려 하시는 것을 보니 살아서 영이별이 된지라 그 죄를 모르지 않으면서도 일단 맺힌 정이라 풀리지 않았다. 감히 입에 올리지는 못했으나 잠자리에서는 장씨를 잊지 못하였다.

학사와 사인이 조정에 들어가면서부터 맡은 바 소임을 잘 다스리고 총명, 정직하여 부형의 풍채를 이으니 조정이 모두 공경하였다. 상(上)[24]께서도 사랑하시어 특지(特旨)로 관에게는 이부상서를 내리시고 현에게는 병부상서를 내리시니 두 사람이 그 은혜에 감사하며 공무를 집행했다. 공은 그 분수에 넘침을 두려워하며 아침마다 두 아들이 나란히 벽제(辟除) 소리 요란하게 네 필의 말이 끄는 붉은 수레로 조참(朝參)[25]에 출입하는

---

24) 상(上) : '임금'의 높임말.

것을 보면 공주를 생각하고 슬피 탄식하지 않는 날이 없었다. 그러나 사람들이 다 그 신의에 탄복하였다.

이때 장부인의 장자인 혜의 나이는 15세에 이르렀다. 혜는 얼굴이 관옥(冠玉) 같고 두 눈이 새벽별 같으며 붉은 입술은 복숭아나 진주[26] 같아 반악(何晏)[27]과 하안(何晏)의 재주와 용모를 가지고 있었다. 성질이 영특하고 총명하며 부모에 대한 효성과 형제에 대한 우애가 깊고 인자하므로 공이 깊이 사랑하였으나 항상 큰 그릇이 아니라며 웃곤 하였다. 널리 아 16
름다운 배필을 구하여 관내후 주석의 딸과 혼인하니 이 또한 황실의 친척이요, 금지옥엽이었다. 주씨는 용모가 뛰어나고 총명하며 지혜롭고 아담한 풍치가 있어 극히 아름답고 현명하므로 공자는 소중히 대하고 시부모는 기뻐하였다. 그러나 장부인은 자기가 난 자식의 며느리를 얻었어도 설소저, 양소저 두 사람을 한결같이 애지중지하여 조금도 사사로운 정을 두지 않았다. 그러자 온 궁중이 기쁜 마음으로 순종하였다.

공의 넷째 아들 정의 나이는 14세로 이 또한 장부인의 소생이었다. 사람됨이 인자하고 너그러우며 침착하고 공손할 뿐 아니라 외모의 특이함이 아버지의 풍모를 그대로 물려받아 당대에 빼어났다. 공은 이 넷째 아들 정을 가장 사랑했다. 숙모 사어사 부인이 그 돈후함을 사랑하여 어사의 친동생인 사한림의 딸을 중매하니 두 가문이 상의하여 혼인을 맺었다. 사소저는 아름답기가 주옥같아 진정 공자와는 한 쌍의 배필이었다. 공의

25) 조참(朝參) : 왕이 정전(正殿)에 친림(親臨)한 앞에, 모든 조신(朝臣)이 나아가 뵈는 일. 한 달에 네 번씩 모여 할 말을 드렸음.

26) 복숭아나 진주 : {도주(桃珠)}. '도주홍순(桃珠紅脣)'이라 하여 아름다운 붉은 입술을 지칭하는 말로 씀.

27) 반악(潘岳) : 중국 서진(西晉)의 문인. 하남성(河南省) 영양(滎陽) 출생. 어릴 때부터 신동이라 불렸고, 또 미남이었다고 한다. 용모가 아름다워 그가 젊었을 때 낙양의 길에 나타나면 여자들이 몰려와 그를 향해 귤을 던졌다는 고사가 있음. 미남의 대명사로 쓰임.

부부가 이를 알고 매우 기뻐하며 소저를 사랑하였다.

이때 영주소저[28]가 13세에 이르니 가정황제(嘉靖皇帝)[29]께서 특별히 문
17 창군주 직첩을 주셨다. 하태후께서는 자주 대궐에 들여다가 그 몸가짐과
얼굴을 보시고 흐느끼며 말씀하곤 하셨다.

"이 아이는 여주공(女周公)[30]의 찬란한 광채를 다 담지는 못했으나 아름다운 얼굴과 거동은 흡사 방불하니 어찌 반갑고도 슬프지 않겠느냐?"

이렇듯 말씀하시며 어루만지고 불쌍히 여기며 사랑하시기를 숙경공주와 같이 하시니 궁중에서 공주를 추모하는 자는 모두 문창군주를 사랑하며 떠받들어 문창군주는 자주 대궐 안에 있곤 하였다. 공주가 죽고 나서부터 나라에서 철마다 묘당에 제사를 이으셨으나 궐과의 왕래는 드물었는데 관의 형제가 성인이 되고 군주가 장성하여 하태후께 사랑을 받으면서부터는 대궐과 주고받는 서신이 끊이지 않아 궁인과 후빈(后嬪)이 서로 왕래하길 예전과 같이 하였다. 공이 이것을 좋지 않게 여겨 자녀들을 경계하며 말했다.

"네 어머니는 선제(先帝)[31]와 태후의 가까운 친척으로 이미 여주공이
되어 국가와 인연을 맺었으니 자기가 그만하고자 하여도 궁궐과 연락
을 끊지 못하였다. 하지만 지금은 상황이 변하였으니 너희들은 가히
18 조심하여야 할 것이다. 초하루와 보름에 글을 올려 문안을 드리고 그

28) 영주소저 : 진공과 진양공주 사이에서 난 딸.

29) 가정황제(嘉靖皇帝) : 명나라 제12대 황제. 휘(諱)는 후총(厚熜). 묘호는 세종(世宗). 흥헌왕(興獻王) 유원(裕杬)의 장자로 태어남. 무종(武宗) 정덕제(正德帝)가 후사가 없었기 때문에 1521년 무종의 뒤를 이어 제위에 오름. 재위기간은 1521~1566년임. 연호(年號)가 가정(嘉靖)이기에 가정황제라 함.

30) 여주공(女周公) : 진양공주를 말함. 영주소저의 친모임.

31) 선제(先帝) : 돌아가신 임금을 말함.

외에는 번거롭게 서신을 왕래하지 말거라. 딸아이도 마마의 명이 있다 해도 가볍게 출입하지 말거라."

자녀들은 이 명을 받들어 다시는 궐내 출입을 마음대로 하지 않았다. 설혹 태후가 부르시더라도 군주가 글을 올려 공의 뜻을 아뢰며 들어가지 않으니 태후께서 몹시 놀라시며 더욱 그리워하시고 잊지 못해 하셨다.

공은 문창군주가 장성한 것을 보고 널리 훌륭한 사위를 택하였으나 마
땅한 곳을 얻지 못하고 있었다. 당시 제남백(濟南伯) 소운은 성의백 부인
의 친형제로 문장과 학행이 유씨 여러 공들과 명망을 나란히 하고 있었
다. 소년에 등과하여 국가에 공훈이 있었으므로 정덕(正德)[32] 연간에 제남
백에 봉하여 영화와 부귀 또한 혁혁했다. 집안에 부인 진씨를 취하여 아
들 일곱과 딸 셋이 있었는데 장자 경문의 자(字)는 자포로 관옥 같은 용모
에 맑고 깨끗한 골격이 세상에서 뛰어난데다가 사람됨이 총명하면서도
호탕하고 시원하였다. 어렸을 때부터 학문과 덕행이 특출하고 기쁨이나
분노를 드러내지 않았으므로 부모가 대단히 사랑하여 그와 같은 쌍을 널 19
리 구하였으나 진정한 숙녀를 얻지 못하고 있었다. 그러다 그윽이 생각하
니 당시 명문가 중에는 유씨 가문보다 나은 곳이 없고 여러 대에 걸친 높
은 지위[33]와 용모, 학문과 덕행이 유씨 가문 사람들 같은 이가 없었다.
제남백은 그 가운데 얌전하고 정숙한 숙녀가 있으리라 생각하고 누이인
성의백 부인에게 아들의 배필이 될 만한 이가 있는지 물었다. 소부인은
여러 조카딸들이 다 아름다우나 옥 중의 옥이요, 꽃 중의 꽃[34]인 이는 영

32) 정덕(正德) : 명나라 제11대 황제인 무종(武宗)의 연호(年號)로 재위기간은 1505~1521년.

33) 높은 지위 : {좀영[簪纓]}. 높은 벼슬아치가 쓰는 쓰개의 꾸밈이라는 뜻으로, 높은 지위(地位)를 이르던 말.

34) 옥 ~ 꽃 : {옥듕지박옥[玉中之璞玉]과 화듕지화왕[花中之花王]}. '박옥'이란 아직 다듬지 않은 원석 같은 옥돌을 가리키며 '화왕'이란 꽃 중의 왕이란 뜻으로 모란을 가리키는 말로 쓰임.

주소저라 말했다. 그리고 그처럼 뛰어난 자색과 기이한 덕성을 갖춘 이는 여러 아이들 중 다시없을 것이라고도 전하였다. 또한 영주소저가 진정 조카 아이의 좋은 배필이 될 수 있긴 하지만 진공이 사위를 택하는 데 까다로워 매파들이 문을 메워도 전혀 마음을 두지 않고 반드시 신랑감을 친히 보고 시험한 후에야 정하려 한다는 얘기를 하니 제남백이 웃으며 말했다.

"사람마다 다 제 소견이 있겠지만 내 아들은 보통 사람이 아니다. 비록 서로 본다 해도 진공의 높은 안목으로 내 아들을 능히 나무라지 못할 것이니 누이는 잘 생각하여 내 아이의 평생을 시원하게 해주게."

20 이 말에 부인이 응낙하고 돌아와 성의백께 고하니 성의백이 웃으며 말했다.

"경문이 진정 걸출한 군자이기는 하나 조금 호탕하고 시원스러워 풍류랑의 거동이 있으니 조카딸의 얌전하고 그윽한 성품과 덕행을 믿지 못할까 하오."

부인이 말했다.

"이 아이가 재기가 남보다 뛰어나 시원하고 활달한 버릇이 있으나 천성이 정대하니 안으로 여색에 빠져 술이나 즐겨 마시는[35] 무리는 되지 않을 것입니다. 아주버니께서 비록 천하에 널리 사위를 찾고 계시나 조카보다 나은 이를 얻기는 어려울 것입니다."

공은 미소할 뿐 대답이 없었다. 그러다 결국 진공에게 이 말을 전하니 진공이 이렇게 대답했다.

---

35) 안으로 ~ 마시는 : {너작식황[內作色荒]ᄒᆞ여 감쥬기음[酣酒嗜飮]ᄒᆞᄂᆞᆫ}. 『서경(書經)』 「오자지가(五子之歌)」 편에 보면 네 가지를 경계하고 있는데 이는 곧 "안으로 여색에 빠지는 것[內作色荒], 밖으로 사냥에 빠지는 것[外作禽荒], 술을 즐겨 마시는 것[酣酒嗜飮], 집을 크게 짓고 담장에 단청을 하는 것[峻宇雕墻]"임.

"형님께서는 사람 됨됨이를 잘 알아보시고 형수님께서는 높은 덕을 가지고 계시니 분명 잘못 보지 않으셨겠지만 제 딸아이는 평범한 아이가 아닙니다. 또 일찍 어머니를 여의어 불쌍하기 이를 데 없으니 한낱 외모의 아름다움으로 허락할 수는 없는 일입니다. 마땅히 그 아이를 친히 보고 앞에서 글을 짓게 하여 사람됨을 자세히 살핀 후 정하고자 합니다."

성의백이 고개를 끄덕이며 말했다.

"네 말이 심히 합당하니 네 뜻을 전하마." 21

진공이 소부인을 향해 웃으며 말했다.

"제남백이 자기를 낮춰 딸아이를 구하니 진실로 감격스러우나 영주의 비상함은 형수께서 보시는 바와 같습니다. 만일 봉황이 의지할 곳을 잃어버려 탄식하는 일이 있게 되면 부녀 사이의 정이 가련할 것은 말할 곳도 없고 살아서 다시 만나지 못할까 밤낮으로 마음을 놓지 못할 것입니다. 형수께서 이미 영주를 제 자식보다 더 귀여워하며 사랑하셔서 사사로운 정을 두지 않으시리니 원컨대 신랑과 가풍을 헤아려 딸아이의 일생이 편할 것 같으면 협의를 두지 마시고 중매 서주시길 감히 청하옵니다."

소부인이 자리에서 물러나 감사하며 말했다.

"오라버니께서 여러 자녀를 두셨으나 이 아이가 홀로 빼어나 좋은 배필을 얻기 참 어렵습니다. 조카딸이 현명하고 아름답다는 말을 듣고 두 가문 간에[36] 혼인을 맺길 원하였으나 감히 청하지 못하였습니다.

---

36) 두 ~ 간에 : {쥬진[朱陳]}. 혼인의 쌍방을 의미함. 옛날 서주(徐州) 고풍현(古豐縣)에는 '주(朱)' '진(陈)' 두 성(姓)만 있어 양가 사이에 대대로 혼인을 맺게 된 데서 이 말이 나옴.

하지만 만일 아주버니께서 싫지 않게 여기시어 혼인을 맺고자 하신다면 조카를 불러 보시는 것도 방해가 되지 않을 것입니다. 가풍에 대한 것이나 자잘한 일들에 대해서는 제가 어찌 사사로운 정으로 알아보지 않았겠습니까? 제가 어찌 빙옥 같은 자질을 갖춘 조카딸로 하여금 청
22 하의 탄식이 있게 하겠습니까?"

공이 다 듣고 조용히 감사의 뜻을 표하니 양학사 부인이 낭랑하게 웃으며 말했다.

"소형은 어떤 조카를 두었기에 감히 영주의 배필이 되기를 구하십니까? 진공 오라버니같이 눈이 높은 분을 감당하여 쾌히 시험을 보게 하겠다고 응하실 수 있을 정도입니까? 제가 보기에는 이백(李白)[37]과 번천(樊川)[38]이 자리에 있을지라도 술 먹고 미친 무리라 하여 좋지 않게 여기실 것이며, 하안(何晏)과 반악(何晏)이 앞에 있어도 세력을 따르는 소인이라 하여 낮게 여기실 것입니다. 지금 세상에 어찌 안자(顔子)나 증자(曾子)[39]의 행실과 진평(陳平)[40]의 용모와 자유(子游) · 자하(子夏)[41]

---

37) 이백(李白) : 중국 성당기(盛唐期)의 시인. 자 태백(太白). 호 청련거사(青蓮居士). 두보(杜甫)와 함께 '이두(李杜)'로 병칭되는 중국 최대의 시인이며, 시선(詩仙)이라 불림.

38) 번천(樊川) : 중국 만당전기(晩唐前期)의 시인인 두목(杜牧)을 가리킴. 자(字)는 목지(牧之)이고 호가 번천(樊川)임. 이상은(李商隱)과 더불어 이두(李杜)로 불리며, 또 작품이 두보(杜甫)와 비슷하다 하여 소두(小杜)로 불림.

39) 증자(曾子) : 이름은 삼(參). 자 자여(子輿). 증점(曾點)의 아들이자 공자(孔子)의 고제(高弟)로 효심이 두텁고 내성궁행(內省躬行)에 힘썼으며, 노(魯)나라 지방에서 제자들의 교육에 주력함. 공자가 제자들을 모아 놓고 "나의 도는 하나로써 일관한다[吾道一以貫之]."고 말했을 때 다른 제자들은 그 말의 참뜻을 몰라 생각에 잠겼으나, 증자는 선뜻 '부자(夫子)의 도는 충서(忠恕)뿐'이라고 해설하여 다른 제자들을 놀라게 하였다는 이야기는 유명함.

40) 진평(陳平) : 중국 한대(漢代)의 정치가. 처음에는 항우(項羽)를 따랐으나 후에 유방(劉邦)을 섬겨 한(漢)나라 통일에 공을 세우고 고향의 호유후(戶牖侯)에 임명됨. 그는 항상 유방의 막하에 있으면서 뛰어난 계책을 짜내어 몇 번이나 유방의 위난을 구했으며, 항우와의 승패를 건 초한전(楚漢戰)에서도 그는 타고난 지모를 발휘하여 유방의 중요한 참모가 됨. 혜제(惠帝) 6년(BC 189년) 좌승상에 임명되었다가 여후(呂后)가 전권을 장악하자 정사를 돌보지 않다가 여후가 사망하자 여씨(呂氏) 일족을 주살하고 문제(文帝)를 옹립하여 한왕실을 평정함으로써 현상(賢相)

의 문장과 곽영공(郭令公)[42]의 공적과 복록이 흔하겠습니까? 형의 조카가 이를 다 갖추어 둘째 형의 새 사위가 될 조건을 맞출 수 있으리라고는 믿을 수가 없습니다."

소부인이 웃으며 말했다.

"어찌 중매의 소임을 맡아 허황된 말로 찬조하려 하겠습니까? 두 집안의 조카가 비상한 것을 사랑하여 그 쌍을 잃지 않고자 함이었는데 부인의 말을 들으니 제가 마치 중매의 소임을 맡은 것 같아 부끄럽기 그지없습니다."

양학사 부인이 대답하며 웃었다.

"혼인으로 친척이 되는 것이 아름다운 일인가 하였더니 양씨처럼 뛰어 23
나고 현이처럼 비상한 아이들도 조물의 희롱을 만나 저번과 같은 사고가 있고 보니 제 무안함이 두 집안에 더할 수 없는 지경에 이르렀습니다. 형님은 용모와 재주를 보지 마시고 덕행을 살피시어 일 내지 않을 사람을 천거하여 주십시오."

진공이 웃으며 말했다.

"모든 일은 하늘에 달린 것이다. 단정하여 근심이 없을 것 같으면 운백처럼 온화하고 신중한 사람을 만난 둘째 누이가 그 고생을 하여 거의 목숨을 잃을 뻔하였겠는가? 신랑이 아름답다면 하찮은 근심은 관계치

으로 이름을 떨치게 됨.

41) 자유(子游)・자하(子夏) : {ᄌ유하[子游夏]}. 자유(子游)와 자하(子夏)는 공자의 제자 중 공문(孔門) 십철(十哲)로 꼽히는 사람으로 문학에 뛰어난 재능을 가지고 있었음. 언언(言偃)의 자가 자유(子游)로 『예기(禮記)』「예운(禮運)」편을 정리했다는 설이 있고 무성(武城)의 읍재로 있었음. 자하(子夏)는 복상(卜商)을 가리키는데 위(魏) 문후(文侯)의 스승이었으며 『시경(詩經)』과 『주역(周易)』의 편찬에 참여했다고 함.

42) 곽영공(郭令公) : 당(唐) 나라숙종(肅宗) 때 사람인 곽자의(郭子儀)를 가리킴. 안록산(安祿山)의 난을 평정하고 분양(汾陽王)에 봉해짐. 그 후 당나라 최대의 공신으로 영화를 누리다가 85세에 죽음. 팔자 좋은 사람을 가리켜 '곽분양팔자'라고 하는 숙어가 생기기도 함.

않으니 이런 의심은 그만두시고 형수는 원컨대 조카를 내일 부르시어 저로 하여금 한 번 구경하게 해주십시오."

소부인이 흔쾌히 허락하고 이 뜻을 소씨 집안에 알리니 제남백이 웃으며 말했다.

"누가 말하길 진공이 마음이 크다 했는가? 내 아들의 문장의 재주는 성의백이 아는 바로되 오히려 믿지 않고 친히 보려 하니 진실로 의심 많은 장부로구나. 하지만 보내지 않으면 거북하고 어려워지리니 마땅히 데려가 재주를 어찌 시험하는지 봐야겠다."

24 다음날 제남백은 아들을 불러 말했다.

"오늘 내가 누이를 보러 가니 너 또한 나를 좇아가 숙모를 보고 여러 친척 형제들을 찾아 돈독한 정을 나누거라."

공자가 이미 알면서도 별다른 말을 하지 않고 명을 좇아 부친을 모시고 가려 하니 모부인은 빛나는 채색옷을 내와 아들에게 입으라고 권했다. 그러자 공자가 웃으며 말했다.

"남자의 의복은 깨끗하고 가지런하면 그것으로 충분합니다. 어찌 사치함을 더하여 가소로운 행동을 하겠습니까?"

그러고는 한 벌의 포의(布衣)[43]를 입고 가니 부인이 고집스럽다며 꾸짖었다.

공자가 아버지를 모시고 유씨 부중에 이르니 성의백 형제가 이들을 맞았다. 서로 보고 자리를 정한 후 인사를 마치고 공자가 뒤에서부터 나아오며 보니 성의백 네 형제와 10여 명의 유생들이 모시고 섰는데 의관이 다채롭고 풍모가 사람의 마음을 움직여 마치 신선들의 연회 같았다. 또한

---

43) 포의(布衣) : 삼베옷을 말함. 주로 벼슬하지 않은 선비가 입는 소박한 옷임.

유씨 제공의 엄숙한 기운과 시원스런 얼굴은 별들 가운데 있는 해와 달 같았다. 공자는 이 모습을 보고 마음속으로 존경하고 탄복하며 생각했다.

'내 일찍이 성의백 숙부를 보고 그 골격과 문질(文質)이 세상에서 따를 사람이 없을 것이라 하였더니 오늘 영릉후 등 세 공을 보니 그 비범함 25
이 한 가지로구나. 소년 무리에 이르기까지 이같이 기이하니 이는 천고에 없는 일이다.'

그리하여 각각 예를 마치고 소년 제생이 일시에 동서로 자리를 나누어 공손히 자리에 앉으니 유씨 제공이 웃으며 말했다.

"아드님의 높은 이름은 익히 들었는데 오늘 서로 보니 듣던 바보다 더 합니다."

그러고는 좌우에 있던 시비들에게 진공을 청했다. 그때 진공은 소공이 아들을 데리고 왔다는 말을 듣고 여러 아들과 더불어 유씨 집안에 이르렀다. 모두 일어나 맞으니 공이 상서 등을 거느리고 천천히 당에 올라 제남백과 예를 마치고 자리에 앉았다. 그러자 소공자가 나아와 두 번 절하였다. 공이 흔쾌히 답으로 절하고 눈을 들어 보니 이는 곧 백옥이 남전(藍田)[44]에서 솟아나고 기린(麒麟)[45]이 교외에 있는 넓은 벌판에 내린 듯하여 기개가 높고 풍류가 하늘에 맞닿아 있었다. 공이 이미 뜻이 태반이나 기울어 명하여 자리를 가까이 하라 하니 여러 형제들이 눈짓하며 웃었다. 공이 온화한 음성과 부드러운 말로 제남백에게 말했다.

"제가 관청에 일이 많고 일신에 병이 많아 서로 찾지 못한 지 오래되어 26
견문이 비루함이 소경과 같았는데 오늘 만나니 그리워하던 마음에 위

---

44) 남전(藍田) : 중국(中國) 섬서성(陝西省) 서안시(西安市) 동남방에 있는 현(縣)의 이름. 그 동쪽의 남전산(藍田山)에서 아름다운 구슬이 났음.

45) 기린(麒麟) : 상상 속의 동물로 성인(聖人)이 태어날 때 나타난다는 절설이 있음.

로가 됩니다. 그뿐 아니라 아드님을 보니 총명하고 준수한데다 풍채가 뛰어나 그 빛이 백 마리의 봉황을 둔 것보다 더 온 집안을 기울일 듯합니다. 알지 못하겠습니다. 나이가 얼마나 되었습니까?"

소공이 감사하며 말했다.

"저 역시 몸에 병이 있어 문하에 나아오지 못하였습니다. 오늘은 제 누이도 찾아보고 또 제 못난 자식을 공께서 한 번 가르치시길 바란다는 말을 듣고 우리 부자가 기쁨을 이기지 못하고 여기에 이른 것입니다. 이는 깊이 가르쳐 주시길 바라는 것인데 어찌 그런 과한 칭찬을 감당하겠습니까? 제 자식의 나이는 15세이나 배운 바가 없으니 거룩한 뜻을 저버릴까 두렵습니다. 우리 무리가 조정에 들어가 벼슬을 한 지 20 년이 지났고 인척으로서 친하며 친구로서 서로 안 지 오래거늘 공은 어찌 너무 과장하여 친한 정의를 깎아내리십니까?"

진공이 말을 마치고 잠시 정신을 가다듬어 소공자를 보니 비상한 골격
27 과 빼어난 얼굴이 거기 모인 자제들에게 떨어지지 않아 마치 구름 탄 신선 같았다. 원래 유씨 가문의 사람들은 하나하나가 관옥 같은 용모에 맑고 깨끗한 골격을 갖추어 한낱 낯이 희고 입이 붉은 미소년에 비할 바가 아니었다. 맑기는 얼음 같고 기질은 호탕하여 세속 밖의 사람 같으니 비록 세상에 아름다운 남자와 아름다운 여자가 있다고 해도 이런 체격에는 많이 떨어졌다. 그런데 오늘 소공자의 눈부신 바탕과 높은 격조는 당당히 세속 가운데에서 뛰어나 용모가 출중하고 재주와 지혜가 뛰어나며 성품이 소탈하고 대범한 것이 병부시랑 유현과는 흡사 한 쌍의 구슬 같았다. 다만 아름다운 눈매에서 내뿜는 빛이 사람의 마음을 움직이긴 하나 거만한 데가 있었다. 하지만 호탕하고 시원시원하며 깨끗하고 훤칠하여 진정

일세의 대장부이자 당대의 영웅호걸이었다. 진공의 높은 안목으로 두루 갖춘 사람을 선택하고자 하는 요구와 바람에도 오히려 사랑하며 아름답게 여기는 마음이 절로 일어났으나 진공은 별다른 말을 하지 않았다. 곁에 있던 시종이 술과 안주를 내와 두어 차례 잔이 오고 간 후 공이 말했다.

"제가 일찍 청운(靑雲)에 올라 몸이 분주하므로 일찌감치 시부(詩賦)를
손에서 놓은 지 오래되었습니다. 게다가 여러 자제들 또한 가르침이 28
없어 문단에 문명(文名)을 빛내지 못했습니다. 듣자 하니 아드님께서 문장에 자부하여 당대에 대적할 이가 없다 하던데 오늘 요행히 서로 만나게 되었으니 능히 시 한 수로써 저의 묵은 눈을 놀래고 여러 아이들의 아득함을 가르쳐주시지 않으시겠습니까?"

소공이 공손하게 대답했다.

"제 자식이 비록 배운 바는 없으나 서투른 시나마 한 수를 써 내어 여러 제공들의 가르침을 얻는다면 10년 독서보다 낫지 않겠습니까?"

진공이 기뻐하며 넷째 아들 정으로 하여금 소공자에게 붓과 벼루를 가져다주라 하니 소생이 앉았던 자리에서 물러나 사양하며 말했다.

"소생은 아버님을 따라 숙모를 뵙고 인사드리러 온 것이지 권문(權門)에 허리를 굽히고자 온 것이 아닙니다. 남아가 글을 지을 때 과장(科場)이 아니라면 아름다운 붕우(朋友)와 창화(唱和)하여 논란하는 것이라면 모르겠지만 어찌 여러 대인들 앞에서 시험 보는 거룩한 뜻을 감당하겠습니까? 또한 글을 지으려면 원운(原韻)이 있고 차운(次韻)이 있고 시제
(時題)가 있어야 하니 무단히 짓고 싶지는 않습니다." 29

진공은 그 언어가 추상같이 엄하고 안색이 씩씩한 것을 보고 감동한 얼

굴로 칭찬하며 말했다.

"공자의 말이 진실로 금옥 같으니 내가 현자(賢者)를 대접하는 예법을 잃어 부끄럽구나. 그러나 소원대로 하겠다. 내 스스로 존대한 체하는 것이 아니라 일찍부터 자네 아버님과는 같은 지위에 있으니 모름지기 권문 두 자를 놓지 말고 부형의 친구로 대접하여 차운하길 아끼지 말게."

말을 마치자 친히 종이를 펴고 붓을 휘둘러 칠언장편 오십 수를 고개 돌리는 사이에 글을 전부 다 지어 공자에게 주며 말했다.

"늙어 기운 없는 정신에 어지러이 읊은 것이 소년의 날카롭고 강한 기상에 우습게 보이겠지만 괜찮다면 차운해주길 바라네."

소공자는 이때 진공의 높은 뜻과 뛰어난 자질에 탄복하고 있다가 또 붓을 잡고 글을 이룬 것을 보니 문장이 더 이상 손댈 곳 없이 아름다웠다. 또한 일필휘지(一筆揮之)로 풍우같이 내려 쓰는 것을 보고 마음속으로 공경과 탄복을 이기지 못하여 빨리 두 손으로 받들어 보고는 앉았던 자리에서 물러나 감사하며 말했다.

30 "소자가 오늘 용문(龍門)에 의탁하여 대인의 이 같은 문필을 구경하니 진실로 물고기의 눈으로 태양을 바랄 바가 아니옵니다. 원컨대 이 글로 평생 동안 스승으로 모셔 배우기를 원하옵니다."

공이 몸을 굽혀 말했다.

"어찌 그와 같이 과도한 칭찬을 감당하겠는가? 빨리 차운하여 간절한 바람을 위로하여주게."

소공자가 거듭 물러나 사양하다가 어쩔 수 없이 붓과 벼루를 내와 운에 화답하니 이는 서유(徐孺)가 진번(陳蕃)에게 걸상을 하사받고[46] 가의(賈

誼)[47]의 연소함이 한(漢) 나라 조정을 뒤흔든 것과 같았다. 검은 비단 당건(唐巾) 아래로 옥 같은 용모가 시원스러웠으며 두 눈에서 내뿜는 밝은 빛은 눈부시게 빛났다. 하얀 손에 산호로 만든 붓을 들고 종이 위에 휘갈겨 글을 써내는 것이 마치 용이 춤추듯이 공중으로 날아오르고 귀신이 우는 것 같았다. 순식간에 만 편의 주옥 같은 글을 이룬 소공자는 붓을 던지고 글을 받들어 먼저 부친께 보시길 청하였다.

본래 소공이 자신이 스스로 아들을 데리고 온 것은 그 재주를 믿어서였다. 그러나 여기에 와서 보니 모든 사람들이 하나하나 특출하여 풍채와
기질이 아들보다 떨어지는 데가 없을 뿐 아니라 진공의 다섯 형제가 상좌
에 앉아 말하는 것을 들으니 말하는 것마다 다 법도가 있었다. 진공의 글 31
역시 이같이 사람을 놀라게 하여 차운을 구하니 소공은 처음의 날카로운

---

46) 서유(徐孺)가 ~ 하사받고 : 서유(徐孺)는 남창(南昌) 사람이었던 후한의 서치(徐穉)를 가리킴. 홍주(洪州)의 태수로 있었던 진번(陳番)은 평소에 쉽사리 빈객을 접대하는 일이 없었으나 다만 서치에게만은 그의 덕을 흠모하여 그가 오면 내려서 앉히려고 특별히 걸상을 준비하여 걸어 놓고 그를 맞아들임. 홍주는 땅이 신령스럽고 영묘한 곳이라 인걸이 난다 하였는데 당(唐) 나라 왕발(王勃)이 장강 유역의 남창에 있는 정자인 등왕각(騰王閣)의 낙성식에 참여해 지었다는 시 〈등왕각서(騰王閣序)〉에 보면 "이곳 물산의 정화는 하늘이 내린 보배이니 용천검의 광체가 견우성과 북두성 사이를 쏘았고 인물은 걸출하고 땅은 영기가 있어 서유는 태수인 진번이 걸상을 내려주며 맞아들였다[物華天寶, 龍光射牛斗之墟, 人傑地靈, 徐孺下陳蕃之榻]."라고 되어 있음.

47) 가의(賈誼) : 중국 전한의 문인이자 정치가. 낙양(洛陽)에서 태어났고 어릴 때부터 시서와 작문에 능했음. 18세가 되던 해 하남군의 태수 오공이 그를 발탁해 문하에 두고 총애했으며 문제 즉위 초에 오공이 정위의 자리에 오르면서 오공의 추천으로 장안으로 가 22살에 역대 최연소 박사가 됨. 박사가 되어 전한 조정에서 천재성을 발휘하며 두각을 나타내었고 문제의 신임을 받아 1년도 안 되는 사이에 태중대부직에 올랐으며 이해에 황제에게 〈논정제도흥예악소(論定制度興禮樂疏)〉와 〈논적저소(論積貯疏)〉를 올려 현실 정치에 대한 견해를 적극적으로 드러냄. 또한 문제 2년에는 진의 실패를 거울삼아 선정과 덕치를 베풀어야 한다는 〈과진론(過秦論)〉을 써서 역법·복색·관직 제도와 법을 개정하고 예악을 부흥시킬 것을 제안했고 문제는 이중 일부를 채택하고 그를 공경 직에 임명하려했으나 가의의 재능을 시기하던 공신들의 반대로 상사왕의 태부로 좌천됨. 1년이 지난 후 문제는 다시 가의를 불러 시정을 논하고, 양회왕 태부로 발령하여 이 해 황제에게 〈논시정소(論時政疏)〉를 올렸는데 후대에는 이것을 주로 〈치안책〉이라 함. 양회앙이 후사를 남기지 않고 낙마로 사망하자 가의는 태부로서 자신의 책임을 다하지 못했음을 통감하고 1년여 동안 곡읍(哭泣)하기를 그치지 않다가 애도 끝에 33세로 세상을 떠남.

기운을 크게 잃어 행여라도 아들이 유치하고 졸렬한 글을 낼까 염려스러워 겉으로는 아무렇지도 않게 담소를 나누고 있었으나 그 기색은 끝내 안정되지 못하였다. 하지만 생각지도 않게 아들의 재주와 학식이 여러 사람들 가운데에서 더욱 나타나고 담력과 지략이 남보다 뛰어난 것을 보니 적이 안심이 되었다. 게다가 수풀같이 늘어선 한림원의 뛰어난 인재들과 높은 대신들이 있는 자리에서 붓을 잡아 진공의 태산 같은 문장에 차운하면서도 조금도 두려워함이나 주저함이 없이 순식간에 한 편의 글을 이루는 것을 보고는 마음속으로 매우 기뻐하며 즉시 글을 진공께 보내며 말했다.

"못난 자식이 감히 더러운 글로 명공의 원운(原韻)을 욕보이니 이는 곧 돼지가죽에 개꼬리를 이은 것과 같습니다."

진공은 생이 글을 짓는 것을 보며 탄복하길 마지않으며 눈가에 기쁜 기색이 영롱하였다. 마침내 밑글이 이르자 책상 위에 펴고 자세히 음영(吟詠)하며 보기를 마치고는 기쁘게 수염을 부비면서 웃으며 말했다.

"아드님의 문장과 풍채가 이같이 모두 온전하여 저로 하여금 아랫사람에게 절이라도 하고 싶게 만드는데 어찌 과히 겸양하십니까? 글이 함
32 축을 자유자재로 하고 신선한 뜻이 시원스러워 이백(李白)과 두보의 장점을 갖추었으니 당대 문인들 중 으뜸입니다. 저는 칭송하며 탄복하는 마음을 이기지 못하겠습니다."

그러고는 글을 가지고 여러 형제들에게 보이니 형제들 모두 칭찬을 아끼지 않았다. 성의백이 말했다.

"경문의 재주와 학식은 내 이미 알고 있었지만 그 담력 있음이 더 아름다우니 문창이 오늘 훌륭한 사위를 정하였구나. 가히 하례할 만하도다."

공은 웃음을 머금은 채 대답이 없었다.

이윽고 각각 파하여 돌아갈 때 공은 소공자의 손을 잡고 떠나는 것을 아쉬워하며 이별했다. 제남백은 부중에 돌아가 부인에게 아들의 재주와 진공의 기뻐하던 말을 전하고 즉시 중매를 보내어 구혼했다. 진공은 소랑의 문채와 풍류를 사랑했으나 너무 세찬 것을 의심하였다. 소가 부자를 보내고 나서 형제들과 상의하니 성의백이 말했다.

"남자가 강한 것을 흠 잡는다면 부녀자의 기상을 구하는 것이냐?"

그러자 영릉후가 웃으며 말했다.

"둘째 형이 너무 엄중하여 사위 택하는 데 의견을 구하기를 이토록 하
시니 조카딸을 얼마나 편애하시는지 잘 알겠습니다. 무릇 부부간은 사 33
랑이 중하면 엄하고 강한 남자라도 부드럽고, 사랑이 막히면 잔약한 남자라도 범접할 수 없이 맹렬한 위엄이 있는 법입니다. 조카가 이미 천고에 드문 재주와 용모에 정숙한 덕을 갖추고 소생을 배필로 맞는데 어찌 금슬을 염려하겠습니까? 소생이 조카에게 대해서만은 자연 부드러운 기상이 용렬할 정도에 이르리니 형은 의심하지 마십시오."

이에 진공이 웃으며 말했다.

"아우의 말이 이치가 있다."

다음날 소가에서 중매인이 오자 공이 흔쾌히 허락하여 택일하니 혼인 날짜는 한 달 후였다. 양가에서 혼수를 성대하게 준비하자 공이 새로이 공주를 생각하며 군주를 보면 길게 탄식하고 한숨을 쉬었다. 상서와 시랑은 더욱 슬픈 마음을 느꼈다.

군주는 원래 모비의 현성하고 신이한 덕과 도량을 물려받아 어려서부터 처신함에 있어 그 예를 넘기는 적이 없었다. 또한 희롱된 말이나 우스

갯소리를 즐기는 법이 없어 궁중 내외에서 일찍이 소저가 담소하는 것을
들은 사람이 적었다. 따라서 궁인들은 두려워하고 친척들은 기대하며 공
은 그에 대한 사랑이 비할 데 없었으므로 이제 훌륭한 배필을 택하여 예
34 를 이루게 되니 궁중과 부중이 다 슬퍼했다. 하태후께서 들으시고 기이
한 보물과 아름답게 수놓은 비단으로 혼수를 더하셨으나 군주는 공의 뜻
을 받들 뿐 아니라 본래 천성이 겸손하고 검약하여 의복이나 단장에 있어
한결같이 비단이나 주옥, 보석들을 물리칠 따름이었다. 장손 상궁은 그
현성하며 법도 있음을 보면 눈물을 흘리며 사람들에게 이렇게 말하곤 했
다.

"군주의 아름다우신 덕이 흡사 돌아가신 어머님과 같으시되 진양공주께서는 사시(四時)의 기운[48]을 고루 갖추시어 혹 유하시고 혹 강하시며 혹 엄하시고 혹 온화하사 옳은 것도 없고 옳지 않은 것도 없으셨으나 소저는 오로지 고상하심을 주로 하여 가을 하늘 같으시다."

궁인들이 이 말을 듣고 모두 마땅하다 하니 이 후로 궁중이 소저를 가을 하늘에 비하였다.

혼례날이 다다르자 진공은 내전에 들어와 소저가 예법을 연습하는 것
을 보았다. 화관(花冠)에 길복을 차려 입고 나아가고 물러나는 데 느긋하
였으며 장복(章服)과 옥결(玉玦)이 가지런하여 규모가 갖추어져 있었다. 바
35 라보니 마치 진양공주가 궐 안에서 조회를 마치고 돌아와 장복을 입은 채
시부모께 절하여 예를 표하는 듯하여 상하, 노소가 반가운 마음에 떠들썩
하였다. 진공은 눈물이 옷소매를 적셔 차마 보지 못하였고 상서 형제 또
한 눈물을 흘려 옷깃을 적셨다. 소저는 부형과 친척들이 슬퍼하는 모습을

48) 사시(四時)의 기운 : 봄의 온기와 여름의 화기, 가을의 냉기, 겨울의 한기를 의미함.

보고 가을 물결같이 고운 눈에 구슬 같은 눈물이 짝을 이뤄 능히 다스리지 못하였다. 공이 눈물을 거두고 딸을 나오게 하여 손을 잡고 옷소매로 소저의 눈물자국을 씻으며 위로하였다.

"오늘 내 아이가 장성하여 망모(亡母)의 그림자를 이으니 어찌 수고롭게 붓과 벼루로 그림을 그릴 생각을 하겠느냐? 내 항상 너희 자모(慈母)의 생김새가 자세하지 못함을 슬피 여겨 한 폭의 족자를 꾸며 그 얼굴을 그려 너희들의 마음을 위로하고자 했으나 결국 부질없으므로 이루지 않았다. 하지만 네 몸가짐과 법도가 이렇듯 닮았으니 네 모비를 보고자 한다면 스스로 거울을 보고 네 얼굴을 반기면 되겠구나. 관의 형제는 그 누이를 보고 자모의 생김새를 생각하여라." 36

상서와 시랑은 쓸쓸히 슬퍼하고 소저는 더욱 흐느끼니 공이 거듭 위로하고 권면하였다.

이윽고 신랑이 외전에 이르렀음을 고하니 공이 승상을 모시고 신랑을 맞아 전안(奠雁)[49]의 예를 마쳤다. 그런 후 금과 옥으로 만든 화려한 수레에 구슬 가마를 메어 중정(中庭)에 놓고 소저를 붙들어 올렸다. 공이 서글피 말했다.

"너는 마음과 뜻을 가다듬고 조심하여 군자를 잘 섬기며 밤이건 낮이건 명을 잊지 말거라."

소저가 거듭 절하며 명을 받들었다. 장부인은 슬픈 눈물이 얼굴에 가득하여 소저의 손을 잡고 아침에는 일찍 일어나고 밤에는 늦게 자며 반드시 경계할 것을 일렀다. 그런 후 신랑이 금으로 된 자물쇠로 가마 문을 잠

---

49) 전안(奠雁) : 구식 혼인(婚姻) 때 신랑이 신부 집에 기러기를 가지고 가서 상 위에 놓고 절하는 예. 산 기러기를 쓰기도 하나 흔히 나무로 만든 것을 씀.

그고 승상과 진공께 하직하고 돌아갔다. 가는 길가에는 음악 소리가 하늘까지 울려 퍼지고 위엄 있는 의용이 10리까지 벌여 있었다. 신랑의 뛰어난 풍채를 보고 감탄하지 않는 사람이 없었다.

길을 떠나 소아에 이르러 당에 올라 합환주(合歡酒)를 나누고 교배(交拜)하길 마친 후 진주선(眞珠扇)[50]을 치우자 달 같은 광채와 해 같은 얼굴이 자리에 있던 모든 여자들로 하여금 그 아름다움에 탄식하게 했다. 그 모
37 습을 어찌 세속의 연분(鉛粉)[51]으로 꾸민 미색에 비하겠는가? 바라보면 해 같고 나아오면 꽃 같아 천대에 비길 사람이 없었다. 또한 진퇴(進退) 예절이 법도에 들어맞아 완숙한 여성의 아름다운 풍습이 그 안에 가득했다.

소공 부부는 평소 아들과 방불한 사람이 없을까 걱정하여 비록 군주의 남다름을 들었음에도 오히려 아들만 못할까 여기다가 오늘 보니 신부가 신랑보다 서너 배 나음이 있으므로 기쁨이 크게 넘쳤다. 진부인이 황급히 소부인[52]께 대단히 칭찬하니 소부인이 일이 아름답고 즐거움을 이기지 못하여 말했다.

"형이 한갓 신부의 외모를 저렇듯 칭찬하시나 그 속은 더욱 기이하니 조카가 능히 감당치 못할까 두렵습니다. 조카딸이 저같이 얌전하고 정숙하니 진공 아주버니께서 여러 아들들보다 더 편애하시는 것입니다."

이 말을 듣고 진부인은 기뻐함을 이기지 못하였고 소백은 마음에 기쁨이 가득하여 성의백에게 칭찬하는 말이 그치지 않았다. 성의백이 웃으며 말했다.

38 "부녀는 덕을 이르고 색을 일컬을 바가 아닙니다. 조카딸이 비록 외모

50) 진주선(眞珠扇) : 혼인 때에 신부의 얼굴을 가리는 데 쓰는 진주로 장식한 둥근 부채 진주 부채.
51) 연분(鉛粉) : 납을 원료로 만들어진 분. 백분(白粉)이라고도 함.
52) 소부인 : 성의백 유세기의 부인.

가 누추하지는 않으나 일찍 어머니를 잃고 아우가 편애하여 배운 것이 없으니 모름지기 허물을 용서하여 어여삐 여겨 주시기 바랍니다.”

그러자 소공이 황급히 대답했다.

“어찌 이 신부를 나무라고 그릇 여길 시부모가 있겠습니까? 제가 만일 그런다면 항간에서 무어라 하지 않겠습니까?”

유공은 그가 즐거운 기색으로 매우 기뻐함을 보고 또한 기뻐 웃으며 말했다.

“형이 매양 아들과 어울릴 배필이 다시없으리라 하더니 내 조카딸이 형의 아들에 비해 어떠합니까?”

소공이 웃으며 말했다.

“형이 평소 희롱이 없더니 어찌 저를 놀리십니까? 신부의 타고난 절세 미모와 정숙하고 인자한 자태가 술집 화류의 무리가 아니니 내 아들이 비록 금옥(金玉) 같은 군자라 하나 어찌 능히 나란히 하겠습니까? 하늘이 저의 속을 떠보셨으니 할 말이 없습니다.”

이 말에 유공은 가만히 웃고 대답하지 않았다.

종일 흥을 다하고 유공은 본가로 돌아가고 소부인은 머물러 어색하고 낯설어 할 소저를 위로하고 진부인과 더불어 말씀을 나누었다. 39

소생[53]이 다음날 밤 신부를 보니 평생 바라던 바와 같아 사랑하는 마음이 산이나 바다 같이 샘솟았다. 다음날 아침 군주가 예복을 갖추어 시부모께 보이니 시부모의 사랑함과 소부인의 기뻐함이 끝이 없었다. 삼 일 동안 즐거움을 함께 하고 소부인은 군주를 데리고 유부로 돌아왔다. 이때 제남백이 아들과 함께 유부에 이르자 소부인이 군주와 더불어 승상 부부

53) 소생 : 제남백 소운의 첫째 아들 소경문을 가리킴.

께 고하니 일가가 잠시 동안 떨어져 있었으나 반기고 기뻐함을 이기지 못하였다. 진공은 소공을 맞아 피차에 기뻐함이 끝이 없어 술과 안주를 내와 즐거이 마시었다.

소공이 아들을 머물게 하고 돌아가자 진공은 그를 데리고 내당에 들어와 내외를 함께 보려 군주를 불러 자리에 앉히고 부부가 서로 모자람 없이 비슷함을 기뻐했다. 그러나 진양공주를 생각하고 슬픔이 엇갈려 소랑을 데리고 진부로 가서 공주의 묘당을 배알(拜謁)하게 했다. 이어 군주의 숙소를 월영각으로 정하고 생을 인도하여 들어가니 늘어놓은 것이 정결
40 하고 벌인 것이 그윽이 우아하였다.

공이 들어가 자리를 정하고 딸아이를 나아오게 하여 무릎에 앉혀 등을 어루만지고 머리를 쓰다듬으며 어린아이와 같이 어여삐 여기며 말했다.

"사위는 소년의 날랜 기상으로 아직 자식을 두지 않았으니 내 이렇듯 지나치게 딸아이를 사랑하는 것을 보고 웃을 것이다. 하지만 이 아이는 어렸을 때 그 어미를 잃고 의지할 곳 없이 외로이 나를 의지하여 자라니 신세가 불쌍하여 자연히 다른 부녀보다 지나침이 있구나. 모름지기 웃지 말고 작은 허물이 있더라도 너그러이 용서하여 부부의 의를 두터이 하여라."

생은 그 말뜻을 깨닫고 공의 명을 받들었다.

공이 곁으로 술을 내와 잇달아 술을 부어 10여 잔에 반쯤 취했을 때 취중 딸 부부의 아름다움을 보며 기쁨을 이기지 못하여 오히려 슬피 탄식한 후 두 사람을 돌아보며 말했다.

"10년 전에 너의 어머니를 여의고 때때로 참담함이 사람의 마음을 움직였는데 이제 다 성취(成娶)하여 어진 배필을 얻었으니 내 이제 죽어도

지하에 버린 바 되지 않을 것이다. 어찌 기쁘고 다행하지 않겠느냐?" 41

말을 마치고 눈물을 흘렸다. 비록 공에게는 하늘의 해와 같은 위풍이 있었으나 말이 공주께 미치면 언제나 이와 같았다. 하지만 그것이 어찌 구차하게 부부의 사사로운 정을 잊지 못해서이겠는가? 그 성효덕행(誠孝德行)을 세월이 오래 될수록 아끼고 슬퍼하여 그런 것이니 그에 대한 믿음이 이와 같았다.

밤이 깊은 후 공이 아들들과 더불어 외전(外殿)으로 나오자 소생이 뒤따라 머물러 새로이 사랑하는 마음이 하해(河海)와 같았다. 진공은 여러 자녀가 있으나 군주를 차마 떠나보내지 못하여 소공께 간청하고 한 달이면 이십 일씩 궁중에 머물게 하였다. 소공도 그 자애에 감동하여 허락하고 아들을 보내어 함께 지내게 했다. 이런 까닭에 군주와 소생이 항상 진궁에 머물게 되자 공의 사랑과 유상서 등의 우애가 비할 데가 없었다.

소생이 하루는 셋째 공자 혜와 넷째 공자 정과 더불어 외전 망향각에 올라 경치를 감상하는데 문득 들으니 퉁소 소리가 바람결에 들려왔다. 소생이 혜와 정을 돌아보며 물었다. 42

"음률의 기묘함이 매우 아름답구려. 이것이 어느 곳에서 나는 소리인가?"

두 공자가 대답했다.

"이는 본국 교아(嬌兒)들이 피리 부는 재주를 익히는 소리라네."

소생이 말했다.

"오늘 심히 적적하니 교아를 불러 금술(琴術)을 들음이 어떠한가?"

두 공자가 대답하여 말했다.

"형의 말이 좋으나 우리들은 감히 부르지 못하네. 엄태감이 총괄하여 대인께 아뢴 후 혹 친구가 잔치를 베풀거나 친척이나 이웃의 청으로 가끔 허락하시는데 철패(鐵牌)에 금자(金字)를 써 낸 후에야 출입하고 그렇지 않은즉 마음대로 들어가지 못하게 하시니 우리들이 어찌 감히 부를 수 있겠나?"

소생이 웃으며 말했다.

"형들은 고집스럽다. 저들은 풍류하는 종에 지나지 않는데 그 주인이 맘대로 부르지 못하고 환관의 제어를 받는단 말인가? 오늘 잠깐 가곡을 들어 울적함을 덜고자 하니 형들은 부름을 사양치 못할 것이오."

두 공자가 그럴 수 없음을 여러 번 말했지만 소생은 본래 기운이 강하
43 고 성격이 고집스러워 다른 사람에게 이기고야 그만두는 까닭에 여러 차례 우겼다. 두 공자가 마지못해 곁으로 풍류하는 미인을 부르자 잠깐 사이에 절세 미녀 다섯 명이 악기를 받쳐 들고 채색 단장한 고운 옷을 나부끼며 눈앞에 이르렀다. 소생이 매우 기뻐하며 자리를 주고 각각 잘하는 바를 힘써 연주하라 하였다. 그들이 청가묘무곡(清歌妙舞曲)을 연주하니 소생이 이를 듣고 칭찬하며 말했다.

"형들은 장부가 아니로세. 저런 미인을 모아 두고 한 번 즐기지 못하니 이 어찌 안타깝지 않겠는가?"

두 공자가 웃고 말했다.

"우리는 부형이 엄하시고 여색에 뜻이 없어 그렇지만 원래 엄태감이 극히 어려워 비록 불러 놀고자 하여도 얻지 못하였네. 오늘은 마침 그가 없는 때라 불러오는 것이 쉬웠으나 알게 되면 요란할 것이니 그만하고 보내게."

그러나 소생은 이 말을 듣지 않고 술과 안주를 내와 즐기었다. 이때 주

방 궁인이 음식을 갖추어 웃전에 올리다가 두 공자와 소랑이 창기와 더불어 잔치를 베풀고 즐기는 것을 보고 매우 놀라 급히 돌아와 장손 상궁을 찾아 말했다.

"제가 아까 외전에서 여러 공자들이 술과 안주를 찾으시므로 가져가니 44
셋째 공자와 넷째 공자께서 소상공을 모시고 교방(敎坊) 창기를 불러 농지거리가 낭자(狼藉)하시더이다."

이 말을 듣고 장손씨가 매우 좋아하지 않아 하며 말했다.

"엄태감이 어찌된 까닭으로 이렇듯 살피지 않고 여러 공자의 호방(豪放)함을 돕는단 말인가? 만일 이 길을 열어 논 즉 소년 낭군들의 수행(修行)을 상해함이 적지 않을 것이다."

장손씨가 사람을 시켜 엄태감을 찾아가 이 일을 이르니 태감은 마침 나갔다가 갓 돌아온 참이었다. 장손씨의 말을 듣고 매우 놀란 엄태감은 집에서 부리는 남자 일꾼을 시켜 망향각으로 가서 여러 공자와 즐기는 창기는 옥석(玉石)을 구별하지 말고 다 잡아오라 명하는데 그 호령이 벽력같았다. 모든 일꾼들이 일시에 여러 창기들을 사로잡아 오니 태감이 매우 노하여 아뢰지도 않고 방자히 출입하여 여러 공자께 가까이 간 창기들의 죄를 묻고 엄한 장형(杖刑)으로 다스렸다. 그리고 창기들을 그날로 본도로 내려 보내고 다시는 부름이 없이 오지 말라고 명한 후 즉시 진공께 이런 일이 생긴 까닭을 고했다. 이 말을 들은 공이 두 아들을 불러 크게 꾸짖자
두 사람은 소생이 한 말을 공께 고했다. 공은 깊이 생각하다가 상서를 돌 45
아보며 말했다.

"세도가 간사하고 인심이 한결 같지 않구나. 우리 형제 다섯 사람은 청운(靑雲)에 올라 부귀영화가 적지 않았어도 일찍이 창아에게 마음을 준

적이 없었는데 사위는 침착함에도 이런 일이 있으니 이 어찌된 일이냐? 그가 여색에 뜻이 있음은 상관없으나 선비의 높은 행실은 아닌 듯 싶구나."

이에 상서가 웃고 온화하게 대답하여 말했다.

"이는 겨우 소년 유희의 일에 지나지 않습니다. 어찌 과히 염려하실 일이겠습니까?"

말을 멈춘 사이에 소생이 이르렀다. 소생은 공의 안색이 좋지 않은 것을 보고 일어나 사죄하여 말했다.

"아까 우연히 외루에서 유람하며 즐기다가 풍류 소리를 듣고 창기를 불러 가곡을 듣고 우희(優戲)를 보았습니다. 잠깐 눈을 시원케 하고자 장인어른의 가법이 아닌 줄 알면서도 저와는 관련이 없어 잠깐 장인어른의 집을 빌려 즐겼는데 환관이 지나치게도 웃전을 범하는 치욕을 주었습니다. 그런데도 장인어른께서 이를 엄히 다스리지 아니하시니 부끄러울 따름입니다."

진공이 웃으며 말했다.

"내 비록 도량이 없으나 네가 창기에게 생각이 머무는 것을 이상히 여
46 기는 것은 아니다. 허나 창기의 무리는 미천하고 음란하니 군자가 가까이 할 바가 아니다. 장부가 미색을 구할 때는 규중의 숙녀를 가려 여럿을 취하는 것은 가능하지만 천인은 불가하므로 내 그윽이 여러 아들의 외입하는 길을 막고자 엄광에게 부탁했느니라. 그는 그 소임을 지킨 것이니 이 사람은 충성스러운 사람이다. 허니 너는 이상하게 생각지 마라."

소생은 다른 말없이 순순히 감사하고 물러났다. 공이 비록 소생을 사

랑하나 풍악을 한 번 보는 데에는 얼굴빛이나 말 한 번을 허락함이 없고 엄태감을 책망할 뜻도 없으므로 여러 공자들은 이를 좇아 감히 창기에게 눈을 돌리지 못했다. 이러구러 1년이 지나는 동안 상서가 연달아 두 아들을 낳고 시랑이 또 아들을 낳으니 공이 매우 즐거워하고 기뻐했다.

이때가 가정(嘉靖)[54] 12년이었다. 황제가 정사에 게으르시어 상서 도참을 숭상하시니 사방에 오랑캐가 들끓어 요란하고 변방에서는 자주 반역이 일어났다. 서역의 여러 나라들과 다섯 나라의 군사가 강경한 태도를 버리고 타협하여 이른바 서강국(西羌國)[55]과 오사국(烏舍國)[56]과 대완국(大宛國),[57] 토번국(吐蕃國),[58] 보림국이 합병하여 들어와 변보(變報)가 별 47
달리듯 길 위에 그치지 않았다. 황제가 매우 놀라 군신을 모아 적을 물리칠 일을 의논하시니 여러 신하들이 아뢰었다.

"국가에 훌륭한 장군이 없어 오직 초국공 유우성이 자주 대공을 이루었을 뿐이나 지금은 쇠로(衰老)하여 물러가 여생을 보낸 지가 오래라 군사의 일을 보지 못할 것입니다. 하지만 대장군 유세형이 문무(文武)의 재주가 있으니 토벌하라 하시면 반드시 성공할 것입니다."

상이 진공을 돌아보며 말씀하셨다.

"경이 병사를 거느려 도적을 쳐 짐의 근심을 나누겠는가?"

진공이 아뢰어 말했다.

---

54) 가정(嘉靖) : 명(明)나라 제12대 황제 세종(世宗)의 연호로 재위기간은 1521~1566년.

55) 서강국(西羌國) : 서역에 있는 한 나라로 『후한서(後漢書)』 「서강전(西羌傳)」에 보면 '西羌之本出自苗羌姓之別也'라 되어 있음.

56) 오사국(烏舍國) : 오사국(烏舍國, 995~1114). 발해의 옛 지역에 세워진 나라로 정안국(定安國, ?~986) · 홍료국(興遼國, 1029~1030) · 대원국(大元國, 1116) 등과 함께 발해의 옛 유민들이 세워 발해 광복운동을 하기도 함.

57) 대완국(大宛國) : 서역의 여러 나라들 중 하나로 현재 중앙아시아 우즈베키스탄 페르가나 주 일대.

58) 토번국(吐蕃國) : 티벳의 옛 이름.

"신이 재주가 없고 학식이 고루하여 국가대사를 그르칠까 두려워할지 언정 어찌 감히 사양하겠습니까?"

상이 매우 기뻐하시며 즉시 천하병마대원수의 직책을 내리시고 백모황월(白毛黃鉞)[59]과 선참후계(先斬後啓)하는 상방검(上房劍)[60]을 주시며 사십만 대군을 거느리고 서역의 여러 나라들을 정벌하라 하셨다. 그리고 장

졸의 재략을 살펴 공의 명령을 들으라 하시니 진공이 그 은혜에 감사하고 물러나왔다. 진공이 교장(敎場)에 나와 군사를 조련하여 수도 전역에서 군사를 모으니 오십만이 되었는데 이 중 우수하고 강한 군사 삼십만을 거느려 다음날 출정하기로 하였다. 그런 후 공은 사람 수를 점고(點考)하기를 마치고 집으로 돌아와 부모형제와 이별의 정을 나누었다. 공이 잔을 들어 부모님께 올리고 형제와 이별하며 말했다.

"서역이 땅이 멀고 산천이 험악하니 평정하기 어려울 것입니다. 아마 수삼 년이 걸릴 터이니 부모님 슬하를 떠남이 참기 어렵고 여러 형제의 우애를 잊기도 어렵습니다."

공의 말에 모두 슬퍼하며 눈물을 흘리었다. 이때 이부상서 유관과 병부시랑 유현이 아버지를 모시고 함께 가기를 청하므로 공이 말했다.

"현은 근래 병이 잦고 기운이 충실하지 못하니 집에 있어 모든 사람을 거느리고 편안히 지내기로 하고, 관은 나라에 아뢰어 나와 함께 가면 부자가 서로 의지하여 군대 안의 외로움을 위로할 수 있겠구나."

---

59) 백모황월(白毛黃鉞) : 백모는 모우의 꼬리나 날짐승의 깃을 장대 끝에 매달아놓은 기. 황월은 도금칠을 한 도끼를 말함.

60) 상방검(上房劍) : 상방검(上方劍)이라고도 함. 상방(尙房)은 임금이 일용에 쓰는 물건을 만들던 한 나라 때의 관서로, 이곳에서 만든 칼을 상방검이라고 함. 상방검은 임금을 상징하는 물건으로 임금을 대신하여 전쟁 등의 중요한 일에서 명을 집행할 때 임금을 대신하여 일을 집행하게 한다는 의미로 하사하였음.

유상서가 매우 기뻐하여 즉시 황제께 아뢰고 함께 가게 되었다.

이에 앞서 영릉후의 부인 설씨가 공이 군대와 함께 출정하게 됨을 듣고 유씨 집안에 이르러 공을 보고 말했다. 49

"아주버님께서 이제 만 리 밖으로 출정하시니 서역 산천이 험하여 지리에 익숙하지 않으면 군대를 제대로 쓰지 못할 것입니다. 제가 일찍이 서량[61]에 있을 때 이인(異人)을 만나 검술을 배우고 한 축(軸)의 그림을 받았는데 이는 서역 36국을 그린 것이었습니다. 그 가운데 산천 도로와 성곽, 인물이며 군병, 군량을 자세히 기록했으므로 평서지장도(平西指掌圖)라 하니 한 번 보시면 적군을 헤아리실 수 있을 것입니다. 이것을 아주버님께 드려 성공하시길 바라옵니다. 그리고 몽이 이제 나이가 장성했으면서도 변변치 않게 깊이 숨어 창 아래서 썩은 글귀만 생각하고 있으니 이는 제가 원하는 바가 아닙니다. 군중에 데려가 쓰시면 전장에 이로운 바가 있을 것입니다."

그런 후 서역 지도를 공에게 드리니 공이 두 손을 맞잡고 감사하며 말했다.

"제수의 높으신 가르침을 삼가 받들겠습니다. 만일 서역을 평정하면 제수께서 지도를 주신 덕분입니다. 몽은 영특한 기운이 출중하여 하나만 보아도 남다른데 어찌 다행치 않겠습니까?"

설부인이 기뻐하며 감사했다. 50

몽은 설부인의 친아들로 올해 16세였다. 용모와 풍채가 뛰어나고 용맹한 기운이 절륜(絶倫)하며 무예가 빼어나 활 잘 쏘고 말 달리기에 따를 자

---

61) 서량 : 정확한 위치는 불분명함. '西涼'이면 송대에 설치한 부(府)의 이름. 현재의 하북성(河北省) 자록현(束鹿縣)에 있는 지역. '西梁'이면 한 대에 설치한 현(縣)의 이름. 현재의 감숙성(甘肅省) 무위현(武威縣).

가 없을 뿐 아니라 신기한 검술이 그 어머니를 닮았으므로 공이 데려가기로 한 것이었다.

여러 형제와 함께 승상을 모시고 자고 다음날 아침 부모께 하직하는데 승상 부부가 조심하라 깊이 경계하자 공은 감사히 명을 받들었다. 그러고는 다시 부인과 자녀를 보지 않고 밖으로 나갔다. 그러자 영주 소저가 눈물을 펑펑 흘리며 담장 밖으로 따라 나가 그 옷을 잡고 차마 놓지 못했다. 공이 잠깐 걸음을 멈추어 그 손을 잡고 머리를 어루만지며 말했다.

"네 아비는 백면서생(白面書生)으로 국은을 갚으려 출정하니 집에 있을 때는 부자(父子)가 중하고 일을 임하여서는 군신(君臣)이 중한 것이다. 어찌 아녀자의 사사로운 정을 이르겠느냐? 삼가 몸을 보중하여라."

그런 후 마침내 소매를 떨치고 나가니 소저는 놀라고 정신이 아찔하여 눈물만 흘렸다.

51 공이 삼군(三軍)을 정제(整齊)하여 떠나는데 황제께서 친히 등각문에 나와 앉아 일등 어악(御樂)으로 전송하시었다. 공이 사은하고 나와 군신을 거느렸다. 공은 백모황월(白毛黃鉞)을 세우고 홍양산(紅陽傘)[62] 아래 대장의 융복을 갖추고 있었다. 그리고 황금 안장과 옥 고삐를 한 황표마(黃驃馬)[63] 여섯 마리를 메어 병기를 갖추고 손에는 보검을 잡고 있었다. 용감한 군사 백여 명이 좌우를 옹위하여 가니, 군대 안이 엄정(嚴整)하여 사람은 강건하고 말은 씩씩했다. 공의 천일(天日) 같은 위풍은 군대 중에서도 빼어나 어슴푸레 태양이 아침 안개를 헤치고 푸른 하늘에 오르자 뭇별들이 자취를 감추는 것 같았다. 뒤에서는 이부상서 유관이 종제(從弟) 유몽

62) 홍양산(紅陽傘) : 의장으로 쓰던 붉은 빛의 양산.
63) 황표마(黃驃馬) : 보통의 용감하고 날쌘 말로 삼국지나 수호지 등에서 장수들이 많이 타는 말. 삼국지에서 망아장이 타던 말.

과 함께 자류마(紫瑠馬)64)를 타고 청라산(青羅傘)65) 아래 앉았으니 맑고 깨끗한 정신과 풍채, 늠름한 기상이 마치 홍문(鴻門)에 있던 진유자(陳孺子)66)와 장자방(張子房)67) 같으므로, 모든 조정이 칭찬하여 마지않았다. 상께서도 크게 탄복하시어 사신을 보내 유승상을 위로하시고 진공의 집안을 어여삐 살피셨다.

이때는 가정(嘉靖) 12년 여름 4월이었다. 유씨 집안의 상하가 진공 부자
를 보내며 각각 이별시를 지어 이별하고 시랑은 여러 형제들과 함께 부친 52
을 이별하고 돌아오며 맺힌 염려를 이기지 못했지만 애써 참고 부인과 누
이를 위로했다. 장부인은 본래 담력과 지략이 남보다 뛰어나므로 깊이 염
려하지 않고 설소저68)를 더욱 어여삐 살피며 자녀들을 거느려 세월을 지
내었다. 승상 부부와 성의백 형제 또한 진궁의 여러 조카 친척들을 각별
히 살폈다.

이때 설부인은 몽에게 권하여 종군(從軍)하라 하고 조금도 이별에 연연하는 빛이 없었다. 영릉후는 오히려 염려했으나 부인의 시원스런 통달함은 남자보다 나으므로 사람마다 칭찬하기를 마지않았다. 유상서는 부친을 모시고 가게 되어 모친과 여러 누이들과 이별하게 되었으므로 근심스러운 빛이 있었다. 그러나 홀로 설소저만은 말이 없고 얼굴빛이 태연하여

---

64) 자류마(紫騮馬) : 털빛이 밤색인 말로 삼국지에서 안량이 타던 말.

65) 청라산(靑羅傘) : 의장으로 쓰이던 푸른 빛의 비단 양산.

66) 진유자(陳留子) : 진유자는 초한(楚漢) 때 한 고조의 신하 진평(陳平). 처음에는 항우(項羽)를 따랐으나 후에 유방(劉邦)을 섬겨 한(漢)나라 통일에 공을 세우고 천하를 평정함에 고조를 도와 여섯 번 계책을 냄.

67) 장자방(張子房) : 한 고조 유방의 공신 장량(張良). 자가 자방(子房)으로 시호는 문성공(文成公). 한나라 명문 출신으로, BC 218년 박랑사(博浪沙 : 河南省博浪縣)에서 시황제(始皇帝)를 습격했으나 실패, 하비(下邳 : 江蘇省下邳縣)에 은신하고 있을 때 황석공(黃石公)으로부터 『태공병법서(太公兵法書)』를 물려받음. 진승(陳勝) · 오광(吳廣)의 난이 일어났을 때 유방의 진영에 속했으며, 후일 항우(項羽)와 유방이 만난 '홍문의 회(會)'에서는 유방의 위기를 구함.

68) 설소저 : 유관의 부인.

공손히 절하고 나가서 그 아들도 찾아보지 않았다. 유씨의 아름다운 가풍과 세덕(世德)이 대대로 이와 같으니 어찌 기특하지 않겠는가?

53 진공이 병마를 크게 몰아 서역으로 향하였는데 도중에 조금도 백성의 것을 범하지 않으므로[69] 백성들이 소박한 음식을 마련하여[70] 군대를 맞이했다.

이때 서역의 여러 나라들이 토번이 달려옴을 듣고 중원을 침략하여 오랫동안 창궐하므로 그 광폭한 기운이 바야흐로 왕성하였다. 그 중에서도 제일 이득을 본 것은 대완과 토번 양국이었다. 이미 선봉이 되어 본진을 짓밟아 들어왔다가 관군을 만나 20리 밖으로 물러나 진을 치니 공 또한 산을 의지하고 물을 막아 기호(旗號)를 세웠으므로 적군 대장 토번 사캐대왕은 보초를 시켜 어떤 장수가 군사를 이끌고 왔는지 보라 명했다. 이윽고 보초가 와서 고하였다.

"대명(大明) 군사가 기치(旗幟) 정제하고 대오(隊伍)가 엄정하였습니다. 군대 가운데 큰 기를 세워 기 위에 크게 성명을 썼는데, '대명금자광록태우(大明金紫光祿泰宇) 천하병마대원수(天下兵馬大元帥) 진국공 유세형'이라 했습니다."

이 말을 듣고 토번이 매우 놀라 여러 장수들을 모아 상의했다.

"이는 성의백 유백온의 자손이며 초국공 유우성의 아들이다. 일찍이
54 들으니 이 사람이 나이 17세에 군사를 이끌어 남해를 쳐 백전백승했고

69) 도중에 ~ 않으므로 : {일노[一路]의 츄호[秋毫]룰 블범[不犯]ᄒᆞ매}. '추호불범(秋毫不犯)'이란 '매우 청렴하여 남의 것을 조금도 건드리지 아니함'을 뜻하는 말로 여기서는 유세형의 군대가 백성들의 살림을 침범치 않았다는 말로 쓰임.

70) 소박한 음식을 마련하여 : {단ᄉᆞ호댱[單食壺漿]}. 이 말은 대나무로 만든 밥과 병에 넣은 마실 것이라는 뜻으로 넉넉지 못한 사람의 거친 음식을 뜻하는 동시에 백성이 군대를 환영하기 위해 갖춘 음식을 가리키는 말로도 쓰임.

그 아비 우성은 자주 적을 쳐부쉈으니 대대로 문무를 두루 갖춘 자가 있을 것이다. 지금 그가 군사를 이끌고 왔으니 우리들이 가볍게 대적하면 세가 반드시 위태할 것이다."

그러자 장수들이 모두 대답했다.

"관군이 멀리 떠나와 공을 거두고자 하니 반드시 패할 것입니다. 스스로 기세를 상하게 하는 것은 옳지 않으니 내일 한 번 크게 싸워 적을 파하고 대장을 생포하여 파촉(巴蜀) 지역까지[71] 돼지 몰듯 들어가는 것이 좋겠습니다."

사캐의 무리가 이 말을 듣고 매우 기뻐했다. 다음날 대군을 거느려 기를 두르고 북을 쳐 크게 나아갔으나 진공은 군사에게 명령하여 성벽을 굳건히 지키며 나오지 않았다.[72] 적군이 진영 앞에 와 온갖 것을 빌미삼아 욕하고 꾸짖으므로 여러 장수들이 매우 노하여 들어가 원수께 고했다.

"저희들이 대국 황제의 장수로서 어찌 도적에게 치욕을 이같이 받을 수 있겠습니까? 원컨대 한 번 죽기를 결심하고 싸우겠습니다."

그러자 공이 웃으며 말했다.

"성인이 이르시되 '작은 일을 참지 못하면 큰일을 도모하기 어렵다.'[73]고

---

71) 파촉(巴蜀) 지역까지 : {파촉지계[巴蜀之界]로}. 파촉은 서촉(西蜀)이라고도 하는데 지금의 중경(重慶)을 중심으로 한 파국(巴國)과 성도(成都)를 중심으로 한 촉국(蜀國)을 합한 지명으로, 현재의 사천성(泗川省) 전역에 해당함. 파촉의 서북부는 곤륜산맥(崑崙山脈)에 의해 가로막히고, 동북부에는 대파산맥(大巴山脈)이 솟아 있어 섬서성 · 호북성과 격리되어 있음. 서쪽으로 5천 미터가 넘는 대설산(大雪山)이 있고 그 산을 넘으면 티베트 고원이며, 남쪽으로 봉산산맥이 내달려 운남성 · 귀주성과 경계를 이루고 있어, 사면이 험준한 산맥으로 둘러싸여 있음. 후한 말에 이르러 익주라고 부르기 시작했는데 촉한(蜀漢)은 유비가 조조의 위나라에 대항해서 파촉 땅을 중심으로 세운 나라로 한중(漢中)도 포함됨. 중원에서 파촉으로 들어가려면 두 가지 길밖에 없는데 하나는 장강을 거슬러 올라가 험지인 삼협(三峽)을 건너는 방법이었고, 다른 하나는 촉(蜀)의 잔도(棧道)를 통하여 들어가는 방법이었음.

72) 성벽을 ~ 않았다 : {견벽불출[堅壁不出]}. 이는 '견벽청야(堅壁淸野)'과 같은 뜻으로 우세한 적에 대한 작전 수단을 말함. 성벽을 견고히 지키고 곡물을 거두어 들어 양식이나 쉴 곳의 편의를 주지 않는 방법.

하셨으니, 너희들이 지금의 치욕을 참지 못하여 나아가 싸우다가 만일
55 잘못되면 군율을 피하지 못할 뿐 아니라 우리 중국의 날랜 기운을 잃
을 것이다. 적이 지금은 싸우려 하는 기운이 성하니 잠깐 군사를 쉬게
하여 시간이 흐르면 그 마음이 태만해질 것이다. 그때 우리의 기세를
키워 한 번 치면 번장을 잡고 번국을 평정할 수 있을 것이다. 그러니 너
희들은 함부로 말하지 마라."

여러 장수들이 엎드려 절하며 말했다.

"이는 고명하고 원대한 생각이십니다."

공이 10여 일을 출병하지 않자 과연 번의 군사들이 게을러졌다. 공이
이를 탐지하고 호의장군(豪毅將軍) 장세인과 평북장군(平北將軍) 장세걸 형
제로 하여금 2만의 병사를 거느리고 금계령을 지켜 돌아갈 길을 막으라
고 명하였다. 그리고 평서장군(平西將軍) 왕수로 하여금 2만의 병사를 거
느려 좌에 매복하고, 신무장군(神武將軍) 이명으로 하여금 3만의 병사를
거느려 우에 매복하여 적이 패주할 때 좌우로 협공하라고 명하였다. 그리
고 공은 스스로 중군(中軍)에 속한 마병 5만을 거느리고 가는 길 중간에
있는 계룡산 아래 이르러 양 진이 맞서 싸웠다. 오랑캐가 구름 모이듯 산
가운데 가득하여 온 들을 뒤덮으며 나아오니 여우의 무리나 개떼와 같았
56 다. 공이 센 활과 매운 쇠도[74]로 이들을 제어했다. 적진의 문이 열린 곳
에서 대장이 나아오니 기 위에 성명을 크게 썼는데, '좌선봉(左先鋒) 탑천
장과 우선봉(右先鋒) 노갈회'라 되어 있었다. 이들이 극히 모질고 사나우며
매우 흉악하여 장수들이 다 두려워하는 빛이 있었다. 이를 본 공이 노하

---

73) 성인이 ~ 어렵다 : {셩인[聖人]이 유운[有云]ᄒᆞᄃᆡ 소불인즉난대모[小不忍則難大謨]}. 『논어(論語)』「위령공(衛靈公)」편 27장에 나오는 구절임.

74) 쇠뇌 : 여러 개의 화살이 잇달아 나가게 만든 활의 한 가지.뇌

여 말했다.

"너희들이 진에 다다라서도 용기를 내지 않으면 군법으로 다스림을 면치 못할 줄 알라."

말을 다 마치지 못하여 공의 조카 몽이 방천극(方天戟)[75]을 들고 용감
하게 진을 깨고 나아갔다. 공이 행여 몽을 잃을까 두려워 양개 선봉으로
협공하라 하고 진 앞에 나와 보니 적장이 날래고 사나워 마치 비룡(飛龍)
이나 맹호(猛虎) 같았다. 유몽이 적을 맞아 나아가고 물러나는 것은 패왕
(霸王)이 구리산에서 십 면 매복을 헤치는 세[76] 아니면 조운(趙雲)이 한수
에서 아만(阿瞞)을 추격하던 때[77] 같았다. 서로 싸운 지 60여 합에 몽이
칼을 들어 노갈회를 베니 탑천장이 너무 겁을 먹어 미처 손을 놀리지 못
하여서 진공이 화살 하나로 그 눈을 맞혀 뒤통수를 꿰뚫었다. 그가 말에
서 떨어져 죽으므로 몽이 승세하여 번진을 무찔렀다. 이때 공이 대병을 57
몰아 불시에 쳐들어가니 꽹과리와 북 소리가 하늘에 이어지고 함성이 크
게 울려 퍼져 번군을 찔렀다. 이윽고 시체가 들을 뒤덮고 피가 흘러 내가
되었다.

토번이 대패하여 달아나니 도중에 왕수, 이명이 협공하여 남은 군사를

---

75) 방천극(方天戟) : 봉 끝에 강철로 된 창과 같은 뾰족한 날과 옆에 초승달 모양의 '월아(月牙)'라는 날을 부착한 장병기. 두 개의 월아가 손잡이를 중심으로 좌우대칭 형태로 부착되어 있는 것을 방천극이라 하고 우러아가 한 쪽에만 부착되어 있는 것을 청룡극(靑龍戟) 혹은 극도(戟刀)라 함. 삼국지에서 여포가 사용한 것으로 유명.

76) 패왕이 ~ 세 : 항우가 유방과의 싸움에서 마지막으로 대패한 전투로 한신이 보낸 첩자 이좌거에게 속아 구리산으로 들어간 항우의 군대는 장량의 뛰어난 지략에 대패함. 장량이 퉁소를 불자 초군이 고향을 그리워하며 탈영을 한 것으로 여기서 '사면초가(四面楚歌)'라는 고사가 유래. 이 전투가 바로 항우와 유방의 마지막 전투인 '해하 결전'임.

77) 조운 ~ 때 : 조운(趙雲)의 자(字)는 자룡(子龍)이고 상산(常山) 진정(眞定) 사람. 본래 공손찬(公孫瓚)에게 속해 있었는데, 공손찬이 선주(先主 : 유비)에게 전해(田楷)를 도와 원소(袁紹)를 막도록 했을 때 조운은 선주를 따라 기병을 이끌고 조조의 군사를 한수에서 몰살시킴. 아만(阿瞞)은 조조의 자(字).

다 죽였다. 그들은 겨우 남은 병사 1천여 기를 거느리고 금계령에 이르렀다. 장세걸 형제가 한꺼번에 들이닥쳐 토번왕을 포위했더니, 대완왕이 죽음을 무릅쓰고 들어와 토번왕을 구해 달아났다. 그러나 토번의 인마 이십만은 갑옷 한 조각[78]도 돌아가지 못했다. 공이 대승을 거두고 군을 나와 금계령에 진을 치니 군대의 위력이 널리 알려져 원근의 군사들이 그 명망을 듣고 순순히 돌아왔다. 공이 어루만지고 위로하기를 두터이 하여 조금도 침범하지 않으니 서방 백성이 다 그 덕을 우러러 보았다.

공이 여러 장수들을 모아 대완을 칠 일을 의논하다가 날이 어두워져 여러 장수들이 다 흩어졌다. 공은 아들과 조카를 데리고 경성에 있는 임금
58 님과 부모님을 생각하며 그리워하였다. 그러다 갑자기 눈을 드니 검은 기운이 장막 앞으로 화살같이 들어오는 것이었다. 공은 몹시 놀라 괴이히 여기며 오랫동안 살펴보다가 문득 차고 있던 칼을 빼서 그 기운을 베어 버렸다. 그러자 사람의 머리가 땅에 떨어졌다. 상서와 몽이 대경실색하여 말했다.

"이것이 어찌 된 일입니까?"

공이 웃으며 말했다.

"이곳이 땅이 멀고 신기한 것을 숭상하므로 요망한 술법이 많다. 자객 한 무리가 환술로 나를 해하고자 하다가 죽었는데도 너희들을 알지 못하는구나."

상서가 마음이 송구스러워 이렇게 말했다.

"이런 일이 있는데도 저희 형제 알지 못했으니 어찌 만 리를 모셔온 보람이 있겠습니까?"

---

78) 갑옷 한 조각 : {편갑(片甲)}. 싸움에 지고 난 군사를 비유적으로 이르는 말.

공이 말했다.

"이는 나라 밖에서 벌어지는 요사한 술법이니 너희들이 어찌 알겠느냐? 내 그 기운을 알아보고 제어한 것이다."

다음날 자객의 머리를 나무에 매달아 군 가운데 보이고 사지(四肢)를 모든 진영에 보내니 진영 안의 모든 군사들이 놀라고 황급해했다. 여러 장수들은 자신들의 불경(不敬)함을 벌하여 달라고 청하였다. 그러나 공은 아무도 예측치 못한 일이라고 말하며 이들을 위로했다. 적진에서는 이를 보고 매우 놀라고 겁을 먹어 토번왕은 굳게 지키고 앉아 출병하지 않았고 오사국과 서번국은 싸울 생각을 못했다.

공이 삼군과 약속하고 화구(火具)를 가지고 오랑캐 진영에 이르러 바람을 기다려 불을 놓고 일시에 치니 모든 오랑캐들이 칼에 찔리고 서로 짓밟고 하여 죽은 자가 수없이 많았다. 공은 여러 장수들을 격려하여 몸소 날아오는 화살과 돌을 피하지 않고 기를 두르고 북을 쳤다. 삼군이 힘을 다하여 하룻밤 사이에 번국의 백만 군을 쳐부수니 시체가 산같이 쌓이고 피가 흘러 내가 되었다. 오랑캐 군사들은 달아나 한 구석에 주둔하며 늙은이건 젊은이건 가리지 않고 모두 모아 원수를 갚고자 했다. 공 또한 진을 옮긴 후 적의 형세를 보고 군사를 내려고 군대를 한 곳에 멈춰 두고 움직이지 않았다. 59

때는 바야흐로 여름이 끝나고 가을이 시작되려는 무렵이라 늦은 더위가 심했다. 공은 아들과 조카를 데리고 호위병 1천여 인을 거느린 채 앞으로 나아가 산천형세를 돌아보다 한 곳에 이르렀다. 그 곳엔 큰 산이 하늘에 닿아 있었고 뾰족이 솟은 수려한 산봉우리에는 상서로운 안개가 덮여 있었다. 시냇물에 안개가 자욱하여 기화이초(奇花異草)와 옥암적사(玉巖

赤沙)가 붉은 기운에 잠겨 있고 학과 노루가 쌍쌍이 왕래하니 진실로 무릉
60 도원이요, 별천지였다. 향기로운 바람이 옷에 싸이고 꽃 그림자가 길을
덮었으므로 공은 이를 기이히 여겨 칭찬하기를 마지않았다. 그 지방 사람
에게 산의 이름을 물으니 양계산(兩界山)[79]이라 하였다. 공이 유람하여 꼭
대기에 이르니 가장 높은 봉우리에 몇 간의 암자가 있고 백학 한 쌍이 소
나무 아래서 졸고 있었으며 석실(石室)은 그윽이 우아하여 마치 선계(仙界)
와 같았다. 공이 들어가 보았으나 사람이 없으므로 도로 나오려 했다. 그
런데 갑자기 돌로 된 좁은 길에 막대를 던지는 소리가 나며 한 노인이 창
백한 얼굴에 성성한 백발을 흩날리며 날아오더니 공에게 절하며 말했다.

"산야의 사람이 대승상께서 오심을 알지 못하여 영접하지 못했으니 황공하옵니다."

공은 그가 비상한 사람인 것을 알고 공손히 절하며 말했다.

"저는 그저 평범한 세속의 선비로 일찍 공명을 세운 일이 없는데 선생은 어찌 그런 말씀을 하십니까?"

노인이 웃으며 대답했다.

"장군은 산인(山人)을 속이지 마십시오."

그러고는 공을 청하여 돌 위에 자리를 잡고 다시 말했다.

"선생의 위엄과 덕망이 깊은 산중에까지 들린 지 이미 오래되었습니
61 다. 공의 얼굴 모양에 삼태(三台)[80]와 오악(五嶽)[81]의 기운이 서려 있고

79) 양계산(兩界山) : 『서유기(西遊記)』에서 손오공이 갇혀 있던 산으로 중국과 몽고의 경계를 이룸. 원래 이름은 오행산(五行山).

80) 삼태(三台) : 삼태성(三台星)을 가리킴. 대웅성좌(大熊星座)에 딸린 별. 자미성(紫微星)을 지킨다고 하는 세 별. 곧 각각 두 개의 별로 된 상태성(上台星)·중태성(中台星)·하태성(下台星)으로 이루어져 있음. 삼공(三公)의 지위를 일컫는 말로도 쓰임.

81) 오악(五嶽) : 중국의 이름난 다섯 산. 태산(泰山), 화산(華山), 형산(衡山), 항산(恒山), 숭산(嵩山)을 이름. 사람의 얼굴에서 이마, 코, 턱, 좌우 광대뼈를 이르는 말로도 씀.

권골(權骨)[82]이 낯에 가득하니 당당히 만인(萬人)의 재상이 되었을 상인데 노인이 어찌 알지 못하겠습니까?"

공이 감사하며 말했다.

"선생은 신인(神人)이시니 오늘 서로 만난 것은 하늘이 도우심입니다. 사실 내가 황제의 명을 받고 서번을 치러 온 것인데 제가 공을 이루겠습니까? 원컨대 길흉(吉凶)을 가르쳐주십시오."

노인은 한동안 깊이 생각에 잠겨 있다가 마침내 대답했다.

"공의 덕망이 이미 천하에 진동하고 소인(小人)들이 꺼리는데다 눈썹 근처에 검은 기운이 있어 양 미간에 사무쳐 있으니 오래지 않아 큰 화가 이를 것입니다. 빨리 서번의 진을 섬멸하고 관중(管中)[83]으로 돌아가 지체하지 말고 변란에 대처하십시오. 이제 곧 패군할 오랑캐들은 염려할 것이 아닙니다. 오히려 안에서 생길 근심이 적지 않을 것입니다."

상서와 몽이 공을 모시고 곁에 서 있다가 이 말을 듣고 매우 놀랐으나 공은 처음부터 끝까지 낯빛 하나 변하지 않고 말하는 것이 평소와 같이 침착했다. 그러자 노인이 말했다.

"아깝다. 하늘이 군왕의 상(相)을 내시고 그 복은 주지 않아 조그만 나라의 제후를 삼으셨구나." 62

말을 마치고는 백자차(柏子茶)와 송화채(松花菜)[84]를 내어와 대접하고

---

82) 권골(權骨) : 광대뼈.

83) 관중(管中) : 여기서는 진공이 다스리고 있는 진국의 관할 구역을 말함.

84) 백자차(柏子茶)와 송화채(松花菜) : 백자차는 잣나무의 열매로 만든 고소한 맛의 차. 송화채는 소나무 꽃잎으로 만든 나물. 이것은 『삼국지』 '출사표'장에서 제갈공명이 산속에서 한 은자(隱者)를 만나 독이 든 물을 마시고 벙어리가 된 병사들을 치료하고 백자차와 송화채를 대접받은 장면과 유사함.

붉은 환약 세 개를 꺼내어 공에게 주며 말했다.

"산사람이 정을 표할 것이 없어 연단(鍊丹) 세 개로 공의 위엄과 덕에 사례하고자 합니다. 이것을 먹으면 온갖 병이 사라지고 젊어지는 것을 느끼실 것입니다. 이제 공은 온 나라 안에 그 위엄을 떨치고 천하에 그 공을 펼치셨지만, 골격이 너무 뛰어나고 용모가 너무 깨끗하여 분명 수명이 길지 않을 것입니다. 노인이 공을 아껴 단약(丹藥)으로 공경하고 우러르는 뜻을 표하고자 합니다."

공이 감사하며 말했다.

"그런 물건은 감당할 수 없습니다. 사람이 한 번 태어나고 한 번 죽는 것은 요순(堯舜)도 면치 못하신 것인데 어찌 세상에 태어나서 죽지 않길 바라겠습니까? 선생의 두터운 정은 대단히 감사하나 나는 성인의 일을 본받고자 하므로 감히 신기한 약을 받들지 못하겠습니다. 부디 선생은 나의 어리석음을 비웃지 마십시오."

노인이 감동한 표정으로 칭찬하며 말했다.

"공은 마음씨 바른 군자라 도가 같지 않으니[85] 베풀 길이 없구나."

그러나 공은 다시 별다른 말을 묻지 않고 소매를 떨치고 일어나 작별을 고했다.

63 "이후 10여 년이면 서로 볼 것입니다. 군정(軍政)이 바쁘니 여기서 이별하겠습니다."

노인이 유상서와 유몽을 돌아보며 탄식하고 말했다.

"세상을 다스릴 사람이로다. 유씨 가문의 세덕(世德)을 능히 알겠구나. 모름지기 조심하여 복을 그림자처럼 따르고 부귀는 탐하지 마라."

---

85) 도가 ~ 않으니 : 진공은 유가에 속해 있고 노인은 도가에 속해 있어 도가 같지 않다고 말한 것임.

공이 감사하며 말했다.

"선생의 어진 말씀을 삼가 띠에 써 잊지 않겠습니다. 옛사람이 말씀하시기를 '공을 이루었으면 몸이 물러나는 것이 하늘의 도이며, 높은 용은 뉘우침이 있으리라'[86]고 했습니다. 내가 본래 부귀에 연연해하지 않으나 국가에 매여 본심을 가두어 두고 있으니 항상 만년에 너무 지나친 영화를 누리는 것이 아닌가 두려움이 있습니다. 이제 문득 무슨 죄악이 있는지 아득하여 깨닫지 못하겠으니 선생은 가르침을 아끼지 마십시오."

그러나 노인은 깊은 생각에 잠긴 채 대답하지 않았다. 상서가 나아가 다시 절하며 말했다.

"선생은 신인(神人)이십니다. 원컨대 우리 부자의 목숨을 위협하는 재앙을 밝히 가르쳐 흉한 데를 피하고 길한 데로 나아가게 해주십시오."

했다. 노인이 웃으며 말했다.

"천도(天道)는 깊고 멀어 알기 어렵지만 대인의 골격이 너무 호탕하고 시원스러워 한 번 재난을 당하는 것은 면키 어려울 것이다. 허나 자연
구할 사람이 있어 필경은 무사하리니 너무 염려치 마라. 또 토번의 자 64
객은 비록 없애버렸으나 오래지 않아 자객이 다시 이를 것이니 비록 아주 가까운 일가친척의 아우라 하여도 명심하여 살피도록 하라."

86) '공을 ~ 있으리라' : {고인(古人)이 공셩신퇴[功成身退]는 항뇽[亢龍]이 유희라}. '유희'는 '유회(有悔)'의 오류. '공성신퇴'는 노자 9장에 나오는 구절로 원문은 "공업을 이루고 명예가 드날리면, 몸이 물러나는 것이 하늘의 도이다[功成名遂, 身退, 天之道]."임. 봄에는 만물이 자라고, 여름에는 길러지며, 가을에는 열매를 맺으며, 겨울에는 숨는 것이 하늘의 도인데 사람 역시 잘 나갔을 때 물러나는 것이 하늘의 도에 부합한다는 것. '항룡이 유회'란 주역 건괘 7장에 나오는 구절로 원문은 "상구(건괘의 맨 위의 효)는 높은 용이니 뉘우침이 있으리라[上九, 亢龍有悔]."임. '항(亢)'은 높다는 의미로 지나치게 높은 상태를 의미함. 이 구절은 지나치게 높고 극한 데 이르게 되면 후회가 있으니, 지나침이 있으면 후회가 있을 것이라는 의미로 오직 성인만이 나아가고 물러나며 생존하고 없어지는 것을 알아 지나침이 없으니 뉘우침에 이르지 않는다는 것을 뜻함.

상서가 삼가 감사의 뜻을 표하고 그 성명을 물으니 노인이 말했다.

"산사람이 본래 떠도는 구름과 흐르는 물에 의지하여 이리저리 떠돌아 다녀 이름이 없네. 홍무(洪武)[87] 연간에 태산(泰山)에 은거하여 도호(道號)[88]를 가지고 있었으나 이곳의 산수가 아름다워 여기 거처하니 사람들이 나를 가리켜 양산노인이라 하지."

진공이 매우 놀라 물었다.

"아니, 선생은 우리 선조 문성공과 목숨을 걸고 우정을 맹서하신 분 아니십니까?"

노인이 잠깐 웃고 일어나며 말했다.

"날이 늦었으니 이런 저런 말이 다 부질없도다. 공은 일찍 돌아가시오."

노인은 말을 마치고 석실로 들어갔다. 공은 기이히 여기며 칭찬하길 마지않고 가마를 돌이켜 돌아갔다.

이때 산 아래 바위에 한 무리의 미인이 약을 캐고 있는 것이 모두에게 보였다. 여자 10여 인이 손에 광주리를 들고 약을 캐고 있는데 몸에는 비단옷을 입고 머리에는 벽도화[89]를 꽂고 있었다. 기이한 향내가 코를 거
65 스르고 가느다란 소리로 노래 부르는 소리가 들리더니 공의 일행을 보고는 그 기운을 두려워하여 모두 수풀 사이로 피하려 했다. 공이 이를 보고 매우 기뻐하며 급히 좌우의 병사들로 하여금 활과 화살을 잡아 에워싸고 낱낱이 잡아매게 했다. 그러자 여러 미인들이 슬피 빌며 말했다.

---

87) 홍무(洪武) : 중국(中國), 명(明)나라 태조(太祖) 때의 연호(年號). 이때부터 일세일원제가 확립(確立)되었음. 서기(西紀) 1368년부터 1399년까지.

88) 도호(道號) : 불도나 도교에 들어간 뒤 승려 등이 자(字) 이외에 짓는 이름.

89) 벽도화(碧桃花) : 복숭아나무의 한 가지. 흰 겹꽃이 피고 아름다우며, 열매는 잘고 먹지 못하나 관상용(觀賞用)으로 삼음. 벽도나무. 선경에 있다는 전설(傳說) 상(上)의 복숭아.

"저희들은 산골짜기에 사는 백성으로 아무 죄도 짓지 않았는데 어찌 이같이 핍박하십니까?"

그러고는 곧이어 통곡을 그치지 않았다. 이를 보고 여러 장수들이 다 감동하고 상서와 몽 또한 놓아 보내기를 청했다. 그러나 공은 그저 웃으며 말할 뿐이었다.

"너희들이 알바가 아니다."

마침내 그 미인들을 싣고 군대 안으로 돌아오니 여러 장수들은 다 공이 미인에게 뜻이 있는 게 아닌가 의심했다.

공은 중군(中軍)에 들어와 자리를 정하고 열 명의 미인을 잡아 섬돌 아래 무릎을 꿇리었다. 그러고는 차고 있던 칼을 빼서 한 번 호령하니 갑자기 열 명의 미인이 모두 사향노루로 변하는 게 아닌가! 이를 본 모든 군사와 장수들은 함께 놀라 소리 지르며 공의 신비로운 기운에 탄복했다. 노루는 모두 죽여 향을 냈다. 상서가 말했다.

"대인은 어찌 그들이 사람이 아닌 줄 아셨습니까?"

공이 대답했다.

"서역은 땅이 멀고 사람이 드물어 온갖 요괴들이 종종 있느니라. 이 짐 66
승이 오랫동안 산간에서 약을 캐다가 도를 이루어 사람의 형상이 되어 어리석은 백성을 속이다가 나의 철기를 보고 두려워 피한 것이다. 미인은 천하에 흔치 않거든 하물며 10여 명의 여자가 어찌 각각 국색(國色)일 리 있겠느냐? 또 몸에 입은 옷이 세상 의복이 아니니 어찌 세상에 신선이 있어 이렇듯 사람에게 흔히 보이겠느냐?"

그러자 상서가 공손히 절하며 말했다.

"대인의 신비로운 기운과 뛰어난 식견을 저희들이 어찌 알겠습니까?"

이때 서번의 여러 나라들이 멀리에서 형세를 살피며 자주 공의 진을 위협하다가 패하여 달아나는 일이 많았다. 공은 병사들을 격려하여 적진을 치게 하고 부원수 영희에게는 상서와 함께 일을 의논하여 적의 뒤를 급습하라 한 후 자신은 몽과 일반 장수들을 거느리고 나아가 싸웠다. 서번은 크게 패하여 감히 대적하지 못하고 물러가고자 했으나 영희의 군사가 뒤에서 찌르므로 어쩔 방법이 없었다. 그래서 금과 비단, 좋은 말과 함께 자
67 기 나라 사람 두 명을 들여보내며 길을 내어주길 청했다. 이를 보고 상서가 영희에게 말했다.

"오랑캐는 모질고 활과 말이 강하니 만일 허락하지 않으면 죽을 때까지 싸울 것입니다. 그러면 공연히 군사들만 상할 뿐이니 거짓으로 허락하여 골짜기의 좁은 길에 병사들을 감추어 두었다가 그들이 반쯤 지나가길 기다려 일시에 치면 반드시 이길 것입니다."

영공이 옳게 여겨 서번국의 예물을 받고 병사들을 너그러이 대하여 돌려보냈다. 서번 사람들은 이를 깊이 믿고 길을 뚫고 나아갔다. 이들이 반쯤에 이르렀을 때 왼편에는 영희, 우편에는 유관, 양 군이 협공하여 크게 쳐 서번의 왕 천이성을 생포했다. 이때 얻은 병장기와 마필이 무수하고 베어버린 적병의 머리가 만여 명이 넘었으며 항복하는 사람이 7천여 인에 이르렀다. 이에 돌아와 공이 있는 중군(中軍)의 장막 앞에 이르렀다.

이때 공은 부원수의 군이 이르렀음을 듣고 이긴 것을 매우 기뻐하고 있었다. 그런데 문득 어떤 사람이 아뢰기를 유상서가 영공에게 권하여 서번국에게서 예물을 받고 금과 비단을 얻어온다고 아뢰었다. 이 말을 듣고 공이 크게 노하여 도부수(刀斧手)[90]를 꾸짖어 상서를 끌어내어 베어버리

---

90) 도부수(刀斧手) : 큰 칼과 도끼로 무장한 군사를 가리킴.

라 명했다. 영공이 급히 나아가 그 까닭을 물었으나 공은 불같이 노하여 68
대답하지 않았다. 영공이 자리에서 내려와 땅에 머리를 조아리고 아뢰었다.

"원수께서는 어찌 큰 공이 있는 사람을 부자의 정을 돌아보지도 않으시고 죽이려 하십니까? 원컨대 저도 함께 군율에 나아가게 해주십시오."

여러 장수들도 일시에 나아가 함께 애걸했다.

"마땅히 공자(公子)를 불러 죄를 묻고 군법을 써도 늦지 않을 터인데 원수께서는 어찌된 까닭에 한때의 분노로 백 년의 후회를 생각지 않으십니까?"

그러나 공은 끝내 상서를 잡아 섬돌 아래 꿇리고 서번국에게 뇌물을 받은 까닭을 물었다. 하지만 상서는 얼굴색 하나 변하지 않고 전후의 사정을 자세히 고했다. 이를 들은 여러 장수들이 한결같이 아뢰었다.

"본래부터 공이 있고 죄는 없거늘 주공께서 살피지 않으시고 부하들의 참소(讒訴)를 믿으시니 어찌 안타깝지 않겠습니까?"

공 또한 그 사연을 자세히 듣고는 크게 뉘우쳐 영공께 감사하고 아들을 용서했다.

서번은 이미 평정했으므로 다시 군을 내어 남은 나라를 치려고 행군하
여 백호령에 이르렀다. 공이 바라보니 전면에 살기가 일어나 북두성(北斗 69
星)과 견우성(牽牛星)에 어려 있었다. 이를 본 공은 매복(埋伏)한 사람이 있는가 확인해 보라며 사람을 보내었다. 곧이어 명을 받고 갔던 사람이 돌아와 고했다.

"복병은 없습니다만 수목이 하늘을 찌를 듯이 높이 솟아 있어 밝은 대

낮에도 너무 어두워 하늘의 해와 달을 보지 못할 지경이옵니다."

이 말을 들은 공은 무언가 의심하여 더 이상 나아가지 않고 백호령 아래 진을 치도록 군사들에게 명하였다.

밤에 공이 중군에 있는 장 안에서 촛불을 밝히고 병서를 보고 있는데 문득 한바탕 찬바람이 장막을 걷어차 촛불이 꺼지고 서늘한 기운이 사람을 휘감았다. 공이 요기(妖氣)인 줄 알고 베개 근처에 있던 통천서(通天犀)[91]를 내어 비추니 한 줄기 상서로운 빛이 장막 안에 밝게 비치고 찬 기운이 점점 걷히었다. 그때 갑자기 장막 밖에서 순찰을 돌던 군사들이 웅성거리는 소리가 났다. 공이 좌우로 촛불을 밝히고 왜 이리 요란한가 물으니 군사들이 아뢰었다.

"순찰 돌던 병사들이 장막 앞에 이르더니 갑자기 한바탕 찬 기운에 싸여 다 엎어진 채 일어나지를 못하고 있습니다."

공이 친히 나와 보니 1백여 인이 병기를 버리고 땅에 거꾸러져 있었다.
70 그 거동을 살펴보니 다 눈이 붉고 온몸이 순식간에 퉁퉁 부어 의식이 없었다. 공이 즉시 해독약을 풀어 군사들에게 먹이자 군사들이 갑자기 독한 물을 토해내고 정신을 차리었다. 여러 장수들이 그 까닭을 몰라 하므로 공이 웃으며 말했다.

"내 어제 이곳에 살기가 있기에 복병인가 의심했더니 요사한 장난이 있을 줄 누가 알았겠느냐? 앞에 산세가 험악하고 수목이 무성하여 그 가운데 뱀이나 전갈, 호랑이, 표범의 무리가 많다. 아까 찬 기운은 큰

---

91) 통천서(通天犀) : 무소의 뿔. 뿔의 길이는 24cm가 넘고 물이 잘 묻지 않으며 허리띠 장식이나 약용으로 씀. 『포박자(抱朴子)』에 따르면 무소의 일종인 통천서라는 동물은 영산에 살며 약초를 주식으로 하는 대단히 귀중한 생물. 뿔에는 약초 성분이 농축되어 있기 때문에 그 뿔로 음식을 건드리면 독이 섞여 있는지 금방 알 수 있다고 함.

이무기의 기운이었다. 한바탕 누린 바람이 지나가고 군사들이 엎어져 독이 올라 눈이 붉으니 내 이런 까닭에 상극(相剋)으로 제어한 것이다."

이 말에 장수들은 다 탄복했다.

다음날 공이 장수들을 모은 후 이렇게 일렀다.

"내 서역 지도를 보니 백호령 뒤에 삼차령이 있어 서역 여러 나라들의
군사를 번식시키는 소굴이 되고 있다. 천수산(天壽山)92)을 거쳐 중원으
로 통하여 아군을 막으니 내 만일 백호령을 넘어 삼차령에 있는 적군의
소굴을 급습하면 반드시 적이 돌아와 구할 것이다. 그때 날랜 군사들
로 한 번 전후를 협공하면 한 번에93) 잡을 수 있을 것이다. 다만 앞길 71
에 산세가 험하고 요사한 기운이 있으니 먼저 귀신들을 없애고 도적을
칠 것이다."

이날 삼군(三軍)이 다 제사 지낸 양의 피와 무릇 요기를 해독할 만한 것을 각각 가지고 활과 화살을 들고 백호령에 이르러 꼭대기에 올라 보니 그 곳에는 온갖 나무 가시들이 길을 막고 있었다. 공이 군사들에게 가시를 베라 명하고 나아갔으나 몇 리를 가지 못했을 때 갑자기 광풍이 불어 맑은 하늘에 천둥 번개가 치며 천지가 어두워져 군사들이 감히 나아가지 못했다. 그러자 공이 말을 멈추고 병기를 거둔 후 스스로 '진풍뇌우(震風雷雨)' 네 자를 써서 그것을 불 지르자 이윽고 하늘이 맑아지고 바람이 고요해졌다. 이때 한 흰옷 입은 노승이 앞에 와 절하고 말했다.

---

92) 천수산(天壽山) : 베이징에서 북서쪽으로 44km 정도 떨어진 창평현(昌平縣)에 위치한 산. 이 산에는 명나라 황제 16명 중 13명이 모여 있다는 명 13릉이 있음. 명의 3대 황제 영락제(永樂帝)가 1421년 난징에서 베이징으로 천도한 이후 천수산 장릉(長陵)에 자리를 잡자 이후의 명대의 황제들은 7대 황제인 대종을 제외하고 모두 이곳에 묻혔음.

93) 한 번에 : {ᄒᆞᆫ 북의}. 예전에 전쟁을 시작할 때 북이나 쟁을 쳐서 시작을 알렸으므로 여기서는 북 한 번 치는 동안이라는 뜻으로 풀이됨.

"명공(名公)께서는 그 위엄이 천하에 진동하고 이름이 사해에 가득하여 자비로운 제왕의 덕이 있으신데[94] 어찌 모든 신령(神靈)으로 하여금 그 쉴 곳을 얻지 못하게 하시나이까?"

그러자 공이 눈을 부릅뜨고 꾸짖었다.

"지금은 성천자(聖天子)께서 모든 일을 사리에 밝게 처리하시고 있다.
72 또한 천명을 받으시어 정벌군이 여기에 이르니 위로는 하늘이 도우시고 아래로는 모든 신하들이 명령을 행하거늘 너희들이 어찌 감히 길을 막아 왕의 군대를 놀라게 하느냐? 빨리 졸개들을 데리고 물러가라. 그렇지 않으면 내 손에 들린 보검이 인정사정 보지 않을 것이니 그때는 뉘우쳐도 소용없을 것이다."

노승은 이 말을 듣고 분하고 원통하게 여겼으나 물러나지 않을 수 없었다. 이윽고 한 무리의 승냥이와 호랑이 수천 무리가 떼 지어 서역을 향해 길게 울부짖고 가니 큰 바람이 나무를 부러뜨리고 돌멩이가 굴러다녔다. 또 이윽고 무수한 독사가 길 위로 쏟아져 더러운 냄새가 코를 거슬리더니 그 음기로 잠깐 어두컴컴해졌다가 순식간에 흩어졌다. 그 중에 뱀 한 마리가 있었는데 길이가 1백여 자에 몸 둘레가 두 아름이나 하고 눈은 횃불 같고 입은 동해 바다 같았다. 이는 곧 교룡(蛟龍)[95]의 무리로 이곳이 바다에 가까워 수로로 오가곤 했던 것이다. 삼군은 이 모습을 바라보고 공의 신기한 능력에 탄복하였다.

---

94) 자비로운 ~ 있을진대 : {호싱대덕[好生大德]이 이실딘뎌}. '호생지덕'이란 인간이 바로 서면 만물도 바로 서게 된다 하여 이 세상의 모든 것을 살리기 좋아하는 덕성을 말함. 죽일 형벌(刑罰)에 처할 죄인(罪人)을 특별(特別)히 살려 주는 제왕의 덕을 의미하기도 함.

95) 교룡(蛟龍) : 상상 속에 등장하는 동물의 하나. 모양이 뱀과 같고 몸의 길이가 한 길이 넘으며 넓적한 네 발이 있고, 가슴은 붉고 등에는 푸른 무늬가 있으며 옆구리와 배는 비단처럼 부드럽고 눈썹으로 교미하여 알을 낳는다고 함.

이날 나무 가시들을 다 베고 7백여 리 길을 내느라 군사들의 수고가 극심하였다. 그래서 공이 친히 말에서 내려 앞장서서 가시들을 베어 버렸다. 이를 본 여러 장수들이 공에게 아뢰었다.

"주공은 대장이시니 스스로 이러시면 안 되옵니다." 73

그러자 공이 말했다.

"나의 지혜와 용기가 부족하여 도적을 정도(正道)로 치지 못하고 군사들을 이렇듯 고생시키고 있으니 이는 다 나의 죄다. 어찌 대장이 되어 군사들의 즐거움과 괴로움을 함께 나누지 않겠느냐?"

말을 마치고 슬프게 눈물을 흘리니 삼군이 감격하여 일시에 말했다.

"우리들이 주공의 은혜를 갚기에 일만 번 죽어도 사양치 않을 것인데 하물며 이렇듯 조그만 수고를 어찌 마다 하겠습니까?"

그러고는 앞 다퉈 힘을 다해 나무 가시들을 베어 버리고 순식간에 길을 편하게 했다. 공이 이에 병마를 크게 몰아 두어 날 만에 백호령 칠백 리를 지나 삼차령을 향해 나아가니 깃발이 해를 뒤덮고 연기처럼 일어나는 먼지가 하늘에 퍼져 가득하므로 모든 도깨비의 무리가 자취를 감추고 말았다.

공은 군사들이 힘들어 하는 것을 보고 다음날 저녁 고개 위에 진을 치고 군사들을 쉬게 했다. 밤이 이경(二更)에 이르렀으나 시절이 8월 한가위인지라 보름달이 낮같이 밝았다. 만 리 장천(長天)에는 구름 한 점 없고 나무 가지에는 맑은 이슬이 맺혀 구슬 같았으며 가을바람은 옷소매에 사무 74
쳐 사람의 뼈를 차갑게 했다. 그때 진영 안은 고요하여 모든 군사들이 다 창검에 기대어 졸고 있었다. 공은 문득 북쪽에 계신 황제와 부친을 생각하다 감정을 억제치 못하여 사운시(四韻詩) 한 수를 지었다. 그것을 한 편의 새로운 곡조에 이어 부르니 귓가에 울리는 여운이 드높고도 절묘하였다. 그 소리가 구름 낀 하늘에 사무치니 기산의 봉이 그 소리에 화답하고 창해(滄海)의 용은 잔물결조차 일으키지 않았으며 백호령 위의 모든 도깨비들은 어지러이 춤추며 은근히 즐거워했다.

이때 진중에 있는 40만 군사가 공의 소리를 듣고 다 잠에서 깨어났다. 어떤 사람은 활과 화살을 안고 어떤 사람은 창검을 잡은 채 발을 구르며 손으로는 춤을 추면서도 깨닫지 못했다. 이를 어찌 슬프게 원망하는 듯한 장자방의 퉁소 소리[96]에 비기겠는가? 한 번 읊는 소리가 천지를 맑게 하고 신과 사람을 함께 놀라게 하며 즐겁게 하니 그 재주와 위인을 충분히 알만 하였다.

공은 시 읊기를 마치고 장막 밖으로 나왔다. 그러다 주위를 두루 바라보니 동쪽에 상서로운 기운이 있으므로 좌우를 이끌고 나아가 살펴보았다. 거기에는 한 개의 거친 돌이 있었는데 오른 편으로 난초 떨기가 얽혀
75 있고 맑은 빛이 달빛과 상응하였다. 이것을 본 공이 말했다.

"이 가운데 반드시 아름다운 옥이 있을 것이다."

그러고는 군사들을 시켜 돌을 쪼아 헤치니 그 가운데 옥이 있는데 크기가 말만 하고 광채가 찬란하였다. 공이 말했다.

"이는 옥새에 쓰일 옥[97]이니 마땅히 나라에 바칠 물건 중에 두어라."

나중에 돌아와 그것을 나라에 드리니 후에 황제께서 특별히 인을 새겨 공에게 주셨으므로 그것은 대대로 진국의 보물이 되었다.

---

96) 장자방의 ~ 소리 : 장자방이 초패왕을 사면에서 둘러싸고 초가(楚歌)를 불렀다는 고사를 가리킴.

97) 옥새에 ~ 옥 : {뎐국보[全國寶]의 뉘[類ㅣ]라}. '전국보'란 옥새를 가리키는 말. '전국옥(全國玉)'과 같은 말로 이는 진나라 이후 황제들에게 전해내려오던 인장으로 '전국새(全國璽)'라고도 함.

다음날 여러 군사와 장수들을 거느리고 적의 소굴을 치니 모든 오랑캐들이 하늘에서 내려온 것인가 의심하며 이렇게 말했다.

"개벽 이래로 백호령을 지난 자가 없었는데 명나라 군사가 백호령을 지나 여기를 치니 이는 하늘에서 내려온 신령과 같구나. 어찌 항거하겠느냐?"

그리고 다 스스로 손을 묶고 귀순하니 공이 삼군에게 크게 상을 내렸다. 그런 후 군대는 삼차령에 주둔했다.

이때 공의 위엄과 덕망이 화이(華夷)에 널리 퍼졌다. 공의 소문을 들은 귀신들은 자취를 멀리 피하여 숨었고 근처 부용국(附庸國)[98]들은 다 백옥을 조공으로 바치니 토번이 이미 숨을 곳을 잃고 매우 두려워했다. 결국 공의 군대가 가진 위력과 그의 지략을 감당치 못하리란 것을 알고 결국 사신으로 하여금 자기 나라의 소산(小産)을 받들고 스스로 손을 묶고 관을 76
짊어진 채 군대 안으로 나아가 친히 항서(降書)를 드리고 앞으로는 결코 반역을 도모하지 않을 것임을 아뢰게 했다. 공 또한 살벌(殺伐)을 싫어하여 그 항복을 받아들였다. 뒤이어 병사를 내어 대완국과 보림국을 쳐 십만 급을 베고 양 국의 왕을 생포했다. 이럴 수 있었던 것은 비록 공의 신기한 묘책과 용병지략 덕분이었으나 또한 남달리 뛰어난 유몽의 용기와 진영에 앉아서도 교묘한 꾀로 천 리 밖의 싸움에 승리하는 상서의 신기한 재주로 서로 부족한 부분을 보충한 덕이기도 했다. 1년이 못 되어 다섯 나라를 파하고 서번왕에게서 항복을 받고 번진왕을 생포하여 삼만 리를 평정하니 비록 지경을 넓힌 반초(班超)[99]의 공이라 해도 이보다 더하지

---

98) 부용국(附庸國) : 속방(屬邦), 속번(屬藩), 번복(藩服) 등의 용어와 상통하는 것으로 중국에 조공을 바치는 나라를 가리키는 말로 쓰임.

99) 반초(班超) : 중국 후한 초기의 무장. 73년 두고(竇固)를 따라 흉노(匈奴)토벌의 별장(別將)으로

못할 정도였다. 원근에 있는 마을이 공의 명성을 듣고 우러러 사모하며 융숭히 대접했다.

공이 서번을 평정했으나 인심이 흩어진 까닭에 다시 관중(管中)에 이르렀다. 그 곳에서 여산(廬山)과 8백 리 진천(秦川)[100]과 곤명지(昆明池)[101]와 곤륜산(崑崙山) 언덕[102]을 두루 돌아보니 인물이 풍성하고 지형이 뛰어나 천하에 으뜸이었다. 그러나 공은 이것을 보고 문득 기뻐하지 않으며 진국공을 그만둘 뜻을 품었다.

77 다음 해 11월 공은 각처에 있는 군사들을 거두어 한 곳에 주둔하게 했다. 그리고 자신이 직접 관중을 두루 돌아다니며 백성들을 위로하니 서번이 크게 안정되었다. 이후로도 공은 5~6개월 동안 그 곳을 지키며 흩어진 백성들을 위로하고 구휼했다. 그 무렵의 어느 날 공자 유몽이 나아가 아뢰었다.

"제가 숙부의 명령을 받들어 이곳에 이르고 보니 서량이 가깝습니다. 원컨대 외가의 선영(先塋)을 찾아 분향했으면 합니다."

유몽의 말을 들은 공은 자신이 미처 알아차리지 못한 것을 깨닫고 이렇게 말했다.

재능을 발휘해 큰 공을 세우고, 이후 31년간 서역(西域)에 머물며, 선선(鄯善)・우전(于蚊 : 호던)・구자(龜茲)・언기(焉耆 : 카라샬) 등지의 오아시스 제국가를 정복하고 부하 감영(甘英)을 페르시아만(灣) 방면으로 파견하여 정보를 수집하는 등 많은 공적을 세움. 서역을 토벌하고 반세기 이상 흉노의 지배하에 있던 50여 나라를 한(漢)나라의 위령(威令) 밑에 복종시킴.

100) 진천(秦川) : 중국 섬서성(陝西省)을 가리키는 별칭. 『구운몽』에 보면 "취미궁 서녘에 높은 대 있으니, 그 위에 오르면 8백 리 진천을 손바닥 금 보듯이 가린 것이 없으니 승상이 가장 사랑하는 땅이러라"는 구절이 나옴.

101) 곤명지(昆明池) : '곤명지'란 한 무제 때 판 인공 호수로 곤명족을 정벌하려 할 때 곤명에 있는 호수를 모방하여 이 호수를 파고 그 곳에서 병사들에게 수전을 훈련시켜 정벌에 나섰다고 함. 곤명지는 나중에 물이 말라 송대 이후에는 웅덩이로 변했음. 옛 터가 지금 섬서성(陝西省) 서안시(西安市) 남쪽 교외에 있음.

102) 곤륜산(崑崙山) 언덕 : {곤강(崑岡)}. '곤강'은 '곤륜산(崑崙山)'을 다른 말로 부른 것. 곤륜산의 '곤'자와 언덕이라는 뜻의 '강'자가 합해져 곤륜산 언덕이란 뜻이 됨.

“내가 잊었구나. 제수의 기묘한 신기로 서역 지도와 너를 보내지 않으셨던들 내 어찌 공을 이룰 수 있었겠느냐? 하물며 설공은 현 재상으로 그 자손이 영화를 누리고 있으나 다만 제수 한 사람만이 수역만 리에 떨어져 남편을 따르고 있으니 부모님의 산소가 분명 황량할 것이다. 네가 마땅히 나아가 뵙고 물역(物役)[103]을 갖추어 허름한 데가 있으면 고치도록 하여라.”

공의 말에 유몽이 감사하고 물러나 떠나려 했다. 공은 가는 길에 몸을
보전하라 이르고 군사 삼천과 말단 장수 10여 인을 따르게 했다. 또한 지
방관에게 문서를 보내[104] 설시랑의 산소를 단장하라 명했으니, 이 관서
지방 일대의 옹주(雍州)[105] 삼천 리는 공의 소속 채읍(采邑)인데 누가 감히
공의 명령에 태만할 수 있겠는가? 유몽이 드디어 설시랑 산소를 찾아 분
향하고 집에서 부리는 사내 일꾼에게 뜰 안을 지키며 사철 제사를 드리게 78
하고 돌아왔다. 사람들이 다 그를 기특하게 여기며 이렇게 말했다.

“당시에 설시랑 부처가 일찍 죽고 어린 아들 하나가 있었는데 이제 그 손자가 이토록 귀하여져서 선산(先山)을 빛내니 기특하기도 하지.”

그러나 그들은 유공자가 설시랑의 외손이라는 사실은 알지 못했다. 유몽이 모든 일을 마치고 돌아오니 공은 그저 그가 무사히 돌아온 것을 가장 기뻐하였다.

하루는 공이 아들과 조카를 데리고 병서를 가르치고 있는데 문득 사람이 와서 아뢰었다.

---

103) 물역(物役) : 집을 짓는 데에 쓰이는 모래, 흙, 벽돌, 기와 따위를 통틀어 일컫는 말.

104) 문서를 보내 : {관자(關子) ᄒᆞ여}. ‘관자’란 상급 관청에서 하급 관청으로 시달하는 공문서를 말함.

105) 옹주(雍州) : 우(禹)가 처음 정했다는 구주(九州) 가운데 하나. 『사기』에 따르면 그 구주란 기주(冀州)・연주(州)・청주(青州)・서주(徐州)・양주(楊州)・형주(荊州)・예주(豫州)・양주(梁州)・옹주(雍州). 그러나 실제로는 그보다 훨씬 후에 정해진 일임.

"경성에서 편지가 왔습니다."

이에 공이 급히 불러 편지를 열어 보니 부모형제와 일가친척이 모두 평안하다는 글이었다. 또한 황제가 보낸 사자(使者)가 이르러 황제께서 공이 승전한 소식을 들으시고 매우 기뻐하시며 올 해 겨울이 추우므로 친히 천금구(千金裘)106)를 벗어 공에게 보내신다는 말씀을 전했다. 공은 황제와 부모의 안부를 들으니 마음속이 기쁨으로 가득하여 향을 피우고 감사를 드렸다. 그런 후 드디어 금구를 입고는 사자를 후히 대접하여 돌려보내고 또 집에서 보낸 편지에 회답했다.

이때는 공이 경성을 떠난 지 1년 째 되는 해였다. 어느 날 밤 공은 고향
79 을 그리워하는 마음에 잠을 이루지 못하고 북을 베고 홀로 누워 있었다. 그때 유상서와 유몽은 평상 아래서 졸고 있었는데 문득 장막 사이에서 소년 장사 두 사람이 손에 서리 같은 비수를 들고 공에게 바로 달려들었다. 공이 마침 갑옷을 벗지 않았던 까닭에 적의 칼이 공의 오른 쪽 어깨를 찔렀으나 채 미치지 못하였다. 공이 크게 소리를 지르고 베개 옆에 있던 보검을 빼어 한 도적의 머리를 베어 버리니 한 사람이 거꾸러졌다. 그러나 다른 한 사람이 다시 공에게 달려들었다. 이때 유상서와 유몽이 깨어 황급히 칼을 들어 적을 막자 공은 소리 질러 말했다.

"죽이지 말고 생포하라."

그리고 북을 치니 군노(軍奴), 장졸(將卒)들이 구름 모이듯 일시에 모여 들었다. 군졸들은 장막 안에 자객이 들었음을 보고 그를 에워싸서 잡았다. 공이 위의를 갖추고 엄히 문초하자 자객이 이렇게 아뢰었다.

"신은 협사(俠士) 전기의 두 아우 전상, 전형입니다. 형이 공의 손에 죽

---

106) 천금구(千金裘) : 천금이 나가는 값진 가죽옷을 가리키는 말.

었으나 자기 죄로 인해 죽었으니 어찌 원수 갚을 뜻이 있겠습니까? 유시랑의 부인 장씨는 내쫓긴 후 집에 돌아가서도 공을 원망하여 공이 없으면 다시 시랑과 인연을 이룰 수 있으리라 생각했습니다. 그래서 저 80
에게 온갖 재물을 주며 청하기를 '경성의 관노(官奴)로 중사(中使)를 따라온 체하고 군대 안으로 들어가 공을 해하라.'고 했습니다. 그 시비 계향 역시 계영의 딸이므로 갖가지로 꼬이므로 소인들이 재물에 대한 욕심을 참지 못하고 형의 원수를 갚고자 여기에 이르렀습니다. 그러나 전형이 이미 공에게 죽임을 당하고 신은 잡혔으니 이밖에는 더 고할 말이 없습니다."

공이 문득 탄식하고 유상서를 돌아보며 말했다.

"현이 여색을 좋아하는 것이 집안을 망칠 징조인 것과 내가 처음부터 장씨녀를 취하지 아니하려던 뜻을 너희들이 이제 깨닫겠느냐?"

이 말을 듣자 유상서는 몹시 놀라고 몸 둘 바를 몰라 눈물을 흘리며 무릎을 꿇고 아뢰었다.

"이 도적을 어찌 하는 것이 좋겠습니까?"

그러자 공이 말했다.

"죽이는 것은 급하지 않으니 군대 안에 엄히 가두었다가 경성에 가서 처치할 것이다."

그런 후 전상을 가두고서는 양산 노인의 말이 맞는 것을 보고 조심하기를 마지않았다.

한편 경성에 있던 장씨는 진공 집안에서 내쫓겨 집으로 돌아간 후 유시랑에게서 소식이 끊겨 그의 은애를 다시 바라지 못할 줄 알고 밤낮 분하 81
고 원망하는 마음을 품고 있었다. 그러다 마지막으로 들은 말이 유시랑이 양소저와 더불어 화락하여 아들을 낳고 진공은 출정했다 하는 것이었다. 이 말을 들은 장씨는 문득 사나운 꾀가 났다. 즉 계영의 딸 계향과 함께 자객을 보내 공을 죽이고 시랑을 설득하여 다시 동락(同樂)하고자 하는 것이었다. 그리하여 장씨는 유상서와 시아버지 모르게 그 모친과 상의하여 계교를 꾸몄으나 유시랑 부자는 아득히 깨닫지 못하고 있었다.

이후로 장씨는 날마다 공이 죽었다는 소식을 기다리고 있었다. 그러던 어느 날 갑자기 자객의 종자(從者) 하나가 도망하여 돌아와 말하기를 자객 하나는 공에게 죽고 하나는 잡혀서 순순히 자백하고 군대 안에 갇혀 있다는 말을 전했다. 그러자 장씨 모녀가 매우 놀라 생각하기를 '저 사람이 이미 우리가 꾸민 일인 줄 알았으니 만일 돌아오면 화가 어느 곳에 미칠지 알지 못하겠구나. 차라리 그를 해쳐 평소에 쌓인 분을 씻으리라'하여 가만히 계교를 의논했다.

원래 김씨의 외종사촌 동생 홍신은 현 조정의 병부주사(兵部主事)로 위인이 태만(怠慢)하고 일 벌이는 것을 좋아했다. 장씨 모녀는 홍신에게 금
82 과 비단을 뇌물로 주고 밖으로 얽어 공이 반역을 도모했다고 고변(告變)하도록 시켰다. 그리고 안으로는 장씨가 귀한 보물을 가져다가 귀비 장씨와 사귀니, 원래 장귀비는 이때 외람되게도 설후를 시기하여 무릇 사람이 자색이 있고 섭섭하게 하는 것을 보면 자기 마음으로 개탄하고 기뻐하지 않았다. 장씨가 진궁에 들어간 후 궐 안과 서신을 왕래한 적지 않았다. 하여 귀비가 비록 요사스럽고 간악하긴 하나 일찍 장태후에게 은혜를 입어 감격한 바 있었고 또 진양공주의 성덕을 우러러 바라던 터라 그 자녀에게 겹겹이 친척의 의리로서 믿음이 각별한 것을 알고 있었다. 진공 부자는 비록 내켜하지 않았으나 능히 물리치지도 못할 형편이었다. 그래서 자연

히 설씨와 양씨 두 사람은 귀비와 사귐이 있었다. 또 장씨는 형세를 따르는 부류라 각별히 정성을 나타내어 문후하였으므로 귀비가 매양 인정이 있다고 칭찬하던 터였다. 그러다 이제 시댁에서 쫓겨나 집에 돌아간 후부터 더욱 아첨하는 말로 깊이 사귀니 생각 없이 서로 짝패가 되었다.

유 씨 삼 대 록

12권

1 장귀비는 장씨가 청춘의 나이에 박복함을 불쌍히 여겼다. 장귀비는 진공이 양씨의 참소(讒訴)로 무죄한 며느리를 핍박하여 내쫓았다고 생각했다. 그러나 국가에서 간섭할 일이 아니라 다만 장씨를 후히 대접할 뿐이었다. 이때를 타서 장씨가 귀비를 격동코자 하여 가만히 글을 올려 얼굴을 뵈옵길 청하니 귀비 또한 장씨의 뛰어난 재주와 외모를 구경하고자 궐 안에 들라 했다. 그러나 장씨는 평범한 신하의 처자가 아니라 진양공주의 며느리이자 귀비의 친족이라 하여 궁중에서는 아무도 이상하게 생각하는 사람이 없었다.

장씨가 궐 안에 들어가니 귀비가 침전에서 장씨를 맞았다. 장씨가 머리를 조아려 네 번 절하니 귀비도 응하여 절하였다. 자리를 주어 머리를 들게 하고 눈을 들어 보니 용모가 뛰어나고 그 태도가 영민하여 세상에서 드문 미색이었으나 평안하고 현숙한 모양이 없었다. 귀비는 마음에 뜻한 바가 크고 위인이 거만한 여자라 사람을 밝히 알아보았으나 장씨가 이미
2 지성으로 섬기니 나쁘게 생각할 리가 없었다. 서로 친족의 정을 나누고 진양공주에 대해 말하며 슬프게 눈물을 흘렸다. 장씨는 계속 궁중에 머물며 귀비에게 진공에 대한 말을 흘렸다. 장씨는 진공이 방자하게도 스스로를 높여 크게 여기고 집안의 모든 형편이 다 분수에 넘쳐 신하된 자의 거처 같지 않으며 또 반역을 꾀하려는 뜻이 있어 가만히 황포(黃布)를 지어 전장에 가져갔다고 아뢰었다. 이에 귀비가 놀라며 말했다.

"이는 구족(九族)[107]을 멸할 일이로다. 낭자는 이미 내쳐진 몸으로 이런

107) 구족(九族) : 일반적으로 본인을 중심으로 하여 9대에 걸친 직계(直系)친족을 말함. 즉, 고조부모(高祖父母) · 증조부모(曾祖父母) · 조부모 · 부모 · 본인 · 아들 · 손자 · 증손 · 현손(玄孫)의 9대에 걸친 친족임. 때로는 방계(傍系)도 포함하여 고조의 4대손이 되는 형제 · 종(從)형제 · 재종형제 · 삼종형제까지를 나타내거나, 부계 사친족(四親族) · 모계 삼친족 · 처족 이친족을 총칭하기도 함.

비밀한 일을 어찌 알았는가?"

그러자 장씨가 대답했다.

"저의 동성(同姓) 숙모는 진공의 부인이요, 돌아가신 어머니와 동열인데 어찌 이 일을 모르겠습니까?"

이 말을 들은 귀비가 놀라움을 감추지 못하자 장씨가 말했다.

"제가 내쳐진 계집으로 그 시아버지를 원망하여 해하려 함이라 할 테니 마마께서는 원컨대 이 말을 밖으로 내지 마시고 조정 공론(公論)을 기다리십시오."

이 말에 귀비는 고개를 끄덕이며 응낙했다.

10여 일이 못 되어 병부주사 홍신이 밀표(密表)를 황제께 올리니 상께
서 마침 내전(內殿)에 계신 때라 설후와 장귀비가 모시고 있었다. 상께서 3
그 표문(表文)을 보시니 표문의 내용은 대체로 이러하였다.

> 대장군 부마도위(駙馬都尉) 진국공 유세형은 국은(國恩)을 저버려 집에 있을 적에는 사치하고 분수에서 벗어남은 이루 말할 것도 없고, 전장에서는 황포를 감추고 거짓 어진 체하며 일반 백성을 거두어 인심을 모을 뿐 아니라, 도적을 친 후에도 군사를 거두어 돌아오기를 내켜 하지 않고 관중에 물러 앉아 백만 군사를 거느린 채 군대 안을 호시(虎視)[108]하니 그 뜻을 알 수 없습니다. 마땅히 잡아들여 그 정상(情狀)을 추문(推問)하옵소서.

이 표문을 보시고 상께서 매우 놀라셨다. 귀비가 그때를 타 이렇게 아뢰었다.

---

108) 호시(虎視) : 큰 뜻을 품고 형세를 살핀다는 뜻.

"신첩(臣妾)[109]이 다른 데서 듣자오니 그 처소가 분수에 지나치고 거리낌 없음은 묻지 않아도 알 수 있다 하옵니다. 또한 출정(出征) 시에 황포를 지어간 게 사실이라고 들었으나 국가의 중대사라 가볍게 아뢰지 못했습니다. 조정 신하가 아뢰는 말씀이 이와 같으니 가히 용서하기 어려울 듯하옵니다."

상이 물으셨다.

"그대는 어느 곳에서 들었는가?"

귀비가 아뢰었다.

"진양공주의 며느리 장씨는 시랑 유현의 처인데 시집에 죄를 지어 내
4 쳐졌습니다. 그러나 그 고모 장씨는 유세형의 차비(次妃)인 까닭에 이 일을 들었노라 하면서 예전 남편의 집안이 화를 당할까 두려워했습니다."

황제께서 말씀하셨다.

"그렇다면 정녕 사실이구나."

천자께서 일시에 화를 불같이 내시며 당장 사자(使者)를 보내어 진공을 잡아들이고 부원수 영희로 하여금 군대를 거두어 돌아오라 명하셨다. 또한 유씨 집안의 삼족(三族)[110]을 다 감옥에 가두시니 청천벽력(靑天霹靂)이 불시에 일어나고 눈앞에 화가 닥쳐[111] 사생(死生)을 알지 못했다. 유씨 집안에 곡성이 진동하니 승상은 여러 아들과 함께 울음을 금하고 탄식하며

---

109) 신첩(臣妾) : 여자가 임금이나 왕비 앞에서 자신을 낮추어 부르는 말.

110) 삼족(三族) : 세 개의 친족. 여러 가지 설이 있어 일정하지 않으나 『예기(禮記)』에서는 부(父)·자(子)·손(孫)을, 『의례(儀禮)』에서는 부의 형제·자신의 형제·자의 형제를, 『사기(史記)』에서는 부모·형제·처자 또는 부의 족(族)·모의 족·처의 족을 가리킴.

111) 눈앞에 화가 닥쳐 : {낙미(落眉)의 홰}. '낙미지액(落眉之厄)'이란 눈앞에 닥친 재앙을 가리키는 말로 여기서 같은 뜻으로 쓰임.

말했다.

"유씨 가문 대대로 천자의 은총과 넘치는 봉록(俸祿)이 신하들 중에 더할 수 없는 지경에 이르러 내 매양 두려워했으나 물러감을 얻지 못하여 오늘 화가 삼족에 미치게 되었구나. 이는 황제를 뵙고자 탄식하여도 그럴 수 없을 것이다. 그러나 세형이 잡혀 오면 자연 변명할 말이 있으리니 지레 요란히 굴지 말거라."

그런 후 결국 일가가 옥중에 들어가니 만조백관(滿朝百官) 중에 놀라지 않는 자가 없었다. 그러나 천자의 화가 그치지 않으므로 감히 아무도 말 5
을 못하고 나중에 때를 보아 간(諫)하려 할 따름이었다. 병부(兵部) 군졸과 금위(禁衛) 관원이 밤새 달려 관중에 이르니 사람들이 먼저 공에게 가서 천자의 사자가 오고 있음을 아뢰었다. 공은 이때 중군(中軍)에 있다가 이 말을 듣고 바쁜 걸음으로 들어와 눈을 들어 보니 금의위(錦衣衛)[112] 관원이 황제의 칙명을 받들었고 수많은 군졸과 장수들은 긴 올가미와 쇠밧줄을 들고 있었다. 이를 본 공은 이미 상황이 어찌 된 것인지를 알고 사자에게 이렇게 말했다.

"제가 이미 사자께서 온 까닭을 아오나 군대는 대사이니 원컨대 원수(元帥)의 인(印)을 돌려보내고 죄를 받아도 늦지 않을 것입니다."

관원이 고개를 끄덕이고 말했다.

"명공(明公)이 이미 아니 빨리 인을 내놓으시오."

공이 대원수(大元帥) 인을 받들어 관원에게 주니 관원은 상명(上命)으로

---

112) 금의위(錦衣衛) : 중국 명조의 금위군(禁衛軍)의 하나. 명나라 전제 정치를 유지하기 위한 중요한 특무 기관이었음. 1382년에 설치되어 황제가 행차할 때에 행렬(行列)을 보살피며 황제의 측근에서 비밀을 조사하고, 체포 심문했음. 그 우두머리는 황실과 혈연관계가 있었으며 훈공(勳功)이 있는 도독(都督)으로 임명했음.

부원수(副元帥)와 교대하게 했다. 공이 융복(戎服)과 금의(錦衣)를 벗고 흰
옷을 입은 후 관을 벗고 땅에 내려앉아 무릎을 꿇으니 관원이 죄명을 읽
어 듣게 한 후 일시에 결박하여 함거(檻車)[113]에 넣었다. 이 모습을 본 삼
6 군의 여러 장수들은 분노를 이기지 못하여 일시에 소리를 질러 말했다.

"우리 주공(主公)께서 거짓 없이 참된 마음으로 나라를 위하여 큰 공을 세우고 미처 군대를 거두어 돌아가지도 못했는데 무슨 까닭으로 이리 하는가?"

그리고 달려들어 공을 빼앗고자 하므로 공이 여러 장수들에게 잘 알아듣도록 타일러 말했다.

"내 너희들의 힘으로 공을 이루고 생각지도 못한 액운을 이같이 당하나 주상께서 총명하시니 반드시 살 길을 얻을 것이다. 마땅히 군명을 순순히 지켜 황성(皇城)에 가 황제의 처분을 기다려야 할 것인데 어찌 이런 쓸데없는 행동을 하느냐? 이는 너희들이 나를 구하는 것이 아니라 오히려 해하는 것이니 빨리 물러서라."

여러 사람들이 감히 공의 명을 거역하지 못하여 수레를 붙들고 통곡하니 곡하는 소리가 하늘을 진동했다.

이때 유상서는 유몽과 함께 아버지의 이 같은 거동을 보고 크게 울다가 혼절하여 쓰러졌다. 그러자 공이 부원수를 향하여 말했다.

"공은 옛날 함께 지내던 의리를 생각하여 내 아들을 보호해주길 바라네."

7 영공 또한 눈물을 금치 못하고 유상서를 보호하여 함께 길을 떠났다.

유상서는 겨우 정신을 차렸으나 부친이 탄 함거를 철갑 입은 수백 명의

113) 함거(檻車) : 죄인을 실어 나르던 수레.

군사들이 옹위하여 별같이 몰아가는 것을 보고 가슴을 두드리고 하늘에 부르짖어 피를 토하고 다시 기절했다. 이를 본 삼군이 슬퍼하지 않는 이가 없었다. 영희가 다시 약을 내와 상서를 구하고 잘 타이르며 말했다.

"아버님께서 참화(慘禍)를 만났으나 무죄함이 백일(白日) 같으니 어찌 사실대로 자세히 아뢰지 못하겠느냐? 명공 부자가 만 리 밖에 와 환난을 만난데다 그대가 또 이렇게 쓰러지면 아버님의 마음이 더욱 어지러우실 것이니 모름지기 억지로라도 힘을 내어 길을 나서라."

상서는 영희께 감사 인사를 드리고 군중(軍中)에서 잡은 자객을 함거에 넣었다. 영공은 군대를 이끌고 환군하여 경성으로 가서 공의 억울함을 아뢰려 상서와 함께 먼저 함거를 따라갔으나 다시 공을 볼 수는 없었다. 가는 길의 다급한 전경은 말할 필요도 없었는데 관중의 한 늙은 노인이 길을 막고 목 놓아 큰 소리로 울며 말했다.

"우리 임금이 무슨 죄가 있다고 천자께서 어찌 이런 일을 하실 수 있답니까? 우리들이 죽을지언정 절대 보내 드릴 수 없습니다." 8

그러고는 끝내 난을 일으키고자 했다. 그러나 공이 매우 두려워하며 좋은 말로 노인을 타일러 겨우 지나가게 되었다.

이때 장씨는 공을 해치려던 큰 계략을 이뤄 사신이 잡으러 갔다는 얘기를 듣고 매우 기뻐 집에 돌아와 어머니께 말한 후 모녀가 서로 치하했다.

차설(且說). 한편 진궁에서 장손씨는 주공이 화를 당했다는 말을 듣고 장씨가 군대 안으로 자객을 보낸 일과 홍신이 김씨의 외종사촌인 것을 알아내었다. 이 모든 것이 장씨가 벌인 일이며 또 장귀비와 연합했음을 짐작하고 장차 이 화가 어디에 미칠지 몰라 항상 물 끓듯이 불안했다. 그때 장상궁은 문득 생각나는 것이 있어 장부인과 설씨, 양씨 두 소저에게 말했다.

"진양공주께서 돌아가실 때 제게 두 봉의 편지를 부치셨는데 그 하나는 이미 떼어 보았고 하나는 아직 있으니 바로 이러한 때 보아야 하지 않겠습니까?"

그런 후 편지 위에 봉한 것을 바삐 떼어 보니 편지에는 다음과 같이 쓰여 있었다.

현이의 호방함 때문에 상소(上訴)의 화가 장차 집안을 망하게 할 것이다. 그때 만
9 조백관과 출정 장군이 다 주공을 구하고자 할 것이나 안으로 귀비의 참소를 막지 못하여 생각지 못할 화가 주공께 미칠 것이다. 급히 비자(婢子)를 궐로 보내어 하태후 마마께 상의하여 장귀비를 달래 주공을 구하고 내 표문을 황제께 올리고 이리이리 하여라. 밖으로 조정 공론과 고변(告變)의 큰 변고는 주공이 임시처변(臨時處變)하실 것이니 비자는 안으로 수단 방법을 꾀하길 더디 하지 마라.

그리고 이와 함께 비단에 표문을 써서 봉한 것이 있었다. 장손씨가 매우 기뻐하며 즉시 미양궁에 들어가 하태후를 뵙고 울며 전후사연을 아뢰었다. 하태후는 매우 놀라 즉시 장귀비를 청해 이렇게 말했다.

"효종황제(孝宗皇帝)[114]의 골육으로 장태후 기출은 진양공주 하나뿐이다. 불행히 일찍 세상을 버리고 부마 유세형과의 사이에 지금 자녀 세 명이 있다. 그런데 이제 망극한 변란을 만나 유부마의 목숨이 위태하고 유씨 가문은 장차 멸하여 공주의 후사가 끊어지게 되었으니 만일 우
10 리 두 사람이 합심하여 구하지 아니하면 지하에 가 무슨 낯으로 태후

114) 효종황제(孝宗皇帝) : 명대 황제로 연호는 홍치(弘治, 1487~1505).

를 뵙고 진양공주를 대하겠는가? 하물며 유부마가 선조(先朝)에 남해(南海)를 평정한 공으로 황제께서 왕작(王爵)을 봉하셨으나 유세형이 멀리 달아나 왕위를 사양한 후 말과 행동을 삼가고 조심하며 근검절약하여 자녀들까지도 옷의 빛깔이나 모양에 사치한 빛이 없고 궁궐 출입을 금하여 조심하는 것은 궁중이 다 아는 바이다. 그 원통함은 하늘이 아실 것이니 그대는 생각하여 보라."

장귀비는 하태후 마마의 말씀에 감동했으나 황포(黃布)와 관련된 일은 여전히 의심스러워 태후께 이렇게 아뢰었다.

"신이 어찌 여주공을 잊으며 장태후 마마의 지극한 은덕을 생각지 않겠습니까? 다만 유세형이 황포를 지어 군대 가운데 가져간 것이 분명 사실인 듯하므로 성상(聖上)115)이 용서치 않으시는지라 감히 입을 열지 못하나이다."

하태후가 말했다.

"이 말이 진실이면 유공의 구족(九族)을 용서치 못하겠지만 이는 간인(奸人)이 해하려 하는 것이라 믿을 수 없다. 지금 공주의 보모였던 장손씨가 여기 왔으니 불러서 물어보면 사실을 알 수 있을 것이다." 11

그런 후 장손씨를 부르니 상궁이 나아와 예를 마쳤다. 그리고 눈물을 흘리며 유시랑이 장씨를 얻은 후 변란이 끊이지 않았던 사정을 처음부터 나중까지 아뢰었다. 또한 장씨가 공을 원망하여 거짓으로 참소하여 공의 부부를 해하려 한 일과 다시 군대에 자객을 보내 공을 해하려 하다가 진공이 잡아 가두니 기밀이 탄로 나자 화를 입을까 두려워 홍신과 접촉하여 유씨 가문을 아주 멸하려 하던 일을 낱낱이 고했다. 장손씨는 지식이 있

---

115) 성상(聖上) : 살아 있는 자기 나라의 임금을 높여 이르는 말.

는 사람이라 앞뒤 말과 행동이 명백하고 절실하여 공의 억울함과 장씨의 죄악이 백일하에 드러났다. 한편 홍신이 장씨의 친척으로 함께 일을 꾀한 것은 아뢰었으나 장귀비와 얽혀 있음은 전혀 모르는 체하여 오직 공을 구원하여 놓아주시기만을 간청할 뿐이었다.

장귀비는 장상궁의 여러 이야기를 듣고 장씨의 간악한 요계를 깨달아 몹시 놀라고 몸 둘 바를 몰라 했다. 장귀비는 말없이 오랫동안 탄식한 후 장손씨에게 말했다.

"세도(勢道)가 뒤집히고 인심(人心)이 순환하는 것을 알 수 있구나. 평소
12 여주공이 그 크고도 아름다운 덕으로 온 궁중을 두려워 떨며 복종케 하시고 생사까지 결정하시므로 우리들이 우러러 섬기었는데, 불행히 도 일찍 세상을 버리시고 도리어 시가(媤家)의 생사화복이 이 지경에 이르니 내가 만일 조금이라도 돕지 않으면 진실로 장태후 마마와 여주공을 잊은 것이 될 것이다. 마땅히 힘을 다하여 구할 것이나 당초 장씨가 친척의 의리로 나를 대하여 일이 이렇듯 되었으니 다른 일과 달리 국가의 큰일이라 이미 황상께서 아시는 일이 되었다. 이제 다시 풀어 아뢸 말도 없고 장차 어찌 해야 하겠는가?"

장손씨는 이제야 진양공주가 이때를 예견했음을 깨닫고 아뢰어 말했다.

"마마께서 이렇듯 깨달으시니 저는 다만 큰 은혜에 감사할 따름입니다. 이후의 일은 조정 공론이 있을 것이고 공주께서 돌아가실 때 남기신 분부가 있으니 마마께서는 다만 성상(聖上)이 깨닫게 되실 때 저 장씨녀의 간사함을 아뢰어 일이 거짓이었음을 알게 하시면 이는 모두 마마의 은혜일 것입니다."

장귀비는 비록 장씨와 친하여 그 말을 믿고 곧이들었으나 장손씨와는

본래 안면이 익어 정이 깊은데다 또 전후곡절을 들으니 과거 일이 부끄러 13
워져 흔쾌히 허락했다. 장손씨는 거듭 감사하고 진궁으로 돌아와 공주의
유표(遺表)[116]를 품고 바로 궐하에 와 등문고(登聞鼓)[117]를 울렸다.

이때 바로 황제는 자정전에서 문신들과 더불어 진공의 옥사(獄事)를 의
논하고 있다가 북소리를 듣고 매우 놀랐다. 내시를 시켜 어떤 사람인가
물으라 명하시니 이윽고 곁에 있던 무사가 한 궁인을 잡아 계단 아래 무
릎을 꿇렸다. 황제께서 눈을 들어 보시니 그 궁인은 두루미 깃털처럼 새
하얀 머리털이 매우 아름다웠고 격식에 맞게 차려입은 의상은 이미 품계
가 높아 보였다. 손에는 작은 부절(符節)을 잡았는데 마치 옛날 소자경(蘇
子卿)[118]의 거동 같았으며 허리에는 금박을 입힌 철패를 찬 것이 어느 성
주의 신임 받는 신하임을 알 수 있었다. 바르고 가지런한 거동에는 전아
한[119] 풍채가 있었고 강인한 기상은 푸른 하늘에 가을 서리가 어린 듯했
다. 황제는 안면이 익은 듯했으나 누구인지 미처 깨닫지 못했다. 그때 그 14
궁인이 머리를 조아리고 거듭 절하면서 말했다.

"신(臣) 장손채연은 효종황제와 장태후의 칙명을 받들어 진양공주를 보필하고자 진부에 들어간 지 거의 30년이 되었습니다. 몸은 비록 대전을 떠났으나 미양궁의 칙명을 받들어 나라 녹을 먹으니 성은이 이미 산이 낮고 바다가 옅을 지경이옵니다. 할 말이 있으면 어찌 대궐에 들어

116) 유표(遺表) : 신하가 죽을 즈음에 임금에게 올리는 글을 말함.

117) 등문고(登聞鼓) : 중국에서 제왕이 신하들의 충간(忠諫)이나 원통함을 듣기 위하여 매달아 놓았던 북. 진(晉)나라에서 시작하여 당나라, 송나라, 명나라 때도 두었음.

118) 소자경(蘇子卿) : 소무(蘇武). 자 자경(子卿). 흉노(匈奴) 정벌에 공을 세운 소건(蘇建)의 차남. 제7대 황제인 무제(武帝)의 명을 받고 흉노의 지역에 사신으로 갔을 때, 선우(單于)에게 붙잡혀 복속(服屬)할 것을 강요당했으나 이에 굴하지 않아 북해(北海) 부근에 19년간 유폐되었음. 흉노에게 항복한 지난날의 동료 이릉(李陵)이 설득했으나 굴복하지 않고 절개를 지켜 귀국함.

119) 전아한 : {님해[林下]의}. '임하'란 '벼슬을 그만두고 은퇴한 곳을 비유적으로 이르는 말이지만 여자한테 전아한 모습이 있는 것을 칭송하여 이르는 말로도 쓰임.

가 아뢰지 못하겠습니까마는 신의 주인이신 진양공주께서 돌아가실
때 글을 남기시며 말씀하시기를 앞으로 13년 후면 궁중에 큰일이 있으
리니 그때 떼어 보라 하셨습니다. 그런데 지금 유씨 가문이 대역죄에
빠져 공주의 세 자녀가 몸을 보전치 못하게 되었으므로 신이 주인께서
남기신 글을 본즉 겉봉과 표적이 신하가 볼 것이 아닌 까닭에 감히 망
령되게 사사로이 떼어 보지도 못하고 또 감히 엎드려 숨지도 못하였습
니다. 하여 생각건대 공주께서 평소 예가 아니면 행치 않으시던 바라
15 이제 유씨 삼족이 위태한 때 가만히 이 글로써 궁궐에 청탁하는 문서
를 삼으실 리 있겠습니까? 이러므로 당돌하게 북을 울려 법대로 돌아
가신 주인의 글을 올리옵고 사죄를 청하옵니다."

이에 황제께서 상소를 받으라 하시니 장손씨가 한 통의 편지를 비단에 싸서 받들어 올렸다. 황제는 이미 공주가 죽을 때 두 개의 글을 장손씨에게 맡긴 일을 들어서 알고 계셨다. 이날 장손씨의 말과 행동을 보시고 감동하시어 즉시 글을 받아 보시니 위에 공주의 이름이 있고 그 아래 '신(臣)' 자가 쓰여 있었다. 십분 슬프고도 놀란 마음에 봉한 것을 떼시니 그 문체가 분명히 공주의 친필이었다. 편지에는 이렇게 쓰여 있었다.

신첩(臣妾) 진양은 머리를 조아려 거듭 절하옵고 피눈물을 흘리며 삼가 한 통의
글을 주상 폐하께 올리나이다. 신이 들으니 사람이 태어나면 죽게 되어 있고 혼백이
시들어 떨어진 후에 알아주는 이 없는 것은 성현도 면치 못하신다 하였습니다. 어찌
16 신이 이제 와서 망령되게 신기한 것을 자랑하고 참람하게 시가의 억울함을 변명하
고자 하겠나이까? 다만 규중의 소소한 일이 조정을 어지럽히고 아녀자의 시샘이 시
부모를 해하는 것이 근본은 비록 적으나 풍화(風化)와 삼강오륜에 어긋나는 큰 변이

라 할 것입니다. 신이 금지옥엽(金枝玉葉)[120]으로 천은을 입어 황실과 거리가 멀지 않으니 어찌 스스로 아는 것을 모른 척하고 그 처치할 도리를 감히 아뢰지 아니하여 폐하로 하여금 충성스럽고 선량한 신하를 폐하시게 하며 신첩으로서는 지아비의 죽음을 막지 아니하겠습니까? 이런 까닭에 두려움을 무릅쓰고 감히 애원한 마음을 아뢰오니 엎드려 바라옵건대 폐하는 죽은 신하의 헛된 표문(表文)[121]을 거짓되다 생각하지 마시고 밝히 정성스러운 마음을 비추어 주옵소서. 그리하시면 국가에 퍽 다행한 일이오며 신은 저승에서나마 베풀어 주신 은혜에 감사하겠나이다.

신의 남편 유세형은 나라를 위해 일한 공로와 명예로 여러 대에 걸쳐 중요한 벼
슬을 한 집안 출신으로서 그 운명을 나라와 함께 한 신하입니다. 행실을 삼가 남몰
래 군부(君父)를 기만할 마음이 없고, 전쟁터에서는 날아오는 화살과 돌을 피하지
않아 일찍이 남해를 평정하였습니다. 효종황제께서 왕의 작위를 내리시자 몸을 산 17
간(山間)에 감추고 표문을 황제께 올려 그 외람됨을 사양하고 분수를 지켰으니, 어
찌 반역하려는 뜻을 두어 만대(萬代)에 죄인이 되고 가문을 멸망케 하겠나이까? 이
제 곡절(曲折)이 있는 것을 폐하께서 알지 못하시므로 감히 사실을 세세히 아뢰옵니
다.

신의 못난 아들 신병부시랑 유현이 일찍이 전 시랑 장원경의 딸을 첩으로 들였으나 그 행실이 예와 도에 어긋나고 규중의 참람한 원억이 사림에 들림직 하지 않은 일이 있는 까닭에 신의 남편 유세형이 그 어질지 못함을 원통히 여겨 강제로 내쫓고 다른 집에 개가하기를 기다리게 했습니다. 세월이 3년이 지나자 장씨녀는 원한을 품고 그 모친과 함께 유세형을 해하고자 자기 외삼촌 홍신을 꾀어 고변케 하여 성총(聖聰)을 가리고 요사스런 말로 후비(后妃)의 눈과 귀를 의심케 하여 기어코 세형을

120) 금지옥엽(金枝玉葉) : '금 가지에 옥 잎사귀'란 뜻으로 임금의 자손이나 매우 귀한 집의 자손을 가리킴.

121) 표문(表文) : 마음에 품은 생각을 적어서 임금께 올리는 글을 말함.

죽이고자 했습니다. 그러므로 신이 구천에서 눈물을 흘린다 해도 잠깐 말 한 마디를
18 폐하께 아뢰는 것보다 유익하지 못한 까닭에 장손 비자로 하여금 당돌하게도 신의 표문을 가지고 폐하께서 하감하시기를 기다리게 했습니다. 폐하께서 만일 신의 말을 헛되이 여기신다면 유세형을 잡아들이신 후 홍신과 대질케 하고 홍신을 문초하시면 그간의 사정을 서서히 분간하실 것입니다. 신이 어찌 한갓 부부의 사사로운 정을 위하고 우리 종사를 잊어 유세형이 진실로 반역을 꾀한 죄가 있는데도 덮어놓고 구하고자 하겠습니까? 그런즉 비록 성상이 죽은 신하를 어여삐 여기시어 은혜를 입는다 해도 하늘에 계신 선왕들의 영령께서 반드시 저주를 내리실 것입니다. 제가 어찌 감히 사사로운 정만 생각하고 대의(大義)를 알지 못하겠습니까? 표문을 앞에 놓고 눈물을 흘리며 황공함을 이기지 못하오며 물러나 근심하며 머리를 조아리고 거듭 절하오니 바라옵건대 하늘의 뜻을 살펴 주옵소서.

황제는 표문을 다 보시고 크게 깨달으셨다. 또한 눈물이 흘러 모골을 적시고 식은땀으로 등이 홍건해져서 이렇게 말씀하셨다.

"자고로 요순(堯舜) 공맹(孔孟)이라도 신성한 지혜는 진양공주에게 미치지 못하리니 그 문체와 필법이 공주 아니면 누구겠는가? 이제 고변이
19 있었으니 이는 국가의 대사(大事)이다. 유세형이 오래지 않아 오리니 그 일은 홍신과 대질시켜 조사한 후 결단할 것이다. 유세형의 일가 삼족은 특별히 사면하여 여주공이 선조를 도와 나라를 다스리고 짐을 맞이하여 세운 공을 갚으리라."

황제는 장손씨를 표창하여 돌려보내고 내전에 들어와 장귀비에게 공주의 유표를 보여주었다. 장귀비 또한 놀라고 감동하며 탄복하는 가운데 후비의 눈과 귀를 의혹케 한다고 말한 곳에 이르러서는 내심 매우 부끄러

워 황제께 아뢰었다.

"저 장씨가 신을 찾아보며 친척의 정을 말하면서 유세형이 용포(龍袍)를 지어 갔다고 이르므로 신이 곧이들었더니 여주공의 신명한 기운으로 그릇된 생각을 하실 리 있겠습니까? 이것으로 보아서는 장씨의 간사한 짓을 감추기 어렵겠습니다."

황제도 그렇게 여기시고 더욱 공주를 아끼고 슬퍼하시며 즉시 유씨 일가를 용서하셨다.

승상이 감히 물러가지 못하여 부자는 궐하(闕下)에서 처벌을 기다리며
근신하고 장손씨는 진궁으로 돌아와 부인과 세 소저를 향해 대궐에 가서 20
장귀비와 문답하고 황제께 유표를 드리던 곡절을 빠짐없이 아뢰었다. 장부인은 그제야 비로소 조카딸이 한 일을 알고 하늘을 바라보며 길게 탄식했다. 유시랑은 사면을 받고 집에 돌아와 모친과 여동생을 보러 왔다가 이 말을 듣고 온 몸에 털이 곤두선 듯 소름이 끼쳐 차고 있던 칼을 빼어 난간을 깨뜨리며 말했다.

"음란하고 사악한 아녀자의 투기가 불러온 환난이 이 지경에 미치니 이는 다 나의 죄다. 무슨 면목으로 세상에 나서겠는가?"

이에 장손씨가 말했다.

"이는 다 가문에 미친 액운 때문이니 어찌 천명을 피하겠습니까? 공자는 과도하게 마음을 쓰지 말고 주공이 오시기를 기다려 대증(對證)을 삼가게 하소서."

그러고는 공주가 장손씨에게 맡긴 별지의 편지를 내어 보이니 유시랑이 글을 받들고 통곡하기를 마지않았다.

오래지 않아 공이 온다는 소식이 있어 유시랑이 멀리까지 나가 부친의

함거를 붙들고 통곡하며 겨우 금위(禁衛) 관원에게 빌어 잠깐 그 얼굴을
보고 경성의 소식을 전했다. 홍신의 고변(告變)이 장씨에게서 말미암은 사
21 실을 고하니 공은 말소리와 얼굴빛이 조금도 흔들리지 않은 채 이렇게 말
했다.

“오늘과 같은 일이 있을 것은 네가 장씨를 취하던 날 내 이미 알았으니 어찌 새로이 놀라겠느냐? 주상께서 지혜로우시고 나는 죄가 없으니 억울함은 곧 풀게 될 것이다. 놀라지 마라.”

그리고 별다른 말을 묻지 않으니 유시랑이 공주의 유표가 황제를 감동케 하여 온 가족을 놓아주셨음을 아뢰었다. 그러자 공이 서글프게 눈물을 흘리며 말했다.

“네 아비 죽기는 족히 염려치 않으나 네 모친이 이같이 한 일을 생각하면 심장이 먼저 꺾어지는구나. 저 푸르고 자애로운 하늘이 차마 저런 사람으로 하여금 이토록 명이 짧게 하실 수 있단 말인가?”

말을 마치자 슬픔을 이기지 못하니 유시랑 또한 눈물을 흘리며 물러났다.

공이 황성(皇城)에 이르자 만조백관들과 여러 문하생 및 아전들이 길을 메워 공에게 다가와 홍신의 망령된 행각을 가리켜 한결같이 이렇게 말했다.

“제 한낱 병부주사로서 저런 원신(元臣)을 이같이 모함하니 어찌 놀라지 않겠습니까? 이제 천자께서 노하시어 그 분노를 거두지 않으시니 공은 어떻게 아뢰려 하십니까?”

그러자 공은 조금도 요동하는 빛이 없이 말했다.

22 “죄인이 여러 대에 걸쳐 천자께 받은 총애와 작록(爵祿)이 분에 넘쳐 가

득 한 재화가 일어났습니다. 이는 제가 녹봉을 탐하여 물러나지 않음을 하늘이 크게 경계하시는 것인데 어찌 홍신의 모함을 탓하겠습니까? 다만 주상이 밝은 지혜로 다스리심에 억울한 옥사는 없을 것이니 주상께 보이면 옳고 그름을 가려주실 것입니다."

이윽고 유상서와 유몽이 이르러 모여 있는 사람들에게 그 모습을 보였다. 또 영원수는 장수들을 거느리고 성 밖에 진을 치고 몸소 나아와 삼공(三公)과 구경(九卿)의 재상들을 보고 말했다.

"오늘 대장군에게 닥친 화는 차마 이르지 못하나니 여러 대신들께서는 어찌 잠자코 말을 안 하여 조정의 기둥이자 주춧돌인 신하가 다치는 것을 앉아서 보고만 있으십니까? 우리 삼군(三軍) 장수들이 당당히 모두 합심하여 대장군을 구하려 하니 여러 대신들께서도 합력하여 천자께서 의혹을 푸시도록 힘써 주십시오."

그러자 백관들이 일제히 소리 내어 말했다.

"우리들이 이 같은 뜻이 없어서가 아니라 진공이 오기를 기다린 것이오. 이제 모두 모였고 영원수의 뜻이 이 같으니 우리 문무백관이 모두 힘을 함께 하여 구할 것이오."

그러고는 각기 흩어졌다. 공은 옥으로 가고 영희는 삼군의 여러 장수 23
들과 함께 한 통의 표문(表文)을 올려 공이 세운 전후의 큰 공적과 진심으로 충군애국(忠君愛國)하려는 마음, 그리고 홍신의 고변이 전혀 사실 무근임을 낱낱이 아뢰고 군대에서는 공도 벌도 함께 하는 법이니 함께 벌하시길 청했다. 이어 삼공 · 구경의 여러 신하들이 상소를 올려 이 옥사의 허망함과 공의 거짓 없이 충성된 마음을 두루 아뢰어 순식간에 소장(疏章)이 1천여 개에 달했다. 상이 크게 뉘우치고 깨달으셨으나 또한 인심이 공에게 돌아가지는 않았는지 의심하셨다. 그러나 공을 압송하여 온 관원이 관중 백성의 말과 공이 병사들을 잘 타일러 겨우 벗어난 일을 아뢰고 또 군대 내부의 문서를 조사한 것을 드렸다. 황제께서 이를 살펴보셨으나 추호도 의심할 것이 없었다. 공의 병사들이 읊은 시를 적은 두루마리가 1백여 개 있었으나 다 경물(景物)을 두고 지은 것이었다. 그 가운데 한 글이 있었는데 다음과 같이 되어 있었다.

몸이 창대에 비스듬히 기대어 변경에 누어있으니
24 군영(軍營)에 조두[122] 소리 높았도다.
일백 번 싸워도 날아오는 화살과 돌멩이를 피하지 아니함은
성주(聖主)의 은혜를 갚고자 함이라.
아버지의 흰 머리가 꿈 가운데 어렴풋하도다.
어느 때에 사해(四海)를 맑게 하고 임금님께 문안드릴꼬.
저녁 해 저무는 하늘 달 밝은 밤에
북극성을 바라보며 눈물을 뿌리도다.

황제께서 이 글을 보시고 참혹해하며 말씀하셨다.

"짐이 사리에 어두워 진정한 충신을 의심했구나."

드디어 다음날 건청전에 좌정하시고 만조백관을 모으신 후 형벌 기구를 갖추시고 고변자인 홍신과 죄인 유세형을 전대(殿臺)에 올려 힐문(詰問)하셨다. 진공이 큰 칼[123]을 메고 궁궐에 이르니 만조백관이 눈을 나직하

122) 조두 : 구리로 만든 솥 같은 기구. 낮에는 음식을 만들고, 밤에는 이것을 두드려 경계하는 데 씀.
123) 큰 칼 : 죄인에게 씌우던 형틀을 가리킴.

게 하여 감히 보지 못했다. 호위하고 서있던 내시들은 다 옛날 장태후와 정덕황제께서 총애하시던 일을 생각하고 눈물을 흘리니 황제 또한 그 거동을 보시고 스스로 평안치 못하시어 교지를 내리셨다.

"국법이 비록 엄하나 진공이 이미 큰 공이 있으니 특별히 칼을 벗기고 관(冠)을 주어 홍신과 대변케 하라." 25

이에 유사(有司)가 칼을 벗기니 공이 사양하며 말했다.

"성상(聖上)의 은혜 망극하시나 신의 죄 삼족을 용서치 못할지니 어찌 칼을 벗겨 국법을 폐하겠나이까?"

그러자 황제께서 물으셨다.

"짐이 평일 경을 알기를 비록 성탕(成湯)이 남소(南巢)에서 폐백으로 초빙한 것[124]과 유비가 남양(南陽)에서 삼고초려(三顧草廬)함[125]같이 하지는 않았으나 물과 고기가 서로 꼭 들어맞는 것과 같이 일찍이 저버린 적이 없거늘, 경이 스스로 멸족의 화를 취하여 서번을 정벌한 후 군대 안에 황포(黃布)를 감추고 군사를 관중에 주둔케 하여 인심을 모았으니 이는 곧 대역죄이다. 사실을 고한다면 짐이 오히려 지금까지의 공로를 생각하겠지만 만일 숨긴즉 국법이 있으니 형벌을 면치 못할 것이다."

공은 머리를 조아리고 죄를 청하며 말했다.

"신이 대대로 나라와 운명을 함께 한 신하로서 성주(聖主)의 은혜를 입

---

124) 성탕(成湯)이 ~ 것 : {남소(南巢)의 빙폐함}. 『맹자(孟子)』 「만장편(萬章篇)」 상(上)에 보면 "탕(湯) 임금이 사람을 시켜 폐백으로 초빙하매, 이윤(伊尹)은 효효연(囂囂然)하며 말하기를, '내가 어찌 탕 임금의 초빙하는 폐백에 상관있겠는가? 내가 어찌 농토 속에 있는 것만 하겠는가?'[湯使人以幣皇聘之, 囂囂然日, 我何以湯之聘幣爲哉, 我豈若處畎畝之中]."라고 하였음. 효효연(囂囂然)은 욕심 없이 자득한 모양.

125) 유비가 ~ 삼고초려(三顧草廬)함 : {남양(南陽)의 삼고(三顧)ᄒᆞ미}. 이는 중국 삼국시대(三國時代)에 촉한(蜀漢)의 유비(劉備)가 남양(南陽) 융중(隆中) 땅에 있는 제갈량(諸葛亮)의 초려(草廬 : 草家)를 세 번이나 찾아가서 자신의 큰 뜻을 말하고 그를 초빙(招聘)하여 군사(軍師)로 삼았다는 고사를 말함.

은 지 1백여 년이 되었습니다. 삼 대에 걸쳐 특별한 사랑과 많은 녹봉
에 큰 나라를 주사 그 부귀가 남의 신하 된 자로서 이에 더할 수 없사오
니 어찌 만족하지 못하고 스스로 대역에 빠져 국은을 잊겠나이까? 서
26 번의 여러 나라들이 모반하여 비록 일시적으로는 이겼으나 진정으로
항복을 받기는 어려운데다 흩어진 도적이 각처에 출몰하여 산속에 자
리를 잡은 자들이 많습니다. 대군이 한 번 떠나면 적의 무리들이 창궐
하여 반드시 다시 일어날 것이므로 신이 여러 개월 동안 그 곳을 지키
며 인심을 안정시키고 남은 무리를 평정하고자 한 것일 뿐 임금과 아비
를 잊은 것이 아니옵니다. 인심을 모은 것을 죄로 삼으신다면 신이 폐
하께 신임을 얻어 군사를 거느리고 도적을 칠 때 모두 죽이고 들이친즉
장차 왕의 군대가 백성들을 처벌할 때에 위엄이나 덕망이 어디 있겠나
이까? 무릇 하늘 아래 왕의 땅이 아닌 곳이 없사오니 신이 인심을 모아
백성을 평안하게 하는 것이 폐하의 교화를 베푸는 것이라 생각했지 이
로써 죄를 삼으실 줄은 생각지도 못했나이다. 용포와 관련된 일은 신
이 비록 어리석다 하나 그 정도 사리는 분별할 줄 아오니 비록 반역의
뜻이 있다 한들 어찌 용포를 지어 군대 안에 두겠나이까? 진실로 그러
27 했다면 병사들이 있고 경성에서 가져갈 때 본 사람이 있을 것이니 증
거를 안 후 분별할 것입니다. 신이 불충(不忠)해서 이 모든 요사스러운
말이 있는 것이니 일이 비록 거짓되고 망령되다 하나 신이 어찌 한 번
죽기를 마다하겠나이까?"

황제께서는 공이 말하는 기색이 부드럽고 말씨가 고요하고 깨끗하여 조금도 당황하는 빛이 없음을 보시고 즉시 홍신을 불러 대답하라 하셨다. 공이 홍신을 보고 천천히 물어 말했다.

"내 일찍 너와 한 번 만나 본 적도 없고 또 문객(門客)으로 사귄 것도 아닌데 네 어찌 내가 반역을 꾀한 것을 알아 나라에 아뢰었느냐? 사실을 명백히 밝히면 성상이 또한 너의 충성과 절의를 아실 것이니 임금 앞에서 모두 숨김없이 말하고 말을 모호하게 하여 임금을 속이고 터무니없는 일을 꾸며 참소한 죄를 받지 마라."

홍신은 자신이 비록 김씨의 부탁을 들어 이런 맹랑한 일을 했으나 오늘 공을 대하여 그 말을 들으니 근본을 댈 곳이 없으므로 거짓으로 말했다.

"공이 반역을 꾀했음은 천하가 다 아는 것인데 어찌 내 홀로 알겠소? 자연 사람들이 말하므로 내 알고 나라에 고했으니 이 말의 출처가 어 28
찌 있겠소?"

그러자 공이 웃으며 말했다.

"옛날에 증삼(曾參)이 살인했다는 말도 같은 이름의 사람이 있으므로 그 말이 난 것이다. 네 이미 나라를 위한다는 충심으로 반역을 꾀한 신하를 고변하여 풍파가 이 지경에 이른 것이니 내 비록 천대(千代)의 죄인이나 국가의 대신이다. 옥사를 소홀히 할 일이 아닌데 어찌 길거리에서 뜬소문으로 오가는 하찮은 아이의 무고하는 말 따위가 남을 재해에 빠지게 한단 말이냐? 빨리 말의 출처를 일러 나의 죄를 올바르게 밝히라."

홍신이 질질 끌며 말을 못 하자 공이 황제께 아뢰었다.

"신이 불충하여 신하로서의 도리를 지키지 못하고 폐하로 하여금 상 받을 만한 자를 봉(封)하시게 하는 미더움이 없고 신에게 도리어 삼지지참(三至之讒)이 있어 증삼의 어머니가 북을 내던진 일[126]과 같게 했으

126) 삼지지참(三至之讒)이 ~ 일 : {삼지지ᄎᆞᆷ[三至之讒]이 이셔 증모의 투져[投杼]ᄒᆞ시미}. '투저'란

니 신은 일만 번 죽어도 용서받지 못할 것입니다. 원컨대 폐하께서는 삼목(三木)[127]의 형벌로써 신과 홍신을 문초하사 간악한 실정을 찾아내시기를 바라나이다."

황제께서는 공이 아뢰는 말을 들으시고 공주의 유표를 생각하시며 즉
29 시 홍신을 극형으로 고문하여 무엇을 들었는지 물으셨다. 홍신은 매질을 이기지 못하여 드디어 장시랑 부인이 금과 비단을 주고 흉계를 가르치므로 그 말을 믿고 고했다고 아뢰었다. 그 말을 듣고 상이 매우 놀라셨으며 만조백관 역시 놀라지 않는 자가 없었다. 즉시 위관(尉官)에게 명하여 장시랑 부부를 잡아들여 정전(正殿)에서 엄하게 문초하사 홍신과 대증하게 하시니 김씨가 정신이 아득하여 형장의 괴로움을 받지 않으려고 매 한 대 맞지 않고도 낱낱이 사실대로 아뢰었다.

"신첩(臣妾)의 딸 설혜가 시랑 유현의 처가 된 지 1년 만에 그 정실 양씨가 교언영색(巧言令色)으로 세형에게 아첨하여 신첩의 딸이 몸을 온전히 보전치 못하고 내쳐졌습니다. 그런데 세월이 3년이 흘러도 용서하지 않으니 젊은 나이에 팔자가 사나운 것이 보기 참혹하였습니다. 모녀가 사사로운 정을 참지 못하고 곰곰이 생각하기를, 유현이 본래 신첩의 딸을 박해하지 않았는데 그 부형의 엄책(嚴責)이 두려워 일시적으로 거절하나 사사로운 정이 중하니 세형이 없으면 금슬이 다시 이어질 것

'북을 내던지다'라는 뜻. 『전국책(戰國策)』「진책(秦策) 이(二)」에 따르면 공자의 수제자이자 효도로 유명한 증자(曾子)가 어렸을 때 그 마을에 같은 이름을 가진 사람이 사람을 죽인 일이 있었음. 어느 날 증자의 어머니가 베를 짜고 있는데 어떤 사람이 와서 "증자가 사람을 죽였다"고 하자 증자의 어머니는 "내 아들이 사람을 죽였을 리 없다"고 말하고 태연히 베를 짜고 있었음. 잠시 후 또 다른 사람이 달려와서 "증자가 사람을 죽였다"고 했으나 증자의 어머니는 여전히 태연하게 베를 짬. 그러나 한 사람이 또 와서 말하기를 "증자가 사람을 죽였다"고 하자 그 어머니는 두려워 북을 내던지고 담을 넘어 달려감. 이 후 "삼지(三至)"란 거짓말도 자꾸 듣게 되면 영향을 받을 수 있다는 말로 쓰임.

127) 삼목(三木) : 죄인의 목·손·발에 각각 채우던 세 형구, 즉 칼, 수갑, 차꼬를 이름.

이라 판단했습니다. 신이 자식 위하는 정성으로 능히 사리를 살피지 30
못하고 자객을 군대 안으로 보내어 세형을 해하라 했더니 계교를 이루
지 못하고 도리어 자객이 잡혀오니 후환이 더욱 두려웠습니다. 하여
홍신이 친척의 정이 있으므로 이 일을 꾸며 세형을 죽이고 신첩의 딸과
유현의 원앙채(鴛鴦債)[128]를 합하고자 했습니다. 허나 신의 시부모가
세형과 장인과 사위 사이로 친척의 정이 있어 이 일을 알면 그냥 듣고
넘기지 않을 뿐 아니라 신을 용납하지 아니할 것이므로 처가를 속이고
홍신과 함께 일을 꾸몄던 것입니다. 이제 발각되었으니 죽기를 원하나
이다."

장시랑은 김씨의 하소연을 듣고 눈물을 흘려 모골을 적시며 아뢰었다.

"신의 딸이 세형의 며느리가 된 지 1년도 안 되서 행사가 패악하므로
인륜의 도리에 어긋나 내쳐지니 신은 스스로 자식의 불초함을 부끄러
워할 뿐 유씨 부자를 원망치 않고 살았습니다. 그런데 사나운 계집의
행사가 이러할 줄 어찌 알았겠나이까? 신이 진실로 어리석고 못나 알 31
지 못한 죄는 죽어 마땅하오니 아뢸 말씀이 없나이다."

이에 상께서는 전후 사정을 자세히 깨달으시고 매우 노하시어 당일로 홍신을 죽이시고 김씨는 목매달아 죽이셨다. 하지만 장씨는 어린 딸이 사나운 어미와 흉악한 종에 물들어 대죄를 범했으나 본심이 아니라 여기시고 그 목숨만은 사하시어 본가에 머물게 하셨다. 이는 대게 장귀비가 장씨와 사귀던 정을 잊지 않고 용서한 덕분이었다. 장시랑은 집안을 다스리지 못한 죄로 절해고도(絕海孤島)로 멀리 귀양 보냈다.

이때 진공은 천대의 죄수가 되어 천자께 의심을 받은데다 홍신과 김씨

128) 원앙채(鴛鴦債) : 연인들 간에 이루지 못한 숙원을 비유하는 말.

가 이같이 음흉하고 간사하며 어지러운 계교를 꾸민 것을 보고 마음으로 깊이 개탄했다.

'대장부가 되어 차라리 칼 아래 죽을지언정 어찌 아녀자의 모함을 받아 이 지경에 이르겠는가? 진실로 평생 구차스러움을 면치 못하리로다.'

그러고는 죽고 사는 것을 염려치 않았다. 그러나 집안과 부모를 생각
32 하여 옳고 그름을 분명히 분별하였으니 이미 간인의 고변이 맹랑하다는 것과 그의 충성스러움과 선량함이 얼마만큼인지 드러났으므로 상은 매우 부끄러워하셨다. 하여 빨리 가까이 있는 신하로 하여금 진공을 맨 것을 자르고 의관을 주게 하신 후 붙들어 전에 올려 손을 잡으시고 눈물을 흘리시며 말씀하셨다.

"짐이 사리가 분명치 아니하여 경의 거짓 없는 참된 마음을 의심했으니 서로 얼굴 보기가 부끄럽구나. 오늘 내 얼굴이 두껍도다. 경은 군신대의(君臣大義)를 생각하여 짐을 원망치 말고 충성을 가다듬어 국가를 도우라."

공이 머리가 땅에 닿도록 절하여 얼굴에 피를 흘리며 아뢰어 말했다.

"신이 13세부터 성조(聖朝)의 후한 봉록을 받들어 벼슬이 제후에 이르고 권세가 천하병마를 관장하니 부귀가 남의 신하된 자로서 도에 지나치고 폐하의 사랑하심이 골육지친 같았습니다. 하여 이른 아침부터 늦은 밤까지 두려워하여 근신하고 탄식하며 간과 쓸개까지 땅에 버려 성은을 갚기를 원했더니 이제 재앙이 일어나 집안을 보전하지 못했습니다. 비록 성상의 밝으심을 의지하오나 이어지는 화는 면치 못할 듯하
33 니 해골을 빌어[129] 고향에 돌아가기를 원하나이다."

129) 해골을 빌어 : 늙은 신하가 벼슬을 내놓고 물러나기를 임금에게 청원한다는 뜻의 관용어.

그러자 상이 은근히 위로하며 말했다.

"경의 말을 들으니 짐이 더욱 부끄럽고 감동스럽구나. 하지만 이미 깨달은 터에 나라에 중요한 신하를 없이 하지는 못할 것이다. 다시는 그런 일이 없을 것이니 모름지기 안심하여 사양하지 말고 본직을 다스리라."

그러나 공이 기쁘게 여기지 않으며 머리를 땅에 조아리고 사양하기를 마지않으니 상이 문득 소매를 떨치고 일어나 좌우를 돌아보며 말씀하셨다.

"진공이 만 리에 걸친 여행과 옥중에서 겪은 괴로움으로 분명 그 몸이 고단할 것이다. 물러나 쉰 후에 정사를 다스리라."

공이 어쩔 도리가 없어 궐 아래 나아가 처벌을 기다리며 벼슬을 거두어 가시기를 청하며 그치지 않았으나 상이 끝까지 허락하지 않으셨다. 오히려 크게 뉘우치는 조서(詔書)를 내리시고 다시 대장군 대원수를 시키시며 출정했던 장수들을 거느려 조회하고 군정을 아뢰라고 재촉하셨다. 공이 마지못하여 바로 교외로 나가 삼군을 거느리고 들어오니 여러 장수들이 다 기뻐하며 말했다. 34

"우리 주공이 누명을 벗고 옛 벼슬을 회복하시니 우리들은 죽어도 여한이 없습니다."

군대 가운데 환성이 진동했다.

상이 어악(御樂)을 갖추고 오봉루에 대연(大宴)을 베풀어 공을 맞으시니 공이 어가(御駕)를 바라보고 군사들을 거느려서 일시에 만세를 불렀다. 그러자 군사들의 함성이 천지를 흔들었다. 상이 매우 기뻐하시고 이 기회를 빌려 비단 두루마기를 주시고 상방진미(上房珍味)와 용봉어주(龍鳳御酒)를 내리시며 온화한 옥음(玉音)으로 참소에 속았던 것을 새로이 개탄하셨다. 공이 머리를 땅에 조아리며 감사했다.

그런 후 군대 행정 중 공적을 기록한 장부를 올리니 이부상서 유관의 지모(智謀)와 유몽의 대공이 쓰여 있었다. 상께서 물으셨다.

"유몽은 어떤 사람인가?"

부원수 영희가 아뢰었다.

"이 사람은 영릉후 유세창의 아들입니다. 나이 16에 사람을 놀라게 할 만한 용기와 세상을 뒤덮을 만한 재주가 있어 무예가 삼군 중에 빼어납니다. 어느 곳을 가더라도 대적할 자가 없으므로[130] 저희들이 기특하
35 게 여기었습니다. 그러나 진공은 그가 자신의 조카인 것을 꺼려 하여 그 공적을 기록하지 않았는데 진공이 잡혀가신 후 신들이 있는 그대로 기록했습니다. 진실로 두 장수의 재주이니 거두어 쓰실 만하실 것입니다."

상이 매우 기뻐하시고 즉시 유몽을 부르시니 몽이 몸을 일으켜 어전(御前)에 나아가 만세를 부르며 절했다.[131] 그 멋스러운 풍치가 상쾌하고 눈썹 근처가 신선 같으므로 상이 크게 칭찬하며 말했다.

---

130) 어느 ~ 없으므로 : {소향(所向)의 무뎍[無敵]ᄒᆞ디라}. '소향무적'이란 '어느 곳을 가더라도 대적할 상대가 없음'을 이르는 말로 군대가 가는 곳마다 겨룰 사람이 없을 정도로 세력이 매우 강한 것을 말함. 『삼국지(三國志)』 「오서(吳書)」 〈주유전(周瑜傳)〉에 나오는 다음 이야기에서 유래한 성어(成語). 중국의 삼국시대에 화북(華北)을 거의 평정한 조조(曹操 : 155~220)는 오(吳)나라 손권(孫權 : 182~252)에게 아들을 자신의 인질로 보내라는 편지를 보냈음. 손권은 모든 관리들과 함께 대책을 의논했는데, 주유(周瑜 : 175~210)는 인질을 보내서는 안 되며 조조에게 복종하지 말아야 한다고 주장함. 주유가 손권에게 "나라의 재정이 넉넉하고 군사력이 튼튼하며 민심은 안정되어 있고, 교통이 편리하며 우리 군사들은 용감하여 '이르는 곳마다 싸울 적이 없는데(所向無敵) 무엇 때문에 조조에게 굴복하려고 합니까?" 하고 말하자, 손권은 그의 아들을 조조에게 인질로 보내지 않기로 했다고 전해짐.

131) 만세를 ~ 절했다 : {산호무도(山呼舞蹈)ᄒᆞ매}. '산호'란 '산호만세(山呼萬歲)'의 준말로 나라의 큰 예식에 황제나 임금의 축수를 표하기 위해 신하들이 두 손을 치켜들고 '천세' 또는 '만세'를 일제히 외치던 일, '무도'란 조정의 배하(拜賀)에 손을 휘두르고 발을 구르는 의절(儀節)을 가리킴.

"그 아비만 한낱 문채가 뛰어나고 우아한 것이 아니로구나."

그리고 즉시 표기대장군(驃騎大將軍)을 시키시고 치군도독(治君都督)으로 임명하시니 몽이 머리를 땅에 조아려 감사하고 물러났다. 진공에게는 조서(詔書)와 철권(鐵券)[132]을 주시고 띠고 계시던 통천서(通天犀) 허리띠를 상방보검(雙方寶劍)과 함께 내리시며 조정의 살리고 죽이는 일을 뜻대로 하게 하셨다. 그리고 유관에게는 진양후를 봉하시고 여러 장수들에게는 공에 따라 하나하나 후하게 상을 내리신 후 서역에서 사로잡은 추장과 번왕을 연무청(鍊武廳)[133] 아래로 부르시고 대국의 풍습과 문물을 보여 그들에게 항복을 받으셨다. 그런 후 광록 내시로 하여금 잔치를 베풀어 먹이고 본국으로 돌려보내시니 모든 번국인들은 천자께서 덕행으로 감화시키심에 감격하여 울며 갔다.

잔치를 끝내신 후 상이 친히 황봉어주를 옥잔에 부으시어 진공에게 먹 36
이시고 공덕을 칭찬하며 말했다.

"짐이 즉위하면서부터 재주와 덕행이 넓지 못하여 오랑캐가 창궐하니 경의 높은 지혜와 큰 충성이 아니었으면 어찌 능히 서역을 토벌하고 섬서(陝西)를 평정했겠소? 조정의 허망한 무리를 용납하여 하마터면 우리의 군신 간의 의리를 순탄치 못하게 할 뻔했으니 생각한즉 한심하구나. 모름지기 짐의 뉘우침을 살피라. 더욱 슬프고 아깝고 기특하고 놀라운 바는 짐의 누이 진양이다. 세상을 버린 지 이미 13년이거늘 그 맑은 정신과 신명한 지혜로 오늘의 일을 눈으로 본 것같이 짐에게 바르게 간하고 이처럼 경을 구하니 어찌 지금의 정숙한 부인과 비교하겠는가?"

---

132) 철권(鐵券) : 공신에게 나누어주던 훈공을 적은 서책.
133) 연무청(鍊武廳) : 군사훈련을 위해 설치된 관청.

말을 마치신 상은 내시로 하여금 붉은 종이쪽지[134]를 내어오게 하시어
공에게 주어 보게 하셨다. 공은 유시랑이 말을 전하여 대강 들었으나 상
37 께 자세한 말씀을 듣고 그 글을 받아 공주의 친필과 그 안에 담긴 말뜻을
보니 반가움과 깨달음이 구름처럼 일어났다. 그러나 황제의 앞에서 원융
대신(元戎大臣)[135]이 눈물을 흘릴 수는 없었다. 마음이 안정된 후 몸을 움
직여 자세를 바로 하고 엎드려 아뢰었다.

"서번에 출사한 군공은 폐하의 덕망과 여러 장수들의 충성스러운 마음 때문이지 어찌 신의 공이겠나이까? 홍신이 요사스러운 말로 인심을 어지럽힌 것은 신이 아랫사람을 잘 통솔하지 못하여 비방하는 말이 일어난 것입니다. 신이 폐하께 받은 신임이 자고로 드문 바이거늘 옥 같은 말씀이 여러 번 천한 신하에게 내리시니 신에게 잇따른 복과 천은이 바다와 같아 능히 갚을 길을 알지 못하겠나이다. 공주는 이미 죽은 사람이니 어쩌다 조금 총명하여 먼저 알고 왕실에 충성을 다하고 강상(綱常)의 도리가 중하여 신을 구하긴 했으나 어찌 신기한 능력이 있어 그랬겠습니까?"

그러자 상이 탄식하며 말했다.

"경은 나무나 돌처럼 아무 감정이 없구나. 이 글과 그 뜻을 생각하면
영웅이라도 눈물이 흐르지 않겠는가? 그런데도 이같이 겸손하고 말과
38 표정이 태연하니 본심이 아니라 해도 경은 참 잘 참는다 하겠소. 짐이
마땅히 글을 지어 내 누이의 높은 가르침에 감사해야 겠소."

그리고 예부상서 영릉후 유세형에게 제물과 제문을 내려 공주의 제사

---

134) 붉은 종이쪽지 : {홍전[紅箋]}. '홍전'이란 시 같은 것을 쓰는 빛깔이 붉은 종이를 말함.
135) 원융대신(元戎大臣) : '원융'이란 군대의 우두머리란 뜻임.

를 지내게 하셨으니 그 글에 다음과 같이 일렀다.

유세차(維歲次)[136] 가정 갑오년 여름 4월에 대명 황제는 예부상서 유세창을 보내어 순결한 희생제물과 기이한 술로써[137] 지성대덕(至聖大德) 승천지효(昇遐知曉) 문명진충(文明盡忠) 여주공(女周公) 진양공주 총재지영(冢宰之靈)께 올립니다. 아아, 유령[138]은 산악의 기운을 타고나서 성현의 자질을 익히어 삼조(三祖)의 은혜를 한결같이 받았으니 밝은 지혜, 선조를 도와 그 공이 사직(社稷)에 나타나고 덕이 화이(華夷)에 가득하여 주공의 작위를 받았더니 불행히도 단명하여 짐이 아끼고 슬퍼하니 마음이 미어지는 듯하도다. 세월이 이미 많이 흘러 10여 년이 지나 구릉이 거칠어지고 묘당(廟堂)이 높으니 벌써 옛사람이 되었구나. 장구령(張九齡)[139]은 선견지명이 있어도 안녹산(安祿山)을 본 후에야 알았고 유백온(劉伯溫)[140]은 사리에 밝 39
았어도 호유용(胡惟庸)을 살피고야 앞일을 헤아렸거늘 유령은 얼굴이 없는데도 꿰뚫고 자취가 없는데도 성인과 같은 높은 비추임이 있어 세상을 떠날 때 남긴 글이

136) 유세차(維歲次) : '이 해의 차례는'이라는 뜻으로, 제문의 첫머리에 쓰는 문투.

137) 순결한 ~ 술로써 : {결싱기창(潔牲奇鬯)으로써}. 여기서 '창'이란 울금향(鬱金香)을 넣어 빚은 향기 나는 술 '울창주(鬱鬯酒)'로서 제사 때 강신(講信)에 씀.

138) 유령 : 여기서는 이미 죽은 진양공주를 가리킴.

139) 장구령(張九齡) : 당나라 현종(玄宗) 때의 재상. 광둥성[廣東省] 취장[曲江] 출생. 문재(文才)가 뛰어나고 어진 재상이었으나 사치와 향락에 빠진 국왕에게 간언을 했다가 이임보(李林甫)에게 미움을 받아 좌천됨(736). 안녹산(安祿山)이 위험인물임을 간파했다는 일화가 전해짐.

140) 유백온(劉伯溫) : 절강성 처주 출신으로 자가 백온이고 명이 유기(劉基)로 명 초기의 개국공신. 문종(文宗) 때 진사과에 합격했으며 고안현승·강절유학부제거 등의 관직을 지냈으나 여러 차례 배척당한 뒤 관직을 버리고 고향에 숨어 지냄. 1348년에 방국진이 저장성 경원에서 동란을 일으키자 강절행성 원수부에 도사로 기용되어 반란군들을 소탕할 것을 주장하고 안일한 정책에 반대했으나, 1354년에는 다시 관직을 버리고 지방의 군인들을 이끌고 산에 들어감. 1358년 주원장이 금화와 려수현을 공략한 뒤에 주원장의 모사가 되어 중국을 통일하는 데 중요한 역할을 했으며, 명나라 건국 후 어사중승과 태사령 등의 관직을 맡아 역법 제정과 군정체제 건립에 공헌함. 어려서부터 총명하고 책읽기를 좋아하여 천문·기상·역법·군사 등의 분야에 정통함. 그의 죽음과 관련하여 그 공을 시기한 승상 이선장과 그 후계자 호유용에게 독살되었다는 설과 주원장이 그의 똑똑함과 예지력을 겁내서 한동안 성에 감금 유폐시킨 후 사형시켰다는 설이 있음.

짐의 아득한 것을 밝히고 국가의 어진 신하를 구하여 충성된 뜻과 어진 덕이 이윤(伊尹) · 주공(周公)[141]보다 못할 것이 없도다. 짐이 감격하고 깨달은 바가 깊어 요망하고 사악한 무리를 거두어 법을 바로 하고 밝히 가르친 덕에 감사하노라. 신령이 멀지 않으니 살필지어다.

그런 후 즉시 영릉후로 하여금 제사 때 피우는 향초와 희생제물을 가지고 진궁에 가서 공주의 묘당(廟堂)에 제사지내라 하셨다. 가까이서 임금을 모시던 사람들이 공주의 말을 듣고 감탄하지 않는 사람이 없었다.

진공은 천자께서 말씀하시는 것을 보고 감격을 이기지 못하여 감사하고 물러나 궐문을 나섰다. 궐문 밖에서 부모형제와 가족들을 만난 공은 빨리 의관을 벗고 승상을 향하여 죄를 청하며 말했다.

40 "불초 소자, 누사덕(婁師德)[142]의 도량이 없어 대인의 가르침을 능히 받

141) 이윤(伊尹) · 주공(周公) : 이윤은 은(殷)나라 때의 명재상이며 주공은 주(周)나라 때의 명재상. 공자는 신하의 유형을 중신－권신－충신－간신－직신－사신의 여섯 가지로 분류하여 중신-충신-직신이야말로 국가에 필요한 존재임을 역설함. 여기서 중신이란 군주가 어리고 나라가 위기에 처했을 때 지조를 지켜 일신의 영욕을 버리고 나라를 구제하는 신하로서 공자는 그 대표적인 사람으로 이윤-주공-진평-주발을 들었고, 충신은 나라를 위하여 공적인 것만을 생각하고 사적인 것을 돌보지 않으며 또 왕이 오욕을 당하면 죽음으로써 의를 지키는 자로서 그 대표적인 사람으로 한의 기신과 진의 혜소를 듦. 또 직신이란 왕이 허물이 있을 때는 간언하고 일에 잘못이 있을 때는 바른말로 직언하여 왕으로 하여금 불의에 빠지지 않도록 사명을 다하는 자로서 그 대표적인 자로 용봉과 비간을 듦.

142) 누사덕(婁師德) : 누사덕은 당나라 측천무후 때의 유능한 신하로 성품이 온화하고 너그러워 모든 일에 참으며 처신했다 함. '타면자건(唾面自乾)'이란 고사성어와 관련된 인물. 이 말은 『십팔사략(十八史略)』에 나오는 것으로, 남이 나의 낯에다 침을 뱉을 때 이를 바로 닦으면 그 사람의 뜻을 거스르는 것이 되므로 저절로 마를 때까지 기다린다는 뜻. 또한 측천무후 때의 두 재상의 반목에 관한 고사로도 알려짐. 당시 함께 재상에 봉직했던 적인걸이 틈만 나면 누사덕을 몰아내려고 안달이어서 두 사람 사이의 불화와 반목이 심각한 지경에 이름. 측천무후가 적인걸을 불러 자신이 그를 신임하는 이유를 아느냐고 묻자 측천무후의 총애를 받았던 적인걸은, 사실 누사덕의 추천 때문에 등용되어 재상의 자리에까지 오른 것이었는데, 무후는 이 사실을 적인걸에게 일깨워 누사덕에 대한 적인걸의 반감을 누그러뜨리고 두 사람 사이의 갈등을 풀어주려 함. 그 후 적인걸은 누사덕에 대한 선입견을 버리고 성심을 다하여 무후를 보좌함으로써 정사를 순조롭게 이끌어 감.

들지 못하고 아녀자의 모함을 입어 몸이 대역죄에 빠졌습니다. 위로는 조상에게 욕이 미치고 아래로는 몸에 불명예를 끼쳐 부모께 욕이 적지 않으니 대인 앞에서 사죄를 청하옵니다."

승상은 공의 차림새가 초췌하고 말하는 것이 간절한 것을 보자 부자의 정을 참을 수가 없었다. 승상은 여러 아들들로 하여금 공을 붙들어 일으키게 하여 손을 잡고 길게 탄식하며 말했다.

"이는 다 국운(國運)과 천수(天數) 때문이지 어찌 너의 허물이겠느냐? 지난 일을 생각한즉 마음속으로 놀라우니 말해 보았자 무익하구나. 앞으로 충성을 다하여 우리 성상께서 신임하여 주신 은혜를 갚도록 하여라."

공은 다시 절하고 명을 받들었으며 여러 형제 또한 슬픈 가운데에서도 기쁨을 이기지 못했다.

함께 집에 돌아오니 화려한 꽃마차와 청양산, 홍양산이 길가를 메웠고, '물렀거라' 소리치며 뒤따르는 시종들이 10리에 걸쳐 맞닿아 있었다. 말발굽 소리가 땅을 움직이는 가운데 공은 대원수의 복장을 입고 흰 눈같이 하얀 천리마에 황금 안장과 옥으로 된 고삐를 갖추고 홍양산을 받쳐 금은
으로 된 절월(節鉞)[143]과 용・봉황이 그려진 깃발을 세우고 손에는 상방 41
패검(雙方佩劍)을 잡고 허리에는 황금인을 옥대(玉帶)에 드리우고 있었다. 삼천 철기(鐵騎)가 대오를 나누고 용호(龍虎) 같은 장수들이 구름같이 옹호하여 행군하는 징과 북 소리가 하늘을 움직였다. 승전을 외치는 개가(凱歌) 소리가 황성을 흔들며 승상 뒤를 좇으니 성중 백성들이 집을 비우고

143) 절월(節鉞) : 절부월(節斧鉞). 관찰사・유수(留守)・병사(兵使)・수사(水使)・대장(大將)・통제사 들이 지방에 부임할 때에 임금이 내어 주던 물건. 절은 수기(手旗)와 같이 만들고 부월은 도끼와 같이 만든 것으로, 군령을 어긴 자에 대한 생살권(生殺權)을 상징함.

도로로 물밀 듯이 쏟아져 나와 혀를 내두르고 손을 두드리며 칭찬하여 말했다.

"자고로 남자로 태어나 진국공같이 영광을 얻은 자는 없을 것이다. 유씨 삼대 중 상업(賞業)과 공덕이 으뜸이로다."

집으로 돌아오니 이부인이 신을 벗은 채 문밖까지 나와 손을 잡고 통곡하며 죽었던 사람을 다시 본 듯했다. 모든 자녀들도 공을 붙들고 슬피 울었다. 공은 모친을 위로하고 자녀들을 어루만지며 탄식했다.

애통한 마음을 조금 가라앉힌 후 공자 몽은 장군의 융복과 금인을 차고 상서 관은 진양후 복색으로 구름과 용이 그려진 비단 두루마기에 옥대(玉
42 帶)를 단정히 하고 나란히 부모와 조부모를 찾아 뵈었다. 1년 사이에 늠름한 골격과 준수한 모습이 더욱 빼어나게 되었고 공훈을 높이 세워 작위가 높아졌으므로 부모와 일가친척들의 반기는 마음과 기뻐하는 뜻은 비할 데가 없었다. 설부인은 평소 성정이 엄하여 비록 몽을 사랑하면서도 일찍이 가까이 앉지도 않았으나 이날 대공을 이루고 돌아와 높은 봉작으로 부모의 이름을 널리 드날린 것을 보고는 마음으로 매우 기뻐 그 손을 잡고 즐거운 기색이 가득했다.[144)]

상서는 홀로 조부모와 아재비들께 절한 후 몽이 그같이 사랑 받는 것을 보고 자기의 모비(母妃)를 추모하는 마음이 속에 가득하여졌다. 게데다 장부인의 모습이 보이지 않는 것에 대단히 마음이 상하여 좌우에 있는 사람들에게 물으니 혜 등이[145)] 대답했다.

"장씨가 한 말 가운데 황포를 군중에 가져갔다고 한 것이 있었는데 이

---

144) 가득했다 : {우희염족ᄒᆞ니}. '우희다'란 '움키다'는 뜻의 옛말. '우희염족ᄒᆞ다'란 '움킬 만하다'란 뜻이나 문맥을 고려하여 이같이 번역함.

145) 혜 등이 : 장부인에게 난 자식으로 혜, 정, 양이 있는데 여기서는 이들을 가리킴.

를 모친이 친가에 가서 말씀하셔서 들었노라고 장귀비께 전했습니다. 이 때문에 모친께서는 감히 낯을 들어 사람들 앞에 나서지 못하리라 하십니다. 그래서 정전(正殿)을 피하시고 석고대죄하시며 대인(大人)이 다 43
스리시기를 기다리실 뿐 감히 나서지 못하고 계십니다."

이 말을 듣고 상서는 매우 놀라 즉시 나아가 얼굴을 뵙고자 했으나 승상과 이부인이 그를 앞에 앉히고 손을 어루만지며 기뻐하고 공주의 신명함과 공을 위한 정성과 은혜를 칭송하며 늙은이, 젊은이를 가릴 것 없이 모든 집안사람들이 저마다 다 눈물을 드리우며 슬퍼하므로 감히 장부인께 나아가지 못했다.

공은 장손씨를 불러 전후의 사정을 자세히 묻고 감동, 탄복하여 공주를 칭찬하며 부모께 아뢰었다.

"소자가 이 사람을 어찌 한낱 부부의 의리만 생각하여 그리워하는 것이겠습니까? 전후 두 번 글을 남겨 소자와 문호(門戶)를 구하니 이런 사람은 진실로 천세(千歲)에 없을 것입니다. 소자의 마음은 말할 것도 없고 아무 관련 없는 지나가는 사람이 들어도 또한 아끼고 슬퍼할 것이니 소자가 어찌 참을 수 있겠습니까? 하지만 임금과 부모를 생각하여 태평한 듯 구니 제가 심히 무정한 사람입니다."

이에 승상이 탄식하며 말했다.

"공주가 살아 있을 때 베푼 덕은 말할 것도 없고 세상을 떠날 때도 이 같은 선견지명이 있어 너를 구할 뿐 아니라 유씨 종족 1천여 인을 살렸 44
으니 온 집안에 끼친 은혜가 헤아릴 수 없구나. 어찌 죽어서인들 그 은혜를 잊을 수 있겠으며 또 어찌 이런 부인이 있겠느냐? 진실로 여중 요순(堯舜)이 아니면 옛 성인이로구나. 천자께서 이미 공주의 유표가 정사(政事)를 붙들었다 생각하시고 묘당에 제사하라 하셨으니 나와 너희들 또한 큰 은혜와 지성에 감사하지 않으면 이 사람의 정령(精靈)이 어찌 이를 모르겠느냐? 죽은 사람으로 생각할 수가 없구나."

말을 마친 후 승상과 여러 대공들은 모든 소년 유생들과 부녀들을 거느리고 일시에 진궁 후원에 있는 묘당으로 갔다. 승상과 여러 대공들은 검푸른 당나귀를 타고 유생들은 걸어서 묘당 문에 다다랐다.

원래 이 묘당은 나라에서 지어 주었는데 그 제도에 위엄이 있어 제후의 종묘나 한가지였다. 공신이었던 유씨 문성공의 사당은 제후 묘당인데도 오히려 대부의 집과 같은 거동이 있었다. 이에 비해 진양공주는 이미 금지옥엽(金枝玉葉)으로 주공의 작위를 받았고 제사에 천자의 예악을 쓰게
45 했으므로 탁 트인 넓은 계단과 높은 누각이 구름 사이에 사무치고 붉은 박공과 푸른 기와가 산을 덮고 있었다. 석양이 진 후 자물쇠로 잠그고 궁관과 내시가 지키고 있다가 황망히 문을 열고 인도하여 대전으로 나아가니 예부에서 조정의 명령으로 갓 제사를 드리고 갔으므로 향이 타고 난 연기가 아직 은은히 배어 있었다.

승상이 제문을 지어 그 성덕에 사례하고 여러 사람이 함께 절하여 예를 표하며 다시 살게 해준 은혜를 칭송하며 사람마다 감격을 이기지 못했다. 이를 본 상서 형제 남매가 더욱 소리 높여 우니 슬픈 눈물이 바닥을 적셨다. 진공은 잠깐 떨어져 승상이 제를 마치고 내려오는 것을 기다렸다가 묘당에 들어가 신위(神位)에 재배(再拜)했다. 뒤이어 큰 소리로 통곡하다가 땅에 거꾸러지니 모두 급히 공을 구했다. 공이 손으로 상탁(床卓)[146]을 잡고 공주를 부르며 말했다.

---

146) 상탁(床卓) : 제상과 향로를 놓는 탁자를 아울러 이르는 말.

"내가 일을 정도(正道)로 못하고 아랫사람을 통솔하는 덕량이 없어 상소로 인한 화가 문호를 엎치게 되었으나 그대가 끼친 덕과 남은 은혜가 나의 종족 삼천을 다 건지고 나로 하여금 참형[147]의 화를 뒤집어 복으 46
로 바꾸게 했소. 그대의 신령함이 이 같은데 어찌 잠잠히 산간에 떠돌며 외로운 넋으로 처량함을 기꺼이 받아들이고 나의 정을 살펴 서로 좇음이 없는가? 내 이미 나이 삼십이 넘었고 부귀가 지극하며 자녀들은 다 성인이 되어 나쁜 것이 없으면서도 마음을 굳게 먹고 그대를 따르지 못하는 것은 한낱 죽고 사는 것을 인력으로 못해서가 아니라 실로 양친을 위한 것이었소. 하지만 이 간장(肝腸)이 금석(金石)이 아니니 얼마 안 있어 내 그대의 자취를 따르겠소."

말을 마치고는 피를 토하고 혼절하여 정신을 차리지 못하니 형제와 자질(子姪)이 급히 붙들고 내려왔다. 성의백이 대의(大義)로 잘 타일렀으나 공이 손으로 난간을 치며 말했다.

"이 사람이 만일 있었더라면 나라의 정사(政事)와 이 아우에게 오늘이 없었을 것이니 내가 내 반평생의 피를 토하고 슬퍼하는 것이 어찌 부부의 의리를 생각하는 것이겠습니까?"

그러자 모두 탄식할 뿐 달리 권유할 말이 없었다.

날이 저물자 공이 스스로 마음을 억지로 다잡고 중당(中堂)에 자리를 47
잡은 후 자녀들을 돌아보며 물었다.

"부인은 어찌된 연고로 보이지 않느냐?"

이때 진양후는 이미 어머님을 찾아가 모자가 이별한 후 닥친 슬픔과 환

147) 참형 : {부월(斧鉞)}. '부월'이란 출정하는 대장에게 통솔권의 상징으로 임금이 손수 주던 작은 도끼와 큰 도끼로서 생살을 좌우할 수 있는 군권을 상징. 참형(斬刑)할 때 사용하는 큰 형구를 가리키기도 함.

난에 대해 말하며 피차 퍽이나 슬퍼하고 있었다. 진후가 모친이 대죄하는 것에 매우 놀라 부친께 이 상황을 고하려고 나오다가 공이 부인을 찾는다는 얘기를 듣고 부친 앞으로 나아갔다. 부친께 부인의 처변(處變)을 자세히 고하고 난 후 눈물을 흘리며 간절히 용서를 비니 공이 잠시 웃고 말했다.

"간사한 사람의 말이 비록 공교하긴 했으나 부인이 어찌 죄를 청하겠느냐? 자식이 사나워도 부모가 어쩔 수 없거늘 하물며 조카딸을 어쩌겠느냐? 내 말로써 청하라."

군주[148]가 명을 받들어 부인께 나아가 공의 명을 전했다. 이때 부인은 공이 잡혀갔다는 말을 들은 후부터 곡기를 끊고 반드시 공과 함께 죽으리라 결심하고 있다가 천만 뜻밖에 그 조카딸의 행사가 이와 같아 결국 자기를 그 가운데 넣어 일이 장차 급하게 되었으므로, 공이 위태하게 되면
48 자기가 스스로 등문고를 치고 칼을 잡아 조카딸과 옳고 그름을 다투어 옥석(玉石)을 분별하고 함께 죽고자 했다. 하지만 천자께서 밝히 살피시고 공주의 유표로 인해 옥사(獄事)를 풀고 대공이 살 길을 얻어 홍신과 김씨가 죽자 자기의 누명 또한 풀 수 있었다. 그러나 자기로 말미암아 전후 사정이 어지러워지고 공이 고생한 것이 매우 부끄러운데다 공의 뜻 또한 알지 못하므로 심려가 과도하여 자녀들이 위로하고 달래도 끝내 심사를 누그러뜨리지 못하고 있었다. 또한 장시랑이 멀리 유배가고 늙으신 부모님께서 놀라고 슬퍼하시는 것이 참담하여 여러 가지로 마음을 졸이니 얼굴 모양이 아주 나빠지고 숨 쉬는 것이 실낱같아 잠자리가 편치 않았다. 하지만 공이 청하는 것을 듣고 마지못해 중당에 이르러 머리를 두드리고 죄

---

148) 군주 : 유세형과 장부인의 딸인 명주소저를 가리킴.

를 청하며 말했다.

"제가 명공(明公)을 좇으면서부터 내조의 공은 없고 오히려 공을 그릇 인도한 참람함으로 관저(關雎)[149]에 죄를 얻었으나 다행히 돌아가신 진양공주의 용납하심과 공의 큰 덕에 힘입어 사람 축에 들었습니다. 하지만 사람을 알아보는 눈이 없고 일에 임하여 형편에 따라 잘 처리하는 밝음이 없어 현이가 질녀의 자색에 빠짐을 보고도 능히 막지 못하였습 49
니다. 조카딸이 외람되게도 명공의 자부(子婦) 항렬을 차지했으므로 항상 마음속으로 너무 부끄러워 사사로운 정을 끊고 대의를 따라 조카 보기를 길가는 행인같이 한 것은 명공이 이미 아시는 바입니다.

이제 득죄하여 시집에서 쫓겨난 여자가 존문(尊門)을 망하게 하려 한 것은 말할 것도 없고 저로 하여금 강상(綱常)의 죄인을 만들었으니 이는 한낱 공만 해한 것이 아니라 저를 죽인 것입니다. 이제 명공이 무사하시고 거짓이 밝히 드러났으나 저의 가까운 친척으로 인해 화가 여기까지 미쳤으니 제가 어찌 부끄러워 아니하며 장차 이 죄를 어찌 없애겠습니까? 원컨대 밝히 다스리시고 인정을 두지 마십시오."

말을 마치자 장부인의 얼굴에는 구슬 같은 눈물이 가득했다. 부인은 본래 자색(姿色)이 뛰어나 매화와 벽도화의 아담함과 향기로움을 갖추고 있었다. 그러나 세상에 드문 재앙을 만나 지나치게 심려하여 그 살갗이 꺼칠하고 쪽진 머리가 어지러워 남루한 의상과 슬픈 표정에는 아름다운 이마와 눈썹에 분 바르고 연지 찍고 머리를 구름같이 올렸던 옛 모습은 사라지고 거의 해골이 다 되어 있었다. 공이 비록 매우 엄격하다 하나 본 50

149) 관저(關雎) : 『시경』 「주남(周南)」의 편명으로 십오국풍(十五國風)의 제 일편임. 현숙한 후비나 후비의 미덕을 읊음.

래 부인이 심지가 편협하여 지나치게 염려하는 것을 잘 아는지라 마음으로 감동하여 낯빛을 고치고 딸아이에게 부인을 붙들어 일으키게 한 후 위로하며 말했다.

"이는 나의 문호(門戶)가 불행하고 현이가 호탕하여 비롯된 일이지 부인의 허물이 아닌데 부인이 어찌 죄를 받겠소? 1년 동안 전장(戰場)에서 부지런히 일하여 죽음을 이기고 돌아왔는데도 서로 묻는 자취가 없어 괴이하게 여겼더니 의외의 혐의로 정도에 지나치게 죄를 청하니 어찌 이다지도 옹졸하단 말인가? 설사 불충하여 반역을 꾀하려는 마음이 있었다 하더라도 부인이 충절로 나에게 간하고 죽을지언정 어찌 입에 옮겨 말할 리 있겠는가? 아무리 사리에 어둡고 어리석은 사람이라도 부인의 말이 아닌 줄 알겠는데 내 아무리 밝지 못하다 하나 어찌 그만한 일에 사실을 분별치 못하겠는가? 남의 신하가 되어 망극한 누명을 얻어 진실로 세상에 살아있기 어려운데도 은혜로운 사하심을 입어 완전
51 히 옛날과 같아졌으니 부부의 의 역시 군신(君臣)과 같은 것이오. 부인이 비록 원통한 말을 들어 심사가 좋지 않다 하더라도 내 이미 맹랑한 말인 줄 알고 허락했으니 부인은 행동거지를 예전과 같이 하여 내 말을 좇아야 할 것이오. 청컨대 안심하고 보중하여 나로 하여금 두 번씩이나 상처(喪妻)한 슬픔[150]에 이르게 하지 마시오."

공의 말씀이 간절하고 얼굴빛이 부드러우므로 부인은 깊이 감격하며 감사했다.

공은 이날 모든 형제와 함께 승상을 모시고 잤다. 다음날 여러 장수들

---

150) 상처(喪妻)한 슬픔 : {고분디통[叩盆之痛]}. '술그릇을 두드리는 아픔'이라는 뜻으로 아내의 상을 당한 슬픔을 의미함.

이 문안하므로 자객 전상을 군법으로 다스리고 아랫사람을 장부에 보내 계영의 아우 계향을 잡아 죽이려 찾으니 장상서가 벌써 집안에서 죽인 다음이었다.

이때 장시랑은 김씨와 딸아이의 일을 아득히 몰랐다가 홍신의 실토로 모녀의 악한 행사를 자세히 안 후 놀라고 슬픈 마음을 이기지 못했다. 장시랑은 홍신과 김씨가 형벌을 순순히 받아 죽고 자기 또한 멀리 유배를 당했으나 딸아이는 특은을 입었으므로 붙들고 울며 크게 책망했다. 장상
서 부부는 다 늙어 장자가 멀리 유배를 가는 것이 너무 슬퍼 더욱 손녀를 52
원망스럽게 여겼다. 그리고 계향 등이 자객을 보내어 공을 해하려 한 것이 사형에 처할 범죄라 하여 즉시 매를 쳐서 죽였다. 장씨는 이 큰 환난을 당하여 자신이 꾀한 일도 이루지 못한데다 어미를 죽이고 아비를 멀리 보내고 심복 하인까지 다 죽여 더 이상 자기 한 몸 용납할 곳이 없게 되었다. 조부모와 모든 아재비들은 장씨를 대의(大義)로 엄하게 꾸짖어 방안에 가두었다.

이때 유시랑은 장씨로 인해 큰 변이 일어난 것을 생각하자 자기의 죄가 죽어 마땅한지라 뉘우침과 부끄러움을 이기지 못하여 스스로 죽고자 했다. 그러나 고쳐 생각하기를 '내 만일 죽으면 불효가 더하리니 이 부끄러움을 깊이 굽어 살펴 허물을 고치고 문중의 용서를 기약하자. 어찌 지레 사생(死生)을 가볍게 하겠는가' 하여 마음을 정하였다. 그리고 다음날 표를 올려 자신이 제가(齊家)하지 못한 죄와 장씨가 강상을 범한 죄를 법에 따라 처벌하라는 내용을 담은 장문의 상소를 올리고 대궐 전각 아래에서 처벌을 기다렸다.

천자는 그 격렬한 말씨를 아름답게 여기셨으나 홍신이 김씨와 동모했 53

음을 말하면서도 구태여 장씨를 언급하지는 않았으니 혹 간섭한 일이 있다 하더라도 내치인 여자로 원망을 품어 대죄에서 벗어나지 못한 것이라 하여 관대히 은혜를 베풀 것이라 하시며 끝내 시랑의 상소를 듣지 않으셨다.

시랑이 세 번 표를 올렸으나 듣지 않으시므로 속으로 장귀비가 안에서 돕는 기미가 있음을 깨달았다. 분하여 이를 갈던 시랑은 이를 참지 못하고 집으로 돌아와 자기가 차던 보검을 차고 밖으로 나갔다. 진양후는 그 아우의 얼굴에 살기가 있음을 이상히 여겨 묻고자 했으나 벌써 문을 나간 후였다. 사람을 시켜 그가 어디로 가는지 보라 하니 이윽고 그 사람이 와서 진양후에게 고했다.

"어르신께서 장부로 향하시더이다."

이에 진양후가 탄식하며 말했다.

"오늘 아우가 허리에 찬 보검을 장씨에게 시험할 것이니 스스로 초래한 재앙을 면치 못하겠구나."

차설(且說). 시랑이 장부로 달려가니 장공 부처는 마침 여러 아들과 더불어 문호(門戶)의 불행함과 진공 뵐 낯이 없음에 놀라고 슬퍼하고 있었
54 다. 그때 시비가 시랑이 왔음을 아뢰었다. 장공 부자는 매우 부끄러웠으나 마지못하여 서로 얼굴을 마주 대했다. 부인이 눈물을 흘리며 김씨와 손녀의 큰 죄악을 용서해주길 청하고 진공의 고생이 마음속으로 놀라움을 일컬으며 슬퍼하기를 마지않았다. 장상서 또한 탄식하며 말했다.

"이는 다 두 가문의 운수에 액이 끼어 그런 것이니 하늘의 뜻이라 인력으로 미칠 바가 아니네. 그러나 생각하면 어찌 딱하고 슬프지 않겠는가?"

그러자 생이 얼굴빛을 온화하게 하고 공손히 말했다.

"이 일은 다 소생이 잘못해서 생긴 일이니 조금도 장씨의 죄라 할 수 없습니다. 전후 어지러이 떠도는 소문에 대해 사실을 알 길이 없으므로 한 번 얼굴을 보고 연유를 묻고자 하오니 그 있는 곳을 알려주십시오."

공의 부부는 본래 생이 손녀에게 미혹해 있음을 알았으므로 이런 환난 가운데서도 잊지 못하여 찾아보고 물으려 하는가 싶어 시비로 하여금 시랑을 인도하여 장씨 있는 곳으로 보내었다.

장씨는 이때 모친을 부르고 통곡하며 조부모가 자신을 용납하지 않는 것을 원망하고 있다가 갑자기 시비와 시랑이 들어오는 것을 보고는 매우 55
놀랐다. 그러나 오히려 옛날의 은정(恩情)을 믿고 슬프게 애원하는 듯한 태도로 상복을 끌고 일어나 맞으며 통곡했다.

"저는 내쫓김을 당한 후부터 문을 닫고 하늘의 태양을 보지 않으며 대인이 사하시기만을 바라고 있었습니다. 그런데 이제 꿈에도 생각지 않았던 풍파가 일어나 저로 하여금 세상에서 용납 받지 못할 죄인이 되게 하여 어머님께서 참화를 입고 늙으신 아버님께서는 먼 곳으로 내치이시니 이 원통한 사정은 오직 하늘이 아실 것입니다. 낭군은 밝히 살펴주십시오."

말을 마치고는 가슴을 두드리고 머리를 부딪치며 슬퍼하는 얼굴과 애원한 말이 영웅의 기운을 꺾고 장부의 마음을 약해지게 했다. 만일 그 죄악이 조금이라도 의심스러운 데가 있거나 강상(綱常)을 범한 것이 아니었다면 시랑의 결단이 여기까지 미치지 아니했을 것이나 이미 부형(父兄)을 모해하여 불공대천(不共戴天)의 원수가 되었으므로 저의 요염한 용모와 교태 띤 말을 다시 분별할 리 있겠는가? 시랑은 봉안(鳳眼)151)을 부릅뜨고 노발대발하며 크게 꾸짖어 말했다.

56 "너같이 간악한 투부(妬婦)가 규방에서 벌인 참람함은 사람으로서 차마 듣지 못한 것이다. 우리 아버님을 모해하고 나의 가문을 멸하려다가 계교를 이루지 못하여 스스로 재앙을 받은 것을 어찌 감히 교언영색으로 죄를 면하고자 하느냐? 내 오늘 행실 나쁜 며느리를 용서하면 그 죄악이 투부와 같을 것이니 성상이 용서하신다 해도 나는 너를 용서치 못하겠다."

말을 마치고 시랑이 차고 있던 칼을 빼어 한 번 장씨를 내려치니 서리 같은 칼날이 지나간 곳에 미인의 머리가 땅에 떨어졌다. 놀란 피는 하늘에 치솟고 꽃 같은 얼굴은 그 색이 변했다. 좌우에 있던 시녀들은 매우 놀라 얼굴이 새파래졌다. 상서 부처가 이 말을 듣고 혼비백산하여 황급히 이르러 울며 말했다.

"그대는 어찌 차마 이런 큰일을 저질러 우리와 손녀아이의 체면을 살피지 않는가?"

시랑이 이때 칼에 묻은 피를 씻어 갑에 꽂고 공손하게 말했다.

"이 여자의 죄악이 극률(極律)[152]에 있는데 어찌 사사로운 정으로 용서하겠습니까? 하물며 이 여자가 후비에게 오고가며 간사한 무리와 결탁
57 하여 조정을 이간시켜 존문(尊門)에 큰 화가 미쳤거늘 구구하게 아녀자의 모양을 하시렵니까? 소생이 천신만고 끝에 얻어 연리(連理)의 낙[153]을 즐긴 지 겨우 1년도 못 되어 부부가 서로 이별하여 오늘의 큰일에

151) 봉안(鳳眼) : 봉의 눈같이 가늘고 길며 눈초리가 위로 째지고 붉은 기운이 있는 눈을 말함. 귀한 상으로 여김.

152) 극률(極律) : 사형에 해당하는 죄를 정한 법률을 말함.

153) 연리(連理)의 낙 : '연리'란 두 나무의 가지가 서로 맞닿아서 통한 것으로 화목한 부부 또는 남녀 사이를 비유하는 말로 쓰임.

이르렀으니 그 지은 죄가 만일 범상한 것이었다면 어찌 차마 오기(傲氣)로 진중하지 못하게 행동하겠습니까? 하지만 저 사람의 죄, 이미 부형을 모해하여 사지에 보내고 자객을 보내어 흉한 일을 행하는 등 차마 다 말할 수 없을 정도입니다. 이는 소생에게 불공대천의 원수이니 조그마한 은정을 이르겠습니까? 모친께서는 이 때문에 더욱 근심하고 탄식하시다 그 성정에 자리를 펴고 누우셨으니 이 여자는 이른바 부모와 가문을 멸하려 한 계집입니다. 그 머리를 베어도 심한 것이 아니니 대인은 괴이하게 여기지 마십시오."

장공 부부는 할 말이 없어 다만 시체의 머리를 거두어 염습할 뿐이었다.

그 사이 시랑이 진부에 돌아와 이 말을 공에게 고하니 공이 몹시 놀라 말했다.

"저의 죄가 비록 너무나 명백하다고 하나 사람의 목숨이 지중하고 성상 또한 처리하신 일이 있거늘 네 어찌 스스로 처결하여 진중하지 못하게 이와 같은 불의를 행했느냐? 나 또한 일을 박정하게 다스려 너그러 58
운 사정이 없으므로 사나운 여자의 원을 길러 인륜의 변을 일으켰으니 한심하구나. 이미 나라의 처분이 명백하시니 고요히 버려 두어 가라앉게 하는 것이 옳거늘 네 비록 아비를 위하여 복수했다고는 하나 이는 군자의 중용지도(中庸之道)가 아니다."

이에 생이 대답했다.

"아버님의 가르침이 마땅하시나 이 사람이 후비와 결탁하여 죽음을 면하고자 하니 후환이 두려워 어찌 용서하겠습니까?"

공은 이에 대답하지 않고 사람을 보내 장공께 위로의 말을 전했다.

다음날 공이 장부에 이르러 상서 부부를 보니 속이 자못 은근하여졌다.

장씨 모녀가 저지른 죄악을 조금도 마음에 두지 않고 시신 곁에 이르러
통곡하며 얼굴에 눈물이 가득하였다. 그 슬픔이 좌우를 움직이니 사람들
이 다 의아해 했으며 장씨 일가 모든 가문은 그 인덕에 감탄했다. 관곽을
갖추어 별산에 묻으니 장씨 가문 여자로 자색과 기질이 그 일대(一帶)에서
따를 사람이 없었으나 마음 하나를 삼가지 못하여 큰 죄에 빠져 16세의
59 청춘 미인이 칼끝에 죽은 혼이 되었으니 이 어찌 아깝고도 우습지 않겠는
가?

시랑이 장씨를 죽이고 모부인을 찾아 이 일을 고하였다. 시랑이 능히 인정을 두지 못하여 장부에 가 무례를 저지른 것에 대해 죄를 청하니 부인이 탄식하며 말했다.

"그 죄악은 형벌을 받고도 남겠지만 부모님께서 참혹히 여기는 마음은 선악을 따지지 않을 것이다. 더욱이 오라버니께서 멀리 가시고 자기 모친이 갓 죽었는데 이처럼 참혹한 모양으로 죽었으니 내 마음 역시 아득하구나. 죽이긴 했으나 형체를 온전하게 하는 것이 옳을 것이다."

시랑이 부드러운 목소리와 온화한 기색으로 공손하게 말했다.

"소자 이를 생각하지 못한 것은 아니나 저 사람이 이미 전후에 대인을 모해하여 극률(極律)에 빠졌으니 제 극률을 받아야 옳은 까닭에 베어버렸습니다. 하지만 어머님의 분부가 이러하시니 황공하여 몸 둘 바를 모르겠나이다."

그러자 부인이 탄식하며 말했다.

"내 자식이라도 죄가 있으면 어쩔 수 없는데 어찌 조카딸을 위하여 너
를 불쾌히 여기겠느냐? 하물며 주공을 해했으니 내게도 원수이다. 네
60 가 죽인 것을 그르다 하는 것이 아니지만 천리에 따라 자연 편치 않구

나. 생각하면 놀라우니 다시 일컫지 말거라."

이 말에 시랑이 다시 감사했다. 또한 자기 때문에 부인의 심사가 편치 않은 것과 지성으로 자애를 베푸시는 데 감격하여 곁에서 모시었다. 말이 온화하며 효의가 젖 먹는 어린아이같이 공손하고 온순하여 여러 형제, 누이들과 함께 해학과 담화를 나누는데 평소와 같이 침착하였다. 시랑은 조회(朝會)를 마치고 부모님께 문안드린 후에는 부인 앞을 떠나지 않으며 그 명하는 일마다 순순히 좇았다. 전에는 장부인이 조금도 사정을 두지 않고 처음부터 양씨를 변호하면서 질녀의 불인함을 지적하고 간부(奸夫)의 편지의 글자체가 다른 것을 가려내어 장씨가 아무리 자기의 슬픔을 이야기하며 '보호하여 달라' 하여도 차가운 얼굴로 크게 꾸짖으며 곧이듣지 않는 것을 보고 인정 없고 쌀쌀맞게 여겼으나 이제 보니 일마다 부인의 말이 맞았다. 시랑은 곧 부인이 자신을 사랑하면서도 허물을 알아보고 사사로운 정으로 공의를 해치지 아니하며 말하지도 않은 일을 먼저 밝히 알아 다른 사람들이 미치지 못할 덕을 갖추고 있음을 깨닫고 마음으로 깊이 감
동하고 탄복함을 이기지 못하여 더욱 부인께 효성을 지극히 했다. 부인 61
또한 그에 대한 사랑이 다른 자녀들에게 하는 것보다 더하여 혹 시랑이 조석 문안에 오지 못하면 부인이 문득 즐거워하지 않다가 시랑을 보면 웃고 말씀하며 우환을 잊으니 그 상쾌하고 명랑하고 자애로움이 이와 같았다.

진공은 돌아온 지 10여 일 후 영운전에 이르러 부인을 보고 서로 이별 후에 겪은 슬픔과 환란에 대해 말하고 탄식하며 자녀들을 모아 즐거움을 나눴다. 또한 상서가 싸움터에서조차 행사에 조금도 허술함 없이 만전을 기하여 지모(智謀)가 크고 심오했음을 부인에게 이야기하며 아름다움을

이기지 못해 했다. 시랑에 대해서는 각별히 경계하여 수신(修身)의 도를 가르치니 생이 거듭 절하며 명을 받들었다.

시랑이 장씨를 베어버린 것을 안 양소저는 비록 장씨의 죄가 죽어 마땅하다 해도 은정을 끊고 법대로 행하는 데에 이같이 인정 없는 것을 보고는 아무리 그 사람됨이 대장부 열사의 풍채가 있다 해도 여자가 함부로 마음 놓지 못하리라는 것과 월앵을 죽임은 오히려 적은 일이라는 것을 깨닫고 마음에 깊이 원망하던 것을 덜어낸 후 조심하면서도 두려워했다.

62 궁중이 모두 안녕하여 모든 일이 평안하므로 시랑은 10여 일 동안 아버지를 모시고 시침(侍寢)하며 상서와 동숙(同宿)하여 넓은 이불을 함께 덮고 긴 베개를 함께 베고 자는 즐거움을 누렸다.

공은 영운전을 찾고 상서 또한 태청전으로 향하였으며 시랑도 죽서루에 이르렀다. 양소저는 이때 아름다운 귀밑머리에 구름같이 쪽진 머리로 채색 옷을 단정히 입고 촛불 아래서 아들을 안고 희롱하다가 시랑을 보고는 황급히 아이를 놓고 일어나 맞았다. 시랑은 오래 이곳에 오지 못했다가 재앙과 난리가 있은 후 처음 온 것이라 마음속으로 반갑고 기뻤다. 시랑은 아들을 나오게 하여 안고 양소저와 서로 말을 나누었다. 그러나 부인은 멀찌감치 물러나 공손과 공경을 더하고 말투와 얼굴빛을 꿋꿋이 한 채 시랑이 은근히 웃으면서 이야기하는데도 조금도 응낙함이 없었다. 생이 이미 그 마음을 알고 마음속으로 웃음을 머금으며 아름다운 눈동자로 이윽히 보다가 짐짓 말했다.

"저 원수 같은 장씨가 저지른 죄악이 가문과 나라를 어지럽게 하여 문호를 망하게 할 뻔했으니, 한 때 내 방탕하여 색을 취하므로 생긴 일이라 사람을 대할 때 부끄러움을 이기지 못하겠구려. 내 어찌 조상에게 지은 죄를 면하겠소? 이제 요사스런 귀신을 평정하고 일가가 평안하니 이제부터 개과천선하고자 하는데 부인은 어떻게 생각하시오?" 63

그러자 부인이 옷깃을 여미고 앉았던 자리에서 물러나며 말했다.

"지난날에 있었던 망극한 변은 차마 다시 이르지 못할 것입니다. 다 지나간 일이니 다시 한심한 말을 일컬어도 소용없는 일입니다. 이는 전부 가문의 운수에 달려 있으니 어찌 구태여 군자(君子)께서 죄를 스스로 감당하시겠습니까? 이미 개과할 뜻이 있으시니 제가 우러러 치하하고 감히 아뢸 말씀이 없사옵니다. 지금부터 안자(顔子)의 '불천노(不遷怒)'와 '불이과(不貳過)'[154]를 보게 되길 바라올 따름이옵니다."

시랑이 웃고 나서 물었다.

"부인의 처음 말은 옳거니와 나중 말은 나를 조롱함이오. 내 어찌 감히 안자를 바라겠소? 다만 마음을 잡아 허물을 고치고자 하니 부인도 삼가는 마음으로 안에서 도와 나로 하여금 인륜에 어긋나는 죄를 짓지 않도록 힘써 주시오."

이에 소저가 감사하며 말했다.

"군자께서 스스로 조심하여 수행하셔야 할 것입니다. 고인의 말에 '순(舜)은 어떤 사람이며 나는 어떤 사람인가?'[155]라고 했으니 내 스스로

154) 안자(顔子)의 ~ 불이과(不貳過) : 『논어』「옹야」 편 2장에 나온 말. 노(魯)나라의 임금인 애공(哀公)이 공자에게 "제자 중에서 누가 학문을 제일 좋아하는가[弟子孰爲好學]." 라고 묻자 공자가 대답하기를 "안회가 학문을 좋아하고 노여움을 옮기지 않으며 두 번 잘못을 저지르지 않는다[有顔回者好學, 不遷怒, 不貳過]."라고 한 것을 양부인이 유현에게 상기시키려 한 것임.

155) '순은 ~ 사람인가' : {슌하인[舜何人]이며 아하인(我何人)잇고}. 『맹자(孟子)』「등문공 상(滕文公上)」 편에 있는 말. 원문 "성간이 제경공에게 이르기를 '저들도 장부이며 나도 장부이니, 내 어찌 저 성현들을 두려워하겠는가?' 하였으며, 안연이 말씀하기를 '순 임금은 어떠한 분이며 나는 어떠한 사람인가? 훌륭한 일을 하는 자는 또한 이 순임금과 같다' 하였으며, 공명의가 말하기를 '주공은 '문왕은 내 스승이다' 하셨으니, 주공이 어찌 나를 속였겠는가?' 하였습니다[成覸謂齊景公曰, 彼丈夫也, 我丈夫也, 吾何畏彼哉, 顔淵曰, 舜何人也, 予何人也, 有爲者亦若是, 公明儀曰, 文王我師也, 周公豈欺我哉]."한 데서 나온 말임.

본받아 법으로 삼고자 하면 어찌 안자의 일을 행치 못하겠습니까? 다
64 만 공문 칠십 제자는 효제충신(孝悌忠信)하고 인의예지(仁義禮智)하여 학
문을 닦을 때 일찍이 병기를 가지고 놀지 않았는데, 이제 군자께서 행
하시는 바는 죄는 죄고 허물은 허물이라 하여 법으로 다스리고 원수 갚
기를 돌이나 쇠를 때리는 것같이 하시니 너무 맵고 너무 엄하십니다.
사람의 목숨을 초개(草芥)같이 여기고 결단을 한 호흡 간에 하시니 일은
비록 시원할지라도 남긴 자취는 너무 거세고 도덕에서는 먼가 하옵니
다. 원컨대 관인(寬仁)의 도에 힘쓰시어 만일 죄가 있으면 관리가 정한
법을 행하시되 세 번 생각하신 후에 행하시면 아름답게 수행하시는 가
운데 그 처사에 신중하고 평온함이 더욱 높을 것입니다. 전후에 군자
께서 스스로 행하고 스스로 죽이심으로써 유죄 무죄 간 여러 사람이 죽
어 지금껏 은덕을 베풀어 온 이 집안에 큰 흠이 되었으니 어찌 성현군
자가 구태여 살생을 일삼겠습니까?"

생은 그 말이 이처럼 어질고 사리에 밝은 데에 크게 탄복하여 몸가짐을
바로 하여 고마움을 표하며 말했다.

"부인의 아름다운 내조가 이 같으니 고인에 비견할 것이오. 배우는 사
65 람이 비록 무지하나 어찌 마음으로 순종하여 명심하지 않겠소? 다만
장씨를 죽인 것은 당초 국법을 청했으나 얻지 못했으므로 부득이 친히
죽인 것이지 즐겨 한 것이 아니니 부인은 경박한 장부로 생각하여 괴이
히 여기지 마시오."

그러자 소저가 감사하며 말했다.

"부자 사이의 인륜은 천지 같고 부부 사이의 정은 지극히 적으니 군자
께서 칼을 잡아 부형의 원수를 갚으신 것을 제가 감히 박절하게 여기겠

습니까? 다만 덕행을 권면하고자 하는 것인데 잘못 알고 계시니 말을 망령되게 했는가 싶어 부끄럽기 그지없습니다."

생이 나아가 소저의 손을 잡고 웃으며 말했다.

"부인이 나를 잔인하고 경박한 사람으로 알아 말과 얼굴빛을 허락하지 않으나 내 노기(怒氣)는 갈 곳에 갈지언정 사람마다 범하지는 않을 것이니 너무 괄시치 마시오."

소저는 고개를 숙이고 대답하지 않았다. 생이 크게 웃고 나서 청하여 침상으로 나아가니 서로 사랑하고 아끼는 마음이 비길 데 없었다.

다음날 아침 소저가 보니 시랑의 옷소매 끝에 피 자국이 있고 허리에는
큰 칼을 찼으므로 마음이 평안하지 못했다. 원상궁을 불러 새 옷을 내오 66
고 옷을 갈아입으시길 청하니 시랑이 그 기색을 보고 이상히 여겨 살펴보았다. 워낙 분한 마음에 장씨를 베어버리느라 마음이 이런 데 있지 않아 살피지 않았으나 양소저가 옷을 갈아입으라 하는 소리를 듣고 옷을 살펴보니 과연 피 자국이 있었다. 시랑이 살짝 미소 짓고 말했다.

"죄인의 피를 마시지 못해 한인데 옷에 묻은 것에 놀라겠소?"

이에 원상궁이 아뢰었다.

"이미 죽이셨는데 아직도 자취를 가지고 계신 것은 괴이하오니 원컨대 옷을 갈아입으십시오."

시랑이 결국 옷을 갈아입고 칼을 끌러 벽에 걸어 놓고 갔다. 그러자 양씨가 원상궁에게 말했다.

"내가 정신이 연약하여 군자께서 사람을 죽이고도 태평하신 것이 거북스러운데 칼을 보니 더욱 평안하지 못하다. 그대는 칼과 옷을 거두어 다른 곳에 두라."

상궁이 웃고 나서 두 가지 물건을 감추었다.

화설(話說).[156] 진공의 다섯째 아들 양은 장부인의 셋째 아들로 총명하고 학문을 좋아하며 풍모가 관옥 같은데다 막내아들이라 공이 가장 사랑
67 했다. 양의 나이 14세에 이르렀다. 이때 황자(黃子) 양왕은 효종황제 후궁 소첩여[157]의 아들이자 진양공주의 가까운 친척으로 공주가 죽은 후에도 예전과 한가지로 진부에 왕래하여 공과 인친의 두터운 정이 금란(金蘭)과 같았다. 양왕이 다섯째 공자의 용모와 기질을 보고 매우 사랑하여 딸아이와 혼인시키기를 청했다. 공은 임금의 혈족과 혼인을 맺는 것을 싫어했으나 문창군주가 일찍이 이 여자의 아름다움을 궐중에서 여러 번 보고 매양 일컫던 까닭에 놓치기 아까워 혼사를 허락하고 날을 택하여 혼인을 치렀다. 신랑 신부의 아름다운 용모와 빼어난 기질이 마치 황금과 흰 옥이 광채를 다투는 것 같으므로 공과 부인은 매우 기뻐했다. 주소저는 금지옥엽(金枝玉葉)으로 양왕이 보옥처럼 아끼는 딸이었다. 이미 황제께서 내리신 옥선군주라는 직첩이 있어 존귀함이 평범한 여자와 같지 않았다. 나면서부터 고귀한 혈통에 고결한 풍채를 갖추었으며 한낱 얼굴만 아름다운 것이 아니라 기상이 씩씩하고 엄정하여 제왕의 기맥을 이었으므로 궁중이 다 공경하는 바였다. 문창군주는 주소저와 외사촌 자매로 나이와 작위가
68 한가지인지라 서로 사랑하여 의기가 상합했다. 공과 부인은 이를 기뻐하면서도 진양공주가 이런 모습을 보지 못하는 것을 슬퍼했다.

공의 막내딸 명주는 장부인의 막내딸로 얼굴이 아리땁고 몸가짐이 얼음처럼 깨끗하여 모부인의 곱고 아리따운 자태를 물려받고 있었다. 명주

156) 화설(話說) : 이야기의 첫머리 또는 말머리를 돌릴 때 쓰는 말. 각설(却說).
157) 첩여(婕妤) : 한대(漢代)에 있었던 여관의 이름. 여기서는 궁녀의 의미로 쓰임.

의 나이 13~14세가 되자 널리 훌륭한 신랑을 구했다. 제남백[158]의 둘째 아들 경원은 15세에 문장 학행이 당대에 빼어나 그 형과 다름이 없었다. 제남백은 일찍이 군주의 타고난 절세 미모와 덕스럽고 어진 자태를 끔찍이 사랑하여 며느리를 택하는 눈이 높은 까닭에 허다한 매파가 문을 메워도 허락할 뜻이 없었다. 오직 진공에게 작은 딸이 있음을 듣고 그윽이 사모하여 아들과 혼인시키기 위해 공에게 간절히 구혼하니 공이 경원의 아름다움을 듣고 좋아하였다. 군주 역시 시집간 후 친척을 떠나 외로움을 견디지 못하다 이 말을 듣고 대단히 기뻐하였다. 하여 공은 혼인을 허락하고 날을 택하여 혼례를 치렀다. 소랑의 빼어나고 우아한 운치와 소저의 향기롭고 아리따운 자태는 하늘이 정해준 좋은 배필이므로 일가가 모두 이 두 사람을 칭찬했다. 공과 부인은 나머지 자녀를 다 혼인 시키고 마지
막으로 한 혼사에 딸과 사위의 아름다움이 이 같음을 보고 기쁘고 다행하 69
게 여겼다. 소가에서 신부를 보니 찬란한 광채는 군주에게 미치지 못하나 세상에 비할 바 없을 꽃 같은 용모와 아담하고 운치 있는 기질은 세상에 이름날 만큼 아름다웠다. 이에 매우 기뻐하며 군주와 나란히 왕래하니 양가의 즐거움이 춘풍에 무르녹았다. 당시의 부귀영화와 지극한 편애는 모두 문창군주와 명주소저가 차지하여 홀로 제 뜻대로 하여도 거리낌이 없었다.

이때 유씨 집안의 여러 공들이 자녀들을 모두 혼인시켜 승상 내외의 자손 70여 인이 남자는 장가가고 여자는 시집가서 각각이 모두 아름다운 나뭇가지처럼 번성하였다.[159] 또한 혼인을 맺은 가문들은 다 공작 · 후작

158) 제남백 : 성의백 유세기의 부인인 소부인의 남동생 소운을 가리킴.
159) 아름다운 ~ 번성하였다 : {옥슈경지[玉樹瓊枝]}. 번성하는 집안의 귀한 자손을 비유함.

같은 내각의 원로나 제왕의 부마들이라 문명이 혁혁하였다. 날마다 집에 모이는 빈객들은 모두 자줏빛 도포에 금장식을 달고 면류관에 곤룡포를 입은 공후가 아니면 한림원(翰林院) 재상이나 홍문관(弘文館) 학사들이었다. 문 앞에 누런 티끌이 일어나고 황금 가마와 채색한 수레가 끊어지지 않으니 빛나는 홍포(紅袍)[160]와 존귀한 사람들이 수레 속에 가득하여 청양산 · 홍양산이 하늘을 가리고 집사와 시종들이 도로에 이어졌다. 한 가문에 공후 백자가 여섯 사람이 있어 조부손(祖父孫) 삼대의 권세가 천하를
70 기울이니 승상의 타고난 복과 나라에서 내려준 봉록(俸祿)의 융성함은 당(唐) 나라 분양왕(汾陽王)[161]도 이에 비기지 못할 정도였다.

성의백은 본래 겸손하고 검소하여 집안이 너무 번창하는 것을 꺼려 자신의 자녀 아홉 명을 각별히 엄하게 가르치고 훈계하였다. 아들들이 나이 십 세가 되면 산골짜기의 어진 스승을 가리어 수학하게 하고 일찍이 비단 옷과 맛있는 음식을 몸에 두지 않아 먹고 사는 것이 풍족하지 못했다. 또한 조혼은 선왕의 법이 아니라 하여 아들들이 다 이십이 된 후 혼례를 치르되 가문을 가릴지언정 궁달(窮達)을 가리지 않아 산인(散人), 처사(處士)의 무리와 혼사를 맺으니 며느리들은 다 가시나무로 만든 비녀와 베로 만든 치마[162]를 입었다. 여러 아들들은 재주와 학식, 풍채가 특별했으나 어린 나이에 영달(榮達)하는 것은 천지간의 만물이 꺼리는 바요, 높은 벼슬은 성품을 그릇 만드는 문이라 하여 과거 보는 것을 허락하지 않았다. 그

160) 홍포(紅袍) : 높은 벼슬아치가 입는 붉은색의 예복.

161) 분양왕(汾陽王) : 당(唐) 나라 숙종(肅宗) 때 사람인 곽자의(郭子儀)를 가리킴. 안사(安史)의 난을 평정하고 위구르를 회유하며 토번을 무찔러 당나라를 구한 후 분양왕에 봉해짐. 그 후 당나라 최대의 공신으로 영화를 누리다가 일생을 마쳐 팔자 좋은 사람을 가리켜 '곽분양팔자'라고 하는 숙어가 생기기도 함.

162) 가시나무로 ~ 치마 : {형차포군(荊釵布裙)}. 가시나무 비녀와 베치마라는 뜻으로 검소한 옷차림. 가난한 집의 아내 혹은 검소한 아내의 옷차림을 말함.

러나 조부인의 권유에 따라 마지못해 장자 건이 과거 보는 것을 허락하니 건이 한 번 만에 갑과(甲科) 제일에 뽑혀 한림학사가 되었다. 건의 문장과 명망이 그 부친의 풍채를 이으니 조부인이 매우 기뻐하며 다른 아들들도 과거를 보게 하기를 여러 번 일렀다. 그러자 성의백이 간(諫)하여 말했다. 71

"옛부터 임금의 은총과 작록이 저희 집안 같은 곳이 없으니 우리 형제 다섯 사람은 선조가 쌓으신 덕과 국가에 세운 공로로 연이어 후작과 백작이 되었습니다. 그러나 물이 가득하면 넘치고 즐거움이 지극하면 슬픔이 오는 것처럼 영화와 복록(福祿)인들 끝이 없겠습니까? 가히 절약 근검하고 삼가며 부형을 모시고 신령과 목숨을 보전할 것을 생각하고 부귀를 탐하지 말아야 할 것입니다. 그러니 아직 어린 후생들이 다 재상 자제로 부형의 세를 끼고 헛된 문필로 작록을 구하는 것은 옳지 않습니다. 건은 워낙 종통(宗統)을 받을 아이라 비록 과거를 보지 않아도 나라에서 벼슬을 주실 터이니 공명에서 도망하지 못할 사람이라 과거 보는 것을 허락했지만 의식(衣食)이 충분하여 밭 갈지 않아도 먹고 누에 치지 않아도 입으니 이 또한 충분한데 어찌 구태여 사람마다 공명을 구하겠습니까?"

조부인이 이를 옳게 여겨 다시 권하지 않았다. 이로부터 성의백의 자녀들은 뭇 종족들 중에서 공손하고 검소하기에 힘쓰고 조심하여 조금도 재상가 공자 같지 않아 한낱 가난하고 검소한 유생 같았다. 72

승상은 아들 성의백의 덕을 아름답게 여기고 다른 형제들도 백형(伯兄)의 공손, 검소함을 칭송하고 탄복했으나 각각 그 성품은 달랐다. 진공은 뜻이 활달하여 거리끼는 것이 없었고 기상은 북두성을 꿰뚫을 만하여 안에 들면 황제를 모시고 조회하며 백관을 총섭(總攝)하고, 밖에 나가면 백만 군대를 거느려 사해(四海)를 쓸어버렸다. 의기가 호탕하여 천지를 기울일 듯하고 마음이 양양(揚揚)하여 큰 바다를 얕게 여겼다. 때를 만나면 뜻을 다하여 임금을 요순(堯舜)의 자리에 이르게 하고 몸을 곧은 말에 이르게 할 것이요, 때를 만나지 못하면 대궐에 머리를 부서뜨려 용봉(龍逢)과 비간(比干)[163]의 뒤를 따르고자 하니, 천승(千乘)의 부귀를 탐하거나 죽기를 아껴 나라를 돕지 않는 것은 그가 원하는 바가 아니었다. 그 밖에 영릉후[164]의 밝은 결단과 부풍후[165]의 성숙함과 각로공[166]의 겸허함으로도 능히 백형의 일에 굽히어 복종해도 행하지는 못하여 자연히 혁혁한 집안들과 혼인을 맺어 여러 아들들의 입신영화가 끊이지 않고 이어졌다. 성의
73 백은 이른바 평안한 가운데 위태함을 잊지 않고 부귀로 빈천(貧賤)을 바꾸지 않는 높음이 있어 다른 사람이 미치지 못함이 이와 같았다. 승상의 세 딸 중 양상서의 부인[167] 또한 남편을 인도하고 자녀를 가르치고 훈계함이 성의백과 같아서 집 안팎이 검소하고 간략하여 한가한 처사의 집 같으니 모든 형제가 성의백과 양부인을 임하처사(林下處士)[168]라 하며 웃었다.

진공은 출정했다 돌아온 후에 자녀들을 이미 다 혼인시켜 다시 며느리나 사위를 선택할 염려가 없었다. 모든 며느리와 사위들이 각각 남달랐지만 그 중 진양후[169] 형제와 군주의 행동은 자녀 중 특히 뛰어나고, 설소

163) 용봉(龍逢)과 비간(比干) : 하(夏) 나라 걸왕(桀王)의 신하 관용봉(關龍逢)과 은(殷) 나라 주왕(紂王)의 신하 비간을 말함. 둘 다 임금을 간(諫) 하다가 죽임을 당함. 둘 다 충간지사(忠諫)之士)의 비유로 쓰임.
164) 영릉후 : 승상 유우성의 셋째 아들 유세창을 가리킴.
165) 부풍후 : 승상 유우성의 넷째 아들 유세경을 가리킴.
166) 각로공 : 승상 유우성의 다섯째 아들 유세필을 가리킴.
167) 양상서의 부인 : 승상 유우성의 둘째 딸 유현영을 가리킴.
168) 임하처사(林下處士) : '임하'란 벼슬을 그만두고 은퇴한 곳을 가리키는 말로 여기서는 성의백과 양부인의 검소한 모습이 벼슬을 그만두고 은퇴한 선비와 같다고 일컬음.
169) 진양후 : 유세형의 큰아들 유관을 가리킴.

저와 양소저 두 사람과 소랑[170]의 운치 있고 시원스러운 기상은 당대에
비할 사람이 없으므로 마음에 흡족하여 한 점의 흠도 없었다. 진양후는
설소저와 혼인한 지 4~5년이 되도록 언성 한 번 높이는 일이 없었다. 금
슬이 좋고 부부간의 애정이 흡족할 뿐 아니라 성품이 온화하고 정대(正大)
하여 부인을 중히 여기며 희롱하는 기색이나 무례한 빛이 없었다. 설소저
또한 그윽이 정숙하며 단정한 숙녀로 남편을 공경하고 두려워하였다. 부
부가 서로를 대할 때 큰 손님을 만나는 것같이 하니 세월이 오래 되고 여 74
러 자녀를 낳아도 예를 갖추는 태도가 한결 같았다. 이에 궁중이 모두 칭
송하고 탄복하며 말했다.

"주공과 돌아가신 진양공주의 뒤를 이을 자는 대공자 부부로다."

공이 사랑하고 소중히 여겨 가사를 맡긴 후에는 다시 고려하지 않았다. 진양후에 대한 임금의 은총과 권세가 부친께 지지 않고 시랑[171]의 명망과 나란히 하여 조정과 민간의 모든 사람들이 그를 공경했다. 모든 소년 유생들 중 입신한 이가 많았으나 진양후 형제의 명망을 당할 이가 없었다. 사람마다 공경하고 부러워하며 말하길 유씨 집안의 모든 사람들이 번성하고 아름다운 것은 효문공[172]이 베푼 덕 때문이며 그 중 진양후 남매가 평범한 부류 중에서 특별히 뛰어난 것은 공주가 성덕으로 태교한 때문이라고 했다.

시랑은 한바탕 풍파를 지낸 후에는 옛일을 크게 뉘우쳐 주색을 멀리 하고 행실을 닦아 양소저와 금슬의 낙을 극진히 하였다.

하루는 조회(朝會)에서 돌아와 죽서루에 이르니 양소저가 모든 손아랫

---

170) 소랑 : 진양공주의 딸 영주소저의 남편 소경문을 가리킴.
171) 시랑 : 유세형의 둘째 아들이자 진양후의 아우인 유현을 가리킴.
172) 효문공 : 유씨 삼대록의 제 일대이자 유우성의 아버지인 유효공 유연을 가리킴.

동서와 손윗동서, 시누이들과 함께 시부모님께 문안하고서 이야기를 나
75 누고 있었다. 시랑이 모든 형수, 제수들이 모여 있음을 보고 잠깐 난간 사
이를 배회하다가 들으니 명주소저가 명랑하게 웃으며 이렇게 말하는 것
이었다.

"양형께서는 오라버니가 월앵을 죽인 것을 흉하게 여겨 입으로 말은 안했어도 기색이 좋지 않으셨습니다. 더구나 환란에 대처하는 중 장씨가 참혹하게 죽어 칼날에 놀란 넋이 되었으니 얼마나 놀라셨겠습니까? 당초 예의에서 어긋난 서찰과 구차한 상사(想思)의 마음이 병이 되어 천신만고 끝에 얻은 정이 일장춘몽(一場春夢)이 되었으니 세상사가 이렇습니다. 부부간의 애정도 믿을 수 없는데 시중드는 아이 하나 죽인 것은 오히려 아주 쉬운 일이 아니겠습니까? 모름지기 지난 일을 생각하여 원망하실 일은 아닐 듯합니다."

그러자 양소저가 슬프게 탄식하며 말했다.

"지난 환란은 문호의 불행이니 어찌 귀신을 원망하며 사람을 탓하겠습
니까? 하물며 부부의 높고 낮음은 군신과 같은데 비록 군자께서 과도
하게 하신 일이 있다 하여도 제가 어찌 감히 원망하며 마음에 두겠습니
까? 그렇지만 인명은 지극히 중요한 것이며 억울한 참사는 인정상 귀
하든 천하든 참혹하지 않을 수 없는 것이거늘 하물며 저의 죄를 대신한
사람이니 어떠하겠습니까? 이러므로 군자를 대하면 두려워 살얼음 위
76 를 걷는 듯하고 서슬 푸른 칼날이 저의 몸에 닿는 듯하므로 자연 마음
이 편안치 못한 것입니다. 장씨가 비록 죄가 있다 하나 군자께서 법을
쓰시는 것을 보니 저의 목숨이 어느 때에 어떻게 마칠지 모르겠습니
다."

그러자 문창군주가 가만히 웃으며 말했다.

"오라버니의 행사가 부인 여자로 하여금 이렇게 만든 것이 괴이하지는 않으나 또한 강상(綱常)의 죄악이 있지 않은 다음에야 자기 부인을 마음대로 죽일 수 있겠습니까? 양형이 너무 조심하여 오히려 인정이 아니라 생각하시니 모를 일입니다. 우리 형이 가까이 하지 못할 사람이란 말입니까?"

양소저가 붉은 입술을 비스듬히 열고 하얀 치아를 잠깐 드러내어 고마움을 표현하며 말했다.

"제가 어찌 군자를 이같이 알리까마는 그 처사가 옳건 그르건 간에 아녀자로서는 놀라지 않을 수 없어 그리했습니다. 군주께서 좋지 않게 들으시니 말이 가볍고 방정맞았던 것 같아 뉘우칩니다."

양학사의 장녀 취옥은 올해 15세로 군주와 동년이나 개월로는 형이었다. 그 사람됨이 모친을 닮아 해학을 잘 했는데 이날 자리에 있다가 쾌활하게 웃으며 말했다.

"문창 아우는 오라버니를 편들지 마라. 오라버니의 행사가 모질고 사나우니 양형이 흉하게 여기는 것이 무엇이 이상한가? 올해 월앵을 죽 77
인 것은 형을 그때 죽이고자 하다가 숙부가 두려워 뜻을 펴지 못하고 앵에게 노기가 미친 것이니 장씨가 비록 간악하다 하나 나라의 처분에서 벗어나 가서 죽이고 온 것을 어찌 인정이라 하겠는가? 숙부께서 시신 곁에 이르러 슬픔이 지극하셨던 것을 생각하면 이는 마치 순(舜)임금의 아들이 그 아버지만 못함 같으니 지금은 좋은 얼굴로 양형을 달래고 웃으며 말하나 그 마음에 무슨 뜻이 있는지 어떻게 알겠는가? 내 들으니 장씨가 양형을 잡던 간부(奸夫)의 편지를 지금 주머니에 넣고 다닌

다 하던데 군자가 되어 예의에 벗어나는 글을 보배같이 두어 무엇에 쓰고자 하는 것이겠는가? 반드시 다 알아내지 못한 무슨 미심쩍은 일이 있어 없애지 않고 둔 것일 테니 이것으로 보아도 양형이 오라버니를 흉하게 여기는 것은 잘못이 아니네."

이 말에 좌중은 다 웃었으나 양씨는 탄식하며 말했다.

"이는 저의 운명이 불행하여 그런 것입니다. 이런 까닭에 군자를 대하면 부끄러워 몸 둘 곳을 모르겠으니 세상 부귀영화에 연연할 뜻이 없습니다."

그러자 설소저가 천천히 웃으며 말했다.

78 "시비(是非)가 많으면 반드시 좋지 않은 법입니다. 형제가 모두 즐기는 중에 무슨 이리 불행한 말씀을 하셔서 양부인의 심사를 돋우십니까?"

이에 문창군주가 말했다.

"설형의 말이 옳습니다. 이미 지난 일을 말해봤자 부질없을 뿐입니다. 더구나 둘째 오라버니의 인자하고 시원스러움이 일대의 영웅호걸과 같은데 잠깐 뜬 구름이 앞을 가려 간사한 인간의 참소와 아첨을 들었다 하나 이제 깨달은 후이니 어찌 다른 뜻이 있겠습니까? 성인께서 예가 아닌 말은 하지 말라 하셨으니 오늘 명주 아우와 취옥소저가 해학을 좋아하는 것을 경계하신 것입니다.

양형 또한 오라버니와 백년가약을 맺어 한 가정의 아내로서 인륜의 법도가 막중하거늘 항상 좋지 않은 빛으로 사람을 대하면 불화의 시초가 되어 시비(是非)를 면하지 못하게 되실 것이니 너무 마음에 두지 마십시오. 친한 가운데 내외를 하는 것은 오라버니의 진실한 마음을 저버리는 것이 아니겠습니까? 말은 반드시 신의 있게 하고 행실은 돈독하여

공경스러우면 비록 오랑캐의 나라에서라도 도를 행하리니[173] 비록 오
라버니의 행동에 신중하지 못하고 무례한 데가 있으나 양형이 덕을 닦 79
아 한 치의 어긋남도 없다면 아무리 오라버니께서 건잡을 수 없이 망령
된 데가 있으시다 해도 감히 침범치는 못할 것입니다.
월앵은 집안에서 부리는 종이고 장씨는 그 죄악이 법으로 다스릴 것이었으니, 스스로를 그런 사람에 비겨 욕되게 생각하고 '군자가 저 사람을 죽였으니 나도 반드시 죽이리라.' 미루어 짐작하시니 어찌 편협하다 하지 않겠습니까? 도척(盜跖)[174]이 여러 아내를 죽였으나 공강(共姜)[175]에게 감화했으니 우리 오라버니가 아무리 어질지 못하다 해도 도척보다 더하지는 않을 것입니다. 양형은 덕을 닦고 행실을 닦으며 감화하기를 힘써 군자를 섬길 때 공경 · 화평하고 걸음을 돌이킨 후에는 눈을 기울이지 마십시오. 우리 오라버니 또한 평범한 분이 아니시니 너무 이 같으면 형에게 좋지 않으실 것입니다."

말을 마치고 빙그레 미소 지으니 맑은 태도에 어린 기상과 정직한 말씀이 자리에 앉아 있던 모든 사람들에게 공경하는 마음을 불러일으켰다. 취옥과 명주소저가 다 이를 경외하여 말을 그쳤다. 양씨가 감사하며 말했다.
"군주의 가르침이 의리에 마땅하시니 어찌 명심하여 따르지 않겠습니 80
까?"

---

173) 말은 ~ 행하리니 : {언필신(言必信)ᄒᆞ고 ᄒᆡᆼ독경즉[行篤敬則] 만ᄆᆡᆨ지방이라도 ᄒᆡᆼᄒᆞ리니}. 이 말은 『논어(論語)』 「위령공」 장에 나온 말로 원래는 '언충신 행독경 수만맥지방 행의[言忠信, 行篤敬, 雖蠻貊之邦, 行矣].'로 되어 있음.

174) 도척(盜跖) : 춘추시대 노(魯) 나라의 현인이었던 유하혜(柳下惠)의 동생으로 수천 명의 부하를 거느린 잔악무도한 대도(大盜)로 유명.

175) 공강(共姜) : 위(衛)나라의 제후 공백(共伯)의 처. 공백이 일찍 세상을 떠나자 공강은 굳은 절개를 지키고 부모의 재가 권유를 끝까지 뿌리침. 그러면서 그녀는 〈백주(栢舟)〉라는 시를 지어 자신의 굳은 지조를 나타냄.

군주 또한 이에 화답했다. 날이 늦었으므로 각각 흩어지는데 여러 소저들이 나오다가 휘장 속에 홍포가 비치는 것을 보고 돌아보니 시랑이 부채로 얼굴을 가리고 난간을 베고 누워 있었다. 취옥소저는 그가 벌써부터 와서 아까 나눈 이야기를 다 들은 것을 우습게 여겨 더욱 웃음을 머금은 채 돌아갔다.

유 씨 삼 대 록

13권

1 화설(話說). 모두 흩어진 후 양소저 홀로 침실에서 『예기(禮記)』[176]를 살피고 있었다. 그때 시녀 난경이 가만히 아뢰었다.

"상공이 아침부터 난간 사이에 누워 계시며 여러 부인들의 문답을 들으시다가 계속 누워서 일어나지 않으시니 무슨 일인지 모르겠습니다."

소저는 너무 놀라 여러 가지 말한 것을 후회하였지만 어쩔 수 없었다. 문득 보니 시랑이 휘장을 걷어 올리며 얼굴에 한 가득 웃음을 띠고 들어오는데 그 풍채와 태도가 별처럼 빛나 방 한 가득 밝게 비쳤다. 그 온화한 빛은 마치 봄바람이 만물을 녹이는 듯했다. 시랑이 나아가 자리에 앉으니 소저가 삼가 두려워하며 공경하는 태도로 아까 한 말을 들었는가 싶어 부끄러워 고개를 숙였다. 생이 웃으며 말했다.

2 "사람이 성인이 아니면 허물이 없을 수 없는지라 내가 내 멋대로 자라 버릇없는 어린 아이로 한 때 그릇된 허물이 있었소. 그러나 세월이 이미 오래 되었고 사람 일이 변한 후인데도 부인이 갈수록 용서하지 않으니 알 수가 없구려. 부인이 이리 마음에 두니 장차 어찌 하고자 하는 것이요? 부인은 워낙 내 행사가 유유낙낙(唯唯諾諾)하여 지난 일을 생각지 않으므로 항상 무정할까 의심하니 이제 한 번 말해도 해가 되지 않을 것 같소."

그런 후 주머니에서 한 장 서간을 꺼내어 소저를 주며 말했다.

"부인은 이것을 보시오. 사광(師曠)[177]의 총명이라도 이 글씨를 분간하

176) 『예기(禮記)』: 오경의(五經)의 하나. 예법의 이론과 실제를 풀이한 책. 공자(孔子)와 그 후학들의 저작을 한나라의 제후인 헌왕(獻王)나이 131편으로 정리하여 엮은 것을 뒷날 유향(劉向)과 대덕(戴德)·대성(戴聖)의 형제들이 잇따라 증보하거나 간추린 것으로 전함.

177) 사광(師曠): 춘추전국 시대 진(晋)나라의 악사로 음을 잘 분별했다 함. 『맹자(孟子)』「이루(離婁)」상(上)편에 보면 "사광의 귀밝음으로도 육률을 쓰지 않으면 오음을 바로잡지 못한다[師曠之聰, 不以六律, 不能正五音]."라는 말이 있음.

기는 어려울 것이오. 그러니 내가 어찌 놀라고 분노하지 않았겠소? 이는 내가 사리에 어두워 그런 것이 아니라 간사한 인간이 교묘하게 계획하여 그리된 것이니 한 번 보아 넘겨주고 전날의 곤욕을 원통히 여기지 마시오."

이에 소저가 자리에서 물러나 감사함을 표하면서 말했다.

"제가 어찌 감히 군자를 원망하며 마음에 새겨두겠습니까? 올해 있었
던 일은 저의 운수가 좋지 않아서일 뿐 아니라 실로 가문의 운수에 달 3
린 일이었으니 어찌 한낱 군자의 탓을 하겠습니까? 다만 죄악이 이미
이와 같으면 분명히 죄를 하나하나 들추어내어 정당하고 사리에 맞게
다스렸어야 할 것입니다. 만일 그랬다면 저는 죽어도 할 말이 없을 터
인데 모호하게 입속에 괴로움과 모욕을 주며 보채기를 일삼다가 웃는
가운데 시종 아이의 머리를 상 가운데서 베어 여자에게 호령하시니 군
자의 낯빛을 보면 은근한 부부지만 그 행사를 보면 제가 죽고 사는 것
이 안정되지 못하게 생각되었습니다. 제가 비록 어리석다 하나 어찌
그 온화한 음성과 부드러운 말을 믿고 능히 백 년을 모신 후 천수를 다
한 귀신이 되리라 생각할 수 있었겠습니까?

하지만 이미 3년의 세월이 지났고 큰 풍파가 세상에 일어나 망극한 변
이 거의 존문을 뒤엎을 뻔하였으니 제가 고생한 것은 이를 바가 못 됩
니다. 어찌 그것을 마음에 두어 생각하겠습니까? 마침 모든 형제들이 4
탄식하며 과거 일을 일컫기에 제가 마음에 느낀 생각을 풀어놓은 것일
뿐인데 군자께서 이렇듯 하시니 오히려 황송하고 부끄러울 따름입니
다."

시랑은 그 편안하고 고요한 말과 옥구슬이 부서지는 듯한 맑은 목소리

를 듣고 마음속으로 깊이 감탄함을 이기지 못했다. 이에 그 서간(書簡)을 펴서 소저에게 보이며 말했다.

"오늘 부인의 생각을 들으니 나 또한 부끄러움을 이기지 못하겠소. 하지만 내 함부로 얼굴빛과 마음을 다르게 한 것이 아니오. 강상(綱常)의 큰 변은 눈앞에 가득하고 아버님의 엄한 꾸중은 내게 돌아와 마음에 품은 생각을 고하여도 오히려 나를 책망하시고 중독되어 죽어가는 장씨를 요사스럽게 여기시니, 그때는 그대 죄가 옳고 장씨는 무죄한 줄로 알아 무죄한 여자가 강포한 적 때문에 재앙에 빠지게 된 것만 측은해 했소. 하여 다스릴 뜻을 품고 능히 마음을 펴지 못하고 기운이 움츠러들었으니 어찌 평상시와 같았겠소?

5 억지로 좋은 낯을 하다가 월앵이 차기(茶器)를 들고 나오는 것을 보니 문득 그 아이가 저지른 끔찍한 일을 생각하고 벌컥 화가 나 칼을 빼었소. 비록 억울하게 죽었다 해도 시비 하나가 무엇이 대수이겠는가마는 그의 죄가 아니라고[178] 뉘우쳐도 돌이키기 어렵구려. 다만 서간이 이같이 교묘하니 내가 능히 참고 화평했으면 도량이 있지 않았겠는가 여겨지지만 자객의 무례한 언동과 소상궁이 해를 당한 것이 다 사람이 생각지 못할 교묘한 계략이었으니 내 어찌 그대를 의심하지 않을 수 있었겠소?

부부가 오륜(五倫)에 참여함이 있으나 결국 부자 사이의 큰 윤리와는 완전히 다름을 알겠구려. 대인께서 불초자 때문에 큰 화를 만났으니 이제 다시 생각하여도 정신이 아찔하오. 나의 죄를 생각하면 그 어떤 일

178) 그의 ~ 아니라고 : {비기죄야(非其罪也)라}. 『논어(論語)』「공야장(公冶長)」 편에 "비록 누설 속에 있으나 그의 죄가 아니다[雖在縲絏之中, 非其罪也]."라는 구절이 있음.

로도 오히려 속죄 받지 못할 것이지만 한 번도 '이는 네 죄다.'라고 말 6
씀하지 않았거늘 부인은 세월이 오래될수록 더욱 마음에 두니 어찌 그르다 하지 않겠소?"

이에 소저는 조용히 감사의 뜻을 표하고 말이 없었다. 여러 번 서간을 보라 했으나 끝까지 눈을 들어 보지 않으니 생이 웃으며 불을 가져오라 하여 태워버린 후 이렇게 말했다.

"내가 무엇을 마음에 두는 성격이 아니라 주의가 부족하여 아득히 잊고 이를 주머니 속에 둔 지 여러 해가 되었소. 그런데 오늘 아침 사촌누이의 말을 들으니 내가 미심쩍은 것이 있어 감추었다 하니 어찌 원통하고 답답하지 않겠소? 마땅히 없애 모든 의심을 풀어 버릴 것이오."

말을 마치자 기쁘게 웃으며 한 점 거리끼는 빛이 없었다. 의자에서 일어나 10여 걸음에 미치니 눈이 몽롱해졌다. 얼굴에는 연꽃 같은 희미한 색이 있어 비처럼 땅에 흩뿌려지니 풍채가 더욱 깨끗하였다. 그리고 소저
의 맑은 눈동자와 꽃 같은 얼굴을 마주보니 아름답고 밝은 빛이 방 안에 7
가득하여 가히 하늘이 정해준 좋은 배필인 것을 알 수 있었다. 원상궁이 기쁨과 아름다움을 못 이겨 설상궁을 청하였다. 이들은 저 부부의 즐거움을 휘장 사이에서 서로 가리키고 구경하며 그 풍채와 태도가 비슷한 것을 기쁘고 다행하게 여겼다. 그러나 공주를 생각하자 오히려 슬픔을 이기지 못했다.

이 해 가을에 천자께서 과거를 실시하여 인재를 뽑으시므로 소생[179]이 과거에 응시하여 장원에 뽑혔다. 이 해 소생의 나이가 16세였다. 천자께서 즉시 어사태우[御史大夫][180]를 시키시니 소부에서 놀라고 기뻐하는 것

---

179) 소생 : 유세형의 딸 영주소저의 남편인 소경문을 가리킴.

은 말할 것도 없고 진공 역시 매우 기뻐하며 큰 잔치를 벌여 축하했다. 만조백관이 모여 삼일 동안 잔치를 베풀고 즐기었다.

소생이 아름다운 얼굴에 늠름한 기상으로 계수나무 꽃을 꽂고 비단옷을 입은 채 들어갔다 나갔다 돌아다니며 즐겨 노는 모양이 풍류 협객과 한 가지이므로 좌중(座中)의 사람들이 모두 크게 웃었다. 그 자리에 있던 사어사가 웃으며 말했다.

8 "오늘 장원이 진공 앞에서 방자한 희롱이 이 같으니 공은 장부의 도량으로 너그러이 용서하시겠지만, 모르겠습니다. 안채의 주렴(珠簾) 안에서 엿보는 위엄[181]은 어쩌려고 그러십니까?"

그러자 소생이 웃으며 말했다.

"베옷을 비단옷으로 바꾸고 가시나무 비녀를 봉관(鳳冠)[182]으로 바꾸는 경사에 어찌 몇 명 창기를 싫어하겠습니까? 오늘 소생의 즐김을 더럽게 여겨 버린다면 책 속에서 미녀를 찾으리니[183] 그렇게 되면 구속할 것이 없을 겁니다."

이 말에 좌우에 있던 사람들이 다 웃고 공 또한 가만히 웃었다. 잔치가 끝날 때쯤 되어 공이 생과 춤을 추던 창기 두 사람에게 비단 백 필을 상으로 주니 안채의 주렴 안에서도 내시를 시켜 장부인의 말을 전하며 두 사람에게 비단과 주옥(珠玉)을 상으로 내렸다. 여러 사람들이 모두 이에 탄

---

180) 어사태우[御史大夫] : {어사티우}. '어사대부(御史大夫)'가 맞는 말임. 어사대(御史臺)의 으뜸 벼슬임.

181) 안채의 ~ 위엄 : {내루(內樓) 쥬렴[珠簾] 안희 엿보는 위엄}. 안채에 있는 장부인과 소생의 부인 문창군주 등을 가리킴.

182) 봉관(鳳冠) : 고관(高官)의 부인들이 머리에 쓴 봉을 장식한 예관(禮冠).

183) 책 ~ 찾으리니 : 중국 북송의 황제인 진종(眞宗)의 〈권학문(勸學文)〉의 한 구절. 원문의 구절은 "아내를 구하매 좋은 매파가 없음을 탄식하지 마라. 책 속에 옥 같은 미녀가 있으니[取妻莫恨無良媒, 書中有女顔如玉]."

복했다.

이윽고 태양이 서쪽 지평선으로 떨어지고 달이 동쪽 하늘에 떠올랐다. 섬돌 아래서 잔치가 끝난 것을 알리는 곡을 연주하자 여러 손님들이 모두 흩어졌다. 공은 여러 유생들과 함께 안뜰로 들어가 자녀를 모으고 장원 9
의 손을 잡고 등을 두드리며 기뻐하다가 서글피 탄식한 후 말했다.

"딸아이가 젖먹이를 갓 면하여 어미를 잃었다가 이제 장성하여 어진 군자를 배필로 삼아 봉관(鳳冠)을 쓰고 화리(花履)[184] 신게 되었으니 공주의 영혼이 위로를 얻었을 것이네. 그러니 어찌 슬픔과 기쁨을 참을 수 있겠는가?"

진양후 형제는 마음에 일어나는 생각을 이기지 못했고 문창군주는 옥 같은 눈물을 주룩주룩 흘리며 얼굴을 적셨다.

이후 소생이 맡은 일에 나아가니 재화와 명망이 한(漢) 나라 때의 급장유(汲長孺)[185]와 당(唐) 나라 때의 위현성(魏玄成)[186]과 흡사하였다. 바른 말로 정직하고 깨끗하게 간언(諫言)하므로 천자께서 예우하시고 공이 매우 애중하며 진양후 형제가 아침저녁으로 모여 우애를 나누는 것이 금란지교(金蘭之交)[187]보다 더했다.

---

184) 화리(花履) : 고관(高官)의 부인들이 신는 아름다운 신.

185) 급장유(汲長孺) : 한(漢) 나라 때 회양(淮陽) 지방을 다스리던 수령으로 선정을 베푼 것으로 유명. 한(漢) 무제(武帝)의 철권통치에 맞서 백성에 대해 선정을 베풀 것을 직언하다 회양 지방 관리로 좌천되어 그 곳에서 선정을 베풂.

186) 위현성(魏玄成) : 당(唐)나라 초기의 공신인 위징(魏徵)을 가리킴. 수(隋) 나라 말 혼란기에 이밀(李密)의 군대에 참가했으나 곧 당고조(唐高祖)에게 귀순하여 고조의 장자 이건성(李建成)의 유력한 측근이 되었음. 호아태자 건성이 아우 세민(世民)과의 경쟁에서 패했으나 위징의 인격에 끌린 태종의 부름을 받아 간의대부(諫議大夫) 등의 요직을 역임한 후 재상으로 중용됨. 특히 굽힐 줄 모르는 직간(直諫)으로 유명함.

187) 금란지교(金蘭之交) : 단단하기가 황금과 같고 아름답기가 난초(蘭草) 향기와 같은 사귐이라는 뜻으로, 두 사람간에 서로 마음이 맞고 교분이 두터워서 아무리 어려운 일이라도 해 날갈 만큼 우정이 깊은 사귐을 이르는 말.

재설(再說).[188] 장귀비가 외람되게도 설후를 해치려고 도모하다가 설후가 이미 승하하신 후 드디어 정비가 되었다. 상께서 종묘에 제사지내고 내외 명부와 황친, 국족(國族)들을 불러 진하(進賀)[189]하라 하셨다. 장황후
10 는 이때 만일 뒤처지고 들어오지 않는 사람이 있으면 문득 의심하고 뒤이어 몹시 미워하였다.

공은 이제 한창 나라를 위한 소임이 막중한 가운데 장국구(國舅)[190]와 장황후가 사사로운 친척 관계의 각별함을 일컫는 것을 괴롭게 여기고 그 행적이 은밀한 것을 몹시 한탄했다. 그리하여 자녀들에게는 장국구 집과 친척의 의리를 끊게 하고 축하의 뜻을 들여보내지 않았다.

"내 능히 임금을 도와 조정을 깨끗이 하지 못하고 어찌 후비에게 아첨하여 뜻을 굽히겠느냐? 황후가 예사 황후면 신하된 자의 도리로서 마땅히 축하하러 들어가는 것이 옳겠지만, 저 사람의 자리가 옳은 것이 아닐 뿐더러 사사로운 친척으로 각별한 체하니 내 어찌 누대(累代)에 걸친 맑은 덕행으로 저의 빙산에 의지하여 의 아닌 공명을 구하리오?"

이렇게 말하고는 끝끝내 조서(詔書)에 응하지 않고 병을 핑계 삼으니 장황후가 즐거워하지 않았다. 황후는 공의 권위가 대단히 크고 성격과 도량
11 이 몹시 엄하여 화가 나도 그에게 직접 표현하지는 못했으나 마침내는 그를 꺼리는 빛이 있었다.

이때 장시랑이 사면되어 집으로 돌아오게 되었다. 진공 부자는 10리 밖에까지 술을 이끌고 나가 반기며 맞았다. 생이 먼저 자리에서 일어나

---

188) 재설(再說) : 앞에 전개되었던 사건 중 일부를 다시 자세하게 서술할 때 쓰이는 전환구임.
189) 진하(進賀) : 나라에 경사가 있을 때 벼슬아치들이 조정에 모여 임금에게 나아가 축하하던 일을 말함.
190) 국구(國舅) : 임금의 장인.

사죄하면서 형세가 마지못하여 장씨의 목을 베었음을 말하니 그 말이 정대하고 말투가 격렬했다. 그러나 장시랑은 어진 장부라 눈물을 흘리고 난 후 이렇게 말했다.

"이는 내 운수니 어찌 딸아이의 죄뿐이겠는가? 남의 며느리가 되어 그 시아버지를 사지에 몰아넣은 것은 인륜의 변이니 딸아이를 죽인 것을 그르다고 생각하지는 않네. 부녀의 정이 참담하나 차마 어찌하겠는가?"

공 역시 구슬프게 말했다.

"이는 모두 내가 아랫사람 다스리는 것을 잘못하여 너그러운 정이 없
으므로 젊은 여자의 원망을 키워 대죄에 빠지게 한 것이니 오늘 형을
볼 면목이 없습니다. 어리석고 철없는 아이의 진중하지 못한 행동은
인정이 아니니 형이 분명 마음이 언짢으실 것이라 생각했는데 이같이 12
관대하고 너그러우시니 저는 감탄을 금할 수 없습니다."

장시랑 또한 저 부자를 원망할 것이 없어 서로 간에 옛정이 새록새록 되살아났다.

이때 계영 형제와 김씨, 홍신은 모두 죽었으나 계영의 딸 모란이 난리 가운데 혼자 살아남아 있었다. 그 하는 짓의 흉악함은 어미를 닮았지만 나이가 어려 처음 세웠던 계획에 참여하지 못하고 목숨은 살아남았던 것이다. 장시랑이 그 친척이 모두 다 죽고 저 하나 생명이 남은 것을 오히려 슬프게 여긴데다 장씨의 제사를 받들며 슬퍼하는 정성이 지극한 것을 보고 감동하여 후히 대하므로 모란은 여기에 의지해 머물고 있었다. 모란은 남몰래 복수할 생각으로 밤낮을 가리지 않고 궁리했으나 진공의 지위와 명망이 높고 무거워 작은 계교로 해하려 하다가는 실패할 것이 불 보듯

뻔했으므로 쉽게 마음을 먹지 못하고 그 다음 방법을 생각했다. 결국 근
13 본이 양씨에게서 비롯되었으니 모란은 양씨를 죽여 주인과 어미의 원수를 갚고 유생의 금슬을 훼방 놓아 애태워 하는 것을 보리라고 결심했다.

하루는 장씨가 아끼던 머리꽂이와 장식품들을 가만히 품고 장국구의 집으로 가서 먼 곳에서 온 여인이라 하고는 싼 값을 불렀다. 장국구 일가는 이제 한창 사치한 장식품들로 꾸미고 궐중에 출입하기 바빴으므로 젊은 계집이 기이한 보석과 서역의 옥비녀를 싼 값에 파는 것을 기뻐하며 다투어 샀다. 모란은 날마다 장씨의 그 많은 칠보(七寶) 장식품들을 팔며 하루 이틀 지나면서 점점 안면을 익혀갈 수 있었다. 장국구 집에서는 모란이 용모가 아름답고 말을 능수능란하게 하는 것을 사랑하는데다 그가 파는 것마다 하나하나 기이한 보물인 것을 기뻐하여 사귄 지 수 개월여에 미치자 유모나 다름없이 친하게 여겼다.

이렇듯 모란은 장국구 집안에 의지하며 숨어 있다가 하루는 다음과 같이 고했다.

14 "천첩은 먼 곳에서 온 여인으로 천자의 위엄 있는 모습과 그 사시는 궁궐을 한 번도 보지 못했습니다. 여러 부인들께서 입궐하실 때 좇아가 구경하게 하신 후 제 한 몸 의지할 곳 없으니 저를 궁궐에서 마마 곁을 모시는 시녀가 되게 이끌어 주신다면 그 은혜는 죽어서도 잊지 않을 것입니다."

그러자 국구 부인이 기뻐하며 말했다.

"딸아이가 구중궁궐 깊이 있어 삼천 시녀가 있어도 심복이 없었는데 만일 너 같은 사람이 즐겨 좇는다면 어찌 기쁘고 다행스럽지 않겠느냐?"

그러고는 며칠 후 입궐할 때 모란을 데리고 들어가 장황후를 보고 모란의 말을 했다. 황후는 모란을 보고 미모가 빼어나고 말하는 것이 물 흐르는 듯한 것에 매우 기뻐하며 침전 시녀로 삼아 수놓은 비단을 상으로 주고 지극히 총애했다. 모란은 황후의 뜻을 받아 마치 신하와 같이 응해 그림자조차 서로 따르며 한 몸같이 지내었다.

하루는 장황후가 상을 모시고 잔치를 베푼 후 침전에 돌아왔는데 기뻐하지 않는 기색이 역력했다. 모란이 그 까닭을 묻자 황후가 말했다.

"내가 천하의 국모로서 부귀가 부족한 것이 아닌데도 천자께서는 늘 15
설황후를 생각하시는구나. 이는 벌써 죽은 사람이라 어쩔 수 없다지만 방첩여를 극히 사랑하시어 매양 저곳에 가 지내시니 이것이 불만스러웠다. 그래서 오늘 술자리를 열어 잔치를 즐기시게 하여 이곳에 머무실까 했더니 주방의 술 맛이 사납다 하시며 몇 잔 마시고 일어나 나가시니 이것이 불쾌하구나."

그러자 모란이 말했다.

"신첩이 근래 궐 안의 술과 안주를 보니 비록 거룩하기는 하나 사치한 맛이 아니었습니다. 신첩이 일찍이 술을 하나 빚은 적이 있는데 사람이 이것을 먹으면 능히 원기를 북돋울 수 있을 뿐 아니라 맛이 산뜻하고 시원하여 세상 술 맛이 아닌 듯하옵니다. 그 맑음이 옥액(玉液)[191] 같고 사람의 수명을 길게 하는 까닭에 이름을 옥액연수주(玉液連壽酒)라 하옵니다. 마마께서 이 술을 빚어 성상께 올리시면 상이 마마의 재주에 탄복하시어 분명 정궁에서 잔치를 베풀며 마시기를 그치지 아니하

191) 옥액(玉液) : {옥액(玉液)}. 마시면 오래 산다고 하여 도가에서 선약(仙藥)으로 치는데 맛 좋은 술의 비유로 쓰임.

실 것입니다."

16 이에 황후가 매우 기뻐하며 모란에게 술을 빚게 하여 친히 맛을 보니 훈훈한 향기가 입에 가득하고 맑고 시원한 기운이 뱃속을 적셔 그 맛이 특이했다. 황후가 기쁨을 이기지 못하여 말했다.

"경은 가히 마고(麻姑)[192]의 재주를 가졌으니 평범한 사람이 아니로구나."

그리고 이날 상을 모셔 잔치를 여니 두어 그릇의 안주와 이 술이 나왔다. 상이 한 번 마시고는 놀라 말했다.

"이 술이 어디서 났는가?"

황후가 대답했다.

"폐하께서 후궁에서 잔치를 베풀고 마시는 것을 즐기시니 옥체가 상하실까 두려워 첩이 직접 이 술을 빚어 기운을 돕고자 했습니다."

상이 크게 칭찬하며 말했다.

"현명하신 황후의 높은 재주와 짐을 염려하는 정성에 감사하오. 근래 몸에 병이 있어 술과 안주에 뜻이 없었는데 이 술을 먹으니 같은 세상인지 잊을 정도요."

그러자 황후가 감사하며 말했다.

"어찌 감히 성지(聖旨)를 받들겠나이까? 폐하께서 후궁에서 즐기셔도 정신이 혼미하고 어지러움을 일깨워줄 사람이 없고 술과 안주를 권하
17 는 사람은 많아 옥체가 상하실까 염려가 되었습니다. 하여 이 술을 밤낮을 가리지 않고 깊이 생각하여 만들어 낸 것이오니 옥체에 만분의 일

192) 마고(麻姑) : 중국 옛 적 선녀의 이름으로 한(漢) 나라 환제(桓帝) 때 고여산(姑餘山)에서 수도했음. 마고라는 샘에서 나는 술을 가리키기도 함.

이라도 유익하길 바라는 것이 곧 부인이 해야 할 바인데 무슨 그런 말씀을 하십니까?"

상이 더욱 칭찬하고 탄복하시어 이후에는 정궁에서 자주 주무시며 연일 술을 드셨다. 장황후는 기쁨을 이기지 못하여 모란을 더욱 소중하게 여기며 그 말이라면 듣지 않는 것이 없었다.

하루는 황후가 침전에서 모든 왕후(王后) 비빈(妃嬪)들과 진양공주의 말을 이야기하며 그 은혜로운 덕과 글재주를 손가락을 튕기며 칭찬하고 있었다. 그때 모란이 틈을 보아 황후께 아뢰었다.

"여주공 성덕은 진실로 마마 말씀과 같지만 그 자녀에 이르러서는 본받지 못했습니다. 더구나 진공은 임금을 속이고 기망하는 사람이라고 여염에서는 입에서 입으로 전하며 왁자지껄하게 말하더이다."

그러자 황후가 말했다.

"그럴 리가 없다. 진공 세형은 나라의 안위를 맡은 중신이요, 공을 천하에 널리 떨쳤으니 사람들이 그 권세가 대단한 것을 싫어해서 그럴 것이다."

이에 모란이 말했다.

"진공에 대한 말은 혹 헐뜯고자 하는 모함인가 싶지만 그 집안은 신이
자세히 아옵니다. 그 둘째 아들 병부시랑 유현이 태상성 양강의 딸을 18
취했는데 양씨는 투기가 심한데다 현을 손바닥 안에서 가지고 놀아 두번째로 장가들어 얻은 아내 장씨를 마음대로 처단하고 모함하여 내치고는 받아들이지 않았습니다. 이에 장씨 모친 김씨는 딸아이의 일생을 슬퍼하여 그릇된 생각으로 진공을 모함했습니다. 장씨는 어린 아녀자로 생각이 모자라 말리지 못하고 마지못하여 동참했다가 모든 일이 발

각되자 스스로 죽기를 원하고 그 조부모의 꾸지람을 받아 깊은 내당에 갇혀 있었습니다. 그 곳에서 오로지 죽은 어미의 혼을 부르고 아버님이 귀향가심을 슬퍼하며 피눈물을 흘릴 때 유현이 칼을 끌고 들어와 그의 말을 듣지도 않고 조금의 의심도 없이 죽였으니 장씨가 비록 죄가 있다 하나 황제의 조서를 거역한 것이 방자하지 않습니까?

19 또한 그 처 양씨는 항상 설황후 마마를 태평국모라 찬양하고 마마는 포사(褒姒)[193]나 매희(妹喜)[194]의 류라 빗대어 이야기합니다. 뿐만 아니라 설황후가 돌아가신 것이 마마께서 해하신 탓이라 하며 거짓으로 눈물을 흘리고 '요사하고 간악한 후궁이 성스러우신 국모를 시기하고 뇌물을 먼저 보내 요사한 장가 사람들과 동모하여 유씨 가문을 멸하려 하니 어찌 하늘에서 재앙을 내리지 않겠느냐?'고 말한답니다. 유현이 장씨를 죽인 것도 양씨가 간곡히 부탁한 것이니, 규중의 참람함이 이 같아도 진공과 유현이 알지 못하고 도리어 어진 며느리와 아름다운 아내로 아니 어찌 사리에 어둡다 하지 않겠습니까? 저번에 마마께서 정궁의 자리에 오르셨을 때에 축하드리러 오지 않은 것도 양씨가 설황후를 추모하고 마마께서 장씨를 불쌍히 여기시는 것을 원망하면서 직언하여 이르기를 '내 어찌 요사하고 간악한 후비의 앞에 가 허리를 굽혀 복

193) 포사(褒姒) : 주(周) 나라 때 포국(褒國)의 여자로 사(姒)는 그 성임. 주 나라 유왕(幽王)이 포국을 정벌하여 포국의 제후가 포사를 선물하여 유왕의 총애를 받음. 성격이 본래 잘 웃지를 않아 왕이 거짓 봉화를 올려 제후들을 모이게 한 것을 보고서야 비로소 웃었다고 하는데 그 뒤에 진짜 난리가 나서 봉화를 올려도 제후들이 모이지 않아 왕은 죽고 포사는 잡혔음.

194) 매희(妹喜) : 하(夏)나라 때 걸왕(桀王)의 총비(寵妃)로 원래는 걸왕이 정복한 유시씨국(有施氏國)에서 진상품으로 바쳐진 여인. 사마천의 『사기(史記)』 중 「하걸매희전」에 따르면 걸왕은 그녀의 소망에 따라 전국에서 삼천 명의 미소녀들에게 오색찬란한 옷을 입혀 날마다 무악을 베풀기도 했으며 또 무악에 싫증난 매희의 요구에 따라 궁정 한 모퉁이에 큰 못을 판 다음 바닥에 새하얀 모래를 깔고 향기로운 술을 가득 채운 후 못 둘레에는 고기로 동산을 쌓고 포육(脯肉)으로 숲을 만들었다 함. '주지육림(酒池肉林)'의 고사가 여기서 나옴.

종하는 욕을 보겠는가?' 하므로 진공이 그 비분강개함을 칭찬하고 대궐에 들여보내지 않은 것이라 합니다."

장황후는 이 말을 다 듣고 얼굴빛이 변하였다.

"양가의 천한 계집이 감히 임금과 신하 간의 체면을 알지 못하고 이렇 20
게까지 거만하니 내 반드시 국법으로 다스릴 것이다. 너는 어디서 이 일을 알았느냐?"

그러자 모란이 마침내 고개를 숙이고 엎드려 울며 자신의 근본을 말하고 황후께 원수 갚기를 청했다. 모란이 양씨가 덕이 없음을 지어내어 고한 것이 이처럼 끝이 없었으나 황후는 그것을 믿고 유씨 가문에 재앙을 내리고자 했다. 이때 상궁 여현경이 간하여 말했다.

"그것은 옳지 않습니다. 마마께서는 만승 국모로 보위에 오르셨으니 신하와 백성들을 불쌍히 여겨 돌보시며 덕을 베푸심이 옳습니다. 그런데 이제 죄를 입어 도망한 종이 그 주인에게 해를 끼치고자 하는 말을 곧이들으시어 친척의 정과 군신의 의를 버리시고 대신의 집을 침해하시려 하니 이는 나라의 체면에 절대 불가하옵니다. 하물며 진공이 대권을 장악하고 조정의 생사를 마음대로 하는 때에 만일 한 번 분노가 일어나면 그 지모(智謀)와 신기(神氣)로써 근본을 찾아낼 것입니다. 만
일 일이 뒤집히게 되면 마마께는 부끄러움이 있고 모란은 죽음을 면치 21
못할 것입니다. 모름지기 예의로써 대우하시어 지난날 친척의 의리를 상하게 하지 마시옵소서."

황후가 이 말을 듣고 얼굴빛을 잠깐 풀었다. 이때 모란이 다시 아뢰었다.

"진공과 유현은 용서하시더라도 양녀가 마마를 욕보인 죄는 반드시 다

스리셔야 합니다. 궁중에 불러 가두어 두고 유현과 떨어뜨려 죽게 하면 그 죄 값을 치를 수 있을 것입니다."

여상궁은 모란이 이같이 행하는 것을 보고 꾸짖어 말했다.

"네가 진공의 집안에서 도망한 비자(婢子)로 그 주인을 해하고자 하니 임금의 법이 두렵지 않느냐? 마마께서는 본래 여주공과 이종자매로서 친분이 있으신데다 장태후께 사랑을 받으셨으니 그 정이 서로 소원할 사이가 아니다. 이제 그 며느리를 네 말대로 다스린다면 어찌 임금의 덕에 해롭지 않겠느냐? 너는 가히 임금을 그릇되게 만드는 신하로구나. 이 일을 만일 성상께서 아신다면 네 죄 죽어 마땅하리라."

22 하지만 장황후는 원래 진공이 진하(進賀) 때 딸과 며느리들을 들여보내지 않은 것을 밉게 여겨 이때를 타 원수를 갚고자 여상궁에게 말했다.

"내 진공과 유현에게는 해를 끼치지 않겠지만 양씨는 나를 욕했을 뿐 아니라 투기가 극악하여 정실(正室)로 들어간 부인을 해했으니 이는 용서치 못할 죄다. 너는 구태여 요란하게 굴 것 없다. 양씨를 불러 궁중에 두었다 유현과 이혼하게 하고 특별히 명문가의 아름다운 여자를 가리어 유현에게 취하게 하면 친척의 정을 잊은 것은 아닐 것이다."

여상궁은 황후가 자신의 말을 듣지 않는 것을 보고는 탄식하며 물러났다.

장황후는 즉시 비밀 조서를 내려 유시랑에게 주었다. 조서에는 이렇게 되어 있었다.

듣자 하니 경(卿)의 부인 양씨가 투기가 극악하여 경을 도와 장씨를 죽여 조정의 명을 거역하고 여주공의 가정에 해를 입힌다 하는도다. 내 이제 천하의 풍교(風敎)를 관장하게 되었으니 가만히 있지 못하노라. 고로 성상께 아뢰어 처치하고자 했으

나 살인자의 일이라 경에게 이치가 아닐지니 특별히 법을 굽혀 경의 죄를 사하고 대 23
신 양씨를 궁에 가두어 잠깐 그 죄를 경계하고자 하나니 만일 명을 행하는 데에 태
만함이 있으면 삼족에게 화가 미치리라.

명을 전하러 간 내시가 유씨 집안에 이르자 유시랑이 향안(香案)[195]을 벌여 놓고 명을 받은 후 놀라움을 이기지 못하였다. 안으로 들어가 진공께 아뢰니 진공이 탄식하며 말했다.

"황후의 위엄이 신하 된 자의 인륜을 어지럽히니 만일 정도(正道)로 좇
으면 반드시 문호(門戶)에 화가 미칠 것이다. 내가 불행하여 남의 신하
된 자로서 지위가 너무 지나치니 밤낮으로 근심하고 두려워하며 수렁
위를 걷듯, 살얼음 위를 밟듯 조심하였거늘 만일 성상께서 크게 실덕
(失德)하신 것이 아닌 한 어찌 반드시 면전에서 그 허물을 간하여 완고
한 간관(諫官)이 될 수 있겠느냐? 신하의 곧은 절개란 이런 일에 쓸 것
이 아니며 대신의 체면이란 며느리를 붙들어 놓는 데 있는 것이 아니
다. 사람이 죽고 사는 것은 운명에 달려 있고 부귀는 하늘에 있으니 양
씨를 비록 잡아 간다 해도 능히 해치지는 못할 것이다. 순순히 좇아 임
금과 신하의 체면을 삼가고 후비와 원수가 되어 화를 당하는 일은 없 24
어야 할 것이다. 다만 큰일을 지키자니 며늘아기의 사정이 가련하고
그 고생이 호락호락하지 않을 것이니 사정이 너무 참혹하구나."

이 말에 여러 아들들 역시 너무 놀라 말이 없었다. 위에서는 승상과 여러 공들이 이 말을 듣고 매우 놀라 서로 말했다.

"황후가 비록 존귀하시다 하나 어찌 신하된 자의 인륜을 어지럽히고

---

195) 향안(香案) : 향로를 올려놓는 상.

봉작(封爵)을 받은 지체 있는 부인을 잡아 힘으로 궐내에 가둘 수 있단 말인가? 황상께 아뢰고 밝히 다투는 것이 옳을 것이다. 어찌 가만히 있을 수 있겠는가?"

그러나 성의백이 홀로 그렇지 않다고 하며 이렇게 말했다.

"지금 장황후는 명문가의 여자로 정식 혼인한 아내이다. 상황이 비록 크게 잘못되었다 해도 이미 옥책(玉冊)[196]을 받고 보위에 오르시어 당당히 국모의 자리에 계신 분을 함부로 업신여기지는 못한다. 더구나 성상께서 하시는 일과는 달라 궁궐 내부에서 일어난 일을 시시콜콜 시비를 가려 정면으로 다투지는 못할 것이다. 또 감히 성상께 아뢰어서
25 어미의 허물을 아비에게 들리게 하지도 못할 테니 고요히 명을 따랐다가 정말로 일이 크게 잘못되고 양씨가 위태해지면 좋은 계략을 쓰는 것이 가장 좋을 것이다. 이제 고집스런 힘만으로 범의 나룻을 거스르지는 못할 것이다."

이 말을 모두 옳게 여겨 시랑에게 조서에 따라 명을 받들게 했다.

장황후는 즉시 내시 정동에게 부절(符節)을 가지고 가게 하여 양씨에게 직첩을 내린 고명(誥命)[197]과 봉황을 수놓은 관, 옥으로 된 패옥(佩玉)을 거둔 후 궁궐에 들어올 것을 재촉했다. 이때 양씨는 임신한 지 수개월이 되어 몸이 피곤하였는데 비록 아침저녁 문안을 위해 힘써 출입하기는 했으나 돌아오면 자리를 떠나지 못하고 있었다. 그러면서도 항상 감기 기운이 있다고만 하여 원상궁도 그 사정을 채 다 알지는 못했는데 이와 같은 천만 뜻밖의 광경을 만나 궁인(宮人)에게 핍박을 받으니 억울하고 원통하

---

196) 옥책(玉冊) : 제왕, 후비의 존호(尊號)를 올릴 때 송덕문을 새긴 옥조각을 엮어 맨 책.
197) 고명(誥命) : 중국의 제왕이 제후국의 왕을 봉할 때 내리는 문서를 말함.

여 놀람을 이기지 못하였다. 그러나 어쩔 수 없이 부모와 시부모를 떠나 궁궐에 들어가게 되니 언제 돌아올지 몰라 속이 아득하며 간장이 끊어지는 듯하였다. 양씨는 맑은 눈물로 꽃 같은 뺨을 적시었다.

이때 일가친척이 다 진부에 모여 이별을 아쉬워하며 눈물을 흘렸지만 26
다음 만남을 기약할 수 없었다. 이부인이 눈물을 흘리며 말했다.

"공주가 천고에 드문 성덕(盛德)으로 세 명의 자녀를 두어 세상에 남긴 덕이 혹시 너희들로 하여금 편안히 부귀와 복을 누리게 할까 했더니, 수많은 자손이 다 무사한데도 홀로 공주의 며느리에게만 환란이 연이어 닥치니 천도(天道)란 것을 어찌 믿을 수 있겠느냐?"

그러자 승상이 탄식하며 말했다.

"나무가 곧으면 먼저 베이고 너무 귀중한 보배는 완전하지 못한 법이니 이 아이의 사람됨이 너무 출중해 그렇구나. 하늘이 결국은 매몰차게 아니 하시리니 너는 안심하고 보중하여 연약한 체질을 상하게 하지 말아야 할 것이다."

이 말에 양씨가 눈물을 흘리며 감사의 뜻을 표했다. 일가가 미련이 남아 차마 떠나지 못하였으나 이때 날이 벌써 늦은지라 궁인이 재촉하기를 마지않았다. 그러자 양학사 부인이 정색하며 말했다.

"비록 마마의 조서가 계셨다 하나 양씨는 본래 국가에 죄를 지은 것이 없다. 게다가 사족(士族)의 여자로 지체 있는 부인의 서열이거늘 어찌
핍박하며 무례하고 방자하기가 이다지도 심하단 말인가? 나라의 형벌 27
을 받아 죽을지언정 궁인에게 당하는 치욕을 달게 받지는 않을 것이다."

그러자 장부인이 이어서 말했다.

"마마께서는 구중궁궐 안에 깊이 계신데 양씨 부부 사이에 무슨 일이 있었는지 어찌 아실 수 있었겠느냐? 분명 증자(曾子)의 어머니가 북을 내던진 일과 같은 일이 있었을 것이다. 오래지 않아 깨달으실 것이니 이후 군신 간의 의(義)가 완전하게 되면 오늘 궁인이 행한 무례는 아주 큰 한이 될 것이다. 잠깐 인정을 살펴 친척을 떠나보내는 우리의 정을 위로하여라."

궁인은 여러 부인들의 씩씩한 언사와 아름다운 얼굴에 탄복하면서도 부끄러웠다. 그러나 또 한편으로는 시각을 어긴 것이 민망하여 외전에 나아가 진공께 아뢰었다.

"저희들이 마마의 칙서를 받들어 양부인을 모셔 가는 데에도 정해진 시한이 있는데 여러 부인들께서 이별로 인한 슬픔과 놀라움 때문에 능히 떨치지 못하시니 장차 어찌 하면 좋겠습니까?"

이때 공은 권위의 높음을 두려워하여 자기 뜻을 낮춘 것이 마음에 병이 되어 있었다. 궁인의 말을 듣고는 잠잠히 말없이 있다가 자신이 내당에
28 들어가 양씨와 이별한 후 경계하여 보내려 하였다. 궁인은 물러나 뜰 한 가운데에 서서 감히 재촉하지 못하고 공의 명을 기다렸다.

공이 내전에 이르자 친척이 집안에 가득하여 이별의 회포와 정리를 이르며 차마 떠나지 못하고 있었다. 공이 양씨를 불러 서글피 말했다.

"내가 오늘 일을 하늘에 간하여 머리를 부수고 몸을 죽여서 사생을 돌아보지 않더라도 너를 구하고 싶으나 위에 계신 늙으신 부모님께 차마 불효할 수 없어 너를 궁궐의 죄인을 만들었구나. 평소에 바라던 바를 저버렸으니 어찌 가련하지 않겠느냐? 다만 높은 군자와 사리에 밝은 부인은 화복(禍福)에 마음을 움직이지 않는 법이니 이 또한 운명이다.

마음을 너그럽게 진정하고 분을 참아 나중에 서로 만남을 기약하자꾸나."

이에 양씨가 머리를 조아리고 거듭 절한 후 말했다.

"불초녀(不肖女), 슬하에 의탁한 지 4년 동안 아버님의 은혜가 산처럼 높고 바다처럼 넓어 매우 험란한 가운데서도 능히 몸을 보전해왔사옵니다. 그런데 오늘 뜻밖에 급작스런 재앙이 집안에[198] 일어나니 이는 하 29
늘이 저를 죽이시는 것입니다. 몸이 한 번 궁궐에 매이면 죽고 사는 것을 마음대로 하지 못할 것이니 어느 때에 다시 슬하에서 모시며 문안을 여쭐 수 있겠습니까? 바다 같은 성은의 만분의 일도 갚지 못하고 속절없이 국가의 죄인이 되었으니 죽을 때까지 부모를 모시지 못하는 것이 슬프나 어쩔 수 없는 일입니다. 원하옵건대 대인은 못난 저 때문에 괜한 염려를 허비하지 마시고 천추만세(千秋萬歲)를 누리시기를 바라나이다."

말을 마치자 슬픔이 눈썹에 어리고 맑은 눈물이 옷을 적셨다. 그 간절한 말씀과 맑은 태도는 더욱 사람을 감동시켰다. 공은 마음 깊이 양씨를 아끼고 불쌍해하는 마음에 위로하며 말했다.

"황후의 조서가 엄하시니 머물러 좋을 것이 없다. 너는 마음을 살피고 일찍 들어가거라."

그런 후 공이 외전(外殿)으로 나가자 소저는 방을 나서며 절하여 작별하
고 군주와 설소저 등 동서, 시누이들과 함께 서로 눈물을 흘렸다. 이때 갑 30
자기 시랑이 죽서루에 들어와 소저를 찾았으나 소저는 즐겨 나아가려 하

198) 집안에 : {쇼쟝[蕭墻]의}. '소장'이란 군신이 모여 회의하는 곳에 쌓은 담을 말함. '소장지변(蕭墻之變)'이란 집안 내부나 한패 속에서 일어나는 변란을 뜻하는 말로 '자중지란(自中之亂)'과 같은 뜻임.

지 않고 원상궁을 불러 말했다.

“마마의 명이 급하시고 대인이 쉬이 가기를 재촉하시니 내가 들어가 이야기를 나눌 때가 아니니다. 그대는 이 뜻을 군자께 고하라.”

말을 마친 양씨는 아들을 안고 한동안 바라보다가 유모에게 맡겼다. 그리고 한 통의 편지를 남겨 그 부모와 이별한 후 의연하게 가마에 올랐다. 군주와 장손씨는 설상궁, 원상궁과 함께 목이 잠길 때까지 애긇게 소리 내어 울며 말했다.

“만일 돌아가신 진양공주께서 계셨다면 어찌 오늘 같은 일이 있겠는가?”

장황후의 명을 받고 온 궁인들도 이 모양을 보고 눈물을 흘리지 않는 이가 없었다.

시랑은 소저가 끝내 오지 않는 것을 보고 다시 부르고자 했으나 공이 막내아들 양에게 시랑을 불러 오게 하여 마주보며 타일러 말했다.

31 “오늘 며늘아기에게 닥친 환란은 보기 드물게 몹시 어려운 것이나 오히려 앞일은 예측할 수 없으니 너는 오직 집안을 염려하고 양씨는 생각하지 말거라. 며늘아기가 비록 궁궐로 들어갔으나 사람의 목숨은 하늘에 달려 있으니 아무리 장황후라 하여도 어찌 마음대로 해칠 수 있겠느냐? 하태후 마마가 계시고 육궁(六宮)[199]의 비빈(妃嬪)과 궁녀들도 다 네 어미에게 은혜를 입은 이가 많으니 반드시 서로 보호하여 언젠간 돌아오게 될 것이다. 그러니 이별에 연연하여 용렬하게 행동하지 말거라.”

시랑이 거듭 절하며 명을 받든 후 무릎 꿇고 엎드려 아뢰었다.

“소자가 불초하여 전날 여색(女色)에 마음을 둔 탓에 큰 환란이 일어났습니다. 지금 비록 일은 다르나 만일 용렬한 행동으로 장부의 기상을

---

199) 육궁(六宮) : 옛 중국의 궁정에 있었던 황후의 궁전과 부인 이하의 다섯 궁실을 말함.

무너뜨려버린다면 그 무상함이 전보다 더 심할 것이니 이는 허물을 고칠 줄 모르는 태도일 것입니다. 소자가 비록 어리석고 못나며 사리에 어둡다 하나 어찌 이 일을 생각지 못하겠습니까? 그러나 후비가 남의 일을 방해하여 신하된 자의 아내를 무고히 힘으로 빼앗아 궁중에 가두
고 갑자기 환란의 문을 열고자 하니 남자로서 몸을 굽혀가며 참기 어 32
려운 일입니다. 조정의 녹을 먹고 품은 바를 베풀어 그 직책을 다하지 못하니 어찌 부끄럽지 않겠습니까? 하물며 양씨의 무죄함이 명백하거늘 소자로 인하여 부모와 어린 자식을 이별하고 궁궐에 갇힌 채 모진 후비의 손아귀에 떨어졌으니 죽고 사는 것을 마음대로 하지 못할 것입니다. 소자로 인하여 사지로 들어간 것이니 이는 바로 백인(伯仁)이 나로 인해 죽은 것[200] 아니겠습니까? 이런 까닭에 자연 마음속이 불안하니 기운이 온화하면 마음이 편하고 마음이 온화하면 기운이 편한 것이라 사람들이 소자에게 노심초사한다 할까 두렵습니다."

그러자 진공이 고개를 끄덕이며 말했다.

"네 말이 이치에 맞다. 네가 스스로 밝히 아는 터에 어찌 알고도 행하지 않겠느냐? 하물며 너는 다른 사람과 같지 않아 여색으로 부형과 문호에 화를 끼친 자이니 오늘 만일 사사로운 정을 다스리지 못한다면 이는 짐승만도 못한 것이다."

시랑이 머리를 조아리며 감사를 표하자 원상궁이 공에게 나아가 아뢰 33
었다.

200) 백인(伯仁)이 ~ 것 : {ᄇᆡᆨ인[伯仁]이 유아이ᄉᆡ[由我而死ㅣ]라}. 감옥에 갇히어 있던 중국 동진(東晉)의 재상 왕도(王導)는 백인의 상소로 살아났으나, 백인이 투옥되었을 때 그를 구하여 줄만한 입장에 있었으면서도 구해주지 않아 백인은 결국 죽었는데, 뒤늦게 자신을 구해준 것이 백인임을 안 왕도가 후회하며 한 말. 후에 이 말은 자신으로 말미암아 다른 사람이 화를 입었다는 뜻으로 사용됨.

"처음에 제가 주공의 교지를 받들어 양부인을 보호했는데 이제 일이 여기에 미쳤으니 어찌 감히 부인의 뒤를 따르지 않고 태연하게 편히 있겠습니까? 함께 모시고 가기를 원하옵니다."

공이 미처 답하지 못했을 때 시랑이 슬픈 표정으로 정색하며 말했다.

"그럴 수는 없다. 그대는 돌아가신 어머님의 부탁을 받들어 우리 남매를 보호하여 기르고 대인의 명으로 나를 도왔으니 일방적으로 양씨만을 따라서는 안될 것이다. 내가 여기 있고 어린 아들은 어미를 잃었으니 마땅히 그대가 우리를 보호하고 가사를 돕는 것이 일에 만전을 기하는 게 될 것이다. 어찌 양씨를 위해 궁중에 들어가 소상궁과 같은 해를 받고자 하는가? 내가 인자하지 못하여 요사한 계집을 얻어 집을 기울어지게 하고 돌아가신 어머님의 강직한 신하였던 소상궁에게 화를 끼
34 쳐 피해를 입게 한 것을 탄식하고 있거늘 어찌 또 그대를 궁지에 몰아넣겠는가? 하물며 그대는 선 황후께서 가려 뽑으신 찬례관(贊禮官)[201]으로 과거에 궐 안에서 후비와 육궁 비빈들을 가르쳐 통솔하던 사람이었는데 이제 한 죄인의 시비가 되어 들어가 어찌 궁인과 장황후의 천대를 받는단 말인가? 그것은 진실로 돌아가신 어머님을 욕 먹이는 일이다. 절대 불가하니 오직 어린 아들을 지키고 죽서루를 관리하면서 양씨가 돌아오길 기다리라."

그러자 원상궁이 대답했다.

"공자께서 하나는 알고 둘은 모르십니다. 제가 선조(先祖)에 찬례(贊禮)하던 직품이 있으나 돌아가신 진양공주의 부탁과 주공의 교지를 받들어 양부인을 섬겼으니 마땅히 충성을 다해야 할 것입니다. 공자와 부

201) 찬례관(贊禮官) : 제사 때 임금을 앞에서 이끌어 제사를 지내던 관원.

인의 중함은 한가지이니 신하가 임금을 위하면 충이요, 국모를 위하면 충이 아니란 말입니까? 양부인은 돌아가신 진양공주의 며느리로 장황후가 잡아들여 당한 치욕이 이미 돌아가신 공주와 주공께 더할 수 없는 지경에 이르렀는데 제가 따라간다고 욕이 더하겠습니까?" 35

이 말에 공이 탄식하며 말했다.

"너의 말이 의리에 당연하나 며늘아기를 따라가는 것은 이치가 아니다. 이 일이 새로 일어난 것은 장씨의 무리 중 남은 사람이 있어 장황후와 다시 결탁한 것이 분명하다. 나를 해치지 못하고 며늘아기에게 화를 옮겨 이제 한창 간악한 꾀가 성하여졌으니 네가 보호하여 서로 따르며 의좋게 지내는 것을 좋게 보겠느냐? 며늘아기를 해하고자 하는 마음이 급해 좌우를 먼저 덜어내고자 하면 그 재앙을 네가 당하지 누가 당하겠느냐? 또한 시녀는 따라갈 수 있지만 너는 지위와 명망이 궐중에 가득한 자이니 간사한 사람들이 크게 꺼릴 것이다. 따라갈 뜻을 버리고 이 아이의 말을 좇으라."

공의 말에 원상궁은 눈물을 흘리며 물러날 수밖에 없었다. 그러나 생의 젖아우였던 궁인 초란이 나이 15세에 꾀가 있고 말을 잘하여 대담하기가 남보다 더하므로 특별히 가려서 양씨의 뒤를 따라가게 하고 원상궁은 하루하루 죽서루를 지키며 하늘이 도우실 때를 기다렸다. 36

이때 장황후는 양씨를 잡아오라 한 후 양씨를 보게 되면 크게 욕하여 분을 풀려는 생각에 위엄 있는 태도로 매우 엄숙하게 형벌 기구를 벌여놓고 있었다. 이윽고 중사(中使)[202]가 와서 양씨를 잡아왔다고 고하니 황후가 부르라 명하였다. 건장한 궁인 10여 인이 앞에서 가리고 뒤에서 막아

---

202) 중사(中使) : 궁중(宮中)에서 왕의 명령을 전하던 내시.

양씨를 섬돌 아래로 데리고 왔다. 양씨가 갑자기 옷매무새를 가다듬고 머리를 조아려 절하며 만세(萬歲)를[203] 불렀다. 그 예절을 지키는 모양이 정숙하고 만세를 부르는 소리는 맑고 깨끗하여 형산(衡山)의 백옥[204]을 모으는 듯했다. 팔자 모양의 검은 머리는 봄 시내의 흔적이 산에 어린 듯하고, 가을 물결 같은 두 눈의 맑은 빛은 산천의 빼어난 기운을 거둔 듯하며, 눈같이 하얀 이마와 안개같이 무성한 귀밑머리에 아리따운 두 뺨과 붉은 입술은 세상에서 가장 빼어난 것만을 모아놓은 듯했다. 또한 남보다 뛰어난 기질과 맑고 깨끗한 품격은 당당히 환패(環佩)[205]를 울리는 중요한 자리에 오를 만했으며, 그게 아니라 해도 그 모습은 한 때 아홉 가지 수를 놓은 곤룡포와 면류관으로 총재(冢宰)[206]의 옥새를 차고 제후를 섭
37 정하며 제왕 · 공주와 육궁 비빈을 거느리던 여주공의 거동과 사뭇 방불하였다. 곁에 서 있던 후궁들은 은근히 칭찬하는 마음이 일었다. 양씨를 본 장황후 역시 매우 놀라 말했다.

"이 사람이 이러하니 그 시집에서 어찌 중히 여기지 않겠는가? 생각하건대 장씨는 적은 총명과 간사한 꾀로 복숭아꽃 같은 아름다움이 있었으나, 이 사람은 좋은 연꽃과 맑은 달 같아 천지 가운데 가장 빼어난 것만을 이어 받았으니 한낱 아름다움으로 말할 바가 아니로구나. 다만 여주공은 사람으로 태어난 중에 둘이 있을 수 없지만, 이제 양씨를 비

---

203) 만세를 : {산호(山呼)}. '산호'란 '산호만세(山呼萬歲)'라는 뜻으로 나라의 큰 의식에 황제나 임금의 축수를 빌기 위해 신하들이 '만세(萬歲)' 또는 '천세(千歲)'를 부르던 일을 말함.

204) 형산(衡山)의 백옥 : {형산바옥}. 문맥상 '형산백옥'과 같은 뜻. '형산지옥(衡山之玉)'이란 어질고 착한 사람을 가리키는 말로 여기서는 양씨의 목소리가 맑고 깨끗하여 어진 성품을 드러내줌을 뜻함.

205) 환패(環佩) : '패옥(佩玉)'과 같은 뜻으로 벼슬아치의 예복 위에 좌우로 늘이어 차는 옥을 말함.

206) 총재(冢宰) : 육경(六卿)의 우두머리로 태재(太宰)라고도 함. '총재'란 나라를 다스리고 백관을 거느리며 사해를 평평하게 하는 중장(衆長)의 우두머리로 주(周) 나라 때의 관명(官名)이지만 후에는 이부상서(吏部尙書)를 총재라 칭하기도 함.

유하자면 공자(孔子)와 안연(顔淵)[207] 같으니 대체로 유씨 가문에는 절세미인과 숙녀가 모이는가보다."

황후는 이렇듯 오래도록 생각한 후 양씨에게 전교(傳敎)를 내렸다.

"경은 국가의 아주 가까운 친척으로 한편으로는 군신의 의(義)가 있고 한편으로는 친척의 정이 있거늘, 짐이 정궁의 자리에 올랐을 때 진하(進賀)에 참여하지 않은 까닭은 무엇이요?"

이에 양씨가 거듭 절하며 땅에 엎드린 채 말했다.

"성모(聖母)께서 처음으로 온 나라에 임하셨을 때 신은 이렇게 생각하
였습니다. '세계가 다 마마의 자식이니 어찌 구태여 낯으로 하례한 후 38
에야 군신의 정이 있겠는가? 또한 제왕은 사사로움이 없으니 친척의 의리로 별도의 은혜를 기대하는 것은 임금의 덕을 돕는 것이 아닐 것이다.' 그리하여 분수를 지켜 임금의 은총을 피하고자 감히 나오지 못한 것이옵니다."

그러자 장황후가 물었다.

"죄인 장설혜는 경과 동등한 정실(正室) 부인이었다. 비록 선후가 있다고는 하나 한낱 소문 때문에 서로 싸우는 악행을 멀리하고 함께 유현을 섬겨 대아(大雅)[208]의 풍습을 따르는 것이 옳거늘 경은 어떤 이유로 장

---

207) 안연(顔淵) : 중국 춘추시대(春秋時代) 노(魯)나라의 현인. 이름은 회(回)이며 자가 연(淵). 공자가 가장 신임하였던 제자이며 공자보다 30세가량 어렸으나 공자보다 먼저 죽음. 학문과 덕이 특히 높아서 공자도 그를 가리켜 학문을 좋아하는 사람이라고 칭송하였고, 또 가난한 생활을 이겨내고 도(道)를 즐긴 것을 칭찬함.

208) 대아(大雅) : 『시경(詩經)』의 편명의 하나로 '아'는 '정(正)'을 의미함. 큰 정치를 말한 정악(正樂)의 노래를 의미함. 「사대서(詩大序)」에는 "아란 바르다는 것으로 왕정의 폐한 바와 홍한 바를 말하고 있다[雅者, 正也, 言王政之所廢興也]. 정치에는 작은 것과 큰 것이 있는 까닭에 「소아(小雅)」와 「대아(大雅)」가 있는 것이다[有小大, 故有「小雅」焉, 有「大雅」焉]."라고 되어 있음. 「대아」에는 주나라 문왕(文王)과 그 왕비인 태사(太姒)의 덕울 칭송한 노래가 많이 실려 있는데, 여기서는 태사가 첩들에게 은덕을 드리워 첩들이 그녀를 공경하고 그덕을 기려 집안이 화평했다는 고사를 상기시키고 있음.

씨를 참소하여 내치고 끝내 죽이기에 이르렀는가?"

이에 양씨가 아뢰어 말했다.

"유현은 천은을 입어 한림원(翰林苑)에서 높은 자리에 있으므로 두 명의 처를 두는 것은 국법에 정해진 바라 장설혜를 취한 것입니다. 신첩이 감히 제 어짊을 자랑하거나 덕이 있어 투기를 하지 않는다고 말할 수는 없으나 다만 신첩은 마음이 세상사에 있지 않아 고요히 분수를 지켰을 따름이옵니다. 제가 어찌 장씨를 참소하여 내치고 모함하여 죽였겠습
39 니까? 진실로 죽이고자 하는 마음이 있다 해도 정실을 해하고서 지아비를 대하면 부끄러운 마음에 제 몸이 이롭지 못할 터인데 마마의 거룩하신 감식안으로 어찌 이런 말을 듣고 믿으십니까? 유현이 장씨를 죽인 것은 인지상정에 아비의 원수를 갚고자 한 것이니 이는 사람으로서 떳떳한 도리입니다. 하늘에 밝히 아뢰고 죽였는데 그것을 어찌 신의 참소로 죽였다 하십니까? 마마의 전교에 신의 말 때문에 유현이 장씨를 죽였다 하시니 이 말을 고한 자가 증인이 되어야 할 것입니다. 규중의 세세한 일로 마마께 엄한 심문을 당하오니 천자의 체면이 이지러졌나이다. 아직 세세히 모르시므로 여러 번 아뢰지 않을 수 없으리니 원컨대 신이 유현을 부추긴다고 아뢴 사람을 부르시어 대면하게 해주시길 바라옵니다."

장황후는 양씨가 비분강개하며 굽히지 않는 것에 매우 노하여 생각하기를 '대개 저러하여 설황후를 추모하고 나를 만만히 보아 업신여겼는
40 가?' 싶었다. 이를 매우 분하게 여긴 황후는 양씨를 즉시 후원 북쪽의 전각에 가두고 밖에서 잠가 조석(朝夕) 음식을 구멍으로 들이게 했다. 이 북쪽 전각은 태종황제께서 죄 있는 궁인을 가두거나 혹 사형에 처해야 할

죄인이 있으면 사약을 내리거나 목 졸라 죽이거나 하여 여러 대가 지나면서 죽은 자가 많은 곳이었다. 하늘이 흐리고 비가 와 습기 찬 날이면 귀신이 부르짖으며 울고 하늘에서 괴이한 소리와 돌이 무수히 내려와 사람의 정신을 어지럽게 하니 궁중에서는 이름 하여 명사계(冥司界)[209]라 했다. 장황후는 짐짓 소저를 이곳에 가두어 자진하게 하려 한 것이었다.

양소저가 갇히자 초란이 울며 함께 따라 들어갔다. 이곳은 전각이 황량하고 거친 풀과 뒤엉킨 가시들로 가득하여 낮에도 어두웠다. 주인과 종 두 사람이 평생 부귀 속에서 성장하여 어찌 이런 곳을 보았겠는가? 소저가 하늘을 우러러 탄식하며 말했다.

"크나큰 하늘은 어찌 저로 하여금 후비의 치욕을 받게 하시는가? 내 몸 41
은 아깝지 않으나 양씨 가문의 아름다운 이름을 떨어뜨리고 돌아가신 시어머님의 높으신 이름을 욕먹게 하였으니 부끄럽구나. 나는 진정 불초한 며느리요, 덕이 부족한 여자라 지하의 죄를 면하기 어렵겠구나."

말을 마치자 옥 같은 눈물이 구슬처럼 연이어 떨어지니 초란 또한 매우 슬퍼했다. 그러나 주인과 종 두 사람은 백방으로 위로하며 날을 보내었다.

모란은 황후를 부추겨 양씨를 가두고 마음속으로 매우 기뻐했다. 가만히 음식 보내는 궁인에게 황후의 교지라는 거짓 핑계를 대어 하루에 한 끼씩 밥을 주되 한 그릇도 더하지 말고 물도 주지 말라고 했다. 장차 배고프고 목말라 죽게 되자 소저가 초란에게 말했다.

"일이 여기까지 와 살 길이 없구나. 생각하건대 경공(耿恭)은 우물에 절하여 물을 얻고[210] 제갈(諸葛)은 땅을 파 물을 얻어 군사를 먹였으니,

---

209) 명사계(冥司界) : 저승을 말함.

내 비록 고인의 충성과 신의는 없어도 하늘의 뜻은 무죄한 사람을 어여
42 삐 여기시지 않느냐? 내 미루어 짐작하건대 양씨 가문은 청렴함과 곧
은 절개로 나라를 섬겨 왔고, 유씨 가문은 본래부터 문성공의 적덕(積
德)과 충성과 신의로 집안을 이뤄 자손에게 전하신 지 1백여 년 동안 마
음을 삼가 경계하고 공손하며 부지런하여 허물이 없다. 더구나 우리
돌아가신 시어머님께서 그 지극하신 성덕(聖德)으로 어찌 며느리로 하
여금 복중에 태아를 품고 구천의 원혼이 되게 하시겠느냐? 하늘의 뜻
에 착한 사람에게는 복을 주고 못된 사람에게는 재앙을 내린다 한 말이
한결같으니, 간사한 인간의 흉계에 깊이 빠지는 일로 끝나지는 않을 것
이다. 다만 당장은 별다른 수가 없으니 한 번 둘러보고 물길을 찾아 땅
을 파면 가히 목마른 것을 해결하고 오랫동안 보전할 수 있을 것이다."

그리하여 초란의 인도를 받고 후원에 올라가 두루 살펴보니 가파른 전
각에 층층이 꽃을 심어 놓은 계단이 있었다. 또한 화려한 색깔의 담장이
둘러 싸 성곽을 이루었으므로 그 바깥을 알 길이 없었다. 다만 담 바깥에
서 사람들의 소리가 끊이지 않으니, 이는 상림원 만세산에서부터 여러 폭
43 포가 모여 이 북쪽 전각 뒤로 내가 되어 흐르므로 궁인의 무리가 모두 이
곳에 와서 깁을 빨기 때문이었다. 소저가 땅의 모양과 형세를 두루 살피
니 원래는 꽃을 심어 놓은 화단 사이에 작은 샘이 있었는데 어지러운 돌
과 모래가 가득하여 막힌 지 오래였다. 소저가 친히 모래를 치우고 초란
이 돌을 깎아내며 땅을 파니 이윽고 물이 점점 고였다. 그러나 빛이 더럽
고 맛이 사나웠다. 초란이 울며 말했다.

---

210) 경공(耿恭)이 ~ 얻고 : 한(漢) 나라 때 경공이 흉노를 치다 흉노족에게 포위되어 곤경에 빠졌을 때 우물 앞에서 축원을 올려 물을 얻었다는 고사를 가리킴.

"이 물을 차마 부인께서 어찌 마시겠습니까?"

그러자 소저가 말했다.

"너는 우스운 말 하지 말거라. 고인이 탐천(貪泉)을 마심에 마음이 더욱 맑다[211]고 했으니 내 이 물로 기갈에서 벗어나는 것이 무슨 대수이겠느냐?"

그런 후 그릇을 내와 목마른 것을 해결하고 구멍으로 들어오는 음식을 하루 한 번씩 받아 주인과 종이 간신히 시장기를 면했으나 본래 먹는 음식의 양이 적은 탓에 충분히 세월을 보낼 수 있었다. 소저가 들어온 후에는 사나운 기운이나 괴이한 돌, 귀신의 휘파람 소리가 없었으니 가히 바르지 못한 것은 바른 것을 감히 범하지 못한다는 사실을 잘 알 수 있었다.

주인과 종이 고난을 겪는 중에도 세월은 지나갔다. 이때 궐 안에 있는 44
상하(上下) 모두는 장태후와 진양공주의 은덕을 뼈에 새긴 터였다. 이들은 장황후가 배은망덕하여 양씨를 가둔 것을 분하고 한스럽게 여겨 사람이 모이면 머리를 모으고 서로 탄식하곤 하였다. 하태후께서도 이 사실을 들으시고 매우 놀라시어 장황후가 문안 올 때를 타 말씀하셨다. 태후께서 갑자기 눈물을 흘리며 슬퍼하시니 장황후가 그 까닭을 여쭈었다.

"알지 못하겠습니다. 마마께서는 무슨 까닭에 이렇듯 번뇌하시옵니까?"

그러자 하태후께서 말씀하셨다.

---

211) 고인이 ~ 맑다 : 탐천(貪泉)은 광동(廣東) 남해현(南海縣) 서북쪽에 있는 물 이름으로, 석문수(石門水), 침향포(沈香浦), 투향포(投香浦)라고도 함. 탐천의 물은 마셔도 물릴 줄 모른다고 하여 "청렴결백한 선비는 도천(盜泉)·탐천(貪泉)의 물은 마시지 않는다."는 옛말이 있었음. 이 말은 청렴한 선비는 보통 샘물이라 하여도 '도'자와 '탐'자가 들어간 것만으로도 그 청렴함을 해친다하여 꺼리므로 그 물을 마시지 않는다는 뜻임. 그러나 당나라 때 왕발(王勃)이 지은 시 〈등왕각서(騰王閣序)〉에는 "탐천의 물을 마셔도 상쾌함을 느끼고 곤궁함에 처해도 오히려 기쁠 것이다[酌貪泉而覺爽, 處涸轍以猶懽]."라는 구절이 있는데 여기서는 이 구절을 가리킴.

"옛날에 태마마께서는 선제(先帝)와 과인과 함께 유현 형제를 들어오게 하시어 무릎 위에 앉혀 어르고 귀여워하시며 말씀하셨다. '자고로 황족이나 인척(姻戚)이 화를 만나기 쉬우나 진양에게는 이미 성인의 덕이 있고 그 뒤를 이은 두 아들도 비록 나이는 어리나 기상이 탁월하여 현자
45 (賢者)의 풍채와 태도가 있으니 반드시 성장하면 진취(進就)함이 있을 것이다. 훗날 짐이 죽은 후에는 마땅히 진양의 두 아들을 친자식같이 대하여라.' 이렇게 말씀하시므로 선제가 순순히 명을 받드셨지만 사람의 일이 변하기 쉬우므로 태후께서는 금상(今上)께도 그 뜻을 전하시며 부탁하셨다. 그런데 이제 들으니 황후가 공주의 둘째 며느리 양씨를 북쪽 전각에 가두고 엄한 명령을 자주 유부에 내려 유가 부자가 편안치 못하다 하더구나. 그 죄는 알지 못하겠지만 옛일을 생각하니 어찌 감회가 없겠느냐?"

태후의 말씀에 장황후는 낯을 붉히고 한동안 말을 않다가 이렇게 대답했다.

"첩이 재주가 없고 덕이 옅은 사람으로 높은 자리를 주제넘게 욕되게 하고 있으니 결단코 이 자리를 사양해야 마땅할 것이옵니다. 그러나 망극하게도 양녀가 제멋대로 첩을 포사·매희에 비겨 욕하니 만일 태후의 성은과 여주공의 사랑하시던 정을 돌아보지 않았던들 양녀를 어찌 한낱 북쪽 전각에 안치하기만 했겠습니까? 반드시 국모를 욕한 죄
46 로 법을 씀직 하지만 많이 분을 참은 것은 옛일을 생각한 때문입니다. 국법을 전폐하지는 못할 것이니 마마께서는 첩을 박정하다 여기지 말아 주십시오."

이에 하태후는 몹시 놀라 말했다.

"황후의 말같이 양씨가 만일 죄가 있다면 북쪽 전각에 안치한 것이 관대한 처사일 것이다. 그러나 이 사람은 본래 뒤로 남모르는 원한이 없는데 어찌 군신 간의 의리를 모르고 이런 큰 악행의 말을 할 리 있겠느냐?"

그러자 장황후가 대답했다.

"그 말 할 때 들은 증인이 없지 않으나 일이 부디 사실이 아니기를 바라므로 대질하지 않았사옵니다."

하태후는 장황후가 끝내 자신의 말을 듣지 않는 것을 마음속으로 분개하셨다. 그러나 장황후가 상의 총애를 받아 그 권세가 바야흐로 궐중에 진동하고 있는 터라 자신의 형세로는 어쩔 수가 없었다. 하태후는 다만 말없이 속으로 탄식하실 뿐이었다. 황후가 돌아와 이 말을 하태후께 고한 궁인을 찾아 벌을 주니 궁중이 매우 두려워하였다. 상궁 여현경은 가만히 태후께 가서 모란이 변란을 일으킨 근본을 자세히 고하였다. 이 말을 들은 하태후께서는 분노하셨으나 어쩔 도리가 없었다. 하태후는 진부 상궁 47
장손씨께 밀지를 보내 자세한 곡절을 이르시고 모란을 없애 화근을 끊으라 하셨다.

이렇게 하여 진부에서도 모란이 일을 꾸민 것을 알게 되었으나 진공은 이렇게 말했다.

"하마마께서 염려하여 주신 은혜는 망극하나 저 사람이 이미 호랑이 굴에 자리를 잡고 지키고 있으니 한순간에 제어할 수 있는 것이 아니다. 천시(天時)가 자연히 돌아갈 때가 있을 것이니 아직 참으라."

이에 모두 그 명을 받들었으나 시랑은 마음에 분함을 이기지 못해 하였다.

다음날 조회(朝會) 후 상께서 시랑을 각별히 머물라 하시며 편전에서 한

가하게 말씀하시다가 이어 웃으며 말씀하셨다.

"경이 소년 영재로 이른 나이에 조정에 들어와 한림원(翰林苑)212)에 있으니 수백 명의 첩을 둠직 하구나. 집안에 몇 명의 부인이 있는가?"

그러자 시랑이 땅에 엎드려 말했다.

"신이 성은을 입어 부형의 그늘에서 의식이 풍족하오나 일찍이 어머니를 여의어 마음이 여색에 있지 아니합니다. 또한 장녀의 악한 행사를
48 겪은 후에는 여색을 경계하여 집안에 있는 본처밖에는 다시 꾀할 뜻이 없나이다."

시랑의 말에 상이 웃으며 말씀하셨다.

"장부가 되어 한 번 속았다고 여색에 매몰찬 것이 너무 인색하구나. 짐이 각별히 경을 위하여 중매를 서야겠다. 태중태우 왕선은 현자(賢者)요, 귀인 왕씨의 조카인데 그 셋째 딸이 자못 현명하고 아름답다 하니 경이 재취하여 풍류를 빛내고 위의(威儀)를 갖추라."

그러자 생이 머리를 조아려 절하며 말했다.

"성은이 망극하사 미천한 사람에게 혼인을 하사하시니 신이 어찌 감히 거역하겠사옵니까? 허나 신은 이미 여색을 경계하여 허물을 고치었으므로 마음이 이런 데 미치지 아니합니다. 또한 이미 조강지처가 있어 그 사람에게 허물이 없사오니 다시 자리를 옮기길 원치 아니하옵니다. 엎드려 원하옵건대 성상은 신의 소원을 좇아 전지를 거두어 주시길 바라나이다."

이에 상께서 말씀하셨다.

---

212) 한림원(翰林苑) : {옥당금마(玉堂金馬)}. 한(漢)나라 때 금마문(金馬門) 옥당전(玉堂殿)은 문학(文學)하는 선비가 출사(出仕)하는 관아(官衙)였다. 후세에 한림원(翰林院)을 일컫는 이름이 되었다.

"경은 너무 고집스럽다. 『논어』에 이르기를, '임금이 살아 있는 것을 주면 반드시 기르라.'213)고 했으니 하물며 한 미인이 무엇이 대수라고 49
국은(國恩)을 가볍게 여기느냐?"

그러자 생이 다시 머리를 조아리고 말했다.

"신이 성은을 가볍게 여겨 어기고자 함이 아니라 분수를 지키고 여색을 경계하고자 함이오니 성상께서는 마땅히 신이 과거의 허물을 고치도록 권장하셔야 할 것입니다. 미인을 주시어 그 뜻을 지키지 못하게 하심은 성덕에 흠이 되는 일일 것이옵니다. 신의 성품이 괴이하여 규방에 울적할 뜻이 없어 그러하오니 왕씨를 취하여 만일 대접이 소홀하면 성은을 저버림이 될 것입니다. 또한 억지로 하고자 하면 신의 성격과 도량이 아직 편벽되고 고집스러워 조강지처의 옛정을 우선으로 하고 부귀 때문에 얻은 자는 다음으로 하여 자연히 시끄럽고 어지러워질 것입니다. 차라리 지금 뜻을 받들지 않는 것이 임금을 속이지 않는 일이 될 듯하옵니다. 원컨대 폐하는 구구한 사정을 통촉하여 주시기 바라옵나이다."

그러자 상께서 웃으며 말씀하셨다.

"경은 금지옥엽(金枝玉葉)으로 풍류가 넘쳐나고 명망이 태산 같거늘 한 50
번 재취하는데 무슨 곡절이 이렇듯 많아 아녀자의 소소한 거동을 하느냐? 짐은 이미 뜻을 정했으니 다시 이르지 말고 빨리 택일하여 육례(六禮)를 시행하여라."

---

213) 임금이 ~ 기르라 : 『논어(論語)』「향당(鄕黨)」편 10장 13절에 보면 "임금이 음식을 주시면 반드시 자리를 바로 하고 먼저 맛보시며, 임금이 날고기를 주시면 반드시 익혀서 조상께 올리시고, 임금이 살아 있는 것을 주시면 반드시 기르셨다[君賜食, 必正席先嘗之, 君賜腥, 必熟而薦之, 君賜生, 必畜之]."라는 구절이 있는데 이 중 뒤에 두 구를 인용함. 고전소설에서는 사혼(賜婚)을 받아들이라는 의미로 자주 쓰임.

그런 후 왕태우를 부르시어 이 일을 이르시고 성례하기를 재촉하셨다. 왕공은 뜻밖의 황은에 감격하여 감사하고 물러났으나 시랑은 기뻐하지 않는 빛이 역력하여 물러나 집으로 돌아갔다. 공이 이 말을 듣고 웃으며 말했다.

"이는 곧 안에서 상의 뜻을 요동하여 며늘아기를 가두고 미녀를 너에게 주어 며늘아기를 잊게 하려는 것이니 사양해서 될 바가 아니다. 순순히 받드는 것이 온당한 도리일 것이다."

그런 후 공이 이 말을 부모형제께 고하니 모두 웃으며 말했다.

"이는 양씨를 밉게 여겨 미인을 현에게 주어 애정을 잊게 하려는 것이구나. 그 꾀가 공교하고 가소롭도다. 현이 과연 미인계에 빠지지 않을 수 있겠는가?"

이에 시랑이 대답했다.

"제가 비록 여색을 취하여 방탕한 곳이 있으나 이미 맹세했으니 두 번
51 허물을 범하지는 않을 것입니다. 왕씨만 홍안박명(紅顔薄命)의 처지에 떨어졌을 뿐입니다."

승상이 말했다.

"며늘아기를 잊지 않는 것은 좋지만 왕씨는 무슨 죄로 박대하겠느냐? 그렇게 하는 것은 온전한 도리가 아니다."

승상의 말에 생은 말없이 물러났으나 마음은 답답하기 그지없었다.

왕부에서 택일을 알리니 혼인 날짜가 4~5일 정도 남아 있었다. 시랑은 더욱 기쁘지 않아 길일이 다다라도 왕가에 갈 뜻이 없었다. 죽서루에 들어가 양씨의 머릿병풍에 기대어 하늘거리는 넓은 소매로 얼굴을 덮고 누워있으니 원상궁이 눈물을 머금고 나아가 아뢰었다.

"날은 늦고 주공은 재촉하시니 공자는 일어나십시오."

이 말에 시랑은 들은 체도 하지 않다가 한 번 소리 내어 길게 탄식했다.
양소저의 옥 같은 얼굴과 꽃 같은 자태, 곱고 아름다운 기질을 생각하니
그 어진 말씀과 높은 행실이 눈에 아른거렸다. 양소저는 자기 때문에 무
죄하게 궁중에 갇혀 나올 기약이 없는데 자기는 이제 새사람을 맞아야 할
것을 생각하니 장부의 심사로도 눈물이 절로 나고 탄식이 끊이지 않아 몸 52
이 땅에 박힌 듯이 천근같이 무거웠다. 결국 일어날 뜻이 없어 원상궁의
재촉에도 끝내 응하지 않았다.

이때 진공이 승상을 모시고 내전에 있다가 시랑이 오지 않는 것을 보고 엄한 얼굴로 진양후를 돌아보고 말했다.

"이 아이가 아내를 위하는 마음에 부형의 명을 거역하니 한심하기 그지없구나. 빨리 현이를 부르라."

진양후가 바삐 일어나 죽서루에 이르니 시랑이 정신없이 드러누워 있었다. 진향후는 시랑이 자는가 여겨 다가가 소매를 들어보았다. 그러자 시랑의 얼굴에 눈물이 가득하여 넓은 소매가 물에 잠긴 듯했다. 진양후가 정색하고 말했다.

"현은 칠 척 장부로 눈에 만 권 서적을 보면서 어찌 아녀자의 울음을 취
하여 다른 사람의 비웃음을 받느냐? 제수씨가 잠시 고생하고 있으나 훗
날 무사히 돌아오실 것이다. 이 혼사가 비록 기쁘지 않다 하나 천자께
서 하사하신 혼인이니 받아들여야 할 것인데, 깊이 들어가 가만히 눈물
로 슬퍼하니 비록 일은 다르나 끝내 아녀자에게 매여 벗어나지 못하는 53
것은 마찬가지구나. 부형이 무슨 면목으로 천하 사람을 대하겠느냐?"

그러자 시랑이 조용히 감사의 뜻을 표하며 말했다.

"형님의 경계하심이 이처럼 지극하시니 아우가 어찌 황송하고 부끄럽지 않겠습니까? 다만 양씨가 고생하는 것이 다 아우의 탓이기에 인지상정으로 차마 태연하지 못한 것입니다. 형님은 용서하여 주십시오."

진양후도 그 등을 어루만지며 탄식했다.

"이것은 다 우리 집안의 운수가 좋지 못한 때문이니 한낱 제수의 액운만은 아니다. 탄식한들 어찌 하겠느냐? 억지로라도 부명을 따르고 황은을 받들어 근심어린 기색으로 다른 사람에게 비웃음을 받지 마라. 대인께서 천하를 진동케 하시는 위엄과 조정의 권한을 잡아 생살(生殺)을 처결하시는 신묘한 위세를 가지고서 모란 하나를 없애지 못하시겠느냐? 다만 집안의 운수가 불행하고 조정의 권한도 마음대로 하지 않으시려 천시(天時)를 지키고 겸손함에 힘쓰시며 한 마디 말도 하시지 않
54 는 것이니, 이는 바로 앞일을 보아 결정하려 하시는 것이다. 네가 비록 사사로운 정 때문에 가슴 아프다 해도 환한 얼굴과 부드러운 목소리로 어른들의 안색을 살피고 위로하여 기쁘시게 하는 것이 옳을 것이거늘 만일 이 같으면 대인이 어찌 편히 여기시겠느냐?"

이에 시랑은 자신의 잘못을 깨닫고 감사를 표한 후 함께 나왔다. 이때 어린 아들이 유모에게 안겨 난간 가에 있었다. 시랑은 문득 가련함을 이기지 못하여 걸음을 멈추고 우물쭈물하였다. 그러자 진양후가 소매를 이끌며 말했다.

"네 마음이 이러하니 진실로 모르겠구나. 길고 긴 나날 동안 슬하의 자식을 사랑할 수 있을 텐데 오늘 부명을 지체하는 것은 어째서이냐?"

시랑이 탄식하고 밖으로 나오니 공이 다른 말은 하지 않고 관복을 입고 어서 가라 할 따름이었다. 앉아 있던 여러 부인과 젊은 여자들 중 양씨를

생각하고 슬퍼하지 않는 사람이 없었다.

시랑은 느릿느릿 일어나 관대(冠帶)를 입은 후 시종들을 거느리고 왕부에 나아가 기러기를 전하고 임금의 명을 받든 후 돌아왔다. 공이 내청(內廳)에 홀로 앉아 패백을 받들어 올리며 눈을 들어 신부를 보니 자태가 곱 55
고 아리따웠다. 마치 한 떨기 해당화가 동풍에 나부끼는 듯 기상은 시원해 보였으나 신부에게 잠깐 어린 기운을 보니 거동이 조용치 못하여 오만하고 잘난 체하는 빛이 있었다.

좌우에 수풀 같은 채의홍상(彩衣紅裳)의 여자들이 여러 부인을 모시고 섰는데 다 꽃을 지우고 옥을 더럽힐 만큼 아름다운 모습이요, 달을 가리고 진주의 빛을 잃게 할 만큼 빼어난 용모였다. 그 중 뭇사람보다 뛰어난 이는 문창군주와 설소저였는데 모든 여자들 가운데 빼어날 뿐 아니라 세상에 비길 사람이 없었다. 신부를 좇아 온 시녀들은 자기가 모시던 아가씨가 당대에 따를 사람이 없는 줄 알고 득의양양하다가 여러 부인과 소저들의 빛나는 얼굴과 기이한 자질을 보고 기가 꺾이는 것도 깨닫지 못하였다.

예식이 끝난 후 공은 즉시 밖으로 나가고 모여있던 부인들은 한가로이 이야기를 하고 있었다. 그때 장부인이 설, 원 두 상궁을 돌아보며 말했다.

"신부가 처음으로 들어와 이 자리에 가득한 가족들과는 초면이니 한
번 가르쳐 알게 하는 것이 좋겠다." 56

설, 원 두 사람이 부인의 명을 받들고 나아가 차례로 가리키며 말했다.

"북쪽 벽으로 윗자리에 앉아계신 분은 대승상 초국공부인이시니 이 분은 곧 왕존당(王尊堂) 이부인이십니다. 동쪽 벽으로 금관에 환패(環佩)를 하시고 나란히 앉으신 아홉 부인은 성의백 부인과 영릉후 두 부인과 부풍후 부인과 각노공의 두 부인과 양학사 부인과 양상서 부인과 사참정 부인이

시고, 서쪽 벽으로 금화관과 옥홀(玉笏), 적의(翟衣)에 명월패(明月佩)를 하신 분은 바로 정당(正堂) 장부인이시니 소저의 시어머니되십니다."

또 젊은 여인 60여 명을 가르쳐 이르니 왕씨가 한 번 자세히 보고는 문득 두 손을 짚고 얼굴을 들어 좌우를 돌아다보며 말했다.

"모든 분들의 아름다운 명성은 익히 들어 알고 있었는데 오늘 이리 만나 뵈니 평생이 헛되지 않나이다."

좌중이 서로 물끄러미 바라만 보고 아무 말이 없었다. 그때 양학사 부인이 가만히 웃으며 말했다.

57 "신부가 규중에서 우리의 이름을 어찌 들었던가?"

왕씨가 정색하고 소리를 높여 말했다.

"형산(衡山)의 옥[214]은 돌 속에 있어도 봉황이 능히 알아 깃들이고, 빈 골짜기의 난초는 감추어져 있어도 사람이 자연히 안다 하옵니다. 문득 부인들의 고운 본바탕과 아름다운 자태가 요지(瑤池)의 선녀님들 같으시니, 비록 그 이름이 감추어져 있으며 첩이 규중에 있었다 하더라도 눈과 귀가 있는데 어찌 혼자 듣지 못했겠습니까?"

왕씨의 말에도 자리에 있던 모든 사람들은 일제히 웃음을 머금고 말을 안 하였다. 그러자 사참정 부인이 참지 못하고 웃으며 말했다.

"신부의 말씀이 대단히 유쾌하구나. 설사 규수라 한들 보고 듣는 것이 왜 없겠는가? 신부가 반드시 시랑 유현의 풍채와 명망도 익히 들었겠구나."

왕씨가 헤벌쭉하게[215] 웃으며 말했다.

---

214) 형산(衡山)의 옥 : 형산에서 나는 옥이란 뜻으로 어질고 착한 사람을 가리키는 말.
215) 헤벌쭉하게 : {희쪙시러}. 뜻은 분명치 않으나 문맥에 맞춰 번역함.

"이는 소첩을 웃기시려 하는 말씀이겠지만 사실 듣기는 아니 들었겠습니까? 전혀 모르노라고는 말씀드리지 못하옵니다."

여러 젊은 여인들이 일시에 얼굴을 가리고 낭랑하게 웃으니 이부인은
이를 더욱 한심하게 여기며 양씨를 생각하였다. 이부인은 양씨를 아끼고 58
슬퍼하는 마음에 탄식하며 말했다.

"너희는 어찌 이리 허튼 소리를 하느냐? 나는 며늘아기가 약한 체질로 깊은 궁궐에 갇혀 백 가지로 고초를 겪고 있는데 우리가 이렇듯 즐기고 있는 것을 생각하면 간장이 미여지는 듯하다. 나는 천상의 음악이 앞에 있다 해도 즐거움을 모를 것 같다."

그러자 양학사 부인과 사참정 부인이 웃으며 대답했다.

"할머님은 지치고 피곤하셔서 젊은이들의 일을 괴이히 여기시나 소녀들은 사십이 멀었으니 이렇게 즐거운 일에 한 번 웃지 않겠습니까? 천자께서 미인과 혼인시키심이 세상에 드문 일이니 한편 아름답고 한편 즐거운데 어찌 구구히 양씨만 생각하겠습니까?"

이들이 말을 마치자 화목한 분위기가 봄바람이 일어나듯 어지러이 일
어났다. 그 상쾌한 기색에는 호걸의 틀이 있었다. 상하 여러 사람들은 두
부인이 붉은 입술과 새하얀 치아로 아름다운 목소리와 즐거운 음색을 열
어 물 흐르듯 말하는 것을 바라보며 먹는 것조차 잊었다. 이에 이부인 역 59
시 가만히 웃을 수밖에 없었다.

다음날 서로 즐거움을 나누기를 다 하고 공에게 나아가 신부의 처소를 여쭈니 공이 말했다.

"죽서루는 다른 사람이 들지 못할 것이니 기린각을 다시 손보아 머물게 하라."

그리하여 궁인들이 기린각을 청소하고 이곳에 왕씨를 인도하여 들였다. 왕씨는 기린각에 들어가 예복을 바로 하고 앉아 시랑을 기다렸다. 밤이 아주 깊은 후 시랑이 천천히 이르러 신부를 보니 양소저의 정숙한 자태와 풍채는 바라지도 못하려니와 미모로 말해도 장씨에 미치지 못하였다. 더구나 거동이 어리석고 분수에 지나치며 기운까지 가득하여 부끄럽고 두려워하는 신부의 태도가 전혀 없었다. 또 이상한 것을 얻어 신세가 어지럽겠구나 하는 생각에 수려한 눈썹에는 근심의 구름이 모여들고 한 쌍의 눈에는 양씨를 생각하는 눈물이 어렸다. 시랑은 오래토록 근심하고 슬퍼하며 안석(案席)에 기대어 있었다. 이어 넓은 소매로 얼굴을 덮고 누
60 워 자기의 운수가 이토록 험한 것을 한탄하고 맑고 깨끗한 기질로 괴로운 고통을 당하고 있는 양소저를 슬퍼하며 스스로 생각했다.

'장부가 되어 아녀자의 간계를 제어하지 못하여 환난과 역경이 이와 같으니 장부의 한평생이 부끄럽구나. 살아 있는 동안 반드시 이 분과 부끄러움을 씻으리라.'

이렇듯 엎치락뒤치락하며 생각에 잠겨 있다 보니 문득 저 멀리 마을에서 수탉이 새벽을 알리고 종각의 북소리가 은은한 가운데 동쪽 하늘이 밝아왔다. 문득 소매 사이로 틈을 내어 신부를 보니 좌우에 있는 촛불이 밝은 가운데 신부가 웅장한 태도로 앉아 자주 자기를 유의하여 보고 있으므로 생이 속으로 우습게 여겨 조그만 목소리로 입 가운데 옛 시를 읊었다.

동방이 밝은 것이 아니라
달이 떠서 빛남이로다.

닭이 운 것이 아니라

푸른 파리의 소리로다.[216]

"지금 몇 경(更)이나 됐는가? 시 속의 상황이 오늘과 같구나."

왕씨는 이때 밤이 새도록 앉아 저 옷을 입은 자가 띠를 끄르지도 않고 누워 자는 체하는 것을 이상하게 여기고 있었다. 그러다 조그맣게 읊는 소리가 들려 귀를 기울여 들어 보니 문득 자기를 조롱하고 놀리는 글이었 61
다. 왕씨는 속으로 매우 노하여 제멋대로 소리를 높여 말했다.

"군자께서 사람을 업신여기심이 심하십니다. 제가 비록 요조숙녀는 아니나 황명으로 들어와 종과 북소리로 환영하고 백량(百兩)의 수레로 맞이했는데 어찌 사람을 업신여기는 웃음이 이 정도일 수 있습니까?"

왕씨가 말을 마친 후에도 분함을 이기지 못하니 시랑이 어이없어 마음 속으로 생각하였다.

'이 분명 패악하고 막돼먹은 여자일 것이다. 예사롭게 제어하여서는 내가 오히려 저 사람에게 욕을 받을 것이다.'

그리하여 시랑은 갑자기 소매를 치우고 벌떡 일어나 책상다리를 하고 단정히 앉아 물었다.

"나는 황실의 친척으로 금지옥엽(金枝玉葉)이며 진국의 귀공자이네. 나

---

216) 동방이 ~ 소리로다 : {비동방즉명(匪東方則明)이오 월출지광(月出之光)이로다 비계즉명(匪鷄則鳴)이오 창승지셩[蒼蠅之聲]이로다}. 이 말은『시경(詩經)』「제(齊)」편「계명(鷄鳴)」장에 있는 말로 여기서는 순서가 뒤바뀌어 있음.「계명(鷄鳴)」은 어진 후비(后妃)를 생각한 시인데 옛날 어진 후비가 임금의 처소에서 모시고 있으면서 날이 새려고 할 때에 이르면 반드시 임금께 아뢰기를 "닭이 이미 울었으니 조정에 모인 신하들이 가득할 것입니다."라고 하였으니 이는 군주로 하여금 일찍 일어나 조회를 보게 하고자 해서였음. 그러나 실제는 닭이 운 것이 아니라 푸른 파리가 우는 소리였으니 현명한 왕비는 항상 늦지 않을까 염려하여 일찍 일어나시게 하려 했던 것임. 여기서는 닭이 울고 동방이 밝아오도록 왕씨가 앉아서 자신을 쳐다보고 있으므로 이 상황에 빗대어 왕씨를 놀린 것임.

이 10여 세에 만 권의 책을 보고 몸이 영주(瀛洲)에서 놀아[217] 임금의 은혜를 입으니 15세를 넘지 못하여 벼슬이 춘경(春卿)[218]에 이르렀네. 부귀한 집안의 버릇없는 아이로 마음이 호탕하여 미색을 풀같이 여기고
62 사람 목숨을 초개(草芥)같이 알아 한번 눈 밖에 나면 양태상의 귀한 딸도 눈썹에 한이 잠기게 하고 장시랑의 사랑하는 딸도 머리 없는 귀신을 만들 만큼 천하의 자잘한 여자에게 거리낌이 없었네. 헌데 황은이 더하시어 미인으로 생의 풍류를 더하시니 생은 깊이 영광스러우면서도 소저의 평생이 그윽이 염려스러우니 무슨 덕으로 능히 내조하여 나로 하여금 두려워 복종하며 떨게 하려는가? 밝은 가르침을 듣고자 하네."

왕씨는 시랑이 엄한 위풍과 가을 서리 같은 기상으로 가다듬어 묻는 소리가 심히 온화하지 않으므로 눈을 들어 보니 맹렬한 기운이 시랑의 얼굴 위에 어리어 있었다. 비록 속으로는 분하고 할 말이 많았으나 감히 입 밖에 내지 못하여 분노가 가슴 속에 가득 차올랐다. 갑자기 얼굴이 붉어지고 눈물이 이어져 붉은 치마에 떨어지니 시랑이 미소한 후 소매를 떨치고 나가버렸다. 시랑이 부모님께 문안하니 공이 물었다.

"네가 지난날 황은을 생각함이 있느냐?"

63 시랑이 이 말을 알아듣고 머리를 땅에 조아려 대답했다.

"소자 또한 헤아림이 있어 기린각에 가 밤을 지내었습니다."

그러자 공의 얼굴에 기쁜 빛이 드러났다.

시랑이 왕씨를 긴요치 않게 여겨 부부의 의를 맺지 않았으나 본래 마지

---

217) 영주 : 옛날 신선이 살았다는 동해(東海) 속의 신산(神山)으로, 명예(名譽)로운 지위(地位)에 오름을 가리키는 말로 쓰임.

218) 춘경(春卿) : 주(周) 나라 때 춘경이란 육경(六卿)의 하나로 국가의 예식을 관장하였음. 이로 인해 후에는 예부의 장관을 춘경이라 함.

못하여 하기를 잘 하는 성격이라 화평한 얼굴빛이나 말투로 한 달에 4~5일씩은 그 침소에서 밤을 지내었다. 그러나 그 기상이 무섭고 엄하여 왕씨는 감히 기운을 펴지 못했다.

하루는 왕씨가 아침 문안을 마치고 태청전에 들어가니 설소저가 문창군주와 여러 상궁들과 함께 앉아 있다가 왕씨를 맞아 자리를 이루고 한가롭게 이야기를 주고받았다. 왕씨가 위를 올려다보니 청색 옥으로 된 판에 붉은 어필(御筆)로 '태청전' 세 자를 높이 붙였는데, 그 높이가 1백여 척이고 아래로는 오장기(五丈旗)를 세울 정도였다. 왕씨는 문득 낮게 여겨 보는 체하며 이렇게 말했다.

"이 궁전이 비록 장려하나 우리 귀인 마마께서 계시는 장추전만 못하구나. 장추전은 높이가 천 척인데 여기는 오백 척은 되는 듯싶다." 64

이 말을 들은 장손 상궁이 웃으며 말했다.

"신하된 자의 집이 궁궐과 같겠습니까? 그러나 이 정전(正殿)은 돌아가신 진양공주께서 살아계실 때 쓰시던 침실입니다. 선제(先帝)께서 친히 크기와 넓이를 정하시어 무릇 높이와 넓이를 장락전과 같이 하시니 높이는 백 척에 이릅니다. 원래 궐내에서도 장락전, 미양궁, 장생전이 겨우 백 척에 이를 뿐, 그 외에는 백 척 안에 드는 줄 아옵니다."

그러나 왕씨는 크게 지껄이며 손을 휘두르더니 멀리 가리키며 말했다.

"상궁이 원래 알지 못하는가보다. 내 어려서부터 대궐에 출입하여 장낙전, 미양궁을 다 보았는데 우리 마마께서 문안가실 때 따라가 열어보니 광활하고 높기가 장추전과 한가지였다. 대개 장추전은 옛날 태상황(太上皇)께서 계시던 집이나 근래 상황이 안 계시고 텅 빈 집이 되어 우리 마마께 주셨으니 상궁이 이 일을 어찌 다 알겠느냐? 이런 공주나 제

65 왕의 집은 불과 산 속에 지은 작은 정자와 같다. 장추전의 기이함은 아방궁(阿房宮)[219]도 비기지 못할 것이다."

이렇듯 어리석은 소리가 진동하니 장손씨와 여러 궁인들은 그 입을 바라보고 잠잠히 앉아 각별히 웃지도 않고 대답하지도 않았다. 이때 옥선군주가 그 자리에 있다가 웃으며 말했다.

"우리는 대궐을 자주 보았어도 장추전을 예사 행각이나 후궁의 침실로 알았는데 부인 말씀을 들으니 눈이 있으면서도 태산을 몰라본 것 같아 한탄스럽습니다."

그러자 명주소저가 일어나 웃으며 말했다.

"우리는 대궐을 보지 못했지만 듣자 하니 태후와 선제께서 천하의 인력을 다 들여 이 궁을 지으셨다 합니다. 태청전, 영하전의 계단과 초방(椒房)[220]이 드높이 나는 구름에 걸리는 까닭에 할아버님과 아버님께서 여러 번 표를 올려 사양하시고 돌아가신 진양공주께서도 나와 보시고 심히 기뻐하지 않으시며 헐어서 낮추고자 하셨으나 태후께서 어필로 제액(題額)을 청하시어 헐지 못하게 하셨다 하던데, 왕형의 말을 들으니
66 이제야 임금께서 사시는 궁궐이 기묘하고 특출함을 알겠습니다. 오늘 마침 한가하니 왕형은 높은 문견(聞見)을 전하여 삼천 궁녀와 육원 비빈과 팔백 미녀의 성대함을 일러주십시오."

이 말에 왕씨는 기쁘게 반겨 웃고 몸을 우쭐대며 궐내의 기묘하고 특출한 문견을 전했으나 대부분 꾸미고 보태어 바른 말이 적었다. 여러 사람들이 그 말을 듣고 해괴하게 여겨 한 마디도 대답하지 않았으나 명주소저가

219) 아방궁(阿房宮) : 중국 진(秦)나라의 시황제(始皇帝)가 세운 궁전.
220) 초방(椒房) : 왕비나 황후 등이 거처하는 방을 말함.

홀로 연이어 묻기를 그치지 않았다. 이때 갑자기 진양후가 들어와 다 흩어져 돌아갔다. 문창군주는 명주를 머물게 하여 얼굴색을 바로 하고 말했다.

“아우의 아름다운 말과 명랑한 해학이 좋지 않게 여겨지는구나. 부인
의 도는 정순(貞順)함이 으뜸이다. 저 사람이 비록 지혜롭지 못하다 하
나 형제의 의가 있으니 이렇듯 조롱하는 것은 동기의 정이 아니다. 네
가 만일 이런 희롱을 마음대로 하여 성정에 도움이 있다면 남자라도 문
인재사(文人才士)가 되겠지만 대가(曹大家)와 덕요(德曜)221)의 온당한 부
도(婦道)는 결코 아니다. 시부모님이 본래 엄하시고 시집은 사람의 허 67
물을 들어 책망하기를 잘하니 행여 그릇되게 여기는 일이라도 있으면
이는 곧 가문을 욕 먹이고 부끄러움을 당하는 일이 될 것이다.”

이에 명주소저는 문창군주의 말을 공손히 받들어 잘못을 아뢰었다. 진양후가 그 까닭을 물어 알고는 군주의 정당하고 사사로움이 없음을 매우 기뻐하고 작은 누이의 부끄러움을 위로하며 웃으며 말했다.

“사람마다 정인군자(正人君子)라면 오히려 재미가 없을 것이다. 누이의 재기(才氣)와 말솜씨가 바람이 일어나고 구름이 모이듯 하여 소생이 누이에게 정신을 잃고 빠진 모양이 바야흐로 강가에서 사씨(師氏)를 만난 문왕(文王)222) 같은데 어찌 나쁘게 여기며 위신이 떨어질까 염려하느냐?”

---

221) 대가(曹大家)와 덕요(德曜) : ‘대가’는 반소(班昭)를 가리킴. 자(字)는 혜반(惠班)으로 협서성(陝西省) 함양(咸陽) 출생. 조세숙(曹世叔)에게 출가했으나 남편과는 일찍 사별하고 조대가(曹大家)라고 불림. 『한서(漢書)』의 편찬자 반고(班固)와 서역 경영에 활약한 무장 반초(班超)의 누이동생으로 박학다식한 그녀는 반고가 『한서』를 완성하지 못하고 죽자, 화제(和帝)의 명을 받고 그 일을 계승하여 『한서』 중의 8편 〈표(表)〉와 〈천문지(天文志)〉를 완성함으로써 『한서』 편찬을 완결함. 그 후 그녀는 궁중에 초빙되어 황후를 비롯한 여러 부인들의 교육을 담당함. 그녀가 지어낸 『여계(女誡)』 7편의 저서는 정숙한 부녀의 도(道)를 논술(論述)한 것. ‘덕요’는 양홍(梁鴻)의 처 맹광(孟光)을 가리킴. ‘덕요’는 양홍이 맹광에게 지어준 자(字). 『후한서(後漢書)』의 「일민전(逸民傳)」에 보면 ‘거안제미(擧案齊眉)’라는 말이 나오는데 이는 맹광이 남편 양홍에게 밥상을 올릴 때 자기 눈썹 높이만큼 상을 받들어 드려 공경한 일을 말함.

222) 강가에서 ~ 문왕(文王) : {하싊[河水ㅣ]의 ᄉᆞ시[師氏]를 만난 문왕(文王)}. ‘사씨’는 주(周) 문왕

이 말에 군주는 가만히 웃었다.

군주는 성품이 강직하고 지조 있어 궁중 대소사에 간섭하여 옳다 그르다 함이 없었으나 말을 하게 되면 위엄이 있었다. 언제나 정당한 언론으로 사람의 나쁜 점을 싫어하여 피하는 적이 없으므로 궁인들은 이를 어렵게 여겨 꺼리고 여러 형제들은 이를 공경하였으니 자연스러운 가운데 엄
68 하고 바름이 이와 같았다. 장부인은 이 말을 듣고 군주를 더욱 애지중지하며 딸아이를 경계하여 매사에 군주를 본받도록 했다.

이 무렵 천하에 잇달아 기근이 이어져 절강(浙江)을 비롯한 몇 곳에서 도적이 일어나 관리를 잡아 죽이고 고을을 불 지르며 창고에 쌓아둔 곡식을 약탈해갔다. 상께서는 근심하시며 정사를 돌보아 백관을 모으셨다. 그런 후 그들에게 남방 일대를 위엄과 덕망으로 다스려 난리를 평정하고 민심을 다스릴 사람이 누구인지 물으셨다. 모두 미처 대답하지 못했을 때 병부시랑 유현이 여러 사람 중 맨 먼저 나아가 아뢰었다.

"신이 조정의 은혜를 받은 지 오래되었으나 능히 만분의 일도 갚지 못하여 후한 녹봉이 부끄러울 따름이옵니다. 원컨대 절강을 다스려 도적을 제어하고 백성을 안무(按撫)[223]하게 하여 주옵소서."

이 말을 들은 상께서는 매우 기뻐하시며 즉시 유현에게 순무어사(巡撫御使)[224]와 절강포정사(浙江布政司)[225]를 겸하게 하시고 절부월(節斧鉞)[226]

(文王)의 비(妃)인 태사(泰師)를 가리킴. 『시경(詩經)』「대아(大雅)」편에 보면 "흡수의 북쪽 위수가에는 문왕이 아름답게 여긴 큰 나라의 따님이 계셨다네[在洽之陽, 在渭之陽, 文王嘉之, 大邦有子] (…중략…) 길일을 택하여 친히 신부를 맞으러 위수로 가시어[文定厥祥, 親迎于渭]."라는 구절이 있음.

223) 안무(按撫) : 백성을 잘 보살펴 나라의 시책에 따르도록 하는 것을 말함.

224) 순무어사(巡撫御使) : 지방에 변란이나 재해가 있을 때, 왕명을 받들고 순행하여 난을 진정시키고 백성을 위무하던 특사.

225) 포정사(布政司) : 정식명칭은 승선포정사(承宣布政使)로 명나라에서는 초기에 지방의 13성에 좌・우포정사를 두고 성의 정치를 관장하게 함. 제도상으로 포정사는 성의 장관으로서 보통 방

을 내려주셨다. 생은 상의 은혜에 감사하고 집에 돌아와 조부모와 부모께 삼가 감사의 뜻을 표하고 길을 떠나게 됨을 알렸다. 공은 기뻐하면서 생에게 백성을 다스리고 민심을 안정시킬 도리를 가르쳤고 조부모와 여러 숙부들 또한 생에게 몸을 보전하여 돌아오라고 일렀다. 69

장부인은 시랑이 하직하는 것을 보고 손을 잡고 눈물을 흘리며 말했다.

"네가 때를 타 국사에 마음을 다 하는 것이겠지만 심사가 울울하여 이 길을 가는 것이기도 할 것이다. 며늘아기의 입궐 후 심사가 슬퍼도 너를 위로 삼아 지냈는데 네가 이제 어미 슬하를 떠나니 네 부부가 함께 있는 모습을 다 보지 못하겠구나. 그러니 내 어찌 상심하지 않겠느냐?"

이에 시랑이 부드러운 목소리와 온화한 기색으로 아뢰었다.

"소자 국은을 조금도 갚음이 없으므로 잠깐 한 지역을 다스려 신하된 자의 도리를 행하고자 함이옵니다. 그러나 실로 집에서 괴로운 모양을 보지 않고 남도산천에 울적한 것을 풀고자 슬하를 떠나오니 소자의 불효가 막심하옵니다. 오늘 어머님의 분부를 듣사오니 감격하면서도 황송함을 이기지 못하겠으나 오래지 않아 돌아올 것이니 염려를 허비하지 마시길 바라옵니다."

부인은 탄식하며 차마 시랑의 손을 놓지 못했으나 날이 늦었으므로 시랑이 하직하고 중당(中當)으로 나왔다. 시랑은 원상궁에게 아들을 데려오 70
라 하여 그를 어루만지며 서글피 말했다.

"어미를 잃고 아비마저 떠나보내니 비록 인간사를 모르는 아이나 어찌

백(方伯)으로 일컬어짐.

226) 절부월(節斧鉞) : 지방(地方)에 관찰사(觀察使)·유수(留守)·병사·수사(水使)·대장·통제사 들이 부임할 때 임금이 내어 주던 절과 부월. 절은 수기(手旗)와 같고, 부월(斧鉞)은 도끼같이 만든 것으로 군령(軍令)을 어긴 자에 대한 생살권(生殺權)을 상징(象徵)했음

불쌍하지 않겠는가? 그대는 각별히 조심하여 보호하여 주길 바라네."

뒤이어 모든 형제들이 시랑과 함께 10리 밖에까지 나왔다. 형제들의 전송을 받으며 헤어진 시랑은 채색한 깃발과 절월을 거느리고 남방을 향했다.

이때 생은 어린 나이에도 늠름한 기상을 가져 아름답기가 천인(天人) 같았으므로 길가에서 구경하는 사람들 중 칭찬하지 않는 사람이 없었다. 부임한 후 외롭고 의지할 곳 없는 과부와 고아들을 위로하고 도와주며 예의와 염치를 백성들에게 가르쳐 청탁하는 길을 막고 공평한 정사를 펴니 그 위엄과 덕망이 온 남방에 진동했다. 수개월 내에 이 지역이 크게 교화되어 도적이 양민이 되고 남방 3천여 리가 평화로워지니[227] 사람으로서 행해야 할 도리와 예의를 지켜 사양하는 풍습이 모두 갖추어졌다.

이에 생의 공적을 칭송하는 소리가 낭자하여 경성에까지 이르니 부형
71 의 기쁨은 말할 것도 없고 천자께서도 이 소리를 들으시고 매우 기뻐하시며 진공에게는 표창을 내리시고 처자에게는 상을 내리셨다. 왕씨는 천자의 상을 받고 더욱 뽐내고 거들먹거렸으나 시랑이 없으므로 더 거리낄 것이 없어 동서로 자유자재하여 행동거지가 더욱 괴이해졌다. 공은 모르는 것이 아니었으나 임금께서 주신 사람이라 하여 다그치지 않고 무슨 일이 있어도 보고도 못 본 체하니 궁중이 다 그대로 좇았다.

시랑이 절강에 있은 지 반년 만에 백성은 순박하고 후해졌으며 군대의

---

227) 평화로워지니 : {도불습유(道不拾遺) ᄒᆞ니}. '도불습유'란 나라가 잘 다스려지고 풍습이 아름다워 백성들이 길에 떨어진 것도 줍지 않는다는 뜻임. 사마천의 『사기』 「순리열전(循吏列傳)」에 보면 정(鄭) 나라의 대부(大夫)였던 공손교(公孫橋)는 재상이 된 첫해에 소인배들에게는 경박한 소행을 범하지 않게 했고, 반백의 노인들에게는 짐을 나르지 않게 했으며, 어린이들에게는 밭을 갈지 않게 했고, 다음해에는 장터에서 이중 가격을 매기지 않게 했으며, 3년이 되던 해에는 야간에 문단속을 하지 않고 길에 떨어진 물건이 있어도 주워가는 사람이 없었다고 함.

위력은 왕성하여져 나라는 더욱 잘 다스려지고 안정되었다. 상께서 아름답게 여기시어 특별히 병부상서 연국후로 봉하여 역마(役馬)로 부르시니 시랑이 북쪽을 향하여 감사드린 후 사신을 따라 들어와 천자를 알현했다. 상께서는 문화전에서 시랑을 불러 보시어 술을 내리시고 남방을 잘 다스린 덕을 표창하셨다. 생이 감사를 드리고 물러나 집으로 돌아오니 조부모와 부모, 친척, 형제들이 반기고 기뻐하였다. 그러나 공은 상께서 생을 연국후로 봉하고 직첩을 내리신 것을 외람되이 여겨 이렇게 말했다.

"이는 결코 두려워 복종할 상황이 아니다. 집안이 번창함이 이 같은데 72
조물(造物)의 꺼림이 왜 없겠느냐?"

그러자 부풍후가 말했다.

"조카 아이가 어린 나이에 남방을 잘 다스려 병거를 쓰지 않고도 인심을 두려워 복종하게 하여 삼천 리 사이를 평화롭게 했으니 태공망(太公望)이 5개월 만에 정치적 성과를 보인 것[228]과 다르지 않은데 어찌 세상에 알려진 명성에 깊이 빠지겠습니까? 병부상서 연국후는 자기 있을 자리에 있는 것이니[229] 고집스럽게 너무 염려치 마십시오."

---

228) 태공망(太公望)이 ~ 것 : 태공망의 본명은 강상(姜尙). 그의 선조가 여(呂)나라에 봉하여졌으므로 여상(呂尙)이라 불렸고, 속칭 강태공으로 알려져 있음. 주나라 문왕(文王)의 초빙을 받아 그의 스승이 되었고, 무왕(武王)을 도와 은(殷)나라 주왕(紂王)을 멸망시켜 천하를 평정하였으며, 그 공으로 제(齊)나라에 봉함을 받아 그 시조가 되었음. 『십팔사략(十八史略)』에 따르면 태공망은 제나라로 간 지 5개월 후 주공(周公) 단(旦)에게 시정 보고를 하러 옴. 주공이 이렇듯 빨리 올 수 있었던 이유를 묻자 태공망은 "군신의 예를 간단히 하고 제나라의 풍습대로 따르려고 했더니 빨리 보고하러 올 수 있었습니다."라고 대답함. 이에 비해 노(魯) 나라에 봉해진 주공의 아들 백금(伯禽)은 3년이나 지나 주공에게 보고하러 왔는데 주공이 늦어진 이유를 묻자 백금은 "노나라의 오래된 풍습을 개혁하고 예제(禮制)를 새로 만들었습니다. 복상(服喪)의 기간도 3년으로 하다 보니 시간이 걸려 이제야 오게 되었습니다."라고 대답함. 주공 단은 이 두 사람의 행동을 비교하고 예견하길 "유감스럽게도 장래에 노나라는 제나라에 복종하게 될 것이다. 이는 제의 태공망이 노의 백금보다 간단하고 쉬운 정치를 하고 있기 때문으로 쉽고 간단하여 누구라도 서슴없이 다가오게 하면 백성은 자연히 그 정치를 지지하게 된다." 하였다 함.

229) 자기 ~ 것이니 : {득기소지[得其所哉]니}. 이 말은 '각득기소(各得其所)'라는 말에서 나온 것으

그러자 공이 웃으며 말했다.

"아우가 평생 조심하여 누사덕(婁師德)의 덕을 힘쓰더니 오늘은 어찌 이런 넓고 큰 말을 하느냐? 이 역시 변이로다."

이에 영릉후가 웃으며 말했다.

"누사덕은 침을 뱉어도 모든 일에 경계하지만 문원(文苑)[230]은 작록을 탐하여 지나침을 모르니 어찌 누공의 덕이 있겠는가? 마치 범을 그리다가 개를 그리는 것과 같으니 누공이 구천에서 아우를 비웃으리로다."

이 말에 여러 공들이 크게 웃자 부풍후 역시 따라 웃었다.

73 연국후가 모친을 뵐 때 원상궁이 아들을 데려오니 아이는 이미 돌이 지나 있었다. 반년을 떠났다가 보니 그 용모가 바다 위에 뜬 달 같고 완전히 그 모친을 닮았으므로 반갑고 슬픈 마음이 일어나 어루만지며 한동안 말을 못했다.

"제가 반년을 나갔다고 돌아왔는데도 장황후의 노가 아직도 풀리지 못했는지 양씨가 아직 나오지 못했으니 알지 못하겠습니다. 그 몸은 살아 있다 합니까?"

부인이 말했다.

"나도 알지 못하나 미앙궁으로부터 들으니 북쪽 전각에 넣어 밖에서 문을 잠그고 구멍으로 음식을 주어 한 번 가둔 후에는 열지 않았다고 한다. 하지만 하태후 마마께서 자주 의복과 음식을 장황후께 청하고 들여보내시는데 초란이 매양 받아가지만 양씨의 모습은 보지 못했으

로 '각자 그 마땅한 자리를 얻다', 즉 모든 것이 그 있을 자리에 있게 된다는 뜻으로 쓰임. 『논어』 「자한편(子罕篇)」에 보면 "공자가 말씀하셨다. 내가 위나라에서 노나라로 돌아온 뒤에 악이 바르게 되고 아와 송이 각각 제자리를 얻었다[子曰, 吾自衛反魯然後, 樂正, 雅頌, 各得其所]."라는 구절이 있음.

230) 문원(文苑) : 부풍후가 한림학사이므로 이렇게 부름.

나 무사는 하다 하는구나. 하지만 그 사는 것이 오죽하겠느냐? 생각하면 심장이 부서지는 듯하다. 네 부친이 고집스럽게 하늘이 정한 때를 기다리시는 것이 도리어 한스럽구나."

연국후는 말을 다 듣고 가슴이 막히는 듯하였으나 마지못해 대답했다.

"이는 가문의 운수에 달려 있으니 아버님께서 어찌 생각하시는 게 없 74
으시겠습니까? 앞일을 생각하셔서 그러시는 것이니 소자가 비록 양씨를 구하지는 못하나 모란은 반드시 죽여 한을 씻고자 합니다."

말을 멈춘 사이에 향기로운 바람이 강하게 진동하고 패옥 소리가 어지럽게 나더니 왕씨가 나와서 절하는 것이었다. 연국후는 길게 읍(揖)하고 나서 은근히 반기는 얼굴빛으로 웃으며 물었다.

"내가 남행(南行) 시에 군명이 급하므로 미처 이별하지 못했는데 반년 동안 장인 장모 두 어른께서는 모두 평안하시며 부인도 무사히 지내셨는가?"

왕씨는 저 사람이 온화한 얼굴빛과 부드러운 말로 은근 깊은 정을 표하는 보고 기뻐하며 기분 좋게 대하여 여러 말이 이어졌으나 연국후는 이에 모두 일일이 대답했다. 장부인은 왕씨의 사람됨을 가엽게 여기고 연국후의 도량은 어렵게 여겼다.

왕씨가 보니 연국후는 그 기이한 아름다움이 더욱 빛나고 풍류가 더욱 하늘에 맞닿아 있었다. 그 수려한 눈썹에는 오악(五嶽)의 정신과 풍채가 우뚝 솟았고 엄숙한 기상은 겨울에 북풍이 살을 엘 듯하였으며 몸에는 붉은
비단 옷에 옥띠를 두르고 금인(金印)을 가로 두르고 있었다. 아들과 함께 75
얼굴에 화색을 한가득 띠고 모부인과 말씀을 나누는데 간간이 새하얀 치아와 붉은 입술에 웃음을 여니 귀인의 엄중한 기상과 미인의 기이한 용모

를 겸하여 광채가 밝게 비쳤다. 왕씨는 황홀하여져서 연국후를 보고 고쳐 보며 능히 눈을 옮기지 못했다. 그러니 연국후의 밝은 눈빛이 비록 보지 않더라도 모르겠는가? 눈을 들지 않아도 사람의 속을 꿰뚫는지라 저의 거동을 참혹하게 여기면서도 모르는 듯 태연히 웃으며 이야기를 나누었다.

다음날 아침에 천자께서 진공의 삼 부자를 편전으로 이끌어 조용히 말씀하시며 공과 진양후가 서역을 치던 일과 연국후가 절강을 다스리던 일을 물으시므로 세 사람이 자세히 아뢰었다. 상께서는 얼굴빛을 고쳐 경의를 표하신 후 부러워하시며 탄복하셨다.

"경의 부자 세 사람이 사직(社稷)에 이런 공이 있으되 짐이 능히 갚을 길이 없도다. 그런데도 도리어 소인의 참소를 들었으니 그때 일을 생각
76 하면 어찌 부끄럽지 않겠는가? 유현이 나이 스물이 못 되어 한 번 나아가 남방을 평정하되 병기를 쓰지 않고 산적을 귀순케 하여 군사 10여 만을 얻고 백성을 위로하였으니 짐이 더욱 아름답게 여기노라. 진공의 위엄과 힘은 안 지 오래나 관의 형제 또한 군대 방면으로 많이 배운 것이 있느냐?"

이에 진양후가 엎드려 아뢰었다.

"신은 변변치 못한 서생이라 힘이 겨우 붓대를 희롱할 정도이며 배운 것이라곤 선조께서 남기신 일뿐입니다. 그러니 어찌 군대의 일을 알겠습니까?"

상께서 웃으며 말씀하셨다.

"이는 겸양의 말이로다. 연국후가 이미 절강에 가서 군무를 다스려 산적을 귀순케 했으니 내부의 가풍으로 어찌 병법을 알지 못하겠는가?"

그러자 연국후가 머리를 조아리고 아뢰었다.

"신이 나이가 젊고 배운 바가 적어 육경(六經)에 머물러 있을 따름이옵니다. 비록 폐하의 위엄 있는 명령에 힘입어 도적을 귀순케 했사오나 군사를 부려 적군을 칠 수 있는 정도는 아니라 육도삼략(六韜三略)[231]은 알지 못하나이다."

상께서 웃으시며 진공에게 이르셨다.

"선생의 두 아들은 출중한 풍채로 하늘을 받들고 해를 붙들[232] 재주가 있구려. 약관(弱冠)[233]이 못 되어 짐을 도와 지위가 공후(公侯)에 이르 77
렀으니 훗날 선생의 뒤를 이을 자는 이 두 사람이네. 그 잘하는 바를 알아 쓰고자 하되 짐이 그 참된 재주를 알지 못하니 선생이 두 아들의 장점을 자세히 일러주는 것이 어떠한가?"

진공이 대답했다.

"두 아들이 다 젖비린내 나는 어린아이인데 무슨 재능이 있겠습니까? 그러나 임금만큼 신하의 됨됨이를 아는 사람도 없다고 하오니 폐하께서 이미 관을 이부에 등용하시고 현을 병부에 임용하셨으니 비록 그 소임을 감당치는 못하오나 조정 벼슬이 그 위인을 보아주셨는데 신이 달리 또 어찌 아뢰겠나이까?"

그러자 상께서 고개를 끄덕이며 말씀하셨다.

"그렇다면 현의 재주가 군무(軍務)에 있구나."

그런 후 뒤이어 연국후에게 이르셨다.

---

231) 육도삼략(六韜三略) : 중국의 병서(兵書)의 고전인 '육도(六韜)'와 상략 · 중략 · 하략으로 된 황석공(黃石公)의 '삼략(三略)'을 아울러 이르는 말.

232) 하늘을 ~ 붙들 : 이 말은 높은 자리에 올라 귀하게 된다는 뜻.

233) 약관(弱冠) : 남자 나이 20세를 일컫는 말. 『예기(禮記)』「곡례(曲禮)」 편에 나오는 말로, 사람이 태어나서 10년이면 유(幼)라고 하여 이때부터 배우기 시작하며 20세를 약(弱)이라 하여 비로소 갓을 쓴다고 되어 있음.

"짐이 근래 심히 울적하니 상림(上林)[234]의 무사를 불러 한 번 관무재(觀武才)[235]를 실시하여 경의 재주를 보고자 하노라. 경이 이미 대사마(大司馬)[236]가 되었으니 내일 병부 군사를 거느려 상림에서 진법을 연습하라."

78 이에 연국후가 그 은혜에 감사하고 부자가 물러나 집으로 돌아왔다. 네 필의 말이 끄는 붉은 마차로 '물렀거라' 소리치며 뒤따르는 시종들이 길 위에 이어지고 양산과 우개(羽蓋)[237]는 좌우에 늘어서 있으며 백모황월(白毛黃鉞)[238]은 전후에 벌려 있었다. 진양후와 연국후 둘이 붉은색 도포에 옥대를 띠고 관을 바로 하여 공의 수레를 모시고 가자 공이 명하여 떨어져 뒤를 좇으라 하니 두 사람이 그제야 물러나 수레에 올랐다. 연국후가 진양후를 공경하는 절차나 국가가 내린 벼슬을 존중하여 진양후가 연국후에게 팔을 밀며 읍하는 행동거지가 꼭 태을천선이 남천문 밖에서 쌍으로 배회하는 듯 그 의관과 위의가 황홀했다. 문을 지키는 병사와 집사, 아속(衙屬)들이 걸음을 멈추어 구경하니 순식간에 사람이 산이나 바다같이 모여들어 모두 탄복하며 부러워했다.

진양후와 연국후 두 사람이 먼저 웃어른께 나아가 승상을 뵈었다. 그

---

234) 상림(上林) : 중국 진(秦) · 한(漢) 대의천자의 동산 이름으로 넓게는 제왕의 궁궐 안에 있는 동산을 가리킴.

235) 관무재(觀武才) : 무과(武科)의 하나로 특별한 어명(御命)이 있을 때 시행한 초시(初試)와 복시(覆試)의 2단계 시험. 초시에는 여러 가지 무술 중에서 4기(技)를 택하여 그 중 1, 2기를 시험했는데, 여기에서 상지상(上之上)이 되는 자를 뽑아 한 가지 무술만을 복시에서 시험 보게 하여 합격된 자를 군관에 임명함.

236) 대사마(大司馬) : 병조(兵曹) 판서(判書)를 예스럽게 일컫는 말. 중국(中國) 고대(古代)의 관명. 주대 육관(六官)의 하나로 궁사 · 운수(運輸)를 관장(管掌)하던 하관(夏官)의 장. 삼공(三公)의 하나였으며 후한(後漢) 때는 태위(太尉)라 불렀음.

237) 우개(羽蓋) : 깃털로 장식한 가마 덮개.

238) 백모황월(白毛黃鉞) : 백모는 모우의 꼬리나 날짐승의 깃을 장대 끝에 매달아놓은 기, 황월은 도금칠을 한 도끼를 말함.

런 후 연국후는 병부(兵部)에 나아가 군사를 점고(點考)239)하고 다음날 상림원으로 나아갔다. 상께서는 현무문(玄武門)을 열어 군사를 부르시고 동청대에 올라 진법을 연습하는 것을 보셨다. 병부상서가 이날 융복을 갖 79
추어 장대(將臺)240)에 올라 북치고 진법을 연습하는데, 대오(隊伍)가 가지런하고 말과 갑옷이 산뜻하며 칼과 창이 빽빽이 늘어서 있고 호령이 엄숙했다. 상께서는 이 모습을 보시고 매우 기뻐하시며 병부상서를 나아오라 하셨다. 친히 옥으로 된 잔에 술을 부어 상서에게 먹이시고 이와 같이 이르셨다.

"경의 재주가 이 같으니 가히 진공의 뒤를 이을 것이다. 경은 궁궐과 가까운 친척이요, 후비의 조카이니 내 숨기지 않고 말하겠다. 태후와 황후가 깊은 궁궐에 계시느라 울적하므로 최고 무사의 재주를 보시는 것은 선조에도 하던 바이다. 경의 숙모 신사장군241)의 높은 이름을 흠모하지만 굽혀 이루는 것은 옳지 않으니 경이 한 번 궁중의 넓은 곳에 군사를 거느리고 들어와 마마와 황후로 하여금 구경하시게 하는 것이 어떠한가?"

이 말을 듣고 연국후는 그럴 수 없음을 간하려다가 갑자기 한 가지 꾀가 떠올라 다음과 같이 아뢰었다.

"궁중과 같이 지엄한 곳에 병마를 움직이지는 못하옵니다. 마마께서 구태여 보고자 하신다면 선조에 여장군의 검술과 뛰어난 활솜씨를 보 80
시고 금인(金印)을 주어 황후를 호위하던 법칙에 따라 궁녀를 내어 신에

239) 점고(點考) : 명부(名簿)에 일일이 점을 찍어 가면서 사람의 수요(需要)를 조사하는 일.
240) 장대(將臺) : 지휘하는 장수가 올라서서 명령하던, 돌로 높이 쌓은 대(臺). 성(城)·보(堡)·둔(屯)·수(戍) 따위의 동서(東西)에 쌓았음.
241) 신사장군 : 유세창의 부인 설씨를 가리킴.

게 맡기시면 신이 좌우 대장을 삼아 진치고 싸움 하는 형세를 가르치겠습니다. 이들로 하여금 한 번 나오며 한 번 물러나게 하면 하루 내에 여병의 정예함이 남자 군사보다 나을 것입니다.”

그러자 상께서 기뻐하시며 말씀하셨다.

“손무자(孫武子)[242]도 여병(女兵)을 가르쳤으니 경 또한 본받아 연습하라.”

연국후가 쟁을 울려 병사를 거두고 다시 여장을 모으니 상이 궁녀 1천여 인을 내어 주셨다. 병부상서가 그 맑은 눈길과 정신을 모아 자세히 살펴보아도 모란의 모습이 없었다. 이에 상서는 상께 다음과 같이 아뢰었다.

“이 궁녀들은 가히 군사를 삼을 수 있지만 장수가 되지는 못할 것입니다. 궁인 중 재주가 높아 마마께서 가까이 여기며 신임하는 궁녀로 좌우 대장을 삼아 군사를 다섯 분대로 나눠 진법을 연습하게 해주십시오.”

그리하여 상께서 다시 정궁 시녀 모두를 부르시니 모란도 이 거룩한 구경을 하고자 나아왔다. 병부상서가 한눈에 모란을 알아보고 남몰래 속으
81 로 기뻐했다. 상서가 궁녀 3천 중 5백을 뽑아 다섯 방위로 나누고 으뜸가는 궁녀 다섯을 내어 다섯 분대의 대장을 삼으니 모란이 중군 대장에 뽑혔다. 병부상서가 장대에 올라 친히 전후 대오를 나눠 일일이 가르치며 이미 진을 친 후에는 다시 북을 치고 기를 휘두르며 나아오라 들어가라 하니 궁녀들은 입을 가리고 크게 웃으며 이에 응하지 않았다. 그러자 병

242) 손무자(孫武子) : 본명 손무(孫武). 낙안(樂安 : 山東省) 출생. 제(齊)나라 사람. BC 6세기경 오(吳)나라의 왕 합려(闔閭)를 섬겨 절제·규율 있는 육군을 조직하게 했다고 하며, 초(楚)·제(齊)·진(晋) 등의 나라를 굴복시켜 합려로 하여금 패자(霸者)가 되게 했다고 함. 그가 저술했다는(그의 후손 孫의 저술이라고도 함) 병서(兵書) 『손자(孫子)』는 단순한 국지적인 전투의 작전서가 아니라 국가경영의 요지(要旨), 승패의 기미(機微), 인사의 성패(成敗) 등에 이르는 내용을 다룬 책.

부상서가 매우 노하여 말했다.

"나는 황상의 명을 받들어 너희들에게 진법을 가르치는 것이다. 군대 안에는 희롱이 없는 법이거늘 너희들이 감히 이를 거역한단 말이냐? 만일 다시 그런다면 내 너희들에게 군법을 쓸 것이다."

이렇게 말한 후 다시 북을 울리고 기를 휘두르니 모든 궁녀가 다 웃으며 마지못해 나갔다 들어갔다 했다. 하지만 서로 희롱하여 대열에 질서가 없으니 병부상서는 이에 매우 노하여 좌우에 있던 무사를 꾸짖어 대장들을 잡아내게 했다.

"이 사람들이 법을 범했으니 먼저 베고 난 후에 아뢰리라. 빨리 끄집어 내어 군법을 집행하라."

도부수가 대장들을 끌어 진문 밖으로 나가니 상께서 급히 내시를 시켜 이르셨다.

"이는 진짜 진법이 아니라 한때의 희롱일 뿐이니 사람의 목숨을 상해 82
하지는 마라."

그러자 병부상서가 대답하였다.

"신이 군명을 받들어 대사마의 소임으로 진법을 연습함에 아녀자에게 명령이 행해지지 못한다면 어찌 감히 여러 군사와 무장들을 제어하겠습니까? 그러나 성상께서 생명을 아끼고 사랑하심을 크게 여기시니 으뜸 대장만 베고 나머지는 놓아보내겠습니다. 이 또한 황은이로소이다."

그런 후 마침내 모란을 베어 군대 안에 호령하니 모든 궁녀들이 다 아연실색하였으며 삼군 역시 모두 진동했다. 병부상서가 다시 진법을 연습하자 그제야 진퇴 절차가 법칙에 맞았다. 이에 상께서는 탄복하시고 좌우 내시와 제왕들은 모두 상서를 공경하면서도 두려워했다. 이와 같이 진법

연습을 마치고 상께서 병부상서를 부르시어 술을 내리시고 크게 표창하시니 병부상서가 은혜에 감사하고 물러나 돌아왔다.

장황후는 모란이 죽었다는 얘기를 듣고 매우 놀라고 매우 분노하여 상께서 들어오시는 때를 틈타 이렇게 말했다.

"오늘 궁녀를 시켜 연습한 것은 첩의 울적함을 위로함이었는데 유현이 감히 첩의 시종을 베는데 조금도 거리낌이 없으니 이는 마땅히 신하된
83 자의 도리가 아닙니다. 유현에게 죄가 없다고는 못할 것입니다."

그러자 상이 웃으며 말했다.

"황후가 알지 못하나보오. 군법에는 가깝고 소원한 것이 없으니 제왕이 법을 범하여도 용서하지 못하는 법이오. 그러니 어찌 궁녀 하나를 이르겠소? 유현이 궁녀를 벤 것은 그 소임을 맡아 법을 엄히 한 것뿐이니 황후는 괴이히 여기지 마시오."

상의 말에도 황후는 입을 다문 채 말없이 기뻐하지 아니했으나 상의 말씀이 옳으시므로 다시 말을 못했다. 그러나 모란이 없으니 좌우 손을 잃은 듯하여 연수주를 다시 만들지 못하므로 모란이 살아 있을 때 배우지 못한 것을 뉘우치며 연국후를 깊이 원망하였다.

'유현이 반드시 모란의 일을 알고 짐짓 군법을 핑계 삼아 죽인 것이다. 저 사람이 진실로 나에게 맞서고자 한다면 내 양씨를 죽여 이 분을 씻을 것이다.'

이때 양태상 집에서는 딸아이가 궐중에 갇혀 돌아올 기약이 없는데도 진부에서는 황명으로 왕씨를 취하여 그 기색이 고요한 것을 보고 양태상
84 은 탄식하고 상부인은 밤낮으로 슬퍼하면서 날을 보내고 있었다. 양씨 집안의 자식과 조카, 친척들 중 청운(靑雲)에 오른 자가 여럿이라 모두 분

노하며 말했다.

"진공 부자는 사사로운 정으로 혐의스러워 말을 못한다지만 남의 신하가 되어 국모의 과실을 간하지 않고 억울한 사람을 가두어 두 해가 되도록 말을 안 한다면 나라의 녹을 먹는 것도 다 부질없는 일이 아니겠습니까?"

그런 후 그 무리가 간관(諫官)과 접촉하여 어전에서 다투어 결판을 내고자 하니 진공이 이를 듣고 연국후를 불러 말했다.

"양문의 여러 유생들이 일시에 지존하신 국모와 겨루고자 하니 어찌 온당한 일이라 하겠느냐? 또 네가 혈기에 분으로 모란을 죽였으니 일은 비록 통쾌하다 해도 이 역시 온당하다 할 수 없다. 임금이 잘못한 때를 타 군대의 모양을 궁궐에 벌이고 궁녀로 하여금 군사 장비들을 희롱하게 하여 가만히 모란을 죽이고도 그저 그 일을 대단하게 여길 뿐 임금에게 간하여 옳고 그름을 밝히지 않으니 모란 하나가 무엇이 중요하
다고 국가에 큰일을 일으키는 계기를 삼느냐? 훗날 장황후가 패할 때 85
에 며늘아기는 빛나게 돌아올 것인데 네가 진실로 이같이 사사로운 정을 참지 못한다면 네 아비는 어찌 네 모친을 하늘에 보내고 살았겠느냐? 너 또한 어미를 여읜 슬픔이 양씨와 이별한 것에 비기겠느냐? 네 어찌 경중을 생각하지 못함이 이 같단 말이냐?"

연국후는 이 말을 다 듣고 감격하여 눈물을 흘리고 이마가 땅에 닿도록 거듭 절하며 말했다.

"제가 모란을 죽인 것은 반드시 양씨만을 생각하여 그런 것은 아닙니다. 저 사람의 행동거지가 흉악한데다 장황후의 곁에 있어 화의 싹이 있으니 먼저 제어하려 함이었습니다. 허나 아버님의 말씀을 듣사오니

소자가 비록 제멋대로라 해도 처자와 이별한 것을 어머님과 이별한 것에 비유하여 경중을 따지겠습니까? 앞으로 다시는 양씨 일로 일신상에 근심으로 삼지 않겠습니다."

그러자 공이 걱정하며 말했다.

"내 너의 일에 만전을 기하고자 함이지 나무라고자 함이 아니다. 다만 양문의 여러 유생들이 간관과 접촉하여 상소를 하고자 한다 하니 천하
86 에 극히 어려운 것이 부부 사이라 간관의 상소가 올라가 성상이 한 때 황후를 꾸짖으시고 양씨를 용서하여 돌려보내신다 해도 참소를 연달아 여러 번 드리면 반드시 증모(曾母)가 북을 던지는 것과 같은 일이 있을 것이다. 그때는 며늘아기가 국모에게 모욕을 준다 하거나 네가 조정의 명령 외에 사람을 죽였다 하면서 며늘아기는 대악부도로 다스리고 너는 살육을 마음대로 행한다고 비난하게 된다면 알지 못할 일이다. 왕법이 능히 인정을 두겠느냐? 이런 까닭에 소원한 사람과 가까운 사람은 이간질하지 못하는 법이니 군신의 사이가 더욱 두렵지 않느냐? 이미 모란을 죽여 참소의 길을 끊었으니 다시 노염을 사지 말고 내버려 두어라. 며늘아기가 비록 지금은 고생을 당하나 타고난 성품이 평범하지 않으니 자연히 몸을 보전하여 돌아올 것이다. 너는 다만 천시를 기다리거라."

이에 연국후가 크게 깨달아 감사의 뜻을 표했다. 그런 후 물러나 양태상을 찾아보고 공의 말씀을 전하니 양가에서는 공을 신명(神明)같이 아는
87 까닭에 굽힐 줄 모르던 기세를 결국 꺾게 되었다.

재설(再說). 양씨가 초란과 함께 북쪽 전각에 갇힌 지 두 해가 되도록 사면을 받지 못하고 온갖 고초를 겪던 가운데 점점 달이 차 무사히 해산했

다. 낳고 보니 이는 옥 같은 아들이었다. 초란은 기쁨을 이기지 못했으나 소저는 오랫동안 창자가 끊어지는 듯한 슬픔에 잠겨 심사가 많이 상해 산후병이 심했다. 그러나 능히 한 그릇 미음을 얻어 소저를 구완할 길이 없으므로 초란은 음식을 들이는 궁인에게 울면서 빌었다.

"우리 주인과 내가 일찍이 그대와 숨겨진 원한이 없으니 비록 마마의 엄한 명령이 계시다 하나 어찌 그대에게 측은지심(惻隱之心)이 없겠소? 우리 주인께서 본래 약한 기질로 병까지 중하여 살 길이 아득하니 미음 한 그릇만 구해주시면 안 되겠소? 미양궁에 이 말을 아뢰어 아시게 해 주시면 내 그 은혜 잊지 않으리다."

궁인이 이 말에 감동하여 말했다.

"우리 또한 옛날 여주공의 은덕을 입었으니 보은할 뜻이 없는 것은 아니나 마마께서 자주 단단히 타일러 지시하시며 소홀한 것이 없게 하라 하시어 감히 거역하지 못했소. 하지만 지금 부인의 병이 중하시니 어 88
찌 죽기를 두려워하여 옛 은덕을 잊겠소? 마땅히 하태후께 아뢰고 약물을 얻어 그대가 주인을 위하는 충성을 갚겠소."

그런 후 이 궁인이 가만히 미양궁으로 가서 사경난에게 이 일을 고하자 사상궁이 즉시 하태후 마마께 양씨의 병이 중함을 아뢰었다. 이 말을 들은 마마께서는 매우 놀라시며 말씀하셨다.

"내 만일 혐의를 꺼리어 구하지 않는다면 양씨는 반드시 한 번 죽기를 면하지 못할 것이다. 그렇게 된다면 내 지하에 가서 무슨 면목으로 진양공주를 보겠느냐?"

그러고는 즉시 난여(鸞輿)[243]를 갖추어 양노궁으로 가서 장헌태후를 보

243) 난여(鸞輿) : 임금이 타는 가마를 가리키는 말로 난조(鸞鳥)라는 새의 울음소리를 모방한 방울

시니 이는 곧 상의 생모인 부씨였다. 상께서 자신의 부왕(父王)을 추증(追贈)[244]하고 모친을 태후로 추존(推尊)하여 양노궁에 모셔 봉양하셨는데 부태후는 사람됨이 대단히 어질고 사리에 밝았다. 하태후께서 나아가 자리를 정하시자 부태후께서 물으셨다.

89 "제가 근래 병이 있어 출입하지 못하여 오래 서로 보지 못했습니다. 태후께서는 무슨 일로 이렇게 오셨습니까?"

하태후께서 대답하셨다.

"미망인이 세상에 있음이 구차하여 일찍이 세상의 슬프고 기쁜 데에 관심을 두지 않고자 하여 마마를 뵙는 것도 오래 폐했습니다. 허나 오늘은 큰 까닭이 있어 마지못해 이르렀나이다."

그러자 부태후께서 놀라 물으셨다.

"알지 못하겠습니다. 무슨 일인가 듣고자 하나이다."

이 달렸다 하여 '난여'라 함. 좌우(左右)와 앞에 주렴(珠簾)이 있고 채가 썩 길게 되어 있음.

244) 추증(追贈) : 종2품(從二品) 이상(以上)의 벼슬아치의 죽은 부・조부・증조부에게 官位(관위)를 내리는 것을 말함.

유 씨 삼 대 록

14권

1 하태후는 부태후를 대하여 탄식하고 말했다.

"국가가 불행하여 무종(武宗) 황제245)의 현저한 사적이 끊어지고 금상께서 융홍하신 후로 효종과 무종 양제(兩帝)의 골육이 다 금상께 의탁하였습니다. 그리하여 그 사정이 슬펐으나 도리어 평안함을 얻지 못하고저 원수 홍신의 고변으로 유부마의 삼족이 거의 멸할 뻔했습니다. 다행히 상의 밝으심에 힘입어 보전할 수 있었는데 지금은 여주공의 며느리 양씨가 죄악이 있다 하여 국가의 간섭도 없이 황후 맘대로 밀지(密旨)로 잡아 북쪽 전각에 넣은 지 두 해나 되었습니다. 헌데 지금 그 양씨가 산후병이 심하여 장차 죽기에 이르렀다고 합니다. 양씨는 공주의 며느리이고 그 자식은 선제의 골육이니 그 원통하고 억울함을 일러 황후를 타일러도 조금도 받아들이려 하질 않습니다. 말이 소용이 없는 건 이를 것도 없고 도리어 체면만 손상되어 다시 말도 못하겠습니다.
2 생각건대 양씨는 아직 나이 어린 아녀자로 설사 죄가 있다 해도 모역대죄는 아닐 것입니다. 더구나 그 시어머니 진양공주는 사직에 큰 공이 있어 금상을 맞아 세우고 마음을 경계하여 공손하고 부지런한 덕으로 성인과 같은 높음이 있고 유부마는 남서쪽을 정벌하여 나라를 부강하게 하고 백성을 굳세게 하여 조정을 도왔으니 마땅히 돌아보아야 옳지 않겠습니까? 그러나 근본도 없는 일로 세월이 오래되도록 용서함이 없어 장차 죽기에 이르렀으니 황후의 실덕으로는 이만한 일이 없을 것입니다. 이는 또한 장태후께서 낳고 길러주신 지극한 은혜를 잊고 효종황제를 만만히 보고 하늘에 계신 영령을 업신여겨 무죄한 자손을 짓밟고자 하는 것이니 일이 해괴하고 놀라운 것은 가히 말할 수 없을 지

245) 무종(武宗) 황제 : 명나라 제11대 황제로 연호는 정덕(正德). 재임기간은 1505~1521년.

경입니다. 첩이 비록 늙어서 힘은 없으나 효종과 태후의 칙명을 받들
어 백성과 신하의 위에 있은 지 20년이 거의 다 되었습니다. 팔자가 기
박하여 아직 조상님들의 영혼을 뒤따라 모시지는 못하고 있으나 얼마
남지 않은 목숨이라도 제가 세상에 있는 한은 사람을 잡아 죽이는 것을
그냥 내버려 둘 수 없습니다. 나중에 태후마마의 환하게 빛나는 얼굴 3
을 다시 뵈옵는 즐거움이 있게 되었을 때 선제의 자손과 여주공의 골육
을 저버리지 않았다는 자부심으로 지하에서나마 부끄러움이 없었으면
합니다. 마마께서는 거듭 살피시어 황후의 실덕을 타이르시고 양씨 모
자를 구해주십시오."

부태후는 이 말을 다 듣고 매우 놀라시어 말씀하셨다.

"노인이 상의 추존함을 입어 비록 태후의 자리에 있으나 늘 전 일을 생
각하고 그윽이 분수에 넘쳐 두려워하였습니다. 몸이 비록 부귀하나 태
후께 대한 지난날의 군신 간의 의리와 여주공의 성덕을 우리 무리가 우
러러 섬기던 일을 어찌 잊었겠습니까? 사람의 일이 변하고 세월이 오
래되었으나 항상 우리 모자는 서로 대하면 세 번 탄식하며 엎드려 울지
않은 적이 없었습니다. 지금 천자의 부귀와 태후의 존귀함이 누가 주
신 것이며 누가 맞아 세운 공인데 스스로 알지 못하고 도리어 장태후
마마의 자손을 원통하고 억울하게 고초를 받게 하며 여주공의 집에 화
를 끼치겠습니까? 장황후가 본래 방자하고 자기만 잘난 줄 알아 덕망
을 잃은 게 이뿐이 아니었습니다. 그러나 지금은 상께서 황후에게 빠 4
져 있어 잠시 깨닫지 못하시므로 언젠가는 허물을 알 때가 있으리라 생
각하고 잠잠히 하늘이 정해준 때를 기다리고 있었습니다.

하지만 지금 양씨를 무고히 가두어 병이 중하다면 사생 또한 위태할 것

입니다. 노인이 당당히 좋은 말로 장황후를 타일러 가둔 것을 풀고 편안한 집에 두어 약으로 구완하여 증세를 낫게 하고 조용한 때를 얻어 상께 일러 내보내게 하겠습니다. 허나 한 때 황후를 거슬러 양씨를 구하여내면 일은 비록 시원하다 해도 만일 그 마음을 풀지 못해 행여 다시 이해에 관련 있는 참소를 낳게 된다면 양씨에게 해로울 뿐 아니라 진공과 양가에 또 환란이 미칠까 두렵습니다. 태후께서는 이를 깊이 헤아려 노인의 계교를 좇아 주십시오."

이에 하태후가 감사하며 말했다.

"마마께서 만일 이같이 자비로운 은덕[246]으로 양씨를 구하신다면 첩의 말에만 공이 있겠습니까? 장태후와 효종황제의 영령께서도 아득한 중 감격하실 것입니다. 마마의 말씀이 대단히 온당하시니 바라건대 장황후가 문안 오는 때를 타 잘 타이르시어 양씨의 병을 조리하게 하시면 구완하는 소임은 첩이 감당하겠습니다. 또 저 사람의 목숨이 무사하면 젊고 어린 나이이니 돌아가는 일이 바쁘겠습니까? 조용히 처리하시기 바랍니다."

부태후께서는 흔쾌히 대답하셨다. 얼마 있다가 하태후께서 돌아가신 후 저녁 무렵이 되어 상과 황후가 양노궁에 이르러 문안하고 돌아가려 했다. 이때 부태후가 장황후에게 머물라 하시니 장황후가 명을 받들어 난가(鸞駕)[247]를 멈추고 여쭈었다.

"마마께서는 무슨 하교(下敎)하실 말씀이라도 있으십니까?"

---

246) 자비로운 은덕 : {호싱지덕[好生之德]}. 인간이 바로 서면 만물도 바로 서게 된다 하여 이 세상의 모든 것을 살리기 좋아하는 덕성을 말함. 죽일 형벌(刑罰)에 처할 죄인(罪人)을 특별(特別)히 살려 주는 제왕의 덕을 의미하기도 함.

247) 난가(鸞駕) : 임금이 타던 가마의 하나. 덩(공주나 옹주가 타던 가마) 모양 비슷한데, 좌우와 앞에 주렴(珠簾)이 있고 채가 썩 길게 되어 있음.

부태후께서 말씀하셨다.

“내 듣자 하니 황후께서 연국후 유현의 부인 양씨를 잡아 북쪽 전각에 가둔 지 오래라 하던데 이는 무슨 까닭인가?”

그러자 장황후는 능히 속이지 못하여 대답했다.

“유현의 처 양씨가 신을 포사(褒姒)[248], 달기(妲己)[249]로 비유하며 모욕함이 심하여 신이 국법으로 다스리고자 하였으나 들은 곳이 정도(正道)가 아니므로 감히 성상께 아뢰지 못했습니다. 그러나 그 죄를 못 본 척하면 너무 풀어질 것이므로 잠깐 북쪽 전각에 넣어 경계하고자 한 것 6
입니다.”

이에 부태후께서 말씀하셨다.

“그대는 알지 못하는구나. 무릇 옥사(獄事)에는 참고가 될 만한 증거가 있는 법이거늘 이 말을 들은 곳이 터무니없이 허망한 사람인 줄 나 또한 아는데 이 나라의 국모가 어찌 한 때 미친한 사람이 원망하여 하는 말을 곧이들어 대신의 며느리이자 대신의 딸이며 공후의 부인인 사람

---

248) 포사(褒姒) : 중국 서주(西周)의 마지막 왕인 유왕(幽王)의 총희. 유왕이 포국(褒國)을 토벌하였을 때 포인(褒人)이 바쳤으므로 포사라 함. 왕의 총애를 받아 아들 백복(伯服)을 낳았는데, 이상한 출생의 전설을 지닌 그녀는 한 번도 웃는 일이 없었음. 그래서 유왕은 그녀를 웃기려고 온갖 꾀를 생각한 끝에 외적의 침입도 없는데 위급을 알리는 봉화를 올려 제후들을 모음. 제후들이 급히 달려왔으나 아무 일도 없었으므로 멍하니 서 있자, 그것을 본 포사는 비로소 웃었다고 함. 뒤에 유왕은 왕비 신후(申后)와 태자 의구(宜臼)를 폐하고 포사를 왕비로, 백복을 태자로 삼음. 신후의 아버지 신후(申侯)는 격분하여 BC 771년 견융(犬戎) 등을 이끌고 쳐들어와 유왕을 공격함. 유왕은 다시 봉화를 올렸으나 제후는 한 사람도 모이지 않았고 왕과 백복은 살해되어 서주는 멸망하였으며 포사는 납치되었다고 전함.

249) 달기(妲己) : 중국 은(殷)나라 마지막 왕인 주왕(紂王)의 비(妃). 주왕은 학정(虐政)을 간(諫)하는 현신(賢臣)의 말은 듣지 않고 달기의 말만 잘 들음. 주왕과 달기는 구리기둥에 기름을 발라 숯불 위에 걸쳐 놓고 죄인으로 하여금 그 위를 걷게 하여 미끄러져서 타 죽게 하는 포락(炮烙)의 형을 구경하면서 웃고 즐겼다고 함. 충신 비간(比干)이 죽음을 당한 일도 달기의 교사(敎唆) 때문이라고 함. 주(周)나라의 무왕(武王)이 주왕을 토벌하였을 때 달기도 같이 살해함. 달기가 실재 인물인지 아닌지는 확실하지 않으나, 주나라 유왕(幽王)의 애비(愛妃)인 포사(褒姒)와 함께 중국 역사상 음란하고 잔인한 대표적인 독부(毒婦)로 되어 있음.

을 노예같이 가두어 군신 간의 의리를 폐하고 아첨과 참소의 길을 연단 말인가? 우리 황후께서 해야 할 바는 당당히 이 말을 고하는 자를 꾸짖고 양씨를 깨우쳐 상께서 하사하신 혼인을 온전케 하고 백성들을 옳은 길로 이끄는 것이니 종이 상전을 잡고 미친한 사람이 윗사람을 범하는 것은 큰 죄일세. 저 진공의 조(祖)·자(子)·손(孫) 삼 세대의 충성은 굳이 말할 것도 없는데 황후는 그 사람됨을 어떻게 아는 것인가? 순순히 양녀를 들여보내고 한 마디 말도 않으면서 윗사람이 깨닫기만 기다리는 것은 신하된 자의 분수를 엄하게 지키며 황후의 행사를 나무라지 않고자 한 것이니 노인이 무슨 면목으로 상과 함께 백성과 신하의 위에
7 있으며 유가 부자의 추앙과 존경을 받겠는가? 양씨를 놓아 즉시 내어 보내는 것이 내키지 않는다면 궁중의 편안하고 조용한 곳에 두어 후하게 대접하다가 돌려보내면 유, 양 두 가문에서 어찌 황후를 고무하고 칭송하지 않겠는가? 내 이 말을 제기하지 않은 것은 황제께서 아시게 되면 반드시 황후를 꾸짖으실 것이라 양노궁을 평안케 하고자 함이었으니 내 말을 거역하지 말고 빨리 시행하게."

이 말을 듣고 장황후는 매우 못마땅했으나 상의 효성이 지극하신데다 태후께서도 어질고 사리에 밝으시므로 며느리로서의 도리를 거역하지 못하여 두 손을 가지런히 맞잡고 절하며 말했다.

"신이 소견이 막히어 아득함이 있었습니다. 마마의 가르침이 지극히 마땅하시니 삼가 받들어 행하겠나이다."

그런 후 장낙전에 돌아와 양씨를 사하여 의춘헌에 머물라 했다.

이때 양소저는 증세가 나빠져서 초란과 함께 손 놓고 죽기만을 기다리고 있다가 갑자기 장황후의 명으로 의춘헌에 머물게 되었는데 이곳은 편

안하고 전각이 넓으며 미양궁에 가까웠다. 하태후께서 약물을 손수 지어
지극하게 보살피시고 육원 비빈과 여러 궁녀들도 황후의 화가 풀렸는가 8
하여 다투어 약물과 귀한 음식으로 문후하니 이들이 보낸 궁인들이 연이
어 의춘헌에 미어졌다. 소저는 이 모든 정에 감사하였으나 번거롭고 요란
스러운 것을 괴롭게 여겼다. 10여 일 후 병세가 회복되자 그제야 머리를
빗고 세수를 한 후 아들을 보니 골격이 비상하고 풍채가 매우 뛰어났다.
하지만 진부에서는 그 아이가 양소저의 복중에 들어 있음을 모르고 있었
다. 아들의 외모가 이같이 뛰어나도 진부에 소식을 통할 길이 없으므로
양소저는 길이 탄식하고 슬퍼했다.

의춘헌에 온 지 6개월에 이르도록 장황후가 이곳을 침범하는 일이 없
었다. 하루는 부태후가 장황후와 함께 동조(東朝)[250]에 모여 후원의 풍경
을 보시며 하태후를 청하시어 함께 조그마한 술자리를 열어 즐기시니 시
절은 곧 음력 3월 보름이었다. 시냇가에는 온갖 꽃이 다투어 피어 비단
장막을 친 듯하고 버드나무 가지는 살랑살랑 흔들려 장대(障臺)[251]에서
스스로 춤을 추었다. 자연 경관이 맑고 깨끗하여 스스로 사람의 흥을 돋
우었다. 비단 옷으로 단장한 육궁 비빈의 모습은 꽃빛에 빛났으며 이원
(梨園)의 무희들[252]은 예상우의곡(霓裳羽衣曲)[253]에 맞춰 춤추었다. 최고 9

---

250) 동조(東朝) : 정치에 관여하던 태후가 정사를 보던 곳.

251) 장대(障臺) : 본래 서안의 번화한 거리 이름인데 나중에 이것은 단순한 거리 명칭을 넘어서서 기녀들이 사는 곳이라는 특별한 의미와 연관됨. 당나라 시인 한굉이 첩 유씨를 변방의 장수에게 빼앗기고 지은 「장대류(障臺柳)」라는 사에 보면 "장대의 버들아, 장대의 버들아. 지난 시절처럼 지금도 부드러운지. 긴 가지 예전처럼 늘어졌지만, 다른 사람 손에 당겨져 꺾였네[障臺柳障臺柳. 往日依依今在否. 縱使長條似舊垂, 也應攀折他人手]."라는 구절이 나오는데 여기서 버들은 임을 상징하고 절류는 이별을 상징함. 절양류가사[折楊柳歌辭]의 일종. 절양류 가사는 육조(六朝)에 뿌리를 두고 있는데 원래는 수나라가 망한 것을 조문하기 위한 곡조였지만, 후세의 작자들은 버드나무에 자신의 정을 얹어 서술함. 당대에 백거이에 의해 유지사(柳枝詞)라는 일종의 악부 문체로 발전함.

252) 이원(梨園)의 무희들 : '이원'이란 본래 배나무 동산이라는 뜻이나 중국(中國) 당(唐)나라의 현

급의 진수성찬이 옥그릇에 가득했다. 술에 반쯤 취했을 때 문득 서역 36국에서 온 공물이 들어왔는데 그 안에는 귀한 보물이 무수하였다. 그 중 양 태후전과 황후께 초염 한 합(合)씩이 왔는데 장황후는 초염을 보고 가장 기뻐하며 궁인에게 맡기어 특별히 조심할 것을 이른 후 장낙궁으로 보내었다. 부태후 또한 자신의 친 딸인 진선공주를 주려 하셨으며 하태후도 숙경공주에게 보내고자 곁에 놓고 계셨다. 하태후가 문득 웃고 부태후께 말했다.

"세상에 비록 아름다운 이가 많으나 얼굴 꾸미기를 마다하지는 못할 것입니다. 그러니 젊은 부인이라면 아무리 홍분(紅粉)을 싫어하는 아름다운 자태가 있다 해도 초염을 얻으면 물리칠 사람이 없을 것입니다. 진실로 타고날 때부터 특별한 용모를 타고나 남자처럼 세수하고 머리 빗는 법도만으로도 꾸미지 않고 단장이 절로 이루어져 머리에 바르는 향유를 더럽게 여기는 자는 진양공주 한 사람밖에 없더니 공주의 여아 문창이 그 자태와 모습을 많이 닮았더이다."

그러자 부태후가 말했다.

"태후의 말씀이 마땅합니다. 내 비록 아름다운 사람을 많이 보았으나 여주공과 흡사한 사람은 보지 못했습니다."

종(玄宗)이 스스로 배우(俳優)의 기술(技術)을 가르치던 곳이기도 하여, 후에는 연예계 · 극단(劇壇) · 배우들의 사회(社會) 등(等)으로 쓰임. 혹은 교방(教坊)을 가리킴.

253) 예상우의곡(霓裳羽衣曲) : 기악 · 성악 · 무용을 종합한 대규모의 공연 예술 양식인 대곡(大曲)의 하나. 왕작(王灼)이 지은 『벽계만지(碧鷄漫志)』의 기록을 보면, 〈예상우의가〉는 당 현종(玄宗)이 개원 연간(712~741)에 지은 작품이라 함. 현종은 삼향역(三鄕驛)에 올라 여기산(女幾山)의 경치를 바라보면서 문득 달에 올라 음악을 듣는 듯한 미묘한 환상에 빠졌고, 돌아와 음악으로 이 환상을 묘사함. 처음에는 반만 쓰고 완성하지 못해 그만두었으나 뒤에 서량부 도독(都督) 양경술이 인도의 〈바라문곡(婆羅門曲)〉을 바치자 현종은 이 곡이 그가 쓰고 있던 작품에 맞으므로 〈바라문곡〉을 소재로 전곡을 완성함. 〈바라문곡〉은 인도 음악을 중국 작곡가가 부분적 소재로 채용하여 만든 음악임.

이에 하태후가 말했다.

"여주공 며느리 양씨가 황후의 명으로 의춘헌에 있은 지 오래되었으나 한 번도 불러 본 적이 없으니 오늘 불러 보아 친척의 정을 펴고 그 사람 됨이 어떠한가 보고자 하는데 마마의 뜻은 어떠하십니까?"

그러자 부태후가 말했다.

"노인이 아무 생각이 없어 잊었습니다. 태후 말씀이 마땅하십니다."

부태후는 그런 후 곧바로 궁인을 시켜 양씨를 불렀다. 양소저가 마지
못하여 동조에 나아가 금계(金階)에서 네 번 절하고 만세를 부르니 그 소
리가 맑아 높은 하늘에서 어린 봉이 우는 듯했다. 맑고 깨끗한 얼굴은 세
상에서 가장 빼어난 것만을 모은 듯했으며 빼어난 두 눈매는 강산의 뛰어
난 점만을 오롯이 거둔 듯했다. 구름 같은 귀밑머리와 눈 같은 피부는 세
속의 더러움에 물들지 않았으며 6척 신장에 1척의 가느다란 허리와 세 치
발에 봉의 날개 같은 두 팔은 너무나 아름다워 세상에 비할 데가 없었다.
또한 윤택하고 깨끗한 태도는 너무나 수려하고 깨끗하여 섬돌 위에 빛이
나는 듯했다. 시냇가에 핀 온갖 꽃들은 그 빛을 잃고 육궁 비빈의 분 바른 11
얼굴과 채색한 단장은 다 진주 가운데 있는 기와나 돌 같았다. 이를 본 양
태후는 놀라기를 마지않으시며 전각 위에 자리를 주고 말씀하셨다.

"경이 궐 중에 온 지 오래되었으나 찾지 못했는데 오늘 잔치를 베풀어 불러 아름다운 얼굴과 선인(仙人) 같은 풍채를 대하니 공경하고 사랑하는 마음을 이기지 못하겠네. 나이가 얼마나 되었는가?"

양씨가 앉았던 자리에서 물러나 거듭 절한 후 말했다.

"신은 여염의 미천한 소녀로 나이 17이옵니다. 어린 나이에 미천한 몸이 국가에 죄를 얻어 죽기를 면하기 어렵거늘 나라의 큰 은혜를 입고

감옥 안에서 벗어나 어하(御下)에 부르시어 귀한 말씀으로 권면하시니 산같이 높고 바다같이 넓은 은혜, 백골에 새겨 일만 번 죽어도 다 갚지 못하겠나이다."

하태후께서 그 청아한 음성을 더욱 사랑하시고 부태후께서도 흠애하시어 말씀하셨다.

"눈썹 근처에 어린 총명한 기운과 아름다운 본바탕이 한결같이 연화(煙火)[254]를 벗어났으며 옥같이 맑고 투명함이 얼굴 골격에 서로 비추어

12 깨끗한 물에 맑은 얼음이 비추인 듯하니 티끌 많은 이 세상에 어찌 저런 사람이 있단 말이냐? 꾸미지 않은 용모와 단장이 절로 일어나니 아름다운 눈썹과 쌍환(雙鬟)은 장대(障臺)의 기녀들[255]과 초대 모운(暮雲)을 우습게 여기겠구나. 이는 진실로 견줄 데 없는 아름다움이며 여자들 가운데 군자로다."

그런 후 부태후께서는 양소저에게 각별히 비단과 귀한 보물을 내리시며 말씀하셨다.

"경이 액운으로 인해 들어왔으나 오래지 않아 돌아갈 것이니 금은보화로 사랑하는 정을 표하고자 하노라."

이에 양씨가 엎드려 말했다.

"신 같은 죄인이 태마마의 정성스러운 대우를 어찌 감당하겠습니까? 오늘 감옥 안에 갇힌 죄수로서 은혜를 입고 거룩한 얼굴을 우러러 보오니 신에게 복이 잇따라 뼈가 가루가 되고 몸이 부서지더라도 만 분의 일도 갚지 못할 것입니다. 죄명을 벗지 못하여 죽고 사는 것이 어느 때

254) 연화(煙火) : 인가에서 불을 때는 연기라는 뜻으로 사람이 사는 기척, 또는 인가를 이르는 말.
255) 기녀들 : {뉴엽[柳葉]}. '장대(障臺)'가 기녀들이 사는 곳을 의미함으로 여기서 버드나무 잎사귀란 기녀들을 비유함.

분명해질지 알지 못하여 금은보화를 쓸 곳이 없사오니 감히 받지 못하겠나이다."

부태후께서 더욱 사랑하고 아끼는 마음이 들어 가지고 계시던 초염을 양씨에게 주며 말씀하셨다.

"이것은 푸른 용의 두골과 아름다운 봉황새의 꼬리를 합하여 만든 약 13
으로 서역 천축국에서 10년에 한 번씩 나오되 극히 신령스러워 초방(椒房)[256]에서는 귀한 것이다. 진공이 서역을 평정하여 길이 순탄해지니 공물을 바치는 사신이 올해 진상하는 물건들 중에 세 합을 보냈구나. 세 전에서 나누어 가져 짐은 진선공주에게 주고자 했으나 그대의 복스런 얼굴을 보니 애모하는 마음을 이기지 못하여 이것으로 아름다운 얼굴에 광채를 더하고자 하노라. 황후 또한 뉘우치는 바가 있으리니 오래지 않아 돌아갈 것이다. 나중을 염려치 말고 받아 경대(鏡臺)에 두어 짐의 사랑하는 정을 잊지 마라."

양씨는 얼굴빛을 바로 하고 자리에서 물러나 머리를 조아리며 말했다.

"오늘 태후마마의 하늘같은 은혜는 뼈가 불에 타고 넋이 사라져도 잊기 어렵사옵니다. 하오나 첩은 사덕삼종(四德三從)[257]을 닦아 서시(西施)의 눈썹 그리는 재주[258]를 공교롭게 여기옵니다. 또한 이부인의 얼굴

---

256) 초방(椒房) : 왕비나 황후 등이 거처하는 방을 말함.

257) 사덕삼종(四德三從) : '사덕'이란 여자(女子)로서 구비(具備)해야 할 네 가지 품성(稟性)인 마음씨, 말씨, 맵시, 솜씨를 가리키며, '삼종'이란 여자(女子)가 지켜야 할 세 가지 도리(道理), 곧, 어려서는 아버지를 좇고, 시집가서는 남편(男便)을 좇고, 남편(男便)이 죽은 뒤에는 아들을 좇는 것을 말함.

258) 서시(西施) ~ 재주 : {셔즈(西子)의 눈섭 그리는 직조}. '서자'는 중국 춘추시대 월(越) 나라의 미녀 서시(西施)를 가리킴. 서시는 저라산(苧羅山) 근처에서 나무장수의 딸로 태어났으나 절세미녀였기 때문에 그 지방의 여자들은 무엇이든 서시의 흉내를 내면 아름답게 보일 것이라 생각하고, 병이 들었을 때의 서시의 찡그리는 얼굴까지 흉내를 내서 방빈(倣嚬)이라는 말까지 생김. 오(吳)나라에 패망한 월왕(越王) 구천(勾踐)의 충신 범려(范蠡)가 서시를 데려다가 호색가인 오왕(吳王) 부차(夫差)에게 바쳐, 서시의 미색에 빠져 정치를 태만하게 한 부차를 마침내 멸망시

14 감추는 뜻[259])을 더럽게 여기어 얼굴을 꾸미는 취미를 기르는 것은 신이 원하는 바가 아닌데 어찌 감히 영약을 얻어 빛을 더함이 있겠습니까? 평소 생각이 이러하여 감히 받지 못하오니 사죄를 청하나이다."

부태후는 이 말을 듣고 칭찬하며 말했다.

"이 여자가 만일 남자였던들 어찌 국가의 강직한 신하가 아니 되었겠으며 세상을 살아나가며 도를 행하면 어찌 마음씨 바른 군자가 아니 되었겠는가? 진실로 여주공의 며느리로다."

부태후께서는 이렇듯 탄복하기를 마지않으셨다. 좌우 궁빈(宮嬪)들도 서로 돌아보며 낯빛을 고치고 공경했으며 양 태후는 크게 예의로써 대접하여 돌려보내셨다. 장황후는 그 자리에서 이 거동을 보고 마음이 편치 않았다. 당초 태후의 명을 거역하지 못하여 억지로 시켜서 놓아 보내긴 했으나 끝내는 자기를 욕하더라 하는 말에 대한 분을 풀지 못하여 마음속으로 더욱 불쾌했다. 그러나 양 태후와 육 궁이 다 양씨를 우러러 존경하여 그 명망이 오히려 높아졌으므로 그것을 매우 꺼려하여 생각했다.

'저 사람은 불과 한 명의 죄수에 지나지 않거늘 궁중 상하가 다 나를 어렵게 여기지 않음이 이와 같구나. 만일 태후가 다시 놓아 보내라 하시

켰다고 함. 후에 서시는 범려와 함께 오호(五湖)로 도피했다고도 하고 또는 강에 빠져 죽었다고도 함.

259) 이부인(李夫人)이 ~ 뜻 : 이부인은 한나라 무제(武帝)의 비(妃). 가기(歌妓) 출신으로서, 용모가 빼어났을 뿐만 아니라 가무(歌舞)에 능했으므로, 황제의 총애를 받음. 이부인은 맑고 귀여운 미인이었으나 태어날 때부터 몸이 좋지 못해 아들을 낳은 후 병이 들어 젊은 나이에 죽음. 이부인의 임종 때 무제가 찾아갔으나 이부인은 머리끝까지 이불을 뒤집어쓰고, 얼굴을 보이지 않은 채 "부인은 얼굴에 화장하지 않고서는 군부에게 나타나지 않는다고 합니다. 오랜 병고로 소첩은 화장을 하지 못했습니다." 라고 함. 이부인이 얼굴을 감춘 까닭은 아름다움을 가지고 사랑을 받던 사람은 그 아름다움이 없으면 사랑도 사라지는 법이라 생각했기 때문임. 한 무제는 이부인이 죽은 후에도 오랫동안 그녀를 잊지 못해 소옹(少翁)이라는 방사(方士)에게 이부인의 혼을 불러오게 하기도 함. 이부인의 아름다움을 노래한 그녀의 오빠 이연년(李延年)의 노래에서부터 '절세이독립(絶世而獨立)'이나 '경국경성(傾國傾城)'과 같은 말이 미녀를 가리키는 말로 쓰이게 됨.

는 명이 계시면 끝도 없는 원망이 내게 끼쳐 돌아가 모욕함이 한층 더 15
할 것이다. 마땅히 풀을 벨 때는 뿌리를 없이 할 일이니 살려서 돌려보내는 것은 긋대 없는 일이 될 것이다.'

그러던 어느 날 하루는 좌우를 돌아보아 궁인 월난과 취향에게 가만히 분부하여 말했다.

"양녀가 궁중의 세를 깊이 믿어 분수를 지키는 법이 없고 의춘헌의 번화함이 도리어 장낙전보다 더함이 있으니 어찌 놀랍지 않겠느냐? 너희들이 술과 안주거리를 가져가 위로하는 체하고 짐주(鴆酒)[260]를 가져다가 양씨를 죽이거라."

이에 월난 등이 명을 받들어 의춘헌으로 향하고자 하니 여상궁이 간하여 말했다.

"마마께서 만승 국모로서 무죄한 공후의 부인을 죽이고자 하시니 두렵건대 국가의 시비가 적지 않을까 하나이다. 하물며 오늘은 고황제께서 붕어(崩御)하신 날이요, 내일은 성상의 탄일이시니 가히 살인은 못하실 것입니다."

그러나 장황후는 마땅치 않아 잠잠히 대답하지 않았다. 여상궁은 장황
후의 언사와 안색이 결국은 양씨를 죽이려 함을 보고 참혹하게 여겨 이날 16
밤 가만히 미양궁으로 가서 하태후께 이 일을 자세히 아뢰었다. 장태후가 국가의 기일이라 잠깐 중지했으나 기일이 지난 후에는 마침내 양씨를 해하려 한다는 사실을 아뢰니 하태후께서 매우 놀라셨다. 하태후께서 세세히 헤아려 생각하시기를 저 사람이 이같이 요악하고 시기심이 많으니 끝

260) 짐주(鴆酒) : 짐새는 중국 남방에서 나는 올빼미 비슷한 독조(毒鳥)로 이 새의 독을 넣어 담근 술을 짐주라 함.

내 듣지 않을 줄 아시고 지혜로 양씨를 구하고자 하셨다. 그리하여 노상궁 사경난에게 명하시어 가만히 이 일을 의춘헌에 가 이르라 하시니 사상궁이 명을 받들어 양소저 노주(奴主)를 보고 장황후가 해하려 하는 계획과 태후의 지혜를 전했다. 양씨는 다 들은 후 머리를 조아려 감사하고 명을 받들 것이라 다시 아뢰라 하였다. 그날 밤 양씨가 아들을 안고 눈물을 흘리며 차마 일어나지 못하니 이것을 본 초란이 말했다.

"일이 급해졌으니 쓸모없는 슬픔을 그치시고 부인은 바삐 일어나소서."

소저는 눈물을 거둔 후 어린 아들을 다시 젖을 먹여 눕혀 놓고 주인과 종이 서로 이끌어 태액지에 이르렀다. 신을 벗어 못가에 벗어놓고는 가만히 미양궁에 이르니 사상궁이 맞아 하태후 마마 침전 뒤채에 노주(奴主)를
17 깊이 감추었다. 이때는 곧 삼경 반이라 천지가 고요하였으므로 다만 하태후와 사상궁이 알 뿐이었다.

이렇게 하태후께서 이미 양씨 노주를 감추신 후였다. 미양궁 옥중에 가두어 두었던 양연과 수운은 본래 연소하고 자색이 뛰어나 회남왕(淮南王)과 사통(私通)하였다. 하태후께서 이에 매우 노하시어 장차 중죄로 다스리려 하시니 이 두 사람이 태후의 엄하심을 두려워하여 수라에 짐독을 두었다가 발각되었다. 장차 잡아 유사(攸司)에 맡기고자 하셨으나 회남왕을 꺼리시어 아직 옥에 두고 계셨다. 이날 태후는 사상궁으로 하여금 두 궁인을 취하여 양씨와 초란의 복색과 모양을 하게 하여 궁녀의 차림을 없애고 두 사람을 태액지에 밀어 넣게 하였다. 그런 후 두 사람을 가두었던 자물쇠를 틀어 부수고 후원에 높은 사다리를 놓아 달아난 형상을 취했다. 사상궁이 태후의 명을 받아 마음과 충성을 다해 계획함이 귀신같았으므

로 사람들이 다 아득히 알지 못했다.

다음날 아침 연국후의 부인 노주가 간 곳이 없고 어린 아들을 싸서 눕 18
혀 놓았을 뿐이라 장낙궁이 물 끓듯 하였다. 장황후가 이에 매우 놀라 두루 알아보게 하였다. 그러다 태액지에서 한 쌍의 주리(珠履)와 두 짝 초혜를 얻으니 그제야 둘이 물에 빠져 죽은 것을 알았다. 장황후는 상이 아실까 두려워 상하를 엄히 단속하여 요란하게 굴지 말라고 명했다. 국가의 기일과 탄일이 지난 후 3일 만에 가만히 심복 궁관과 환시로 하여금 물을 치우게 하고 두 시체를 얻으니 신체가 이미 상하여 본 모습은 몰라보게 되었지만 복색과 거동은 양씨와 초란이었다. 하태후께서 이 말을 들으시고 거짓으로 놀라고 통곡하시며 장황후에게 말씀하셨다.

"황후가 내 말을 듣지 않고 무죄한 사람을 해하여 이 지경에 이르렀으니 뉘우쳐도 소용이 없을 것이오. 양씨가 이미 죽었으니 그 시체를 후히 염습(殮襲)하여 진부에 돌려보내고 어린 아들은 내보내 허물을 사죄하여 군신의 의를 완전하게 하시오."

장황후는 마음속으로 매우 놀라고 뉘우쳤으나 한편으로는 양씨의 죽 19
음을 시원하게 여겼다. 흔쾌히 태후께 감사하고 즉시 말을 내기를, "유연후 부인 양씨를 황후께서 친척의 정과 그 용모와 덕이 뛰어남을 공경하고 사랑하사 궐내에 두었는데 태액지에 구경 갔다가 발을 헛디디어 빠졌다. 그 비자 초란이 급히 붙잡다가 함께 빠져 구하지 못했으므로 황후께서 시체를 비단으로 염습하여 내어준다."고 전하였다. 육 궁에서는 비록 사실을 아는 이가 있어도 황후에 대한 상의 총애와 권세가 이제 한창 극하므로 감히 말할 사람이 없었다. 상 또한 그런 줄 아시고 대단히 놀라시며 장례를 후히 다스리시고 진공 부자를 불러 위로하며 말씀하셨다.

"경의 부인을 황후가 친척의 정으로 사랑하여 불러볼 때 어찌 이럴 줄 알았겠는가? 짐은 참혹히 여기고 황후는 더욱 비탄해 하고 있소."

공의 부자가 이러한 전교를 듣고 상의 뜻을 짐작하니 곡절을 모르심이 분명했다. 그러나 감히 사실을 아뢰지 못하고 잠잠히 감사의 뜻을 표하고 집으로 돌아가려 했다. 이때 벌써 궁감과 내시들이 후재문(厚載門)에서부
20 터 양씨와 초란의 시신을 염습하고 입관하여 모시고 나와 본부에 이르렀다. 이는 하태후께서 사람들이 알까 두려워 장황후를 권하여 후히 대접하여 그 원통한 죽음을 위로하라 하셨으므로 장황후가 특별히 관곽을 갖추어 채여(彩輿)와 주거(朱車)로 실어 보내고 어린 아들은 비단 강보(襁褓)에 싸서 상궁 여현경으로 하여금 품게 하여 옥교(玉轎)를 태워 진부에 이르게 한 것이었다.

진부 사람들 모두 양씨를 보낸 지 1년이 다 되도록 양씨의 소식을 모르고 잉태했음은 더욱 아득히 모르고 있었다. 그러다 이제 몸이 죽어 끝내 하늘의 해를 보지 못하고 속절없이 노주의 시신이 실려 돌아온 것을 보니 비록 아무 근거 없는 타인이라도 마음이 베이는 듯하거든 하물며 연국후와 진공의 마음은 어떠하겠는가? 이때 양태상 부부와 승상부의 여러 공들과 여러 부인들이 승상 부부를 모시고 모여 있다가 이것을 보았으니 내외 상하의 곡성이 천지를 흔들었다.

21 진공은 공주가 죽고 나서부터 의지하고 위로하는 바 그 자녀를 사랑하여 혼인하기를 바라다가 며느리와 사위를 얻어 그 특출함을 다행히 여겼는데 특히 양씨의 사람됨이 맑고 고결하며 유순하여 특히 편애하였다. 그러나 공은 이제 그 몸이 죽고 강보에 쌓인 어린 아기에게 그 모습만을 남겨 돌아온 것을 보고 과도히 슬퍼하여 본 병이 다시 일어났다. 이날 진공

이 손자를 안고 관(棺)을 어루만지면서 애끓게 울며 목소리가 나오지 않을 때까지 통곡하다가 이어 피를 토하고 혼절하여 꺼꾸러지니 모두 매우 놀라 황급히 진공을 붙들어 눕혔다. 연후는 즉시 울음을 그치고 여러 사람을 위로하여 소리 내어 우는 것을 말리고 관을 붙들어 죽서루 동편에 빈소를 차렸다. 그리고 초란의 관은 아래채에 두어 함께 장례하려 했다. 또한 원상궁을 불러 두 아이를 맡겨 보호하기를 당부하고 여러 질병은 엄태감과 장손 상궁에게 상의하여 기르고 부르지 않으면 부모와 자기에게 보이지 말라고 하였으니 이는 대체로 아이를 보면 심사가 좋지 않은 까닭이었다. 또 양씨의 제사에 소리 내어 우는 것을 어지럽게 하지 말고 오직 유모와 궁희 중 하나만 하게 하고 즉시 그쳐 그 아버님의 귀에 들리지 않 22
게 하라 일일이 분부하였다. 그리고 마음을 충분히 너그러이 가지고서 눈물을 거두고 공의 곁에서 온화한 안색과 나직한 말투로 위로하며 말했다.

"일이 비록 이렇게 되어 참혹하오나 시루는 이미 깨어졌으니[261] 과도히 슬퍼하고 서러워하심은 옳지 않사옵니다. 하물며 상사(喪事)에는 경중이 있으니 대인이 과도히 슬퍼하고 가슴아파하심이 이와 같으면 소자의 불효는 말할 것도 없고 조부모의 염려하심이 적지 않으실까 합니다."

이에 공이 손을 잡고 탄식하며 말했다.

"내 어찌 알지 못하겠느냐마는 잠시 예전 병이 침노하여 마음을 너그러이 억제하지 못한 것이다. 너는 나를 위로하지 말고 마음을 관대히 하여 속에 끓는 것을 밖으로 내고 밖에서 불사를 것을 속에 넣어 심폐

261) 시루는 ~ 깨어졌으니 : {증이파의(甑已破矣)니}. 시루가 이미 깨졌다는 뜻으로, 다시 본래대로 만들 수 없음을 뜻함.

를 상하게 하지 말거라."

유연후는 엎드려 명을 받들었으나 한 쌍의 봉안(鳳眼)에 맑은 눈물이 어렸다. 잠잠히 물러나 무릎을 안고 하늘가를 바라보며 넋이 나간 듯이 앉아 있는데 안색이 찬 재같이 창백했다. 진양후가 다가가 탄식하고 좋은
23 말로 위로하니 연국후가 홀연 가슴을 어루만지며 말했다.

"오늘의 상황은 천고에 드문 변입니다. 하물며 이 일은 다 저로 말미암아 일어난 것입니다. 양씨가 이십이 못 되어 온갖 곤욕을 받으며 하루도 흠 없이 영화를 보지 못하고 재앙에 빠져 북쪽 전각에서 고초를 겪으며 겨우 계집종 하나를 데리고 굶주림과 괴로움을 무릅쓰며 복중의 태아를 낳았으되 그 부모와 저는 알지 못했으니 그 간의 위태하고 어지러운 경계는 가히 듣지 않아도 알겠습니다. 이 같은 위험과 어려움을 겪어도 오히려 살 길이 있을까 했는데 장황후의 마수에 걸리어 이들 노주가 스스로 명을 끊었으니 그 죽을 때에 서로 보고 이별하지 못하고 어린 아들과 부모를 두고 죽는 마음은 차마 말할 수 없을 것입니다. 제가 비록 목석처럼 감정이 없다 해도 어찌 참을 수 있겠습니까마는 대인의 기운이 편치 않으시고 쓸모없는 슬픔은 옳지 않으므로 마지못해 참고 있습니다. 그러나 마음이 어찌 평소와 같겠습니까? 가슴에 서슬 푸른 칼날을 꽂은 것 같으니 웃으며 이야기해도 간장이 부서지는 듯하여
24 오래지 않아 불효 죄인이 될까 두렵습니다."

말을 마치자 아름다운 얼굴은 비통에 젖고 두 눈에는 눈물이 가득 어려 잠깐 사이에 옷소매가 젖어들었다. 진양후 또한 눈물을 흘리며 여러 번 위로하며 말했다.

"네 마음이 그러한 것이 그르다는 게 아니다. 다만 경중이 있으니 마음

을 편히 가져 충효에 힘쓰라는 것이다. 너의 뜻은 나도 안다. 겉이 비록 아무렇지 않다 해도 안으로 남다른 깊은 근심이 있으니 어찌 가슴이 아프지 않겠느냐?"

연국후가 탄식한 후 근심의 눈물을 거두고 다시 아버지 앞에 나아가 말투에 온화한 기운이 봄바람 같으니 의젓하게 마음잡는 태도가 이와 같았다. 진공은 아름답게 여겼으나 또한 불쌍한 마음에 탄식을 이기지 못했다.

이때 양태상 내외는 진부에 모여 뼈에 사무치도록 슬퍼했으나 진공이
피를 토하고 슬퍼하는 데에 놀라 슬픔을 억지로 참고 마음을 너그러이 억
제하여 양씨의 어린 아들을 보았다. 각각이 곤산(崑山)에서 나는 아름다운
옥이요, 바다에서 나는 고운 빛깔의 진주 같으므로 서로 안고 가슴을 두
드리며 소리를 삼켜 피눈물을 드리우니 그 모습은 차마 눈 뜨고 보지 못 25
할 지경이었다. 연국후가 좋은 말로 위로하여 돌려보낸 후 아침저녁으로
제사를 지내며 울음이 한 식경을 넘지 못하였으나 눈물 자국이 상복을 적
시고 먹고 마시는 것이 날로 줄어 윤치 있던 얼굴빛은 점점 초췌해졌다.

세월이 유수 같아 두어 달이 지나니 연국후는 그리워하는 마음이 간절하였으나 진공의 환후가 오래 낫지 않고 장부인 또한 과도히 슬퍼하여 자리에 누워 시름시름 앓고 있으므로 슬픔을 다하지 못할 줄 알고 즉시 날을 택하여 장사지내려 했다. 이때 진공은 날이 오래될수록 슬퍼하길 마지않으며 여러 가지 생각에 잠겨 있었다. 진공은 양씨가 본래 기골이 청아하고 인격이 고상하나 온화하고 부드러운 성질이 있으며 자못 야무지고 단단한 데가 있어 당초에 단명할까 의심했었다. 그러나 성의백이 이르길 재앙은 많으나 명이 길고 아들을 많이 낳을 상이라 하더니 그 말과 같이 재액이 있었고 두 아들을 연이어 낳아 성의백의 감이 잘못 되지 않음을

26 알 수 있었다. 그런데 유독 명이 길다는 말만 맞추지 못하여 일찍 죽었으니 이를 괴이히 여기며 이런 저런 생각들로 분주했다. 공의 총명과 뛰어난 기상으로 어찌 의심이 없겠는가? 사람을 향해 말하지는 않았으나 점점 마음속으로 생각해도 의혹함이 있었다.

다음날 밤 병을 억지로 참고 난간머리에 나와 하늘을 보니 이십팔수(二十八宿)[262] 가운데 여성(女星)[263]이 한조각 구름에 가리어 아름다운 색채가 당당했다. 공이 매우 기뻐하며 좌우를 돌아보니 진양후가 막내 아우 양과 함께 모시고 서있어 잡인이 없었다. 공이 양으로 하여금 연국후를 부르라 하니 연국후가 명을 받들어 급히 나아왔다. 공이 손으로 하늘을 가리키며 말했다.

"네가 저 별을 아느냐?"

연국후가 눈을 들어 한참 동안 바라보다가 무릎을 꿇고 말했다.

"이는 이십팔수 가운데 여성이로소이다."

공이 말했다.

"옳도다. 그러면 그 주인이 되는 사람은 아느냐?

연국후가 대답했다.

"소자가 일찍이 아버님의 가르치심을 받아 천문의 대강을 알기로는 위, 아래 여성이 진국 분야를 비추므로 양씨의 주성으로 알았었는데 지금도 오히려 예전과 다름없으니 그 까닭을 알지 못하여 의혹이 있습니다."

---

262) 이십팔수(二十八宿) : 성수(星宿)라고도 함. 달이 매일 유숙하는 곳이라는 뜻에서 유래한 말. 달의 항성에 대한 공전주기가 27.32일이라는 데서 적도대를 28의 구역으로 나눈 것. 이 각 구역이 각각 수(宿)이나 각 수의 폭은 모두 다름 수에는 거성(距星)이라고 하여 가장 밝은 별이 그 수의 가장 서쪽에 있고, 그 동쪽으로 몇 도 몇 분의 위치에 어떤 별이 있다고 표현. 이와 같이 수는 현재 쓰이고 있는 적경의 구실을 함.

263) 여성(女星) : 이십팔수(二十八宿) 가운데 열둘째 별자리의 별들.

공이 한숨 쉬며 탄식하고 말했다. 27

"너희들의 외모와 재주가 그윽이 일컬음 직하나 천하를 다스릴만한 큰 재주는 아니로구나. 이는 분명 며늘아기의 주성(主星)이다. 내가 생각하기에는 우리 형님의 사람 알아보는 재주가 신명(神明) 같아 한 마디도 헛되이 내지 않으신데 어찌 며늘아기를 잘못 보셨을 리 있겠느냐? 또 평범한 사람이라 할지라도 우리 며늘아기가 이렇듯 곱지 못하게 일찍 죽을 관상이 아님을 알 것이다. 내 이러므로 나와서 건상(乾象)[264]을 살펴보니 주성이 예전과 다름없어 며늘아기가 생존하여 있음을 알 수 있었다. 반드시 귀인을 만나 아무도 모르는 가운데 신출귀몰(神出鬼沒)하게 속였으리니 살아 있음은 의심이 없으나 다만 이 말은 두 번 다시 입 밖에 내지는 못할 것이다. 종전대로 가만히 있으면서 천명을 기다리고 마음을 상하게 하지 마라."

진양후와 연국후 두 사람이 이 말을 듣고 매우 기뻐하며 삼가 감사를 표하며 말했다.

"진실로 이 말씀 같다면 양씨는 죽지 않았을 것이니 가히 앞날을 볼 것입니다."

공이 고개를 끄덕이고 두 아들에게 당부하여 말했다.

"만일 누설한다면 며늘아기를 두 번 죽이는 것이니 너희들은 조심하여 28
선불리 행동하지 마라."

두 사람이 놀라고 탄복하길 마지않으며 명을 받들고 물러났다. 이후 마음을 잠깐 진정하여 장사를 지내고 예전과 다름없이 나쁜 기운을 쓸어버린 듯하여 상복의 제도를 갖추었다. 그러나 양씨가 비록 죽지는 않았다

264) 건상(乾象) : 천체의 모양.

해도 그 몸이 어느 곳에 숨어 있는지를 모르므로 살아 있는 동안 만날 기약이 없음을 슬퍼하니 자연히 슬픔과 탄식으로 마음이 상하여 연국후의 슬픈 기색은 전과 마찬가지였다.

집안에 있는 사람들 모두가 참담해하지 않는 이가 없었으나 다만 성의백 한 사람만은 홀로 믿지 않았다. 그뿐 아니라 당초부터 남몰래 웃으며 하태후 마마께서 지혜로 임금과 신하들을 속이신 것에 탄복하였으나 입 밖에 내지 않았다. 진공은 지혜롭고 사리에 밝은 군자라 그 기색을 괴이히 여기고 끝내 의심하여 하늘을 보고 결단한 후에는 다시 마음으로 애통히 여기지 않고 양씨를 장사지낸 후에는 손자를 애지중지 길렀다. 그러나 양씨가 비록 생존해 있어도 연국후의 금슬이 어지럽고 일이 많이 괴이함을 탄식하고 한탄하여 조금도 좋아하는 빛이 없었으므로 온 집안은 아득히 깨닫지 못하고 있었다.

29 이때 왕씨는 연국후에게 들어온 지 수년이 되도록 부부의 즐거움을 돌아봄이 없을 뿐 아니라 그 기색이 점점 엄하여져 우러러보기조차 어려웠다. 왕씨는 처음엔 언성이 높고 기운이 거룩하여 말도 함부로 하고 낯을 붉히며 능히 항거하고자 하였다. 그러나 연국후가 본래 기상이 엄숙한데다 왕씨를 보면 더욱 씩씩하여 삭풍(朔風)[265]이 얼음에 부는 듯 말하는 것이 흔연할수록 그 소리는 부드럽지 못한데다 안색도 좋지 못하므로 점점 서먹하여 보면 급히 피했다. 그러다 양씨의 장례를 만나 궁중이 이렇듯 몹시 놀라고 공의 부자가 슬퍼하는 것을 보고 오히려 부러워하며 말했다.

"남은 죽어도 나보다 유복구나. 우리 군후의 마음을 움직임이 이러하니 죽었으나 살아 있음 같구나."

---

265) 삭풍(朔風) : 겨울철에 북쪽에서 불어오는 바람.

이렇듯 탄식하니 넷째 공자 정이 듣고 이 말을 연국후에게 전했다. 연국후가 아들을 안고 놀며 즐거워하다가 빙긋이 웃으며 말했다.

"자기 자신이 스스로 나와 관계없는 줄 알고 죽은 사람을 부러워하니 자기를 아는 자는 총명하구나."

그러자 정이 웃으며 말했다.

"집안사람의 한이 여기까지 미치게 한 것은 형님의 박정하심이 심하신 30
탓입니다. 모름지기 그 무죄함을 살펴보심이 좋겠습니다."

그러나 연국후는 탄식하며 말하였다.

"내 사람을 깊은 수렁에 빠뜨렸는데 어찌 다른 사람에게 정을 두어 금슬의 즐거움을 생각하겠느냐?"

그러자 정이 더욱 웃으며 말했다.

"형님이 전날 여색에 이렇지 않으시더니 어찌 오히려 승려의 수행과 환관의 고초를 달게 받으며 양씨 형수에게 수절하고자 하십니?"

"네 어찌 제비와 참새로서 기러기와 고니의 뜻을 알겠느냐?"

공자가 크게 웃으며 말했다.

"이 아우가 형님께서 칼을 빼어 사람을 죽이신 것과 예에서 벗어난 서찰 얘기는 믿지 못하겠지만 왕씨 형수에게 박대하는 이유는 압니다. 형수의 기운이 높은 것을 꺼려 억제하시는 것이 아닙니까?"

이런 말을 하고 있을 때 왕씨의 시녀 취월이 듣고 이것을 왕씨에게 아뢰었다. 왕씨는 분노하여 생각하였다.

'양씨를 과도히 중시하여 죽은 후에도 추모하는 것은 그 자식이 있기
때문이다. 그 용모의 고움이야 어찌 구태여 나보다 더함이 있겠는가? 31
가히 한스럽구나. 아들 하나를 얻으면 평생을 의탁하고 사랑을 얻을

것이지만 어찌 자식을 인력으로 도모하겠는가? 전에 들으니 수락사 성렬대사는 성화황제의 공주로서 출가(出家)한 후 수락사에서 신기한 술업을 베풀어 당대의 석가모니라 하니 한번 나아가 부부의 화합과 아들 낳을 경사를 축원해야겠다.'

이렇듯 몹시 분개하며 안에서 목욕재계하고 모든 일을 준비하다가 재물이 부족하자 생각하였다.

'내 진부에 들어온 지 오래되었으나 진양후 형제가 동포 골육으로 형세가 같거늘 설씨는 일을 총괄하는 상궁이 있는데 나는 나를 받드는 상궁이 없으니 어찌된 일인가?'

그리고 마침내 시녀에게 원상궁을 부르라 하였다. 이때 원상궁은 양소저가 세상을 떠나면서부터 가슴을 어루만져 세상에 뜻이 없었지만 연국후와 두 아이를 위하여 범사를 살피고 아침저녁으로 제사 의식을 지극히 하였다. 그러나 밤낮으로 눈물을 흘리며 식음을 폐하여 장손씨와 설상궁
32 이 그를 위로하며 지내고 있었다. 그러다 왕씨의 부름을 듣고 나아가니 왕씨가 정색하고 말했다.

"내 황명으로 들어온 지 오래되었는데 그대는 어찌 봉읍의 소산을 내게 아뢰어 의견을 묻지 않았는가? 이제 집안에 우환이 연이어 겹치고 나 또한 잉태하는 경사가 없어 마음을 가라앉히고 재계하여 수락사에 나아가 정성으로 내 대를 이을 아들을 빌고자 한다. 재물이 천금(千金)이 들 것이니 마땅히 일일이 갖추어 진향(進香)하게 하라."

이 말을 듣고 원상궁은 너무 어이가 없어 오히려 아무 말도 따지지 않았다. 안으로는 냉소하였으나 공손히 사죄하며 말했다.

"이 일은 다 제가 알 바 아니옵니다. 주공께서 명하시어 진양후와 연국

후 두 분의 봉읍 진상품을 다 창고 안에 두고 사사로이 모아두는 것을
없이 하라 하셨고, 군후께서도 죽서루에 양부인의 두 공자를 두고 봉양
하시며 의관과 살림살이를 생시같이 하시므로 저는 다만 주공의 명을
받들고 양부인 제사를 맡았을 뿐인데 어찌 부인을 누르고 앞지름이 있
었겠습니까? 재물을 쓰고자 하신다면 비록 만금(萬金)이라도 장손 상궁 33
에게 이르고 쓰시면 되겠지만 쓰고자 하시는 바가 당연한 곳이 아니라
부처에게 진향하고자 하시는 것이니 이는 아니 될 일입니다.
수락사는 홍치(弘治)[266] 연간에 명아공주께서 선문에 출가하시자 지어
주신 것입니다. 성렬대사는 금지옥엽으로 황실의 친척이시니 황족과
인척이 뉘 아니 공경하겠습니까? 홍치(弘治) 황제께서 몸소 가서 보셨
으므로 제왕과 공주가 다 불상 앞에 절하여 높이 받들었으나 홀로 진양
공주께서만은 한 번 입을 열어 시비를 논하지 않으시고 스스로 거느린
왕후나 비빈들을 경계하시어 만일 흠모하여 나아가는 이는 같은 죄로
다스릴 것이라 하명하셨습니다. 효종과 장태후께서 그 까닭을 물으시
니 진양공주께서 대답하시기를 '명아공주께서 하시는 바는 도리에서
어긋나는 것이라 예로부터 내려오는 풍속을 상하게 하고 인륜을 멸하
게 합니다. 신의 소임은 유교의 도이니 도가 이미 길이 다르므로 서로
연락하며 안부를 묻는 것은 옳지 않습니다. 신의 힘이 적어 능히 천하
의 불법을 완전히 제어하지 못하고 가까운 친척 간에 이런 일이 있어
성세치화(聖世治化)[267]를 상하게 하는 것이 매우 부끄러운데, 어찌 거 34
느린 비자들로 하여금 연락하여 공자의 학문을 욕되게 하겠습니까?'라

266) 홍치(弘治) : 명대(明代) 효종(孝宗)의 연호(1488~1505).
267) 성세치화(聖世治化) : '성세'는 뛰어난 임금이 다스리는 세상이나 그 시대를 높이어 이르는 말, '치화'는 어진 정치로 백성을 다스려 이끈다는 뜻.

고 하셨습니다. 그러자 선제께서 크게 칭찬하며 말씀하시기를 '내 아이
가 이렇듯 배척하면서도 정론이 당당하니 공자 시절에 석가여래가 있
음 같도다.' 하시고 이로써 진양공주의 직함을 '지성대덕승천(至聖大德昇
天)'이라 하시니 저희들이 수락사를 알지 못하였습니다. 피차에 서신을
끊으시고 주변 사람들이 대사의 말씀을 시비(是非)하면 매번 얼굴빛을
바꾸시며 삼가 경계하라 하시니 30년이 지난 지금에 이르도록 진양공
주께서 돌아가시며 남기신 부탁과 주공의 성대한 가르치심으로써 불
가의 일을 이르지 않는 것이 오랜 관습이 되었습니다.
그런데 부인께서 하루아침에 옛 법을 파하고자 하시니 두렵건대 군후
께서 화를 내시고 주공께서는 벌을 내리실까 염려스럽습니다. 자녀를
생산하시는 일은 군후와 부인이 다 청춘이시니 무엇이 바쁘겠습니까?
승상부의 여러 어르신들과 주공이 일생 수락사를 모르시고 명산대찰
을 알지 못하셨으나 자손이 끊어지지 않았고 종가(宗家)의 후손들도 많
35 았습니다. 이는 오덕(五德)[268]을 닦고 인을 행하여 천도(天道)에 선조께
서 끼치신 덕이 기운차게 일어나 아름다운 아들, 딸이 가득하였던 것입
니다. 불가의 일로 복을 구하는 것은 승려들이나 하는 보잘 것 없는 일
이요, 군자의 덕이 아닐 뿐 아니라 우리 진양공주께서 하지 않으시던
바인데 그 며느리가 되어 행하신다 함은 절대 불가하오니 생각하옵소
서."

왕씨는 원상궁의 허다 정대한 의견이 쇠붙이나 돌처럼 매우 단단한 것
을 듣고서도 원래 천성이 우둔하고 어리석어 깨달아 고칠 생각은 하지 않

268) 오덕(五德) : '오덕'이란 유학(儒學)에서 말하는 다섯 가지 덕. 온화(溫和), 양순, 공손(恭遜), 검소(儉素), 겸양.

고 벌컥 화를 내며 말했다.

"이는 그대가 내가 복을 받을까봐 꺼려하는 것이다. 내 일찍 부모와 귀인 마마의 교훈을 받들어 행실에 조금도 허물이 없었는데 어찌 오늘 그대의 절제를 달게 받겠는가? 쓸데없는 말 말고 장손 상궁에게 일러 금과 비단을 갖추어 대령하라."

그러자 원상궁이 정색하고 말했다.

"비자가 평생 아는 바는 주공과 진양공주입니다. 옛 주인의 부탁을 받들어 군후를 봉양하였으니 어찌 뜻을 굽히고 마음을 굽혀 의가 아닌 일을 조르며 예가 아닌 일을 행하겠습니까? 부인이 비자의 머리는 가히 베어 36
버리실 수 있겠지만 불가의 일로써 유림(儒林)의 금과 비단을 내어 진향하라 하시는 말씀은 결코 좇지 못하리니 부인이 스스로 준비하소서."

말을 마치고는 머리를 두드려 절하고 돌아가니 왕씨는 매우 노하여 몹시 화를 내며 꾸짖었다. 그런 후 장손 상궁에게 금과 비단을 구하니 장손씨가 웃으며 말했다.

"이는 우리 돌아가신 진양공주의 덕이 아니시니 노신이 어찌 감히 마음대로 할 수 있겠습니까? 부인이 구태여 하고자 하신다면 주공과 군후께 아뢰어 허락하신 후에 하소서."

왕씨는 어쩔 도리가 없어 생각하여도 이미 세운 뜻을 누를 수가 없었다. 그리하여 죽기 살기로 결단하고 연후와 진공께 아뢴 후 재물을 얻으려고 허둥지둥 서둘러 중당(中堂)을 향해 갔다.

이때 태을전 난간 사이에는 젊은 환관 두어 쌍이 왔다 갔다 하며 대기하고 있었다. 왕씨가 나아가 휘장 사이로 몸을 기울여 살펴보니 연국후가 이제 막 마을에서 갓 돌아와 공복을 입은 채 두 아들을 무릎 위에 놓고 데

37 리고 노는데 온화한 기운이 그 얼굴 위에 어려 있었다. 그러다 홀연 길게 탄식하니 두 눈에 가을 물결이 움직였다. 붉은 비단 옷의 넓은 소매로 자주 눈을 씻으니 순식간에 비단 소매가 눈물에 젖었다. 그 모습을 보고 좌우가 다 슬픔에 잠겨 눈물을 흘리며 감히 우러러 보지 못했다. 문득 진공이 진양후를 데리고 승상부 문안을 마치고 오다가 그 거동을 보고 슬픔에 마음이 움직여 잠깐 걸음을 멈추었다. 진공은 두 부자가 서로 사랑하는 것을 보고 한편으로 기뻐했으나, 진양후는 참혹하고 애틋한 마음에 고개를 돌리고 오래 바라보았다. 그러자 연국후가 비로소 알고 바삐 아들을 궁인에게 맡기고 일어나 부형을 따라 외전(外殿)으로 나가니 그 풍채는 별처럼 빛나고 몸가짐은 깨끗하여 햇빛보다 눈부셨다. 왕씨는 아무 말도 못하고 침소로 돌아와 생각하였다.

'저 부자가 자식 사랑이 대대로 이와 같으니 만일 옥동자 하나를 얻으면 어찌 연후의 사랑을 얻지 못하겠는가? 구태여 저 사람에게 묻지 말고 내 스스로 준비하여 갈 것이다.'

그리하여 자기의 노리개와 비단옷을 다 내어 만금을 장만한 후 모든 것을
38 을 다 갖추고 심복 시녀와 함께 지성으로 목욕재계하였다. 그런 후 거짓으로 자기 어머니께 가노라 말하고 공과 연후께는 아뢰지도 않고 바로 수락사에 이르렀다. 수락사에서 불가의 전생과 인과응보, 내생의 여러 가지 현묘한 일들에 대해 듣고 크게 미혹되어 무차대회(無遮大會)[269]에서 7일을 보내니 모든 승려들이 웃으며 말했다.

"진양공주께서 살아계실 때 우리 대사의 신기함을 배척하여 서로 편지

---

269) 무차대회(無遮大會) : 무차 대회란 성범(聖凡) · 도속(道俗) · 귀천(貴賤) · 상하(上下)의 구별 없이 일체 평등으로 재시(財施)와 법시(法施)를 행하는 대법회(大法會).

왕래를 끊었는데, 이제 공주께서 일찍 세상을 버리시고 그 며느리가 스스로 선문(禪門)에 나아와 이같이 하니 어찌 유도(儒道)의 무익함과 불도(佛道)의 높음이 하늘과 땅 차이라 하지 않겠는가?"

왕씨는 대사의 신기한 도를 여러 날 듣고 마음이 취한데다 문득 괴이한 생각이 일어나 대사께 아뢰어 말하였다.

"들으니 저의 시어머니이신 진양공주께서 불도를 배척하여 선문과 편지 왕래를 끊었다 하던데 맞습니까?"

대사가 말했다.

"그렇다. 끝끝내 고집하였다."

왕씨가 또 말했다.

"돌아가신 어머님의 아름다움이 천하에 독보적이어서 방불할 사람이
없다 하던데 대사께서는 이미 죽은 사람을 100일만에 능히 일으켜 살 39
아있는 사람에게 보이게 하는 술법이 있으시다 하니 가히 한번 청하여 뵈올 수 있겠습니까?"

대사가 말했다.

"그럴 수 없다. 진양 총재는 사람으로 태어나 요순의 뒤를 이었으니 우리 불가에서 감히 이르게 하여 뜻을 굽힐 수 있는 사람이 아니다. 도가 같지 않으니 서로 통할 일이 없을 뿐 아니라 서로 공경하여 훼방하지 말 일이니 어찌 아득한 중생의 혼백과 같이 불가의 말로 청하겠느냐? 청하여도 오지 않으면 선문의 이름만 깎일 뿐이니 그대는 다만 복을 빌고 일찍 돌아가라. 연후가 화를 내어 어려움이 있거든 진부에 들어가지 말고 유부의 초공 문하로 가라. 아득한 천수(天壽)를 미리 알기는 어려우나 결국은 보전하여 길이 무사할 것이다."

7일이 지난 후 왕씨는 대사께 하직하고 진부에 이르렀다.

연후는 왕씨가 친가에 부모를 보러 간 후 아무 연락이 없음을 매우 해괴하게 여겼으나 다시 괘념치 않고 있었다. 하루는 연후가 외전에서 엄태
40 감과 함께 연국의 하급 관리들을 모아 공사를 처결하고 있었다. 이때 궁관과 집안 일꾼들이 궐 밖에 나간 이가 많으므로 괴이히 여겨 물으니 연국 총제관 위량이 앞으로 나아가 아뢰었다.

"궁관과 집안 일꾼 수백 인이 연일 수락사에 대령하여 부인의 수레를 호위하느라 오늘 능히 참여하지 못하였습니다."

그러자 연후가 매우 놀라 말했다.

"수락사에 어떤 사람이 갔기에 궁관과 집안 일꾼들이 내게 아뢰지 않고 처소를 떠났느냐?"

위량이 말했다.

"이는 궁관과 하급 관리들의 죄가 아닙니다. 군후의 명으로 부인께서 수륙재(水陸齋)를 올리시는 도장(道場)270)을 호위하라 하시니 어찌 감히 거역하겠습니까?"

연후가 매우 노하여 말했다.

"누가 나와서 내 명이라 말하더냐?"

위량이 말했다.

"처음엔 부인의 채거(彩車)가 왕부에 가시는 것으로 알고 모시고 갔습니다. 도중에는 부인이 군후 명으로 분부하여 수락사에 가서 호위하라 하시니 태만히 할 수 없어 일행 중 여러 사람들이 부인께서 돌아오시기

270) 수륙재(水陸齋)를 ~ 도량(道場) : 수륙재란 물과 육지에서 헤매는 외로운 영혼에게 공양(供養)을 드리는 불교의식. 수륙도량(水陸道場)·수륙법회라고도 함.

를 기다리며 대령하고 있습니다."

연후가 어이없게 여겨 말했다.

"너희들이 부인을 모시고 간 궁관이 돌아왔을 때 내 명 없이 궁문 안에 41
들이면 삼족을 멸하리라."

그러자 엄태감이 말했다.

"옳지 않습니다. 궁관은 다 부인 행차를 모시고 돌아오는 것인데 만일 저지한다면 위아래 구분이 없게 될 것입니다. 어찌 생각하지 못하십니까?"

연후가 말했다.

"부인이 가장(家長)도 모르게 출입하여 몸소 사문(寺門)의 부처 앞에 절하였으니 어찌 용납하겠는가? 돌아오거든 아울러 몰아내치고 들이지 마라."

본래 연후의 성품이 매우 엄하여 궁중 안에서 두려워하고 꺼려함이 공에게 지지 않으니 어찌 태만히 하겠는가? 이날 왕씨가 돌아와 미처 궁문 안으로 들어오지 못하였을 때 문을 지키는 병졸들이 막아서며 말했다.

"연후 어르신 명이 계셔서 만일 부인 행차를 문 안에 들이면 군법을 행하라 하시니 맘대로 하지 못하리라."

병졸들이 이렇게 굳게 막으니 왕씨의 채거가 문 밖에서 반나절을 머물러도 끝내 들어가지 못했다. 궁관 정탄과 여러 종들은 연후가 노했다는 말을 듣고 매우 당황하여 어찌 할 줄 몰랐다.

왕씨가 초조한 마음에 공연히 머리를 기울여 발 밖을 자주 내밀어 살 42
피니 궁문 밖에는 창칼과 붉은 곤장이 살대[271]같이 서있었다. 문득 대사

271) 살대 : 기둥이나 벽 따위가 넘어가는 것을 막기 위하여 버티는 나무.

의 말을 생각하고 시비로 하여금 수레를 빨리 승상부로 돌이켜 들어가 바로 내당에 이르니 때는 바로 낮 문안 때였다. 일가친척들이 좌우에 가득하였으며 진공과 연국후가 다 있었다. 왕씨는 이곳저곳 쫓겨 다닌 것을 생각하니 부끄럽고 분한 마음을 이기지 못하여 바로 공의 앞에 달려들어 크게 울며 말했다.

"제가 황명으로 존문에 들어와 일찍이 칠거지악을 범하지 않았거늘 어찌된 연고로 구박하여 내치시나이까?"

그 사이 공은 왕씨가 6~7일 동안 간 곳이 없음을 괴이히 여겨 좌우 사람들에게 왕씨가 어디에 갔는지 물었다. 그들 말이 왕씨가 친정에 갔다 하므로 비록 임의로 출입하는 것을 편치 않게 여겼으나 다그치지 않았는데 오늘 눈앞에 갑자기 들이닥쳐 언사가 불손한 것을 보고 진공은 정색하고 말했다.

"네가 친정에 돌아가면서도 하직을 고하지 않고 가더니 오늘은 방자하
43 기 이를 데 없고 오만 불손하니 어찌 된 이치냐?"

그러자 왕씨가 또 울고 대답했다.

"제가 본래 친정에 가지 않은 것은 사실이옵니다. 일찍이 박명한 신세 아무 일로도 위로할 것이 없는 까닭에 아들을 얻어 이 한 몸 의탁할까 하여 수락사에 진향하고 배불(拜佛)한 후 돌아왔을 뿐입니다. 그러나 문을 막고 들여보내지 않아 반나절을 길 위에서 지체하다가 결국은 여기에 이르렀으니 대인은 살피옵소서."

공은 연후가 한 일인 줄 알고 연후를 돌아보며 말했다.

"이는 무슨 뜻이냐?"

연후가 앉았던 자리에서 물러나며 대답했다.

"저 사람이 여자가 되어 지아비에게 거취를 묻지도 않은데다가 시집에서 배척하는 것을 승상하여 몸소 사문에 배불하니 어찌 궁중에 두어 용납하겠습니까?"

진공이 흔쾌히 웃고 한동안 말을 안 하다가 좌우로 하여금 왕씨를 진부로 데려가라 한 후 연후에게 말했다.

"저 사람의 행동거지가 놀란 말 같아 한 번에 진정시킬 수 있는 게 아닌데 네 어찌 정상적인 법도로 책망하느냐? 『논어』에 '임금이 살아 있는 것을 주시거든 기르라.' 하였으니 이는 황명으로 하사하신 혼인이요, 오히려 사람의 얼굴이 있으니 금수보다는 낫지 않느냐? 후히 환대하여 44
좋게 거느리는 것이 관대한 도리인데 어찌 가장이 지어미를 절제하는 도리를 저곳에 쓰리오? 진실로 사람의 지아비인 체하고자 하거든 훗날 어진 아내를 다시 만난 후 위엄을 쓸지어다."

말을 마치니 자리에 있던 사람들이 모두 크게 웃고 승상 역시 웃으며 말했다.

"세형이 왕씨 알기를 개나 말같이 여기니 너무 심하구나. 저 사람이 비록 온순한 부덕은 없으나 어찌 금수에 비기겠느냐?"

이에 공이 머리를 조아리고 대답했다.

"옛말에 비유한 것이지 구태여 개나 말같이 여기는 것은 아니옵니다."

여러 공들이 박장대소하고 연후를 돌아보며 말했다.

"지록위마(指鹿爲馬)[272]라 하니 말 또한 중한 것이다. 왕씨의 물망이 사

---

272) 지록위마(指鹿爲馬) : 사슴을 가리켜 말이라 한다는 뜻으로, 윗사람을 농락하고 권세를 함부로 부리는 것을 비유한 말. 『사기(史記)』「진시황본기(秦始皇本紀)」에서는 "조고(趙高)가 모반을 일으키려 하였으나 여러 신하들이 따라주지 않을 것이 두려워 이들을 시험하기 위해, 사슴을 2세 황제에게 바치면서 '이것은 말입니다'라고 했다. 그러자 2세 황제가 웃으며, '승상이 잘못 본 것이오. 사슴을 일러 말이라 하오?'[趙高欲爲亂, 恐群臣不聽, 乃先設驗, 持鹿獻於二世曰馬也, 二

슴과 말 사이에 있으니 네가 바로 고재질족자(高材疾足者)[273]가 아니냐?"

그러나 연후는 웃을 뿐 대답이 없었다. 이 후 여러 소년 유생들이 연후를 성가시게 굴며 혹 마부(馬夫)라 하거나 견부(犬夫)라 하니 연후가 웃으며 말했다.

45 "나는 개나 말을 알지 못하네. 태어나서 지금까지 양태상의 딸과 장시랑의 딸과 왕태우의 딸을 취하였는데 양씨는 학사숙부의 친조카요, 장씨는 어머님의 질녀요, 왕씨는 황상의 후궁 왕귀인의 손녀니 여러 형들의 말은 망발이오."

이 말을 듣고 모든 사람들이 크게 웃었다.

연후는 왕씨를 다시 꾸짖지 않았으나 다만 그가 데려갔던 집안 시종들은 엄히 다스려 웃어른의 의견을 묻지도 않고 망령되이 처소를 떠난 것을 꾸짖으니 모든 노복과 하급 관리들이 머리를 조아려 사죄하고 물러났다. 왕씨 또한 집안에 들어앉아 문안드리는 때 외에는 서먹하여 나다니지 아니 하였다.

이때 양소저는 초란과 함께 하태후에 의해 감추어진 채 미양궁 뒤채에 숨어 있었다. 하태후께서 자주 들러 보시고 이런저런 말을 문답하시니 의

世笑曰, 丞相誤邪, 謂鹿爲馬]라고 했다."고 전하고 있음. 그러나 좌우의 신하들 중에는 잠자코 있는 사람보다 "그렇다"고 긍정하는 사람들이 많았는데 그 중에서 "아니다"라고 부정하는 사람들도 있었지만 이때 조고가 부정하는 사람들을 기억해 두었다가 나중에 죄를 씌워 죽이자 그 후 궁중에는 조고의 말에 반대하는 사람이 없었다고 함. 진나라 시황제가 죽자 환관 조고는 거짓 조서를 꾸며 태자 부소(扶蘇)를 죽이고 어린 호해(胡亥)로 2세 황제를 삼고 이 호해를 이용하여 경쟁 관계에 있던 승상 이사(李斯)를 비롯한 많은 신하들을 죽이고 승상의 자리에 오름. 조고는 조정의 실권을 장악하자 역심이 생겨 자기를 반대하는 중신들을 가려내기 위해 이와 같은 행동을 함.

273) 고재질족자(高材疾足者) : 뛰어나게 공적이 큰 사람이란 뜻. 진(秦) 나라가 정권을 잃은 것을 사슴(鹿)을 잃은 것에 비유해 그 후 군웅이 정권을 다투는 것을 추록(逐鹿)이라 하고 우수한 인재를 질족(疾足 : 발이 빠르다는 말)이라고 함. 여기서는 연후 유현을 희롱하는 뜻으로 한 말.

론에 막힘이 없고 사리가 밝아 일마다 뛰어났으며 어질고 지혜로운 마음씨와 얼음처럼 깨끗한 자태는 육 궁 비빈과 비교할 수 없었다. 마마께서 매우 애지중지하시며 남몰래 수라를 나누시고 사상궁에게 범사를 잘 처리하게 하시어 수개월이 지나갔다. 하지만 결국은 이목이 많아 기밀이 46
탄로 날까 두려워 하루는 양씨를 보시고 이렇게 이르셨다.

"경이 이런 액경(厄境)을 만나 깊은 궁궐에 감추어 있으나 만일 누설되면 경에게 큰 화가 있고 과인 또한 편치 못하리니 생각건대 길게 유지할 꾀가 아니로다. 궁궐을 떠나 멀리 숨는 것이 좋겠으나 경의 친정과 시집은 다 가능하지 않으니 세속 사람의 자취가 드물고 사람이 감히 침범하지 못하며 몸을 편안하게 감출 수 있는 곳은 수락사밖에 없을 것이다. 이번 달 보름에 내가 궁인을 보내 대사께 진향할 일이 있으니 그대를 그곳에 가는 비자의 교자 속에 감추어 선문으로 나아가게 하겠다. 불가의 법이 적선을 숨은 공덕으로 삼으니 반드시 지성으로 편안히 보전하여 종적을 누설하지 않을 것이다. 그렇게 되면 이는 화가 변하여 복이 됨과 같을 것이다."

그러자 양씨가 머리를 조아리고 거듭 절하며 말했다.

"신은 국가의 큰 죄인이거늘 마마께서 성은을 드리우시어 수렁에 빠진 인생을 오늘까지 지탱하여 좋은 집에 머물게 하시고 귀한 음식을 나누시어 기갈을 면하게 하시니 이는 곧 두 번 살리신 은혜가 이 한 몸에 젖 47
음과 같나이다. 하물며 염려해주시는 마음에 걱정까지 더하여 필경은 거할 곳까지 지휘하시니 신이 어찌 태만히 하겠습니까? 다만 들으니 군자는 어려운 지경에 처해도 구차하게 도망가지 않는다 하옵니다. 신이 살기를 바라고 성은에 감격하여 오늘까지 죽지 않고 살아 있는 것도 고인의 경계(警戒)를 저버린 것인데 다시 절로 도망가는 것은 더욱 옳지 않을 것입니다. 이미 화는 일어난 것이니 행여 누설된다면 신의 몸은 족히 아깝지 아니 하오나 마마께 비방(誹謗)이 미치면 신의 죄, 만 번 죽어도 용서받지 못하리니 오늘 이곳을 떠나 초란과 함께 태액지(太液池)의 귀신이 되기 원할지언정 수락사에는 가고 싶지 않습니다."

이 말을 듣자 하태후께서는 몹시 놀라 말씀하셨다.

"과인이 당초에 경을 구하기 위해 옳고 그름을 돌아보지 않았는데 어찌 중도에 버리겠는가? 또한 수락사는 명아공주께서 계신 절이라 남승(男僧)들이 있는 잡된 사찰과는 다르거늘 고집스럽게 죽기를 원하고 가

48 지 않음은 어찌된 뜻인가?"

그러자 양씨가 눈물을 흘리며 무릎을 꿇고 말했다.

"신이 마마의 성은에 감격하오니 감히 어기고자 함이 아니옵니다. 일찍이 신의 몸이 작고 미천하오나 오히려 군자의 딸이요, 군자의 며느리로 아비와 시아비가 불도를 배척하는 것을 익히 들었사옵니다. 돌아가신 진양총재의 가르침을 보아도 수락사와 연락을 단절하여 서로 방문하는 일이 없었으니 신이 비록 살기를 탐하여 저곳에 망명하여 설사 무사하다 하더라도 훗날 시집의 법을 무너뜨린 며느리요, 조상의 교훈을 지키지 못한 자손이 되어 무슨 면목으로 시집의 용납을 얻겠습니까? 이런 까닭에 못 가운데 귀신이 되는 것을 기뻐할지언정 절에 갈 뜻은 없사오니 명을 어긴 죄 태산 같아 죽을 땅을 알지 못하나이다."

하태후께서 크게 탄복하시고 칭찬하여 말씀하셨다.

"경이 정도(正道)를 지키어 사생이 위태로운 지경에도 바꾸지 않으니 옛날 충성스러운 군자에게 뒤짐이 없구나. 과연 진양공주께서 수락사

와 서로 연락함이 없었으되 잠시 권도(權道)를 행하고자 하였더니 이렇 49
듯 고집하는데 어찌 억지로 강요하겠는가? 짐이 이미 일을 시작하였으니 어찌 끝까지 책임지지 않겠는가? 경은 안심하라."

양씨는 수없이 절하며 감사하고 물러났다.

하태후께서 계책을 생각하지 못하시어 번민하시고 계실 무렵 여러 왕들이 다 황도에 모여 있었다. 봉국(封國) 백성들이 임자가 없어 흩어지므로 상이 여러 왕들에게 명하사 각각 돌아가 나라를 다스리게 하시고 3년에 한 번씩 조회(朝會)하라 하셨다. 왕들이 각각 자기 나라로 돌아가면서 모든 왕과 왕비들이 임금의 거처에 들어가 하직했다. 그 중 황자(皇子) 양왕은 홍치(弘治) 황제의 아들이요, 옥선군주의 부친으로 그 왕비 허씨는 현숙하여 하태후께 정성이 지극했다. 평소 입궐하면 종일토록 모시며 게으름이 없었는데 이제 멀리 떠나게 되자 눈물을 흘리며 삼가 감사를 표했다. 하태후께서는 이 틈을 타 양씨의 일을 처치할 생각에 가장 기뻐하시고 이별에 임박하여 또한 눈물을 흘리며 말씀하셨다.

"선제(先帝)께서 붕어하시고 여러 왕과 비의 두터운 정을 길이 의지하 50
여 위로해 왔는데 경들이 이제 봉국으로 돌아가니 왕은 3년에 한 번 보겠지만 왕비들은 다시 볼 날이 없겠구나."

그러고는 귀한 보물들을 내어 각각 그들의 지역에서 나지 않는 것들을 상으로 후히 내리신 후 여러 왕비들을 보내시면서 특별히 양왕의 비를 머물게 하셨다. 그리고 함께 밀실에 들어가 이 일을 자세히 이르시고 궐 안이 번잡하여 기밀이 누설되기 쉬우니 왕비의 가마 속에 넣어 위국에 데려가 감추라 하셨다. 그러자 허비가 매우 놀라면서도 한편으로는 매우 기뻐하며 아뢰었다.

"신들이 지난 날 여주공의 교화를 입었고 오늘 하교가 이와 같으시니 어찌 친척의 정과 밀지의 중함을 범연히 하겠습니까? 이 일을 진부에서 알면 점점 소문이 퍼져 좋지 않을 것입니다. 비록 신의 딸 옥선이 와 있으나 당부하여 입을 다물게 하고 양씨를 한 수레에 감추어 가겠습니다."

태후께서 매우 기뻐하시며 즉시 양씨를 불러 허비에게 보이시니 서로 이미 안면이 있는지라 반겨하면서도 슬피 눈물을 흘렸다. 양소저가 하후
51 께 네 번 절하며 하직한 후 왕비가 먼저 양씨와 초란을 이끌어 가마 속에 넣고 섬돌 아래서 삼가 절하고 부중에 이르렀다. 좌우를 치우고 양씨 노주(奴主)를 협실(夾室)에 감추어 이날 밤 가만히 왕과 자녀에게 이 일을 이르니 모두 매우 놀랐다. 옥선군주 역시 놀라고 당황하여 말했다.

"양형이 죽고 그 관이 진부로 돌아와 연후의 상심함과 어르신의 슬퍼하시는 기색이 날이 오래될수록 더욱 간절한데 이런 신기한 일이 있을 줄은 꿈에도 생각하지 못하였습니다."

왕이 말했다.

"이는 소홀히 할 일이 아니다. 태후께서 밀지로 당부하셨으니 신하된 자가 마땅히 모두 합심하여 보호해야 할 것이다. 너희들은 생각나는 일이 있어도 입 밖에 내지 마라. 더욱이 옥선이 유생에게 말하면 당장 진공 부자의 귀에 들어갈 것이니 진공은 침착하고 진중한 군자라 알아도 아는 기색을 보이지 않겠지만 연후는 어린 마음에 참지 못하게 된다면 크게 환란이 일어날 것이니 너는 명심하여라."

52 군주가 이에 응낙하였다. 그리고 협실에 들어가 양소저를 보고 서로 손을 잡은 채 맑은 눈물을 얼굴 한가득 흘렸다. 군주가 서로 이별한 후의 소식을 전하여 연후가 왕씨를 취하여 일마다 기괴하다는 것과 진공이 과도

히 슬퍼하시는 것을 이르니 양씨는 감동한 얼굴로 눈물을 흘리며 말했다.

"아버님께서 불초한 저 때문에 슬퍼하심이 이와 같으시니 저의 불효는 천고에 다시없을 것입니다."

군주가 또 연후의 정을 말했으나 소저는 머리를 다소곳이 숙인 채 안색이 고요할 뿐 말이 없었다.

다음날 아침 왕과 비가 길을 떠날 차비를 하며 양씨를 비와 한 가마에 태우고 초란은 궁인 중에 섞어두고 길을 떠나 봉국을 향하였다. 진공과 진양후, 연국후가 술과 안주를 갖추어 10리 장정(長程)에 잔을 들어 작별하고 이별시를 부치니 왕이 두터운 정에 감사하였다. 왕이 연후의 손을 잡고 말했다.

"조카가 비록 청춘에 임금의 총애와 부귀가 지극하나 금슬에 마가 끼
는 일이 많아 아내를 잃은 것을 과인이 탄식하였더니 이제 서로 이별하
여 만날 기약이 없게 되었구나. 위국 산천이 본래 이름이 있어 위무후 53
(魏武侯)가 오기(吳起)와 문답을 나눈 적[274]이 있도다. 대장부라면 한 번
볼 만하고 배를 서하(西河)에 띄우면 또한 시원한 일이다. 조카가 국가
에 일이 없을 때 한 번 내 사위와 함께 위국을 유람하면 이별의 슬픔을
위로할 수 있을 것이다."

연후가 감사하며 말했다.

---

274) 위무후(魏武侯)가 ~ 적 : 『사기(史記)』「손자오기열전(孫子吳起列傳)」에 의하면, 오기(吳起)는 위(魏)나라 사람으로 병법에 능하여 『오자병법(吳子兵法)』을 저술했다고 함. 위(魏) 문후(文侯)가 현명하다는 말을 듣고 그를 섬겨 진 나라를 치고 성 다섯 개를 빼앗았으며 위 문후가 죽은 후 그의 아들인 무후(武侯)를 섬김. 『오자병법(吳子兵法)』은 6편, 44개 단락으로 구성되어 있는데 '오자 왈(曰)'로 시작하는 것이 19개, 위 무후와의 문답형식으로 되어 있는 것이 22개, 제3자의 입장에서 서술체로 쓴 것이 3개임. 한 번은 무후가 배를 타고 서하를 내려가다가 중간 즈음에 이르러 오기를 돌아보며 말하기를 "아름답구나! 산천의 견고함이여! 이는 위나라의 보배로구나!" 하여 오기와 문답한 것이 있음.

"숙부께서 황도를 떠나시니 서운합니다. 한번 틈을 얻으면 국가에 말미를 얻고 그 곳에 들러 숙부의 두터운 정을 잊지 않겠습니다."

왕이 재삼 청한 후 돌아갔다.

양소저는 초란과 함께 고국을 떠나 타향으로 떠돌며 살아남기 위해 부모 친척을 보지 못하고 슬하의 아들을 떠나는 것을 생각하니 눈물이 끊이지 않았다. 문득 삐걱거리는 마차 소리가 가득하고 우개(羽蓋)가 해를 가리며 "물렀거라."하는 소리가 진동하니 길을 메운 사람들이 일시에 좌우로 나뉘어 길을 열며 "대장군이 오신다."하였다. 왕비가 발 틈으로 보다가 소저를 달래며 말했다.

54 "부인은 속절없이 슬퍼하지 말고 진공이 송별연을 베풀어 우리 대왕을 이별하고 오시는가 싶으니 그 얼굴을 멀리서라도 한 번 보시오."

양씨가 그 말을 듣고 황급히 눈을 들어 보니 멀리 붉은 비단으로 된 양산이 흐릿하게 보이며 백모황월(白毛黃鉞)이 좌우에 벌여 있는데 진공이 붉은 수레를 밀며 천천히 오니 모신 사람들이 휘황찬란하였다. 거리가 멀어 얼굴이 자세하지는 못하나 풍채와 위엄 있는 몸가짐이 분명하였다. 점점 가까워지자 문득 비단 부채를 들어 얼굴을 가리고 길을 사양하여 좌편으로 고삐를 당기니 대장과 군졸들이 나란히 선 듯 깃발이 하늘을 뒤덮어 다시 그 모습을 보지 못했다. 수많은 사람 가운데 붉은 비단옷이 어렴풋이 지나가고 나니 벌써 멀리 가버리고 없었다. 소저는 시아버지를 멀리서 희미하게나마 잠깐 보니 반가우면서도 슬픈 마음을 이기지 못하였다. 이윽고 진양후와 연국후 두 사람의 수레가 함께 이르자 수레와 말에 빛이 나고 사람들 목소리가 하늘에 울려 퍼졌다. 두 사람은 어린 나이에도 기풍이 늠름하여 관복과 모자가 화려한 풍채를 도와 그 찬란한 광채가 길

위에 빛났다. 왕비의 가마가 다다르자 잠깐 몸을 굽혀 수레의 띠를 눌러 55
멈추니 활달하고 호탕한 풍채는 푸른 하늘을 찌르고 시원스럽고 깨끗한 용모는 한 쌍의 해와 달 같았다. 왕비는 가마 안에서 탄식하며 말했다.

"진양공주께서 큰 덕을 쌓으시고도 일찍 돌아가셨으나 저 두 공자를 두어 형체가 한결같이 빼어나니 어찌 기특하지 않겠는가? 부인은 한스럽게 여기지 마시오. 저 부귀 가운데 흠 하나 없으면 도리어 타고난 수명이 방해를 받을 것이니 역시 액운을 땐 것이오. 얼마 안 가 태평한 때가 올 것이오."

이에 소저는 또 감사하였다. 하지만 연후의 관복과 위엄 있는 몸가짐이 전과 전혀 달라져 귀인이 되었으나 안색이 전보다 많이 아름다워지고 환하여진 것을 그윽이 염려하고 즐거워하지 않았다.

밤낮으로 쉬지 않고 이틀 갈 길을 하루에 가며 위국에 이르니 산천은 아름답고 성곽은 웅장하였다. 왕비는 내궁에 들어가 침전 곁에 있는 별전을 치워 양씨를 편안히 머무르게 하고 초란과 궁인 10여 인으로 모시게 하였다. 왕과 비가 이렇듯 지극히 너그럽게 대접하니 몸은 비록 편안하였으나 아침저녁으로 부모와 어린 아들을 그리워하여 눈물이 마를 날이 없 56
었다.

재설(再說). 연후는 양씨에 대한 생각이 세월이 오래될수록 점점 더하여 심사를 진정치 못하고 지냈다. 그러던 어느 날 연후가 죽서루에 이르렀다. 시절이 가을 9월이라 단풍은 비단 장막을 친 듯하고 노란 국화는 그윽한 향기를 머금어 대나무 수풀 사이에 만발하였다. 가을바람이 소슬하여 대나무 잎사귀들이 어지러우니 마치 소상강(瀟湘江)[275]의 경치를 대

275) 소상강(瀟湘江) : 중국 호남성(湖南省) 동정호(洞庭湖) 남쪽에 있는 강으로 이 지방에서 나는 아

한 듯 마당 안에 벌인 것이 예전과 다름없었다. 어린 아들 둘이 서로 장난하는데 장자 운망이 언어를 통하고 만물을 분별하였다. 침상을 돌아보니 양씨의 금침과 의상이 분명한데 홀로 그 사람의 모습이 없으니 연후는 근심이 구름 같고 슬픔이 안개 같았다. 연후가 금관을 벗고 침상의 봉침(鳳枕)을 베고 슬피 탄식하며 말했다.

"세상사가 뒤집힘이 이 같으니 어느 시절에 그 얼굴을 마주 보겠는가? 우리 부부가 다 십팔 청춘으로 하루도 마음을 펴지 못하다가 이 지경을
57 만났으니 인간 세상에서 다시 만나게 된다면 오늘 그리워함이 한바탕 옛일이 되겠지만 만일 천문(天文)이 헛되어 미인의 넋이 구천(九天)으로 돌아갔다면 내 남은 한 때문에 죽어서도 눈을 감지 못할 것이다."

말을 하자마자 눈물이 흐르니 연후는 사람이 볼까 두려워 소매로 얼굴을 덮고 한참 동안 마음을 진정하지 못하였다. 그러다 문득 정신이 혼미하여져서 잠깐 졸음에 빠졌는데 원래 항상 생각하던 것이 꿈에 보이는 법이라 연후는 비몽사몽간에 양씨를 만났다. 양씨는 온 몸에서 물을 흘리고 있었으며 윤기 있던 검은 머리는 흐트러져 귀밑머리를 덮었고 남루한 의상과 초췌한 얼굴은 차마 보지 못할 정도였다. 양씨가 초란과 함께 슬피 울면서 연후의 소매를 잡고 말했다.

"제가 죄 없이 못 가운데 귀신이 되어 군자를 다시 만나 이별하지 못하고 구천의 원혼이 되었습니다. 그런데 이제 저를 이같이 그리워하시니 이에 감격하여 비록 저승과 이승이 길이 다르나 한번 뵙고 서러운 정을 아뢰려 하나이다."

58 연후는 반갑고도 슬픈 마음을 이기지 못하여 양씨를 와락 붙들고 목

롱진 무늬가 있는 대나무가 유명하여 소상반죽(瀟湘斑竹)이라 함.

놓아 통곡하다 소리를 따라 깨달으니 이는 곧 꿈이었다. 양씨의 거동이 연후의 눈 속에 펼쳐져 있으니 문득 기운이 막혀 일곱 가지 혼령[276]은 아득해지고 세 가지 정혼(精魂)[277]은 깜빡깜빡하여 날이 늦어도 일어나지 못했다. 원상궁이 의심하여 다가가 두어 번 깨웠으나 응답이 없으므로 그 소매를 들어 보니 눈물 자국이 얼굴에 가득하고 혈색이 없어 기절한 것을 알았다. 상궁이 매우 놀라 황급히 공과 진양후에게 이 사실을 고하였다. 공이 여러 아들들과 함께 들어와 보고 연후의 맥을 짚으니 맥이 극히 위태롭고 몸에는 한 점의 온기도 없었다. 공이 매우 놀라 말했다.

"이 아이가 몸이 튼튼하여 끼친 병이 없거늘 갑자기 이같이 된 것은 어찌된 일이냐?"

진양후가 눈물을 흘리고 궁중이 놀라 당황하니 왕씨는 이 모습을 보고
뛰고 구르고 기괴한 말로 부르짖으며 통곡하였다. 공이 좌우로 하여금 왕
씨를 붙들게 하여 치워버리고 연후에게 침과 약을 연이어 썼다. 한밤중에
미쳐서 연후가 숨을 내쉬고 눈을 떠 좌우를 살피니 여러 숙부들과 형제들
이 집안을 가득 메웠고 진양후가 자기를 안고 눈물을 비 오듯 쏟고 있었 59
다. 연후가 슬프고 참혹하여 일어나고자 하였으나 정신이 어두워 능히 일
어나지 못했다. 공이 연후의 손을 잡고 몹시 놀라 말했다.

"내 아이가 일찍이 글을 읽어 충효를 알 것인데 어찌 부모를 놀라게 하고 나에게 근심을 끼치느냐?"

연후가 이마가 땅에 닿도록 절하며 사죄하여 말했다.

---

276) 일곱 ~ 혼령 : {칠빅[七魄]}. '칠백'이란 죽은 사람의 몸에 남아 있는 일곱 가지의 정령. 곧 귀가 둘, 눈이 둘, 콧구멍이 둘, 입이 하나.

277) 세 ~ 정혼(精魂) : 사람의 몸 가운데에 있다는 세 가지 정혼(精魂), 즉 '태광(台光), 상령(爽靈), 유정(幽靜)'을 일컬음.

"우연히 가위에 눌려 막힌 것일 뿐 어찌 다른 까닭이 있어 이러하였겠습니까?"

공은 탄식하였으나 다른 사람들은 모두 크게 기뻐하였다. 각각 위로하다가 밤이 깊으므로 다들 돌아갔지만 그 후에도 진양후는 연후의 기운이 평소와 같지 못한 것을 염려하여 앉았거나 누웠거나 서로 찾으며 잠시도 떠나지 않았다. 연후가 또한 슬피 탄식하며 말했다.

"부형이 날 사랑하시는 마음이 이 같거늘 내 어찌 차마 사사로운 정으로 부형에게 근심을 끼치겠습니까?"

그리고 이후로는 마음을 너그러이 억제하며 세월을 보내었다.

이러구러 수년이 지났다. 장황후가 재위한 지 5~6년이 되도록 덕이 없고 포학함이 심하여 내외 신하와 백성들이 크게 실망하였다. 더구나 설황
60 후를 해쳤던 꾀가 누설되니 상이 그제야 아시고 크게 노하시어 장황후를 폐출시키셨다. 또한 함께 일을 꾸몄던 궁인과 간사한 무리들을 찾아 나라의 법률로 능지처참하시고 첩여 방씨를 책봉하여 정궁으로 삼으셨다. 장황후가 받았던 이전의 은총은 하루아침에 이슬같이 사라져 속절없음은 말할 것도 없고 지난날의 부덕이 점점 드러나 상이 더욱 놀라시며 내궁에서 사사(賜死)하셨다. 하태후께서 그제야 비로소 장후가 양씨를 가두어 죽이려 했던 일과 죄 지은 궁녀와 바꾸어 양왕부로 감추어 보내신 일을 상께 세세히 아뢰며 용서를 청하시니 상이 매우 놀라셨다. 또한 이토록 하였는데도 아득히 모르신 것을 상께서 부끄러워하시며 하태후께 감사하셨다.

"신이 재주가 없고 덕이 없으면서도 선제의 업을 이어 천하를 덕으로 받들지 못하고 도리어 황고(皇考)와 황형(皇兄)278)의 골육으로 하여금

278) 황고(皇考)와 황형(皇兄) : 명나라 세종(世宗)은 무종(武宗) 정덕제(正德帝)가 후사가 없어 1521

평안하게 하지 못하였습니다. 후비의 장난이 이 같은데도 아득히 알지 못하고 안개 속에 있었으니 무슨 면목으로 마마를 뵙겠습니까? 더욱이 진공 부자가 한 마디 말도 않고 표정을 바꾸지 않은 채 시신을 받아 돌 61
아갔으니 그 충성에 감격하면서도 부끄러움이 심하여 진공을 다시 볼 낯이 없습니다."

하태후께서도 겸손한 말로 사양하셨다. 상께서 그날로 진공과 연후를 불러 보시고 지난 날 장황후의 속임에 넘어가 전혀 알지 못하셨던 일과 양씨가 생존하여 위국에 간 일과 하태후께서 지혜로 궁인과 바꾸어 구하셨음을 자세히 이르시니 진공 부자가 그제야 꿈이 깬 듯하여 마음에 기쁨이 가득하였다. 또한 머리를 조아려 성은에 감사하니 상이 탄식하며 말씀하셨다.

"짐이 선생 알기를 탕왕의 이윤과 소열(昭烈)의 와룡(臥龍)[279]같이 알거늘 선생은 무슨 이유로 내외함이 이같이 심하여 폐후(廢后)의 어질지 못한 정사(政事)가 공후의 부인을 죽이기에 이르기까지 한 번 말하여 잘못을 바로잡지 않았는가? 경의 부자가 공손하고 부지런하며 침착하고 신중한 것은 진실로 아름다운 일이나 짐이 아득하여 연후로 왕녀와 혼인하게 하고 양씨가 죽었다는 폐후의 말을 아무 것도 모르고 옮겨 일러도 선생이 아무 말 없이 입을 다물었으니 이 어찌 평소 바라던 바겠는가?" 62

공이 관을 벗고 사죄하며 말했다.

"폐후가 이미 천하에 국모로서 임하시어 밀지로 양녀를 잡아 가두시고

년 무종의 뒤를 이어 제위에 올랐기 때문에 황고는 무종의 부친인 효종(孝宗)을, 황형은 무종을 말함.

279) 소열(昭烈)의 와룡(臥龍) : '소열'은 유비의 시호이며 '와룡'은 제갈량의 별명임. 제갈량은 남양 땅에 엎드려 밭 갈며 나아가 은거하며 벼슬하지 않아 사람들이 복룡(伏龍)이라 불렀는데 와룡강(臥龍江)이라 불리는 곳 주변에 있는 융중(隆中)에 살아서 와룡선생이라고도 불림.

성상 또한 알지 못하시어 교지가 여차하시니 신이 어찌 감히 궁궐에서 생겨난 말들을 폐하께 아뢰겠나이까? 여염의 미천한 친구지간이라도 그 부인의 말을 가장에게 논하여 깎아내리지 못하거든 하물며 어미로 섬기면서 아비에게 단점을 고하는 것은 신의 뜻이 아니었습니다. 차라리 어진 며느리를 잃을지언정 불충하고 공 없는 신하가 되지 않으려 함이었을 뿐 어찌 감히 폐하를 업신여겨 그리했겠습니까?"

이에 상께서 감탄하시고 공을 위로하셨다. 그리고 즉시 양씨를 연국부인에 봉하시고 사령장과 예복을 내리시며 위국에 칙명을 내리시어 양씨를 금과 옥으로 만든 수레로 호송하여 보내라 하셨다. 진공과 연후가 거듭 절하며 감사하고 물러나와 이 일을 부모께 고하니 온 집안이 다 기뻐하며 하태후 마마의 성은과 지혜에 감복하였다. 화목한 기운이 상하에 가
63 득하여 환호하는 소리가 진동하였으나 왕씨 홀로 기뻐하지 않으므로 사람마다 통탄하였다.

연후가 진공께 아뢰었다.

"양왕이 갈 때 위국 산천을 한 번 와서 보라 하였으니 이제 겸하여 가서 양왕 부부의 후덕하심에 사례하고 산천을 유람하여 기개를 넓히며 양씨를 돌아보고자 합니다."

공이 한동안 속으로 깊이 생각하다 말했다.

"길이 멀 뿐 아니라 네가 조정 중신으로 부인의 행도(行途)를 천 리 밖까지 호송하는 것은 너무 자질구레하여 구차하기에 가깝지 않은가 싶구나."

그러자 장부인이 웃으며 말했다.

"명공은 참 고집스런 말씀도 잘 하십니다. 현이 부질없이 분주하여 위

엄을 잃은 것이 아니지 않습니까? 양왕이 비록 하태후 마마의 명을 받든 것이긴 하나 믿음직하고 조심스럽게 양씨를 거느리고 간 것이 감격스럽지 않습니까? 또한 가까운 친척이니 한 번 가서 사례하고 데리고 돌아오는 것이 무엇이 이상한 일이겠습니까?"

이 말에 공이 웃고 드디어 허락하였다. 연후가 삼가 감사하고 막내 아우 양과 함께 가겠다고 아뢰니 공이 쾌히 허락하였다. 행장(行裝)을 차려
다음날 나라에 말미를 얻고 형제가 길에 오르니 부모는 가는 길에 몸조심 64
하라 당부하고 옥선군주는 부모를 생각하고 슬퍼하며 안부편지를 부쳤다. 생이 웃으며 말했다.

"그대는 양씨 형수가 살아 있음을 알면서도 여러 해가 지나도록 속여 놓고 무슨 면목으로 글월을 전하여 달라 하는가?"

그러자 옥선군주가 빙그레 웃으며 말했다.

"부질없이 기밀을 누설하는 것은 무익할 뿐 아니라 모후께서 마마의 밀지를 받들어 온 집안이 양형을 보호하라 하시니 어찌 감히 누설하겠습니까? 이 때문에 저의 글월을 막아 사람의 자식 된 도리를 막고자 하시는 것은 또한 인정이 아닌가 하옵니다."

생이 크게 웃고 이별하여 연후와 위국을 향하니 도중에 수레와 말, 뒤따르는 종들이 거룩하였다. 가는 곳마다 지방관이 공경하여 맞으니 연후는 민폐가 있을까 염려하여 위엄 있는 차림을 다 덜어내고 밤낮으로 달려 위국에 이르렀다. 왕이 듣고 크게 반겨 모든 공자로 하여금 백 리 밖에 나가 맞아오게 하여 궁중에 들어와 서로 보고 헤어진 후의 안부를 물었다.
뒤이어 칙서가 이르니 왕이 향안(香案)을 벌여 놓고 황명을 받든 후 연후 65
형제와 함께 내전에 나아가 왕비를 보았다. 허비는 그 사위 형제를 만난

반가움을 이기지 못하고 연후 부부가 다시 합치게 됨을 치하하였다. 연후가 앉은 자리에서 물러나 양씨를 거두어 보살펴 주신 것을 감사하니 그 하는 말이 상세하고 간절하여 좌우가 다 감탄하였다. 왕이 술과 안주를 내와 두어 차례 돌리자 연후가 잔을 밀어 사양하며 말했다.

"소질이 먼 길에 말을 몰고 달려와 몸이 무척 피곤하여 술잔을 나눌 뜻이 없는지라 물러가 쉬고 싶습니다."

왕이 웃으며 말했다.

"연후가 사양함은 분명 부인을 찾아 이별의 회포를 펴고자 함이거늘 과인이 미처 생각하지 못하고 무익한 술을 권하였도다."

연후가 웃으며 말했다.

"숙부께서 이미 소질의 속내를 밝히 비추시니 감히 변명하지 못하겠습니다."

왕이 크게 웃고 궁녀에게 명하여 연후를 인도하여 양씨 침소에 이르게 했다. 양씨가 머물고 있는 침소는 전각이 아름답고 누대가 층층하였다.
66 양소저가 자리 위에 단정히 앉아 있는데 눈썹 근처에 희색(喜色)이 어리어 있었다. 양소저는 초란과 함께 태후의 성은과 왕비의 두터운 정에 감사하며 연후가 친히 온 것이 오히려 꿈인가 의심하고 있었다. 주렴 앞에서 궁녀가 연후가 들어옴을 알리자 소저는 도리어 놀랍고 부끄러웠으나 일어나 맞아 예를 다하고 자리를 정하였다. 연후가 눈을 들어 부인을 보았다. 서로 이별한 지 4년 만에 천신만고를 다 겪고 살아난 사람을 다시 만나니 연후에게는 반가움과 슬픔이 교차하였다. 또한 소저의 빛나는 얼굴이 전보다 몇 배 더하여 멋스런 태도는 아름다운 나무처럼 높고 맑은 기질은 구슬꽃처럼 맑고 시원하며 타고난 자태와 깨끗한 골격은 천택(川澤)의 얼

음과 형산(衡山)의 백옥이라도 미치지 못할 정도인 것을 보니 연후는 온몸과 마음이 사모하는 뜻으로 미쳐 날뛰는 듯하여 눈물을 흘리며 말했다.

"운수가 좋지 못하고 내 운명이 기구하여 부인으로 하여금 천고에 없는 환난을 만나게 했으니 이는 다 나 때문이오. 궁궐에서 관을 실어 내오고 어린 아들이 어미를 잃고 돌아오던 때에는 내 구곡간장(九曲肝腸)에 67
불이 나고 심장이 미어져 진실로 신생(申生)[280]의 어리석은 믿음을 사모하여 인간 세상에 머물 뜻이 없었소. 그러나 대인이 성체를 상하시기에 이르고 강보의 두 아이가 부모 없이 외로울 것을 차마 보지 못하여 침식을 남들과 같이 하여 태연하였으나 몸과 마음은 다 사라졌다오. 어찌 오늘 사면을 받아 반으로 쪼개진 거울이 다시 합쳐지고 용검(龍劍)이 다시 하나가 될 줄 알았겠소? 부인은 오히려 태후와 양왕의 구하심을 입어 화려하고 좋은 집에 평안히 지내었으니 내 생각엔 홍도의 손을 부르며 죽궁(竹宮)[281]의 반혼향(返魂香)[282]을 얻지 못하여 밤낮으로 슬퍼하고 사모하던 용녀(龍女)와는 달랐는지 안색이 쇠함이 없네 그려."

소저는 머리를 다소곳이 숙이고 옷깃을 여미며 말했다.

"저의 운명이 험악하여 집안에서 일어난 화가 이 한 몸을 적시니 진실로 보전하기 어렵거늘 존문이 쌓은 덕과 하태후 마마의 한없는 은혜로 죽을 때 다시 살고 시든 나무에 잎이 다 다시 난 것같이 구사일생으로 68
살아나 오늘 다시 하늘의 해를 보고 군후의 왕림을 맞았습니다. 저의

---

280) 신생(申生) : 진(晉) 나라 헌공(獻公)의 태자. 헌공이 총애하는 여희(驪姬)가 자신의 아들 해제(奚齊)를 태자로 세우려고 독이 든 술과 고기를 신생이 보낸 것처럼 음모를 꾸며 참소하자 신원하지 않고 자살하였음.

281) 죽궁(竹宮) : 한(漢)나라 무제(武帝)가 감천(甘泉)에 있는 환구(圜丘)의 사단(祠壇)에 모여드는 유성(流星)과 같은 귀신의 불빛들을 보고 망배(望拜)했다는 궁실 이름인데, 대나무를 써서 만들었으므로 죽궁이라고 하였음. 후대에는 사단(祠壇)을 가리키는 말로 쓰임.

282) 반혼향(返魂香) : 사람의 혼백을 불러온다는 향.

마음은 감격하면서도 슬프고 두려워 갚을 바를 알지 못하겠나이다. 더욱 슬프고 불행한 바는 군자께서 행실을 가지런히 못하시어 대인과 돌아가신 어머님의 높은 덕을 욕되게 하고 부모님께 염려를 많이 끼쳐 그 불효가 천고에 드문 터에 어찌 부부의 보잘것없는 사정을 이르겠습니까?"

연후가 탄식하며 말했다.

"지나간 일은 다시 일러도 부질없으니 모두 운수라 할 것이오. 어찌 한낱 내 허물이라 하며 더욱이 부인으로 말미암은 일이라 하겠소? 4년 동안 조부모와 부모께서 평안하시고 두 아들이 다 아무 탈 없으니 이제 돌아가면 완전히 전과 같을 것이오. 어찌 천행이 아니겠소? 태후의 성은과 왕비의 두텁고 화목하신 정은 백 년 동안이라도 갚기 어려울 것이오."

소저는 지난 일을 생각하니 새로이 한심하였으나 연후가 지금 마음이 참담하여 회포를 진정하지 못하므로 장부의 마음을 돋우는 듯하여 길게
69 탄식하고 말을 하지 않았다. 그때 다섯 째 공자가 좇아 들어와 서로 얼굴을 보고 피차에 반가워하고 기뻐하니 그 마음은 기록하지 못할 정도였다.

연후는 이날 부인과 함께 끝없는 사랑과 서로 그리워하던 말을 나누며 밤이 다하도록 잠을 이루지 못하였으나 왕씨에 대한 기괴한 이야기는 말하지 않았다. 부인은 시부모와 시누이들이 걱정해주신 것에 감사하는 말을 그치지 않으며 슬프고 가슴 아파하던 부모의 정을 느꼈다. 그러나 그 염려가 아들과 부부의 사사로운 정에는 미치지 않으니 연후는 이를 더욱 높이 여기며 탄복하여 진중하기가 비할 데 없었다.

다음날 왕이 금난전에서 큰 잔치를 베풀고 내외가 함께 모여 연후 부부가 다시 합치게 된 것을 치하하고 전송하였다. 온 나라의 예악은 교방(敎

坊)[283]의 높음을 다하였으며 물과 바다에서 나는 진수성찬은 산같이 흘
러들어 그 거룩함이 중국과도 다르지 아니 하였다. 이날 양씨는 진주와
비취로 장식된 구봉관(九鳳冠)에 주옥을 드리우고 붉은 비단 옷에 망룡(蟒
龍)[284]을 그려 넣어 옥대(玉帶)와 패옥(佩玉)이 밝고 아름다웠다. 그 의관 70
과 옷차림은 왕비의 그것에서 한 층이 낮은 것이었다. 별처럼 반짝이는
눈동자와 달처럼 아름다운 얼굴이 온 자리를 밝게 비추니 여러 공자들의
부인과 왕의 비빈(妃嬪), 미녀[285]들이 다 그 색을 빼앗길 정도였다. 다만
연후의 풍채와 골격은 서로 눈부셔 차이가 나지 않으므로 사람마다 눈을
떼지 못하며 새로이 흠모하기를 마지않았다. 왕이 웃으며 말했다.

"위국에 십이승(十二乘)을 비추는 아름다운 진주[286]가 있는데 이제 양 부인의 아름다움과 연후의 풍채는 한낱 말 없는 진주에 비기지 못할 것이니 과연 천생 배필이로다. 그러나 하나 묻고 싶은 게 있다. 연후는 저 부인과 사별하고 성상께서 여러 번 말씀하시어 왕씨를 취하였는데 신혼의 즐거움이 능히 옛 사람을 잊을 정도였는가?"

연후가 가만히 웃고 말했다.

"소질이 호화와 부귀 가운데 미인을 집안에 두었으니 어찌 싫어하겠습니까? 다다익선으로 많을수록 기쁘니 구태여 일방적으로 옛 사람만 생

---

283) 교방(敎坊) : 고대 여악(女樂)을 맡아보던 곳. 당(唐)나라 개원 2년인 714년에 처음으로 교방(敎坊)을 두었고, 아악(雅樂)은 태상(太常)에서 맡아보았는데, 교방은 주로 창우(倡優)를 맡아보았음.

284) 망룡(蟒龍) : 명 나라 때의 관복 제도로, 망룡을 그려 넣어 망포(蟒袍)라 하는데, 1품으로부터 9품까지 용(龍) 같은 이무기를 수놓았음.

285) 미녀 : {제희[齊姬]}. '월녀제희(越女齊姬)'라 하여 월(越)나라와 제(齊)나라에서 미인(美人)이 많이 나온 데서 미인(美人)을 이르는 말로 쓰임.

286) 십이승(十二乘)을 ~ 진주 : 예전에 제위왕(齊魏王)과 위혜왕(衛惠王)이 모여 회담하는 중 위나라 임금이 자랑하기를 "과인(寡人)은 비록 소국이지만 구슬을 좋아하여 수레의 전후에 12명을 태우고 10매씩을 들고 비추게 합니다"고 함. 그러자 제나라 임금이 어진 신하가 있어 먼 나라 도적이 두려워한다 하니 위나라 임금이 부끄러워했다고 함.

각하지는 아니하였나이다."

왕이 크게 웃고 말했다.

71 "과인이 전에 옥선의 말을 들으니 그대가 부인이 떠난 후로 빈 방에 혼자 거처하며 내외의 미인에 마음을 두지 않을 뿐 아니라 가까이 일을 맡겨 시키지도 않고 한 쌍의 젊은 환관을 시종으로 두며 왕부인 침소에는 발자취를 하지 않는다 하더구나. 내 빈 말인가 의심하여 짐짓 속을 떠본 것인데 말씀이 이같이 화려하여 본심을 감추니 가히 내외 가득한 군자는 아니로다."

연후가 수려한 눈가에 웃음을 띠고 대답하였다.

"'천자와 제후는 생각을 깊이 하고 행동을 조심한다.'[287] 하니 숙부께서 비록 소질을 사랑하셔서 하시는 말씀이나 위국 신민이 숙부의 소탈하심을 비웃을까 두렵나이다."

그러자 왕이 또 크게 웃었다. 종일 즐기기를 다하고 석양 무렵 잔치를 마친 후 연후는 다섯 째 공자와 더불어 외전에서 여러 왕자, 신료들과 함께 밤늦도록 모여 앉아 이야기를 나누며 연이어 3일 밤낮을 보내었다. 그러나 그 문답이 강물 같고 위의가 씩씩하여 조금도 게으른 빛이 없으니 위국의 문사와 한림원 신료들이 우러러 탄복함을 마지않았다.

72 위공자 두 사람 또한 호걸의 풍채가 있었는데 연후와는 외사촌 형제의 정이 있고 유공자와는 인척(姻戚) 간의 두터운 정을 겸하였기에 이별을 아쉬워했다. 그리하여 한 번 산천을 유람하겠다는 말을 왕께 아뢰고 한 척

287) 천자와 ~ 조심한다 : {텬즈는 목목(穆穆)ᄒᆞ고 졔후는 황〃(皇皇)ᄒᆞ다}. 『예기(禮記)』「곡례(曲禮) 하(下)」 편에 나온 말로, 정현은 주석하여 "모두 행동거지의 모습이다"라고 함. '목목'과 '황황'은 모두 말과 행동거지가 아름답고 성대한 모습임. 이 말은 제왕은 아랫사람을 대할 때는 위의를 차려 너그러이 포용하여 예우해야 함을 말함.

의 빠른 배를 얻어 서하(西河) 한가운데에 띄우고 즐겼다. 연후가 배와 그에 딸린 모든 것을 이끌어 돛을 높이 달고 천길 푸른 산을 두루 돌아보니 산하의 굳음과 인민의 부유함이 옛말보다 덜하지 않았으며 배 안에는 녹의홍상(綠衣紅裳)에 산해진미(山海珍味)가 가득하였다.

술에 반쯤 취하자 모든 창녀들이 연후의 위엄 있는 풍채와 다섯 째 공자의 아름다운 얼굴을 보고는 황홀히 넋을 잃어 한번 곁에 다가가 뜻을 부치고자 하였다. 그러나 연후 형제는 본래 가문의 도덕으로 조자손(祖子孫) 삼 대가 은총을 받아 부귀한 가운데 재취를 할지언정 천인(賤人)을 가까이 함이 없었다. 연(燕)나라, 조(趙)나라의 미인[288]과 진(秦)·진(晉) 두 나라의[289] 창아나 교방에도 한번 눈길을 둔 적이 없거늘 어찌 오늘 새 사람을 맞고 정든 사람을 보내는 저급하고 더러운 무리에게 눈길을 주겠는가? 더욱이 연후는 타고난 덕행을 갖추고 있어 전날의 허물을 잊지 않고 73
분노를 드러내지 아니하며 여색을 크게 경계하므로 비록 조비연(趙飛燕) 황후의 날아갈 듯 사뿐한 춤[290]과 자궁부인(紫宮夫人)의 빼어난 노래[291]

---

288) 연(燕)나라 ~ 미인 : {연됴[燕趙] 가인(佳人)}. 연조는 전국시대의 연나라와 조나라를 가리킴. 지금의 하북성(河北省) 북부와 산서성(山西省) 서부 일대. 『고시십구수(古詩十九首)』「동역고조장(東城高且長)」에 보면 "연나라와 조나라에는 미인이 많아서 아름다운 사람들은 얼굴이 옥과 같았다[燕趙多佳人, 美者顔如玉]."라는 구절이 있어 이후 연조는 미녀나 무녀, 가희를 가리키는 말로 사용됨.

289) 진(秦)·진(晉) ~ 나라의 : 여기서는 진공의 식읍인 두 나라를 가리킴.

290) 조비연(趙飛燕) ~ 춤 : 조비연은 한(漢) 나라 성제(成帝)의 황후로 원래는 장안의 궁인이었으나 가무를 배워 한성제의 눈에 들어 총애를 받음. 몸이 날씬하고 가벼워 손바닥 위에서도 춤을 출 정도라 하여 '작장중무(作掌中舞)'라는 말까지 생김.

291) 자궁부인(紫宮夫人)의 ~ 노래 : 궁부인(紫宮夫人)의 ~ 노래 : 자궁은 여러 가지 뜻이 있으나 여기서는 미앙궁(未央宮)을 가리키고 자궁부인은 왕소군(王昭君)을 가리킴. 왕소군은 전한(前漢) 원제(元帝)의 후궁임. 남군(南郡)의 양가집 딸로 한나라 원제의 후궁으로 들어갔으나, 당시 흉노(匈奴)의 침입에 고민하던 한나라는 그들과의 우호 수단으로 중국 여자를 보내어 결혼시켰는데 왕소군 또한 원제의 명으로 흉노의 호한야선우(呼韓邪單于)에게 시집갔음. 후한(後漢) 때의 『서경잡기(西京雜記)』에 의하면, 대부분의 후궁들이 화공(畵工)에게 뇌물을 바치고 아름다운 초상화를 그리게 하여 황제의 총애를 구했으나 왕소군은 뇌물을 바치지 않았기 때문에 얼굴이

라 해도 눈을 둘 뜻이 없었다. 오늘 왕의 두터운 정과 위의에 좋은 풍물(風物)이 있어 많은 창기들이 배 안에 가득하였으나 마음에 알기를 교활한 여우나 토끼 한 마리가 분 발라 꾸민 것으로 보는 까닭에 다만 거문고와 비파 소리를 듣고 술과 안주를 맛보며 한 쌍의 동자를 눈앞에 사환으로 두고 여러 공자들이 즐기는 모습을 볼 따름이었다.

날이 저물자 강 위에 안개가 일어나고 물결이 움직이므로 연후는 창문을 열고 바람의 기세를 보면서 멀리 변하(汴河)[292]를 향하여 강산을 살폈다. 저녁연기는 청산에 띠를 띠어 하얀 비단을 두른 듯하고 꽃과 버들은 주위에 비단을 편 듯하여 경치가 화려한 것을 보니 진실로 그림 한가운데 있는 것 같았다. 영웅의 뜻은 장대하고 재사(才士)의 기운은 거침없어 손
74 으로 옥난간을 잡고 능파사(凌波詞)[293] 한 곡을 불렀다. 그러자 신기한 소리가 하늘에 어리어 가없이 구천에 달하고 가벼이 물가에 사무쳐 구렁[294]에 잠들어 있는 교룡을 춤추게 하고 깊은 규방에 있는 과부를 움직일 듯하였다. 자리에 있던 모든 사람들은 깜짝 놀라 얼굴빛을 바꾸고 넋을 잃은 듯이 들었으며 여러 창기들은 얼이 빠지고 정신이 없었다. 염치

추하게 그려졌고, 그 때문에 오랑캐의 아내로 뽑히게 되었다 함. 왕소군이 너무나 빼어난 미인임을 알게 된 원제는 왕소군을 놓치기 싫은 마음에 그녀를 붙잡으려 했지만 이는 때는 늦었음. 하는 수 없이 호한야에게 혼수를 아직 준비하지 않았다 하여 사흘을 기다리라고 속이고는 그 사흘 동안 왕소군을 미앙궁으로 불러 함께 보냈다고 함. 왕소군은 호한야에게 시집가면서 애처로운 노래를 부른 것으로 유명함.

292) 변하(汴河) : 중국(中國) 수(隋)나라의 양제(煬帝)가 만든 운하(運河). 황하(黃河)의 물과 회수(淮水)를 연락(連絡)시켰음.

293) 능파사(凌波詞) : 당나라의 악곡(樂曲) 명으로 당현종이 꿈에 용녀의 청을 들어 지었다는 노래. 현종이 동도(東都)에 있었을 때 꿈에 한 아름다운 여자가 절하며 말하기를 "첩은 계하(階下)에 있는 능파지(凌波池)의 용녀(龍女)이온데 궁을 지키며 어가(御駕)를 보호하여 첩이 실로 공이 있사오니 이제 계하(階下)에서 균천(鈞天)의 음을 밝히시어 비옵건대 노래 한 곡을 하사하여 저희 일족을 빛내주옵소서"라고 함. 그리하여 현종이 꿈속에서 비파를 타며 새로운 곡과 소리를 옛 곡과 번갈아 하여 능파곡을 만들자 용녀가 거듭 절하며 돌아가니 현종이 꿈에서 깨어 그것을 기록하였다고 함.

294) 구렁 : {군확}. 한국학중앙연구원본 및 문맥을 참조했을 때 '구학(溝壑)'으로 보임.

를 무릅쓰고 다투어 거문고와 비파를 안고 진쟁(秦箏)[295]을 잡아 연후의 눈앞으로 나아가 아뢰었다.

"소첩들은 위국의 천한 창기이나 전후에 널리 많은 사람을 겪어 보았어도 일찍이 군후 어르신 같으신 이를 뵙지 못했습니다. 마음으로 공경하고 우러러 보아 일생을 의탁하였다가 그날 버리셔도 한이 없을 것이나 어르신께서 안색이 냉엄하시고 위의가 고결하시어 사랑스런 눈길 한번 주지 않으시니 소첩들이 감히 나아오지 못하였습니다. 이제 신이 노래 한 곡을 들으니 물 같은 마음이 더욱 감동하여 당돌함을 잊고 베갯머리에서 일생을 모시기를 원하나니 바라건대 군후께서는 어

여삐 여기소서." 75

연후가 이 거동을 보고 잠깐 웃고 말했다.

"너희들이 한낱 나의 소리와 얼굴만 알고 소행은 모르는구나. 내 본래 마음이 냉담하여 규방에 울적하게 있는 것을 괴롭게 여기는데다가 성정이 조급하여 너희 따위의 사람을 죽이기를 좋아하니 구태여 따르는 것은 유익하지 않다. 나는 여자에게는 쓸데없는 사람이다. 각각 물러가 각별히 호걸을 가리고 부질없이 염려를 허비하지 마라."

모든 여자들이 눈물을 흘리고 죽기로 일어나지 않으니 연후가 눈썹을 찡그리고 좌우를 보았다. 그러자 시중을 들고 있던 동자(童子) 정통과 왕경이 황급히 나아가 여러 창기들을 꾸짖어 물리치며 말했다.

"우리 어르신께서 만일 너희 같은 무리를 가까이 하셨다면 어찌 쌓이고 쌓인 칠백 교아(嬌兒)들을 한 번 거들떠보지 않으셨겠느냐? 빨리 물

---

295) 진쟁(秦箏) : 진나라의 악기인 쟁(箏)을 말함. 『삼국사기(三國史記)』「악지(樂志)」에 따르면 가야국(伽倻國)의 왕이 '진(秦)나라 쟁(箏)'을 본받아서 열두 줄의 악기를 만들었는데, 이름 하여 가야금(伽倻琴)이라 했다 함.

러가라."

여러 여자들이 하는 수 없이 물러나니 위공자가 웃으며 말했다.

"성인은 말씀이 박절하지 않거늘 유형이 이같이 담박(淡泊)하니 인정이 아니로다."

그러자 연후가 웃으며 대답했다.

76 "교언영색(巧言令色)으로 정든 사람을 보내고 새 사람을 맞으며 스스로 인륜을 더럽히는 무리를 배척하지 않으면 또한 어찌하겠소? 오늘 나의 일을 성인이 들으셔도 그르다 하지 않으실 것이네."

이 말에 좌우가 다 웃으며 칭찬하였다.

다음날 연후는 즐기기를 다하고 육로로 산천을 유람하여 신릉군의 무덤에 조문하고 송(宋) 나라 군신의 무덤과 명승지를 돌아보았다. 그러다 문득 슬픈 마음이 일어나 곳곳에서 글을 지어 비명(碑銘)을 올리고 10여 일을 한가로이 유람하다 돌아오니 왕이 반겨 맞으며 기뻐하였다.

연후가 들어가 부인을 보니 소저가 안색을 바로 하고 말했다.

"군자께서 산천을 두루 돌아보시어 비록 장부의 차림으로는 시원하시나 임금과 어버이를 떠난 지 수개월에 이르렀으니 자녀가 돌아오길 기다리는 부모님의 마음[296]이 지극하실 것입니다. 하물며 제가 천신만고 끝에 다시 살아난 사람으로서 시부모님과 부모님을 뵐 일이 시급하니 두 부모님들께서 손꼽아 기다리시는 것을 생각하면 잠자는 일이나
77 먹는 일에 뜻이 없습니다. 군후는 살피소서."

연후는 두 손을 가지런히 맞잡고 칭찬하며 말했다.

---

296) 자녀가 ~ 마음 : {의려지망(倚閭之望)}. '문에 기대어 기다린다'라는 뜻으로, 밖에 나간 자녀가 집에 돌아오기를 기다리는 부모의 간절한 마음을 비유하는 고사성어. 『전국책(戰國策)』에서 유래됨.

"부인의 높은 뜻이 내조함이 크니 어찌 시행하지 않겠소?"

연후는 다음날 발행하려 하였다. 왕이 만류하였으나 연후가 집안의 규율에서 정한 기한을 어겼음을 이르자 왕이 마지못해 다시 큰 잔치를 베풀었다. 양씨가 이별에 임하여 왕의 부부의 큰 은혜에 대단히 감사하여 눈물을 뿌리며 하직하니 왕비 또한 눈물을 흘리며 말했다.

"부인을 뜻밖에 만나 천리를 동행하고 가족의 정을 맺은 지 두 해만에 이제 사하심을 받고 돌아감은 천만 다행이나 다시 만날 기약이 없으니 어찌 슬픈 마음이 일어나는 것을 참을 수 있겠나?"

양씨는 눈물을 비 오듯이 흘리며 길에 올랐다. 연후가 다섯 째 공자와 함께 하직하자 왕비는 이별의 슬픔을 느끼며 구슬 같은 눈물을 흘려 사위에게 옥선군주의 평생을 재삼 부탁하였다. 두 사람이 다 슬픈 마음이 일어나 삼가 감사하고 나오니 왕의 부자가 가마를 갖추어 10리 장정에 잔을 들어 이별하였다. 두 편 모두 깨닫지 못할 만큼 서로 헤어지기 아쉬워했다.

일행이 밤낮으로 이틀 갈 길을 하루에 가며 경성에 이르니 유부의 여 78
러 유생들이 양문의 여러 사람들과 함께 10리 밖에까지 마중 나와 있었다. 진양후는 연후를 보고 크게 반기며 각각 헤어진 뒤의 일을 이르고 말고삐를 함께 하여 진부에 이르렀다. 승상과 진공을 비롯한 온 집안이 매우 기뻐하며 양소저를 맞으니 서로 반기고 슬퍼하는 모습은 측량하지 못할 정도였다. 이부인이 손을 잡고 목 놓아 울며 눈물을 흘려 옷이 젖어도 흐느끼기를 마지않았다. 진공이 온화한 음성과 부드러운 말로 위로하고 양씨를 대하여 탄식하며 말했다.

"오늘 태평한 때가 이르러 며늘아기가 살아서 돌아오니 일이 처음 생졌을 때를 생각하면 어찌 한심하지 않겠느냐? 이제는 마가 낄 일이 사라졌으니 이후부터는 무사할 것이다. 불행하던 가문에 천만 다행이니 내 이제야 사생 간에 깊은 시름을 풀었구나."

그런 후 양씨의 두 아들을 데려와 모자가 서로 보게 하니 두 아이가 씩씩하고 건장하며 빼어나게 아름다워 진실로 용의 아들이요, 봉의 손자였다. 양씨가 눈물이 얼굴에 가득한 채 조부모님과 시부모님의 크나큰 은혜와 시누이들의 고마운 염려에 감사하고 불효를 사죄하는데 사리에 들어
79 맞는 말과 아름다운 얼굴이 전보다 더욱 새로우므로 여러 사람들이 새로이 한층 더 사랑하였다.

승상이 하태후께서 양씨를 구하시던 전후 사정을 자세히 듣고 감격의 눈물을 드리우며 모여 있는 자손들에게 말했다.

"하태후 마마의 이 같으신 덕은 이 모두가 공주를 잊지 않으심이다. 슬프구나. 마마의 성은을 우리 부자가 잊을 리 있겠느냐? 유씨 가문이 대대로 나라의 은혜를 받음이 예사롭지 아니하되 효종황제와 선군(先君)은 지기지우(知己之友)로 물과 고기처럼 서로 꼭 들어맞는 군신이시더니, 불행히도 일찍 돌아가시고 그 끼친 은덕이 나에게 미쳐 너희들이 제후로 봉해지고 며늘아기의 환난에까지 나라의 은혜가 이 같음은 천고에도 듣지 못한 바로다. 비록 공주의 성덕을 잊지 못하시어 하신 바나 우리 가문이 쌓은 덕행과 그것이 남긴 경사[297]가 자손의 위태함을 푼 것이다. 장차 간과 쓸개는 땅에 버린다 해도 나라의 은혜와 조상의 은덕은 갚기 어렵구나."

---

297) 쌓은 ~ 경사 : {적덕여경[積德餘慶]}. '적덕'이란 은혜(恩惠)를 많이 베풀어 덕(德)을 쌓은 것을 말하고, '여경'이란 남에게 좋은 일을 많이 한 보답(報答)으로 뒷날 그의 자손(子孫)이 받는 경사(慶事)를 말함.

여러 공들이 다 손을 나란히 하여 마땅하시다 일컫고 양씨가 돌아옴을 치하하여 종일 단란하였다.

달이 서쪽 하늘로 저물 무렵 양씨가 죽서루에 이르니 벌인 것이 전과 80
다름없었다. 궁녀들과 원상궁이 양씨를 맞아 눈물을 뿌리면서 지난 고생을 말하며 슬프고도 기쁜 마음을 이기지 못해 했다. 설부인과 문창군주도 이르러 양소저와 조용히 이야기를 나누었다. 양소저가 옥선군주를 향하여 왕의 부부가 베풀어 준 정성스럽고 친절한 후의에 감사함을 마지않으며 떠나던 때의 회포를 떠올리고 슬픔에 잠기니 군주 또한 마음이 처량하였다.

이날 여러 소저들이 모여 밤을 세우고 다음날 아침 조부모님과 시부모님께 함께 가 문안하니 승상과 시부모가 기쁜 마음을 이기지 못하여 지난 일을 조용히 문답하였다. 이때 설상궁과 원상궁이 나아가 고하였다.

"양부인이 처음으로 돌아오셨으므로 왕부인이 마땅히 예를 갖추어 뵈어야 할 것입니다. 위의를 갖추었으니 주공과 부인께 아뢰고 하명을 기다리나이다."

공이 잠깐 웃고 연후를 돌아보며 말했다.

"예법은 엄정한 것을 주로 하나 왕씨가 조용히 순순하게 인사할 리 없
으니 권도(權道)로써 원비 보는 예를 안 하는 것이 어떨까 싶구나." 81

그러자 연후가 머리를 수그리고 대답했다.

"제 성격과 도량이 비록 도리에 어긋나다 하나 어찌 그 법을 감히 어기겠습니까? 오늘 일을 만일 흔히 있는 일로 본다면 훗날에는 더욱 명분을 삼가지 않을 것입니다. 오늘 예는 폐하지 못할 것입니다."

좌중이 다 연후의 말이 옳다 하니 공이 한동안 속으로 깊이 생각하다

드디어 왕씨를 불렀다.

이때 왕씨는 연후의 박대를 원망하다 양씨가 돌아와 온 집안이 떠받드는 것을 보고 매우 노하여 집 안에 깊이 들어 앉아 어지러이 욕하며 꾸짖고 있었다. 그러다 공의 명을 듣고 마지못하여 나아오니 온 일가친척이 집안에 가득하고 조부모님과 시부모님이 윗자리에 있어 그 위엄 있는 모습이 대단히 엄숙하였다. 대청 안에 붉은 융단을 깔고 설상궁과 원상궁 두 사람이 왕씨를 인도하여 동쪽에 있는 한 부인을 가리키며 사배(四拜)하라고 하였다. 왕씨가 눈을 들어 보니 그 여자는 꽃 같은 용모와 달 같은 광채를 아우르고 있었다. 또한 산천의 정기(精氣)가 아름다운 눈썹 언저리
82 에 가득하고 하늘의 맑은 빛이 온 몸에 아름답게 빛났다. 구름 같은 귀밑엔 보옥이 어린 듯하여 나르는 봉의 두 날개 같은 붉은 비단 옷을 입고 앞뒤로 패옥이 당당하였다. 왕씨는 한 번 바라보고는 넋이 흩어지고 생각이 어지러워 상궁을 돌아보며 말했다.

"나로 하여금 어떤 사람에게 인사하라 하는 것이냐?"

설상궁이 대답했다.

"저 부인은 연후 어르신의 정비이신 양씨이십니다. 지난날엔 어수선하고 소란스러워 서로 보지 못하셨으나 오늘은 마땅히 선후(先後) 분수를 갖춰야 할 것입니다. 부인이 먼저 교의(交椅) 아래에서 사배하신 후 다시 일어나 읍(揖)하여 보시는 것이 법례이니 이는 폐하지 못하실 것입니다."

왕씨는 발끈하여 얼굴빛이 달라져서는 큰 소리로 꾸짖으며 말했다.

"궁인이 무례하여 사람을 업신여김이 이토록 심하단 말이냐? 나는 명문가의 귀한 딸이요, 귀인마마의 가까운 친척이다. 저 양가의 여자로

하여금 내 침소의 시녀로 삼는 것도 더럽게 여기거늘 어찌 도리어 황명으로 들어온 정실이 저 못 가운데서 나온 귀신에게 절하는 일이 있겠느냐? 이 사람들은 모두 개, 돼지로다. 임금이 주신 바를 가볍게 여기는 83
구나."

이에 돌아서서 벌컥 성을 내며 신을 끌고 진궁으로 돌아갔다. 그러나 걸음이 허둥지둥하고 분노가 앞을 가려 급히 뛰다가 발을 헛디뎌 높은 계단에서 굴러 떨어졌다. 모여든 시녀들이 붙들어 일으키니 머리가 깨지고 팔이 접질려 심하게 어혈이 졌다. 모두가 오히려 놀라서 구완하여 잠깐 진정되자 왕씨는 하늘을 부르고 땅을 두드리며 크게 외치면서 울었다.

"내 비록 얼굴이 양녀만 못하나 어찌 나를 천첩같이 대접하여 저 사람에게 절하라 할 수 있습니까? 우리 마마께 이 곡절을 아뢰면 전옥서(典獄署) 감옥에 갇혀 큰 칼을 면하지 못하실 것입니다."

좌우에 있던 사람들은 어이가 없어 묵묵히 서로 얼굴만 바라보며 말을 안 했다. 그러자 연후가 매우 노하여 좌우에 있던 사람들을 꾸짖어 왕씨를 결박해 끌어내리게 하여 감옥 안에 밀어 넣고 스스로 섬돌 아래에서 죄를 청하며 말했다.

"이 여자의 패악함은 죽여도 시원치 않을 것입니다. 소자가 이미 그 가
장이 되었으니 어찌 죄가 없겠습니까? 조부와 아버님의 다스리시기 바 84
랍니다."

승상이 웃으며 말했다.

"저 사람의 사람됨은 안 지 오래이다. 그러니 어찌 오늘 이 상황이 괴이하겠느냐? 네가 비록 남편이라 하나 서로가 길가는 행인이나 마찬가지니 그 죄를 감당하면 억울하고 답답하지 않겠느냐?"

좌중이 다 조그맣게 웃으며 눈으로 연후를 보니 연후 또한 빙그레 웃으며 묵묵히 있었다. 이때 시녀가 급히 아뢰었다.

"왕부인이 지금 옥문을 발길로 걷어차고 통곡하시며 목을 매달려 하시나이다."

진공이 눈썹을 찡그리고 연후에게 말했다.

"내 전에 너에게 경계한 말이 있거늘 어찌 항상 저 사람을 위엄으로 절제하고자 하느냐? 마땅히 침실로 돌려보내라."

연후가 싫은 기색을 보이며 한동안 주저하자 공이 여러 궁녀들로 하여금 왕씨를 붙들어 궁으로 보냈다. 그리고 양씨를 나아오게 하여 말했다.

"며늘아기의 성덕은 내 본래 알지만 사람이 홧김에 도에서 지나치는 것은 남자라도 면하기 어려운 것이다. 저 사람의 끝없는 욕과 괴이한
85 행동이 여러 번에 이르게 되면 너라 해도 편치 않은 생각이 있어 감화시키지 못할 것이니 그로 인해 부족한 것을 메워 보충할 형세가 못 될 것이다. 부부의 윤리 또한 중한 것이니 하나를 죽이고 하나를 내치는 것은 집을 화평하게 하는 덕이 아니다. 하물며 황명으로 하사하신 혼인이니 일이 또한 중하지 않느냐? 너는 마땅히 성난 마음을 먹지 말고 지성으로 감화하여 우리 집안을 편안하게 하라."

양씨는 머리를 조아리고 거듭 절하여 명을 받들었으며 좌우에 있던 사람들은 다 공의 너그럽고 인자한 덕에 탄복하였다.

유 씨 삼 대 록

15권

1 이날 양소저가 문안을 마치고 죽서루에 이르러 긴 옷을 벗은 후 자리에 기대어 왕씨가 아까 하던 모양을 생각하니 비록 장씨처럼 간교하지는 않으나 입에 가리는 말이 없고 행동거지가 난폭한 것이 분명 크게 괴로운 인물이었다. 범에게 상한 마음이라 그윽이 우려하여 봄날의 산같이 아름다운 이마를 찡그리며 신세가 편안하지 못한 것을 슬퍼하였다. 이때 문창군주가 장손씨와 함께 이르러 양소저를 보고 웃으며 말했다.

"양형이 크나큰 천은과 흡족한 경사를 띠고 돌아온 지 이틀이 채 못 되어서 근심하는 빛이 계시니 왕씨에게 모욕을 당하여 놀란 것 아니오?"

양씨가 억지로 웃으며 말했다.

"궁중에 위아래 동서와 시누이들이 여럿이나 온갖 험난한 일을 저같이 겪은 이는 없을 것입니다. 평안한 시절을 맞았으나 북각에 갇혀 겪었
2 던 고초와 위국에서 떠돌던 처지를 생각하면 자연히 마음이 편치 않습니다. 그러니 어찌 구태여 왕씨의 일에 놀라 의심하겠습니까? 다만 대인께 깊은 은덕을 입었는데 명교를 욕되게 할까 두려우니 군주와 상궁은 몸을 보전하고 집안을 편안케 할 방법을 가르쳐주십시오."

그러자 군주가 웃으며 말했다.

"하늘이 형에게 덕을 내어 주셨으니 저 왕형이 어찌 하겠소? 군자가 나라를 다스리고 집안을 다스리는 것과 숙녀가 사덕(四德)과 부행(婦行)[298]을 행하는 것이 정도에서 벗어나지 않으니 잡된 행동거지가 뜬구름같이 이르러도 기러기 깃털같이 불 뿐이니 긴 날 동안 근심하여 무엇 하겠소?"

---

298) 부행(婦行) : 여자가 실천해야 할 네 가지 덕 있는 행동을 말함. 첫 번째가 여성의 덕(婦德)이고 두 번째가 여성의 말씨(婦言)이며 세 번째가 여성의 용모(婦容)이고 네 번째가 여성의 솜씨(婦功)임.

장손씨가 말했다.

“군주 말씀이 금과옥조(金科玉條)[299] 같으시나이다. 왕부인의 행사가 비록 사람을 놀라게 하나 장씨와는 다르니 그 스스로의 몸에는 해로워도 남에게는 무해할 것입니다. 부인은 다만 인내를 덕으로 삼아 성심으로 너그러이 다스려 인의로써 감화하소서.”

이에 양씨가 감사하며 말했다.

“밝히 가르쳐 주시니 가슴에 새기겠습니다. 제가 감히 언성을 높여 비
난할 뜻이 있음은 아니었습니다. 다만 편협한 도량에 능히 적의 날카 3
로운 기운을 진압하지 못하고 송양공(宋襄公)의 어리석음[300]을 취할까
두렵습니다.”

군주와 장손씨가 또 웃었다.

양씨는 10여 일 동안 친정으로 돌아가 부모형제를 만났는데 각각 붙들고 슬퍼하며 반가워하기를 측량하지 못했다. 그러나 진공이 돌아오길 재촉하고 연후가 정한 기한이 있으므로 사사로운 정을 참고 진부에 돌아오니 공의 사랑과 연후의 대우가 날로 더하였다. 슬하에는 구슬 같은 두 아들이 있어 나란히 재롱을 부리고 설부인과 군주로 더불어 시부모께 문안

---

299) 금과옥조(金科玉條) : 금옥과 같은 법률(法律)이란 뜻으로, 소중히 여기고 지켜야 할 규칙(規則)이나 교훈(敎訓)을 말함.

300) 송양공(宋襄公)의 어리석음 : 『십팔사략(十八史略)』에 ‘송양지인(宋襄之仁)’이란 말이 나옴. 송(宋)나라의 양공(襄公)은 초(楚)나라와 싸울 때 먼저 강 저쪽에 진을 치고 있었고 초나라 군사는 이를 공격하고자 강을 건너는 중이었음. 이때 장군 공자목이(公子目夷)가 송양공에게 이르기를 “적이 강을 반쯤 건너왔을 때 공격을 하면 이길 수 있습니다.”라고 권하였으나 송양공은 “그건 정정당당한 싸움이 아니다. 정정당당하게 싸워야 참다운 패자(霸者)가 될 수 있지 않은가?”하면서 듣지 않음. 강을 건너온 초나라 군사가 진용을 가다듬고 있을 때 또다시 “적이 미처 진용을 가다듬기 전에 치면 적을 지리멸렬(支離滅裂)시킬 수 있습니다.”하고 건의하였으나, 송양공은 “군자는 남이 어려운 처지에 있을 때 공격하지 않는 법이다.”하며 말을 듣지 않음. 그 결과 송나라는 크게 패했으며 송양공은 이 싸움에서 피살됨. 세상 사람들은 이를 비웃어 송양지인(宋襄之仁)이라고 함.

드린 후에는 한 집에 모여 회포를 나누며 즐거워하니 봄바람이 무르녹는 듯했다.

하루는 진공이 중당(中堂)에서 며느리들을 모아 조용히 말씀하고 계실 때 장손 상궁이 초란에게 들은 말을 전하였다. 그 말인즉슨 양소저가 궐 안에서 태후께서 주시는 초염을 사양하고 북각에서 물길을 찾아 기갈을 해결하며 태후께서 수락사에 감추려 하시니 사양하고 죽기로 가지 않아
4 태후께서 탄복하시고 위국에 보내신 사연이었다. 이 모든 말을 자세히 아뢴 후 장손 상궁이 말했다.

"우리 궁중에서 정도를 잡고 이단을 배척하시며 사생결단의 마음을 바꾸지 않는 분은 양부인이십니다. 설부인과 군주가 양부인 못지않으시나 이는 태평성대에 앉아서 도를 논함과 같고, 난세에 바른 것을 잡아 출군(出軍)하여 한 세상에 뛰어나신 바는 양부인이시니 어찌 아름답지 않겠습니까?"

공이 이 이야기를 듣고 손가락을 튕기며 칭찬하여 말했다.

"세상이 그릇되고 풍속이 너무 어지러워 머리에 선비 관을 쓴 자로 능히 유업을 다할 사람이 없다. 일이 이러하므로 하물며 규방 여자의 일은 다그치지 못하겠더니 다행히 공주의 성덕이 세상에 뛰어나 여러 자녀들이 그 법을 지킨다고 하나 난세에 어찌 완전하겠느냐? 며늘아기의 유식한 소견과 엄정한 예법이 이 같으니 가히 그 시어미의 며느리 되는 것이 욕되지 않구나. 또 지식이 관대하여 초염을 물리치고 사치한 부
5 녀의 마음을 경계하니 이는 여자들 가운데 군자로다. 어찌 일개 아녀자라 이르겠느냐?"

그러자 장부인이 탄식하며 말했다.

"진실로 사람이 한결같지 않구나. 저 왕씨가 공연히 수락사에 간 것과 양씨가 화를 피하기 위해 태후께서 보내시는데도 가지 않은 일을 빗대어 생각하면, 우주 사이는 우러러 보기나 하려니와 이 두 사람은 서로의 거리가 바다 밖에 또 바다가 있는 것 같아 멀리서 보기도 어렵구나."

이 말에 좌중이 다 감탄하였다. 연후는 그제야 알고 더욱 양씨를 공경하고 아끼는 마음을 가졌다.

이때 왕씨는 연후에 의해 갇혀 있다가 공의 명으로 침소에 돌아와서도 분을 이기지 못하고 있었다. 그리하여 날마다 연후를 욕하며 잘 못 살리라고 하거나 고이 못 죽으리라 하고, 혹은 양씨를 욕하여 흉한 형벌을 받으리라 하며 종일토록 집 안에서 욕을 하였다. 그러다 갑자기 한 가지 일을 생각해낸 왕씨는 벌떡 일어나 두루 준비하여 한 길의 밧줄과 한 그릇의 똥물을 들고 죽서루에 이르러 난간 위로 달려 올라갔다.

그때 연후는 문안을 마치고 돌아와 양씨와 함께 아침을 먹고 있었는데 6
은근히 말씀하여 화기가 얼굴에 가득하였다. 왕씨는 그 거동을 보고 미운 마음이 심하였으나 연후가 두려워 나아가지는 못하고 좌우를 돌아보았다. 자기가 온 것을 사람들이 미처 보지 못하자 몸을 휘장 사이에 감추고 똥물을 그릇째 들어 연후를 향하여 던지니 더러운 것이 방 안에 어지러이 흩어지고 악취가 가득하였다. 양씨는 벌써 왕씨의 일인 줄 알고 안색을 조금도 바꾸지 않은 채 시녀를 불러 더러운 것을 거두어 치우라 하였다. 연후가 무심결에 너무 놀라 좌우 시녀들에 까닭을 물으니 여러 시녀들 또한 너무 놀라 두루 살폈다. 그때 서쪽 난간 사이에 왕씨가 손에 밧줄을 들고 바삐 달아나니 초란이 먼저 보고 아뢰었다.

"난간에 다른 사람은 없고 왕부인이 와 계시다가 가시나이다."

양씨가 눈을 부릅뜨고 바라보며 정색하고 말했다.

"천한 비자가 어찌 위를 범함이 이와 같단 말이냐?"

초란이 황공하여 물러나니 연후는 왕씨가 한 일임을 깨닫고는 그 행동
7 거지를 또한 우습게 여겨 거침없는 소리로 크게 웃었다. 왕씨는 다시 틈을 타 연후가 없을 때 양씨를 욕보이려 하였다.

며칠 후 연후가 마침 외각에서 본국의 공사(公事)를 결정하느라 반나절을 들어오지 않았다. 왕씨가 이때를 타 죽서루에 들어가니 양소저는 왕씨의 사람됨이 이렇듯 도리에서 벗어나는 것을 보고 큰 욕을 볼까 근심하였다. 이날 왕씨가 갑자기 들어와 양씨를 철 여의(如意)[301]로 치려할 때 원상궁이 그 손을 잡고 말했다.

"이는 항간의 천한 사람들이 서로 다투며 싸울 때 하는 행동이지 천승(千乘) 국가의 부인께서 하실 일이 아니오니 부인은 진정하십시오."

왕씨가 매우 노하여 눈을 높이 뜨고 원상궁을 밀치며 양씨에게 달려들었으나 벌써 철 여의를 빼앗겨 미처 매를 얻지 못하자 급한 마음에 먼저 그 고운 얼굴을 상하게 하려고 두 손으로 양씨를 붙들고는 그 얼굴을 세게 물어뜯었다. 좌우가 급히 구하였으나 미치지 못하여 양씨가 크게 다쳤
8 다. 원상궁이 대단히 놀라 왕씨를 붙들어 기린각으로 보내니 왕씨는 양씨가 매우 다친 것을 보고 매우 기뻐하며 재빨리 돌아갔다.

석양 무렵 연후가 들어와 부인을 보니 아름다운 얼굴이 어지러이 상하였으므로 놀라고 의아하여 그 까닭을 물었다. 그러나 양씨가 우연히 상하였다 하고 말하지 않으니 원상궁이 나아와 그 곡절을 자세히 전하였다.

---

301) 여의(如意) : 독경이나 설법을 할 때, 강사(講師)인 중이 손에 드는 불구(佛具)의 한 가지. 나무·대나무·쇠·구리 따위로 만든 막대인데, 끝이 갈고리처럼 꼬부라져 있음.

연후가 한심한 마음을 이기지 못하여 도리어 웃으며 말했다.

"대인이 일찍이 저 사람을 놓고 놀란 말 같다 하시더니 진실로 옳구나. 그러나 부인이 어찌 저 사람에게 물릴 줄 알았겠소? 저 사람의 무례한 언동이 이와 같은데도 집안에 두는 것은 임금이 주신 바를 공경하려 함이니 부인의 괴로움이 오늘에 그치지 않을까 염려되는구려."

양씨는 부끄러워하며 말을 안 했다. 양씨가 금창약(金瘡藥)[302]을 바르고 10여 일을 조리하니 진공은 양씨가 문안에 불참하는 것을 괴이히 여겨 그 까닭을 물었다. 장부인이 이 사연을 자세히 고하자 공은 놀라면서도 우습게 여겨 다그치지 않았다. 그러나 장부인은 왕씨를 밉게 여겨 그 행 9
동을 통탄하고 모든 궁인에게 분부하여 왕씨의 행동을 다 자세히 알아 고하라 하였다. 그리고 죽서루의 시녀들을 매우 책망하여 왕씨의 장난이 소저의 신상에 미치도록 아뢰지 않음을 꾸짖으며 차후에도 만일 왕씨가 죽서루 근처에 어른거리는 일이 있거든 부인 명으로 밀어 내치라 하였다.

궁중의 수 만 사람들이 부인의 명령을 들은 후부터 한결같이 왕씨를 막아 마음대로 하지 못하게 하니 왕씨는 감히 양씨를 거스르지도 못하고 더 이상 쓸 꾀도 없어 스스로 방 안에서 부인을 원망하며 괴이한 말을 무수히 하면서 한 달 가까이 문안에도 참여하지 않았다. 그러던 어느 날 왕씨가 갑자기 단장을 성대하게 하고 진공을 뵈러 가니 마침 여러 젊은 사람들이 모여 있는데 양소저의 얼굴이 전과 다름없이 빛나고 조금도 상한 흔적도 없이 그 자리에 있으므로 밉고 분한 마음을 이기지 못하여 당장에 죽이고 싶은 마음에 두 눈을 독하게 뜨고 양씨를 보았다. 공이 그 거동을

302) 금창약(金瘡藥) : 쇠끝에 다친 데 바르는 약. 나무나 풀의 잎과 줄기를 석회(石灰)에 섞어 이기어서 큰 뽕나무에 구멍을 뚫고 그 속에 넣어 뽕나무 껍질로 봉하여 두서너 달 두었다가 꺼내어 그늘에 다시 두서너 달 말리어 만듦. 금상산(金傷散).

10 보고 또 한참 동안 왕씨를 바라보니 왕씨는 공의 위풍을 두려워하여 급히 침소에 돌아와 생각하였다.

'이제 조금도 뜻을 이루지 못하니 마땅히 집에 돌아가 귀인 마마께 의논드려야겠다.'

그리고 스스로 위의를 갖춰 집으로 돌아가니 공과 연후가 다 그 거취를 묻지 않았다.

왕씨는 집으로 돌아가 부모를 보고 울면서 양씨가 혼자서 사랑과 귀여움을 독차지하여 연후의 박대가 심함을 이야기하며 설욕할 꾀를 물었다. 그러나 왕태우는 크게 꾸짖으며 말했다.

"네 일찍이 장씨의 일을 듣지 못하였느냐? 장씨는 진국부인의 친조카요, 그 아름다움이 유명하여 연후가 상사(相思)하여 얻었으면서도 한 번 일을 그릇한 죄로 집에서 쫓겨나 칼끝에 죽은 혼이 됨을 면하지 못했다. 그때 어찌 그 자모(慈母)의 낯을 보지 않고 사돈 간의 의리를 살피지 않았겠느냐? 하지만 연후는 사람이 법률을 밝히고 인정이 없어 눈앞에
11 서 한 번 노하면 시녀를 방 안에서 베어버리고 궁녀를 진문에서 죽여 사람의 머리가 떨어진 것을 본 후에야 얼굴에 기쁜 기색이 일어난다. 너는 어찌 부인 여자가 되어 조심하거나 꺼리는 데가 없고 도리어 적은 투기로 네 목숨을 재촉하여 어버이께 욕을 끼치려 하느냐?"

그러자 왕씨가 또 울며 말했다.

"연후가 기색으로는 소녀를 박대함이 없으나 양녀의 색에 홀려 다른 사람을 박대함이 심하니 귀인 마마께 아뢰어 양녀를 제어하고자 하는 것인데 대인께서는 어찌 자식의 평생을 염려하지 않으십니까?"

그러나 태우가 매우 노하여 꾸짖고 딸아이의 입궐을 허락하지 않았다.

왕씨는 어쩔 도리가 없어 가만히 글을 써서 귀인께 전후곡절을 자세히 아뢰어 양씨를 제어하여 주시기를 청하였다.

이 왕귀인은 사람이 시기심이 많고 포악하나 자색(姿色)이 뛰어나 상의 총애가 깊었다. 그러나 자식이 없어 왕씨를 어려서부터 궁궐에 들여다가 양육하며 사랑했으므로 상이 왕씨를 여러 번 보시고 그 고움을 아름답게
여기시어 장후의 청으로 연후에게 사혼(賜婚)하신 것이었다. 이날 귀인은 12
왕씨의 글을 보고 편지에 쓰인 일이 모두 안타까웠다. 더구나 연후의 박대가 너무 심하여 팔뚝 위의 앵혈(鶯血)이 여전하다 한 것을 보고 매우 노하여 왕씨를 불쌍히 여겼다. 그러나 장후의 위세로도 능히 양씨를 없애지 못하였고 진공부자는 평범한 조정 신하가 아니라 태후와 천자께서 예우하시고 육원 비빈과 삼천 궁녀가 다 정을 맺은 신하이므로 실로 한 후궁의 힘으로는 흔들지 못하리라 생각했다. 뜻이 막힌 왕귀인은 한 통의 편지를 써서 진궁부인 장씨께 보내었다.

궁인이 진부에 이르니 장부인은 이때 침전에서 아들과 며느리를 거느리고 한가로이 담소를 나누고 계시다가 장추전에서 궁인이 나왔다는 얘기를 듣고 눈썹을 찡그리며 말했다.

"이는 반드시 왕씨의 연고일 것이다. 언제야 집안이 편안해지겠느냐?"

그러자 연후가 웃으며 말했다.

"미친 후궁의 괴이한 서찰이 이른 것을 어찌 지나치게 염려하십니까? 13
편지 안에 무슨 말이 있다 해도 조금도 요동치 마십시오."

그런 후 연후는 밖으로 나가고 딸과 며느리들이 부인을 모시고 있었다. 이윽고 궁인이 들어와 두 번 절하고 한 통의 서찰을 받들어 올리니 부인이 자리를 주어 머리를 들라 하고 천천히 서찰을 떼어 보았다. 그 글에 다

음과 같이 이르고 있었다.

귀인 왕씨는 재배하고 진국부인 안하(案下)[303]에 올리나니 첩이 비록 후궁의 자리를 채워 낳고 길러주신 은혜를 받사오나 자식이 없는 까닭에 적적함을 달래기 위해 조카의 딸을 길러 그 사랑하는 마음은 제가 난 자식보다 더하였습니다. 연후의 풍류와 뛰어난 재주를 사랑하여 손녀를 사혼(賜婚)하여 친척 간의 의를 두터이 하고자 하였더니 생각지도 않게 연후가 양씨의 색에 미혹하여 황명을 가볍게 여기고 왕
14 씨를 참혹하게 구박하여 노예보다 심하게 하니 이 어찌 성상을 경멸함이 아니겠습니까? 양녀가 비록 조강지처라 하나 그 중함이 황명보다 더한 것이 아니니 부인은 마땅히 진공과 상의하여 첫째 부인의 자리를 왕녀에게 주고 예로 관대하여 바라는 바를 저버리지 마소서. 이 일은 한낱 첩의 사사로운 뜻이 아니라 황상의 뜻 또한 이와 같으시니 만일 연후가 방자함을 고치지 못하고 양녀가 사양할 뜻이 없으면 다시 북각에 갇히는 고초를 면치 못할 것입니다.

부인이 편지를 다 본 후 붓과 벼루를 내와 답서를 이루는데 그 글 쓰는 것이 비바람 같고 붓 아래에서 주옥이 어지러이 떨어지는 것 같았다. 잠깐 머리 돌린 사이에 글을 전부 다 지어 궁인에게 맡기며 말했다.

"내가 들으니 성인의 가르치심에 부인은 밖을 이르지 아니하고 남자는 안을 이르지 않아 각각 처소를 두어 소임을 차린다고 하였다. 지금은 진공이 집을 다스리고 있고 연후가 또 두 부인을 거느리고 있으니 부부
15 의 후박(厚薄)과 선후(先後)를 바꾸는 것은 나의 소임이 아니다. 귀인이

303) 안하(案下) : '책상 아래'라는 뜻으로, 흔히 편지(便紙) 겉봉에 상대자(相對者)를 높이어 그 이름 아래 쓰는 말.

이렇듯 성상의 뜻으로 이르시나 진실로 쓸데없는 일이니 궁인은 돌아가 자세히 고하라."

궁녀가 부끄러워하며 부인께 인사하였다. 또한 부인의 단정하고 엄숙한 얼굴과 여러 젊은 부인들의 달 같은 용모와 꽃 같은 풍채를 공경하고 사모하여 말했다.

"천첩이 일찍이 연후 부인의 선인(仙人) 같은 풍채와 꽃 같은 용모가 천상의 선녀와 무쌍하신가 하였는데 이 자리에 계신 모든 부인이 한결같이 기이하시니 군주는 익히 뵈었으나 다른 부인은 뉘시옵니까?"

부인이 말했다.

"이 사람은 진양후 부인 설씨이고 그 아래 앉은 세 사람은 나의 며느리들이나 어찌 궁인의 지나친 칭찬을 감당하겠는가?"

그러나 궁인은 칭찬하지 않을 수 없었다. 궁인이 궁궐에 들어가 귀인을 보고 문답한 일을 아뢰니 귀인이 노기를 띠고 서찰을 떼어 보았다.

진국비 장씨는 머리를 조아려 거듭 절하고 왕귀인 각하께 글을 올리옵니다. 일찍
이 궁중과 부중이 현격히 달라 존귀하신 자리를 우러러 보지 못하는 것을 한탄하였 16
더니 소첩의 자식 현이 외람되게도 국은을 입어 공후의 자리에 거하고 마마의 친척을 사혼(賜婚)하시어 왕씨를 얻었습니다. 그러나 부부의 은애(恩愛)는 인력으로 못하고 더구나 제 아들이 의사가 소탈하여 깊은 규방의 여자를 상대할 뜻이 없어 자주 묻지 못하였으나 어찌 마마의 지나친 염려가 이 지경에 이르러 양씨에게 죄가 돌아간단 말입니까? 현이 왕씨의 행사가 마음에 들지 않아 정이 소원한 지 오래된 후 양씨가 천은을 입어 돌아온 지 이제 수개월에 이르렀을 뿐이나 어찌된 연고로 윗자리를 시기하고 그 덕행과 용모를 꺼려 조강지처를 모함하며 마마의 위험을 빌어 시가

를 제어하고자 하는지 모르겠나이다. 왕씨가 비록 귀한 여자이긴 하나 현이의 혼인 예물을 받아 현의 사람이 되었으니 위세로 이같이 하는 것은 결국 부덕(婦德)이 아닐 것입니다. 자리에 관해서는 가정과 국가에서 모두 하나를 높이는 바입니다. 우리 태조 고황제께서 나라를 여실 때에 첩을 높여 처를 삼는 오대(五代)의 풍속을 놀랍
17 게 여기시어 이 법을 엄히 막으셨으니 오늘 마마의 말씀은 국법이 아닙니다. 또한 귀함으로 조강지처를 바꾸지 않는 것은 송홍(宋弘)의 아름다운 말씀[304]이 있으니, 첩의 가부(家夫)가 비록 어질지는 못하나 천하의 풍속을 교화하여 성상을 돕고 있으니 먼저 집을 어지럽혀 우리 성상의 치화(治化)를 잘못 되게 하는 일이 있어서는 아니 될 것입니다. 만일 이 일이 성상의 명으로 났다면 부자가 머리를 궁궐에 부딪쳐 다툴 뜻이 있사오니 이는 한낱 양녀를 사랑하고 왕녀를 미워해서가 아니라 공정한 교화를 가다듬고자 함입니다. 마마는 재삼 살피시어 저의 당돌함을 너그러이 용서하소서.

귀인은 편지를 본 후 매우 노하였으나 편지에 쓰인 사연이 지극히 정의롭고 진공이 만일 천자께 아뢰게 되면 성상의 교지라 꾸며 댄 일이 드러날 것이므로 스스로 죄를 알고 매우 두려워하여 이후로 다시 말을 못하였다. 왕씨는 평생 귀인을 믿어 말끝마다 귀인을 일컫다가 귀인도 이같이
18 어쩌지 못하는 것을 보고 섭섭한 마음에 몹시 분개하였다. 왕씨가 심복

304) 송홍(宋弘)의 ~ 말씀 : 『후한서(後漢書)』「송홍전(宋弘傳)」에 보면, 후한 광무제(光武帝)의 누님이 일찍이 과부가 되어 쓸쓸히 지내는 것을 보고 광무제는 마땅한 사람이 있으면 다시 시집을 보낼 생각으로 그녀의 의향을 떠보자 그녀는 송홍 같은 사람이라면 시집을 가겠다고 함. 마침 송홍이 공무로 편전에 들어오자 광무제는 누님을 병풍 뒤에 숨기고 그에게 넌지시 물음. "속담에 말하기를 지위가 높아지면 친구를 바꾸고 집이 부유해지면 아내를 바꾼다 하였는데 그럴 수 있을까?"하고 말하자 송홍은 서슴지 않고 대답함. "신은 가난할 때 친하였던 친구는 잊어서는 안 되고, 지게미와 쌀겨를 먹으며 고생한 아내는 집에서 내보내지 않는다고 들었습니다[臣聞, 貧賤之交不可忘, 糟糠之妻不下堂]."라고 함. 이 말을 들은 광무제는 누님이 있는 쪽을 돌아보며 조용한 말로 "일이 틀린 것 같습니다."라고 말하였다 함.

하녀를 시켜 각처에 널리 물어 부부가 서로 합하는 비방을 구하니 사노비인 옥란이 한 단약을 가져와 말했다.

"이는 여의개용단(如意改容丹)[305]인데 값을 천금을 달라 하더이다."

왕씨가 말했다.

"이것은 어디에 쓰느냐?"

옥란이 말했다.

"부인이 이를 드시고 양부인 얼굴이 되어 진공과 연후 어르신을 속이시면 교묘하지 않겠습니까?"

이 말에 왕씨가 매우 기뻐하며 그 단약을 많이 사가지고 진부로 돌아왔다.

이때 장부인이 진공과 연후 형제를 보고 서찰을 가져다가 전후 사정을 전하니 공이 탄식하며 말했다.

"성상이 비록 어질고 명철하시나 후궁의 장난이 끝이 없으니 어찌 안타깝지 않겠는가? 그렇다고 우리 집안을 마음대로 협박하지는 못하겠지만 왕씨의 흉악한 계교가 다하면 괴이한 뜻이 또 일어날 것이다. 비록 장씨와 같지는 않으나 우리 며늘아기의 신상에는 대단히 근심거리가 될 것이니 부인과 너희들이 주의를 기울여 세심히 살펴야 할 것이다."

그로부터 오래 지나지 않아 왕씨가 돌아오니 온 집안이 후대하며 별다른 내색이 없으므로 왕씨는 또 마음 펴고 다녔다. 19

음력 2월 초 5일은 진양후의 생일이라 진(秦) · 진(晉) 두 나라는 방물(方物)[306]을 바치고 궁중 내외에서는 술과 고기를 올려 축하하였다. 진양후 형제는 일찍이 낳고 기른 어버이의 은혜를 생각하여 생일을 당하면 더욱

305) 여의개용단(如意改容丹) : 자기 마음대로 얼굴을 바꿀 수 있다는 단약.
306) 방물(方物) : 감사(監司)나 수령(守令)이 임금께 바치는 그 고장의 산물(産物).

슬퍼 술과 안주에 뜻이 없었으나, 공이 있고 예법에 좇아야 할 것을 폐하지 못하여 작은 술자리를 열어 조부모와 부모께 올리고 모든 형제와 함께 즐기고 있었다. 이때 진공이 술에 반쯤 취하여 설씨, 양씨 두 사람과 군주를 불러 가까이 앉히고 추파(秋波)를 흘려 그 자리에 앉아 있던 모든 젊은 여인네들을 살펴보며 이들이 모든 부류에서 특별히 뛰어함을 매우 기뻐하였다. 설씨는 이때 20세라 벌써 네 아들을 낳았고 양씨는 18세라 두 아들이 있었다. 쌍으로 공후 명부(命婦)의 옷차림을 갖추어 재덕과 미모가 한 쌍의 아름다운 진주요, 하늘에서 내린 두 송이 아름다운 꽃 같아 상하 우열을 가릴 수 없었다. 군주는 이때 복야부인(僕射夫人)이 되어 명부(命婦)의 옷차림을 갖추었을 뿐 아니라 그 기질이 일반 사람과 달라 예복과 위
20 엄 있는 몸가짐이 어여쁜 얼굴을 더욱 빛나게 하여 온 자리에 고운 빛이 가득하였다. 이 세 사람의 아름다운 자태와 눈부신 빛깔이 승상 자손 70여 인 중 특별히 뛰어나 일대에 당할 자가 없는 가운데, 양씨는 환난을 많이 겪은 후 다시 만난 터라 친척의 정과 시부모의 마음이 각별히 다행스러움을 겸하여 자연 사랑이 더하였다. 양씨를 특별히 귀여워하는 승상 부부와 진공의 말씀과 애중하는 뜻은 물결이 솟아나는 듯하였다. 그 행사를 기리며 기쁨을 아껴 종일토록 즐기며 양씨를 칭찬하는 말이 그치지 않았다.

왕씨가 자리에서 이 거동을 보고 분함을 이기지 못하였으나 본래 실없는 사람이라 연후를 두려워하고 공을 꺼려하여 감히 말을 못하고 입속으로만 부끄러운 욕을 더욱 심하게 했다. 날이 저물자 잔치를 끝내고 각각 침소로 돌아갔지만 연후는 물러나 다시 안주를 갖추어 진양후와 한껏 마시고 크게 취한 후 드디어 죽서루에 이르렀다. 이때 양소저는 안채에서

동서, 시누이들과 함께 장부인을 모시고 밤늦도록 이야기를 나누느라 돌
아오지 못하고 어린 아들들은 각각 유모를 따라 협실에 있어 방 안에 인 21
기척이 없었다. 연후가 술기운이 올라 안석(案席)에 의지하여 누워 있으니 원상궁이 곁에서 모시며 차를 대령하고 술 깨실 때까지 도우며 보호하고 있었다. 왕씨가 이때를 타 개용단(改容丹)을 먹고 양씨 얼굴이 되어 옷차림을 같게 하고 허둥지둥 신발을 끌고 죽서루에 이르니 원상궁이 맞으며 말했다.

"밤이 깊은데다 군후께서 술에 몹시 취하여 계시거늘 부인께서는 어찌 이렇게 늦게 돌아오십니까? 또 모신 사람은 왜 없사옵니까?"

왕씨가 소리를 나직이 하여 말했다.

"시어머님께서 머무시니 쉬 못 오고 바삐 오느라 미처 초란 등을 데리고 오지 못했다."

상궁이 말했다.

"부인은 『예기(禮記)』를 보지 않으셨습니까? '밤길에 등불이 없으면 다니지 않는다.'[307] 하였으니 부인은 차후 명심하소서. 군후의 성정이 흔쾌하시기는 하나 사람의 부족한 점은 그냥 지나치지 않으시니 무례히 여기실까 두렵습니다."

양씨로 변한 왕씨는 거짓으로 온화하게 고마움을 표하고 신발을 끌며 22
침상으로 다가갔다. 연후가 몹시 취하여 손을 잡고 즐겁게 웃으며 말했다.

"우리 두 사람은 옥황상제께서 정하신 배필이오. 왕녀가 아무리 도리

307) 밤길에 ~ 않는다 : {야힝[夜行]의 무쵹[無燭]이어든 불행(不行)이라}. 『예기(禮記)』「내칙(內則)」편에 나오는 말로 본문에는 "여자는 집 밖에 나갈 때는 반드시 얼굴을 가린다 그리고 밤에 밖으로 나갈 때에는 등불을 사용하고 그것이 없으면 나가지 않는다[女子出門, 必擁蔽其面. 夜行以燭, 無燭則止]."라고 되어 있음. '내칙'은 가정 안에서의 예의범절이란 뜻으로 이 편에는 가정에서 남녀간에 알아두어야 할 일이나 부모·시부모에 대한 예의 등을 해설한 곳이 많음.

에 어긋나다 하나 어찌 능히 간섭하겠소?"

뒤이어 은근히 청하여 침상에 나아가 사랑하는 마음이 흡족하였다. 왕씨는 여러 해 동안 연후를 심히 사모하다 이러한 계교로 오늘 비로소 동침의 즐거움을 얻으니 마음으로 기쁨이 넘쳐 부녀자의 정숙한 풍속과 습성을 다 잃었다. 그러나 연후는 괴이히 여기면서도 취기에 정신이 혼미하여 능히 깨닫지 못하였다.

이윽고 양씨가 등불을 밝히고 여러 시녀와 함께 죽서루에 이르니 밤이 깊어 원상궁은 자기 숙소로 돌아가고 집 안이 고요하여 인적이 드물었다. 침실에 불을 끄고 이미 휘장을 드리웠으므로 양씨가 의아하여 등불을 가져다가 책상 위에 놓고 머리를 돌려 연후를 보니 자기의 이부자리에서 한 여자와 함께 꿈속에 빠져 있었다. 놀라움을 이기지 못하여 즉시 등불을
23 들고 휘장 밖으로 나와 가만히 생각하니 반드시 범상치 않은 일의 기미가 있었다. 다음날 아침에 일이 어찌 되나 보고자 하였으나 삼경이 가까운 밤중이라 모두 잠이 들어 분주히 구는 것이 심히 편치 않았다. 그러나 마지못해 초란으로 하여금 군주가 자는가 깨었는가 알아오라 하였다. 초란이 즉시 돌아와 군주가 침소에 갓 돌아와 아직 취침하지 않았음을 고하였다. 양씨가 즉시 월영각에 이르니 군주가 맞으며 말했다.

"이미 밤이 깊거늘 형님이 어찌 오셨습니까?"

양씨가 가만히 웃으며 말했다.

"제가 침소에 돌아오니 적적함이 심하여 이곳에 와 다시 부인과 이야기나 나누려 합니다."

군주는 흔쾌히 기뻐하며 자리를 정하고 조용히 말을 나누었다. 양씨가 말투는 화평하나 놀라고 두려워하는 기색이 얼굴에 가득하여 자주 눈썹

을 찡그리므로 군주가 물었다.

"형님이 저를 찾아오신 것은 동기의 정일 것이나 또한 생각건대 오라버니께서 몹시 취하여 반드시 신상이 편치 않을 것입니다. 또 외전에 24
나가지 않고 죽서루에 계신다면 형님이 공연히 버리고 여기에 오신 것이 이상합니다. 그 사이에 무슨 연고가 있는 것이 아닙니까?"

양씨는 본래 군주의 공명정대함을 아는지라 드디어 좌우를 물리치고 이 말을 전하였다. 군주가 놀라며 말했다.

"그 여자가 어떤 사람이었습니까?"

양씨가 말했다.

"제가 예에서 벗어난 거동을 보고 정신이 다 아득하였는데 어찌 그 얼굴을 보았겠습니까? 생각건대 궁첩(宮妾)의 하나인가 합니다."

그러자 군주가 가만히 웃으며 말했다.

"그럴 리가 없습니다. 우리 오라버니께서 당초 나이가 젊고 액운에 가리어 장씨를 가당찮게 사모하는 것이 한 조각 흠이 되었지만 본래 심지가 곧으니[308] 허물을 이미 고친 후 어찌 다시 여색에 연연하겠습니까? 하물며 남아가 바깥에서 잡된 일이 있다 하나 허다한 전각이 있거늘 어찌 형님의 침상에서 이렇듯 무례히 굴겠습니까? 일이 대단히 맹랑하니
반드시 집안에서 불만을 품은 자가 오라버니께서 취하신 틈을 타 깊은 25
밤에 모호하게 속인 것입니다. 결단코 궁인이 아니리니 즉각 종적을 찾아내어 형님의 의심을 풀겠습니다."

그러나 양씨는 조용히 대답하지 않았다. 군주가 자기 보모 최낭옥에게

---

308) 곧으니 : {구뎡[九鼎] 궃흔디라}. '구정'은 하(夏)나라 우왕(禹王)이 구주(九州)에서 조공으로 받은 쇠를 녹여서 만든 솥을 말함. 하(夏)·은(殷)·주(周) 천자에게 보배로서 전하여짐. 여기서는 '심지가 곧다'는 뜻에서 비유적으로 쓰임.

명하여 기린각에 가 왕부인을 청하라 하니 최상궁이 시녀들을 데리고 기린각에 가 왕씨를 찾아 군주의 말을 전하려 하였다. 그러나 왕씨는 거처에 없고 옥란 등이 꾸며대는 말은 앞뒤가 맞지 않았다. 최상궁이 돌아와 왕씨가 온데간데없음을 고하자 군주가 탄식하며 말했다.

"집안에 요사스런 사람이 이렇듯 성하니 사람으로서 부끄러워 낯을 둘 곳이 없습니다."

양씨는 당초부터 왕씨를 의심하였으나 나타나지 않은 일을 지레 일컬음이 옳지 않아 궁녀로 지목하였다가 군주의 말을 듣고는 편안한 목소리로 천천히 대답했다.

"이는 모두 군자의 행사가 한쪽으로 치우쳐 사람의 허물을 이룬 것입
26 니다. 부인은 저 사람의 부족한 점을 의논하지 마소서."

군주가 탄식하고 은근히 좋지 않은 기색을 보였다.

차설(且說). 연후는 닭이 울자 비록 취중이나 이른 아침에 부모님께 안부 인사를 하던 버릇이 있어 비로소 잠을 깨어보니 가짜 양씨가 아직도 침상에서 일어날 뜻이 없었다. 연후가 웃으며 말했다.

"부인이 전에는 닭 울음소리를 들으면 머리 빗고 세수한 후 부모님께 안부 드리는데 하루도 때를 어김이 없고 내가 혹 태만하지는 않나 차가운 눈초리로 주시하더니 오늘은 어찌된 까닭에 날이 늦도록 일어나지 않는가?"

가짜 양씨가 거짓으로 대답했다.

"어젯밤 어머님을 모시고 밤이 늦은 후 돌아오니 몸이 피곤하여 그리하였습니다. 군후께서 웃으시는 것을 들으니 낯이 뜨겁습니다."

연후가 웃으며 말했다.

"우연히 놀린 것이니 부인은 화내지 말고 평안히 조리하여 건강에 무리가 없도록 하시게."

왕씨가 온갖 교태로 대답하니 연후는 그 음성이 다름을 괴이히 여겼으나 저 사람이 이미 병이 있다 하였으므로 감기 기운이 있는가 여겼다. 그러나 말하는 것이나 행동하는 것이 전날 공정하고 의젓하던 것과 전혀 다르므로 추파(秋波)를 흘려 재삼 살피고는 좋지 않은 기색을 보였다. 27

연후가 일어나 세수하고 부모께 문안하니 벌써 여러 형수, 제수, 누이들과 형제들이 다 영운전에 모여 있었다. 연후가 좌중을 보니 양씨가 벌써 옷매무새를 바로 하고 여러 동서, 시누이들과 항렬을 이뤄 부인을 모시고 서 있었다. 그의 맑은 용모는 옥 나무에 구슬꽃이 핀 듯 시원하였고 얌전하고 점잖은 거동은 흰 달이 푸른 하늘에 한가로이 떠 있는 듯 안팎이 모두 밝아 속에 한 점 흐린 것이 없어 보였다. 연후는 양씨가 어젯밤 사랑을 나누며 비굴하게 아양 떨던 일을 생각하니 전후가 두 사람같이 다르게 여겨졌다. 더구나 병들었다 하고 침상에 누워 있다가 벌써 이곳에 와 있는 것이 이상하여 재삼 그를 눈여겨 살펴보았다. 좌중은 이에 무관심하였으나 군주와 양씨는 벌써 알고 마음속으로 웃음을 머금고 서로 돌아보았으나 어찌 왕씨가 얼굴을 바꾸고 양씨가 되어 저렇듯 일을 꾸민 것을 알았겠는가? 그저 어두운 구석을 의지하여 연후가 술에 취해 정신이 혼미할 때를 타 속인 것으로 알았던 것이다.

장부인은 지극히 총명한 여자라 연후와 양씨의 기색을 이상하게 여기 28
고는 문득 그 까닭을 물었다.

"현은 어제 술에 취해서 그러느냐? 어찌 늦게야 왔으며 왕씨는 무슨 일로 오지 않았느냐?"

연후가 손을 모으고 절하며 말했다.

"전에도 혹 취한 때가 없었겠습니까마는 사람이 깨워 문안에 늦지 않았는데 오늘은 소자가 스스로 깨어서 왔으므로 이제야 이르렀습니다."

말을 멈춘 틈에 원상궁이 얼굴색이 흑빛이 된 채, 황급히 이르러 진공께 아뢰었다.

"궁중에 큰 변이 있으므로 주공께 아뢰나이다."

공과 좌중이 다 놀라 그 까닭을 물으니 원상궁이 대답했다.

"어제 제가 죽서루에서 연후 어르신의 취후 신상을 보호하며 부인이
돌아오시기를 기다리다가 밤이 깊은 후 부인이 갑자기 시녀도 없이 오
시기에 등불 없이 밤길을 다니시는 것을 간하니 부인께서 유유히 침실
29 로 들어가시어 저 또한 물러나왔습니다. 그런데 아까 초란 등의 말을
들으니 양부인이 그때는 안채에서 오지 않고 계셨다 합니다. 한참 지
난 후 시녀와 초롱을 들고 돌아오셔서 침실에 들어와 보시니 군후께서
어떤 여자와 함께 잠들어 계시므로 부인이 감히 머물지 못하시고 월영
각에 가시어 밤을 지내시고 이어 문안드리러 오셨다 합니다. 제가 듣
고 놀라 바삐 죽서루에 가보았더니 양부인이 여전히 침상에 누워 계시
며 병들어 문안을 못 한다 하시니 천하에 이런 요사스럽고 허망한 일이
어디 있겠습니까? 진실로 사실과 거짓을 분간하지 못하여 감히 주공께
아뢰나이다."

좌중이 매우 놀랐으나 홀로 요동치 않는 사람은 공과 진양후였다. 문창군주와 양씨는 서로 돌아보며 낙담한 기색을 보였다. 반나절이 지난 후 공이 진양후와 연후 두 사람을 나아오라 하여 말했다.

"이 일을 너희들이 알지 못하는구나."

진양후가 머리를 조아리며 대답했다.

"자세히 알지는 못하오나 이는 환술(幻術)의 조화인가 하나이다." 30

연후가 얼굴색이 잿빛같이 되어서 거듭 절하며 말했다.

"소자의 어리석음 때문에 신상에 욕이 여기까지 미치니 옥석(玉石)을 가려 죄 지은 바를 벌해야 마땅할 것입니다."

그러나 공이 고개를 저으며 말했다.

"옳지 않고 옳지 않다. 이 일은 원한에 쌓인 부녀가 사랑을 구하고자 하는 일시의 요망한 환술이다. 너는 모름지기 너그럽고 인자하기에 힘써 사람의 허물을 용서하고 보전케 하는 것이 옳을 것이다. 네가 만일 제가(齊家)에 있어 화평하고 공평하게 했더라면 어찌 오늘 같은 일이 있었겠느냐? 내 전에 들으니 회면단(回面丹)[309]과 여의개용단(如意改容丹)이라 하는 약이 도봉잠[310]으로 제명하여 세상에 왕왕 있다 하였으나 직접 보지는 못했는데 왕씨가 이 약을 얻어 너를 속였는가 싶으니 또한 가소롭구나. 어찌 화를 내겠느냐?"

연후는 마음속에 노기가 불같이 일어났으나 아버님의 명을 거역하지 못하여 다시 말을 하지 않았다. 공이 곁에 있던 시종을 시켜 왕씨를 부르게 하였다. 그때 왕씨는 단약으로 연후를 속인 후 병을 핑계로 죽서루에 31
자리 잡고 앉아 양씨가 들어오거든 꾸짖고 물리쳐 진짜를 요사스런 귀신이라 지목하고 요사스런 사람이 진짜인 체하려고 집안을 떠나지 않고 있었다. 그러다 갑자기 공의 명을 듣고 마지못해 영운전에 이르니 상하노소가 다 얼굴을 우러러 웃음을 띠고 있었다. 왕씨는 스스로 단약을 믿고서

309) 회면단(回面丹) : 원문에는 '외면단'으로 되어 있으나 문맥상 '회면단'으로 보임. '회면단'은 얼굴을 다시 제 모습으로 돌아오게 하는 약을 말함.

310) 도봉잠 : 최음제의 일종으로 정욕을 돋우는 약.

는 담을 크게 하고 나아와 양씨를 보고 거짓으로 놀라며 좌우를 돌아보았다. 그러나 공은 왕씨에게 명하여 바닥에 무릎을 꿇게 하고 크게 꾸짖었다.

“네가 황명으로 내 집에 들어온 지 3년 동안 과실이 많았으나 다그치지 않고 내 며느리 항렬에 두었거늘, 무슨 까닭에 천고에 드문 요술을 하여 나의 가법(家法)을 어지럽히고 네 스스로 금수의 행실을 달게 받느냐? 만일 다시 이런 일이 있으면 결단코 용서치 않으리니 빨리 본 모습으로 돌아오고 분수를 지켜 허물을 고치라.”

32 말을 마치고 시녀 10여 인을 불러 계하에서 엄히 문책하여 단약의 출처를 찾으니 모든 서녀들이 서로 상의하여 다 옥란에게 미루었다. 그러자 옥란은 또 왕씨에게 미뤄 돈과 비단을 주며 사오라 하므로 주인과 종 된 도리에 거스르지 못하여 개용단을 사들였다고 고하였다. 공은 연후로 하여금 왕태우께 이 연유를 자세히 풀어 쓰게 하고 집안사람을 가려 뽑아 그에게 옥란을 맡겨 왕부로 보냈다. 그리고 왕씨에게 회면단을 찾아 먹이니 왕씨가 약그릇을 박차고 어지럽게 통곡하며 말했다.

“제가 본래 양씨인데 아버님께서는 어찌 저를 핍박하여 왕씨라 하십니까? 왕녀가 전부터 저를 시기하다가 이런 요사스런 약을 먹고 내 얼굴이 되어 먼저 온 것인데 아버님께서 이것을 살피지 않으시고 끝내 저를 왕녀라 하신다면 이는 인륜을 어기는 일이 될 것입니다.”

공이 안석에 기대고 누워 빙그레 웃고 부인을 돌아보며 말했다.

33 “천하에 이런 일이 있어 사람의 염치도 상함이 심하니 어찌 도리어 놀라겠소? 한바탕 웃고 말 일이로구려.”

그런 후 딸아이로 하여금 다시 약을 내오게 하여 왕씨에게 먹이니 얼굴이 변하여 순식간에 옛 얼굴이 돌아왔다. 이 모습을 보고 좌우가 다 입을 가리고 머리를 숙이며 웃음을 참지 못했다. 그러자 연후의 점점 안색이 엄숙해지고 두 눈은 흐릿해지므로 공이 좌우로 하여금 왕씨를 붙들게 하여 기린각으로 돌려보내고 좋은 말로 연후를 달래어 너그럽게 참으라고 경계하였다.

대개 공은 어렸을 때부터 성품이 굳세고 엄한데다 두 나라를 거느리고 다스리며 군사에 관한 일을 겸하여 무릇 상벌을 엄중히 하는 것을 사생결단으로 해왔다. 연후는 어렸을 때부터 자라기에 이르기까지 눈에 익히 본 바가 그런 것이라 사람 죽이기를 쉽게 알 뿐 아니라 천성이 공을 많이 닮아 이전에도 아무렇지 않게 여러 사람을 죽였었다. 공은 자기가 자식을 너그럽고 인자하게 가르치지 못해서 그런 건 아닌가 뉘우쳐 집에 있을 때는 화평함을 오로지하였다. 또한 연후가 왕씨를 증오하고 싫어하는 거동을 보고 또 반드시 죽이고자 하는 것임을 짐작하고 옥란은 형벌을 내리지 34
않고 곱게 왕가로 보내고 너그럽고 후한 마음으로 연후의 마음을 풀어 경계하게 하였다. 연후는 부친 뜻을 알고 깊이 감격하여 고마움을 표했으나 속으로 생각하길 왕씨는 이미 다그치지 않으려 했지만 양씨는 야심토록 침소를 찾지 않아 악인이 틈을 타게 했으니 좋게 생각할 수가 없었다. 또한 홀쩍 월영각으로 가 자고 와서 문안 때 자기 거동을 보고 군주와 서로 보며 웃던 일을 생각하니 부끄럽기도 하고 화가 나기도 했다. 그러니 어찌 우습지 않겠는가? 양씨는 자리에서 이 광경을 보고 사람의 염치가 여기까지 이를 수 있는 것을 개탄하고 왕씨를 위하여 부끄러워했다.

그때 문득 좌우가 시끌시끌하더니 주렴 앞에 있던 궁녀가 영릉후와 부풍후와 각노공이 이르렀음을 아뢰었다. 여러 젊은이들이 일시에 뜰로 나와 맞아 자리를 정한 후 영릉후가 물었다.

“아까 들으니 궁중에 괴이한 일이 있다고 위아래 사람들이 서로 전하
35 더이다. 저희들 역시 놀라고 궁금하여 알고자 왔습니다.”

공이 웃고 전후 사정을 전하니 세 명의 공들이 모두 크게 웃으며 말했다.

“이 일은 원한이 지극한 부녀의 마지막 꾀로군요. 오히려 불쌍하니 형님께서 취하신 태도가 진실로 마땅하십니다.”

부풍후가 또 웃으며 말했다.

“우리들이 천하에 듣고 본 바가 적어 나이가 40세에 이르렀으나 이런 괴이한 약이 있음은 듣지 못하였습니다. 하지만 진실로 이상하여 알지 못하겠습니다. 그렇듯 교묘하다면 나릇이 많은 남자가 먹어도 아리따운 미인이 될지도 모르겠습니다그려.”

그러자 진공이 웃으며 말했다.

“아우가 남자도 여자가 될 수 있는지 물으니 무슨 뜻인가? 우리 형제 중 수염 많기로는 아우가 으뜸이니 시험하여 한 그릇 맛보는 게 어떻겠는가?”

영릉후가 무릎을 치고 크게 웃으며 말했다.

“둘째 형님의 말씀이 마땅하십니다. 지금 분명 왕씨에게 남은 약이 있을 것이니 얻어다가 아우의 소원을 이루는 것이 좋겠습니다.”

부풍후도 웃으며 말했다.

36 “저 약의 교묘하고 요사스러움을 이름이거늘 형은 어찌 이토록 아우를 희롱하십니까?”

공이 말했다.

"좋은 말이 많거늘 네 홀로 장부의 몸으로 남자가 여자 되는 것을 물으며 수염이 많으니 적으니 하니 내 어찌 웃지 않겠느냐?"

부풍후 역시 웃으며 말이 없었다. 그러자 영릉후가 말했다.

"현이 양씨와 금슬이 깊음을 알겠구나. 왕씨가 비록 모습을 바꿔 들어간들 능히 뜻 맞춤이 이 같겠느냐?"

또 연후의 손을 잡고 웃으며 말했다.

"네 혈기 미정(未定)한 아이로 주색(酒色)을 삼가지 않음이 이와 같으니 이 숙부는 왕씨의 일보다 너의 신상이 염려되는구나. 네 이제도 여색을 멀리 하노라고 담대한 말을 하여 이 숙부를 속이겠느냐?"

연후가 머리를 조아리며 대답했다.

"소질이 비록 어리석사오나 몸이 남자가 되어 처자를 대하는 일로 숙부를 염려하시게 하겠습니까?"

여러 공들이 또 웃으며 말했다.

"당당한 남아가 주색에 상하면 부형의 염려가 어찌 적겠느냐? 양씨는 모름지기 조카를 크게 꾸짖어 멀리 거절하고 용납하지 말거라." 37

이에 진공이 웃으며 말했다.

"셋째 아우가 항상 어린 마음이 있어 숙부로서의 체면이 상하는 것을 생각지 아니하는구나."

그러자 영릉후가 웃으며 대답했다.

"희롱하는 것이 아니라 조카의 신상을 염려해서 하는 말인데 형이 작은 일처럼 여기시니 제가 오히려 민망합니다."

이렇게 말을 마치고 이들은 서로 즐겁게 웃기를 그치지 않았다. 여러 공의 유수 같은 말과 화기애애한 빛이 온 방 안을 밝게 비추니 상하 사람들이 우러러 사모하기를 마지않았다.

날이 저물자 공은 모든 아우와 여러 아들들을 거느리고 상부로 나아갔다. 연후는 그제야 침소에 이르렀으나 노기가 가득하여 침상 위에 단정히 앉아 있었다. 연후는 아들이 곁에 가 아버지를 불러도 돌아보지 않고 부인이 이르러도 눈을 두지 않았다. 소저 또한 마음이 편치 않아 한 구석에 말없이 앉아 있었다. 연후가 갑자기 문을 열고 소리를 높여 궁관과 시종
38 들을 부르라 하였다. 잠깐 사이에 궁관과 시종들이 뜰아래 모이니 붉은 곤장과 흰 매를 헤치고 양부인의 심복 시녀 연경 등 10여 인을 잡아내려 죄를 나열하며 꾸짖었다.

"부인의 예도는 밤길에 등불을 잡고 무고히 집 밖에 나가지 않는 것이므로 백희(伯姬)311)는 오히려 죽기로 작심하고 불을 피하지 않았거늘, 너는 부인이 깊은 밤에 분주히 집을 비우고 간사한 사람의 꾀를 도와 내가 우스운 꼴을 당하도록 업신여김이 심하였으니 어찌 여자의 행실을 안다고 하겠느냐? 먼저 그 죄를 다스리리니 너희들은 나를 위하여 빨리 저 무리를 치라."

말을 마치자마자 호령이 벽력같았다. 시종들은 감히 태만히 하지 못하여 일시에 이들을 결박하고 형벌을 가했다. 연후는 봉안(鳳眼)을 높이 뜬 채 눈동자에는 엄숙함이 서려 한 겨울 찬바람이 눈과 얼음에 부는 듯 매마다 살폈다. 원상궁은 말로는 연후의 노기를 풀지 못할 줄 알고 빨리 진

311) 백희(伯姬) : 춘추 시대 노선공(魯宣公)의 딸로 송공공(宋共公)의 부인이라 공희(共姬), 공백희(恭伯姬)라고도 함. 공공이 죽은 후 절개를 지키며 수절함. 노양공(魯襄公) 삼십 년에 송나라 궁전에 불이 났을 때 좌우에서 피하라 권하였으나 백희는 이렇게 말함. "부인의 의는 상궁과 함께가 아니면 밤에는 집밖을 나서지 않는 것이다 (…중략…) 의를 어기고 사는 것은 의를 지키며 죽는 것만 같지 못하다[婦人之義, 保傅不俱, 夜不下堂, (…中略…) 越義而生不如守義而死]." 그러고는 마침내 불을 피하지 않고 죽음.

양후께 고하였다. 진양후가 이르러 말릴 사이에 벌써 수십 대를 맞아 유
혈이 뚝뚝 떨어지고 살점이 썩어 문드러지니 진양후가 좌우에 있는 사람 39
들을 꾸짖어 물리치고 연후를 책망하며 말했다.

"너의 행동이 은밀하여 알 수가 없고 사리에도 통하지 않으니 이는 군자가 집안을 다스리는 도리에 어긋나는 것이다. 양씨 제수가 침소에 늦게 돌아온 것은 어머님께서 아끼고 사랑하셔서 그런 것인데 어찌 네가 왕씨에게 속을 줄 미리 알고 계셨겠느냐? 스스로 어두워 부인이 진짜인지 가짜인지도 알아보지 못하고 아녀자에게 속아놓고서는 무죄한 시녀를 정실부인의 죄로 매를 치니 이것이 무슨 예절이냐?"

연후는 진양후에게 감사하며 자신이 잘못했다고 말했다. 그러나 진양후가 돌아간 후 연후가 다시 말을 않고 침상 위에 누워 좋지 않은 마음을 풀지 않으니 양씨는 두려운 마음에 감히 가까이 다가가지 못했다.

이러구러 수일이 지났으나 연후의 말투는 여전히 엄숙하였다. 양소저
가 저녁 문안을 드리고 돌아오면 연후가 벌써 문을 안으로 걸어 잠그고
양씨가 들어오는 것을 용납하지 않으니 소저는 수삼 일에 이르도록 난간
안에서 등불을 밝히고 밤을 지새워야 했다. 그러나 소저가 화난 빛이나 40
이상하게 여기는 기색도 없이 묵묵히 있으면서 새벽에 연후가 일어나 촛
불을 켜고 세수할 때 가만히 들어와 의복을 갈아입고 또한 문안을 드리므
로 궁중이 다 알지 못하였다.

이렇게 하길 10여 일에 미치자 원상궁은 소저의 연약한 체질이 상할까 두려워 화해하라 타이르며 말했다.

"군후께서 스스로 사람에게 속으시고 도리어 부인의 탓으로만 여기시니 까닭 없음이 너무 심하시옵니다. 아무리 가장이 하는 일이라 해도

그릇된 일을 따라 부모께서 물려주신 몸을 상하게 하는 것은 옳지 않으니 군후께서 노기를 푸실 동안 별당에 머무시며 신상을 보호하십시오."

그러자 양씨가 천천히 대답했다.

"내가 부도(婦道)를 잃어 상공의 꾸지람이 있는 것이지 어찌 까닭이 없겠느냐? 날이 차지 않고 옥난간 사이에서 밝은 등불을 대하고 한가히 있으니 비단 이불과 옥 침대에서 잠자는 것보다 오히려 편하구나. 그대는 너무 염려하지 마라."

원상궁은 그 견고함을 칭찬하고 탄복하였다.

41 이때 양씨의 장자 운망은 5세였다. 영민함이 남보다 뛰어났는데 곁에서 이 문답을 듣고 이를 연후에게 고했다.

"모친께서 원상궁에게 아까 이르시길 방안에서 비단 금침을 펴고 자는 것은 편치 않으나 난간에서 지내는 것은 편하다 하시더이다."

연후는 전후의 사정을 알지는 못했으나 부인이 자기를 못마땅하게 여겨 원망하는 말인가 싶어 더욱 노하고 밉게 여겼다.

장부인이 연후의 일을 듣고 좌우가 조용한 때를 타 연후를 불러 탄식하며 말했다.

"여러 해 전 진양공주께서 돌아가실 때 네 나이 겨우 6세였다. 자녀 가운데 특별히 너의 호탕함을 염려하시며 내게 부탁하시길 금슬에 마가 끼는 것을 제어하고 바른 길로 인도하라 하시더니 내가 사람됨이 부족하여 부탁하신 바를 저버리고 너희 부부로 하여금 세상에 희한한 환난을 겪게 하고 이제야 겨우 평안한 시절을 얻었구나. 그럼 이제 종고(鐘
42 鼓)의 즐거움[312]과 금슬(琴瑟)의 화목함을 길이 누려야 할 것인데 어찌

된 까닭에 바람이 한 번 불면 풀들이 쓰러지는 것같이[313] 온순함을 업신여기고 현철함을 억눌러 밤마다 집밖으로 내치는 것이냐? 당초 사단이 비롯된 것은 내가 양씨를 머물게 하여 밤새 이야기를 나누고자 하므로 왕씨가 틈을 탄 것이니 허물은 내게 있고 양씨에게는 있지 않다. 너는 생각해 보거라."

그러자 연후가 황급히 머리가 땅에 닿도록 절하며 삼가 사례하고 또한 감동하여 슬피 말했다.

"불초 소자 착한 행실이 없어 능히 사람의 자식 된 도리를 닦지 못하고 오히려 어머님의 가르치심이 여기에 이르게 만들었으니 옳고 그르고 간에 제 죄가 무겁습니다. 이제 무슨 면목으로 천하에 서겠습니까? 양씨는 그 처신이 소자의 뜻에서 벗어난 까닭에 꾸짖고자 하였으나 저 사람이 환난을 겪고 살아남아 겨우 다시 만났으니 박절하게 대하는 것은 인정이 아닌지라 다만 문을 닫아 서로 보지 않고 피차 마음을 편하게 하고자 한 것입니다. 양씨 또한 소자의 사나운 거동을 보지 않는 것을 기뻐하며 스스로 즐겨하기를 사람을 향하여 참지 못하고 있는데 바람 43
이 풀을 쓰러뜨리는 것 같다 하심은 의원가 하옵니다. 비록 그러하나 분부가 이 같으시니 어찌 다시 싫어하겠습니까?"

부인이 거듭 권유하며 말했다.

"양씨는 사덕(四德)이 옥 같고 백행(百行)이 얼음 같아 진실로 규각(閨閣)의 여자 선비이다. 이는 유씨 가문의 경사이자 너의 상쾌한 복이니 상

---

312) 종고(鐘鼓)의 즐거움 : 종과 북소리가 잘 어울리는 것과 같이 부부가 서로 화목하여 즐거워하는 것을 이르는 말.

313) 바람이 ~ 것같이 : {죵풍챠미[從風蹉靡]의 일이 니러나}. 문맥상 '종풍차미'로 보임. '종풍이미(從風而靡)'란 바람이 불어 풀이 바람 따라 흔들리는 것 같음을 말함. 강약에 큰 차이가 있어 약한 쪽은 한 번의 타격에도 견디지 못하고 와해되는 것을 비유함.

공이 중히 여기시는 바이고 내 부족한 재주와 덕행으로 그 아이의 시어머니 된 것을 부끄러워 할 정도이다. 이른바 부모가 사랑하면 견마(犬馬)라 해도 후히 하고 아들이 그 처를 박대하다가도 부모가 '나를 잘 섬긴다.' 말하면 아들은 죽을 때까지 공대하여 그만두지 말라 하지 않느냐? 네가 며늘아기와 본래 깊은 정이 없다가 그 덕성과 의리에 탄복하여 공경하게 되었으나 이제 조용히 모여 있는 때 공연히 꾸짖으며 다스리려 하니 내 혹시나 싶어 두려워서 하는 근심이다."

이에 연후가 눈물을 머금고 꿇어 앉아 아뢰었다.

"어머님께서 지극한 정성과 참된 마음으로 말씀하시니 소자가 돌이나
44 나무가 아닌 바에야 어찌 따르지 않겠습니까? 전에는 나이가 젊고 마음을 바르게 하지 못하여 그리하였사오나 본래부터 저 사람이 현명하고 아름다운 것은 잘 알고 있었습니다. 게다가 귀한 두 아들이 있으니 어찌 저버리겠습니까? 다만 처자가 비록 특별히 뛰어나다 해도 장부가 한결같이 존경하고 떠받드는 것은 옳지 아니하오니 이 역시 너무 중히 대하므로 이러한 행동이 있었던 것입니다. 모친은 너무 염려하지 마시기 바랍니다."

부인이 그제야 연후의 진심을 보고 마음을 놓았다.

연후가 물러나 죽서루에 이르렀다. 양씨는 여러 날이 되어도 연후가 화를 풀지 않는 것을 보고 자기 마음 또한 좋지 않아 이후부터는 난간 안에 병풍을 두르고 거처하며 다시 방안에 자취를 들이지 않고 종일토록 있어도 말을 하지 않았다. 단지 시부모님께 문안하거나 시누이, 동서들을 대하면 봄날처럼 따스한 기운이 평상시와 다름없다가도 연후를 보면 입을 닫고 낯빛을 거두어 가만히 앉아 있으니 연후 또한 낌새를 알아차리고

말을 안했다. 그러나 이날은 부인의 가르침에 감동하여 마음을 풀고 침 45
소에서 아들 운망에게 말했다.

"내 이를 말이 있으나 네 어미가 나를 피하여 얼굴을 보이지 않으니 네가 이 뜻을 전하여라."

운망이 대단히 기뻐하며 급히 양씨에게 가서 고하니 양씨가 들은 체도 않고 난간에 기대어 주렴 앞에 앵무새가 깃든 것을 보고 있었다. 아들이 여러 번 잡아당기며 말했다.

"아버님께서 청하시는데 어찌 아니 가십니까?"

양씨는 아들이 귀찮게 구는 것이 미워 눈을 흘기고 손으로 밀치며 말했다.

"요망한 아이가 어지럽게 구는구나."

말을 마치고 유모를 불러들여 아이를 데려 가라 하니 운망이 모친의 매몰참을 보고 부친의 죄를 내게 씌운다 하고 울었다. 연후가 그때 부인을 기다리다가 아들의 울음소리를 좇아 그 말을 듣고 부인이 자기를 깊이 원망함을 알았으나 모르는 체하며 침상 위에 누운 채로 원상궁을 불러 말했다.

"양씨가 한 밤중에 집밖을 나가 분주히 돌아다니고 가장을 멸시하니
내 다스릴 줄을 모르는 것이 아니나 다만 모친이 경계하시는 명이 계 46
시므로 아들을 시켜 부른 것이다. 그런데 들어오지 않고 도리어 불경한 행동을 하니 진실로 나에게 항거하고자 하거든 어찌 나의 처자라 자칭하며 이 집안에 있는단 말이냐? 빨리 양씨 집안으로 돌아가 유생과 의를 끊으라고 전하여라."

그러자 원상궁이 웃으며 말했다.

"부인은 본래 유순하시고 사람에게 지는 것을 높이 여기시는데 어찌

항거하실 뜻이 있으시겠습니까?"

그런 후 양씨를 보고 연후의 말을 전하니 양씨가 눈썹을 나직이 하고 말을 안 하므로 원상궁이 말했다.

"부인 또한 군후의 성정을 아시리니 서로 언성을 높이지 마시고 청하시는 때 나아가 화평함을 취하십시오."

그러자 양씨가 편안한 목소리로 천천히 대답했다.

"나의 운명이 기구하니 칼 아래 죽은들 차마 어찌 하겠느냐? 죄가 있으면 죽이는 것은 장부의 상쾌한 일이다. 한 번 죽고 한 번 사는 것은 고
47 금에 면하지 못할 바이니 차라리 군자의 손에 죽어 상공의 위풍을 빛내게 할 것이다. 죽는 것은 아깝거나 두렵지 않으나 무슨 면목으로 군자를 뵙겠느냐? 죽기를 바랄 따름이다."

말을 마치고는 안색이 냉담하고 추파(秋波)가 가늘어 말할 뜻이 없으니 원상궁 역시 슬픈 마음에 거듭 위로하였다.

연후는 원상궁이 더디 오자 몸을 일으켜 지게문 사이에 서서 그들의 문답을 들었다. 연후는 양씨가 깊이 노한 것을 알고 고요히 앉아 원상궁이 오기만 기다렸다. 원상궁은 부인이 끝내 움직일 뜻이 없는 것을 보고는 마지못해 들어와 연후에게 고했다.

"부인이 시방 문안가시는 탓에 천천히 군후의 뜻을 받들겠다고 하시더이다."

연후는 잠깐 웃고 다시 청하지 않았다.

이날 저녁에 양씨가 시부모께 문안하고 미처 돌아오지 않았을 때 연후가 난간에 두른 병풍을 다 거두어버리고 그곳에 누워 있었다. 양씨가 이르러 그 거동을 보고는 걸음을 멈추고 잠깐 주저하다가 방안에 들어가 한

구석에 앉으니 연후 또한 들어오지 않고 밖으로 나갔다. 이어 외전에서 6~7일을 형제와 즐기다가 하루는 아침 문안을 마치고 죽서루에 이르러 부인을 보니 양씨가 안색이 맑고 고요하며 말하는 기색이 침착하여 말이 없으므로 연후가 그제야 얼굴색을 바로 하고 단정히 앉아 소리를 높여 말했다. 48

"내 심중에 품은 바를 그대에게 이르고자 하였으나 재앙과 복을 오래된 원수처럼 한스럽게 여겨 감히 풀어 말하지 못하고 용렬하게 굴었네. 오늘 능히 거두어 용납하여 주겠는가?"

부인이 아래 자리에서 옷깃을 여미고 대답했다.

"제가 여자의 덕행이 없어 지아비의 나무라심이 여기에 미쳤으니 마땅히 거듭 사죄해도 용서받지 못할 것인데 무슨 면목으로 군후를 뵙겠습니까? 장부가 집안을 다스리는 도리에는 얽매이고 맺힌 것이 없어야 할 것인데 이같이 불평스러운 마음이 있으시거든 시원하게 한 번 다스려 의혹을 남기지 마시기 바랍니다."

연후는 양씨의 온화한 소리와 맑고 깨끗한 빛을 보니 좋지 않던 마음이 봄 눈 녹듯이 녹았으나 천천히 말했다. 49

"부인의 유순한 거동은 오히려 나를 조롱하여 나쁜 점을 숨기고 좋은 점을 드러내시는구려. 왕망(王莽)이 남을 높이고 자기를 낮춘다고 해서 평제(平帝)의 근심이 적었겠소?[314] 나를 원망함이 오랜 원수보다 더하

314) 왕망(王莽)이 ~ 적었겠소 : 왕망은 자가 거군(巨君), 산동(山東) 출생으로 한(漢)나라 원제(元帝)의 왕후인 왕(王)씨 서모의 동생인 왕만(王曼)의 둘째 아들. 갖가지 권모술수를 써서 사실상 최초로 선양혁명(禪讓革命)에 의하여 전한의 황제권력을 빼앗음. 평제를 독살한 뒤 2세의 유영(劉嬰 : 宣帝의 현손)을 세워, 당시 유행하던 오행참위설(五行讖緯說)을 교묘히 이용하며 인심을 모음. 그런 뒤 유영을 몰아내어 한나라를 멸망시키고 국호를 '신(新)'이라 하여 황제가 되었으나 건국한지 15년에 멸망하고, 후한이 그 뒤를 이음.

니 직언을 한 번 하고 달게 죽겠소. 저번에 부인이 깊은 밤에 시녀를 거느리고 집 밖으로 분주히 돌아다니며 내가 간사한 사람에게 속은 것을 눈으로 보고도 일러 깨닫게 하지 않고 아무렇지도 않게 다른 사람에게 누설하여 비웃음을 당하게 하였으니, 이 어찌 부인 여자가 지아비를 섬기는 도리라 하겠소? 원상궁이 명백하게 적발하지 않았으면 저 사람을 부인이라 하여 긴 날 동안 속았을 것이니 내 사리에 어두움은 온 세상에서 가장 심하여 부끄러운 것은 말할 것도 없었을 것이오. 부인은 나를 어리석은 사람으로 만들어 우스꽝스러움의 근본으로 삼고 무슨 상쾌함이 있어 스스로 만족하여 나를 흘겨보며 비웃었는가? 내가 놀라운
50 마음을 이기지 못하여 그 허물 중 10의 1만 꾸짖은 것인데 도리어 원망하는 말투와 불평한 말로 나를 비난하니 부녀의 정숙하고 온순한 행사가 있다면 이같이 무례하게 나의 부름에 응치 않고 미워하는 마음으로 아들을 때릴 수 있단 말인가? 나는 본래 부인에게 정이 있는 남편이 아니니 스스로 마땅히 감수하겠지만 장씨를 내어 죽인 것은 그 죄 때문이었으나 부인이 스스로 저 무리와 같이 되고자 하니 또한 괴이하구려. 죽기를 진정으로 원한다면 무엇이 어렵겠소? 한무제(漢武帝)가 구익부인(鉤弋婦人)을 무죄하게 죽였으나[315] 소제(昭帝)가 무제를 원수로 알지 않은 것처럼 내 설사 그대를 죽인다 해도 두 아들은 나를 버리지 않을 것이니 심사를 밝히 이르시오."

양씨는 이렇듯 자기를 협박하고 꾸짖는 말을 듣고 몹시 놀라 마음이 서

---

315) 구익부인(鉤弋夫人)을 ~ 죽였으나 : 구익부인은 성이 조씨(趙氏)이며 한(漢) 무제(武帝)의 첩여이자 소제(昭帝)의 어머니. 강충(江充)이라는 간신의 모함으로 당시의 황태자였던 거(據)를 죽여버린 한무제는 구익부인이 낳은 아들인 불릉(弗陵)에게 황통을 이어가게 하고 싶었으나 불릉이 태자가 되었을 때의 나이가 겨우 8세라 어린 아들 뒤에서 구익부인이 정사에 간여할 것을 걱정함. 그래서 불릉을 황제로 세우되 그 어머니인 구익부인은 스스로 목숨을 끊게 함.

늘해지고 뼈가 굳는 듯하였다. 또한 불안하기도 하여 아름다운 검은 머리를 낮춘 채 아무런 대답도 하지 않으니 연후가 한참을 눈여겨보다가 이렇게 말했다.

"내 말이 족히 대답할 만하지 않은가 보오. 황송하고 부끄러워 어찌할 바를 모르겠으니 죽고자 하되 죽을 곳이 없네그려."

그러자 양소저가 마지못해 말했다. 51

"제가 한미한 가문에서 가르침이 없이 나고 자라 사덕(四德)을 알지 못하나 삼종(三宗)을 지켜 거의 큰 허물은 면할까 하였는데 이같이 큰 죄를 얻어 인륜에 용납되지 못할 정도로 꾸짖으시니 한편으로는 부끄럽고 한편으로는 황공하옵니다. 어찌 감히 쓸데없는 말을 풀어 당돌한 죄를 더하겠습니까? 다만 제 생각을 물으시니 죽기를 무릅쓰고 억울하고 답답한 마음을 아뢰옵니다.

군후께서는 하나는 알고 둘은 알지 못하십니다. 여자가 행실을 천박하게 하여 집밖으로 분주하게 다닌다면 그것은 규방의 법도가 아니겠지만 제가 군자의 여러 형수, 제수, 누이들과 함께 안채에서 어머님을 모시며 취침하시기를 기다렸다가 제 침소로 물러나온 것은 그때의 예를 다함이었습니다. 뒤이어 돌아오니 군후께서 여자와 더불어 동침하여 취중 깊은 꿈에 빠져계시는데 제가 눈으로 한 번 본 것도 불행하거늘 거기서 더 무례한 짓을 강행하여 군후의 취한 잠을 깨우겠습니까? 아 52
직 군후와 저 여자가 깨지 못하여 제가 또한 머물 곳이 아니므로 상황이 너무 민망하여 월영각으로 가니 군주께서 이상하게 여기시고 까닭을 물으셨습니다. 저는 군자께 있어 바깥에서 들어온 사람이지만 골육동기지간에 숨길 말이 없을 것이고, 하물며 이 일은 혼자 두둔하고 그만둘 일이 아니라 군주께 마지못해 곡절을 풀어 말한 것입니다. 하지만 그것은 군후의 허물을 누설코자 한 것이 아니라 서로 놀라 그런 것이지 어찌 비웃고자 그리하였겠습니까?

왕씨는 명문가의 여자로 황명을 띠고 들어와 군후와 정식 부부가 되었으니 저 사람의 행사가 비록 은밀하여 쉽게 알 수 없다고 해도 스스로 욕이 될 따름이지 군후께는 해로움이 없을 것입니다. 그런데도 마치 큰 변을 만난 사람같이 구실 뿐 아니라 군후 부부 두 사람이 서로 속이고 속는 사이에 허물을 저에게 돌리시고 그 처소를 평안히 얻지 못하게 하시니, 본래 군자의 집안이고 제가 군자의 수하에 있다 하나 차라리
53 내치고 죽일지언정 사람을 박멸하심이 어찌 이 지경에 이른단 말입니까? 제가 비록 용렬하고 어리석으나 시부모와 부모의 명으로 혼인한 지 6~7년에 이르도록 칠거지악(七去之惡)을 범하지 않았고 강상(綱常)의 죄를 얻지 않았거늘 이처럼 버리고 취하며 죽이고 살리는 것을 손바닥 뒤집듯이 하시니 사람 사이의 정인들 어찌 구태여 즐겁다고 하겠습니까?"

연후가 그 사리에 맞는 말을 들으니 속으로 부끄러움이 없지 않아 안색을 고치고 위로하며 말했다.

"내가 부인의 일을 모르는 것이 아니나 시운이 불리하고 왕녀의 장난이 이와 같은데도 부인이 다만 몸을 빼고 돌아가 한낱 부녀자가 첩을 두둔하는 덕만 크게 여기고 남편이 요술에 빠져 몸이 상하는 것은 조금도 염려치 않으니 이는 홀로 하나는 알고 둘은 모르는 것 아니겠소? 내가 평소에 부인 알기를 높은 스승이나 벗에게 도움이 되는 성실한 선비로 알아 그런 것이니 만일 범상한 여자 같았으면 책망이 또 이 같지 않

았을 것이오. 부인은 깊이 원망하지 마시오."

양씨는 밝은 눈동자를 낮춘 채 좋게 거절하고는 다시 별다른 말이 없 54
었다. 연후는 그 그윽이 한가롭고 차분하며 조용한 데 탄복하여 은근한
정이 새로 일어나는 듯했다. 양씨가 밤이 깊어도 침상에 나아가지 않으니
궁인이 들어와 이부자리를 폈다. 소저가 눈으로 초란을 보니 초란이 그
뜻을 알고 이전 이부자리를 다 거두고 한 벌 새 자리를 펴고 물러났다. 연
후가 그 기색을 짐작하고는 마음속으로 웃음을 머금었다.

드디어 촛불을 물린 후 수놓은 휘장을 내리고 비단 휘장 안으로 나아가니 좋지 않던 연후의 마음은 봄바람이 얼음을 녹이는 것 같았고 바다같이 깊은 정은 비할 데가 없었다. 그러나 부인이 조금도 뜻을 열어 받아들이지 않으므로 연후는 저의 냉정함을 보고 비록 입으로는 박정하다 꾸짖었으나 마음으로는 더욱 높이 여겨 공경하게 되었다. 또한 왕씨에게 속은 것을 생각하니 모르는 사이 웃음이 툭 터져 나와 인품이 현격하게 다른 것을 깊이 탄식하고 한탄했다.

이후 연후는 한 달에 10여 일은 진후와 더불어 공을 모시고 자고 그 나
머지는 죽서루에서 보냈다. 국사와 정사를 마친 후에는 부인과 함께 사 55
이좋게 즐기며 은근한 사랑이 날로 더하니 집안의 모든 형제들이 놀리며
웃었다. 그러나 연후는 웃으며 말했다.

"4년 동안 혼자 거처하며 처를 죽인 박정한 사람더러 처자에게 빠졌다고 하는 것은 진실로 의외요. 내 이미 환관(宦官)도 아닌데 정실과 부부의 도를 이뤄 한 달에 15일을 처와 동침하는 것을 사람들이 큰 변으로 아니 어찌 괴이하지 않겠는가? 내 보니 우리 큰 형님과 사도형(司徒兄)은 여색에 욕심이 없으시나 그밖에 여러 형제들은 부인에게 굴복하여

집 안에서 벗어나지 못하면서 도리어 나를 기롱하니 어찌 괴이하다 않겠는가? 고금에 장부의 풍채를 잃지 않기로는 내가 으뜸이리니 모든 형제는 스스로 나에게 미치지 못하는 것을 알고 웃지 마라.”

여러 생들이 대답을 못하고 크게 웃었다.

이때 왕씨는 진공에게 큰 질책을 받고 여러 사람들 보는 앞에서 유치하고 졸렬함을 드러내어 부끄러운 모습을 보였으므로 제아무리 염치가 없다고는 해도 오히려 부끄러움이 있어 집안에 깊이 틀어박힌 채 모두 모인 자리에도 출입하지 않았다. 왕씨는 그저 연후가 양씨와 화목하게 지내지
56 못하는 것을 기뻐하고 있을 따름이었다. 그러다 이제 두 사람이 도로 화목하게 지내는 것을 알고는 대단히 분이 나서 새로이 패악한 말을 그치지 않으니 궁중이 더욱 놀랐다. 연후는 이를 갈며 몹시 원통히 여겼으나 공이 경계한 것에 감격하여 기운을 진정하였다. 하지만 왕씨를 만나면 자연히 두 눈이 가늘어지고 눈살이 서릿발 같았다. 양부인은 이를 그윽이 염려하여 원상궁에게 왕씨가 아무리 모욕을 주는 한이 있어도 연후에게 전하지 말라고 일렀다. 이에 좌우가 다 그 현명함에 감탄하였다.

차설(且說). 한편 왕태우는 진공이 보낸 글월과 옥란이 단약을 가진 채 잡혀 온 것을 보고 매우 놀라고 부끄러웠다. 딸아이 때문에 크게 한탄하다가 노기로 가슴이 꽉 막혀 20여 일을 병으로 앓다가 겨우 다시 회복했다. 왕태우는 병에서 회복하자마자 진부에 이르러 공에게 수없이 사죄하며 말했다.

“불초한 자식이 존문을 감당치 못할 것을 알면서도 황은에 감격하고 연후의 사람됨을 사랑하여 외람된 혼사를 이루었더니 불초녀가 분수
57 를 알지 못하고 패악무도함이 이 같으니 제가 무슨 면목으로 대인을

뵙겠습니까? 딸아이를 데려가 부녀의 행실을 가르쳐 후에 허물을 고치면 용납하여 주시길 바라는 바입니다."

진공은 왕공이 현명한 장부임을 아는지라 흔쾌히 웃고 위로하며 말했다.

"우리 아이가 집안을 다스리는 것이 한편으로 치우쳐 있으니 젊은 여자의 한이 어찌 없겠는가? 허나 부녀자의 도는 정숙하고 온순한 것이 귀하니 약을 삼켜 모습을 바꾸는 것은 전고(前古)에 없는 광경이네. 형의 어짊으로도 슬하의 불초함이 이 같으니 가히 한탄할 만하나, 생각건대 요순의 자식 역시 불초하니 이 또한 어쩔 수 없는 일이겠지. 오직 데려가 경계하여 개과함이 있으면 우리 집안에 큰 다행이니 형의 덕이 적지 않을 것이네. 우리 부자의 절박한 뜻을 살펴주게."

태우가 거듭 감사한 후 딸아이를 불러 다른 말없이 바로 가마를 타고 돌아가자 이르니 왕씨가 그 아버지의 성정을 아는 까닭에 가기를 두려워하여 머뭇거리며 일어나지 않았다. 그러자 태우가 매우 노하여 눈을 부릅뜨고 시녀를 꾸짖어 구박하여 왕씨를 가마에 오르게 한 후 가마꾼을 재촉
하여 부중으로 돌아왔다. 그러고는 딸아이를 마당에 무릎 꿇게 하고 일 58
일이 죄를 들어 책망한 후 계집종을 시켜 50대를 세게 치게 하여 방 안에 가두고 그 심복 시녀를 멀리 하게 하여 수족을 놀리지 못하게 했다. 이에 왕씨는 겁을 집어 먹고 실없는 기운이 줄어들어 마치 넋이 나간 사람같이 되었다. 부인이 오히려 모녀의 정이라 눈물을 흘리고 불쌍히 여기며 태우께 용서를 청하니 태우가 화를 내며 말했다.

"부인은 저 몹쓸 자식을 도와 장원경 부인의 화[316]를 취하고자 하는 것

---

316) 장원경 ~ 화 : 유현의 부인이었던 장씨의 어머니가 장씨를 도와 계교를 꾸몄다 들켜 죽은 일을 말함.

이오? 이 아이를 쉽게 다스리면 나의 집안을 위태하게 하고 제 목숨을
보전하지 못할 것이니 여러 소리 하지 마시오."

그러자 부인은 감히 다시 말을 할 수 없었다.

왕씨가 갇힌 지 서너 달이 되도록 태우의 위엄이 한결같자 왕씨는 기운
이 꺾여 하염없이 어진 부인이 되었다. 태우가 이를 대단히 기뻐하며 더
욱 왕씨를 제어하여 마음을 바로잡고 덕을 닦게 했다. 원래 왕씨는 본성
이 용렬하지는 않았으나 어려서부터 왕귀인이 궐 안에 데려다 길러서 육
59 궁이 황후를 꺼려 모해하고자 하는 것이나 궁인들이 자질구레 말하는 것
과 재앙이나 변고를 일으키는 거동을 제 성품처럼 익히며 자라다 보니 행
실에 이를 것이 없고 동서로 꺼리거나 두려워하는 것이 없었다. 그러나
이제 태우의 엄한 분노가 용납할 곳이 없고 날이 갈수록 더욱 두려워 조
심하므로 왕씨가 어이없이 어진 한 부인이 되었으니 진실로 사람이 교화
되어 갔던 것이다.

반년이 지나자 왕씨가 유순하고 공손하여져 전후 두 사람같이 되었으
므로 부모가 비로소 용서하고 매우 기뻐하였으나 유부에는 고할 낯이 없
었다. 하루는 태우가 조회를 마치고 돌아오는데 그 도중에 푸른 비단 양
산 아래 한 대신이 수백의 시종들을 거느리고 대로를 끼고 오며 '물렀거
라' 하는 벽제 소리가 진동하기에 바라보니 이는 곧 연후였다. 비록 나이
는 훨씬 많았으나 작위의 고하가 현격하므로 태만히 하지 못하여 수레를
돌이켜 길가에 머물게 하니 연후가 모두를 돌아보고 놀라서 말했다.

"이는 이 나라의 현 태우가 아니냐? 어찌 작위로 능멸하겠느냐?"

60 좌우에게 나아가길 청하고 그 앞을 지날 때 수레의 띠를 눌러 멈추니
태우가 예를 갖춰 고마움을 표하고는 각각 돌아갔다. 연후가 이 말을 고

하니 공이 갑자기 깨닫고 이렇게 말했다.

"왕씨가 간 지 오래되었구나. 아주 버리는 것은 의가 아니요, 왕공이 어짊이 감격스러우니 마땅히 부르는 것이 옳겠다. 너의 뜻은 어떠하냐?"

연후가 공손하게 말했다.

"일이 마땅한 후에 아버님의 분부가 계신데 소자가 어찌 다른 뜻을 두겠습니까?"

이 말에 공은 빙그레 웃었다. 그런 후 수레와 말을 갖추어 막내아들 양으로 하여금 왕씨를 데려오게 했다. 유생이 왕부에 나아가 태우를 보고 아버님의 명을 전하니 태우가 감격하여 그 은혜에 감사해 했다. 태우는 딸아이를 경계하고 부인은 예도를 가르쳐 거듭 당부하여 보냈다. 왕씨는 이미 지난날을 부끄러워하며 개과천선했으므로 도리어 진부에 가는 것이 괴로웠다. 진부로 돌아온 후에는 대청 아래에서 시부모께 죄를 청하고 눈물을 흘리며 죽고자 하였으나 죽을 곳이 없었다. 공은 왕씨가 빨리 개과한 것을 매우 기뻐하며 흔쾌히 대청 위로 올려 위로하고 다시 기린각에 머물게 했다. 왕씨가 양부인을 향하여 문득 공손히 절하며 말했다. 61

"제가 그때는 어리석고 아득하여 부인께 득죄한 것이 태산 같습니다. 오늘 뵈오니 부끄럽고 괴로워 얼굴 둘 곳이 없습니다."

부인이 빨리 예를 다해 답하고 사양하며 말했다.

"부인이 오늘 저의 용렬하고 어리석은 허물을 너그러이 용서하여 형제의 즐거움을 허락하시니 저는 그 깊은 덕을 폐부에 삭여 죽을 때까지 잊기 어려울 것입니다."

왕씨가 낯을 붉히며 부끄러워하는 기색이 얼굴에 가득하였다. 그때 갑자기 진양후와 연국후 두 사람이 10여 명의 가족들과 함께 들어오는데 의

관이 화려하고 용모가 사람의 마음을 움직였다. 이들이 차례로 공을 모시고 앉은 후 여러 사람들이 연후와 왕씨의 기색을 보니 연후는 왕씨를 보고 그윽이 기뻐하지 않으며 눈을 낮추었다. 연후의 말하는 투는 전과 다름없었으나 왕씨는 고개를 숙이고 몸 둘 곳을 몰라 하였다. 공은 왕공의 현명한 덕을 아름답게 여기고 왕씨의 개과함을 기뻐하며 며느리 항렬에 두어 대접을 두터이 했으며 장부인 역시 후히 대접했다. 젊은 부녀자들은
62 왕씨의 지난날을 비록 우습게 여겼으나 완전히 다르게 변한 것에 기뻐하며 모두 정다운 눈으로 너그러이 대접하였다. 그러나 연후만은 홀로 말투가 날로 엄숙해져서 사람이 왕씨 말을 하면 얼굴빛을 바꾸고 일어나니 명주소저의 해학과 셋째 공자 혜의 달변으로도 가볍게 말하지 못하였다. 왕씨는 연후를 매우 두려워하며 아침저녁 문안에만 겨우 참여한 후에는 집안에 깊이 숨어 죄인으로 자처하며 지냈다.

이 무렵 나라에서 과거를 베풀어 인재를 뽑았다. 셋째 공자 혜와 다섯째 공자 양이 한 과거 시험에 급제하고 영릉후의 장자 문과 각노공의 장자 만도 과거에 급제하여 방목(榜目)에 이름이 올랐다. 형제 네 사람이 황금 꽃을 드리우고 남빛 도포에 아홀(牙笏)[317]을 갖추어 돌아오니 길 위에는 생황(笙簧)과 퉁소(洞簫) 소리가 하늘을 진동할 정도로 요란하고 창부(倡夫)와 재인(才人)들이 구름같이 가득했다. 온 조정이 공경하고 부러워했으며 구경하는 사람들도 길을 메우고 칭찬하며 말했다.

"유씨 가문에 경사가 그치지 않는구나. 그뿐 아니라 사방에 신래(新來)[318]의 아름다운 얼굴과 신선 같은 풍모가 적강(謫降)한 신선이니 어

317) 아홀(牙笏) : 1품에서 4품까지의 벼슬아치가 가지던 서각(犀角)이나 상아(象牙)로 만든 홀(笏).
318) 신래(新來) : 과거에 급제하여 처음 관직에 임명된 사람.

찌 이토록 아름답고 기특하단 말인가?"

이렇듯 사람들은 탄복하길 마지않았다.

그러나 진공 형제는 너무 집안이 번창하는 것을 두려워하여 기뻐하지 63
않으며 여러 아들을 경계하여 공손하고 검소할 것을 일렀다. 여러 생들 중 입조(入朝)한 이가 수십 인이었으나 모두 사람을 공경하고 예의에 힘써 현명한 선비는 예의로써 대하고 늙은 사람은 존경하며, 의로운 것을 붙들고 완강하고 포악한 이는 배척하여 한결같이 충효로 본을 삼고 붕당(朋黨)을 모으지 않았다. 사철 아름다운 경치를 찾아 벗을 따랐으며 어린아이로 하여금 술을 부으며 시부(詩賦)를 읊어 그 문아(文雅)한 노름은 마치 도연명(陶淵明)이 술단지를 끌어당겨 스스로 따라 마시고[319] 이백(李白)이 꽃 아래서 취한 것[320]과 흡사하였다. 그러나 일찍이 외당에 여자의 무리가 왕래하는 법이 없으니 당시 사람들이 이를 아름답게 여겼다. 천자께서도 공경하며 중하게 여기시어 만일 인재를 불러 모으고 뭇 신하들이 천거하는 바가 있으면 문득 물어 말씀하시기를, "유씨 가문 사람들이 그 됨됨이와 기량이 어떠한가?" 하시니 그 중히 여기시는 것이 이와 같았다.

그러나 장부인은 두 아들이 뜻을 이룬 것을 그윽이 외람되이 여겨 이렇게 말했다.

"천도(天道)에 사물이 극에 달하면 반드시 뒤집힌다고 하였습니다. 명공께서 천승의 부귀를 가진 황실의 친척으로 진(秦)·진(晉) 두 나라의 받듦이 분수에 충분하고, 관과 현 두 아이가 다행히 돌아가신 진양공 64

319) 술단지를 ~ 마시고 : {인호상이즈작[引壺觴以自酌]}. 도연명(陶淵明)이 지은 〈귀거래사(歸去來辭)〉의 한 구절.

320) 꽃 ~ 것 : {쏫 아릭 취훈믈}. 이백(李白)이 지은 〈월하독작(月下獨酌)〉이란 시의 한 구절을 연상시킴. "꽃 사이 놓인 한 동이 술을, 친한 이 없이 혼자 마시네[花間一壺酒, 獨酌無相親]."

주의 은덕으로 봉후(封侯)의 귀함이 쌍으로 행하여 만년에 누리는 영화가 두려움이 지극하거늘, 이제 어린 두 아들이 과거에 급제하여 황은을 입으니 만일 여기서 만족할 줄 모른다면 반드시 조물이 시기할 것입니다. 이후부터는 정[321]의 과거를 금하시어 분수를 지키는 것이 마땅할 것으로 압니다."

공이 고개를 끄덕이며 말했다.

"현명한 말씀이오. 부인의 내조가 이 같으니 삼가 잊지 않으리다."

천자께서 혜 형제의 아름다움을 사랑하시어 혜에게는 한림학사를 내리시고 양에게는 간의태우를 내리셨으며 문과 만은 다 서길사(庶吉士)[322]에 뽑아 쓰시니 집안이 더 번화했다. 남부인과 박부인은 다 아들들이 뜻을 이룬 것을 기뻐했다.

이때 연후는 왕씨가 돌아온 후 비록 그가 개과천선한 것을 알았으나 끝내 지난날 그 잘못 때문에 심히 놀란 일을 잊지 않고 평생 그를 거절하고자 하였다. 그리하여 모두 모인 자리에서 만나 보는 일이 있어도 눈을 드는 일이 없었으며 여러 사람들의 희롱이 자신을 범하지 못하게 했다. 이
65 에 왕씨는 더욱 두려워 감히 연후를 보지 못하였는데 혹 어쩌다 무심코 만나면 병든 노루가 모진 호랑이를 대한 듯 굴었다. 양부인이 그 신세를 그윽이 가련하게 여기고 혼자만 중한 대접을 받는 것을 더욱 편치 않게 여겼으나 연후의 기상과 사람됨이 아녀자의 간언을 용납하지 않을 것이라 감히 말하지 못하고 그저 마음으로만 편치 못해 할 뿐이었다.

하루는 조부모께 아침 문안을 드린 후 모두 그대로 머물며 이야기를 나

---

321) 정 : 진공의 넷째 아들.

322) 서길사(庶吉士) : 한림원(翰林院)의 관명. 진사(進士) 중 문학에 뛰어난 사람을 뽑아 한림원에 전속시킴.

누다 이부인이 모여 있던 젊은 여자들에게 투호(投壺)를 시키고 양학사 부인 삼 형제가 각각 상벌을 청하여 고하를 정하였다. 그때 성의백과 진공이 조회를 마치고 소년 제생(諸生)을 거느리고 들어와 모친을 모시고 앉으니 붉은 도포가 흰 벽에 어른거리고 패옥(佩玉)이 당당하여 새벽별이 늘어서 있는 듯했다. 이러므로 여러 소저들이 두 손을 가지런히 맞잡고 이들을 맞아 감히 우스갯소리를 하지 못했다. 이때 왕씨가 연후를 보고 얼굴이 흙빛같이 되어 고개를 숙이고 몸을 어디에 둘지 알지 못하니 여러 공들이 웃으며 말했다.

"좌중에 젊고 혈기 왕성한 남녀 1백여 인이 화목한 분위기를 잃지 않았
는데 오직 현의 부부 세 사람이 눈살을 찌푸린 채 깊은 시름에 잠겨 있 66
으니 이 어찌된 까닭이냐?"

연후가 여러 숙부들이 희롱하는 모습을 보고 안색을 단정히 하여 공손한 예절을 다할지언정 왕씨를 향하여서는 추파가 더 나직하니 여러 공들이 서로 눈짓하며 웃었다. 영릉후가 웃으며 말했다.

"집안에 변고가 없고 친척이 모두 모여 모친 앞에서 즐거움이 지극하니 마땅히 젊은 아이들로 하여금 저희 부부 쌍쌍이 바둑 한판을 다투게 하여 한 번 승부를 겨루는 게 좋겠습니다. 빨리 금판을 내 오거라."

이부인이 '바둑'이라는 두 자를 듣고 근심스러운 기색으로 탄식하며 말했다.

"예전엔 이 아이 부부와 딸아이가 이 집에서 바둑 승부를 다투어 공주의 신성한 재주로 모든 사람들을 즐겁게 하였는데, 이제 세월이 여러 번 변하여 어진 사람은 돌아가고 좌중에 종적이 끊어졌는데도 금판은 전과 다름없어 너희들은 다시 즐기고자 하는구나. 그러니 내 어찌 슬

픔이 적겠느냐?"

67 이부인이 말을 마치자 진공과 장부인은 슬퍼하고 양상서 부인은 눈물을 흘렸다. 성의백이 온화한 말투로 위로하며 말했다.

"지나간 일을 생각하시고 슬퍼하시니 원컨대 마음을 너그러이 갖고 근심을 거두십시오. 질녀 문창이 그 모습과 재주가 진비를 많이 닮았고 관, 현 두 조카가 영주(瀛洲)323)의 명망으로 영지를 받고 제후가 되어 덕망과 재주가 온 조정을 기울이니 이는 다 공주가 끼친 음덕(陰德)입니다. 어찌 사람이 세상에 나서 한 번 죽지 않겠습니까?"

그런 후 성의백은 진후와 연후 두 사람을 돌아보며 말했다.

"어머님께서 새로이 슬프고 애달파 하시니 너희 남매가 마땅히 안전에서 바둑 승부를 다투어 마음을 위로하시게 하여라."

여러 사람들이 마지못해 투호와 바둑 등으로 각각 승부를 다투었다. 이때 진후와 설부인의 높은 재주가 서로 비등하여 열 판 안에는 승부가 나지 않았고 연후와 양부인의 재주도 쌍벽을 이뤄 판마다 비겼다. 조부모와 여러 숙부들이 다 놀라고 기뻐하며 칭찬하여 말했다.

68 "진실로 하늘이 유의하여 내신 줄 알겠구나."

그런 후 여러 젊은이들에게 차례로 잡기(雜技)를 시켜 웃음을 돕다가 차례가 문창군주께 미쳤다. 좌중에 소생이 있으니 영릉후가 웃으며 말했다.

"오늘 유희(遊戲)를 그대가 홀로 면치 못하리니 마땅히 질녀와 함께 한 판 시험해보는 것이 어떠한가?"

소생이 두 손을 가지런히 맞잡고 공손히 절하며 말했다.

---

323) 영주(瀛洲) : 옛날 신선이 살았다는 동해(東海) 속의 신산(神山)으로, 명예(名譽)로운 지위(地位)에 오름을 가리키는 말.

"오늘 집안을 가득 채운 여러 어르신들과 형님들은 다 아내의 친족이십니다. 소생은 외로운 몸으로 훈수 두는 분들이 이미 있으니 여러 사람들 앞에서 유치하고 졸렬함이 드러날까 두렵습니다."

이에 부풍후가 웃으며 말했다.

"그대는 어찌 아녀자의 말을 하는가? 만일 우리들이 질녀를 도와 그대를 공격할까 의심이 된다면 마땅히 기를 돌이켜 그대를 도울 것이니 모름지기 겁내지 마라."

소생도 웃고 나서 몸을 일으켜 자리에 나아가 판을 대하였으나 군주가 문득 안색을 엄숙하게 하고 봉관(鳳冠)을 숙여 일어나지 않으므로 장부인이 말했다.

"오늘 어머님의 즐거움을 위하여 어찌 망설임이 있느냐?" 69

여러 숙부들이 일시에 이어 재촉하므로 군주가 마지못해 나아갔다. 두 사람이 대면하여 승부를 다투니 남자의 풍채와 여자의 용모가 깨끗하고 훤칠하여 상서로운 빛이 온 자리에 비쳤다. 여러 사람들이 새로이 탄복하고 사랑하여 일시에 자리를 옮겨 소생을 도와 군주를 지게 하려 했다. 진공은 그 엄중함으로도 오히려 참지 못해 자리에 잠깐 나와 딸과 사위의 재주를 보았다. 원래 소생은 영웅호걸의 기상과 당당하고 아름다운 광채를 가져 높이 북두칠성을 펠 듯하였다. 모든 유씨 가문의 사람들의 출중한 기상으로도 매양 소생에게 꿀리는 면이 있어 오직 강하기로 서로 대하는 자는 연후 한 사람뿐이었다.

군주는 언제나 한결같이 안색이 온화하고 기운이 나직하여 태어난 후 16세가 되도록 한 번 불평한 기색을 사람에게 보인 적이 없었다. 그러니 사람들은 비록 바둑 같은 유희라 해도 군주가 오히려 소생에게 사양할 것

70 이라 여겨 첫 판은 두 사람의 재주를 보고자 아무도 말을 하지 않았다. 그러나 생각지도 않게 군주가 타고난 재주로 아버지나 형제로부터 배운 적도 없고 한 번 형제와 더불어 시험해 본 적도 없이 이미 판을 당하자 초옥(楚玉) 같은 가냘픈 손으로 구슬을 희롱하여 판 위에 벌이니 하도(河圖), 낙서(洛書)[324]의 수와 풍운의 기틀을 이뤄 손을 쓰는 조화가 별의 운행을 손바닥 안에 넣은 듯했다. 사람들이 미처 알아보지 못하여서 판 위에 귀신이 울부짖고 용이 머물러 군주가 세 판을 연이어 이겼다. 소생은 생각이 바닥나고 눈이 아득하여 마치 옛날에 진공이 진양공주에게 패했던 모습과 같았으며 군주의 신기한 재주는 공주를 방불케 했다. 진공이 딸아이의 손을 잡고 기뻐하며 말했다.

"여자가 되어 가장을 이기고도 한 수도 사양하지 않는 것은 여자의 온순한 부덕이 아니다. 소랑이 부끄러워할까 싶구나."

그러자 소생이 웃으며 대답했다.

"제가 비록 용렬하고 어리석사오나 어찌 아녀자에게 지겠습니까? 처음
71 말씀드린 것같이 아내의 친정임을 생각하여 모든 얼굴을 본 것입니다."

이 말을 듣고 여러 공들이 일시에 박장대소하며 말했다.

"스스로 재주가 미치지 못하고서도 도리어 일부러 지는 체하니 어찌 가소롭지 않겠느냐?"

좌중이 다 군주의 재주에 탄복하고 이부인은 공주를 본 듯 반기면서 슬

---

324) 하도(河圖), 낙서(洛書) : 『하도(河圖)』는 복희(伏羲)가 황하(黃河)에서 얻은 그림으로, 이것에 의해 복희는 역(易)의 팔괘(八卦)를 만들었다고 하며, 『낙서(洛書)』는 하우(夏禹)가 낙수(洛水)에서 얻은 글로, 이것에 의해 우(禹)는 천하를 다스리는 대법(大法)으로서의 홍범구주(洪範九疇)를 만들었다고 함.

픔을 이기지 못했다.

이때 왕씨는 여러 젊은이들이 각각 쌍으로 이부인의 안전에서 승부를 겨뤄 그 웃음을 돕고 일가친척들의 기뻐함이 비할 데 없는데 자기만 홀로 판에 끼지 못하자 열없고 부끄러워 가만히 앉아 있었다. 원래 사참정 부인은 총명하고 해학을 즐기는지라 웃으며 말했다.

"왕씨가 외로이 앉아 있으니 가련하구나. 내 전에 들으니 왕씨의 바둑 두는 재주가 신묘하다 하던데 조카가 마땅히 시험하여 한번 왕씨와 더불어 기국(碁局)의 승부를 다투어 자웅을 겨루면 아름답지 않겠느냐?"

연후가 두 손을 가지런히 맞잡고 말했다.

"소질은 본래 이런 일에 마음을 두는 성품이 아니라 아까 양씨에게도 겨우 낯 뜨거움을 면하였는데 하물며 높은 재주를 어찌 따르겠습니까?" 72

양학사 부인이 웃으며 말했다.

"내가 보니 좌중 남녀 1백여 인 중 문창 조카의 재주가 으뜸이다. 양아가 잠깐 묘한 수단을 썼으나 방해되지 않았는데 어찌 겸양하기를 과히 하느냐? 잔말 말고 빨리 나와 한 수를 놓아라."

연후가 웃고 억지로 나아와 바둑을 어루만져 판을 이루니 왕씨가 매우 부끄러워하며 머리를 들지 못했다. 그러나 양학사 부인과 사참정 부인의 재촉이 심하므로 여러 어르신들에게 공손히 몸을 굽히고는 겨우 손을 움직였다. 하지만 두어 수에 미치지 못하여서 연후가 중요한 곳을 다 막고 나서 두 손을 가지런히 하고 앉아 있었다. 찬 기운이 사람의 뼈에 불고 매운 빛이 네 벽에 쏘이는 듯하므로 왕씨는 몹시 두려워 몸 둘 곳이 없었다. 그 모습이 마치 미친개가 맹호를 만난 것 같으니 부부라 하기 어려웠다. 왕씨가 바둑의 재주가 다하여 손을 움직이지 못하는 것을 본 양상서 부인은 본래

73 인자하고 온화하여 희롱하는 일이 없으므로 천천히 웃으며 말했다.

"현의 바둑 재주는 모든 부형이 미치지 못할 정도이니 하물며 규방 안에만 있던 아녀자가 어찌 이기겠습니까? 부질없이 유희나 즐겨 젊은이들을 부끄럽게 하는 것이 어찌 어른의 도리겠습니까? 형님과 아우는 어찌 이를 생각지 못하십니까?"

그러자 성의백이 고개를 끄덕이며 말했다.

"누이의 말이 금옥 같은 정론이구나. 여자는 사덕(四德)을 삼가 닦아야 하리니 조카의 호방한 재기를 이긴다고 어찌 상쾌하다 하겠느냐?"

그런 후 시녀로 하여금 금판을 거두어 치우게 하니 왕씨가 마음으로 감격하여 공손히 물러났다.

이윽고 문안을 마치고 모두 흩어지니 이부인이 홀로 연후를 불러 조용히 경계하며 말했다.

"네가 왕씨를 취한 지 3~4년이 되었다. 저 사람이 비록 당초에 괴이한 행동이 있었으나 이미 개과하고 덕을 닦아 어진 사람이 되었고 그 부형의 어짊이 가히 공경할 만하거늘 어찌 한결같이 용납하지 않느냐? 유

74 씨 가문이 본래 덕을 쌓기로 이름나 한 번도 원통하고 억울한 일이 없었거늘 네 홀로 살인하기를 즐기고 집안에 원을 품은 여자가 있게 하니 이는 선조로부터 전하는 예법에서 크게 벗어나는 것이다. 저 사람이 함부로 하는 행동이 스스로의 몸에 해로울지언정 강상의 대악은 아니니 이미 개과한 후에야 어찌 너그러이 용서하는 도리가 없겠느냐? 하물며 임금이 주신 바요, 황실의 친척이니 쥐를 잡고 싶어도 그릇을 깰까봐 두려워 못하는 것[325]이다."

---

325) 쥐를 ~ 것 : '쥐를 때려잡고 싶어도 그릇 깰까봐 겁내다'라는 뜻의 속담으로 '투서기기(投鼠忌

연후가 이 말을 공손히 받들며 말했다.

"제가 일찍 저 사람을 박대하여 능멸하지 않았고 아버님 명을 받들어 집안에 편히 두었사온데 어찌 할머님의 염려를 더하시게 하겠습니까?"

그러자 이부인이 말했다.

"그렇지 않다. 내 일찍 자세히 살폈는데 속이기 어려운 것은 기색이었다. 네 어찌 나를 속이고자 하느냐?"

연후가 웃으며 대답했다.

"할머님 말씀을 감히 거역하지는 못하겠으나 음란한 여자를 가까이 하면 욕이 될까 하나이다."

이에 부인이 말했다.

"장씨 같은 요사스런 사람도 네 몰라보고 혹하였던 것이거늘 왕씨는
허물을 고친 후에도 고집스럽게 박대하니 어찌 그릇되다 하지 않겠느 75
냐? 잔말 말고 노모의 경계를 좇아 오뉴월에도 서리가 맺히는 원통함을 위로하고 그 신세를 돌아보거라."

연후는 순순히 명을 받들고 물러났으나 눈살을 펴지 못했다. 진후가 이를 이상히 여겨 물으니 연후가 사실대로 고했다. 그러자 진후가 웃으며 말했다.

"할머님께서 관대하신 큰 덕으로 규방의 원망이 없게 하고자 하시는데 자손이 어찌 받들어 행하지 않겠느냐? 일찍이 각노 숙부께서 순부인을 대접하시던 도량을 아우는 어찌 본받아 따르지 못하는가?"

연후가 말했다.

"순숙모는 선조에 은혜를 입은 바 있고 조부의 돌아가신 벗이 혈혈단

器)'란 고사성어가 전함. 나쁜 놈을 벌하고 싶어도 도리어 다른 큰 손해를 볼까봐 못한다는 뜻.

신으로 남기신 여자라 의로 보아도 가히 버리지 못할 것인지라 숙부와 할아버님께서 칠거로 책하지 않으시고 너그러이 용서하여 머물게 하신 것입니다. 또한 그 허물도 왕씨와는 다르게 잠시 술에 취해 저를 치고 욕한 것이었으니 어찌 남편과 웃어른이 다그치겠습니까? 이런 까닭에 할아버님께서 두둔하시고 숙부께서 용서하신 것이지만, 이 사람은
76 약을 삼켜 얼굴을 바꾸고 후궁의 세로써 시집을 억눌러 지위로 바꾸고자 하였으니 지금 비록 부형의 엄한 경계를 좇아 잠깐 부끄러워 줄어들었다고 하여도 용서하지는 못할 일입니다. 할머님께서 과도히 염려하시는 것은 또한 저를 사랑하시므로 비롯된 것이니 명을 어기면 웃어른을 따르는 도리가 아닐 것이지만, 받들고자 하여도 더러운 여자를 가까이 하면 본심을 지키지 못할 것이니 어찌 분하지 않겠습니까?"

진후가 눈가에 웃음을 띠고 말했다.

"존명이 계시니 물불이라도 가리지 않아야 할 것인데 구질구질하게 근심이나 하고 있느냐?"

그러나 연후는 아무 말 없이 죽서루에 이르렀다. 양부인이 예복을 벗고 침상에 기대어 아들과 놀고 있는 것을 보고 연후는 마음이 즐거워 나아가 함께 아이의 재롱을 보며 만사를 잊었다.

이날 저녁에 이부인이 연후를 다시 경계하고 양씨에게 말하였다.

"며늘아기의 성덕은 이미 안 지 오래지만 왕씨의 사정이 실로 불쌍하니 네 마땅히 현을 좋은 말로 타일러 갈담(葛覃),[326] 행채(荇菜)[327]에 미

326) 갈담(葛覃) : 『시경(詩經)』「국풍(國風)」「주남(周南)」 편의 시. '갈담'은 '칡넝쿨'이라는 뜻으로 집안의 번성과 화목을 노래하였음.

327) 행채(荇菜) : 『시경(詩經)』「국풍(國風)」「주남(周南)」 편 〈관저(關雎)〉 장에 보면 "들쭉날쭉 마름 풀을 여기저기 찾아캐네. 요조한 숙녀를 자나깨나 구하도다[參差荇菜, 左右流之, 窈窕淑女, 寤寐求之]." "들쭉날쭉 마름 풀을 여기저기 취하여 가리네. 요조한 숙녀를 거문고와 비파로 친

진함이 없게 하여라."

그러자 양씨는 거듭 절하고 명을 받들었으며 연후는 마지못해 억지로 77
기린각으로 갔다. 왕씨는 이때 시녀와 더불어 수선 볼 것을 만지고 있다가 연후를 보고 매우 놀라 몸이 절로 당 아래에 묻히어 고개를 땅에 박고 얼굴을 들지 않았다. 연후는 본래 엄하고 매서운 데가 있으나 인정이 많고 의기가 있는 터라 왕씨가 뉘우치며 부끄러워하는 것을 보니 오히려 불쌍한 마음이 들었다. 그리하여 말투와 얼굴빛을 화평하게 하고 좌우로 하여금 이부자리를 펴라 하여 침상에 올라 자긴 하였으나 왕씨와 말을 하진 않았다.

왕씨 또한 죽은 듯이 휘장 틈에서 밤을 새우면서 감히 자기 자리를 찾아 자지도 못했다. 연후는 짐짓 6~7일을 출입하면서 기색을 온화하게 하고 말투를 누그러뜨리며 혹 손을 잡고 친근하게 구는 체했으나 왕씨는 갈수록 부끄러워하며 두려워했다. 연후가 비로소 깨끗이 개과했음을 알고 그제야 허락하여 잠자리를 용납하고 옛일을 일컬음이 없었으나 그 위엄
이날로 엄정(嚴正)하므로 왕씨는 도리어 연후를 보지 않는 것을 다행히 여 78
기니 그 개과함이 이와 같았다.

이 후 연후는 한 달에 수삼 일씩 함께 자는 것을 허락했으나 마음에야 무엇만 여기겠는가? 다만 집안을 화평하게 하고자 하는데다 왕태후의 정직함에 감동하고 조모의 지성을 받들려고 한 것이었다. 양부인은 평소 연후의 사람됨을 알므로 그 노기를 거스르게 하여 되지 못할 일을 벌이지는 않았으나 실은 왕씨를 불쌍히 여겨 이부인의 경계를 받기 전에도 혼자만

히 하도다[參差荇菜, 左右采之, 窈窕淑女, 琴瑟友之]."라는 구절이 있음. 이 장은 배필을 얻지 못했을 때와 배필을 얻었을 때 어떻게 해야 하는가를 노래하고 있음.

부귀영화를 누리는 것을 편치 않게 여기고 있었다. 그러다 지금에 이르러 이같이 된 것을 보고 매우 기뻐하면서도 또한 드러내 놓고 뽐내어 자랑하는 일이 없어 자연스러운 가운데 어진 마음이 신명과도 같았다. 온 집안에 어질고 슬기로우며 현숙한 숙녀와 군자, 명공이 벌여 있으니 어찌 그 선악을 모르겠는가? 그윽이 양씨의 높은 덕에 항복하지 않을 사람이 없었을 뿐 아니라 연후 역시 양부인을 더욱 공경하게 되었다.

차설(且說). 문창군주가 소생과 더불어 혼인한 지 4~5년이 되니 시부모
79 의 사랑과 소생의 소중한 대접이 산이나 바다에 비길 만큼 높디높았다. 슬하에 한 명의 아들을 두어 온 집안의 사랑이 온전하였고 소생의 벼슬이 점점 높아져 상서복야(尙書僕射) 동평장사(同平章事)[328]에 이르니 나이 약관이 못되어 작위가 1품에 있었다. 천자께서 예우하시고 만조백관이 공경하니 소생은 사람이 되어 그 아름다움이 진실로 천인(天人)에 가깝고 너그러움과 용맹함이 함께 있으며 강함과 부드러움이 모두 한 데 있어 멀리 바라보면 가을 동짓달 같고 가까이 나아가면 한 덩이 온화한 기운 같았다. 거리낄 것 없이 넓은 생각과 남보다 뛰어난 몸가짐은 당대의 영웅호걸이었으니 한낱 얼굴이 희고 입이 붉은 하찮은 재사와 세력 있는 명공 따위에 비길 바가 아니었다. 소생은 평생 사람을 눈 아래로 보아 거리낌이 없었으나 오직 공경하고 어렵게 여기는 사람은 그 장인이었으며 사랑하고 마음으로 따르는 사람은 연후였다. 대개 유씨 가문의 모든 사람들이 현인군자와 명공재상의 반열에 해당하는 풍채가 있었으나 영웅의 도량을 가진 사람은 진공과 연후였으니 소생이 뜻이 서로 합하므로 이렇게 된 것

328) 동평장사(同平章事) : 중국의 관명(官名). 당(唐)・송(宋) 시대에 재상(宰相)의 실권을 장악하던 벼슬.

이었다.

평장(平章)[329]이 비록 온 세상을 하나로 통일할 뜻이 있다 하나 진공이 80
국정을 맡아 천하의 현명한 선비들을 예로써 대접하고 인재를 정성스레 뽑아 써 만민을 위로하니 도로에서 남녀가 길을 나누고 인의(仁義)로 교화하며 예의를 지켜 사양하는 풍습이 날이 갈수록 새로웠다. 뇌물이 통하지 않고 정치를 어지럽히는 여자가 없어지자 궁중과 부중이 하나같이 가지런히 바로잡혀 천하가 태평했다. 옥중에는 죄수가 적고 백성들은 길에 떨어진 것도 줍지 않으니 세상을 덮을 만한 소생의 뛰어난 재주라도 쓸 곳이 없었다. 속절없이 아부(亞父)의 수하에 진평(陳平)이 있는 것[330] 같아 소생은 도리어 울적함이 심했다. 조정의 미미한 소인과 사례감(司禮監)의 허다한 환관들이 모두 진공을 두려워하여 순순히 소임을 다하며 조심할 따름이었으나, 소생은 이 무리의 심정을 그윽이 살피고는 매우 놀라 날마다 호방하고 쾌활한 문장과 번거로이 임금 앞에 엎드리는 일로 탄핵하는 상소를 올리지 않는 날이 없었다. 부형과 진공이 그것은 일신을 보전하는 꾀가 아니라고 여러 번 타일렀으나 소생은 더욱 비분강개하여 듣지 않았다.

이때 금상의 아들인 제왕(齊王)이 상의 총애를 믿고 조정 대신을 능멸 81
하였다. 환관 태억을 시켜 민간의 고운 계집을 엿보아 위력으로 겁탈하여 첩의 자리를 채우고 사람을 죽이고 재물을 빼앗아 돈과 비단을 쌓으니, 흉포함이 이 지경에 이르러도 조정이 그 세력을 두려워하여 감히 말을 못

---

329) 평장(平章) : 동평장사(同平章事) 소경문을 가리킴.

330) 아부(亞父)의 ~ 것 : '아부(亞父)'는 아버지 다음으로 존경하는 사람이란 뜻. 여기서는 항우가 아부라 부르며 존경했던 책사 범증(范增)을 가리킴. 진평(陳平)은 항우를 섬기다 유방의 참모가 되어 한(漢) 나라 통일에 공을 세운 사람으로 후에 항우가 범증을 의심하여 내치게 하는 데 일조함. 이 말은 뛰어난 사람이 뛰어난 사람 밑에 있어 제 뜻을 펼치지 못한다는 것을 의미함.

하고 있었다. 소생이 마침 조회를 마치고 돌아오다가 무수한 남녀가 길에 모여 있는 것을 보고 이상히 여겨 수레를 멈추고 살펴보니 한 여자가 채색옷을 입고 머리를 풀어 얼굴을 덮은 채 통곡하는데 무수한 하인들이 위력으로 협박하는 거동이 너무 참혹하였다. 또한 소년 하나를 난타하였는지 유혈이 낭자하여 목숨이 경각에 달려 있었다. 이를 본 평장사가 너무 놀라 좌우에게 까닭을 물으니 그 중 한 사람이 나아와 통곡하며 말했다.

"저 여자는 소인의 딸이요, 죽게 된 소년은 소인의 사위입니다. 제왕 전하께서 제 딸아이가 혼인한 것을 아시면서도 위력으로써 첩으로 들이려 하시니 왕궁 환관이 사위를 심하게 쳐서 거의 죽게 되었습니다. 어르신께서 살펴주시옵소서."

노인이 말을 마치지 못하였을 때 태억이 크게 소리를 질러 노인은 잡아
82 가고 소년은 어지러이 치라 명하였다. 그러자 그 소년이 한 번 소리를 지르고는 주검이 되어 모래밭에 늘어졌다. 평장은 이것을 보고 매우 노하여 집안 하인에게 분부하여 태억을 잡아 옥에 가두었다. 그리고 바로 대궐로 가서 임금을 뵙기를 청하여 제왕의 죄를 헤아린 후 장래 국가에 근심거리가 될 것이니 제왕의 지위를 낮추어 내치시길 간하였다. 말하는 것이 절실하고 말뜻이 정직하였으나 상이 처음엔 듣지 않으셨다. 그러나 평장이 머리를 조아리고 힘써 간하여 유혈이 얼굴을 덮은 것을 보시고 상께서는 놀라며 감동하셨다. 그리하여 결국 태억을 죽이시고 제왕을 중히 다스려 달마다 내리던 녹봉을 거두시니 모든 황친과 환관이 평장을 매우 두려워하고 어렵게 여겼다. 제왕은 그를 크게 원망하여 장차 없애고자 했다. 진공은 사위가 이같이 강개한 것을 보고 비록 그 기상은 기쁘게 여겼으나 반드시 후환이 있을 것을 알고 탄식하며 말했다.

"나는 지금 일대의 중신으로 국가와 고락[331]을 함께 하고 있으니 어찌 경문과 같은 뜻이 없겠는가마는 양친과 가문을 돌아보아 속절없이 필부의 편안함을 지키며 녹봉을 허비할 따름이었다. 이제 경문이 충성스 83
런 뜻을 떨쳐 일으킨 것을 보면 일은 비록 상쾌하다 하나 결국엔 일이 일어나고 국가에 이로움이 없으리니 어찌 불행하지 않겠느냐?"

이에 여러 아들들이 다 진공을 위로하며 함께 근심하길 마지않았다.

331) 고락 : {휴척[休戚]}. '여국가동휴척(與國家同休戚)'이라 하면 국가와 함께 동고동락하는 일을 말함.

뉴시삼ᄃᆡ록 권지십일

1면

차셜 뉴샤인이 강뎡의 내치이매 이 강뎡은 도셩 남문 밧 이십 니의 이시니 압흐로 구교강이 잇고 뒤흐로 금화산이 이셔 경개 졀승ᄒᆞ므로 진공이 경치를 ᄉᆞ랑ᄒᆞ여 진칙단쳥으로 쳔여 간 뎡ᄌᆞ를 지어ᄂᆞᆫ 다락은 셩을 님ᄒᆞ고 빅옥셕쥬ᄂᆞᆫ 젹사바회예 박혀 프른 박공과 아ᄅᆞ삭인 기동이 강슈의 됴요ᄒᆞ니 임의 궁관과 가뎡을 명ᄒᆞ여 ᄃᆡ희고 슈호ᄒᆞ게 ᄒᆞ엿더니 진궁의셔 오십여리라 샹게 요원ᄒᆞ고 산쳔이 기리 격ᄒᆞ여시니 샤인이 ᄉᆡᆼᄂᆡ예 ᄒᆞᆫ번 문 밧글 나미 업서 아ᄂᆞᆫ 거시 샹부와 진궁으로 부귀 편이 듕의 잇더니 이제 엄칙을 바다 교외예 내치여 존당 부모를 ᄯᅥ나고 군죵 형뎨를 보디 못ᄒᆞ믈 ᄉᆡᆼ각ᄒᆞ니 심니의 뉘웃고 슬허 죵일 어린 ᄃᆞ시 당상의 누엇더니 ᄃᆡ흰 궁감이 나아가 고 왈 공ᄌᆡ

2면

처음으로 이에 니ᄅᆞ러 계시니 슈호ᄒᆞᄂᆞᆫ 가뎡 복뷔 됴알ᄒᆞ믈 알외고 인ᄒᆞ여 빅쟉을 올녀지이다 샤인 왈 내 긔운이 블평ᄒᆞ니 됴알을 날회고 ᄯᅩ 쥬공이 아니 계신 ᄯᅢ 엇디 감히 됴알을 바드리고 드ᄃᆡ여 강잉ᄒᆞ여 방듕을 술피니 상아상과 호박침의 금슈지의 를 경제ᄒᆞ고 졀식미아ᄒᆞᆫ ᄲᅡᆼ이 향을 피오고 차를 밧드러 ᄃᆡ후ᄒᆞ니 ᄉᆡᆼ이 문왈 여둥은 엇던 사ᄅᆞᆷ이완ᄃᆡ 이 곳의 잇ᄂᆞ뇨 이 네 ᄃᆡ 왈 쳔쳡 등은 진양 챵애라 이 강뎡이 너모 유벽ᄒᆞ고 요원ᄒᆞᆫ 고로 뉴부 족당 졔노애 구경오신 즉 반ᄃᆞ시 두어 날식 머므러 도라 가시ᄂᆞᆫ 고로 궁관이 쳡 등을 굴희여 ᄌᆞ비 드리미 이셔 친히 ᄒᆞ시며 아니 친히 ᄒᆞ시믄 노야ᄂᆡ ᄆᆞ음이여니와 구례ᄂᆞᆫ 폐티 못ᄒᆞ므로 쳡 등이 ᄯᅩ 궁관의 보내믈 닙어 이에 왓ᄂᆞ이다 ᄉᆡᆼ이 뎜두ᄒᆞ고 다 믈너가라 ᄒᆞ고 ᄌᆞ긔 ᄃᆞ려온 복시 셔동 왕경

3면

뎡홍을 ᄉᆞ환ᄒᆞ여 다시 녀류를 갓가이 아니 ᄇᆞ리고 글을 닑어 야심 후 침상의 나아가

싱각ᄒᆞ니 당시의 작악이 공교ᄒᆞ고 간험ᄒᆞ여 젼고의 듯디 못ᄒᆞᆫ 배오 뎐긔 계영 등의 샹응ᄒᆞ미 진실노 측냥티 못ᄒᆞᆯ 작난이라 ᄌᆞ긔 무지ᄒᆞ고 과격ᄒᆞᆫ 단쳐를 만히 참괴ᄒᆞ여 탄식 왈 내 당초 녀ᄉᆡᆨ을 뉴렴ᄒᆞ여 비례의 셔간과 샹ᄉᆞ위질ᄒᆞ믄 죽어도 앗갑디 아니ᄒᆞ거니와 임의 취ᄒᆞᆫ 후ᄂᆞᆫ 공평이 졔가를 ᄒᆞ여 진뎡코져 ᄒᆞ더니 공번되믈 인ᄒᆞ여 도로혀 가환을 니ᄅᆞ혀니 ᄒᆞᆫ갓 나의 타시 아니라 가운 소관이라 그 말고뎌 ᄒᆞ나 능히 엇디 면ᄒᆞ리오 다만 당시를 닐위미 나의 연괴니 깁히 슈졸ᄒᆞ여 크게 허믈을 고치리라 ᄒᆞ고 드듸여 셩현의 글을 닑어 힝실을 닷그며 혹 뉵예를 닉여 ᄆᆞ음을 잡아 일월을 보내나 졈〃 심ᄉᆡ 울〃ᄒᆞ여 부친의 년이ᄒᆞ시던 졍을 싱각고 눈믈을 흘녀 졈〃

4면

식음이 감ᄒᆞ고 볼셔 수월이 되니 영모지회 날노 심ᄒᆞᆫ디라 궁관이 됴모의 뫼셔 삼쳔경치 긔이ᄒᆞ믈 고ᄒᆞ고 유람ᄒᆞ믈 쳥ᄒᆞ니 싱이 블허 왈 내 개인 칙을 밧ᄌᆞ와 내치인 ᄌᆞ식이 되여 셩경을 폐ᄒᆞ고 엄안을 ᄯᅥ나완 지 오래니 엇디 경개 유완ᄒᆞᆯ 흥이 이시리오 ᄒᆞ더라 일〃은 홀노 듕당 관텬누의 올나 셜경을 볼ᄉᆡ 시졀이 납월이라 고목은 참텬ᄒᆞ고 강슈ᄂᆞᆫ 쳥빙을 월워 흰 눈이 차아ᄒᆞ여 뎡ᄌᆞ를 덥허시니 이 졍히 시예 니ᄅᆞᆫ 바 텬한 빅옥빈이라 문뎡의 사ᄅᆞᆷ이 ᄭᅳᆫ허시니 도로혀 ᄉᆡ비예 개 즈ᄌᆞ미 업ᄉᆞᆫ디라 믄득 츄연 블낙ᄒᆞ여 좌우로 일편 화뎐을 나와 영모지회와 츄회지심을 펴 칠언뉼시를 ᄡᅥ 혹ᄉᆞ긔 보내니 ᄉᆞ의 쳐완ᄒᆞ고 문지 사ᄅᆞᆷ을 놀내ᄂᆞᆫ디라 혹ᄉᆡ ᄯᅩ 이 글을 보고 하루 감창ᄒᆞ여 깁히 슬허ᄒᆞ나 감히 부친긔 고티 못ᄒᆞ고 모든

5면

슉당긔 익걸ᄒᆞ여 현을 샤ᄒᆞ시믈 쳥ᄒᆞᄃᆡ 졔공이 비록 딜ᄋᆞ를 ᄉᆞ랑ᄒᆞ나 그 허믈이 슈칙ᄒᆞ미 맛당ᄒᆞᆫ 고로 아딕 기과ᄒᆞᆯ 동안 ᄇᆞ려 두라 ᄒᆞ고 당부인이 공의게 여러 번 근걸ᄒᆞᄃᆡ 공이 듯디 아냐 왈 이ᄂᆞᆫ 현을 ᄉᆞ랑ᄒᆞ미 아니라 ᄒᆞ니 부인이 감히 다시 쳥티 못ᄒᆞ고 ᄒᆞᆫ갓 탄식ᄒᆞᆯ ᄯᆞᄅᆞᆷ이러라 이러구러 명년 신졍을 당ᄒᆞ니 혜의 남ᄆᆡ 모부인을 뫼셔 당부의 셰알ᄒᆞ라 가니 혹ᄉᆡ 홀노 영쥬쇼져로 더브러 모비를 츄모ᄒᆞ며 샤인을 싱각ᄒᆞ여 남ᄆᆡ 샹ᄃᆡᄒᆞ여 누쉬 텸금ᄒᆞ더니 진공이 공쥬 ᄉᆞ당의 허빅ᄒᆞ고 ᄂᆞ려오다가 쇼져 남ᄆᆡ 슬허ᄒᆞ믈 보고 놀나 연고를 무르니 혹ᄉᆞᄂᆞᆫ 황망이 안슈를 거두고 공슈ᄒᆞ여 ᄃᆡ티 못ᄒᆞ고 쇼제 진〃이 늣겨 ᄀᆞᆯ오ᄃᆡ 셰월이 뉴슈 ᄀᆞᆺ흐여 모비를 여히완 디 ᄒᆞ마 십

년이 되여시니 신경을 당ᄒᆞ여 졔형뎨 모친을 뫼와 즐기ᄃᆡ 쇼녀남ᄆᆡ 홀노 죵텬디통이

6면

새롭거늘 사랏ᄂᆞᆫ ᄎᆞ형조차 ᄯᅥ나믈 슬허ᄒᆞᄂᆞ이다 언파의 쥬뤼 만면ᄒᆞ니 공이 크게 감동ᄒᆞ여 안ᄉᆡᆨ을 고치고 녀ᄋᆞ를 위로ᄒᆞ여 왈 현의 죄 듕ᄒᆞ니 용샤키 어려온디라 수삼년을 내쳐 징계코뎌 ᄒᆞ더니 너희 졍ᄉᆡ 가련ᄒᆞ니 용샤ᄒᆞᄂᆞ니 희ᄋᆞ 등은 ᄆᆞ음을 편히ᄒᆞ라 쇼져 남ᄆᆡ ᄇᆡᆨ샤ᄒᆞ여 감격ᄒᆞ믈 이긔디 못ᄒᆞ더라 공이 즉시 ᄉᆞ를 보내여 샤인을브ᄅᆞ니 샤인이 진부를 ᄯᅥ난 지 수월이 디나니 쥬야 샹회ᄒᆞ믈 이긔디 못ᄒᆞ더니 샤명을 듯고 ᄌᆡᄇᆡᆨᄒᆞ여 샤례ᄒᆞ고 즉시 드러와 야〃긔 청죄ᄒᆞ니 공이 블너 보매 ᄉᆡᆼ이 긔ᄉᆡᆨ이 수쳑ᄒᆞ고 용뫼 쵸쳬ᄒᆞ여 근심ᄒᆞ던 거동이 나타나고 황공 튝쳑ᄒᆞ믈 이긔디 못ᄒᆞ니 공이 부ᄌᆞ의 졍이 번연이 ᄆᆡᆼ동ᄒᆞ여 올나오라 ᄒᆞ여 그 손을 잡고 ᄆᆞᆨ연냥구의 탄식 왈 네 이제나 ᄀᆡ과ᄒᆞ미 잇ᄂᆞᆫ다 ᄉᆡᆼ이 졍히 황공ᄒᆞ여 ᄎᆡᆨᄒᆞᄂᆞᆫ 말ᄉᆞᆷ이 ᄂᆞ릴가 저허

7면

ᄒᆞ더니 부공의 반기ᄂᆞᆫ ᄉᆞᄉᆡᆨ과 용샤ᄒᆞ시ᄂᆞᆫ 말ᄉᆞᆷ이 이ᄀᆞᆺ치 유화ᄒᆞ여 갓가이 안치고 누그러온 빗치 당시 어든 삼 년의 처음이라 ᄯᅩ 본ᄃᆡ 츌인ᄒᆞᆫ 셩효로 그 야〃의 편ᄋᆡ를 넙어 이릐ᄒᆞ고 ᄉᆞ랑ᄒᆞ미 녜ᄉᆞ 부ᄌᆞ간이 아니러니 그 화ᄒᆞᆫ 말ᄉᆞᆷ을 듯ᄌᆞ오매 홀연 감샹ᄒᆞ미 니러나니 눈믈이 년면ᄒᆞ여 옷 압히 비ᄀᆞᆺ치 ᄯᅥ러디니 능히 강잉티 못ᄒᆞ여 공의 슬하의 업듸여 겨유 ᄃᆡ 왈 쇼ᄌᆡ 무샹ᄒᆞ와 젼후 득죄ᄒᆞ미 듕ᄒᆞ고 요ᄉᆡᆨ을 어더 문호를 어ᄌᆞ러여 대인 교훈을 욕먹이니 이제 허믈을 크게 ᄭᆡᄃᆞ라ᄉᆞᆸᄂᆞ니 엇디 다시 두 번 죄를 범ᄒᆞ리잇가 공이 그 등을 어ᄅᆞᄆᆞᆫ뎌 ᄯᅩᄒᆞᆫ 예엿비 넉이고 깁히 경계ᄒᆞ여 ᄀᆡ유ᄒᆞ니 샤인이 평ᄉᆡᆼ ᄒᆞᆫ이 업서 ᄇᆡᆨᄇᆡᆨ 샤례ᄒᆞ고 믈너 혹ᄉᆞ로 더브러 손을 잡고 반기며 쇼ᄆᆡ를 ᄎᆞ자 보아 ᄒᆞᆫ가지로 뉴부의 나아가 뵈오매 모다 반기며 경계ᄒᆞ여 이후나 어ᄌᆞ럽

8면

디 아니믈 당부ᄒᆞ더라 ᄉᆡᆼ이 ᄎᆞ야의 녕하뎐의셔 공을 뫼셔 자미 십여 일의 혹ᄉᆞ로 ᄯᅩᄒᆞᆫ ᄯᅥ낫던 졍을 베프고 양시 침소를 ᄎᆞ즐 ᄯᅳᆺ이 업ᄉᆞ니 이ᄂᆞᆫ ᄌᆞ개 비록 젼과를 뉘웃ᄎᆞ나 양시 깁히 원망ᄒᆞᄂᆞᆫ가 심니 ᄌᆞ연 블평ᄒᆞ고 ᄌᆞ개 ᄯᅩ 월잉을 버히고 곤욕ᄒᆞ믈 참괴ᄒᆞ여 서로 보미 무안ᄒᆞ고 치샤ᄒᆞᄂᆞᆫ 셜홰 괴로온 고로 돈연이 위로ᄒᆞᆯ ᄯᅳᆺ이 업서 수월

이 진ᄒᆞ여 가ᄃᆡ 진공은 할달ᄒᆞᆫ 긔상이 이톄엿 일은 쇼ᄉᆡ라 임의 허믈을 ᄭᆡᄃᆞ라 고친 후는 ᄌᆞ연 화락ᄒᆞ리라 ᄒᆞ여 아른 톄 아니〃 샤인이 일ᄉᆡᆼ 두리고 취듕ᄒᆞ는 배 부친이 어늘 공의 명이 업슨 후 엇디 강잉ᄒᆞ미 이시리오 이ᄯᆡ 양쇼졔 일댱 화란을 디내고 샤인이 강뎡의 내치매 ᄆᆞ음이 ᄯᅩᄒᆞᆫ 평샹티 못ᄒᆞ여 ᄌᆞ긔 신셰 ᄉᆞ〃의 슌치 못ᄒᆞ믈 슬허ᄒᆞ고 비록 신누를 버서시나 더러이 잡히믈 ᄒᆞᆫᄒᆞ여 사ᄅᆞᆷ 보기를 븟그려

9면

ᄒᆞ더니 ᄯᅢ 정히 츈삼월 답쳥일이라 니부인 탄일이 님ᄒᆞ니 일개 모다 대연을 베퍼 승샹부〃긔 헌슈ᄒᆞᆯᄉᆡ 승샹이 오ᄌᆞ의 ᄌᆞ포금쟝의 관면이 혁〃ᄒᆞ니 뉴샹셰 각노의 올나 입각대신이 되여시니 술이 취ᄒᆞᆫ 듯 허다 ᄌᆞ손을 보매 아ᄅᆞᆷ다오믈 이긔디 못ᄒᆞ여 부뷔 ᄡᅡᆼ〃이 잔을 잡힐ᄉᆡ 셩의ᄇᆡᆨ으로브터 졔공이 부인으로 더브러 잔을 밧드러 이친긔 진헌ᄒᆞ여 ᄎᆞ례 진공긔 미처는 공이 심하의 공쥬를 ᄉᆡᆼ각ᄒᆞ여 ᄆᆞ음이 비창ᄒᆞ나 위친ᄒᆞᆫ 낙ᄉᆡ라 ᄉᆞᄉᆡᆨ디 아니코 흔연이 댱부인으로 옥ᄇᆡ를 밧드러 나아오니 승샹과 부인이 눈믈을 흘녀 ᄀᆞᆯ오ᄃᆡ 금일 너희 부뷔 ᄀᆞ즉ᄒᆞ믈 두긋기디 아니미 아니라 홀노 공쥬의 자최 업슨 슬프믈 엇디 춤으리오 공이 온화히 위로 왈 셰월이 임의 오래고 ᄉᆞᄉᆡᆼ이 유명ᄒᆞ니 이제 ᄉᆡᆼ각ᄒᆞ샤 무익ᄒᆞ온디라 원컨대 셩심을 편히 ᄒᆞ쇼셔 드ᄃᆡ여 탄식고 믈너나매

10면

ᄎᆞ례로 잔을 올녀 혹ᄉᆞ와 샤인이 셜시 양시로 ᄡᅡᆼ〃이 나아오매 승샹과 부인이 각별이 두긋기고 ᄉᆞ랑ᄒᆞ여 ᄀᆞᆯ오ᄃᆡ 관은 셜시로 금슬이 화합ᄒᆞ여 거칠 거시 업거니와 현이 ᄀᆡ과 후 디금부뷔 못디 아냣다 ᄒᆞ니 이 엇딘 일이뇨 녕능휘 웃고 주 왈 현이 ᄌᆞ작지죄를 븟그려 양시를 감히 ᄎᆞᆺ디 못ᄒᆞ미니 금일 합환쥬를 먹여 뎌 부〃를 못 ᄒᆞ시미 가ᄒᆞ도소이다 승상이 ᄯᅩᄒᆞᆫ 웃고 고개 조으니 녕능휘 양혹ᄉᆞ 부인을 도라보아 쇼 왈 현미 큰 잔의 술을 부어 몬뎌 양시를 반만 먹여 내라 내 맛당이 현을 권ᄒᆞ믈 당ᄒᆞ리라 양부인이 낭〃이 웃고 좌우로 금굴티를 가져오라 ᄒᆞ여 향온을 부어 양시를 주어 왈 금일 부모명을 밧ᄌᆞ와 삼형과 내 ᄉᆞᄉᆞ로 부어 딜ᄋᆞ를 주ᄂᆞ니 이 희롱이 아니라 모ᄅᆞ미 ᄉᆞ양 말고 반을 먹고 딜ᄋᆞ의게 보내라 쇼졔 ᄉᆞ러 잔을 밧ᄌᆞ와 옥면의 홍광이 은연이 비최여 감히

11면

먹디 못ᄒᆞ니 슈습ᄒᆞᄂᆞᆫ 틔도와 머뭇기ᄂᆞᆫ 거동이 더옥 승졀ᄒᆞ여 명월이 무광ᄒᆞ고 빅쾌 탈식ᄒᆞ니 냥샹셔 부인이 쇼 왈 삼형과 져〃ᄂᆞᆫ 난쳐ᄒᆞᆫ 일노뻐 사ᄅᆞᆷ을 핍박ᄒᆞ시ᄂᆞ뇨 듕인 공회예 ᄋᆞ녀ᄌᆞ의 담긔 엇디 술을 먹고 남겨 가부를 두리오 맛당이 딜ᄋᆞ로 ᄒᆞ여곰 ᄒᆞᆫ 잔을 부어 스ᄉᆞ로 먹고 다시 부어 양시를 주미 가ᄒᆞ이다 녕능휘 쇼 왈 현미ᄂᆞᆫ 셰샹ᄉᆞ를 모ᄅᆞᄂᆞᆫ도다 뎌 놈이 근닉 싁〃고 거여온 톄ᄒᆞ여 공연이 양시를 ᄎᆞᆺ디 아니〃 졍히 뮈올디라 금일 몬뎌 양시를 먹이고 그 ᄌᆞᆺ긔를 뎌 놈을 먹여 그 어른다온 톄ᄒᆞ여 ᄌᆞ존ᄒᆞ던 긔운을 최찰케 ᄒᆞ미어ᄂᆞᆯ 양시 엇디 구ᄐᆞ여 지류ᄒᆞ여 현의 딕공을 감심ᄒᆞᄂᆞ뇨 ᄲᆞᆯ니 술을 반만 먹고 반을 내라 좌듕이 ᄯᅩ 웃고 진공이 ᄯᅩᄒᆞᆫ 화연이 우서 말난 말이 업ᄉᆞ니 쇼졔 황공블열ᄒᆞ딕 녕능휘 직촉이 급ᄒᆞ니 마디 못ᄒᆞ여 잔을 드러 짐ᄌᆞᆺ 거홀너

12면

술을 남고디 아니〃 양부인이 큰 잔의 부으믄 이러홀가 ᄒᆞ여 쇼져의 쥬량이 업ᄉᆞ믈 혜아려 다 먹디 못ᄒᆞ게 ᄒᆞ미러니 그 다 먹으믈 보고 녕능휘 거ᄌᆞᆺ 졍식 왈 양시 어룬의 말을 듯디 아니〃 부덕이 아니로다 쇼졔 피셕 복지ᄒᆞ여 말이 업ᄉᆞ니 진공이 ᄇᆡ야흐로 우어 왈 합환쥬ᄂᆞᆫ ᄋᆞᄌᆞ와 ᄋᆞ뷔 처음 만나던 날 ᄒᆞᆫ 거시니 이제 엇디 다시 힝ᄒᆞ리오 삼뎨 이제 나히 쇠ᄒᆞ여시딕 희학이 감치 아니〃 스ᄉᆞ로 즐거믄 됴커니와 그 보채이ᄂᆞᆫ 쟈ᄂᆞᆫ 년쇼 ᄋᆞ뷔라 엇디 능히 평안ᄒᆞ리오 가히 어룬 되미 어렵도다 녕능휘 딕 쇼 왈 현이 회과 후 무단이 양시를 ᄎᆞᆺ디 아니미 고이ᄒᆞ온디라 이러ᄐᆞᆺ ᄒᆞ여 금슬을 권ᄒᆞ미러니 형이 엇디 그ᄅᆞᆺ 넉이시ᄂᆞ뇨 공이 완이히 함쇼ᄒᆞ고 일쾌 대쇼ᄒᆞ니 양쇼졔 더옥 슈괴ᄒᆞ고 샤인이 ᄯᅩᄒᆞᆫ 져두공슈ᄒᆞ여 참싀이 이시니 이 젼혀 젼일을 뉘웃ᄎᆞ미라 승샹과 부인이 샤

13면

인의 손을 잡고 등을 어ᄅᆞ만뎌 ᄉᆞ랑ᄒᆞ며 기유ᄒᆞ여 항녀지의를 온젼이 ᄒᆞ라 ᄒᆞ니 싱이 빅샤슈명ᄒᆞ여 ᄯᅩᄒᆞᆫ 셕샹의셔 양시의 츌군ᄒᆞᆫ 용광과 쳔연 졍뎡ᄒᆞᆫ 긔질을 심복ᄒᆞ여 이 날 파연ᄒᆞᆫ 후 듁셔루의 니ᄅᆞ니 쇼졔 ᄇᆡ야흐로 긴 단장을 벗고 산호 셔안을 딕ᄒᆞ엿다가 싱을 보고 니러 ᄒᆞᆫ ᄀᆞ의 가 옷기슬 념의고 단졍이 안거ᄂᆞᆯ 싱이 ᄯᅩᄒᆞᆫ 좌를 일우고

묵연 반향의 탄식고 날호여 골오딕 우리 부뷔 쇼년결발노 피치 문지와 직뫼 타인의 디나거놀 시운이 브졔ᄒᆞ여 싱이 녀식의 외입ᄒᆞ여 명교의 죄인이 되고 그딕 홍안박명이 조믈의 희롱이라 엇디 일편도이 싱의 무지블명ᄒᆞ믈 ᄒᆞᆫᄒᆞ리오 부인은 젼일을 ᄒᆞᆫ치 말고 일노조차 부뷔 화동ᄒᆞ여 빅슈 화락ᄒᆞ믈 원ᄒᆞ노라 쇼제 츄연 탄식고 말이 업ᄉᆞ니 싱이 옥슈롤 잡고 은근이 위로ᄒᆞ여 답언

14면

을 지촉ᄒᆞ딕 쇼제 죵시 딕티 아니코 안뫼 닝담ᄒᆞ여 싱의 뉴셰지언을 귀예 머므ᄅᆞ미 업ᄉᆞ니 싱이 깁히 노ᄒᆞ믈 알고 다만 웃고 은근이 위로ᄒᆞ여 일노조차 벳졍을 다시 니으니 듕졍이 산히 ᄀᆞᆺᄒᆞᆫ디라 궁듕이 크게 깃거ᄒᆞ고 공과 댱부인이 환열ᄒᆞ믈 이긔디 못ᄒᆞ더라 양쇼제 싱의 은근ᄒᆞᆫ 졍을 본 즉 녯날 담쇼 가온딕 월잉을 버혀 머리롤 ᄌᆞ긔게 더디던 일을 싱각고 골경심한ᄒᆞ여 날노 슈습ᄒᆞ고 공경ᄒᆞ여 죠곰도 방심티 못ᄒᆞ고 모든 일이 다 무ᄉᆞᄒᆞ여 샤인이 ᄶᅵ드ᄅᆞ믈 보고 월잉의 인싱을 더옥 잔잉히 넉여 그 졔롤 숫디 아냐 원ᄉᆞᄒᆞᆫ 혼을 위로ᄒᆞ더라 샤인이 비록 양시로 은졍이 태산 ᄀᆞᆺ고 녜일을 뉘웃ᄎᆞ나 오히려 댱시롤 싱각ᄒᆞᄂᆞᆫ 념녀 이셔ᄌᆞ긔 쳔신만고ᄒᆞ여 어더 신졍이 흡연치 못ᄒᆞ여셔 니별ᄒᆞ고 부친이 그 혼셔봉치롤 블딜너 다시 용납

15면

디 아니랴 ᄒᆞᄂᆞᆫ 긔식을 보니 싱닉의 영결이 된디라 그 죄롤 모ᄅᆞ미 아니로딕 일단 믹친 졍이 플니디 아니ᄒᆞ나 감히 입의 니ᄅᆞ디 못ᄒᆞ나 침좌의 닛디 못ᄒᆞ더라 이때 혹ᄉᆞ와 샤인이 닙됴ᄒᆞ므로브터 직임을 션치ᄒᆞ고 춍명뎡직ᄒᆞ미 부형의 풍치롤 니으니 됴뎡이 공경ᄒᆞ고 샹이 ᄉᆞ랑ᄒᆞ샤 특지로 관으로ᄡᅥ 니부샹셔롤 ᄒᆞ이시고 현으로 병부샹셔롤 ᄒᆞ시니 이 인이 샤은 힝공ᄒᆞ매 공이 외람ᄒᆞ고 두려ᄒᆞ며 아춤마다 냥 ᄌᆞ의 빵〃ᄒᆞᆫ 벽졔와 혁〃ᄒᆞᆫ 젹거ᄉᆞ마로 됴참 츌입ᄒᆞ믈 본 즉 공쥬롤 싱각고 츄연 탄식 아닐 적이 업ᄉᆞ니 사름이 다 그 유신ᄒᆞ믈 탄복ᄒᆞ더라 이때 댱부인 댱ᄌᆞ 혜의 년이 십오의 니ᄅᆞ니 얼굴이 관옥 ᄀᆞᆺ고 냥목이 효셩 ᄀᆞᆺᄒᆞ며 홍슌이 도쥬 ᄀᆞᆺᄒᆞ여 반하의 지모롤 가졋고 셩질이 영오춍명ᄒᆞ고 효우인ᄌᆞᄒᆞ니 공이 깁히 ᄉᆞ랑ᄒᆞ나 믹

16면
양 큰 그ᄅᆞ시 아니라 옷더라 너비 가우를 듯보아 관ᄂᆡ후 쥬셕의 녀로 셩친ᄒᆞ니 이 또 ᄒᆞᆫ 뎨실지친이오 금지옥엽이라 쥬시 용뫼 졀셰ᄒᆞ고 총명혜아ᄒᆞ여 극히 현미ᄒᆞ니 공 직 듕ᄃᆡᄒᆞ고 구괴 깃거ᄒᆞᄃᆡ 댱부인이 긔츌 ᄌᆞ부를 어드나 셜양 이 인 ᄋᆡ듕ᄒᆞ미 ᄒᆞᆫ갈 ᄀᆞᆺᄒᆞ여 일호 ᄉᆞ졍을 두디 아니〃 궁듕이 열복ᄒᆞ더라 공의 사ᄌᆞ 졍의 나히 십ᄉᆞ 셰니 이 또 댱부인 소ᄉᆡᆼ이라 위인이 인ᄌᆞ관후ᄒᆞ고 팀졍슉믁ᄒᆞ며 외모의 특이ᄒᆞ미 부풍모 습ᄒᆞ여 일셰예 ᄲᅡ혀나니 공이 ᄀᆞ장 ᄉᆞ랑ᄒᆞ더니 슉모 샤어ᄉᆞ 부인이 그 돈후ᄒᆞ믈 ᄉᆞ 랑ᄒᆞ여 어ᄉᆞ 친데 샤한님 녀로 위ᄆᆡᄒᆞ니 냥개 샹의 셩친ᄒᆞ매 샤쇼졔 아룸다오미 쥬 옥 ᄀᆞᆺᄒᆞ여 진짓 공ᄌᆞ로 일ᄡᅡᆼ이라 공의 부뷔 크게 깃거 ᄉᆞ랑ᄒᆞ더라 이ᄯᅢ 영쥬쇼졔 십 삼 셰의 니ᄅᆞ니 가졍황뎨 특별이 문챵군쥬 직쳡을 주

17면
시고 하태휘 ᄌᆞ루 대ᄂᆡ의 드려다가 그 의용미목을 보시고 늣겨 ᄀᆞᆯ오샤ᄃᆡ 이 아ᄒᆡ 녀 쥬공의 일월광휘를 다 담디 못ᄒᆞ여시나 미모동용이 흡연 방블ᄒᆞ니 엇디 반가오며 슬 프디 아니ᄒᆞ리오 ᄒᆞ시고 무휼ᄒᆞ시며 ᄉᆞ랑ᄒᆞ시미 슉경공쥬와 ᄀᆞᆺ치 ᄒᆞ시니 궁듕이 또 공쥬를 츄모ᄒᆞᄂᆞᆫ 재 문챵군쥬를 ᄉᆞ랑ᄒᆞ며 츄앙ᄒᆞ여 대ᄂᆡ예 잇기를 ᄌᆞ루ᄒᆞ니 공쥐 망 ᄒᆞ므로브터 나라희셔 ᄉᆞ시로 묘당의 졔향을 니우시나 궐듕 왕ᄂᆡ 드므더니 관의 형뎨 셩인ᄒᆞ고 군쥐 댱셩ᄒᆞ여 하태후의 ᄋᆡ휼ᄒᆞ시믈 닙으매 대ᄂᆡ 통신이 긋디 아냐 궁인과 후빈이 서로 왕ᄂᆡ 여구ᄒᆞ니 공이 깃거 아냐 ᄌᆞ녀를 경계 왈 네 모비ᄂᆞᆫ 션뎨와 태후 지친으로 임의 녀쥬공이 되여 국가의 결년ᄒᆞ미 그 말고뎌 ᄒᆞ여도 궐듕을 긋디 못ᄒᆞ 려니와 이제 인ᄉᆡ 변ᄒᆞ여시니 가히 조심홀디라 여등은 삭망으로 글을 올녀

18면
문안ᄒᆞ고 번거히 통신ᄒᆞ믈 말고 녀의 낭〃의 명이 이시나 가ᄇᆡ야이 츌입디 말나 ᄌᆞ 녜 슈명ᄒᆞ여 감히 다시 궐듕 츌입을 무샹이 못ᄒᆞ여 비록 태휘 브ᄅᆞ시나 군쥐 글을 올 녀 공의 ᄠᅳᆺ을 주ᄒᆞ여 드러가디 아니〃 태휘 악연ᄒᆞ샤 샹ᄉᆞ와 고련ᄒᆞ믈 더옥 후히 ᄒᆞ 시더라 공이 군쥬의 댱셩ᄒᆞ믈 보고 너비 가셔를 튁ᄒᆞᄃᆡ 맛당ᄒᆞᆫ 곳을 엇디 못ᄒᆞ더니 시의 졔람빅 소우ᄂᆞᆫ 셩의빅 부인 친남이라 문당혹힝이 뉴시 졔공으로 졔명ᄒᆞᄂᆞᆫ 배 되여 쇼년 등과ᄒᆞ여 국가의 공훈이 이시매 뎡덕 년간의 졔람빅을 봉ᄒᆞ여 영화부귀

혁〃ᄒᆞ니 샤듕의 부인 딘시를 취ᄒᆞ여 칠ᄌᆞ삼녜 이셔 댱ᄌᆞ 경문의 ᄌᆞᄂᆞᆫ ᄌᆞ뫼니 관옥 ᄀᆞᆺ흔 용모와 츄슈골격이 진속의 쒸여나고 위인이 총명호상ᄒᆞ며 유시로브터 혹힝이 과인ᄒᆞ고 희노를 나타내디 아니〃 부뫼 과익ᄒᆞ여

19면

ᄀᆞᆺ흔 빵을 광구ᄒᆞᄃᆡ 능히 진짓 슉녀를 엇디 못ᄒᆞ여 그윽이 싱각ᄒᆞ매 당시 명문이 뉴가의 디나미 업고 셰ᄃᆡ 즘영과 용모 혹힝이 뉴시 졔인 ᄀᆞᆺᄒᆞ니 업ᄉᆞ니 그 가온ᄃᆡ 뇨됴ᄒᆞᆫ 슉녜 이시믈 혜아려 그 ᄆᆡᄌᆞ 셩의빅 부인을 ᄃᆡᄒᆞ여 ᄋᆞᄌᆞ의 빵 되염 즉ᄒᆞ 니를 무ᄅᆞ니 소부인 왈 허다 딜녜 다 아름다오나 옥듕지박옥과 화듕지화왕으로 영쥬쇼져의 츌딘ᄒᆞᆫ ᄌᆞ식과 긔이ᄒᆞᆫ 덕셩 ᄀᆞᆺᄒᆞ니ᄂᆞᆫ 졔ᄋᆞ 듕 다시 업ᄉᆞ믈 뎐ᄒᆞ여 진짓 딜ᄋᆞ의 호구로ᄃᆡ 진공의 틱셰 과도ᄒᆞ여 쳔패 만ᄆᆡ로 문의 메이나 일호 유의ᄒᆞ미 업서 반ᄃᆞ시 낭지를 친히 보고 면시ᄒᆞᆫ 후 뎡ᄒᆞ려 ᄒᆞ믈 니ᄅᆞ니 졔람공이 쇼 왈 사ᄅᆞᆷ이 다 각〃 소견이어니와 나의 ᄋᆞᄌᆞᄂᆞᆫ 범인이 아니라 비록 서로 보아도 진공의 고안이나 ᄋᆞᄌᆞ를 능히 나모라 못ᄒᆞ리니 현ᄆᆡᄂᆞᆫ 샹냥ᄒᆞ여 내 아ᄒᆡ 평싱을 쾌히 ᄒᆞ라 부인이 응낙

20면

고 도라와 셩의빅긔 ᄎᆞ언을 고ᄒᆞ니 셩의빅이 쇼 왈 경문이 진짓 걸츌ᄒᆞᆫ 군ᄌᆡ로ᄃᆡ 잠간 호상ᄒᆞᄆᆞ로 풍뉴랑의 거동이 이시니 딜녀의 뇨됴유한ᄒᆞᆫ 셩덕을 밋디 못ᄒᆞᆯ가 ᄒᆞ노라 부인 왈 이 아ᄒᆡ ᄌᆡ긔 츌인ᄒᆞᄆᆞ로 상활ᄒᆞᆫ 긔습이 이시나 텬셩이 뎡대ᄒᆞ니 넉작싁황ᄒᆞ여 감쥬기음ᄒᆞᄂᆞᆫ 무리 되디 아니리니 슉〃이 비록 텬하를 광구ᄒᆞ시나 딜ᄋᆞ의셔 나으 니를 엇디 어려올가 ᄒᆞᄂᆞ이다 공이 미쇼 브답이러니 드ᄃᆡ여 진공ᄃᆞ려 이 말을 뎐ᄒᆞᆫᄃᆡ 공이 ᄃᆡ 왈 형댱의 지인ᄒᆞ심과 존수의 놉흔 덕으로ᄡᅥ 반ᄃᆞ시 그룻 보디 아냐 계시려니와 녀ᄋᆞᄂᆞᆫ 범ᄋᆡ 아니오 ᄯᅩ 일즉 ᄌᆞ모를 여희여 잔잉ᄒᆞ미 극ᄒᆞᆫ디라 ᄒᆞᆫ갓 외모의 아름다오므로 허티 못ᄒᆞ리니 맛당이 소ᄌᆞ를 친히 보아 압히셔 글을 지이고 위인을 ᄌᆞ시 ᄉᆞᆯ펴 뎡코져 ᄒᆞᄂᆞ이다 셩의빅이 뎜두 왈 이 말이 심합ᄒᆞ니 이 ᄯᅳᆺ을 통

21면

ᄒᆞ리라 진공이 소부인을 향ᄒᆞ여 웃고 ᄀᆞᆯ오ᄃᆡ 졔람빅이 녀ᄋᆞ를 ᄂᆞ지 구ᄒᆞ니 진실노 감격ᄒᆞ나 영쥬의 비샹ᄒᆞᆫ 수〃의 보시ᄂᆞᆫ 배라 만일 봉황이 실소ᄒᆞᄂᆞᆫ 탄이 이신 즉

부녀 ᄉᆞ졍이 가련ᄒᆞ믄 니ᄅᆞ도 말고 유명간 져ᄇᆞ리미 될가 슉야 방심티 못ᄒᆞ리니 수쉬 임의 영쥬를 무ᄋᆡᄒᆞ샤미 긔츌의 디나신디라 ᄉᆞ졍을 두디 아니시리니 원컨ᄃᆡ 신낭과 가풍을 혜아려 녀ᄋᆡ 일싱이 편홀 형셰어든 혐의로이 넉이디 마ᄅᆞ시고 작ᄆᆡᄒᆞ시믈 감히 청ᄒᆞᄂᆞ이다 소부인이 피셕 샤왈 가형이 여러 ᄌᆞ네 이시나 ᄎᆞᄋᆡ 홀노 ᄲᅡ혀나매 가우를 엇기 어려워 딜녀의 현미ᄒᆞ믈 듯고 쥬진의 결친ᄒᆞ믈 원ᄒᆞ나 감히 청티 못ᄒᆞ더니 슉〃이 만일 더러이 아니 넉이셔 결혼코뎌 ᄒᆞ실딘대 딜ᄋᆞ를 블너 보시미 방해롭디 아니토소이다 지어가풍과 셰쇄지ᄉᆞᄂᆞᆫ 쳡이 엇디 ᄉᆞ졍으로ᄡᅥ 딜녀의 빙옥ᄌᆞ딜노 ᄒᆞ여곰 청하의 탄이

22면

잇게 ᄒᆞ리잇고 공이 뎡파의 동용칭샤ᄒᆞ니 양혹ᄉᆞ 부인이 낭연 쇼 왈 소형은 엇던 딜ᄋᆞ를 두고 감히 영쥬의 ᄧᅡᆼ을 구ᄒᆞ며 진공 가〃의 하ᄂᆞᆯᄀᆞᆺ치 놉흔 눈을 감당ᄒᆞ여 면시ᄒᆞ기를 쾌히 니ᄅᆞ시ᄂᆞ뇨 쇼ᄆᆡ로ᄡᅥ 보건ᄃᆡ 니ᄇᆡᆨ 번텬이 좌의 이실디라도 술 먹고 미친 무리라 ᄒᆞ여 됴히 아니 넉이실 거시오 하안 반악이 압히 이셔도 추셰 쇼인이라 ᄒᆞ여 ᄂᆞᆺ게 넉이리니 금셰예 엇디 안증의 힝실과 딘평의 용모와 ᄌᆞ유하의 문댱과 곽녕공의 훈업복녹이 흔ᄒᆞ리오 형의 딜ᄌᆞ 이를 겸젼ᄒᆞ여 ᄎᆞ형의 동상을 마치믈 쇼ᄆᆡ 밋디 아닛ᄂᆞ이다 소부인이 쇼 왈 쳡이 엇디 듕ᄆᆡ 소임을 ᄒᆞ여 부창된 말노 찬조ᄒᆞ미 이시리오 냥가 딜ᄋᆞ의 비샹ᄒᆞ믈 ᄉᆞ랑ᄒᆞ여 그 ᄧᅡᆼ을 일치 말고뎌 ᄒᆞ미러니 부인의 말을 드ᄅᆞ니 쳡이 의연이 듕ᄆᆡ 소임을 당홈 ᄀᆞᆺᄒᆞ여 참괴ᄒᆞ이다 양부인이 답쇼 왈 년혼결친ᄒᆞ

23면

미 아름다온 일인가 ᄒᆞ엿더니 양딜의 츌뉴홈과 현ᄋᆞ의 비샹ᄒᆞ미 진실노 일ᄃᆡ 부뷔로ᄃᆡ 조믈의 희롱을 만나 뎌적 쇼ᄆᆡ의 무안ᄒᆞ미 냥가의 극ᄒᆞᆫ디라 형은 용모지조를 보디 마ᄅᆞ시고 덕힝을 ᄉᆞᆯ피샤 일내디 아닐 사ᄅᆞᆷ을 쳔거ᄒᆞ쇼셔 진공이 쇼 왈 ᄆᆡᄉᆡ 텬뎡이니 단졍ᄒᆞ므로 환이 업ᄉᆞᆯ 거시면 운ᄇᆡᆨ의 온듕ᄒᆞ므로 ᄎᆞᄆᆡ의 굿기미 거의 셩명을 ᄆᆞᄎᆞᆯ 번ᄒᆞ여시리오 신낭이 아ᄅᆞᆷ다올딘ᄃᆡ 쇼〃 근심은 관겨티 아니〃 이런 호의ᄂᆞᆫ 마ᄅᆞ시고 수〃ᄂᆞᆫ 원컨ᄃᆡ 녕딜을 명일 부르샤 쇼뎨로 ᄒᆞ여곰 ᄒᆞᆫ번 구경케 ᄒᆞ쇼셔 소부인이 흔연 허락고 이 ᄯᅳᆺ즐 소부의 통ᄒᆞ니 졔람ᄇᆡᆨ이 쇼 왈 뉘 닐오ᄃᆡ 진공이 ᄆᆞ음이

크다 ᄒᆞ더뇨 ᄋᆞᄌᆞ의 문필은 셩의빅의 아는 배로ᄃᆡ 오히려 밋디 아냐 친히 보려 ᄒᆞ니 진실노 호의 만흔 댱뷔로ᄃᆡ 아니 보내면 구속ᄒᆞ미니 맛당이 ᄃᆞ려가 취지ᄒᆞᄂᆞᆫ 소댱을 보리라 ᄒᆞ고 명일 ᄋᆞᄌᆞ를

24면

블너 왈 금일 내 ᄆᆡᄌᆞ를 보라가니 네 ᄯᅩᄒᆞᆫ 날을 조차가 숙모를 보고 졔죵을 ᄎᆞ자 돈목지의를 베플나 공지 임의 아ᄅᆞᄃᆡ 한셜을 아니코 슈명ᄒᆞ여 부친을 뫼셔갈ᄉᆡ 모부인이 빗난 치의를 나와 ᄋᆞᄌᆞ의 닙으믈 권ᄒᆞ니 공지 쇼 왈 남ᄋᆞ의 의복이 졍졔홀 분이라 엇디 샤치ᄒᆞ믈 더어 가쇼의 거조를 ᄒᆞ리잇고 드ᄃᆡ여 ᄒᆞᆫ 벌 포의를 닙고 가니 부인이 고집다 ᄭᅮ짓더라 공지 야〃를 뫼셔 뉴부의 니ᄅᆞ니 셩의빅 형뎨 마자 서로 보고 좌뎡 후 차를 파ᄒᆞ매 공지 뒤흐로 조차 나아오니 셩의빅 ᄉᆞ곤계와 졔ᄉᆡᆼ 십여 인이 뫼셔시니 의관이 츔치ᄒᆞ고 풍뫼 동인ᄒᆞ여 군션의 연회 ᄀᆞᆺ고 뉴시 졔공의 엄슉ᄒᆞᆫ 긔도와 쇄락ᄒᆞᆫ 얼골이 셩신 가온ᄃᆡ 일월 ᄀᆞᆺ흐니 공지 심하의 경복ᄒᆞ여 ᄉᆡᆼ각ᄒᆞᄃᆡ 내 일즉 셩의빅 슉부를 그 골격과 문질이 셰샹의 독보ᄒᆞᆫ가 ᄒᆞ더니

25면

금일 녕능후 등 삼공의 비범ᄒᆞ미 ᄒᆞᆫ가지오 지어쇼년빈의 니ᄅᆞ히 이ᄀᆞᆺ치 긔이ᄒᆞ믄 쳔고의 업슨 일이라 ᄒᆞ여 각〃 녜를 ᄆᆞᆺ고 쇼년졔ᄉᆡᆼ이 일시의 동셔로 좌를 ᄂᆞᆫ화 공슈 경좌ᄒᆞ니 뉴시 졔공이 쇼 왈 녕낭의 놉흔 일홈을 셩히 드릿더니 금일 서로 보매 듯던 바의 디나도다 드ᄃᆡ여 좌우로 진공을 쳥ᄒᆞ니 공이 소공의 ᄋᆞᄌᆞ를 ᄃᆞ리고 니ᄅᆞ믈 듯고 졔ᄌᆞ로 더브러 샹부의 니ᄅᆞ매 모다 일시의 니러 마즈니 공이 샹셔 등을 거ᄂᆞ려 날호여 승당ᄒᆞ여 졔람빅으로 녜필 좌뎡ᄒᆞᆫ 후 소공지 나아와 직ᄇᆡᄒᆞ니 공이 흔연이 답읍ᄒᆞ고 눈을 드러 보매 이 졍히 빅옥이 남뎐의 소사나고 긔린이 교야의 ᄂᆞ려시니 긔뫼 앙장ᄒᆞ고 풍뉘 련텬ᄒᆞᆫ디라 공이 임의 ᄯᅳᆺ이 태반이나 기우러 명ᄒᆞ여 좌를 갓가이 ᄒᆞ라 ᄒᆞ니 졔형뎨 눈 주어 웃더라 공이 화셩유어로 졔람빅을 ᄃᆡᄒᆞ여 왈 혹ᄉᆡᆼ이 관ᄉᆞ의 다ᄉᆞᄒᆞ고

26면

일신의 병이 만하 서로 ᄎᆞᆺ디 못ᄒᆞ미 오랜디라 비린지밍이 동ᄒᆞ더니 금일 만나매 앙

모지심을 위로홀 분 아니라 녕낭을 보매 총듄슈발ᄒᆞ여 빗치 온 집을 기우리 빅봉을 두미의셔 더으〈도〉다 아디 못게라 년긔 언마나 ᄒᆞ뇨 소공이 ᄉᆞ샤 왈 만ᄉᆡᆼ이 역시 포병ᄒᆞ여 문하의 나아오믈 엇디 못ᄒᆞ엿더니 금일은 샤ᄆᆡ를 ᄎᆞ자보고 ᄯᅩ 돈ᄋᆞ의 용우ᄒᆞ므로ᄡᅥ 공이 ᄒᆞᆫ번 ᄀᆞ르치믈 구ᄒᆞ신다 드ᄅᆞ매 부ᄌᆡ 희ᄒᆡᆼᄒᆞ믈 이긔디 못ᄒᆞ야 이에 니ᄅᆞ믄 깁히 지교ᄒᆞ믈 ᄇᆞ라미라 엇디 과당ᄒᆞ시믈 당ᄒᆞ리오 돈ᄋᆞ의 방년이 십오 셰로ᄃᆡ 소혹이 업ᄉᆞ니 셩ᄒᆞᆫ 뜻을 져ᄇᆞ릴가 두려ᄒᆞᄂᆞ이다 우리 무리 동됴ᄒᆞ여 ᄉᆞ환ᄒᆞ연 지 이십 년이 디낫고 인친의 친흠과 관포의 아름이 오래거ᄂᆞᆯ 공이 엇디 너모 과당ᄒᆞ여 친ᄒᆞᆫ 졍의를 감ᄒᆞᄂᆞ뇨 셜파의 졍신을 머므러 소공ᄌᆞ를 보니 비샹ᄒᆞᆫ 골격과 ᄡᅢ혀난 얼굴이

27면

모든 ᄌᆞ딜의 ᄡᅥ러디미 업고 표연이 신션 ᄀᆞᆺ흐니 원ᄂᆡ 뉴시 졔인이 개〃히 관옥용치오 츄슈골격으로 ᄒᆞᆫ갓 ᄂᆞᆺ치 희고 입이 븕은 미쇼년이 아니라 ᄆᆞᆰ으미 어름 ᄀᆞᆺ고 긔질이 호상ᄒᆞ여 연화 밧 사ᄅᆞᆷ ᄀᆞᆺ흐니 비록 셰샹의 미남ᄌᆞ와 미녀ᄌᆡ 이시나 이런 톄격의ᄂᆞᆫ ᄡᅥ러지미 만터니 금일 소공ᄌᆞ의 녕형ᄒᆞᆫ 문ᄎᆡ와 슈앙ᄒᆞᆫ 격되 호〃히 딘애 가온ᄃᆡ ᄲᅱ여나 쥰매ᄒᆞ고 쇄락ᄒᆞ미 흡연이 병부시랑 뉴현으로 ᄒᆞᆫ 빵 구슬이라 다만 미목의 졍ᄎᆡ 동인ᄒᆞ나 거오ᄒᆞᆫ 습이 잇고 호상ᄒᆞ며 발월ᄒᆞ여 진짓 일세의 대당뷔오 당ᄃᆡ 영걸이라 진공의 고안으로 ᄀᆞ초 ᄀᆞᆯ히ᄂᆞᆫ 구망의도 오히려 ᄉᆞ랑ᄒᆞ고 아름다이 넉이믈 마디 아니ᄒᆞᄃᆡ 오ᄃᆡᆨ 한셜을 아니ᄒᆞ고 좌우로 쥬찬을 나와 두어 슌 ᄇᆡ 디나매 공이 ᄀᆞᆯ오ᄃᆡ 혹ᄉᆡᆼ이 일죽 청운의 올나 몸이 분망ᄒᆞ므로 일죽 시부를 노한디 오래고 모든 ᄌᆞ딜이 ᄯᅩᄒᆞᆫ

28면

ᄀᆞ르치미 업서 ᄉᆞ단 문명의 빗치 삭연ᄒᆞ더니 드르니 녕낭이 문댱을 ᄌᆞ허 당시의 ᄃᆡ두ᄒᆞ 리 업다 ᄒᆞ니 금일 요ᄒᆡᆼ 샹졉ᄒᆞ믈 어덧ᄂᆞᆫ디라 능히 일슈 시로ᄡᅥ 혹ᄉᆡᆼ의 ᄆᆞᆨ은 눈을 놀내고 졔ᄋᆞ의 아득ᄒᆞ믈 ᄀᆞ르치미 이시랴 소공이 공경 ᄃᆡ 왈 돈ᄋᆡ 비록 소혹이 업ᄉᆞ나 ᄒᆞᆫ번 졸영을 ᄡᅥ 내여 널위 졔공의 ᄀᆞ르치믈 어들딘ᄃᆡ 십 년 독셔의셔 낫디 아니ᄒᆞ리잇가 진공이 흔연이 ᄉᆞᄌᆞ 졍으로 ᄒᆞ여곰 소공ᄌᆞ긔 필연을 나오라 ᄒᆞ니 소ᄉᆡᆼ이 피셕 ᄉᆞ샤 왈 쇼ᄉᆡᆼ이 가친을 ᄯᆞ라 슉모긔 현셩ᄒᆞ라 니ᄅᆞ미오 권문의 츄주코뎌 ᄒᆞ미

아니라 남ᄋᆞ의 글 지으미 과당이 아닌 즉 아름다온 붕우로 챵화ᄒᆞ여 논난ᄒᆞ믄 이시려니와 엇디 녈위 대인긔 면시ᄒᆞᄂᆞᆫ 셩ᄒᆞᆫ 뜻을 감당ᄒᆞ리잇고 ᄯᅩ 글을 지으매 원운이 잇고 ᄎᆞ운이 잇고 졔 이시

29면

니 무단이 짓기는 원티 아니ᄒᆞᄂᆞ이다 진공이 그 언에 샹녈ᄒᆞ고 안ᄉᆡᆨ이 ᄉᆡᆨ〃ᄒᆞ믈 보고 동용ᄒᆞ여 칭샤 왈 공ᄌᆞ의 말이 진실노 금옥 ᄀᆞᆺᄒᆞ니 혹ᄉᆡᆼ이 ᄃᆡ현지네를 일ᄒᆞ믈 참괴ᄒᆞ노라 연이나 소원을 조ᄎᆞ리니 내 스ᄉᆞ로 존대ᄒᆞᆫ 톄ᄒᆞ미 아니라 일즉 녕존으로 일반 졔위니 모ᄅᆞ미 권문 두 ᄌᆞ를 노티 말고 부형의 친우로 ᄃᆡ졉ᄒᆞ여 ᄎᆞ운ᄒᆞ믈 앗기디 말나 셜파의 친히 화젼을 피고 ᄎᆡ필을 둘너 칠언당편 오십 슈를 회두 ᄉᆞ이예 졸편ᄒᆞ여 공ᄌᆞ를 주어 왈 모황ᄒᆞᆫ 졍신의 어ᄌᆞ러이 을픈 거시 쇼년 예긔예 우음이 되려니와 힝혀 ᄎᆞ운ᄒᆞ믈 ᄇᆞ라노라 소공지 이ᄯᅢ 진공의 텬일 ᄀᆞᆺᄒᆞᆫ 의표와 농봉 ᄀᆞᆺᄒᆞᆫ ᄌᆞ질을 탄복ᄒᆞ더니 밋 부술 잡아 글을 일우매 문블가졈ᄒᆞ여 일필의 ᄂᆞ리오미 풍우 ᄀᆞᆺᄒᆞ믈 보고 심하의 블승경복ᄒᆞ여 ᄡᅧᆯ니 빵슈로 밧드러 보기를 ᄆᆞᆺ고 피셕 샤례 왈 쇼ᄌᆡ 금일 농

30면

뮨의 의탁ᄒᆞ여 대인의 이 ᄀᆞᆺᄒᆞᆫ 문필을 구경ᄒᆞ오니 진실노 고기눈으로 태양을 ᄇᆞ랄 배 아니라 원컨ᄃᆡ 이 글노ᄡᅧ 평ᄉᆡᆼ을 스ᄉᆡᆼᄒᆞ여 혹업을 ᄒᆞ여지이다 공이 흠신 왈 엇디 족히 과당ᄒᆞ믈 당ᄒᆞ리오 ᄡᅧᆯ니 ᄎᆞ운ᄒᆞ여 갈망ᄒᆞ믈 위로ᄒᆞ라 ᄉᆡᆼ이 ᄌᆡ삼 츄ᄉᆞᄒᆞ다가 필연을 나와 운을 화ᄒᆞ니 이 졍히 셔위 진번의 탑을 ᄂᆞ리오고 가의예 년 쇼ᄒᆞ미 한됴를 경동홈 ᄀᆞᆺᄒᆞᆫ디라 흑사당건 아ᄅᆡ 옥뫼 쇄락ᄒᆞ고 츄파 봉안의 명광이 됴요ᄒᆞ여 옥슈의 산호필을 〈드러〉 금젼의 휘쇄ᄒᆞ미 농새 비무ᄒᆞ고 귀신이 우ᄂᆞᆫ ᄃᆞᆺᄒᆞ니 경국의 만편 쥬옥을 일워 부술 더디고 글을 밧드러 믄뎌 부친긔 드려 보시믈 쳥ᄒᆞ니 이ᄯᅢ 소공이 ᄋᆞᄌᆞ를 ᄃᆞ려 니ᄅᆞ미 ᄌᆡ조를 미드미나 이예 와 보건ᄃᆡ 졔뉘 개〃히 특츌ᄒᆞ여 풍ᄎᆡ긔딜이 ᄋᆞᄌᆞ의게 ᄲᅥ러지미 업고 ᄯᅩ 진공의 오곤계 샹좌의 거ᄒᆞ여 말ᄉᆞᆷ 내오미 다 규귀 잇고 진공

31면

의 글이 이ᄀᆞᆺ치 경인ᄒᆞ여 ᄎᆞ운을 구ᄒᆞ니 크게 처음 예긔를 일허 ᄋᆞᄌᆡ 힝혀 취졸을 낼

가 용녀ᄒᆞ여 깃ᄎᆞ로 담쇼를 ᄌᆞ약히 ᄒᆞ나 긔싀이 ᄆᆞᄎᆞᆷᄂᆡ 안뎡티 못ᄒᆞ더니 ᄉᆡᆼ각디 아닌 ᄋᆞ지 ᄌᆡ혹이 듕인 듕 더욱 나타나고 담냑이 과인ᄒᆞ여 수플 ᄀᆞᆺ흔 한훤 군영과 일ᄃᆡ 명공 좌상의셔 부술 잡아 진공의 산두 ᄀᆞᆺ흔 문댱을 ᄎᆞ운ᄒᆞᄃᆡ 됴곰도 구겁ᄒᆞ고 ᄉᆡᆼ각ᄒᆞ미 업서 슌식의 셩편ᄒᆞ믈 보고 심하의 대열ᄒᆞ여 즉시 글을 진공긔 보내여 왈 돈이 감히 더러온 글노 명공의 원운을 욕ᄒᆞ니 졍히 돈피의 개ᄭᅩ리를 니으미로다 진공의 ᄉᆡᆼ의 글 지으믈 보며 탄복ᄒᆞ믈 마디아냐 미우의 희긔 녕농ᄒᆞ더니 밋글이 니ᄅᆞ매 안샹의 펴고 세〃히 음영ᄒᆞ여 보기를 ᄆᆞᆺ고 흔연이 슈염을 부뷔며 쇼 왈 녕낭의 문댱과 풍치 이ᄀᆞᆺ치 겸젼ᄒᆞ니 혹ᄉᆡᆼ으로 ᄒᆞ여곰 하풍의 절ᄒᆞ믈 원ᄒᆞᄂᆞ니 엇디 과히 겸양ᄒᆞ리오 글이 함튝운용

32면

ᄒᆞ고 쳥신상연ᄒᆞ여 니두의 댱쳐를 가져시니 당금 문인의 읏듬이라 혹ᄉᆡᆼ이 칭복ᄒᆞ믈 이긔디 못ᄒᆞ리로다 드ᄃᆡ여 글을 가져 졔형뎨를 뵈니 모다 블승칭찬ᄒᆞ고 셩의빅 왈 경문의 ᄌᆡ혹은 임의 내 알거니와 그 담긔 이시미 더 아름다오니 문희 금일 가셔를 뎡흔디라 가히 하례ᄒᆞ염즉 ᄒᆞ도다 공이 함쇼 브ᄃᆡ러라 이윽고 각〃 파ᄒᆞ여 도라갈ᄉᆡ 공이 소공ᄌᆞ의 손을 잡아 ᄯᅥ나믈 앗겨 서로 니별ᄒᆞ매 졔람빅이 부듕의 도라가 부인을 ᄃᆡᄒᆞ여 ᄋᆞᄌᆞ의 ᄌᆡ조와 진공의 깃거ᄒᆞ믈 뎐ᄒᆞ고 즉시 듕ᄆᆡ를 보내여 구혼ᄒᆞ니 진공이 소랑의 문치 풍뉴를 흠ᄋᆡᄒᆞ나 녜모 세ᄎᆞ믈 의심ᄒᆞ여 소가 부ᄌᆞ를 보내고 형뎨로 샹의ᄒᆞ니 셩의빅 왈 남ᄌᆞ의 강흔 거슬 흠홀딘ᄃᆡ 부녀의 긔샹을 구ᄒᆞ미냐 녕능휘 쇼 왈 ᄎᆞ형의 엄듕ᄒᆞ시므로 틱셔의 ᄒᆞ의ᄒᆞ시믈 이대도록 ᄒᆞ시니 딜녀를 편ᄋᆡᄒᆞ시믈 알니로소이

33면

다 대범 부〃간은 ᄋᆡ듕흔즉 엄강흔 남ᄌᆡ라도 브드럽고 은의 막힌즉 잔약흔 남ᄌᆡ라도 호슈풍녈 ᄀᆞᆺ흔 위엄이 잇ᄂᆞ니 딜ᄋᆡ 임의 쳔고의 드믄 ᄌᆡ용슉덕으로 소ᄌᆞ를 빅ᄒᆞ매 엇디 금슬을 념녀ᄒᆞ리오 소ᄌᆡ 딜녀의게 드러ᄂᆞᆫ ᄌᆞ연 브드러온 긔샹이 용녈키의 미ᄎᆞ리니 형은 의심 마ᄅᆞ쇼셔 진공이 쇼 왈 현뎨 말이 유리ᄒᆞ다 ᄒᆞ더라 명일 소가 ᄆᆡ인이 니ᄅᆞ매 공이 쾌허ᄒᆞ여 틱일ᄒᆞ니 혼긔 일삭이 ᄀᆞ렷ᄂᆞᆫ디라 냥가 혼슈를 셩비ᄒᆞ매 공이 새로이 공쥬를 ᄉᆡᆼ각ᄒᆞ여 군쥬를 본즉 댱탄 희허ᄒᆞ니 샹셔와 시랑이 더욱 감오ᄒᆞ더라

군쥐 원닉 모비의 현셩 신이ᄒᆞᆫ 덕도를 습ᄒᆞ여 어려셔브터 쳐신ᄒᆞ미 그 녜를 넘고미 업고 희롱된 말과 흔연ᄒᆞᆫ 언쇠 업서 궁듕 닉외 일즉 쇼져의 담쇼 드ᄅᆞ 니 젹으니 궁인이 두려ᄒᆞ고 친쳑이 긔딕ᄒᆞ며 공의 ᄉᆞ랑이 비ᄒᆞᆯ 딕 업ᄉᆞ니 이제 가우를 틱ᄒᆞ여 네

34면

를 일우게 되매 궁듕 부듕이 다 슬허ᄒᆞ고 하태휘 드ᄅᆞ시고 긔이ᄒᆞᆫ 진보와 금슈 나릉으로 혼수를 도으시나 군쥐 공의 쓰즐 밧즙고 또 텬셩이 겸공ᄒᆞ고 검약ᄒᆞ여 의복 ᄌᆞ장이 ᄒᆞᆫ갈ᄀᆞᆺ치 금슈 쥬옥과 진보를 믈니치니 당손상궁이 그 현셩ᄒᆞ며 유법ᄒᆞ믈 보면 눈믈을 흘니고 사ᄅᆞᆷ ᄃᆞ려 니ᄅᆞ딕 군쥬의 아름다오신 덕이 흡연이 션비와 ᄀᆞᆺᄒᆞ시딕 션비ᄂᆞᆫ ᄉᆞ시지긔로 혹 유ᄒᆞ시고 혹 강ᄒᆞ시며 혹 엄ᄒᆞ시고 혹 화ᄒᆞ샤 가ᄒᆞᆷ도 업고 가치 아님도 업ᄉᆞ시더니 쇼져ᄂᆞᆫ 고상ᄒᆞ시믈 견쥬ᄒᆞ여 ᄀᆞ을 하ᄂᆞᆯ ᄀᆞᆺᄒᆞ시다 모든 궁인이 이 말ᄉᆞᆷ이 맛당타 ᄒᆞ니 이 후로 궁듕이 쇼져를 츄텬의 비ᄒᆞ더라 길일이 다ᄃᆞᄅᆞ매 진공이 닉뎐의 드러와 쇼져의 습네ᄒᆞ믈 볼ᄉᆡ 화관 셩복으로 딘퇴 유완ᄒᆞ여 당복과 옥결이 졍제ᄒᆞ여 진퇴 규모의 ᄀᆞ즉ᄒᆞ미 ᄇᆞ라보매 의연이 진양공쥐 궐듕 됴

35면

회를 파ᄒᆞ고 도라와 장복으로 구고긔 빅례ᄒᆞᄂᆞᆫ 돗ᄒᆞ니 샹하 노쇠 반가오믈 먹음고 경동ᄒᆞ믈 마디아니〃 진공이 눈믈이 광슈를 적셔 ᄎᆞ마 보디 못ᄒᆞ고 샹셔 형데 쏘ᄒᆞᆫ 톄뤼 옷기슬 ᄌᆞ므니 쇼졔 부형 족당의 슬허ᄒᆞᄂᆞᆫ 경상을 보고 츄파 셩안의 쥬뤼 빵〃ᄒᆞ여 능히 졔어치 못ᄒᆞ니 진공이 눈믈을 거두고 녀ᄋᆞ를 나오혀 손을 잡고 광슈로 쇼져의 누흔을 씨서 위로 왈 금일 내 아히 댱셩ᄒᆞ여 망모의 그림자를 니으니 엇디 슈고로이 필연의 도화ᄒᆞ믈 ᄉᆡᆼ각ᄒᆞ리오 내 미양 너히 ᄌᆞ모의 의용이 ᄌᆞ셔치 못ᄒᆞ믈 슬피 녁여 ᄒᆞᆫ 복 족ᄌᆞ를 ᄭᅮ며 그 얼굴을 그려 여등의 ᄆᆞ음을 위로코뎌 ᄒᆞ더니 ᄆᆞᄎᆞᆷᄂᆡ 브졀 업ᄉᆞ므로 일우디 아냣더니 녀ᄋᆞ의 등용 졔되 이러틋 달므미 이시니 네 모비를 보고뎌 ᄒᆞᆯ딘딕 스ᄉᆞ로 거울을 보아 네 얼굴을 반기며 관의 형데 그 누의를 보아 ᄌᆞ모의 의용을 ᄉᆡᆼ각ᄒᆞ

36면

ᄒᆞ라 샹셔와 시랑이 쳐연 감샹ᄒᆞ고 쇼졔 더욱 늣기니 공이 지삼 위로ᄒᆞ고 권면ᄒᆞ더

라 이옥고 신낭이 외뎐의 니ᄅᆞ믈 보호니 공이 승샹을 뫼셔 신낭을 마자 뎐안지녜를 파흔 후 금거옥뉸의 구술 덩을 메여 듕뎡의 노코 쇼져를 븟드러 올니며 공이 츄연 왈 녀ᄋᆞᄂᆞᆫ 경심계지ᄒᆞ여 군ᄌᆞ를 잘 셤겨 슉야(夙夜)의 명을 닛디 말나 쇼제 ᄌᆡ비 슈명ᄒᆞ니 당부인이 감샹ᄒᆞᄂᆞᆫ 쥬뤼 만면ᄒᆞ여 쇼져의 손을 잡고 슉흥야ᄆᆡᄒᆞ며 필경필계ᄒᆞ믈 니른 후 신낭이 금쇄를 가져 덩문을 좀그고 승샹과 진공긔 하딕고 도라갈ᄉᆡ 일노의 고악이 훤뎐ᄒᆞ고 위의 십니의 버러시며 신낭의 신치 풍광을 흠탄치 아니 리 업더라 힝ᄒᆞ여 소아의 니ᄅᆞ러 당의 올나 합환교ᄇᆡ를 뭇고 진쥬션을 아ᄉᆞ며 들 ᄀᆞᆺ흔 광치와 히 ᄀᆞᆺ흔 용광이 만좌홍샹을 탄식게 ᄒᆞ니 엇디 셰쇽 연

37면

분의 ᄉᆞ민 미식으로 비우ᄒᆞ리오 ᄇᆞ라보매 히 ᄀᆞᆺ고 나아오매 ᄭᅩᆺ ᄀᆞᆺᄒᆞ여 텬ᄃᆡ의 무빵ᄒᆞ고 딘퇴 녜졀의 합도ᄒᆞ미 슉완셩녀의 풍이 ᄀᆞ족ᄒᆞ니 소공 부뷔 평ᄉᆡᆼ ᄋᆞᄌᆞ와 방블ᄒᆞ 니 업술가 조심ᄒᆞ여 비록 군쥬의 특이ᄒᆞ믈 드ᄅᆞ나 오히려 ᄋᆞᄌᆞ만 못홀가 넉이더니 금일 보건ᄃᆡ 신뷔 신낭도곤 삼ᄉᆞ분 승ᄒᆞ미 이시니 과망대열ᄒᆞ여 진부인이 년망이 소부인긔 만〃 티샤ᄒᆞ니 소부인이 아름답고 두굿기믈 이긔디 못ᄒᆞ여 골오ᄃᆡ 형이 ᄒᆞᆫ 갓 신부의 외모를 더러툿 과ᄒᆞ시나 ᄂᆡ지ᄂᆞᆫ 더옥 긔이ᄒᆞ니 딜ᄋᆡ 능히 감당티 못ᄒᆞ리이다 딜네 뎌ᄀᆞᆺ치 슉미뇨됴ᄒᆞ니 진공 슉〃의 편ᄋᆡᄒᆞ시미 졔ᄌᆞ녀의 디나시미라 ᄒᆞ니 진부인이 블승희힝ᄒᆞ고 소ᄇᆡᆨ이 만심환희ᄒᆞ여 셩의ᄇᆡᆨ긔 칭샤ᄒᆞ미 긋디 아니〃 셩의ᄇᆡᆨ이 쇼 왈 부녀ᄂᆞᆫ 덕을 니ᄅᆞ고 ᄉᆡᆨ을 일ᄏᆞ를 배 아니라 딜ᄋᆡ

38면

비록 외뫼 더럽디 아니나 일즉 모비를 일코 샤뎨 편ᄋᆡᄒᆞ여 ᄇᆡᆨ혼 거시 업ᄉᆞᆫ디라 모ᄅᆞ미 허믈을 용샤ᄒᆞ여 어엿비 넉이믈 원ᄒᆞ노라 소공이 년망이 답쇼 왈 엇디 이 신부를 나므라 그릇 넉일 구괴 이시리오 쇼뎨 만일 그럴딘ᄃᆡ ᄉᆡ호의셔 심티 아니ᄒᆞ랴 뉴공이 그 긔ᄉᆡᆨ이 환연ᄒᆞ여 ᄇᆡᆨ분 대락ᄒᆞ믈 보고 ᄯᅩᄒᆞᆫ 깃거 웃고 왈 형이 ᄆᆡ양 아돌노ᄡᅧ 빵이 다시 업ᄉᆞ리라 ᄒᆞ더니 나의 딜네 형의 ᄋᆞᄌᆞ와 엇더ᄒᆞ뇨 소공이 쇼 왈 형이 평일 희롱이 업더니 엇디 쇼뎨를 농ᄒᆞᄂᆞ뇨 신부의 텬향국ᄉᆡᆨ과 슉ᄌᆞ인풍이 쥬옥화류의 뉘 아니〃 오ᄋᆡ 비록 금옥군ᄌᆡ나 엇디 능히 병구ᄒᆞ리오 텬뎡이 쇼뎨를 ᄆᆡᆨ바드미니 홀 말이 업도다 뉴공이 잠쇼 부답이러라 죵일 진환ᄒᆞ여 뉴공은 본부로 도라가고 소부인

은 머므러 쇼져의 서어ᄒᆞ믈 위로ᄒᆞ고 진부인으로 말ᄉᆞᆷᄒᆞ

39면

더라 소ᄉᆡᆼ이 ᄎᆞ야의 신인을 보니 평ᄉᆡᆼ 원이 족ᄒᆞ여 은정이 산ᄒᆡ ᄀᆞᆺ더라 명됴의 군쥐 네복을 ᄀᆞᆺ초아 구고긔 뵈니 구고의 ᄉᆞ랑홈과 소부인이 두굿기미 ᄀᆞ이 업서 삼일을 환낙ᄒᆞ고 소부인이 군쥬를 ᄃᆞ리고 도라올ᄉᆡ 졔람빅이 ᄋᆞᄌᆞ와 홈긔 뉴부의 니ᄅᆞ매 소부인이 군쥬로 더브러 승상부〃긔 고ᄒᆞ니 일개 그덧 ᄉᆞ이나 반기고 두굿기믈 이긔디 못ᄒᆞ고 진공이 소공을 마자 피ᄎᆡ 환열ᄒᆞ미 ᄀᆞ이 업서 쥬찬을 나와 환음ᄒᆞ고 소공이 ᄋᆞᄌᆞ를 머믈오고 도라가매 진공이 ᄃᆞ리고 ᄂᆡ당의 드러와 ᄂᆡ외 ᄒᆞᆫ가지로 볼 ᄉᆡ 군쥬를 블너 좌의 안치고 부뷔 샹뎍ᄒᆞ믈 두굿기나 공쥬를 ᄉᆡᆼ각고 슬프미 교집ᄒᆞ여 소랑을 ᄃᆞ려 진부의 니ᄅᆞ러 공쥬 묘당의 ᄇᆡ알ᄒᆞ게 ᄒᆞ고 인ᄒᆞ여 군쥬 슉소를 월영각의 뎡ᄒᆞ고 ᄉᆡᆼ을 인도ᄒᆞ여 드러가니 포진이 졍결ᄒᆞ고 버린 거시 유아ᄒᆞ

40면

더라 공이 드러가 좌를 뎡ᄒᆞ고 녀ᄋᆞ를 나오려 무릅희 안쳐 등을 어ᄅᆞᄆᆞᆫ디고 머리를 ᄡᅳ다듬아 에엿비 넉이미 유ᄋᆞ ᄀᆞᆺ흐여 ᄀᆞᆯ오ᄃᆡ 현셔ᄂᆞᆫ 쇼년 예긔로 ᄯᅩ ᄌᆞ식을 두미 업ᄉᆞ니 나의 녀ᄋᆞ ᄉᆞ랑이 구〃ᄒᆞ믈 우으려니와 ᄎᆞᄋᆡ 유하의 그 어미를 일코 녕뎡고〃ᄒᆞ여 날을 의지ᄒᆞ여 ᄌᆞ라니 신세 잔잉ᄒᆞ여 ᄌᆞ연 타인의 부ᄌᆞ의 디나미 잇ᄂᆞ니 모ᄅᆞ미 웃디 말고 소〃 허믈이 이시나 관셔ᄒᆞ여 항녀의 의를 두터이 ᄒᆞ라 ᄉᆡᆼ이 감오슈명ᄒᆞ더라 공이 좌우로 술을 나와 년ᄒᆞ여 부어 십여 ᄇᆡ에 반쥐ᄒᆞ매 쥐듕 ᄌᆞ녀 부셔의 아름다오믈 보며 두굿기믈 이긔디 못ᄒᆞ여 츄연 탄식고 냥ᄌᆞ를 도라보아 왈 십년 젼의 너희 ᄌᆞ모를 여희여 고〃히 참담ᄒᆞ미 인심을 동ᄒᆞ더니 이제 다 셩취ᄒᆞ여 어딘 ᄇᆡ필을 어더시니 내 이제 죽어도 디하의 져ᄇᆞ린 뷔 아니 되리니 엇디 희ᄒᆡᆼ치

41면

아니ᄒᆞ리오 셜파의 눈믈을 흘니〃 공이 비록 텬일 ᄀᆞᆺ흔 위풍이 이시나 말이 공쥬긔 밋ᄎᆞ면 이 ᄀᆞᆺ기를 면티 못ᄒᆞ니 엇디 구〃히 부〃 ᄉᆞ졍을 닛디 못ᄒᆞ미리오 그 셩효덕ᄒᆡᆼ을 셰월이 오랠ᄉᆞ록 앗기고 슬허ᄒᆞ니 유신ᄒᆞ미 이 ᄀᆞᆺ더라 야심 후 공이 졔ᄌᆞ로 더브러 외뎐의 나오니 소ᄉᆡᆼ이 인ᄒᆞ여 머므러 새로온 은졍이 하ᄒᆡ ᄀᆞᆺ더라 진공이 여러

ᄌᆞ네 이시나 군쥬를 ᄎᆞ마 써나디 못ᄒᆞ여 소공긔 근쳥ᄒᆞ고 일삭이면 이십일식 궁듕의 머므ᄅᆞ니 소공이 그 ᄌᆞ의를 감동ᄒᆞ여 허락고 ᄋᆞᄌᆞ를 보내여 ᄒᆞᆫ가지로 깃드리게 ᄒᆞ니 시고로 진궁의 ᄆᆡ양 머므니 공의 ᄉᆞ랑과 샹셔 등 우ᄋᆡ 비홀 곳이 업더라 소ᄉᆡᆼ이 일〃은 삼공ᄌᆞ 혜와 ᄉᆞ공ᄌᆞ 졍으로 더브러 외뎐 망향각의 올나 경치를 유완ᄒᆞ더니 믄득 드ᄅᆞ니 통쇼 소ᄅᆡ 풍편의 들니ᄂᆞᆫ디라 도라 혜의 형뎨 ᄃᆞ려 무ᄅᆞ

42면

ᄃᆡ 아름답다 음뉼의 묘ᄒᆞ미여 이 어ᄂᆞ 곳의 나는 소ᄅᆡ뇨 이공ᄌᆡ 답왈 이는 본국 교아들이 저히 ᄌᆡ조를 닉이는 소ᄅᆡ니라 소ᄉᆡᆼ 왈 금일 뇨적ᄒᆞ미 심ᄒᆞ니 교아를 블너 금슐을 드ᄅᆞ미 엇더ᄒᆞ뇨 이공ᄌᆡ 답왈 형의 말이 됴흐나 아등이 감히 브ᄅᆞ디 못ᄒᆞ여 엄태감이 총집ᄒᆞ여 대인긔 알왼 후 혹 친구의 셜연과 족당닌니의 청으로 왕〃이 허ᄒᆞ샤 쳘패의 금ᄌᆞ를 뻐 ᄂᆡ신 후야 츌입ᄒᆞ고 그러치 아닌즉 ᄆᆞ음다ᄅᆞ 드러오게 못ᄒᆞ시니 아등이 엇디 감히 브ᄅᆞ리오 소ᄉᆡᆼ이 쇼 왈 형등이 고집ᄒᆞ다 뎨 블과 풍뉴ᄒᆞ는 죵이라 그 쥬인이 브ᄅᆞ디 못ᄒᆞ고 환자의 졀졔를 바드리오 금일 잠간 가곡을 드러 울젹ᄒᆞ믈 덜고뎌 ᄒᆞᄂᆞ니 형등이 브ᄅᆞ믈 ᄉᆞ양티 못ᄒᆞ리라 이 공ᄌᆡ 블가ᄒᆞ믈 ᄌᆡ삼 니ᄅᆞᄃᆡ 소ᄉᆡᆼ이 본ᄃᆡ 긔운이 강ᄒᆞ고 셩이 고집ᄒᆞ여 사ᄅᆞᆷ을 이긔고 그치

43면

ᄂᆞᆫ디라 여러 슌 우기니 마디 못ᄒᆞ여 좌우로 풍뉴ᄒᆞ는 미인을 브ᄅᆞ매 슈유의 졀ᄃᆡ 미아 다ᄉᆞ시 풍믈을 밧드러 션삼취슈로 면젼의 니ᄅᆞ니 소ᄉᆡᆼ이 크게 깃거 좌를 주고 각〃 소댱을 질주ᄒᆞ라 ᄒᆞ여 쳥가묘무를 듯고 칭찬 왈 졔형은 당뷔 아니로다 뎌런 미인을 모화 두고 ᄒᆞᆫ번 즐기디 못ᄒᆞ니 엇디 〈무량〉 가셕디 아니리오 이 공ᄌᆡ 웃고 왈 우리는 부형이 엄ᄒᆞ시고 녀ᄉᆡᆨ의 뜻이 업서 그러커니와 원ᄂᆡ 엄태감이 극히 어려워 비록 블너 놀고뎌 ᄒᆞ나 엇디 못ᄒᆞ나니 금일 ᄆᆞ춤 그 업슨 ᄯᆡ라 블너오미 슌ᄒᆞ나 안즉 요란ᄒᆞ리니 그만ᄒᆞ여 보ᄂᆡ라 소ᄉᆡᆼ이 듯디 아니코 쥬찬을 나와 즐길 ᄉᆡ 쥬방 궁인이 찬믈을 ᄀᆞ초아 진비ᄒᆞ다가 냥 공ᄌᆞ와 소랑이 챵아로 더브러 연낙ᄒᆞ믈 보고 대경ᄒᆞ여 급히 도라와 당손상궁을 ᄎᆞ자보고 왈 비인이 앗가 외뎐의셔 졔공ᄌᆡ 쥬찬을 ᄎᆞ즈시므로

44면

가져가니 삼공ᄌᆞ와 ᄉᆞ공지 소샹공을 ᄃᆞ리시고 교방 챵아를 블너 희학이 낭쟈ᄒᆞ시더이다 당손시 크게 깃거 〈아냐〉 왈 엄태감이 엇딘 연고로 이러틋 술피디 아냐 졔공ᄌᆞ의 호방을 돕ᄂᆞ뇨 만일 이 길을 여러 낸즉 쇼년 낭군ᄂᆡ 슈힝을 샹히오미 젹디 아니리라 ᄒᆞ여 사름으로 ᄒᆞ여곰 엄태감을 ᄎᆞ자 이 일을 니ᄅᆞ니 태감이 ᄆᆞ춤 나갓다가 갓 도라왓ᄂᆞᆫ디라 당손시의 말을 듯고 대경ᄒᆞ여 가뎡을 명ᄒᆞ여 망향각의 가 졔공ᄌᆞ의 즐기ᄂᆞᆫ 챵녀를 옥셕을 분변티 말고 다 잡아 오라 ᄒᆞ여 호령이 뇌뎡 ᄀᆞᆺ흐니 모든 가뎡이 일시의 졔녀를 활착ᄒᆞ여 니ᄅᆞ니 태감이 대로ᄒᆞ여 알외미 업시 방ᄌᆞ히 출입ᄒᆞ여 졔공ᄌᆞ긔 갓가이 가믈 수죄ᄒᆞ고 듕댱ᄒᆞ여 즉일 본도로 ᄂᆞ리워 보나여 다시 브ᄅᆞ미 업시오디 말나 ᄒᆞ고 드ᄃᆡ여 즉시 진공긔 이 소유를 고ᄒᆞ니 공이 냥ᄌᆞ를 블너 대칙ᄒᆞᆫᄃᆡ 이인이 소싱의 말노뻐 고ᄒᆞ니 공이 팀음냥구의 샹

45면

셔를 도라보아 ᄀᆞᆯ오ᄃᆡ 셰되 간사코 인심이 ᄒᆞᆫ갈ᄀᆞᆺ디 아니토다 우리 형뎨 오 인이 청운의 올나 호화부귀 젹디 아니ᄃᆡ 일즉 ᄆᆞ음이 챵아의 잇디 아니터니 소ᄋᆞ의 팀듕ᄒᆞ므로 이 일이이시니 그 녀식 유의 ᄒᆞ믄 블관ᄒᆞ나 ᄉᆞ류의 놉흔 힝실이 아닌가 ᄒᆞ노라 샹셰 웃고 온화히 ᄃᆡ 왈 이 블과 쇼년 유희옛 일이니 엇디 과려ᄒᆞ시리잇고 졍언간의 소싱이 니ᄅᆞ러 공의 안싴이 블예ᄒᆞ믈 보고 피셕 샤왈 앗가 우연이 외루의셔 유완ᄒᆞ더니 풍뉴 소ᄅᆡ를 듯고 챵아를 블너 가곡을 듯고 일시 우회를 쇼견ᄒᆞ여 이목의 쾌ᄒᆞ믈 삼고뎌 악당 가법이 아니신 줄 아오ᄃᆡ 쇼셔의게 간셥디 아닌 고로 잠간 악당 집을 비러 즐기미러니 환관의 다ᄉᆞ리미 범샹ᄒᆞᄂᆞᆫ 슈욕이 잇고 악당이 미온ᄒᆞ시미 계시니 참괴ᄒᆞ여이다 진공이 쇼 왈 내 비록 도량이 업ᄉᆞ나 너의 챵아 뉴렴ᄒᆞ믈 고이히 넉이

46면

이미 아니라 이 무리 쳔누ᄒᆞ고 음샤ᄒᆞ미 군ᄌᆞ의 갓가이 ᄒᆞᆯ 배 아니라 당뷔 미싴을 구ᄒᆞᆯ딘ᄃᆡ 규듕의 슉녀를 ᄀᆞᆯ히여 여러흘 취ᄒᆞ믄 가ᄒᆞ려니와 쳔인은 블가ᄒᆞ니 내 그ᄋᆞᆨ이 졔ᄋᆞ의 외입하ᄂᆞᆫ 길흘 막고뎌 엄광을 의탁ᄒᆞ여 그 소임을 ᄃᆡ희미니 ᄎᆞᄂᆞᆫ 듕근지인이니 너ᄂᆞᆫ 고이히 아디 말나 소싱이 다만 슌〃이 칭샤ᄒᆞ더라 공이 비록 소싱을 ᄉᆞ랑ᄒᆞ나 풍악 일관의ᄂᆞᆫ ᄉᆞ싴을 허ᄒᆞ미 업고 엄태감을 칙ᄒᆞᆯ 뜻이 업ᄉᆞ니 졔직 일노 조차 감

히 챵아의 눈을 보내디 못ᄒᆞ더라 이러구러 일년이 디나매 샹셰 년ᄒᆞ여 이 ᄌᆞ를 싱ᄒᆞ니 시랑이 또 싱ᄌᆞᄒᆞ니 공이 크게 두굿기고 깃거ᄒᆞ더라 이 ᄣᅢ 가경 십이 년이라 텬ᄌᆡ 졍ᄉᆞ의 게어ᄅᆞ샤 샹셔 도츔을 슝샹ᄒᆞ시니 ᄉᆞ이 요란ᄒᆞ고 변방이 ᄌᆞ조 반ᄒᆞᄂᆞᆫ디라 셔역 졔국과 오국병이 년화ᄒᆞ여 ᄀᆞᆯ온 셔강국과 오ᄉᆞ국과 대완국 토번국 보림국

47면

이 합병ᄒᆞ여 드러오니 변뵈 별 ᄂᆞᆯ니ᄃᆞᆺ ᄒᆞ여 도로의 긋디 아니ᄒᆞ니 샹이 대경ᄒᆞ샤 군신을 모화 파적지ᄉᆞ를 의논ᄒᆞ시니 졔신이 주 왈 국가의 냥장이 업고 오딕 초국공 뉴우셩이 ᄌᆞ조 대공을 일웟더니 이제 쇠로ᄒᆞ여 믈너 양노ᄒᆞ연지 오래니 군졍을 니ᄅᆞ디 못ᄒᆞᆯ디라 대쟝군 뉴셰형이 문무지ᄌᆡ 이시니 가히 졍토ᄒᆞ라 ᄒᆞ시면 반ᄃᆞ시 셩공ᄒᆞ리이다 샹이 진공을 도라보아 ᄀᆞᆯ오샤ᄃᆡ 경이 뉵ᄉᆞ를 거ᄂᆞ려 도적을 쳐 딤의 근심을 ᄂᆞᆫ홀소냐 진공이 주 왈 신이 ᄌᆡ조 업고 ᄒᆞᆨ식이 고루ᄒᆞ오니 국가 대ᄉᆞ를 그릇ᄒᆞᆯ가 두리옵거니와 엇디 감히 ᄉᆞ양ᄒᆞ리잇가 샹이 대열ᄒᆞ샤 즉시 텬하병마대원슈를 ᄒᆞ이샤 ᄇᆡᆨ모황월과 션참후계ᄒᆞᄂᆞᆫ 샹방검을 주샤 ᄉᆞ십만 듕을 거ᄂᆞ려 셔역 졔국을 졍벌ᄒᆞ라 ᄒᆞ시고 쟝졸의 ᄌᆡ략을 혜아려 공의 호령을 드ᄅᆞ라 ᄒᆞ시니 진공이 샤

48면

은ᄒᆞ고 믈너 교쟝의 나와 군ᄉᆞ를 조련ᄒᆞ여 오부 군ᄉᆞ를 모흐니 오십 만이어ᄂᆞᆯ 졍병 삼십만을 거ᄂᆞ려 명일 발힝ᄒᆞᆯᄉᆡ 졈고ᄒᆞ기를 ᄆᆞᆺ고 부듕의 도라와 부모 형데를 니별ᄒᆞᆯᄉᆡ 공이 잔을 드러 이친긔 헌ᄒᆞ고 형데로 니별 왈 셔역이 ᄶᅡ히 멀고 산쳔이 험악ᄒᆞ니 평졍키 어려온디라 수삼 년을 그음ᄒᆞ매 슬하를 ᄯᅥ나미 ᄎᆞᆷ디 못ᄒᆞ고 졔형의 우ᄋᆡ를 닛기 어렵도소이다 모다 츄연이 슈루ᄒᆞ더니 니부샹셔 관과 병부시랑 현이 뫼셔 가기를 쳥ᄒᆞ니 공 왈 현은 근ᄂᆡ 병이 ᄌᆞᆺ고 긔운이 튱실티 못ᄒᆞ니 집의 이셔 모든 아을 거ᄂᆞ려 안과ᄒᆞ고 관은 나라희 알외고 날노 더브러 힝흔즉 부ᄌᆡ 서로 의지ᄒᆞ면 군듕의 젹뇨ᄒᆞᆷ믈 거의 위로ᄒᆞ리라 샹셰 대열ᄒᆞ여 즉시 텬ᄌᆞ긔 주ᄒᆞ고 ᄒᆞᆫ가지로 갈ᄉᆡ 션시의 녕능후 부인 셜시 공의 출ᄉᆞ하믈 듯고 이에 뉴부의 니ᄅᆞ러 공을 보고 ᄀᆞᆯ

49면

오ᄃᆡ 슉〃이 이제 만니의 츌뎡ᄒᆞ시니 셔역 산쳔이 험ᄒᆞ고 디리 닉디 아니ᄒᆞ면 군을

쓰디 못ᄒᆞ더라 쳡이 일즉 셔량 이실 제 이인을 만나 검슐노쎠 ᄀᆞᄅᆞ치고 ᄒᆞᆫ 튝 그림을 주니 이 셔역 삼십뉵 국 그린 거시라 그 가온ᄃᆡ 산쳔 도로와 셩곽 인믈이며 군병 냥향을 ᄌᆞ시 긔록ᄒᆞ여시니 평셔디댱되라 ᄒᆞᄂᆞ니 가히 ᄒᆞᆫ번 보시면 뎍군을 혜아리실디라 이에 슉〃긔 드려 셩공ᄒᆞ시게 ᄒᆞ옵ᄂᆞ니 몽ᄋᆡ 이제 나히 댱셩ᄒᆞ여시ᄃᆡ 녹〃히 팀몰ᄒᆞ여 창하의셔 석은 글귀만 ᄉᆡᆼ각ᄒᆞ미 쳡의 원이 아니라 군듕의 ᄃᆞ려가 쓰시면 젼댱의 니ᄒᆞ미 이시리이다 드ᄃᆡ여 셔역 디도를 공의게 드리니 공이 공슈 칭샤 왈 현수의 놉흐신 교명을 삼가 밧들니이다 만일 셔역을 평뎡ᄒᆞ면 수〃의 주시미라 몽ᄋᆡ 영긔 츌인ᄒᆞ니 ᄒᆞᆫ가지로도 틀닌ᄃᆡ 엇디 다힝티 아니리잇고

50면

셜부인이 흔연 샤례ᄒᆞ더라 몽은 셜부인 친ᄌᆡ니 방년 십뉵의 용모신치 츌셰ᄒᆞ고 용녁이 졀뉸ᄒᆞ며 무예 쌔혀나 활 잘 뽀고 물 ᄃᆞᆫ니기예 미ᄎᆞᆯ 리 업술 분 아니라 신긔ᄒᆞᆫ 검슐이 그 모친을 습ᄒᆞ여시니 공이 이에 ᄃᆞ려갈 ᄉᆡ 졔 형뎨로 더브러 승샹을 뫼셔 자고 명됴의 부모긔 하딕ᄒᆞᆯᄉᆡ 승샹부뷔 깁히 조심ᄒᆞᆷ을 경계ᄒᆞ니 공이 빅샤 슈명ᄒᆞ고 다시 부인과 ᄌᆞ녀를 보미 업시 밧그로 나가니 영쥬 쇼졔 누뷔 진〃ᄒᆞ여 당 밧긔 나가 ᄯᆞ라 그 오ᄉᆞᆯ 잡고 ᄎᆞ마 노티 못ᄒᆞ니 공이 잠간 거름을 머추어 그 손을 잡고 머리를 어ᄅᆞ ᄆᆞᆫ뎌 ᄀᆞᆯ오ᄃᆡ 네 아비 빅면셔ᄉᆡᆼ으로 국은을 갑ᄉᆞ오려 츌졍ᄒᆞ니 집의 이셔ᄂᆞᆫ 부ᄌᆡ 듕ᄒᆞ고 일을 님ᄒᆞ여ᄂᆞᆫ 군신이 큰디라 엇디 ᄋᆞ녀의 ᄉᆞ졍을 니ᄅᆞ리오 삼가 보듕ᄒᆞ라 드ᄃᆡ여 ᄉᆞ매를 ᄯᅥᆯ쳐 나가니 쇼졔 악연 톄읍이러라 공이 삼군을 졍졔

51면

ᄒᆞ여 ᄯᅥ날 ᄉᆡ 텬ᄌᆡ 친히 등각문의 뎐좌ᄒᆞ셔 일등 어악으로 뎐송ᄒᆞ시니 공이 샤은ᄒᆞ고 군신을 거ᄂᆞ려 빅모황월을 셰우고 홍낭산 아ᄅᆡ 대댱의 융복을 ᄀᆞ초고 금안옥뉴ᄒᆞᆫ 황표뉵마를 메워 병긔를 ᄀᆞ초고 손의 보검을 잡아 호분 군수 빅이 옹후ᄒᆞ여 가니 군듕이 엄졍ᄒᆞ고 인강마장ᄒᆞᆫᄃᆡ 공의 텬일 ᄀᆞᆺᄒᆞᆫ 위풍이 빅만 군듕의 쌔혀나니 암〃히 태양이 아ᄎᆞᆷ 안개를 헤치고 쳥텬의 오ᄅᆞ매 듕셩이 자최를 ᄀᆞᆷ촘 ᄀᆞᆺ더라 뒤희 니부샹셔 뉴관이 죵뎨 뉴몽으로 더브러 ᄌᆞ류마를 ᄐᆞ고 쳥나산 아ᄅᆡ 안자시니 쇄락ᄒᆞᆫ 신치와 늠연ᄒᆞᆫ 긔샹이 졍히 홍문 좌샹의 딘유ᄌᆞ와 댱ᄌᆞ방 ᄀᆞᆺᄒᆞ니 만되 블승칭찬ᄒᆞ고 샹이 크게 탄복ᄒᆞ샤 듕ᄉᆞ로 뉴승샹을 위로ᄒᆞ시고 진부를 각별 무휼ᄒᆞ시더라 ᄎᆞ시 가졍

십이 년 하 ᄉᆞ월이라 뉴부 샹해 진공 부ᄌᆞ를 보ᄂᆡ매 각〃 별시를

52면

지어 니별ᄒᆞ고 시랑이 졔뎨로 더브러 부친을 ᄇᆡ별ᄒᆞ고 도라오며 결연ᄒᆞᆫ 념녀를 이긔디 못ᄒᆞᄃᆡ 강잉ᄒᆞ여 부인과 쇼ᄆᆡ를 위로ᄒᆞ고 댱부인이 본ᄃᆡ 담냑이 과인ᄒᆞ므로 념녀를 ᄉᆞ식디 아니코 셜쇼져를 더옥 무휼ᄒᆞ며 ᄌᆞ녀를 거ᄂᆞ려 셰월을 디내니 승샹 부〃와 셩의ᄇᆡᆨ 형뎨 ᄯᅩᄒᆞᆫ 진부 졔딜은 각별이 무휼ᄒᆞ더라 이ᄣᅢ 셜부인이 몽을 권ᄒᆞ여 둉군ᄒᆞ라 ᄒᆞ고 됴곰도 니별의 셜〃ᄒᆞ미 업ᄉᆞ니 녕능후ᄂᆞᆫ 오히려 뉴렴ᄒᆞ미 이시나 부인의 쾌달ᄒᆞ믄 남ᄋᆞ의 디나니 인〃이 칭찬ᄒᆞ믈 마디 아니ᄒᆞ고 샹셰 야〃를 뫼셔 가기를 님ᄒᆞ여 모부인과 뎨ᄆᆡ를 니별ᄒᆞ매 쳑연ᄒᆞᆫ 빗치 이시ᄃᆡ 홀노 셜쇼져로 말이 업고 ᄉᆞ긔 타연ᄒᆞ여 기리 읍ᄒᆞ고 나가ᄃᆡ 그 ᄋᆞᄌᆞ도 ᄎᆞ자보미 업ᄉᆞ니 뉴시 가풍과 셰덕의 아름다오미 ᄃᆡ〃로 이 ᄀᆞᆺᄒᆞ니 엇디 긔특디 아니리오 진공이 ᄉᆞ마를 크게 모라

53면

셔로 향ᄒᆞ니 일노의 츄호를 블범ᄒᆞ매 ᄇᆡᆨ셩이 단ᄉᆞ호댱으로 왕ᄉᆞ를 맛더라 이ᄣᅢ 셔역 졔국이 토번의 다려오믈 듯고 듕원을 침노ᄒᆞ여 기리 챵궐ᄒᆞ매 미친 긔운이 ᄇᆞ야흐로 셩ᄒᆞᄃᆡ 기듕 졔일 득ᄒᆞᆫ 거ᄉᆞᆫ 대완 토번 냥 국이라 임의 션봉이 되어 본딘을 ᄌᆞᆺ블아 드러와 관군을 만나 이십 니를 믈녀 진ᄒᆞ니 공이 ᄯᅩᄒᆞᆫ 의산방슈ᄒᆞ여 긔호를 셰우매 적군 대쟝 토번 ᄉᆞ캐대왕이 툐마로ᄡᅥ 엇던 쟝슈 녕병ᄒᆞ여 완ᄂᆞᆫ고 보라 ᄒᆞ니 이윽고 보ᄒᆞᄃᆡ 대명 군ᄉᆡ 긔치 졍졔ᄒᆞ고 ᄃᆡ외 엄졍ᄒᆞ며 듕군의 큰 긔를 셰워 긔샹의 크게 셩명을 ᄡᅥ시ᄃᆡ 대명금ᄌᆞ광국태우텬하병마대원슈 진국공 뉴셰형이라 ᄒᆞ엿더이다 토번이 놀나 듕쟝을 모화 샹의 왈 ᄎᆞᄂᆞᆫ 셩의ᄇᆡᆨ 뉴ᄇᆡᆨ온의 ᄌᆞ손이오 초국공 뉴우셩의 ᄌᆞ라 일즉 드ᄅᆞ니 ᄎᆞ인이 나히 십칠 셰의 녕병ᄒᆞ여 남히를 치매 ᄇᆡᆨ

54면

젼ᄇᆡᆨ승ᄒᆞ고 그 아비 우셩이 ᄌᆞ루 파뎍ᄒᆞ여 ᄃᆡ〃로 문무젼ᄌᆡ 이시니 이제 녕병ᄒᆞ여 오매 우리등이 가ᄇᆡ야이 ᄃᆡ뎍ᄒᆞᆫ즉 셰 반ᄃᆞ시 위틱ᄒᆞ리라 모다 ᄃᆡ 왈 관군이 만니의 공을 거두고뎌 ᄒᆞ니 반ᄃᆞ시 패홀 거시어늘 스ᄉᆞ로 예긔를 손ᄒᆞ미 가티 아니〃 명일 ᄒᆞᆫ번 크게 ᄡᅡ화 뎍을 파ᄒᆞ고 쥬쟝을 ᄉᆡᆼ금ᄒᆞ야 파쵹지계를 돗 모듯 드러가미 올타 ᄒᆞ

니 ᄉᆞ캐 되 크게 깃거 명일 대군을 거ᄂᆞ려 긔를 두ᄅᆞ며 북을 쳐 크게 나아가니 진공이 던녕ᄒᆞ여 견벽블츌ᄒᆞ니 적군이 영젼의 와 빅단 욕매ᄒᆞ니 졔장이 대로ᄒᆞ여 드러가 원슈긔 고 왈 아등이 대국 뎐쟝으로 엇디 도적의 슈욕을 이ᄀᆞᆺ티 바드리오 원컨ᄃᆡ ᄒᆞᆫ번 죽기를 결ᄒᆞ여 ᄡᅡ화디이다 공이 쇼 왈 셩인이 유운ᄒᆞᄃᆡ 소블인즉난대모라 ᄒᆞ시니 여등이 이뎍의 욕을 ᄎᆞᆷ디 못ᄒᆞ여 나아가 ᄡᅡ후다가 만일 소루ᄒᆞ미 이시면 군뉼

55면

을 도망티 못ᄒᆞ고 듕국의 놀난 긔운을 일흐리니 적이 ᄇᆞ야흐로 ᄡᅡ흘 긔운이 셩ᄒᆞᆫ디라 잠간 병 쉬여 오랜즉 그 ᄆᆞ음이 틔만ᄒᆞ리니 아국 예긔를 길워 ᄒᆞᆫ번 치매 가히 번쟝을 잡고 번국을 삭평ᄒᆞᆯ 거시니 여등은 난언을 말나 졔장이 빅복 왈 ᄎᆞᄂᆞᆫ 고명원대지소견이라 ᄒᆞ더라 공이 십여 일은 나디 아니〃 과연 번군이 히틱ᄒᆞ거ᄂᆞᆯ 공이 탐지ᄒᆞ고 이에 호의쟝군 댱셰인과 평북쟝군 댱셰걸 형데로 이만 병을 거ᄂᆞ려 금계령을 딕희여 도라갈 길을 막으라 ᄒᆞ고 평셔쟝군 왕슈로 이만 병을 거ᄂᆞ려 좌의 ᄆᆡ복ᄒᆞ고 신무쟝군 니명으로 삼만 병을 거ᄂᆞ려 우의 ᄆᆡ복ᄒᆞ여 적이 패주ᄒᆞᆯ 적 좌우로 협공ᄒᆞ라 ᄒᆞ고 공이 스ᄉᆞ로 듕군인마 오만을 거ᄂᆞ려 듕노 계룡산 하의 니ᄅᆞ러 냥딘이 ᄃᆡᄒᆞ매 오랑캐 구름 못듯ᄒᆞ여 만산폐야ᄒᆞ여 나아오니 여의 무리와 개당 ᄀᆞᆺᄒᆞ여 공이 센활과 ᄆᆡ온 쇠

56면

뇌로 졔어ᄒᆞᆯᄉᆡ 적딘 문 기쳐의 대쟝이 나아오니 긔샹의 셩명을 크게 ᄡᅧ시ᄃᆡ 좌션봉 탑뎐쟝과 우션봉 노갈회라 ᄒᆞ엿고 극히 녕한ᄒᆞ고 흉밍ᄒᆞ니 뎐쟝이 다 두리ᄂᆞᆫ 빗치 잇거ᄂᆞᆯ 공이 노왈 쟝ᄉᆡ 딘을 님ᄒᆞ여 용이 업ᄉᆞ면 군법을 도망티 못ᄒᆞ리라 말이 ᄆᆞᆺ디 못ᄒᆞ여셔 공의 뎨ᄌᆞ 몽이 방텬극을 들고 용약ᄒᆞ여 딘을 ᄭᅦ쳐 나가니 공이 힝혀 일흐미 이실가 냥개션봉으로 협공ᄒᆞ라 ᄒᆞ고 공이 ᄯᅩᄒᆞᆫ 딘젼의 나와 보니 적쟝의 용한ᄒᆞ미 진짓 비룡밍호의 무리라 뉴몽이 ᄃᆡ뎍ᄒᆞ여 딘퇴ᄒᆞ미 패왕이 구리산의셔 십면 ᄆᆡ복을 헤치ᄂᆞᆫ 세 곳 아니면 됴운이 한슈의셔 아만을 ᄶᅩᆺ오던 ᄯᅢ ᄀᆞᆺ흐여 샹젼 뉵십여 합의 몽이 칼을 드러 노갈회를 버히니 탑뎐쟝이 황겁ᄒᆞ여 미처 손을 놀니디 못ᄒᆞ여셔 진공이 ᄒᆞᆫ 살노 그 눈을 마쳐 곡뒤를 ᄭᅦ치니 ᄆᆞᆯ긔 ᄲᅥ러뎌 죽

57면

거는 몽이 승셰ᄒᆞ여 번딘을 튱살홀ᄉᆡ 공이 대병을 모라 엄습ᄒᆞ니 징북이 면텬ᄒᆞ고 함셩이 대진ᄒᆞ여 번군을 즛디르니 죽엄이 폐야ᄒᆞ고 피 흘너 내히 되엿더라 토번이 대패ᄒᆞ여 ᄃᆞ라날 ᄉᆡ 듕노의 미처 왕슈 니명이 협공ᄒᆞ여 나믄 군ᄉᆞ를 다 죽이고 계유 잔병 쳔여 긔를 거ᄂᆞ려 금계령의 니ᄅᆞ러는 댱셰걸 형데 일시의 튱살ᄒᆞ여 토번왕을 힉심의 빳더니 대완왕이 죽으믈 ᄇᆞ려 드러와 구ᄒᆞ여 ᄃᆞ라나니 토번 인마 이십만이 편갑도 남아 도라가디 못ᄒᆞᆫ디라 공이 대텹ᄒᆞ고 군을 나와 금계령의 딘ᄒᆞ니 군위 대진ᄒᆞ여 원근 쥬군이 망풍귀슌ᄒᆞ니 공이 무위ᄒᆞ기를 두터이 ᄒᆞ여 츄호를 블범ᄒᆞ니 셔방 빅셩이 다 그 덕을 우러더라 공이 졔장을 모화 대완 칠 일을 의논하더니 날이 느즈매 듕장이 다 흐터지고 공이 ᄌᆞ딜을 ᄃᆞ리고 졍히 경ᄉᆞ를 ᄇᆞ라 군친을 ᄉᆞ모

58면

ᄒᆞ더니 홀연 눈을 드니 거믄 긔운이 댱젼의 살ᄀᆞᆺ치 드러오니 경히ᄒᆞ여 보기를 냥구히 ᄒᆞ더니 믄득 츤 칼흘 ᄲᅢ혀 그 긔운을 버히니 사름의 슈급이 ᄡᅡ히 ᄯᅥ러지는디라 샹셔와 몽이 대경실ᄉᆡᆨ 왈 이 엇던 일이니잇고 공이 쇼 왈 이 젹이 ᄡᅡ히 멀고 신긔ᄒᆞᆫ 거술 슝샹ᄒᆞ므로 요망ᄒᆞᆫ 슐업이 만하 이에 ᄌᆞ긱 ᄒᆞᆫ ᄋᆞ의 무리 환슐노 날을 해코뎌 ᄒᆞ다가 죽어시니 여등이 아디 못ᄒᆞ는도다 샹셰 ᄆᆞ음이 숫그러ᄒᆞ여 ᄀᆞᆯ오ᄃᆡ 이런 일이 이시ᄃᆡ 히ᄋᆞ 형데 아디 못ᄒᆞ니 엇디 만니의 뫼셔온 보람이 이시리잇고 공 왈 이는 방외 요슐이니 히ᄋᆞ 등이 엇디 알니오 내 그 긔운을 아라보고 졔어ᄒᆞ미라 ᄒᆞ더라 명일 ᄌᆞ긱의 슈급을 군듕의 효시ᄒᆞ고 ᄉᆞ지를 만영의 보내니 군듕이 경황ᄒᆞ여 졔쟝이 블경ᄒᆞ믈 쳥죄ᄒᆞ니 공이 무졍지ᄉᆡ라 ᄒᆞ여 위로ᄒᆞ고 적딘의셔 이를 보고 대경황겁ᄒᆞ여 토번왕이 굿이 ᄃᆡᆨ히고 나디 아니코 오ᄉᆞ국 셔번국이 다 다[1] ᄲᅡ홀 ᄉᆡᆼ각을 못ᄒᆞ거ᄂᆞᆯ 공이 삼군을 약속ᄒᆞ여 화구

59면

를 가지고 번영의 니ᄅᆞ러 ᄇᆞ람을 기ᄃᆞ려 블을 노코 일시의 치니 모든 오랑캐 ᄌᆞ샹 쳔답ᄒᆞ여 죽은 재 수업ᄉᆞ니 공이 졔쟝을 격녀ᄒᆞ여 친히 시셕을 무릅ᄡᅥ 긔를 두ᄅᆞ고 북

---

1) 다 다 : 원문에 같은 글자가 마지막 칸과 다음 줄 첫 칸에 반복됨.

을 즈초니 삼군이 용녁ᄒᆞ여 일야간의 번국 ᄇᆡᆨ만 군을 파ᄒᆞ니 죽엄이 뫼 ᄀᆞᆺ고 피 흘너 내히 되엿더라 번병이 ᄃᆞ라나 ᄒᆞᆫ ᄀᆞ의 가 둔딘ᄒᆞ고 노약을 모화 원슈를 갑고뎌 ᄒᆞ니 공이 ᄯᅩᄒᆞᆫ 딘을 옴겨 적의 형셰를 보아 군을 내려 안병브동ᄒᆞ니 이ᄣᆡ 시졀이 하말츄 최라 노염이 심ᄒᆞ니 공이 ᄌᆞ딜을 ᄃᆞ리고 시위 효긔 쳔여 인을 거ᄂᆞ리고 압흐로 나아 가 산쳔형셰를 텸관ᄒᆞ여 ᄒᆞᆫ 곳의 니ᄅᆞ니 큰 뫼히 하늘의 다핫고 봉만이 슈려ᄒᆞ여 샹 셔의 안개 덥혓ᄂᆞᆫᄃᆡ 계슈츈쉬 ᄌᆞ욱ᄒᆞ여 긔화이초와 옥암젹사의 붉은 긔운이 즘겻고 난학과 미록이 ᄡᆞᆼ〃이 왕ᄂᆡᄒᆞ니 진짓 무릉도원이오 별유텬디라

60면

향풍이 사ᄅᆞᆷ의 오ᄉᆡ ᄡᅦ이고 ᄭᅩᆺ 그림재 길을 덥허시니 공이 긔이히 녁여 칭찬ᄒᆞ기를 마디 아니ᄒᆞ고 토인 ᄃᆞ려 무르니 냥계산이라 ᄒᆞ니 공이 유람ᄒᆞ여 졀뎡의 니ᄅᆞ매 샹 봉의 수간 암ᄌᆡ 잇고 ᄇᆡᆨ학 ᄒᆞᆫ ᄡᆞᆼ이 숑하의 조을며 셕실이 유아ᄒᆞ여 진짓 션계러라 공 이 드러가 보니 사ᄅᆞᆷ이 업거ᄂᆞᆯ 도라오고뎌 ᄒᆞ더니 믄득 셕경의 막대 더지ᄂᆞᆫ 소ᄅᆡ 나 며 ᄒᆞᆫ 노인이 창안학발노 날호여 나아와 공의게 읍ᄒᆞ여 왈 산야 사ᄅᆞᆷ이 대승샹의 님 ᄒᆞ시믈 아디 못ᄒᆞ여 영졉ᄒᆞ믈 일흐니 황공ᄒᆞ여이다 공이 그 비샹ᄒᆞᆫ 사ᄅᆞᆷ인 줄 알고 공슌이 ᄇᆡ샤 왈 복은 죠고만 진간 한유로 일즉 공명을 일운 일이 업ᄉᆞ니 션ᄉᆡᆼ이 엇디 이런 말을 ᄒᆞᄂᆞ뇨 노인이 쇼 왈 쟝군은 산인을 긔이디 말나 드ᄃᆡ여 쳥ᄒᆞ여 셕샹의 좌 를 일우고 노인이 다시 ᄀᆞᆯ오ᄃᆡ 오래 션ᄉᆡᆼ의 위덕이 심산의 들니고 ᄒᆞ믈며 공의 안

61면

모의 삼틱와 오악이 잇고 권골이 ᄂᆞᆺ치 ᄀᆞ득ᄒᆞ니 당〃이 만인지샹이 되엿ᄂᆞᆫ디라 노인 이 엇디 아디 못ᄒᆞ리오 공이 샤례 왈 션ᄉᆡᆼ은 신인이라 금일 서로 만나미 하늘이 도으 시미로다 복이 과연 텬ᄌᆞ명됴를 밧ᄌᆞ와 셔번을 치니 ᄆᆞ춤ᄂᆡ 공을 일우미 이시랴 원 컨ᄃᆡ 길흉을 ᄀᆞᄅᆞ치라 노인이 팀음ᄒᆞ다가 닐오ᄃᆡ 명공의 덕망이 임의 텬하의 딘동ᄒᆞ 고 쇼인의 ᄭᅥ리미 이시니 ᄒᆞ믈며 미우의 거믄 긔운이 이셔 텬뎡의 ᄉᆞᄆᆞᆺᄎᆞ니 오라디 아냐 대홰 니ᄅᆞᆯ디라 ᄲᆞᆯ니 셔번 졔딘을 툐멸ᄒᆞ고 관듕의 도라가 ᄃᆡ변ᄒᆞ믈 더ᄃᆡ디 말 나 목금의 패군홀 이덕은 죡히 념녀홀 배 아니라 안흐로 도라보ᄂᆞᆫ 근심이 젹디 아니 토다 샹셔와 몽이 시립ᄒᆞ여 이 말을 듯고 크게 놀나ᄃᆡ 공이 죵시 ᄂᆞᆺ비출 변티 아니ᄒᆞ 고 담쇠 ᄌᆞ약ᄒᆞ니 노인이 ᄀᆞᆯ오ᄃᆡ 가히 앗갑다 하늘이 군왕지샹을 내시고 그 복을 주

디 아니샤 쇼방 졔

62면

후를 삼으시도다 드듸여 빅즈추와 송화치를 나와 듸졉ᄒᆞ고 블근 환약 세 낫출 내여 공을 주어 왈 산인이 표졍ᄒᆞᆯ 거시 업서 년단 세 낫추로 공의 위덕을 샤례ᄒᆞᄂᆞ니 이를 먹으면 빅병이 사라디고 청츈이 새로운디라 이제 명공이 위진히ᄂᆡᄒᆞ고 공개텬하ᄒᆞ니 ᄒᆞ믈며 골격이 너모 쥰상ᄒᆞ고 용뫼 너모 쇄락ᄒᆞ여 슈ᄒᆞᆫ이 반ᄃᆞ시 기디 아닐디라 노인이 앗겨 단약으로 공경ᄒᆞ고 우러ᄂᆞᆫ 쯧을 표ᄒᆞ노라 공이 샤왈 블감당이니 싱민이 나므로 일싱 일ᄉᆞᄂᆞᆫ 요슌도 면티 못ᄒᆞ시니 엇디 셰상의 나 죽디 아니리오 션싱의 후졍은 다샤ᄒᆞ나 복의 슈업은 셩인의게 밧ᄌᆞ왓ᄂᆞᆫ고로 감히 신긔ᄒᆞᆫ 약을 밧드디 못ᄒᆞᄂᆞ니 션싱은 복의 어리믈 웃디 말나 노인이 등용 칭샤 왈 공은 졍인군ᄌᆞ라 되 곳디 아니〃 베풀 길이 업도다 공이 한셜을 믓디 아니코 ᄉᆞ매를 썰텨 하딕ᄒᆞᆯᄉᆡ 이후 십여 년 후ᄂᆞᆫ

63면

서로 볼디라 군졍이 다ᄉᆞᄒᆞ니 일노조차 니별ᄒᆞ리로다 샹셔와 몽을 도라보아 차탄 왈 티셰지인야라 뉴시 셰덕을 가히 알니로다 모ᄅᆞ미 조심ᄒᆞ여 복을 녕둉ᄒᆞ고 부귀를 탐티 말나 공이 샤례 왈 션싱의 어딘 말솜을 삼가 ᄡᅴ예 ᄲᅧ 닛디 아니리니 고인이 공셩신퇴ᄂᆞᆫ 항농이 유희라 ᄒᆞ니 복이 본ᄃᆡ 부귀를 뉴련ᄒᆞ미 아니로ᄃᆡ 국가의 ᄆᆡ이여 본심을 옹폐ᄒᆞ니 ᄆᆡ양 만영의 두려오미 잇ᄂᆞᆫ디라 이제 ᄂᆞᆫ득 무순 죄악이 잇ᄂᆞᆫ고 아득ᄒᆞ여 ᄭᆡ둣디 못ᄒᆞ니 션싱은 ᄀᆞ르치믈 앗기디 말나 노인이 팀음브답ᄒᆞᆫᄃᆡ 샹셰 나아가 ᄌᆡᄇᆡ 왈 션싱은 신인이라 원컨ᄃᆡ 우리 부ᄌᆞ의 ᄉᆞ싱지익을 ᄇᆞᆰ이 ᄀᆞᄅᆞ쳐 흉ᄒᆞᆫ ᄃᆡ를 피ᄒᆞ고 길ᄒᆞᆫ ᄃᆡ 나아가게 ᄒᆞ쇼셔 노인이 쇼 왈 텬되 깁고 머러 알기 어려오나 녕대인의 골격이 너므 호상ᄒᆞ여 ᄒᆞᆫ번 이익을 면키 어려오나 ᄌᆞ연 구ᄒᆞᆯ 사ᄅᆞᆷ이 이셔 필경은 무ᄉᆞ하리니 과려치 말나

64면

쏘 토번의 ᄌᆞ긱은 비록 젼졔ᄒᆞ여시나 블구의 ᄌᆞ긱이 다시 니ᄅᆞ리니 비록 지친골육의 ᄉᆞ데라도 가히 명심ᄒᆞ여 술피라 샹셰 ᄇᆡ샤ᄒᆞ고 그 셩명을 무르니 노인 왈 산야인이

본ᄃᆡ 운슈의 오유ᄒᆞ여 일홈이 업ᄉᆞ더라 홍무년간의 태산의 은거ᄒᆞ여 도호를 쇼유지라 ᄒᆞ더니 이곳의 산쉬 아름다오믈 인ᄒᆞ여 복거ᄒᆞ니 셰인이 날을 일홈ᄒᆞ여 냥산노인이라 ᄒᆞ니라 진공이 대경 문왈 션ᄉᆡᆼ이 아니 우리 션조 문셩공 ᄉᆞᄉᆡᆼ지교 쇼유지시니잇가 노인이 잠간 웃고 니러나며 왈 날이 느저시니 한셜이 브졀 업ᄉᆞ더라 명공은 일즉이 도라가라 셜파의 셕실노 드러가니 공이 긔이히 넉여 칭찬ᄒᆞ믈 마디 아니코 가를 두루혈 ᄉᆡ 산하 암셕의 ᄒᆞᆫ 쎄 미인이 ᄎᆡ약ᄒᆞ거ᄂᆞᆯ 모다 보니 녀ᄌᆞ 십여 인이 손의 광조리를 들고 약을 ᄏᆡ니 몸의 금누강쵸의를 닙고 머리의 벽도화를 ᄭᅩ잣더라 긔이ᄒᆞᆫ 향ᄂᆡ 코흘 거ᄉᆞ리고

65면

ᄀᆞᄂᆞᆫ 소ᄅᆡ로 노래 브ᄅᆞ더니 공의 일ᄒᆡᆼ을 보고 다 긔운을 두리혀고 수플 ᄉᆞ이로 피코져 ᄒᆞ거ᄂᆞᆯ 공이 ᄇᆞ라보고 크게 깃거 급히 좌우로 ᄒᆞ여곰 궁젼을 잡아 에워 ᄲᅡ고 낫나치 잡아 ᄆᆡ니 졔미인이 슬피 비러 왈 쳡등은 산곡향민으로 득죄ᄒᆞ미 업거ᄂᆞᆯ 엇디 이ᄀᆞ치 핍박ᄒᆞ시ᄂᆞ뇨 인ᄒᆞ여 통곡ᄒᆞ믈 마디 아니ᄒᆞ니 듕장이 다 감동ᄒᆞ고 샹셔와 몽이 ᄯᅩᄒᆞᆫ 노화 보내믈 쳥ᄒᆞ니 공이 쇼 왈 여등의 알 배 아니라 ᄒᆞ고 드ᄃᆡ여 시러 군듕의 도라오니 제장이 다 공이 미인의게 ᄯᅳᆺ이 잇ᄂᆞᆫ가 의심ᄒᆞ더라 듕군의 드러와 좌를 뎡ᄒᆞ고 열 미인을 잡아 계의 ᄭᅮᆯ니매 공이 촌 칼을 ᄲᅢ혀 ᄒᆞᆫ번 호령ᄒᆞ니 믄득 열 미인이 화ᄒᆞ여 다 샤향놀니 되니 제군 듕장이 ᄒᆞᆷ긔 소ᄅᆡᄒᆞ여 놀나고 공의 신긔를 탄복ᄒᆞ더라 모든 놀늘 죽여 향을 내니 샹셰 왈 대인이 엇디 그 사ᄅᆞᆷ이 아닌 줄 아ᄅᆞ시니잇고 공 왈 셔역이 ᄶᅡ히 멀고 인민

66면

이 드므러 온갖 요긔예 무리 왕〃 잇ᄂᆞᆫ디라 이 즘ᄉᆡᆼ이 오래 산간의 약을 ᄏᆡ여 도를 일워 사ᄅᆞᆷ의 형영이 되여 우민을 속이다가 나의 텰긔를 보고 두려 피ᄒᆞ니 ᄒᆞ믈며 미인은 텬하의 흔티 아니커ᄂᆞᆫ 십여 개 녀지 엇디 개〃히 국ᄉᆡᆨ일 니 이시리오 ᄯᅩ 몸의 닙은 오ᄉᆡ 세샹 복ᄉᆡᆨ이 아니〃 엇디 셰샹의 신션이 이셔 이러틋 사ᄅᆞᆷ의게 흔히 뵈리오 샹셰 ᄇᆡ샤 왈 대인의 신긔명감을 ᄒᆡᄋᆡ 엇디 알니잇고 ᄒᆞ더라 ᄎᆞ시 셔번 졔국이 먼니 형셰를 ᄒᆞ여 ᄌᆞ루 공의 딘을 겁칙ᄒᆞ다가 패ᄒᆞ여 ᄃᆞ라나니 공이 사졸을 격녀ᄒᆞ여 나아가 젹영을 칠 ᄉᆡ 부원슈 영회로 ᄒᆞ여곰 샹셔로 더브러 일을 의논ᄒᆞ여 젹의 뒤흘

엄습ᄒᆞ라 ᄒᆞ고 공이 스ᄉᆞ로 몽과 일반 졔장을 거ᄂᆞ려 싸호니 셔번이 만히 패ᄒᆞ여 감히 샹지치 못ᄒᆞ고 믈너 가고뎌 ᄒᆞ다가 영희의 군ᄉᆡ 뒤흐로 즈르믈 보고 홀일업서 금빅 냥마와 본국 두

67면

사ᄅᆞᆷ을 드려 길을 빌거ᄂᆞᆯ 샹셰 영희ᄃᆞ려 왈 오랑캐 모딜고 오히려 궁마의 강ᄒᆞ미 만흐니 만일 허치 아닌즉 반ᄃᆞ시 죽어 싸호리니 ᄒᆞᆫ갓 ᄉᆞ졸이 샹ᄒᆞᆯ 분이라 가히 거즛 허락ᄒᆞ여 협노의 대병을 곰초왓다가 그 반만 디나믈 기ᄃᆞ려 일시의 치면 반ᄃᆞ시 이긔리라 영공이 올히 넉여 번국 예믈을 밧고 ᄉᆞᄅᆞᆯ 관ᄃᆡᄒᆞ여 도라보내니 번인이 깁히 미더 길을 쎄쳐 나가더니 반노의 니ᄅᆞ러 좌의 영희 우편 뉴관 냥군이 협공ᄒᆞ여 크게 쳐 번왕 쳔니셩을 ᄉᆡᆼ금ᄒᆞ니 어든 바 긔계마필이 무수ᄒᆞ고 슈급 만여 급을 버히니 항재 칠쳔여 인이러라 이에 도라와 듕군쟝젼의 니ᄅᆞ니 이ᄯᅢ 공이 부원슈의 군이 니ᄅᆞ믈 듯고 이긔믈 크게 깃거ᄒᆞ더니 믄득 사ᄅᆞᆷ이 보ᄒᆞᄃᆡ 뉴샹셰 영공을 권ᄒᆞ여 번녜를 밧고 금빅을 어더온다 ᄒᆞ니 공이 대로ᄒᆞ여 도부슈를 ᄭᅮ지저 샹셔를 미러내여 버히라 ᄒᆞᆫᄃᆡ 영

68면

공이 급히 나아가 연고를 무ᄅᆞᄃᆡ 공이 노긔 녈화 ᄀᆞᄐᆞ여 말을 답디 아니〃 영공이 당의 ᄂᆞ려 고두 왈 원슈 큰 공 잇ᄂᆞᆫ 사ᄅᆞᆷ을 부ᄌᆞ의 졍을 도라보디 아냐 죽이려 ᄒᆞ시니 원컨ᄃᆡ ᄒᆞᆫ가지로 군눌의 나아가지라 ᄒᆞᆫᄃᆡ 듕쟝이 일시의 나아가 ᄋᆡ걸ᄒᆞᄃᆡ 맛당이 공ᄌᆞ를 블너 죄를 뭇고 군법을 써도 늣디 아니커ᄂᆞᆯ 원슈 엇딘 고로 일시의 노로 빅년 후회를 ᄉᆡᆼ각디 아니시ᄂᆞ뇨 공이 드ᄃᆡ여 샹셔를 잡아 계하의 ᄭᅮᆯ니고 번국 회뢰 바든 연고를 무른ᄃᆡ 샹셰 안ᄉᆡᆨ을 블변ᄒᆞ고 젼후 쥬의를 ᄌᆞ시 고ᄒᆞ니 졔장이 다 고 왈 본ᄃᆡ 공이 잇고 죄 업거ᄂᆞᆯ 쥬공이 ᄉᆞᆯ피디 아니시고 부슈지촘을 미드시니 엇디 애ᄃᆞᆲ디 아니시리잇고 공이 ᄯᅩᄒᆞᆫ ᄌᆞ시 듯고 크게 뉘우처 영공긔 칭샤ᄒᆞ고 ᄋᆞᄌᆞ를 샤ᄒᆞ니라 임의 셔번을 평뎡ᄒᆞ매 다시 군을 나와 남은 나라흘 칠ᄉᆡ ᄒᆡᆼᄒᆞ여 빅호령의 니ᄅᆞ러 ᄇᆞ라보니 젼면

69면

의 살긔 니러나 두우희 ᄡᅩ엿거늘 공이 ᄆᆡ복이 잇ᄂᆞᆫ가 탐지ᄒᆞ니 도라와 보호ᄃᆡ 복병은 업고 다만 슈목이 참텬ᄒᆞ여 ᄇᆡᆨ듀라도 어두어 일월을 보디 못ᄒᆞᆯ너이다 공이 의심ᄒᆞ여 나아가디 아니ᄒᆞ고 뎐녕ᄒᆞ여 녕하의 결딘ᄒᆞ고 밤의 공이 듕군 쟝듕의셔 쵹을 ᄇᆞᆰ히고 병셔를 보더니 믄득 ᄒᆞᆫ진 ᄎᆞᆫ ᄇᆞ람이 당을 거두쳐 쵹이 써지고 서늘ᄒᆞᆫ 긔운이 사ᄅᆞᆷ의게 ᄡᅩ이니 공이 요긘 줄 알고 침변의 통텬셔를 내여 비최니 ᄒᆞᆫ 줄 샹셔의 빗치 당듕의 됴요ᄒᆞ고 ᄎᆞᆫ 긔운이 졈〃 거드며 믄득 당 밧긔 슌경 군ᄉᆡ 숫두어려 소ᄅᆡ 나거늘 공이 좌우로 쵹을 ᄇᆞᆰ히고 요란ᄒᆞ믈 무ᄅᆞᆫᄃᆡ ᄉᆞ졸이 보호ᄃᆡ 슌경 ᄉᆞ졸이 당뎐의 니ᄅᆞ러 홀연 ᄒᆞᆫ진 ᄎᆞᆫ 긔운의 ᄡᆡ여 다 업더뎌 니디 못ᄒᆞᄂᆞ이다 공이 친히 나와 보니 ᄇᆡᆨ여 인이 병긔를 ᄇᆞ리고 ᄯᅡ히 것구러뎟ᄂᆞᆫ디라 공이 그 거동을 ᄉᆞᆯ피매 다 눈이 븕고

70면

온몸이 경극의 부어 인ᄉᆞ를 모ᄅᆞ니 공이 즉시 ᄒᆡ독약을 프러 듕군을 먹이니 믄득 독ᄒᆞᆫ 믈을 토ᄒᆞ고 졍신을 ᄎᆞᆯ히니 졔장이 그 연고를 몰나 ᄒᆞ거늘 공이 쇼 왈 내 어제 이곳의 살긔 잇거늘 복병인가 의심ᄒᆞ엿더니 뉘 요샤의 작난이 이실 줄 알니오 젼면의 산셰 험악ᄒᆞ고 슈목이 무셩ᄒᆞ니 그 가온ᄃᆡ 샤갈호표의 무리 만흔디라 앗가 ᄎᆞᆫ 긔운이 대망의 긔운이라 ᄒᆞᆫ진 누린 ᄇᆞ람이 디나고 군이 업더뎌 독이 올나 눈이 블그니 ᄂᆡ 이런 고로 샹극으로 졔어ᄒᆞᆯ와 듕장이 다 칭복ᄒᆞ더라 명일 공이 듕쟝을 모화 ᄀᆞᆯ오ᄃᆡ 내 셔역 지도를 보니 ᄇᆡᆨ호령 뒤ᄒᆡ 삼차령이 이셔 셔역 졔국의 군ᄉᆞ를 번식ᄒᆞᄂᆞᆫ 굴혈이라 텬슈산으로셔 듕원을 통ᄒᆞ고 아군을 막으니 내 만일 ᄇᆡᆨ호령을 넘어 삼차령 적혈을 엄습ᄒᆞ면 적이 반ᄃᆞ시 도라와 구ᄒᆞᆯ 거시니 긔군으로ᄡᅥ ᄒᆞᆫ번 젼

71면

후를 ᄡᅧ 치면 ᄒᆞᆫ 북의 가히 잡을디라 다만 젼뇌 산셰 험ᄒᆞ고 요샤의 긔운이 이시니 요얼을 업시 ᄒᆞ고 도적을 치리라 이 날 삼군이 다 졔양의 피와 므릿 졔요 ᄒᆡ독ᄒᆞᆯ 거ᄉᆞᆯ 각〃 씌고 궁젼을 잡아 ᄇᆡᆨ호령의 니ᄅᆞ러 임의 녕샹의 오ᄅᆞ매 형극이 길을 ᄡᅧ시니 공이 군ᄉᆞ를 명ᄒᆞ여 형극을 버히고 힝ᄒᆞ매 수 리를 힝티 못ᄒᆞ여셔 홀연 광풍이 대작ᄒᆞ여 텽긔의 뇌뎐 벽녁이 니러나 텬디 회명ᄒᆞ니 군ᄉᆡ 감히 나아가디 못ᄒᆞ거늘 공이 뉴마 슈병ᄒᆞ고 스ᄉᆞ로 진풍뇌우 네ᄌᆞ를 ᄡᅥ 블 디ᄅᆞ니 이윽고 텬긔 청낭ᄒᆞ고 ᄇᆞ람이

고요ᄒᆞ며 ᄒᆞᆫ ᄇᆡᆨ의 노승이 압ᄒᆡ 와 절ᄒᆞ고 왈 명공이 위진텬하ᄒᆞ고 명만ᄉᆞᄒᆡᄒᆞ여 호싱대덕이 이실딘ᄃᆡ 엇디 모든 신녕으로 ᄒᆞ여곰 그 소ᄅᆞᆯ 득디 못ᄒᆞ게 ᄒᆞ시ᄂᆞ뇨 공이 눈을 브릅 ᄯᅥ ᄭᅮ지저 왈 당금의 셩텬ᄌᆡ 신명셩무ᄒᆞ시고 슈명어텬ᄒᆞ샤 졍벌ᄒᆞᄂᆞᆫ 왕ᄀᆡ 이에 니ᄅᆞ니 우흐로 하늘

72면

이 도으시고 아ᄅᆡ로 ᄇᆡᆨ신이 녕을 힝ᄒᆞ거늘 여등이 엇디 감히 길을 막아 왕ᄉᆞ를 놀닉ᄂᆞ뇨 ᄲᆞᆯ니 졸하를 거ᄂᆞ려 믈너가라 블연즉 내 손 가온ᄃᆡ 보검은 인졍이 업ᄉᆞ리니 뉘우처도 밋디 못ᄒᆞ리라 노승이 이 말을 듯고 분〃이 퇴ᄒᆞ더니 이윽고 ᄒᆞᆫ진 싀랑호퍼ᄢᅦ 지어 수쳔 무리 셔역을 ᄇᆞ라며 기리 ᄑᆞ람ᄒᆞ고 가니 대풍이 남글 브ᄅᆞ치고 돌이 ᄃᆞᆺ더라 ᄯᅩ 이윽고 무수ᄒᆞᆫ 독새 길을 ᄶᅧ ᄂᆞ리니 더러운 ᄂᆡ 코흘 거ᄉᆞ리고 음긔 참〃ᄒᆞ여 경극의 헤여지니 기듕 ᄒᆞᆫ ᄇᆡ암이 이셔 기ᄅᆡ ᄇᆡᆨ여 자나 ᄒᆞ고 몸픠 두 아름이나 ᄒᆞ고 눈이 홰블 ᄀᆞᆺ고 입이 동ᄒᆡ ᄀᆞᆺ흐여 이 곳 교룡의 뉴라 이곳이 바다ᄒᆡ 갓가와 슈로〃 왕ᄂᆡᄒᆞᄂᆞᆫ디라 삼군이 ᄇᆞ라보고 공의 신긔를 탄복ᄒᆞ더라 이 날 형극을 다 버히고 칠ᄇᆡᆨ여 리 길흘 내니 군ᄉᆡ 만히 신고ᄒᆞ거늘 공이 친히 믈을 ᄂᆞ려 당션ᄒᆞ여 형극을 버히니 졔장이 간 왈 쥬공은 대쟝

73면

이라 ᄉᆞᄉᆞ로 이리ᄒᆞ시미 블가ᄒᆞ이다 공 왈 나의 지용이 블민ᄒᆞ여 도적을 졍도로 치디 못ᄒᆞ고 이제 군ᄉᆞ의 노고ᄒᆞ미 이에 니ᄅᆞ니 이 다 나의 죄라 엇디 대쟝이 되여 군ᄉᆞ의 감고를 ᄂᆞᆫ호디 아니리오 셜파의 샹연이 눈믈을 흘니〃 삼군이 감격ᄒᆞ여 일시의 ᄀᆞᆯ오ᄃᆡ 우리등이 쥬공의 은혜를 일만 번 죽어도 ᄉᆞ양티 아니려든 쵸고만 슈고를 족히 니ᄅᆞ리오 ᄃᆞ토아 용녁ᄒᆞ여 형극을 버히고 경긱의 길을 편히 ᄒᆞ니 공이 드ᄃᆡ여 ᄉᆞ마를 크게 모라 두어 날만의 ᄇᆡᆨ호령 칠ᄇᆡᆨ 니를 디나 삼차령을 ᄇᆞ라고 나아가니 졍긔 폐일ᄒᆞ고 연진이 챵텬ᄒᆞ니 모든 니ᄆᆡ망냥의 무리 자최를 곰초더라 공이 군ᄉᆡ 노고ᄒᆞ믈 인ᄒᆞ여 ᄎᆞ야의 녕샹의 결딘ᄒᆞ고 헐슉홀ᄉᆡ 밤이 이경의 니ᄅᆞ러ᄂᆞᆫ 시졀이 팔월망시라 명월이 낫 ᄀᆞᆺ흐여 만니 댱텬의 일졈 부운이 업고 옥노ᄂᆞᆫ 형극의 ᄆᆡ치여 구슬 ᄀᆞᆺ거ᄂᆞᆯ ᄀᆞ을ᄇᆞ람이 의슈

74면

의 ᄉᆞ뭇차 사ᄅᆞᆷ의 � 츤디라 영듕이 됴연ᄒᆞ여 모든 군ᄉᆡ 다 창검을 비겨 조을 거ᄂᆞᆯ 공이 홀연 북으로 군부를 ᄉᆡᆼ각ᄒᆞ여 감오ᄒᆞᄆᆞᆯ 이긔디 못ᄒᆞ여 ᄉᆞ운 일슈를 지어 일편 신셩을 창슈ᄒᆞ매 여음이 앙장ᄒᆞ고 슈묘ᄒᆞ여 운쇼의 ᄉᆞ뭇ᄎᆞ니 기산의 봉이 소ᄅᆡ를 화ᄒᆞ고 창히의 뇽이 다 파랑을 움즉이디 아니ᄒᆞ고 ᄇᆡᆨ호녕 샹의 모든 귀ᄆᆡ 분〃이 춤추어 은〃이 즐겨ᄒᆞ니 어시의 딘듕 ᄉᆞ십만 군ᄉᆡ 공의 소ᄅᆡ를 듯고 다 줌을 ᄡᅵ여 혹 궁시를 안으며 혹 창검을 잡아 발 구르며 손 춤추믈 ᄭᆡ닷디 못ᄒᆞ니 엇디 당ᄌᆞ방의 통쇼 ᄋᆡ원ᄒᆞ매 비기리오 ᄒᆞᆫ번 음영ᄒᆞᄂᆞᆫ 셩음이 텬디를 ᄇᆞᆰ히고 신여인이 ᄒᆞᆫ가지로 놀나며 즐겨ᄒᆞ니 그 ᄌᆡ조와 위인을 가히 알니러라 공이 음영을 파ᄒᆞ고 당의 나와 두루 ᄇᆞ라보니 동녁히 샹셔의 긔운이 잇거ᄂᆞᆯ 공이 좌우를 인ᄒᆞ여 나아가 보니 ᄒᆞᆫ 거츤 돌이 이시ᄃᆡ 우흐로 난초 ᄠᅥᆯ기 얽혓고

75면

ᄇᆞᆰ은 빗치 돌빗과 샹응ᄒᆞ거ᄂᆞᆯ 공이 ᄀᆞᆯ오ᄃᆡ 이 가온ᄃᆡ 반ᄃᆞ시 아ᄅᆞᆷ다운 옥이 잇도다 군ᄉᆞ로 ᄒᆞ여곰 돌을 조아 헤치니 그 가온ᄃᆡ 옥이 이시ᄃᆡ 크기 말만 ᄒᆞ고 광ᄎᆡ 찬난ᄒᆞ니 공이 ᄀᆞᆯ오ᄃᆡ 이ᄂᆞᆫ 뎐국보의 뉘라맛당이 공헌ᄒᆞᄂᆞᆫ 뉴의 두라 ᄒᆞ엿더니 도라와 나라히 드리니 후ᄅᆡ예 텬ᄌᆡ 특별이 인을 삭여 공을 주시니 ᄃᆡ〃로 진국뵈 되니라 명일 제군 듕쟝을 거ᄂᆞ려 적의 굴혈을 치니 모든 오랑캐 하ᄂᆞᆯ노 ᄂᆞ린가 의심ᄒᆞ여 ᄀᆞᆯ오ᄃᆡ 기벽 이ᄅᆡ로 ᄇᆡᆨ호령을 디날 재 업더니 명군ᄉᆡ 디나 예를 치니 이ᄂᆞᆫ 텬신이라 엇디 항거ᄒᆞ리오 다 손을 뭇거 귀슌ᄒᆞ니 공이 삼군을 대샹ᄒᆞ고 군을 삼차령의 둔ᄒᆞ니 ᄎᆞ시 공의 위덕이 화이의 딘동ᄒᆞᄂᆞᆫ디라 귀ᄆᆡ 자최를 먼니 피ᄒᆞ여 숨고 근쳐 부용지국이 다 옥ᄇᆡᆨ으로 됴공ᄒᆞ니 토번이 임의 굴혈을 일코 크게 두려 공의 군위와 디략을 감히 당티 못ᄒᆞᆯ 줄 알고 드ᄃᆡ여 ᄉᆞ신으로 ᄒᆞ여곰 소산을

76면

밧들고 ᄌᆞ박예츤 ᄒᆞ여 군듕의 나아가 친히 항셔를 드리고 셰〃로 반티 아니믈 고ᄒᆞ니 공이 ᄯᅩᄒᆞᆫ 살벌을 아쳐ᄒᆞ여 그 항복을 밧고 인ᄒᆞ여 병을 나와 대완과 보림국을 쳐 십만 급을 버히고 냥국 왕을 ᄉᆡᆼ금ᄒᆞ니 비록 공의 신긔묘산과 용병지략이나 ᄯᅩᄒᆞᆫ 뉴몽의 졀인ᄒᆞᆫ 용녁과 샹셔의 운쥬유악ᄒᆞ여 결승쳔니지외 ᄒᆞᄂᆞᆫ 신지로 서로 보졍ᄒᆞ여

일 년이 못ᄒᆞ여 오국을 파ᄒᆞ고 셔번왕을 항복 밧고 번딘왕을 싱금ᄒᆞ여 삼만 니를 평뎡ᄒᆞ니 비록 반툐의 디경을 너르게 ᄒᆞ던 공이라도 이에 더으디 못홀디라 원근 쥐군이 망풍향응ᄒᆞ더라 공이 셔번을 평뎡ᄒᆞ나 인심이 니산ᄒᆞ믈 인ᄒᆞ여 다시 관듕의 니르러 녀산과 팔빅 니 진쳔과 곤명지와 곤강을 편관ᄒᆞ여 인믈이 셩ᄒᆞ고 디형이 장ᄒᆞ여 텬하의 읏듬인 줄 보매 믄득 깃거 아냐 진국공을 글 뜻이 잇더라 ᄎᆞ년 십일월의 공이 각쳐 병을 텰회ᄒᆞ

77면

여 둔딘ᄒᆞ고 ᄉᆞᄉᆞ로 관듕을 슌무ᄒᆞ니 셔변이 대뎡ᄒᆞ거늘 오뉵 삭을 진슈ᄒᆞ여 흐터딘 군민을 무휼홀ᄉᆡ 공ᄌᆞ 몽이 나아가 고ᄒᆞᄃᆡ 쇼딜이 슉부 위령을 비어 이곳의 니ᄅᆞ매 셔랑이 갓가온디라 원컨ᄃᆡ 외가 션영을 ᄎᆞ자 소분코뎌 ᄒᆞᄂᆞ니다 공이 ᄭᆡ쳐 왈 내 니젓도다 셜수의 긔묘 신긔로 셔역 디도와 너 곳 아니 보내시던들 엇디 공을 일워시리오 ᄒᆞ믈며 셜공은 현 지샹으로 그 ᄌᆞ손이 녕낙ᄒᆞ고 다만 수〃 일인이 수만 니의 죵부ᄒᆞ매 산쇠 반ᄃᆞ시 황냥ᄒᆞ리니 네 맛당이 나아가 빅현ᄒᆞ고 인ᄒᆞ여 믈역을 ᄀᆞ초아 슈보ᄒᆞ라 몽이 빅샤ᄒᆞ고 ᄯᅥ날ᄉᆡ 공이 힝노의 보듕ᄒᆞ믈 니ᄅᆞ고 군ᄉᆞ 삼쳔과 말장 십여 인을 좃게ᄒᆞ고 디방관의 관ᄌᆞᄒᆞ여 셜시랑의 산소를 슈보ᄒᆞ라 ᄒᆞ니 이 관셔 일도 옹쥐 삼쳔 니는 공의 소쇽치읍이라 뉘 감히 틱만ᄒᆞ리오 몽이 드ᄃᆡ여 셜시랑 산소를 ᄎᆞ자 소분ᄒᆞ고 노복 가뎡을 명ᄒᆞ여 문

78면

뎡을 딕히여 ᄉᆞ시의 졔ᄉᆞ롤 닐위게 ᄒᆞ고 도라오니 인〃이 다 긔특이 넉여 왈 당시의 셜시랑 부체 조졸ᄒᆞ고 어린 아들 ᄒᆞ나히 잇더니 이제 그 손지 이셔 이대도록 영귀ᄒᆞ여 션산을 빗내니 엇디 긔특디 아니리오 ᄒᆞ고 뉴공지 셜시랑 외손인 줄 아디 못ᄒᆞ더라 몽이 모든 일을 뭋고 도라오니 공이 무ᄉᆞ히 오믈 ᄀᆞ장 깃거ᄒᆞ더니 일〃은 ᄌᆞ딜을 ᄃᆞ리고 병셔를 ᄀᆞᄅᆞ치더니 믄득 보호ᄃᆡ 경ᄉᆞ의셔 가셰 니ᄅᆞ럿다 ᄒᆞ니 공이 급히 블너 보매 부모 형뎨의 평안홈과 일가 족당이 평안훈 글이오 텬ᄉᆡ 쏘 니ᄅᆞ러 텬지 공의 승쳡ᄒᆞ믈 드ᄅᆞ시고 크게 깃그샤 이ᄯᅢ 겨을이 치우므로 친히 쳔금구를 버서 공의게 보ᄂᆡ시니 공이 군부의 존문을 드ᄅᆞ매 만심환희ᄒᆞ여 분향 샤은ᄒᆞ고 드ᄃᆡ여 금구를 닙고 ᄉᆞ롤 관ᄃᆡᄒᆞ여 도라보ᄂᆡ고 쏘 가셔를 회답홀ᄉᆡ 공이 경ᄉᆞ ᄯᅥ난디 일년이라 ᄉᆞ향

지심이 밍동

79면

ᄒᆞ여 능히 줌을 일우디 못ᄒᆞ고 북을 볘고 홀노 누어시니 샹셔와 몽이 상하의셔 조으더니 믄득 댱막 ᄉᆞ이로조차 쇼년 쟝ᄉᆞ 두 사름이 손의 서리 ᄀᆞᆺ흔 비슈를 드러 ᄇᆞ로 ᄃᆞ라드니 공이 ᄆᆞ춤 갑을 벗디 아냣ᄂᆞᆫ고로 적의 칼히 공의 우견을 딜너 밋디 못ᄒᆞ여셔 공이 크게 소릐ᄒᆞ고 벼개ᄀᆞ의 보검을 빠혀 ᄒᆞᆫ 도적의 머리를 버히니 일인이 것구러지며 일인이 다시 공의게 ᄃᆞ라드니 이때 샹셔와 몽이 ᄭᆡ여 황망이 칼흘 드러 적을 막은ᄃᆡ 공이 소릐 딜너 왈 가히 죽이디 말고 ᄉᆡᆼ금ᄒᆞ라 일변 븝을 치니 군노 쟝졸이 구룸 못 듯 일시의 모다 댱듕의 ᄌᆞᄀᆡᆨ이 드러시믈 보고 에워싸고 잡으니 공이 위의를 ᄀᆞ초고 엄문ᄒᆞᆫᄃᆡ ᄌᆞᄀᆡᆨ이 고 왈 신은 협ᄉᆞ 뎐긔예 두 아오 뎐샹 뎐형이라 형이 명공의 손의 죽어시나 그 죄예 죽어시니 엇디 보구ᄒᆞᆯ 뜻이 이시리오마ᄂᆞᆫ 뉴시랑 부인 댱시 ᄂᆡ치여 집의 도라가 공을 원하여 공이 업ᄉᆞ면 다시 시

80면

랑으로 인연 일우믈 ᄉᆡᆼ각하여 쳔금으로 쳥ᄒᆞᄃᆡ 경ᄉᆞ 아역으로 듕ᄉᆞ를 ᄯᆞ라왓ᄂᆞᆫ 톄ᄒᆞ고 군듕의 드러가 공을 해ᄒᆞ라 ᄒᆞ고 그 시비 계향은 계영의 아인고로 ᄀᆞ초 다래니 쇼인등이 금빅의 욕심을 춤디 못ᄒᆞ고 형의 원슈를 갑고뎌 이에 니ᄅᆞ럿더니 뎐형이 임의 공의 죽이믈 닙고 신은 잡히이니 이 밧긔 고ᄒᆞᆯ 말이 업서이다 공이 가연이 탄식ᄒᆞ고 샹셔를 도라보아 왈 현의 녀식 관뎡ᄒᆞ미 문호를 망ᄒᆞᆯ ᄃᆡ된 줄과 나의 죵시 댱녀를 취티 아니려ᄒᆞ던 쥬의를 너희 등이 ᄭᆡ돗ᄂᆞᆫ다 샹셰 골경신히ᄒᆞ여 눈믈을 흘니고 ᄭᅮ러 고 왈 ᄎᆞ적을 엇디 ᄒᆞ리잇고 공 왈 죽이미 밧브디 아니ᄒᆞ니 군듕의 엄히 가도앗다가 경ᄉᆞ의 가 쳐치ᄒᆞ리라 드ᄃᆡ여 뎐샹을 가도고 냥산 노인의 말이 마ᄌᆞ믈 보고 조심ᄒᆞ믈 마디 아니터라 각셜 경ᄉᆞ의셔 댱시 진부의 ᄂᆡ치여 집의 도라간 후 쇼식이 ᄭᅳᆺ첫고 시랑의 은익를 다

81면

시 ᄇᆞ라디 못ᄒᆞ여 일야 분앙ᄒᆞ믈 품엇더니 최후의 드ᄅᆞ니 시랑이 양쇼져로 화락ᄒᆞ여

ᄉᆡᆼᄌᆞᄒᆞ고 진공이 츌정ᄒᆞ다 ᄒᆞ니 믄득 사오나온 계교를 내여 계영의 아ᄋᆞ 계향으로 더브러 ᄢᅬᄒᆞ여 ᄌᆞᄀᆡᆨ을 ᄢᅬᄒᆞ여 공을 죽이고 시랑을 감화ᄒᆞ여 다시 동낙고뎌 ᄒᆞ여 샹셔와 야〃를 긔이고[2] 그 모친을 샹의ᄒᆞ여 모계ᄒᆞ니 시랑 부ᄌᆞᄂᆞᆫ 아득히 모ᄅᆞ더라 당시 날노 공의 죽은 쇼식을 기ᄃᆞ리더니 믄득 ᄌᆞᄀᆡᆨ의 동재 도망ᄒᆞ여 도라와 ᄌᆞᄀᆡᆨ 하나흔 공의게 죽고 하나흔 잡히여 복툐ᄒᆞ고 군듕의 가도엿다ᄒᆞ니 당시 모녜 대경ᄒᆞ여 ᄉᆡᆼ각ᄒᆞᄃᆡ 졔 임의 우리 작ᄉᆞ를 아라시니 만일 도라온즉 환이 아모 곳의 미ᄎᆞ믈 아디 못ᄒᆞᄂᆞᆫ디라 출하리 뎌를 해ᄒᆞ여 평일 분을 ᄡᅵᄉᆞ리라 ᄒᆞ여 ᄀᆞ마니 계교를 의논ᄒᆞ니 원ᄂᆡ 김시 표뎨 홍신은 당됴 병부쥬ᄉᆞ로 위인이 태만ᄒᆞ고 일 ᄂᆡ기를 됴화ᄒᆞᄂᆞᆫ디라 당시 모녀의 금빅으로 회뢰

82면

ᄒᆞ여 밧그로 얼거 공을 고변ᄒᆞ라 ᄒᆞ고 안흐로 당시 긔진이보를 가져 귀비 당시를 사괴니 원ᄂᆡ 당귀비 이ᄣᅢ 셜후를 도모ᄒᆞ여 므릇 사ᄅᆞᆷ이 ᄌᆞ식이 잇고 위굴ᄒᆞ믈 보면 ᄌᆞ긔지심으로 개탄ᄒᆞ여 블령ᄒᆞᆫ디라 당시 진궁의 드러가므로 궐ᄂᆡ 통신이 잇고 귀비 비록 요악ᄒᆞ나 일즉 당태후의 은양ᄒᆞ시믈 감격ᄒᆞ고 ᄯᅩ 진양공쥬의 셩덕을 앙망하던 배라 그 ᄌᆞ녀의게 겹〃 친척지의로셔 신이 각별ᄒᆞ니 진공부ᄌᆡ 비록 깃거 아니나 능히 믈니티디 못ᄒᆞᆯ 형셰라 ᄌᆞ연 셜양 이 인이 귀비와 사괴미 되고 ᄯᅩ 당시ᄂᆞᆫ 셰를 ᄯᅡᄅᆞᄂᆞᆫ 뉘라 각별이 졍셩을 나토아 문후ᄒᆞ니 귀비 ᄆᆡ양 유졍ᄒᆞ다 일ᄏᆞᆺ더니 이제 ᄂᆡ치이믈 닙어 집의 도라가므로브터 더옥 아당ᄒᆞᄂᆞᆫ 말노 사괴기를 깁히ᄒᆞ여 ᄒᆡ음 업시 동당이 되엿더라

뉴시삼ᄃᆡ록 권지십이

1면

ᄌᆡ셜 당귀비 당시의 쳥년 박명을 잔잉이 넉여 진공이 양시 ᄎᆞᆷ소로 무죄ᄒᆞᆫ 며ᄂᆞ리를 박툑ᄒᆞ다 ᄒᆞ여 무상이 넉이ᄃᆡ 국가의 간셥디 아닌 일이라 다만 후히 ᄃᆡ졉ᄒᆞᆯ 분이러

2) 긔이고 : ‘기이다’, ‘긔이다’로 쓰며 ‘어떤 일을 바르게 말하지 않고 숨기다’라는 뜻.

니 이때를 당ᄒᆞ여 당시 귀비를 격동코뎌 ᄒᆞ여 ᄀᆞ만이 글을 올녀 낫출 뵈오믈 쳥ᄒᆞ니 귀비 ᄯᅩᄒᆞᆫ 뎌의 직뫼 무빵ᄒᆞ믈 구경코뎌 ᄒᆞ여 궐듕의 니ᄅᆞ니 이 범샹ᄒᆞᆫ 신뇨의 쳐지 아니라 진양공쥬의 며ᄂᆞ리로 귀비의 ᄉᆞ친이라 ᄒᆞ여 궁듕이 고이히 넉이디 아니터라 귀비 당시를 마자 침뎐의셔 볼ᄉᆡ 당시 고두 ᄉᆞ빅ᄒᆞᆫᄃᆡ 귀비 응신 ᄉᆞ샤ᄒᆞ고 ᄒᆞ여곰 좌를 주어 평신ᄒᆞ고 눈을 드러보니 용뫼 졀셰ᄒᆞ고 ᄀᆡ되 영혜ᄒᆞ여 일ᄃᆡ 국ᄉᆡᆨ이로ᄃᆡ 안졍ᄒᆞ고 현슉ᄒᆞ미 업순디라 귀비ᄂᆞᆫ 이 심지 광원ᄒᆞ고 위인이 거오ᄒᆞᆫ 녀지라 붉이 아라보ᄃᆡ 데 임의 지셩으로 셤

2면

기니 엇디 블호ᄒᆞᆫ ᄯᅳᆺ이 이시리오 서로 친족의 졍을 니ᄅᆞ고 진양공쥬를 일ᄏᆞ라 귀비 상연이 눈믈을 흘니더라 당시 인ᄒᆞ여 궁듕의 머므러 진공의 방ᄌᆞ존대ᄒᆞ고 가듕 믈식이 다 참남ᄒᆞ여 인신의 거쳐 ᄀᆞᆺ디 아니며 ᄯᅩ 블궤의 ᄯᅳᆺ이 이셔 ᄀᆞ만이 황포를 지어 군듕의 가져 갓다ᄒᆞ니 귀비 경 왈 이ᄂᆞᆫ 구족을 가히 용샤티 못ᄒᆞ리니 낭직 이제 내티인 녀ᄌᆞ로 이런 밀ᄉᆞ를 엇디 아랏ᄂᆞ뇨 당시 ᄃᆡ 왈 쳡의 동셩 슉모ᄂᆞᆫ 진공의 부인이오 션비 동녈이라 이 일을 엇디 모ᄅᆞ리오 귀비 경히ᄒᆞ믈 마디 아니ᄒᆞ니 당시 왈 쳡이 내치인 계집으로 그 엄구를 원망ᄒᆞ여 해ᄒᆞ미라 ᄒᆞ리니 낭〃은 원컨ᄃᆡ 이 말을 닉디 마ᄅᆞ시고 됴뎡 공논을 기ᄃᆞ리쇼셔 귀비 졈두 응낙ᄒᆞ더라 십여 일이 못ᄒᆞ여 병부쥬ᄉᆞ 홍신이 밀표를 뎐ᄌᆞᄀᆡ 올니〃 샹이 ᄆᆞ춤 닉뎐의 계신 때라 셜후와 당귀비 뫼

3면

셧더니 그 표를 보시니 대게 대쟝군 부마도위 진국공 뉴셰형이 국은을 져ᄇᆞ려 집의 이실 적 샤치ᄒᆞ고 참남ᄒᆞ믈 니ᄅᆞ디 말고 군듕의 황포를 감초아 거ᄌᆞᆺ 어딘 톄ᄒᆞ여 냥셔 인믈을 거두어 인심을 모호고 도적을 친 후 반ᄉᆞᄒᆞ기를 즐겨 아냐 관듕의 믈너 안자 빅만듕을 거ᄂᆞ려 군듕을 호시ᄒᆞ니 그 ᄯᅳᆺ을 측냥치 못ᄒᆞᆯ디라 맛당이 나옥ᄒᆞ여 그 졍상을 츄문ᄒᆞ여지이다 ᄒᆞ여시니 셩심이 크게 놀나시거ᄂᆞᆯ 귀비 승시ᄒᆞ여 주 왈 신쳡이 외간으로 듯ᄌᆞ오니 거쳐의 참남ᄒᆞ고 ᄀᆡ탄 업ᄉᆞ믄 블문가지오 출졍시 황포를 지어 가미 젹실ᄒᆞ믈 드러시ᄃᆡ 국가 듕ᄉᆡ라 가ᄇᆡ야이 주티 못ᄒᆞ엿더니 됴신의 주ᄉᆡ 여ᄎᆞᄒᆞ오니 가히 샤키 어렵도소이다 샹이 문 왈 경이 어ᄂᆞ 곳으로조차 드ᄅᆞ뇨 귀비 주 왈 진양공쥬 며ᄂᆞ리 당시ᄂᆞᆫ 시랑 뉴현의 쳬라 구가의 득죄ᄒᆞ여 닉치이매 그

4면

〈고〉모 댱시ᄂᆞᆫ 셰형의 ᄎᆞ비라 고로 이 일을 드럿노라 ᄒᆞ고 댱시 일즉 냥문의 화를 두려ᄒᆞ더이다 샹 왈 이러ᄒᆞᆯ딘대 실노 진덕ᄒᆞ도다 텬뇌 일시의 발ᄒᆞ샤 금시로셔 ᄉᆞ를 보ᄂᆡ여 진공을 나옥ᄒᆞ고 부원슈 영희로 듕군을 거ᄂᆞ려 ᄌᆞ로 반ᄉᆞᄒᆞ라 ᄒᆞ시고 뉴시 삼족을 다 대리시의 가도시니 이 졍히 쳥텬의 벽녁이 블의예 니러나고 낙미의 쇄 ᄉᆞ ᄉᆡᆼ을 아디 못ᄒᆞᆫ디라 뉴부 합문의 곡셩이 딘동ᄒᆞ니 승샹이 졔ᄌᆞ로 더브러 우롬을 금ᄒᆞ고 탄식 왈 뉴시 셰ᄃᆡ로 영통과 후록이 인신의 극ᄒᆞ니 내 ᄆᆡ양 두려ᄒᆞᄃᆡ 능히 믈너가믈 엇디 못ᄒᆞ여 금일 쇄 삼족의 밋게 되니 이 졍히 황견을 잇글고뎌 탄ᄒᆞ나 미출소냐 슈연이나 셰형이 잡혀온 즉 ᄌᆞ연 변ᄇᆡᆨᄒᆞᆯ 말이 이시리니 즈레 요란이 구디 말나 드ᄃᆡ여 일개 옥듕의 드니 만됴졔신이 아니 놀나리 업ᄉᆞ나 셩뇌

5면

진텹ᄒᆞ시니 감히 말을 못ᄒᆞ고 나죵을 보아 간ᄒᆞ려 ᄒᆞ더라 병부 군졸과 금위 관원이 셩야로 ᄃᆞᆯ녀 관듕의 니ᄅᆞ니 사ᄅᆞᆷ이 몬뎌 공의게 텬ᄉᆞ의 오믈 보ᄒᆞ니 공이 이ᄣᅢ 듕군의 잇더니 이 말을 듯고 밧비 졉입ᄒᆞ여 눈을 드러 보니 금의위 관원이 황틱을 밧드러 허다 군당이 긴 채와 텰삭을 드럿ᄂᆞᆫ디라 공이 임의 알고 ᄉᆞ를 ᄃᆡᄒᆞ여 왈 복이 임의 ᄉᆞ명의 온 연고를 아ᄂᆞ니 군듕은 대ᄉᆡ라 원컨ᄃᆡ 원슈인을 도라보ᄂᆡ고 죄를 바드미 늣디 아니토다 위관이 뎜두 왈 명공이 임의 아니 ᄲᆞᆯ니 인을 내라 공이 대원슈 인을 밧드러 위관을 주니 위관이 샹명으로 부원슈의게 교ᄃᆡᄒᆞ고 공이 융복과 금의를 벗고 흰 오ᄉᆞᆯ 닙은 후 관을 벗고 ᄯᅡ희 ᄂᆞ려 술매 위관이 죄명을 닑어 들닌 후 일시의 결박ᄒᆞ여 함거의 너흘 ᄉᆡ 삼군 듕장이 ᄎᆞ경을 보고 분노ᄒᆞ믈 이긔디 못

6면

ᄒᆞ여 일시의 소ᄅᆡ 딜너 왈 우리 쥬공이 젹심튱담으로 나라흘 위ᄒᆞ여 대공을 세우고 미처 반ᄉᆞ치 못ᄒᆞ여셔 무ᄉᆞᆫ 연고로 이러틋 ᄒᆞᄂᆞ뇨 ᄃᆞ라드러 공을 앗고져 ᄒᆞ니 공이 듕군을 ᄀᆡ유 왈 내 여등의 힘으로 공을 일우고 의외예 ᄋᆡᆨ이 이 ᄀᆞᆺᄒᆞ나 쥬샹이 셩명ᄒᆞ시니 반ᄃᆞ시 ᄉᆡᆼ도를 어들디라 맛당이 군명을 슌슈ᄒᆞ여 황셩의 가 텬ᄌᆞ 쳐분을 기ᄃᆞ릴 거시니 엇디 이런 무상ᄒᆞᆫ 거조를 ᄒᆞ리오 이ᄂᆞᆫ 여등이 날을 구ᄒᆞ미 아니라 도로혀

해ᄒᆞ미니 쏠니 믈너시라 졔인이 감히 녕을 거역디 못ᄒᆞ여 술위를 븟드러 통곡ᄒᆞ니 곡셩이 진텬ᄒᆞ더라 이ᄯᅴ 샹셰 몽으로 더브러 야〃의 이 ᄀᆞᆺ흔 거동을 보고 크게 울고 혼졀ᄒᆞ야 업더디니 공이 부원슈를 향ᄒᆞ여 왈 공은 구일 동관지의를 고렴ᄒᆞ여 내 아히를 보호ᄒᆞ믈 ᄇᆞ라노라 영공이 ᄯᅩᄒᆞᆫ 눈믈을 금티 못ᄒᆞ여 샹셔를 구호ᄒᆞ

7면

여 ᄒᆞᆫ가디로 발힝홀ᄉᆡ 샹셰 겨요 인ᄉᆞ를 출히나 부친 함거를 수빅 쳘긔 옹후ᄒᆞ여 별ᄀᆞᆺ치 모라 가믈 보고 가슴을 두리고 하늘을 블너 피를 토ᄒᆞ고 다시 긔졀ᄒᆞ니 삼군이 아니 슬허ᄒᆞ 리 업서 다시 약을 나와 구ᄒᆞ고 영희 ᄀᆡ유 왈 녕존이 비록 참화를 만나시나 무죄ᄒᆞ미 빅일 ᄀᆞᆺ흐니 엇디 신빅ᄒᆞ디 못ᄒᆞ리오 명공부ᄌᆡ 만니의 와 환을 만나 군이 ᄯᅩ 이 갓흔 즉 녕존의 ᄆᆞ음이 더옥 어ᄌᆞ러오리니 모ᄅᆞ미 강잉ᄒᆞ여 힝도를 일우라 샹셰 샤례ᄒᆞ고 드ᄃᆡ여 군듕의셔 잡은 ᄌᆞ긱을 함거의 너허 영공이 솔군 환경ᄒᆞ여 경ᄉᆞ의 가 공의 원억ᄒᆞ믈 주ᄒᆞ려 홀ᄉᆡ 샹셔와 몬뎌 함거를 ᄯᆞᆯ오ᄃᆡ 공을 다시 보디 못ᄒᆞ고 일노의 창황젼경ᄒᆞ믈 니ᄅᆞ도 말고 관듕 부뢰 길을 막아 호읍ᄒᆞ여 왈 우리 님군이 무순 죄 잇관ᄃᆡ 텬ᄌᆡ 엇디 ᄎᆞ마 이런 일을 ᄒᆞ시ᄂᆞ뇨 우

8면

리등이 죽을디언뎡 ᄎᆞ마 노ᄒᆞ 보내디 못ᄒᆞ리로다 드ᄃᆡ여 작난코뎌 ᄒᆞ니 공이 크게 두려 됴흔 말노 ᄀᆡ유ᄒᆞ여 겨요 디나니라 이ᄣᅢ 당시 대계를 일워 공을 해ᄒᆞ여 ᄉᆞ명이 잡으라 가믈 듯고 크게 깃거 집의 도라와 모녜 서로 치하ᄒᆞ더라 챠셜 진궁의셔 당손시 쥬공의 화를 듯고 군듕의 당시 ᄌᆞ긱 보낸 일과 홍신이 김시 표죵인 줄 탐지ᄒᆞ매 이 당시의 작용인 줄 알고 ᄯᅩ 당귀비로 년화ᄒᆞ믈 ᄉᆞᆺ치매 이 홰 아모 곳의 미출 줄 몰나 상해 믈 슬 틋ᄒᆞ더니 샹궁이 홀연 ᄡᅵ텨 당부인과 셜양 이 소져를 ᄃᆡᄒᆞ여 왈 션비 님망의 노신의게 두 봉 화젼을 부치샤 그 ᄒᆞ나흔 임의 응ᄒᆞ고 ᄒᆞ나흔 오히려 이시니 엇디 이ᄣᅢ의 보디 아니ᄒᆞ리오 드ᄃᆡ여 우히 봉ᄒᆞᆫ 거슬 밧비 ᄣᅧ히니 쇼지의 ᄡᅧ시ᄃᆡ 현ᄋᆞ의 호방ᄒᆞ믈 인ᄒᆞ여 쇼쟝의 홰 쟝ᄎᆞᆺ 문호를 망ᄒᆞ리니 만됴졔신과

9면

츌뎡군쟝이 다 쥬공을 구ᄒᆞ나 안흐로 귀비의 ᄎᆞᆷ소를 막디 못ᄒᆞ여 블측지홰 쥬공긔

미추리니 비직 급히 궐듕의 드러가 하낭〃긔 샹의ᄒᆞ여 댱귀비를 다래여 쥬공을 구ᄒᆞ고 내 표를 황샹긔 올니고 여ᄎᆞ〃〃 ᄒᆞ라 밧그로 됴뎡 공논과 고쟈의 ᄃᆡ변지ᄉᆞ는 쥬공이 님시 쳐변ᄒᆞ시리니 비ᄌᆞ는 안흐로 도모ᄒᆞ믈 더ᄃᆡ디 말나 ᄒᆞ엿고 깁의 표를 뼈 봉ᄒᆞᆫ 거시 잇더라 댱손시 대열ᄒᆞ여 즉시 미양궁의 드러가 하텨후긔 뵈옵고 울며 젼후ᄉᆞ연을 고ᄒᆞ니 하휘 대경ᄒᆞ샤 즉시 댱귀비를 쳥ᄒᆞ여 ᄀᆞᆯ오샤ᄃᆡ 효종황뎨 골육으로 당태후 긔츌이 진양공쥬ᄲᅮᆫ으로 블힝 조세ᄒᆞ고 부마 뉴셰형과 세낫 ᄌᆞ녀 잇거ᄂᆞᆯ 이제 망극ᄒᆞᆫ 변을 만나 뉴부매 명직 위ᄐᆡᄒᆞ고 뉴문이 쟝ᄎᆞᆺ 멸ᄒᆞ여 공쥬의 휘 슷게 되여시니 만일 우리 냥인이 동심합녁ᄒᆞ여 구치 아니

10면

ᄒᆞᆫ즉 디하의 가 어ᄂᆞ 낫ᄎᆞ로 태후긔 뵈오며 진양공쥬를 ᄃᆡᄒᆞ리오 ᄒᆞ믈며 뉴부매 션됴의 남희를 평뎡ᄒᆞᆫ 공으로 왕쟉을 봉ᄒᆞ시니 먼니 ᄃᆞ라나 왕위를 ᄉᆞ양ᄒᆞ고 근신절검ᄒᆞ여 ᄌᆞ녀의 니ᄅᆞ히 샤치ᄒᆞᆫ 복식이 업고 궁금 츌입을 금ᄒᆞ여 조심ᄒᆞ믈 궁듕이 다 아ᄂᆞᆫ 배라 그 원통ᄒᆞ믄 빅일의 질졍ᄒᆞ리니 그ᄃᆡ ᄉᆡᆼ각ᄒᆞ여보라 귀비 낭〃 말솜을 감동ᄒᆞ나 황포 일관을 의심ᄒᆞ여 주 왈 신이 엇디 녀쥬공을 니ᄌᆞ며 태낭〃 호텬대은을 ᄉᆡᆼ각디 아니리잇고마ᄂᆞᆫ 셰형이 황포를 지어 군듕의 가져가다ᄒᆞ미 십분 진뎍ᄒᆞᆫ 고로 셩샹이 용샤치 아니시ᄂᆞᆫ디라 감히 입을 여디 못ᄒᆞᆯ너이다 하휘 왈 이 말이 진실ᄒᆞ면 뉴공의 구족을 샤치 못ᄒᆞ려니와 이ᄂᆞᆫ 간인의 해ᄒᆞ미라 가히 밋디 못ᄒᆞ리니 이제 공쥬의 보모 댱손시 이예 왓ᄂᆞ니 블너

11면

무ᄅᆞ면 가히 실ᄉᆞ를 알니라 드ᄃᆡ여 댱손시를 브ᄅᆞ니 샹궁이 나아와 녜를 ᄆᆞᆺ고 눈믈을 흘녀 이에 시랑이 댱시를 어더 작변ᄒᆞ던 처음브터 나죵ᄁᆞ디 알외고 댱시 공을 원망ᄒᆞ여 무고를 ᄒᆞ여 공의 부〃를 해ᄒᆞ려 홈과 다시 군듕의 ᄌᆞ긱을 보내여 공을 해ᄒᆞ려 ᄒᆞ다가 진공이 잡아 가도니 ᄉᆞ긔 패루ᄒᆞ매 화를 두려 홍신을 쳑ᄒᆞ여 뉴문을 아조 멸ᄒᆞ려 ᄒᆞᄂᆞᆫ 일을 히비히 고ᄒᆞ니 댱손시ᄂᆞᆫ 디식이 잇ᄂᆞᆫ디라 젼후인식 명빅ᄒᆞ고 졀실ᄒᆞ여 공의 원억홈과 댱시의 죄악이 표〃ᄒᆞ고 홍신이 댱시 친쳑으로 동모ᄒᆞ믈 베프ᄃᆡ 귀비와 톄결ᄒᆞ믄 젼혀 모ᄅᆞᄂᆞᆫ 쳬ᄒᆞ여 오딕 구발ᄒᆞ믈 쳥ᄒᆞ니 귀비 샹궁의 허다 셜화를 드ᄅᆞ매 댱시의 간악ᄒᆞᆫ 요계를 ᄭᆡᄃᆞ라 골경신히ᄒᆞ니 묵연 냥구의 탄식ᄒᆞ고 댱손시

ᄅᆞᆯ ᄃᆡᄒᆞ여 ᄀᆞᆯ오ᄃᆡ 셰되 번복ᄒᆞ고 인심이 슌환ᄒᆞ믈 가히 알니로다 평일 녀쥬공의

12면

셩덕광휘로 궁듕을 진복ᄒᆞ시고 ᄉᆡᆼᄉᆞ를 쳬결ᄒᆞ시매 아등이 우러〃 셤기더니 블힝 조셰ᄒᆞ시고 도로혀 구가의 ᄉᆞᄉᆡᆼ화복이 이 디경의 니ᄅᆞ니 내 만일 ᄒᆞᆫ 팔 힘을 돕디 아니면 진실노 태낭〃과 녀쥬공을 니ᄌᆞ미라 맛당이 힘을 다ᄒᆞ여 구ᄒᆞ려니와 당초 댱시 친ᄀᆞ지의로 날을 ᄃᆡ하여 여ᄎᆞ〃〃 ᄒᆞ니 다른 일과 달나 국가의 ᄃᆡᄉᆞ라 임의 황샹이 아ᄅᆞ시미 되엿ᄂᆞᆫ디라 이제 다시 프러 알욀 말이 업ᄉᆞ니 쟝ᄎᆞᆺ 엇디 ᄒᆞ리오 댱손시 ᄇᆡ야흐로 공쥬의 션견을 알고 이에 고 왈 낭〃이 이러ᄐᆞᆺ ᄊᆡᄃᆞᄅᆞ시니 비ᄌᆡ 다만 셩덕을 하례ᄒᆞ옵ᄂᆞ니 이후ᄉᆞᄂᆞᆫ 됴뎡 공논이 이실 거시오 션비 님망의 ᄭᅵ친 분뷔 이시니 낭〃은 다만 셩샹이 감오ᄒᆞ시ᄂᆞᆫ ᄣᅢ예 뎌 댱녀의 간샤를 주ᄒᆞ여 일이 허망ᄒᆞ믈 아ᄅᆞ신 즉 낭〃 은혜니이다 귀비 비록 댱시와 친ᄒᆞ여 그 말은 신텽ᄒᆞ나 댱손시로 본

13면

ᄃᆡ 안면이 닉어 졍의 깁고 ᄯᅩ 젼후곡졀을 드ᄅᆞ니 이왕 일이 븟그러온디라 흔연이 허락ᄒᆞ니 댱손시 ᄉᆡ삼 칭샤ᄒᆞ고 진부로 도라와 공쥬의 유표를 품고 바로 궐하의 와 등문고를 울니〃 샹이 졍히 ᄌᆞ뎡뎐의셔 문신으로 더브러 졍히 진공의 옥ᄉᆞ를 의논ᄒᆞ시더니 북소ᄅᆡ를 듯고 대경ᄒᆞ샤 ᄂᆡ시로 ᄒᆞ여곰 엇던 사ᄅᆞᆷ인고 무ᄅᆞ라 ᄒᆞ시니 이윽고 좌우 무ᄉᆡ ᄒᆞᆫ 궁인을 잡아 뎐폐의 ᄭᅮᆯ니〃 샹이 텬안을 드러 보시니 그 궁인이 흰 머리털흔 학발이 의〃ᄒᆞ고 졍졔ᄒᆞᆫ 의샹은 품복이 임의 놉핫거ᄂᆞᆯ 손의 젹은 졀을 잡아시니 의연이 소ᄌᆞ경의 거동이오 허리의 금ᄌᆞ쳘패를 차시니 셩쥬의 지우ᄒᆞ신 신핸 줄 알니러라 졍뎡ᄒᆞᆫ 거동은 님하의 풍치 잇고 녈일ᄒᆞᆫ 긔샹은 벽텬의 츄상이 어ᄅᆡ여시니 샹이 안면이 닉은 듯ᄒᆞ시ᄃᆡ 미처 ᄊᆡ닷디 못

14면

ᄒᆞ여셔 그 궁인이 고두빅비 왈 신 댱손치연은 효종황뎨와 댱태후 틱지를 밧ᄌᆞ와 진양공쥬를 흑양ᄒᆞ므로ᄡᅥ 진부의 도라간 지 삼십 년이 거의라 몸이 비록 대ᄂᆡ를 ᄯᅥ나시나 미양궁 금ᄌᆞ 틱셔와 졀을 밧ᄌᆞ와 나라 녹을 먹으니 국은이 임의 뫼히 ᄂᆞᆺ고 바다히 여튼디라 말이 이시매 엇디 농뎡의 드러가 주티 못ᄒᆞ리잇고마ᄂᆞᆫ 신의 쥬모 진양

공쥐 님망의 글을 ᄭᅵ쳐 ᄀᆞᆯ오ᄃᆡ 이후 십삼 년의 궁듕의 큰일이 이시리니 그ᄣᅢ ᄢᅦ혀 보라 ᄒᆞ던 거시니 이제 뉴문이 대역의 함ᄒᆞ여 공쥬의 세낫 ᄌᆞ녜 보젼치 못ᄒᆞ게 되엿ᄂᆞᆫ디라 신이 쥬모의 ᄭᅵ친 글을 본즉 피봉과 표젹이 인신의 볼 배 아닌 고로 감히 망녕ᄃᆞ이 ᄉᆞ〃로이 ᄢᅦ히디 못ᄒᆞ고 ᄯᅩ 감히 은복디 못ᄒᆞ와 ᄉᆡᆼ각건대 공쥐 샹시의 녜 아니면 힝치 아니시던 배라 이제 뉴시 삼족이 위틔ᄒᆞᆫ ᄣᅢ ᄀᆞ만이 이 글노

15면

ᄡᅥ 궁금의 쳥촉ᄒᆞᄂᆞᆫ 문셔를 삼으리잇고 이러므로 당돌이 북을 울녀 법대로 망쥬의 표를 올니ᄋᆞᆸ고 ᄉᆞ죄를 쳥ᄒᆞᄂᆞ이다 샹이 샹소를 바드라 ᄒᆞ시니 당손시 일봉 쵹깁을 금젼의 ᄡᅡ 밧드러 올니〃 샹이 임의 공쥬의 님망의 두 봉 글을 당손시를 맛디믈 드러 계신디라 금일 당손시의 언ᄉᆞ 등지를 보시고 감동ᄒᆞ샤 즉시 글을 바다 보시니 우히 공쥬의 일홈을 두고 신ᄌᆞ를 ᄡᅥᆺᄂᆞᆫ디라 십분 차악ᄒᆞ샤 봉ᄒᆞᆫ 거ᄉᆞᆯ ᄢᅦ히시니 그 문톄 완연ᄒᆞ여 이 공쥬의 친필이라 ᄀᆞᆯ와시ᄃᆡ

신쳡 진양은 돈슈빅비ᄒᆞ고 읍혈뉴톄ᄒᆞ여 삼가 일봉 표를 쥬샹 폐하긔 올니ᄂᆞ이다 신은 드ᄅᆞ니 사ᄅᆞᆷ이 나매 죽으미 잇고 혼빅이 조락ᄒᆞᆫ 후 아름이 업ᄉᆞ믄 셩현도 면티 못ᄒᆞ시니 신이 이제 망녕ᄃᆞ이 신긔ᄒᆞᆫ 거ᄉᆞᆯ 다랑ᄒᆞ고 ᄎᆞᆷ남이 구가

16면

원억하믈 발명ᄒᆞ미 아니라 규듕 쇼〃ᄒᆞᆫ 일이 됴뎡의 소요ᄒᆞ고 ᄋᆞ녀의 새옴이 구고를 해ᄒᆞ미 근본이 비록 젹으나 발ᄒᆞᆫ 배 풍화와 강샹의 대변이라 신이 금지옥엽으로 텬은을 닙ᄉᆞ오미 등한ᄒᆞᆫ 황친이 아니오니 엇디 스ᄉᆞ로 아ᄂᆞᆫ 거ᄉᆞᆯ 참고 그 쳐치ᄒᆞᆯ 도리를 감히 알외디 아니ᄒᆞ여 폐하로 ᄒᆞ여곰 튱냥지신을 폐ᄒᆞ시게 ᄒᆞ며 신으로ᄡᅥ 지아븨 죽으믈 구치 아니리잇고 이런 고로 두리오믈 무릅ᄡᅥ 감히 ᄋᆡ원ᄒᆞᆫ 심ᄉᆞ를 알외옵ᄂᆞ니 복원 폐하ᄂᆞᆫ 죽은 신하의 헛된 표문이 아름이 업다 마ᄅᆞ샤 ᄇᆞᆰ이 간폐를 비최신 즉 국가의 만힝이오 신이 구원의 셩은을 무릅ᄡᅳ미 호텬망극ᄒᆞ리로소이다 신 부 셰형이 공훈묘예로 교목셰신이라 힝실을 삼가미 암실의셔 군부를 긔망ᄒᆞᆯ ᄆᆞ음이 업고 심녁을 갈진ᄒᆞ고 시셕을 피치 아냐 일즉 남희를 평뎡ᄒᆞ고 션뎨 왕쟉

17면

을 봉ᄒᆞ시니 몸을 산간의 ᄀᆞᆷ초고 표를 텬뎡의 올녀 그 외람ᄒᆞ믈 ᄉᆞ양ᄒᆞ고 분의를 ᄃᆡᆨ희니 엇디 블궤의 뜻을 두어 만ᄃᆡ의 죄인이 되고 문호를 멸망ᄒᆞ믈 취ᄒᆞ리잇고 이제 곡졀이 잇ᄂᆞᆫ 바를 폐해 아디 못ᄒᆞ실ᄉᆡ 감히 실ᄉᆞ를 세〃히 주ᄒᆞ옵ᄂᆞ니 신ᄌᆞ 블초 신 병부시랑 뉴현이 일즉 젼시랑 당원경의 녀를 ᄌᆡ취ᄒᆞ니 그 ᄒᆡᆼ실이 녜도의 어긋나고 규문의 참억이 크게 ᄉᆞ림의 들넘즉디 아닌 일이 잇ᄂᆞᆫ 고로 신부 셰형이 그 블인ᄒᆞ믈 통ᄒᆞᆫᄒᆞ여 츌거ᄒᆞ여 그 ᄀᆡ가키를 기ᄃᆞ리매 세월이 임의 삼 년의 미첫ᄂᆞᆫ디라 당녜 원을 품어 기모로 더브러 셰형 해ᄒᆞ기를 ᄭᅬᄒᆞ고 그 표슉 홍신을 다래여 고변ᄒᆞ여 셩춍을 ᄀᆞ리오고 요언을 늘녀 후비의 이목을 의심케 ᄒᆞ여 셰형을 죽인 후 말고뎌 ᄒᆞ니 신이 구쳔의셔 읍혈ᄒᆞ여 진실노 유익디 아니코 잠간 ᄒᆞᆫ 말을 폐하긔 알욈만 ᄀᆞᆺ디 못ᄒᆞ

18면

온 고로 당손비ᄌᆞ로 ᄒᆞ여곰 당돌히 신의 표를 가져 텬감을 기ᄃᆞ리옵ᄂᆞ니 폐해 만일 신의 말을 헛되이 넉이실딘ᄃᆡ 셰형을 나ᄅᆡ 후 홍신과 ᄃᆡ변ᄒᆞ고 인ᄒᆞ여 홍신을 져조시면 간정을 셔〃 분간ᄒᆞ시리니 신이 엇디 ᄒᆞᆫ갓 부〃의 ᄉᆞ정을 위ᄒᆞ고 우리 종샤를 니저 셰형이 진실노 모역지죄 이시나 둣덥허 구코져 ᄒᆞᆫ 즉 비록 셩상이 죽은 신하를 어엿비 넉이시ᄂᆞᆫ 은혜를 닙ᄉᆞ오나 조종 ᄌᆡ텬지녕의 음쥬를 반ᄃᆞ시 밧ᄌᆞ올디라 엇디 감히 ᄉᆞ정만 ᄉᆡᆼ각ᄒᆞ고 대의를 아디 못ᄒᆞ리잇고 님표테읍의 블승황공ᄒᆞ니 퇴이슈ᄉᆞᄒᆞ와 돈슈ᄇᆡᆨ비ᄒᆞ옵ᄂᆞ니 앙우텬뎡ᄒᆞ쇼셔 ᄒᆞ엿더라 샹이 간파의 대오ᄒᆞ샤 ᄯᅩᄒᆞᆫ 테ᄉᆞ모골ᄒᆞ고 한츌텸ᄇᆡᆨᄒᆞ여 ᄀᆞᆯ오샤ᄃᆡ ᄌᆞ고로 요슌 공ᄆᆡᆼ이라도 신셩ᄒᆞᆫ 아름은 진양공쥬긔 밋디 못ᄒᆞ리니 그 문테와 필법이 공쥐 아니오 뉘리오 이제 고변ᄒᆞ매 국가

19면

대ᄉᆡ라 셰형이 블구의 오리니 홍신과 ᄃᆡ증ᄒᆞᆫ 후 결단ᄒᆞ려니와 셰형의 일가 삼족은 특은으로 방셕ᄒᆞ여 녀쥬공의 션됴를 보졍ᄒᆞ고 딤을 마자 셰운 공을 갑흐리라 ᄒᆞ시고 당손시를 표장ᄒᆞ여 도라보내시고 샹이 ᄂᆡ뎐의 드러오샤 당귀비를 ᄃᆡᄒᆞ여 공쥬의 유표를 뵈시니 귀비 ᄯᅩᄒᆞᆫ 놀나고 감동ᄒᆞ며 탄복ᄒᆞ고 그 가온대 후비의 이목을 의혹게 ᄒᆞᆫ다 ᄒᆞᆫ 곳의 니ᄅᆞ러ᄂᆞᆫ 그윽이 참괴ᄒᆞ여 샹긔 주 왈 뎌 당녜 신을 와보고 친쳑의 졍을 니ᄅᆞ고 인ᄒᆞ여 농포를 지어 가져가믈 니ᄅᆞ니 신이 곳이 드러습더니 녀쥬공의 신

긔로 그릇 싱각디 아냐실디라 일노 보아는 당녀의 간상을 곰초미 어렵도소이다 샹이 그러히 넉이샤 더옥 공쥬를 앗기고 슬허ᄒᆞ샤 즉시 뉴시 일문을 샤ᄒᆞ시니 승샹이 감히 믈너가디 못ᄒᆞ여 부ᄌᆞ 궐하의 ᄃᆡ죄ᄒᆞ고 당손시ᄂᆞᆫ 부듕의 도라와 부인과 삼 쇼져를

20면

ᄃᆡᄒᆞ여 궐듕의 가 귀비로 문답ᄒᆞ고 텬ᄌᆞ긔 유표를 드리던 곡졀을 ᄀᆞ초 베프니 당부인이 ᄇᆡ야흐로 딜ᄋᆞ의 작용을 알고 앙텬 댱탄ᄒᆞ며 시랑이 샤를 닙어 집의 도라와 모친과 쇼ᄆᆡ를 볼ᄉᆡ 이 말을 듯고 모골이 숑연ᄒᆞ여 촌 칼흘 쌔혀 난간을 ᄶᅵ쳐 왈 음악ᄒᆞᆫ 투부의 환난이 이 디경의 미ᄎᆞ니 이 다 나의 죄라 ᄒᆞ 면목으로 셰상의 셔리오 댱손시 왈 이 다 문호의 운익이니 엇디 텬수를 도망ᄒᆞ리잇고 공ᄌᆞᄂᆞᆫ 과도히 ᄆᆞ음을 쓰디 말고 쥬공의 오시믈 기ᄃᆞ려 ᄃᆡ증ᄒᆞ믈 삼가게 ᄒᆞ쇼셔 인ᄒᆞ여 공쥬의 당손시를 맛진 별지의 화젼을 내여 뵈니 시랑이 글을 밧드러 통곡ᄒᆞ믈 마디 아니터라 오라디 아냐 공의 오ᄂᆞᆫ 션셩이 이시니 시랑이 먼니 가 부친의 함거를 븟드러 통곡ᄒᆞ며 겨요 금위 관원의게 비러 잠간 그 얼굴을 볼ᄉᆡ 경ᄉᆞ 쇼식과 홍신의 고변이 댱시로 말ᄆᆡ아믄 줄 고ᄒᆞ니 공이 셩

21면

ᄉᆡᆨ을 동티 아니코 니ᄅᆞᄃᆡ 금일이 이시믄 네 취ᄒᆞ던 날 ᄂᆡ 임의 아랏ᄂᆞ니 엇디 새로이 놀나리오 쥬샹이 셩명ᄒᆞ시고 내 무죄ᄒᆞ니 신셜홀디라 놀나디 말나 ᄒᆞ고 한셜을 뭇디 아니〃 시랑이 공쥬의 유표 샹의를 감동ᄒᆞ여 일문을 방셕ᄒᆞ시믈 고ᄒᆞ니 공이 츄연 슈루 왈 네 아비 죽기ᄂᆞᆫ 족히 념녀티 아니ᄃᆡ 네 모친의 이 ᄀᆞᆺ흔 거조를 싱각ᄒᆞ면 심당이 몬뎌 ᄶᅥᆨ거지ᄂᆞ니 피창쟈텬이 ᄎᆞ마 뎌런 사ᄅᆞᆷ으로 ᄒᆞ여곰 명이 단ᄒᆞ미 이에 밋게 ᄒᆞ리오 셜파의 슬프믈 이긔디 못ᄒᆞ니 시랑이 또ᄒᆞᆫ 톄읍ᄒᆞ여 믈너나다 공이 임의 황셩의 니ᄅᆞ니 만됴공경과 문싱고리 길희 몌여 공을 와 보고 홍신의 광망ᄒᆞ믈 일ᄏᆞ라 제 블과 ᄒᆞᆫ 병부쥬ᄉᆞ로셔 뎌른 원신을 이ᄀᆞᆺ치 무함ᄒᆞ니 엇디 통히티 아니리오 이제 텬뇌 진텹ᄒᆞ시니 공이 엇디 신ᄇᆡᆨᄒᆞ려 ᄒᆞᄂᆞ뇨 공이 됴곰도 요동ᄒᆞᄂᆞᆫ 빗치 업거날 ᄒᆞ여 닐오ᄃᆡ 죄

22면

인이 누ᄃᆡ 샹통과 쟉녹이 분의 넘어 만영의 ᄌᆡ홰 니러나니 이ᄂᆞᆫ 하늘이 복의 녹을 탐ᄒᆞ여 믈너나디 아니믈 크게 경계ᄒᆞ시미라 엇디 홍신의 무함을 ᄒᆞᆫᄒᆞ리오 다만 셩명지치의 원옥이 업ᄉᆞ리니 쥬샹긔 뵈오면 분변ᄒᆞ미 이시리라 ᄒᆞ더니 이윽고 샹셔와 몽이 니ᄅᆞ러 모든 ᄃᆡ 뵈고 ᄯᅩ 영원슈 듕장을 거ᄂᆞ려 셩의예 결단ᄒᆞ고 몸소 나아와 공경ᄌᆡ샹을 보아 왈 금일 대쟝군의 화ᄂᆞᆫ ᄎᆞ마 니ᄅᆞ디 못ᄒᆞᄂᆞ니 녈위 현공이 엇디 믁연이 말을 아냐 됴뎡 쥬셕지신을 샹히오믈 안자셔 보고뎌 ᄒᆞᄂᆞ뇨 우리 삼군 듕쟝이 당〃이 젼가냥쳔으로 대쟝군을 구ᄒᆞ리니 공등이 ᄯᅩᄒᆞᆫ 합녁ᄒᆞ여 텬ᄌᆞ의 ᄒᆡ혹ᄒᆞ시믈 도모ᄒᆞ라 ᄇᆡᆨ관이 졔셩 왈 아등이 이 ᄯᅳᆺ이 업ᄉᆞ미 아니라 진공의 오기ᄅᆞᆯ 기ᄃᆞ리미러니 이제 임의 모닷고 영원슈의 의긔 이 ᄀᆞᆺᄒᆞ니 우리 문뮈 힘을 ᄒᆞᆫ가지로 ᄒᆞ여 구ᄒᆞ리라 ᄒᆞ고 ᄒᆞ

23면

터지매 공은 옥의 나아가고 영희 삼군 졔장으로 일봉 표문을 올녀 공의 젼후 대공과 튱군ᄋᆡ국ᄒᆞᆫ 혈심과 홍신의 고변이 만〃 무거ᄒᆞ믈 히비히 알외고 군듕의 가 동공일톄지인이니 죄ᄅᆞᆯ ᄒᆞᆫ가지로 닙으믈 쳥ᄒᆞ고 공경졔신이 니어 샹소ᄒᆞ여 옥ᄉᆞ의 밍낭흠과 공의 젹심튱냥을 ᄀᆞ초 알외여 슌식의 소댱이 쳔튝이라 샹이 크게 뉘웃고 ᄭᆡᄃᆞᄅᆞ시ᄃᆡ ᄯᅩᄒᆞᆫ 인심이 도라가미 잇ᄂᆞᆫ가 의심ᄒᆞ시더니 공을 압녕ᄒᆞ여온 위관이 관듕 ᄇᆡᆨ셩의 말을 주ᄒᆞ고 공이 ᄉᆞ졸을 ᄀᆡ유ᄒᆞ여 겨요 버서난 일을 주ᄒᆞ고 ᄯᅩ 군듕 문셔 수탐ᄒᆞᆫ 거술 드리니 샹이 이ᄅᆞᆯ 피람ᄒᆞ시ᄃᆡ 츄호 의심되미 업고 공의 ᄉᆞ졸이 음영ᄒᆞᆫ 시튝 ᄇᆡᆨ여슈 이시ᄃᆡ 다 경믈을 두고 지은 배요 그 가온ᄃᆡ ᄒᆞᆫ 글이 이시니 ᄒᆞ여시ᄃᆡ
몸이 창대ᄅᆞᆯ 비겨 졀식의 누어시매 원문의 도

24면

두 소ᄅᆡ 놉핫도다 일ᄇᆡᆨ 번 ᄲᅡ화 시셕을 피티 아니믄 셩쥬의 은혜ᄅᆞᆯ 갑고뎌 ᄒᆞ미라 야랑의 학발이 삼 가온ᄃᆡ 의희ᄒᆞ도다 어ᄂᆞ ᄶᅢ의 ᄉᆞ히ᄅᆞᆯ ᄆᆞᆰ히고 농누의 됴회흘고 모텬월야의 북신을 우러〃 눈믈을 ᄲᅮ리ᄂᆞᆫ도다 ᄒᆞ여시니 샹이 이 글을 보시고 참연 왈 딤이 블명ᄒᆞ여 진짓 튱신을 의심ᄒᆞ과라 드ᄃᆡ여 명일 건쳥뎐의 뎐좌ᄒᆞ시고 만됴ᄇᆡᆨ관을 모호신 후 므릿 형벌긔구를 ᄀᆞ초시고 고쟈 홍신과 죄인 셰형을 뎐ᄃᆡ의 올녀 힐문ᄒᆞ

실시 진공이 큰 칼을 메고 단디의 니르매 만되 눈을 느죽이 ᄒᆞ여 감히 보디 못ᄒᆞ고 시위ᄒᆞᆫ 환시등이 다 녯날 당태후와 경덕황뎨 통우ᄒᆞ시던 일을 싱각고 눈믈을 ᄂᆞ리오니 샹이 ᄯᅩᄒᆞᆫ 그 거동을 보시매 스스로 평안치 못ᄒᆞ샤 뎐지 왈 국법이 비록 엄ᄒᆞ나 진공이 임의 대공이 잇ᄂᆞᆫ디라 특별이 칼흘 벗기고 관을 주어 홍신으

25면

로 ᄃᆡ변ᄒᆞ라 ᄒᆞ시니 유ᄉᆡ 칼흘 벗기매 공이 ᄉᆞ양 왈 셩샹의 은혜 망극ᄒᆞ시나 신의 죄 삼족을 용샤치 못홀디라 엇디 칼흘 벗겨 국법을 폐ᄒᆞ리잇고 샹이 무러 ᄀᆞᆯ오샤ᄃᆡ 딤이 평일 경을 알오미 남소의 빙폐홈과 남양의 삼고ᄒᆞ미 아니로ᄃᆡ 어쉬 계합ᄒᆞ므로 비겨 일즉 져ᄇᆞ리미 업거ᄂᆞᆯ 경이 스ᄉᆞ로 멸족지화를 취ᄒᆞ여 셔번을 졍벌ᄒᆞ매 군듕의 황포를 ᄀᆞᆷ초고 병을 관듕의 둔ᄒᆞ여 인심을 모호니 곳 대역브되라 실ᄉᆞ를 고ᄒᆞᆫ 즉 딤이 오히려 젼공을 싱각ᄒᆞ미 이시려니와 만일 은휘ᄒᆞᆫ 즉 국법이 이시니 형벌을 면티 못ᄒᆞ리라 공이 고두청죄 왈 신이 교목셰신으로 셩쥬의 슈은ᄒᆞ완 지 빅여 년이라 조ᄌᆞ손 삼셰의 영통과 후록이 큰 나라흘 주샤 부귀 인신의 극ᄒᆞ오니 죡ᄒᆞ믈 아디 못ᄒᆞ고 스ᄉᆞ로 대역의 ᄡᅡ뎌 국은을 니ᄌᆞ리잇고 셔번 제국이 반ᄒᆞ여

26면

비록 일시의 이긔나 진졍으로 항복 밧기 어렵고 흐튼 도적이 각쳐의 츌몰ᄒᆞ여 산님의 취쇼ᄒᆞ미 만흔디라 대군이 ᄒᆞᆫ번 ᄡᅥ난 즉 적도의 챵궐ᄒᆞ미 다시 니러나미 반듯ᄒᆞᆫ 고로 신이 수월을 진슈ᄒᆞ여 인심을 진뎡ᄒᆞ고 여당을 샥평코뎌 ᄒᆞ미니 님군과 아비를 니ᄌᆞ미 아니 〃 이다 인심을 모호므로ᄡᅥ 죄를 삼으실딘ᄃᆡ 신이 폐하의 지우ᄒᆞ시믈 닙ᄉᆞ와 군ᄉᆞ를 거ᄂᆞ려 도적을 치매 살벌을 힝ᄒᆞᆫ 즉 쟝ᄎᆞᆺ 왕ᄉᆞ의 됴민 벌죄ᄒᆞᄂᆞᆫ 위덕이 어ᄃᆡ 이시리잇고 브텬지해 막비왕퇴니 신이 인심을 모화 빅셩을 평안케 ᄒᆞ미 폐하의 교화를 베프미러니 일노ᄡᅥ 죄 삼으시믄 싱각디 못ᄒᆞᆫ 배로소이다 농포 일관은 신이 비록 우용ᄒᆞ나 오히려 슉믹을 분변ᄒᆞ옵ᄂᆞ니 비록 블궤지심이 잇ᄉᆞ온들 엇디 농포를 지어 군듕의 두리잇고 진실노 그러홀딘대 ᄉᆞ졸이 잇고 경ᄉᆞ의셔 가져갈 적 본재 이

27면

시리니 증참을 안 후 분변ᄒᆞ리이다 이 다 신의 블튱ᄒᆞ므로 요언이 이시니 일이 비록

허망ᄒᆞ나 신이 엇디 ᄒᆞᆫ번 죽기를 면ᄒᆞ리잇고 샹이 공의 ᄉᆞ긔 유화ᄒᆞ고 언ᄉᆡ 평담ᄒᆞ여 됴곰도 황망ᄒᆞᆫ 빗치 업ᄉᆞ믈 보시고 즉시 홍신을 블너 ᄃᆡ변ᄒᆞ라 ᄒᆞ시니 공이 신을 보고 날호여 무러 ᄀᆞᆯ오ᄃᆡ 내 일즉 널노 더브러 일면의 교분이 업고 ᄯᅩ 문긱의 사괸 배 아니라 네 엇디 나의 반상을 아라 나라히 알외미 잇ᄂᆞ뇨 실ᄉᆞ를 명빅히 베픈 즉 셩샹이 ᄯᅩᄒᆞᆫ 너의 튱의를 아ᄅᆞ실 거시니 군부지젼의 실진무은ᄒᆞ고 말을 모호히 ᄒᆞ여 ᄀᆡ군 무소ᄒᆞᆫ 죄를 밧디 말나 홍신이 비록 김시의 촉을 드러 이런 밍낭ᄒᆞᆫ 일을 ᄒᆞ여시나 금일 공을 ᄃᆡᄒᆞ여 그 말을 드라매 근본을 다힐 곳이 업ᄉᆞᆫ디라 거ᄌᆞᆺ ᄀᆞᆯ오ᄃᆡ 공의 반상은 텬해 다 아ᄂᆞ니 ᄂᆡ 홀노 엇디 알니오 ᄌᆞ연 인〃이 니ᄅᆞ매 내 알고 나라히

28면

고ᄒᆞ여시니 언근이 어이 이시리오 공이 쇼 왈 셕의 증삼의 살인ᄒᆞ다 홈도 동명ᄒᆞ미 이시므로 그 말이 낫거니와 네 임의 위국튱심으로 반역지신을 고변ᄒᆞ여 풍패 이 디경의 이신 즉 내 뎐ᄃᆡ의 죄인이나 국가 대신이라 옥ᄉᆡ 등한ᄒᆞᆫ 일이 아니〃 엇디 도텽도셜노 왕ᄂᆡ 부슈지참이 함해ᄒᆞ리오 섈니 언근을 닐너 나의 죄를 명졍케 ᄒᆞ라 홍신이 구연ᄒᆞ여 말을 못ᄒᆞ거ᄂᆞᆯ 공이 주 왈 신이 블튱블신ᄒᆞ와 폐하로 ᄒᆞ여곰 샹ᄌᆞ를 봉ᄒᆞ시ᄂᆞᆫ 밋브미 업고 신이 도로혀 삼지지참이 이셔 증모의 투져ᄒᆞ시미 잇게 ᄒᆞ니 신이 일만 번 죽어도 가히 용샤치 못ᄒᆞ리로소이다 원컨ᄃᆡ 폐하ᄂᆞᆫ 삼목지형으로ᄡᅥ 신과 홍신을 져조샤 간졍을 ᄎᆞ자내시믈 ᄇᆞ라ᄂᆞ이다 샹이 공의 주ᄉᆞ를 드ᄅᆞ시고 공쥬의 유표를 ᄉᆡᆼ각ᄒᆞ샤 즉시 홍신을 극형으로 져주어 드ᄅᆞᆫ 바를 무ᄅᆞ실ᄉᆡ

29면

홍신이 형댱을 이긔디 못ᄒᆞ여 드ᄃᆡ여 댱시랑 부인이 금빅을 주고 흉계를 ᄀᆞᄅᆞ치매 그 말을 미더 고ᄒᆞ믈 알외니 샹이 경히ᄒᆞ시고 만되 아니 놀나 리 업더라 즉시 위관을 명ᄒᆞ샤 댱시랑 부쳐를 잡아드려 졍뎐의셔 엄문ᄒᆞ샤 홍신과 ᄃᆡ증ᄒᆞ시니 김시 능히 혼빅을 령되 못ᄒᆞ여 형댱의 괴로오믈 밧디 아니랴 블하일댱의 개〃 ᄃᆡ툐ᄒᆞᄃᆡ
신쳡의 녀ᄋᆞ 셜혜 시랑 뉴현의 쳬 된 일 년의 그 원비 양시 교언녕ᄉᆡᆨ으로 셰형의게 아당ᄒᆞ여 신녜 보젼티 못ᄒᆞ여 내치이니 셰ᄌᆡ 삼 년의 니ᄅᆞᄃᆡ 용샤ᄒᆞ미 업ᄂᆞᆫ디라 홍안박명이 참혹ᄒᆞᆫ 고로 모녀 ᄉᆞ졍의 춤디 못ᄒᆞ여 궁극히 ᄉᆡᆼ각건ᄃᆡ 뉴현이 본ᄃᆡ 신녀를 박히ᄒᆞ미 업서 그 부형의 엄칙을 두려 일시의 거절ᄒᆞ나 ᄉᆞ졍이 듕ᄒᆞ니 셰형 곳 업

ᄉᆞ면 금슬이 다시 니일디라 신이 ᄌᆞ식 위ᄒᆞᆫ

30면

정셩이 능히 ᄉᆞ리를 ᄉᆞᆯ피디 못ᄒᆞ와 과연 ᄌᆞ긱을 군듕의 보내여 셰형을 해ᄒᆞ라 ᄒᆞ엿더니 계괴 니디 못ᄒᆞ고 도로혀 ᄌᆞ긱이 잡히오니 후환이 더옥 두리온 고로 홍신이 친쳑의 졍이 이시므로 이 일을 모계ᄒᆞ여 셰형을 죽이고 신녀로 뉴현의 원앙채를 합고뎌 ᄒᆞ미로ᄃᆡ 신의 구고와 가뷔 셰형으로 옹셔지의와 인친지졍이 잇ᄂᆞᆫ 고로 이 일을 안 즉 ᄒᆞᆫ갓 듯디 아닐 분 아니라 신을 용납디 아니ᄒᆞᆫ 고로 부가를 긔이고 홍신을 동모ᄒᆞ엿더니 이제 발각ᄒᆞ니 죽기를 원ᄒᆞᄂᆞ이다 댱시랑이 김시의 원뎡을 드ᄅᆞ매 톄ᄉᆞ모골ᄒᆞ여 주 왈 신네 셰형의 ᄌᆞ뷔 된 일 년ᄂᆡ 힝ᄉᆡ 패악ᄒᆞ미 뇨샹의 득죄ᄒᆞ여 내치이니 신이 스ᄉᆞ로 ᄌᆞ식의 블쵸ᄒᆞ믈 븟그릴 ᄯᆞ름이오 뉴가 부ᄌᆞ를 ᄒᆞᆫ티 아냐 ᄉᆞᆯ더니 사오나온 계집의 작얼이 이러ᄒᆞ믈 아라시리잇고 신이

31면

진실노 혼암ᄒᆞ고 졔가 못ᄒᆞ온 죄ᄂᆞᆫ 쥬륙을 바담 즉 ᄒᆞ오니 주ᄒᆞ온 말ᄉᆞᆷ이 업ᄂᆞ이다 샹이 견후 졍상을 ᄌᆞ시 ᄭᆡ드르시고 대로ᄒᆞ샤 즉일의 홍신을 죽이시고 김시ᄂᆞᆫ 익ᄉᆞᄒᆞ시고 댱시ᄂᆞᆫ 쇼년 ᄋᆞ녜 사오나온 어미와 흉ᄒᆞᆫ 비복의 므드러 대죄를 범ᄒᆞ나 본심이 아니라 ᄒᆞ샤 그 목숨을 샤ᄒᆞ샤 본가의 머믈나 ᄒᆞ시니 대개 귀비 용ᄉᆞᄒᆞ여 사괴언 졍을 닛디 아니미러라 댱시랑은 졔가 못ᄒᆞᆫ 죄로 졀도의 원찬ᄒᆞ시니 이ᄢᆡ 진공이 뎐ᄃᆡ의 죄슈 되여 텬ᄌᆞ의 의심ᄒᆞ심과 홍신과 김시 모계ᄒᆞ미 이ᄀᆞᆺ치 음특ᄒᆞ며 분〃ᄒᆞ믈 보고 심하의 개탄ᄒᆞᄃᆡ 대댱뷔 출ᄒᆞ리 칼 아ᄅᆡ 죽을디언뎡 엇디 ᄋᆞ녀ᄌᆞ의 모해ᄒᆞ믈 닙어 이 경ᄉᆡᆨ이 이시리오 진실노 일셰예 구〃ᄒᆞ믈 면티 못ᄒᆞ리로다 ᄒᆞ여 ᄉᆞ싱을 념녀치 아니ᄒᆞᄃᆡ 문호와 부모를 ᄉᆡᆼ각ᄒᆞ여 분변ᄒᆞ기를

32면

명ᄇᆡᆨ히 ᄒᆞ매 임의 간인의 고변이 ᄆᆡᆼ낭ᄒᆞ고 ᄌᆞ긔 튱냥이 나타나니 샹이 크게 븟그려 ᄒᆞ샤 ᄲᆞᆯ니 근시로 ᄒᆞ여곰 진공의 민 거ᄉᆞᆯ 글고 의관을 주샤 븟드러 뎐의 올녀 집슈뉴톄ᄒᆞ샤 왈 딤이 블명ᄒᆞ여 경의 젹심튱담을 의심ᄒᆞ니 서로 보미 참괴ᄒᆞᆫ디라 금일 안면이 둣겁도다 경은 군신대의를 ᄉᆡᆼ각ᄒᆞ여 딤을 ᄒᆞᆫ치 말고 튱셩을 ᄀᆞ다담아 국가를

도으라 공이 돈슈ᄒᆞ여 ᄂᆞᆽ치 피를 흘니고 주 왈 신이 십삼 세로브터 셩됴의 후록을 밧ᄌᆞ와 쟉치 졔후의 거ᄒᆞ고 권이 텬하 병마를 ᄀᆞ음아라 부귀 인신의 극ᄒᆞ고 폐하의 ᄉᆞ랑ᄒᆞ시미 골육 ᄀᆞᆺ흐시니 슉야 우구우탄ᄒᆞ와 간담을 ᄊᆞ히 ᄇᆞ려 셩은을 갑ᄉᆞ오믈 원ᄒᆞ옵더니 이제 ᄌᆡ앙이 니러나 문호를 보젼치 못ᄒᆞ온디라 비록 셩샹의 ᄇᆞᆰ으시믈 의지ᄒᆞ오나 니어나ᄂᆞᆫ 화ᄂᆞᆫ 면티 못ᄒᆞ오리니 ᄒᆡ

33면

골을 비러 고향의 도라가믈 원ᄒᆞᄂᆞ이다 샹이 은근이 위로 왈 경의 말을 드ᄅᆞ니 딤이 더옥 참괴ᄒᆞ고 감동ᄒᆞᄂᆞ니 임의 ᄭᆡᄃᆞ른 후 쥬셕지신을 업시티 못ᄒᆞᆯ디라 다시 그ᄅᆞ미 업ᄉᆞ리니 모ᄅᆞ미 안심믈ᄉᆞᄒᆞ여 본직을 다ᄉᆞ리라 공이 크게 블령ᄒᆞ여 고두 ᄉᆞ양ᄒᆞ믈 마디 아니ᄒᆞ니 샹이 믄득 ᄉᆞ매를 ᄯᅥᆯ쳐 니러나시며 좌우를 도라보아 ᄀᆞᆯ오샤ᄃᆡ 진공이 만니힝역과 옥니의 괴로오미 반ᄃᆞ시 그 몸이 잇블디라 나가 쉬여 졍ᄉᆞ를 다ᄉᆞ리라 ᄒᆞ시니 공이 ᄒᆞᆯ일업서 궐하의 나아가 ᄃᆡ죄ᄒᆞ여 벼슬 ᄀᆞᆯ기를 쳥ᄒᆞ여 그치디 아니ᄒᆞ니 샹이 ᄌᆞᆼ블윤ᄒᆞ시고 이에 크게 뉘웃ᄂᆞᆫ 됴셔를 ᄂᆞ리오시고 다시 대쟝군 대원슈를 ᄒᆞ이시며 츌졍 쟝ᄉᆞ를 거ᄂᆞ려 됴회ᄒᆞ고 군졍을 알외라 ᄌᆡ촉ᄒᆞ시니 공이 마디 못ᄒᆞ여 바로 교외로 나가 삼군을 거ᄂᆞ려 드러올ᄉᆡ 졔쟝이 다 환열

34면

ᄒᆞ여 왈 우리 주공이 누셜을 버서 녯 벼슬을 복ᄒᆞ시니 아등이 죽어도 ᄒᆞᆫ이 업다 ᄒᆞ여 군듕의 환셩이 딘동ᄒᆞ더라 샹이 어악을 ᄀᆞ초아 오봉누의 대연을 베프시고 공을 마ᄌᆞ시니 공이 어가를 ᄇᆞ라보고 졔군을 거ᄂᆞ려 일시의 만셰를 브ᄅᆞ니 군셩이 텬디를 ᄒᆞᆫ드ᄂᆞᆫ디라 샹이 대열ᄒᆞ샤 ᄎᆞ졔로 금포를 주시고 샹방진미와 뇽봉어쥬를 ᄂᆞ리오시고 옥음이 화연ᄒᆞ샤 츔소의 속으믈 새로이 개탄ᄒᆞ시니 공이 돈슈샤은ᄒᆞ더라 드ᄃᆡ여 군졍ᄉᆞ의 공젹치부ᄒᆞᆫ 거ᄉᆞᆯ 올니〃 니부샹셔 뉴관의 디모와 뉴몽의 대공이 잇ᄂᆞᆫ디라 샹이 무ᄅᆞ샤ᄃᆡ 뉴몽은 엇던 사ᄅᆞᆷ이뇨 부원슈 영희 주 왈 ᄎᆞᄂᆞᆫ 명능후 뉴셰챵의 아ᄃᆞᆯ이라 나히 심뉵의 경인지용과 개세지ᄌᆡ 이셔 무예 삼군의 ᄲᅢ혀나니 소향의 무뎍ᄒᆞᆫ디라 신등이 긔특이 넉이ᄃᆡ 진공이 그 ᄌᆞ딜을 혐의ᄒᆞ

35면

여 그 공적을 긔록디 아냣더니 진공이 나릐 후 신등이 조초 긔록흔디라 진실노 냥장의 직죄니 거두어 쓰셤 즉 ᄒᆞ니이다 샹이 대희ᄒᆞ샤 즉시 몽을 브ᄅᆞ시니 몽이 추진ᄒᆞ여 어젼의 나아가 산호무도ᄒᆞ매 풍뉘 쇄락ᄒᆞ고 미위 여신ᄒᆞ니 샹이 대찬 왈 이ᄂᆞᆫ 그 아뷔 ᄒᆞᆫ갓 문명 소아홈만 아니라 ᄒᆞ샤 즉시 표긔 대쟝군을 ᄒᆞ이샤 티군 도독을 빅ᄒᆞ시니 몽이 고두샤은ᄒᆞ고 믈너나다 진공을 단셔 쳘권을 주시고 씌여 계시던 통텬셔ᄃᆡ를 샹방보검과 ᄂᆞ리오샤 됴뎡 ᄉᆡᆼ살을 임의로 ᄒᆞ라 ᄒᆞ시고 뉴관을 진양후를 봉ᄒᆞ시고 졔쟝의 봉상을 ᄎᆞ〃로 후히 ᄒᆞ신 후 셔역사로 잡은 츄쟝과 번왕을 연무뎡 아릭 브ᄅᆞ샤 대국 의관문믈을 뵈여 그 고두빅비를 바드신 후 광녹시로 ᄒᆞ여곰 연향ᄒᆞ여 먹여 본국의 도라보내시니 모든 번인이 텬ᄌᆞ 덕화를 감격하여 울며 가더라 잔치를 파ᄒᆞ실 ᄉᆡ

36면

샹이 친히 황봉어쥬를 옥잔의 부으샤 진공을 먹이시고 공덕을 칭샤 왈 딤이 즉위ᄒᆞ므로브터 직덕이 너르디 못ᄒᆞ여 오랑캐 엿보미 챵궐ᄒᆞ니 경의 놉흔 지혜와 큰 튱셩이 아니면 엇디 능히 셔역을 툐멸ᄒᆞ고 셤셔를 평뎡ᄒᆞ리오 됴뎡의 허망ᄒᆞᆫ 무리를 용납ᄒᆞ여 ᄒᆞ마 우리 군신으로 ᄒᆞ여곰 그 의를 완젼티 못ᄒᆞᆯ 번ᄒᆞ니 ᄉᆡᆼ각ᄒᆞᆫ 즉 한심ᄒᆞᆫ디라 경은 모ᄅᆞ미 딤의 뉘우ᄎᆞᆷ을 술피라 더옥 슬프고 가히 앗갑고 가히 긔특고 가히 놀나온 바ᄂᆞᆫ 어믜 진양이 기셰ᄒᆞ연 지 십삼 츈츄어ᄂᆞᆯ 그 ᄆᆞᆰ은 정신과 신명ᄒᆞᆫ 아름이 금일ᄉᆞ를 안도홈 ᄀᆞᆺ흐여 딤을 규간ᄒᆞ고 경을 구ᄒᆞ미 여ᄎᆞᄒᆞ니 엇디 일시의 뇨됴ᄒᆞᆫ 부인으로 의논ᄒᆞ리오 셜파의 닉시로 ᄒᆞ여곰 홍젼을 내여오라 ᄒᆞ샤 공을 주어 보라 ᄒᆞ시니 공이 시랑의 뎐어로 대강 드러시나 샹의 ᄒᆡ비ᄒᆞᆫ 뎐지를 듯ᄌᆞᆸ고

37면

그 글을 밧ᄌᆞ와 공쥬의 친필과 ᄉᆞ의를 보매 반가옴과 감오ᄒᆞ미 운집ᄒᆞᄃᆡ 군부지젼의 ᄌᆞ개 원융대신으로 셜〃ᄒᆞ미 블가ᄒᆞ여 안졍이 ᄂᆞ리본 후 몸을 동ᄒᆞ여 고쳐 업듸여 주 왈 셔번 츌ᄉᆞ의 군공은 폐하의 위덕과 졔쟝의 튱녁이라 엇디 신의 공이리잇고 홍신의 요언은 신이 어하지신을 잘못ᄒᆞ여 훼언이 니러나미니 신이 폐하의 지우를 닙ᄉᆞ오미 ᄌᆞ고로 드믄 배어ᄂᆞᆯ 옥언이 여러 번 쳔신의게 ᄂᆞ리시니 신이 복이 순ᄒᆞ고 텬은

이 바다 긋즈와 능히 갑스올 바를 아디 못거이다 공쥬는 임의 망인이라 힝혀 젹은 총명이 몬져 아르미 이셔 우튱을 뇽뎡의 다흐고 강샹이 듕흐므로 신을 구흐미 잇스오나 엇디 신긔흐미 이셔 그러흐리잇고 샹이 탄식 왈 경은 가히 셕목간댱이로다 이 글과 이 뜻을 싱각흔 즉 엇디 영웅의 눈물이 흐르디 아니리오마는 이그치 겸손흐고 스식

38면

이 타연흐니 〈본심이 아니나〉 경은 가히 츰기를 잘흔다 흐리로다 딤이 맛당이 글을 지어 어믜의 놉히 그르치믈 샤례흐리라 흐시고 녜부샹셔 녕능후 뉴공으로 치졔흐시니 기문 왈

유가졍 갑오 하스월의 대명 황뎨는 녜부샹셔 뉴셰창을 보내여 결싱긔챵으로뻐 지셩대덕 승현지효 문명진튱 녀쥬공 진양공쥬 통지지녕흐느니 오희라 유령은 산악의 긔운을 품슈흐고 셩현의 즈딜을 습흐여 삼됴의 은악을 흔갈긋치 바드매 붉은 지혜 션됴를 보졍흐여 공이 샤직의 나타나고 덕이 화이의 그득흐여 쥬공의 작을 습흐엿더니 블힝 단명흐니 딤이 앗기고 슬허흐미 간담이 거의 띄여지는 듯흐도다 셰월이 임의 후를 흐여 십여 년이 디나니 구릉이 거츨고 묘당이 놉하시니 흐마 녯사름이 되엿는디라 댱구령의 션견으로도

39면

안녹산을 본 후 아랏고 뉴빅온의 붉으므로도 호유용을 술펴 젼두를 혜아렷거늘 유령은 얼굴도 업슨딕 스뭇고 자최 업스딕 비최미 셩인의 놉흐미 이셔 님망의 찌친 글이 딤의 아득흔 거슬 붉히고 국가 냥신을 구흐여 튱셩된 뜻과 어딘 덕이 이윤 쥬공의 아래 아니라 딤이 감격흐고 씨드르미 깁흐니 요샤의 무리를 거두어 법을 졍히 흐고 붉이 그르친대 덕을 샤례흐느니 뎡이 머디 아니홀디라 술필디어다

즉시 녕능후로 흐여곰 항촉과 태뇌로 진부의 나아가 공쥬 묘당의 치졔흐라 흐시니 일시인이 공쥬의 말을 듯고 감탄티 아니 리 업더라 진공이 텬즈의 일르시믈 보고 감격흐믈 이긔디 못흐여 샤은흐고 믈너 궐문을 나매 부형족당을 만난디라 공이 쐴니 의관을 벗고 승샹을 향흐여 청죄 왈 블쵸의 대인의 그로치시믈 능히 밧드디 못흐고 누스덕의 도량이 업

40면

서 ᄋᆞ녀의 함해를 닙어 몸이 대역의 빠디니 우흐로 조션의 욕이 밋고 아릐로 몸의 누명을 씨쳐 부모긔 욕이 비경ᄒᆞ오니 대인 안젼의 ᄉᆞ죄를 청ᄒᆞᄂᆞ이다 승샹이 공의 신식이 쵸쳬ᄒᆞ고 말ᄉᆞᆷ이 근졀ᄒᆞ믈 보니 부ᄌᆞ지졍을 어이 ᄎᆞᆷ으리오 졔ᄌᆞ로 븟드러 니로혀 집슈 댱탄 왈 이 다 국운과 텬쉬라 엇디 너의 허믈이리오 왕ᄉᆞ를 ᄉᆡᆼ각ᄒᆞᆫ즉 경심ᄒᆞ니 일ᄏᆞ라 무익ᄒᆞᆫ디라 가지록 튱셩을 갈진히 ᄒᆞ여 우리 셩샹지우ᄒᆞ신 대은을 갑ᄉᆞ오라 공이 ᄌᆡ비 슈명ᄒᆞ고 졔형데 쏘ᄒᆞᆫ 슬프며 깃브믈 이긔디 못ᄒᆞ더라 ᄒᆞᆫ가지로 집의 도라오매 쥬륜화개와 청홍냥산이 일노의 몌엿고 벽졔 추죵이 십 니의 버러 잇게 ᄀᆡ야이고 물발 소ᄅᆡ 싸흘 움즉이ᄂᆞᆫ 가온ᄃᆡ 공이 대원슈 복식으로 ᄇᆡᆨ셜 쳔니마의 금안옥뉴를 ᄀᆞ초고 홍냥산을 바쳐 금은졀월과 뇽봉긔치로 세

41면

우고 손의 샹방패검을 잡아시며 허리의 만만ᄒᆞᆫ 황금인은 옥ᄃᆡ의 드리웟고 삼쳔 쳘긔ᄃᆡ오를 분ᄒᆞ고 뇽호 ᄀᆞᆺᄒᆞᆫ 졔쟝은 구름ᄀᆞᆺ치 옹호ᄒᆞ야 힝군ᄒᆞᄂᆞᆫ 금고ᄂᆞᆫ 하ᄂᆞᆯ을 움즉이고 승젼ᄒᆞᄂᆞᆫ 개가ᄂᆞᆫ 황셩을 흔드러 승샹 뒤흘 조ᄎᆞ니 셩듕 인민이 집을 뷔우고 도로의 사ᄅᆞᆷ이 여산여히ᄒᆞ여 혀를 두ᄅᆞ고 손을 두ᄃᆞ려 칭찬 왈 ᄌᆞ고로 남ᄋᆞ의 영광이 진국공 ᄀᆞᆺᄒᆞ니 업ᄉᆞᆯ디라 뉴시 삼ᄃᆡ예 샹업과 공덕이 읏듬이로다 ᄒᆞ더라 부듕의 드러오매 니부인이 신을 벗고 문의 나와 손을 잡고 통곡ᄒᆞ여 죽엇던 사ᄅᆞᆷ을 본 ᄃᆞᆺᄒᆞ고 모든 ᄌᆞ네 븟들고 슬피 우니 공이 모친을 위로ᄒᆞ고 ᄌᆞ녀를 어ᄅᆞ문져 탄식ᄒᆞ더라 비환ᄒᆞᆫ 셜화를 진뎡ᄒᆞ고 공ᄌᆞ 몽이 쟝군의 융복과 금인을 ᄎᆞ고 샹셔 관이 진양후 복식으로 운뇽금포의 옥ᄯᅴ를 졍히 ᄒᆞ고 나아가 부모 존당의

42면

빵〃이 ᄇᆡ알ᄒᆞ니 일년지ᄂᆡ의 늠〃ᄒᆞᆫ 골격과 쥰상ᄒᆞᆫ 풍광이 더옥 빠혀나고 공훈을 놉히 셰워 쟉위 막대ᄒᆞ니 부모 존당이 반기ᄂᆞᆫ ᄆᆞ음과 두굿기ᄂᆞᆫ 의ᄉᆡ 비길 곳이 업더라 셜부인이 평일 셩이 엄ᄒᆞ여 몽을 비록 ᄉᆞ랑ᄒᆞ나 일즉 갓가이 안치도 아니ᄒᆞ더니 금일 대공을 일워 도라와 놉흔 봉쟉으로 부모를 현양ᄒᆞ믈 보니 심듕의 대열ᄒᆞ여 그 손을 잡고 희긔 우희염즉ᄒᆞ니 샹셰 홀노 〈조〉부모 슉당의 절ᄒᆞᆫ 후 몽의 뎌ᄀᆞᆺ치 ᄌᆞ이를

바드믈 보매 ᄌᆞ개 모비를 츄모ᄒᆞᄂᆞᆫ 심ᄉᆡ 만복ᄒᆞ고 ᄯᅩ 당부인 자최 업ᄉᆞ믈 만분 차악ᄒᆞ여 좌우ᄃᆞ려 무ᄅᆞ니 혜등이 ᄃᆡ 왈 모친이 당시 언ᄂᆡ의 황포를 군듕의 가져가다 ᄒᆞ미 모친이 친부의 가 ᄒᆞ시매 드럿노라 댱귀비긔 뎐ᄒᆞ므로 감히 ᄂᆞᆺ출 드러 인뉴의 나디 못ᄒᆞ리라 ᄒᆞ샤 졍뎐을 피ᄒᆞ시고 셕고ᄃᆡ명ᄒᆞ샤 대

43면

인의 다ᄉᆞ리〈시〉믈 기ᄃᆞ리시고 감히 나디 못ᄒᆞ시ᄂᆞ이다 샹셰 대경ᄒᆞ여 즉시 니러가 ᄇᆡ현코져 ᄒᆞᄃᆡ 승샹과 니부인이 압혀 안쳐 손을 잡고 어ᄅᆞ믄뎌 두긋기며 공쥬의 신명홈과 공을 위ᄒᆞᆫ 졍셩과 은혜를 일ᄏᆞ라 합문노리 저마다 눈믈을 드리워 슬허ᄒᆞ니 공이 ᄯᅩᄒᆞᆫ 당손시를 블너 젼후 슈말을 ᄌᆞ시 뭇고 감오ᄒᆞ며 탄샹ᄒᆞ여 부모긔 고 왈 쇼직 ᄎᆞ인으로 엇디 ᄒᆞᆫ갓 부〃지의로 권년ᄒᆞ리잇고 젼후 두 번 글을 ᄭᅵ쳐 쇼ᄌᆞ와 문호를 구ᄒᆞ니 진실노 쳔지예 잇디 아닌 배라 쇼ᄌᆞ의 ᄆᆞ음은 니ᄅᆞ도 말고 무단ᄒᆞᆫ 힝노로 ᄒᆞ여곰 드러도 ᄯᅩᄒᆞᆫ 앗기고 슬허ᄒᆞᆫ 배라 쇼직 엇디 능히 춤으리잇고마ᄂᆞᆫ 군친을 ᄉᆡᆼ각ᄒᆞ여 안연ᄒᆞ니 무졍ᄒᆞ미 심ᄒᆞ도소이다 승샹이 탄식 왈 공쥬의 ᄉᆡᆼ시 셩덕은 니ᄅᆞ도 말고 님망의 이 ᄀᆞᆺᄒᆞᆫ 션견이 이셔 너를 구ᄒᆞᆯ 분 아니라 뉴시 종족 쳔여 인을

44면

살오니 합문의 은혜 망극ᄒᆞᆫ디라 엇디 두골난망지은이 아니며 ᄯᅩ 엇디 이런 부인이 이시리오 진실노 녀듕 요슌이 아니면 샹고 셩인이라 뎐지 임의 유표의 졍ᄉᆞ를 븟들미 잇다 ᄒᆞ샤 묘당의 치졔ᄒᆞ시니 노부와 졔ᄋᆡ ᄯᅩᄒᆞᆫ 큰 은혜와 지셩을 샤례치 아니며 이 사ᄅᆞᆷ의 졍녕이 엇디 아름이 등한ᄒᆞ리오 죽은 사ᄅᆞᆷ으로 ᄃᆡ졉디 못ᄒᆞ리라 ᄒᆞ고 승샹과 졔공이 모든 쇼년 졔ᄉᆡᆼ과 부녀를 거ᄂᆞ려 일시의 진부 후원 묘당의 니ᄅᆞ매 승샹과 졔공은 쳥녀를 ᄐᆞ고 졔ᄉᆡᆼ은 거러 묘문의 다ᄃᆞᄅᆞ니 원ᄂᆡ 이 묘당은 나라히 지어 주시니 위의 졔되 〈졔후〉 종묘로ᄃᆡ 뉴시 문셩공 ᄉᆞ당이 공신으로 졔후 묘당이나 오히려 태우집 거동이 이시ᄃᆡ 이ᄂᆞᆫ 임의 금지옥엽으로 쥬공의 작을 습ᄒᆞ고 졔ᄉᆞ의 뎐ᄌᆞ녜악을 쁘게 ᄒᆞ여시니 광활ᄒᆞᆫ 뎐계와 차아ᄒᆞᆫ ᄃᆡ각이 운간의 ᄉᆞᄆᆞ차

45면

븕은 박공과 프른 지왜 뫼흘 덥헛ᄂᆞᆫᄃᆡ ᄉᆞ됴 후 금쇄를 줍으고 궁관과 환시 딕히엿다

가 황망이 문을 여러 인도ᄒᆞ여 대뎐의 나아가니 네뷔 ᄀᆞᆺ 됴명으로 치졔ᄒᆞ고 가시매 향연이 오히려 은〃이 잇더라 승샹이 졔문 지어 그 셩덕을 샤례ᄒᆞ고 졔인이 ᄒᆞᆷᄭᅴ 비례ᄒᆞ여 지싱ᄒᆞᆫ 은혜를 칭송ᄒᆞ여 인〃이 감격ᄒᆞ믈 이긔디 못ᄒᆞ니 더옥 샹셔 형뎨 남미 신셩 톄읍ᄒᆞ여 슬픈 눈믈이 포진을 적시ᄂᆞᆫ디라 진공이 잠간 ᄡᅥ러져 승샹이 졔를 ᄆᆞᆺ고 ᄂᆞ려오믈 기ᄃᆞ려 묘당의 드러가 ᄌᆡᄇᆡᄒᆞ여 허ᄇᆡᄒᆞ고 인ᄒᆞ여 ᄒᆞᆫ 소ᄅᆡ를 통곡ᄒᆞ여 ᄡᅡ히 것구러지니 모다 급히 구ᄒᆞ매 공이 손으로 상탁을 잡고 블너 ᄀᆞᆯ오ᄃᆡ 복이 슈힝ᄒᆞ믈 졍도로 못ᄒᆞ고 어하ᄒᆞᄂᆞᆫ 덕냥이 업서 쇼쟝의 홰 문호를 업치게 되엿거ᄂᆞᆯ 현비 ᄭᅵ친 덕과 남은 은혜 나의 종족 삼쳔을 다 건디고 날노ᄡᅥ 부월의 화를 뒤

46면

터 복을 밧〈고〉게 ᄒᆞ니 현비의 신녕ᄒᆞ미 이 ᄀᆞᆺ고 엇디 믁연이 숑빅지간의 운유ᄒᆞ여 고혼이 쳐량ᄒᆞ믈 감심ᄒᆞ고 복의 졍을 슬펴 서로 조ᄎᆞ미 업ᄂᆞ뇨 내 임의 나히 삼십이 넘엇고 부귀 극ᄒᆞ며 ᄌᆞ녀를 다 셩인ᄒᆞ여 낫브미 업ᄉᆞᄃᆡ 오히려 ᄆᆞ음을 졀차ᄒᆞ여 현비를 ᄯᆞ오디 못ᄒᆞ믄 ᄒᆞᆫ갓 ᄉᆞᄉᆡᆼ을 인녁으로 못ᄒᆞᆯ 분 아니라 실노 ᄲᅡᆼ친을 위ᄒᆞ미라 이 간댱이 금셕이 아니〃 언마ᄒᆞ여 현비의 자최를 ᄯᆞ오리오 말ᄉᆞᆷ을 파ᄒᆞ매 피를 토ᄒᆞ고 혼졀ᄒᆞ여 인ᄉᆞ를 아디 못ᄒᆞ니 형뎨 ᄌᆞ딜이 황망이 븟드러 ᄂᆞ려와 셩의ᄇᆡᆨ이 대의로 ᄀᆡ유ᄒᆞᆫᄃᆡ 공이 손으로 난간을 쳐 왈 ᄎᆞ인이 만일 이시면 나라 졍ᄉᆞ와 쇼뎨의게 금일이 업ᄉᆞ리니 나의 반싱 피 토ᄒᆞ고 슬허ᄒᆞ미 엇디 부〃지의를 ᄉᆡᆼ각ᄒᆞ미리잇고 모다 탄식고 권유ᄒᆞᆯ 말이 업서 ᄒᆞ더라 날이 느즌 후 공이 ᄉᆞᄉᆞ로 ᄆᆞ음을 강잉ᄒᆞ여 듕당의 좌

47면

를 일우고 ᄌᆞ녀를 도라보아 무ᄅᆞᄃᆡ 부인이 엇딘 연고로 서로 보디 아닛ᄂᆞ뇨 진양휘 임의 모부인을 ᄎᆞ자 모ᄌᆞ 별회와 환난을 니ᄅᆞ고 피차 크게 슬허ᄒᆞ며 진휘 모친 ᄃᆡ죄ᄒᆞ믈 경동ᄒᆞ여 부친긔 이 소유를 고ᄒᆞ려 나오다가 공의 부인 ᄎᆞ즈믈 듯고 압희 나아가 부인 쳐변을 ᄌᆞ시 고ᄒᆞ고 인ᄒᆞ여 함누 근걸ᄒᆞ니 공이 잠쇼 왈 간인의 말이 비록 공교ᄒᆞ나 부인이 엇디 청죄ᄒᆞ미 이시리오 ᄌᆞ식이 사오나와도 부뫼 ᄒᆞᆯ일업거ᄂᆞᆯ ᄒᆞ믈며 딜녜냐 내 말노ᄡᅥ 청ᄒᆞ라 군쥐 승명ᄒᆞ여 부인긔 나아가 공의 명을 뎐ᄒᆞ니 이ᄣᅢ 부인이 공의 나옥ᄒᆞ믈 드른 후브터 곡긔를 ᄭᅳᆫ처 반ᄃᆞ시 공과 ᄒᆞᆷᄭᅴ 죽으려 결ᄒᆞ더니 쳔

만 의외예 그 딜녀의 작언이 여ᄎᆞᄒᆞ여 ᄆᆞᄎᆞᆷ닉 ᄌᆞ가로ᄡᅥ 그 가온딕 너허 일이 댱ᄎᆞᆺ 망극히 되엿ᄂᆞᆫ디라 공이 위틱ᄒᆞᆫ즉 ᄌᆞ개 스ᄉᆞ로 등문고를 쳐 칼흘 잡아 딜녀로 시비를 ᄃᆞ토아

48면

옥셕을 분변ᄒᆞ고 ᄒᆞᆷ긔 죽고뎌 ᄒᆞ더니 텬지 ᄇᆞᆰ이 솔피시고 공쥬의 유표로 말믹암아 옥ᄉᆡ 프러 대공이 ᄉᆡᆼ도를 어드매 홍신과 김시 죽고 ᄌᆞ가의 누명을 또ᄒᆞᆫ 신셜ᄒᆞ나 젼후 어ᄌᆞ러오미 ᄌᆞ가로 말믹암아 공의 긋기믈 크게 븟그리고 그 쓰ᄃᆞᆯ 아디 못ᄒᆞ여 심네 과도ᄒᆞ여 ᄌᆞ네 희유ᄒᆞ딕 죵시 심ᄉᆞ를 눅이디 못ᄒᆞ고 또 댱시랑이 원뎍ᄒᆞ고 학발 빵친이 놀나고 슬허ᄒᆞ미 참담ᄒᆞ여 여러 가지로 쵸젼ᄒᆞ니 용뫼 환형ᄒᆞ고 긔식이 실낫 ᄀᆞᆺᄐᆞ여 침셕의 침곤ᄒᆞ엿더니 공의 쳥ᄒᆞ믈 듯고 강잉ᄒᆞ여 듕당의 니ᄅᆞ러 머리를 두ᄃᆞ려 쳥죄 왈 쳡이 명공을 조츠므로브터 닉조의 공이 업고 도로혀 공을 그릇 인도ᄒᆞᆫ 참덕이 관져의 죄를 어덧더니 ᄒᆡᆼ혀 션비의 용납ᄒᆞ심과 공의 큰 덕을 힘 닙어 인뉴의 튱수ᄒᆞ여 사ᄅᆞᆷ 아ᄂᆞᆫ 거울이 업고 일을 님ᄒᆞ여 션쳐ᄒᆞᄂᆞᆫ ᄇᆞᆰ

49면

ᄋᆞ미 업서 현으로ᄡᅥ 딜녀의 자최를 보딕 능히 막디 못ᄒᆞ고 딜네 명공의 ᄌᆞ부 항의 모텸ᄒᆞ니 믹양 듕심의 참괴ᄒᆞ여 ᄉᆞ졍을 ᄭᅳᆫ코 대의를 잡아 딜ᄋᆞ 보기를 ᄒᆡᆼ노ᄀᆞᆺ치 ᄒᆞ믄 명공의 아ᄅᆞ시ᄂᆞᆫ 배라 이제 득죄ᄒᆞᆫ 츌부의 작얼이 존문을 망ᄒᆞ믄 니ᄅᆞ도 말고 쳡으로 강샹 죄인을 민드라 ᄒᆞᆫ갓 공을 해ᄒᆞ미 아니라 쳡을 죽이미니 이제 명공이 무ᄉᆞᄒᆞ고 요인이 패루ᄒᆞ나 쳡의 지친으로 홰 이에 미ᄎᆞ므로 쳡이 엇디 참괴치 아니며 쟝ᄎᆞᆺ 죄 엇디 업ᄉᆞ리오 원컨딕 ᄇᆞᆰ이 다ᄉᆞ려 인졍을 두디 마ᄅᆞ쇼셔 셜파의 쥬취 만면ᄒᆞ니 부인이 본딕 ᄌᆞ식이 관셰ᄒᆞ여 믹화 벽도의 아담ᄒᆞ고 향긔로오믈 습ᄒᆞ엿더니 희한ᄒᆞᆫ 화익으로 심녀를 과히ᄒᆞ여 긔뵈 쵸골ᄒᆞ고 운환이 어ᄌᆞ러 남누ᄒᆞᆫ 의샹과 슬픈 ᄉᆞ식이 녯날 진슈 아미와 셩젼운빈이 아니라 의연이 촉뇌 되여시니 공이

50면

비록 엄쥰ᄒᆞ나 본딕 부인 심지 텬협ᄒᆞ여 념녀ᄒᆞᄂᆞᆫ 곳의 과도ᄒᆞ믈 아ᄂᆞᆫ디라 심하의 감동ᄒᆞ여 츄연이 ᄂᆞᆺ빗ᄎᆞᆯ 곳치고 녀ᄋᆞ로 ᄒᆞ여곰 부인을 븟드러 평신ᄒᆞ라 ᄒᆞ고 위로

왈 이는 고의 문회 블힝ᄒᆞ고 현ᄋᆞ의 호탕ᄒᆞ므로 비로소미니 부인의 허믈이 아니라 부인이 엇디 죄를 당ᄒᆞ리오 일 년 젼쟝의 근노ᄒᆞ여 ᄉᆞ익을 디내고 도라오매 서로 믓는 자최 업ᄉᆞ믈 고이히 넉이더니 의외예 혐의로 거죄 과도ᄒᆞ니 편싀ᄒᆞ미 이대도록 심ᄒᆞ뇨 괴셜ᄉᆞ블튱블궤지심이 이시나 부인이 튱절 노고를 간ᄒᆞ여 죽을디언뎡 엇디 입의 옴겨 년셜홀 니 이시리오 이는 미미ᄒᆞᆫ 사름이라도 부인의 말이 아닌 줄 알녀든 내 블명ᄒᆞ나 엇디 그만의 진가를 분변치 못ᄒᆞ리오 신ᄌᆡ 되여 망극ᄒᆞᆫ 누명을 시러 진실노 셰샹의 사랏기 어려오ᄃᆡ 은샤를 닙ᄉᆞ오매 완연 여구ᄒᆞ니 부〃의 의 역시 군신이라

51면

부인이 비록 원통ᄒᆞᆫ 말을 드러 심ᄉᆡ 블호ᄒᆞ나 내 임의 밍낭ᄒᆞ믈 아라 허ᄒᆞᆫ 즉 부인이 거지를 의구히 ᄒᆞ여 내 ᄯᅳᆺ을 조참 즉ᄒᆞ니 쳥컨ᄃᆡ 안심보듕ᄒᆞ여 고로 ᄒᆞ여곰 두 번 고분디통을 닐위디 말디어다 말숨이 근졀ᄒᆞ고 안싀이 유화ᄒᆞ니 부인이 깁히 감격ᄒᆞ여 샤례ᄒᆞ더라 공이 이날 모든 형뎨로 승샹을 뫼셔 자고 명일 졔군 듕쟝의 문안ᄒᆞ믈 인ᄒᆞ여 ᄌᆞ긱 뎐샹을 군법을 안ᄒᆞ고 치인으로 ᄒᆞ여곰 당부의 가 계영의 아ᄋᆞ 계항을 잡아 죽이려 ᄎᆞ즈니 당샹셰 블셔 당하의 죽엿더라 이때 당시랑이 김시와 녀ᄋᆞ의 일을 아득히 몰낫다가 홍신의 툐ᄉᆞ로 조차 모녀의 악ᄉᆞ를 ᄌᆞ시 알고 블승차악ᄒᆞ더니 임의 홍신과 김시 복쥬ᄒᆞ고 ᄌᆞ개 ᄯᅩ 원뎍ᄒᆞ믈 당ᄒᆞᄃᆡ 녀ᄋᆞ는 특은을 닙ᄉᆞ오니 븟들고 울며 졀칙ᄒᆞ여 ᄀᆡ과 ᄌᆞ칙ᄒᆞ믈 경계ᄒᆞ니 샹셔 부뷔 노릐예 당지 원뎍ᄒᆞ믈

52면

슬허 더옥 손녀를 통ᄒᆞᆫᄒᆞ고 계향 등이 ᄌᆞ긱을 보나여 공을 해ᄒᆞ미 ᄉᆞ죄라 ᄒᆞ여 즉시 당살ᄒᆞ니 당시 큰 환난을 당ᄒᆞ여 제 쇠ᄒᆞᆫ 일도 니디 못ᄒᆞ고 어미를 죽이며 아비를 먼니 보내고 심복 비ᄌᆞ를 다 죽이니 일신이 용납홀 곳이 업고 조부모와 모든 슉당이 대의로 엄칙ᄒᆞ여 방듕의 너헛더니 뉴시랑이 ᄎᆞ시의 당시로 인ᄒᆞ여 대변이 니러나믈 ᄉᆡᆼ각ᄒᆞ니 ᄌᆞ긔 죄 죽기를 면티 못홀디라 뉘 웃봄과 참괴ᄒᆞ믈 이긔디 못ᄒᆞ여 스ᄉᆞ로 죽고뎌 ᄒᆞ다가 고쳐 ᄉᆡᆼ각ᄒᆞᄃᆡ 내 만일 죽은 즉 브휘 더으리니 이 븟그러오믈 깁히 슈ᄎᆞᄒᆞ야 허믈을 고텨 셩문의 용납ᄒᆞ믈 긔약ᄒᆞ리니 엇디 즈레 ᄉᆞᄉᆡᆼ을 가비야이 ᄒᆞ리오 ᄒᆞ여 ᄆᆞ음을 뎡ᄒᆞ고 명일 표을 녀 ᄌᆞ가의 졔가 못ᄒᆞᆫ 죄와 당시의 죄 강샹을 범ᄒᆞ여시

니 안눌 쳐치ᄒᆞ여지라 ᄒᆞ여 만언소를 올니고 궐하의 ᄃᆡ죄ᄒᆞ니 텬지 그 격졀ᄒᆞᆷ을 아름다이 넉

53면

이시나 홍신이 김시와 동모ᄒᆞᆷ을 니로나 구ᄐᆡ여 댱시를 거들미 업ᄉᆞ니 혹 간셥ᄒᆞᆫ 일이 이시나 내치인 녀ᄌᆞ로 원망을 품어 대죄예 버서나디 못ᄒᆞ여시니 관젼을 ᄡᅳᆯ 거시라 ᄒᆞ여 죵시 시랑의 샹소를 듯디 아니시니 시랑이 세 번 표를 올녀 득텽티 못ᄒᆞ고 심듕의 댱귀비 안흐로 돕는 긔미를 ᄭᆡᄃᆞ라 졀치ᄒᆞᆷ을 이긔디 못ᄒᆞ여 집의 도라와 ᄌᆞ긔 ᄎᆞ던 보검을 ᄎᆞ고 나가니 진양휘 그 아의 ᄂᆞᆺ치 살긔 이시믈 고이히 넉여 뭇고뎌 ᄒᆞ더니 볼셔 문을 나가니 사ᄅᆞᆷ으로 ᄒᆞ여곰 그 가ᄂᆞᆫ ᄃᆡ를 보라 ᄒᆞ니 이윽고 희보ᄒᆞᄃᆡ 노애 댱부로 향ᄒᆞ시더이다 휘 탄왈 금일 샤뎨의 요간 보검이 댱시의게 시험하리니 ᄌᆞ작지얼은 능히 면치 못ᄒᆞ리라 ᄒᆞ더라 챠셜 시랑이 댱부로 들녀가니 댱공 부쳬 경히 제ᄌᆞ로 더브러 문호의 블힝홈과 진공의게 무안ᄒᆞᆷ을 차악ᄒᆞᆫ ᄎᆞ 시비 시랑의 와시믈 알

54면

외니 댱공부ᄌᆡ 대참ᄒᆞᄃᆡ 마디 못ᄒᆞ여 서로 볼ᄉᆡ 부인이 톄읍ᄒᆞ여 김시와 손녀의 블인대악을 칭샤ᄒᆞ며 진공의 굿기미 경심ᄒᆞᆷ을 일ᄏᆞ라 슬허ᄒᆞᆷ을 마디 아니〃 샹셰 탄식왈 이 다 냥문 운익이니 텬쉬라 인녁으로 미출 배 아니로ᄃᆡ ᄉᆡᆼ각ᄒᆞᆫ 즉 엇디 한심 차악디 아니리오 ᄉᆡᆼ이 안ᄉᆡᆨ을 화히 ᄒᆞ고 ᄇᆡ샤 왈 이 일이 다 쇼ᄉᆡᆼ의 무상ᄒᆞᆷ으로 비로ᄉᆞ미니 일편도이 댱시의 죄 아니라 젼후 분운ᄒᆞᆫ 소문이 진가를 알 길히 업ᄉᆞ니 ᄒᆞᆫ번 ᄂᆞᆺ추로 보아 연유를 뭇고져 ᄒᆞ옵ᄂᆞ니 그 잇는 곳을 아라지이다 공의 부뷔 본ᄃᆡ ᄉᆡᆼ이 손녀의게 혹ᄒᆞᆷ을 아라시므로 이런 환난 가온ᄃᆡ도 닛디 못ᄒᆞ여 ᄎᆞ자보고 무ᄅᆞ려 ᄒᆞ민가 넉여 시비로 시랑을 인도ᄒᆞ여 댱시 곳으로 보내니 댱시 졍히 모친을 브ᄅᆞ고 통곡ᄒᆞ며 조부모의 저를 용납디 아니믈 원망ᄒᆞ더니 홀연 시비 시랑의 드

55면

러오믈 보ᄒᆞ니 대경ᄒᆞᄃᆡ 오히려 셕일 은졍을 미더 ᄋᆡ원ᄒᆞᆫ ᄐᆡ도로 최복을 ᄭᅳ어 니러마자 통곡 왈 쳡이 츌화를 바다오므로브터 문을 닷고 텬일을 보디 아냐 ᄃᆡ인의 샤ᄒᆞ

시믈 ᄇᆞ라더니 이졔 몽니의도 ᄉᆡᆼ각디 아닌 풍패 니러나 쳡으로 ᄒᆞ여곰 텬디의 용납디 못홀 죄인을 ᄆᆡᆫ드라 ᄌᆞ뫼 참화를 닙고 노뷔 원방의 내치이니 이 원통ᄒᆞᆫ 정상은 오딕 하늘이 알디라 낭군은 ᄇᆞᆰ이 슬피쇼셔 셜파의 가슴을 두ᄃᆞ리고 운환을 부듸 이저 슬허ᄒᆞᄂᆞᆫ 얼골과 ᄋᆡ원ᄒᆞᆫ 말슴이 영웅의 긔운이 최찰ᄒᆞ고 댱부의 ᄆᆞ음을 어리게 ᄒᆞ니 만일 그 죄악이 일 분이나 의심되고 강샹을 범티 아냐신 즉 시랑의 결단이 이에 밋디 아닐 거시로ᄃᆡ 임의 부형을 모해ᄒᆞ여 블공ᄃᆡ텬지싊 되엿ᄂᆞᆫ디라 뎌의 요ᄉᆡᆨ과 교언을 다시 분변ᄒᆞ리오 봉안을 브릅ᄯᅳ고 노발이 샹지ᄒᆞ여 대즐 왈 너 간악ᄒᆞᆫ

56면

투뷔 규방의 참덕이 사름으로 ᄒᆞ여곰 ᄎᆞ마 듯디 못ᄒᆞ고 우리 야〃를 모해ᄒᆞ고 나의 가문을 멸ᄒᆞ랴다가 계교 니디 못ᄒᆞ여 스ᄉᆞ로 앙화를 바드매 엇디 감히 교언녕ᄉᆡᆨ으로 죄를 면코뎌 ᄒᆞᄂᆞ뇨 내 금일 발부를 용셔ᄒᆞᆫ 즉 죄악이 투부와 ᄀᆞᆺᄒᆞ리니 셩샹이 샤ᄒᆞ시나 나는 너를 샤티 못ᄒᆞ리로다 언절의 ᄎᆞᆫ 칼흘 ᄲᅢ혀 ᄒᆞᆫ번 당시를 해ᄒᆞ매 서리 ᄀᆞᆺᄒᆞᆫ 놀히 디나는 곳의 미인의 머리 ᄶᅡ히 ᄠᅥ러져 놀난 피 하늘의 ᄲᅮ이고 ᄭᅩᆺ ᄀᆞᆺᄒᆞᆫ 얼굴이 변ᄒᆞ여시니 좌우 시녜 실ᄉᆡᆨ ᄃᆡ경ᄒᆞ고 샹셔 부쳬 이 말을 듯고 혼블 니톄ᄒᆞ여 총망이 니ᄅᆞ러 울고 왈 그ᄃᆡ 엇디 ᄎᆞ마 이런 거조를 ᄒᆞ여 우리와 녀ᄋᆞ의 안면을 보디 아닛ᄂᆞ뇨 시랑이 이ᄯᅢ 칼희 피를 ᄡᅳ서 갑플의 ᄭᅩᆺ고 빅샤 왈 ᄎᆞ녀의 죄악이 극늪의 잇ᄂᆞᆫ디라 엇디 ᄉᆞ경으로ᄡᅥ 용샤ᄒᆞ리잇고 ᄒᆞ믈며 ᄎᆞ네 후비를 교통ᄒᆞ고 간당을 쳐결ᄒᆞ여

57면

됴뎡을 반간ᄒᆞ니 존문의 대홰 밋첫거ᄂᆞᆯ 셜〃이 ᄋᆞ녀 의틱를 ᄒᆞ시리잇고 쇼ᄉᆡᆼ이 쳔신 만고ᄒᆞ여 모다 년니의 낙이 일 년이 겨요 되여 부뷔 샹니ᄒᆞ여 금일 거조의 니ᄅᆞ니 그 작죄ᄒᆞ미 만일 범샹홀딘ᄃᆡ 엇디 ᄎᆞ마 오긔예 박힝을 ᄒᆞ리잇고마ᄂᆞᆫ 뎌의 죄 임의 부형을 모해ᄒᆞ여 ᄉᆞ디의 보내고 ᄌᆞᄀᆡᆨ을 보내여 힝흉ᄒᆞ미 ᄎᆞ마 니ᄅᆞ디 못홀 배라 쇼ᄉᆡᆼ의게 블공ᄃᆡ텬지싊니 죠고만 은정을 니ᄅᆞ리잇가 모친이 일노ᄡᅥ 더옥 우탄ᄒᆞ샤 셩질 상셕ᄒᆞ시니 니ᄅᆞᆫ 바 부모와 가문을 멸ᄒᆞ려 ᄒᆞᄂᆞᆫ 계집이라 그 머리를 버히미 과도치 아니ᄒᆞ니 대인은 고이히 넉이디 마ᄅᆞ쇼셔 댱공부뷔 홀 말이 업서 다만 시슈를 거두어 념습홀ᄉᆡ 시랑이 진부의 도라와 이 말을 공의게 고ᄒᆞ니 공이 경히 왈 뎌의 죄 명약관하ᄒᆞ나 인명이 지듕ᄒᆞ고 ᄯᅩᄒᆞᆫ 셩샹 쳐치 계시거ᄂᆞᆯ 네 엇디 ᄌᆞ힝 쳐살ᄒᆞ여 박힝

블의 ᄒᆞ미

58면

심ᄒᆞᆫ뇨 내 ᄯᅩᄒᆞᆫ 일 다ᄉᆞ리믈 박히 ᄒᆞ여 눅으러온 졍식 업ᄉᆞ므로 사오나온 녀ᄌᆞ의 원을 길워 인눈의 변을 니ᄅᆞ혀니 한심ᄒᆞ고 임의 나라 쳐분이 명빅ᄒᆞ시니 고요히 ᄇᆞ려두어 진케ᄒᆞ미 가ᄒᆞ거ᄂᆞᆯ 네 비록 위부복슈ᄒᆞ미나 군ᄌᆞ의 듕용지되 아니로다 ᄉᆡᆼ이 ᄃᆡ왈 야〃 명괴 맛당ᄒᆞ시나 ᄎᆞ인이 후비를 체결ᄒᆞ여 ᄉᆞ죄를 면코져 ᄒᆞ니 후환이 두리온디라 엇디 용샤ᄒᆞ리잇고 공이 ᄃᆡ답ᄒᆞ고 사ᄅᆞᆷ ᄇᆞ려 댱공긔 치위ᄒᆞ고 명일 공이 댱부의 니ᄅᆞ러 샹셔 부〃를 보고 소긔 ᄌᆞ못 은근ᄒᆞ여 댱시 모녀의 작악을 죠곰도 개회ᄒᆞ미 업고 상측을 님ᄒᆞ여 통곡ᄒᆞ여 눈믈이 ᄂᆞᆺ치 ᄀᆞ득ᄒᆞ고 슬프미 좌우를 동ᄒᆞ니 사ᄅᆞᆷ이 다 의아ᄒᆞ고 댱시 일문이 그 인덕을 감탄ᄒᆞ더라 관곽을 ᄀᆞ초아 별산의 무드니 댱시 가문 녀ᄌᆞ로 ᄌᆞ식과 긔질이 일ᄃᆡ예 독보ᄒᆞᄃᆡ ᄒᆞᆫ ᄆᆞ음을 삼가디 못ᄒᆞ여 대죄예 ᄲᅡ뎌 십뉵 청츈 미인이 검단경혼

59면

이 되니 엇디 앗갑고 우읍디 아니리오 시랑이 댱시를 죽이고 모부인을 보아 ᄎᆞᄉᆞ를 고ᄒᆞ고 능히 인졍을 두디 못ᄒᆞ여 댱부의 가 무례ᄒᆞ믈 청죄ᄒᆞ니 부인이 탄식 왈 그 죄악은 형벌을 밧고도 남으려니와 부모의 참혹히 넉이ᄂᆞᆫ 졍니ᄂᆞᆫ 션악의 잇디 아닐 거시오 더옥 거게 먼니 가시고 제 모친이 ᄀᆞᆺ 죽엇거ᄂᆞᆯ 이제 참혹ᄒᆞᆫ 경식으로 죽으미 내 ᄆᆞ음이 역시 비월ᄒᆞᆫ디라 죽이나 형데를 온젼케 ᄒᆞ미 올탓다 시랑이 이 셩화 긔ᄒᆞ여 비샤 왈 ᄒᆡ이 이를 못 ᄉᆡᆼ각ᄒᆞ미 아니로ᄃᆡ 제 임의 젼후의 대인을 모해ᄒᆞ미 ᄒᆞᄂᆞᆯ의 함ᄒᆞ여시니 제 ᄒᆞᄂᆞᆯ을 바다야 올흔 고로 참ᄒᆞ엿더니 ᄌᆞ괴 여ᄎᆞᄒᆞ시니 블승황연 ᄒᆞ이다 부인이 탄식 왈 내 ᄌᆞ식이라도 죄 이시면 홀일업ᄉᆞ려든 엇디 딜ᄋᆞ를 위ᄒᆞ여 너를 블쾌ᄒᆞ며 ᄒᆞ믈며 쥬공을 해ᄒᆞ여시니 녀게 원쉬라 너의 죽이믈 그ᄅᆞ다 ᄒᆞ미 아니로ᄃᆡ 텬니 ᄌᆞ연 블

60면

안ᄒᆞ나 ᄉᆡᆼ각ᄒᆞ면 놀나오니 다시 일ᄏᆞᆺ다 말나 시랑이 ᄌᆡ삼 샤례ᄒᆞ고 ᄯᅩᄒᆞᆫ ᄌᆞ긔로ᄡᅧ 부인 심식 편티 아님과 그 지셩으로 ᄌᆞ익ᄒᆞ믈 감격ᄒᆞ여 겻히 뫼셔 온화ᄒᆞᆫ 말ᄉᆞᆷ과

쵹〃ᄒᆞᆫ 효의 유하ᄋᆞ ᄀᆞᆺ흐여 졔뎨와 쇼ᄆᆡ로 회희와 담녹이 ᄌᆞ약ᄒᆞ여 됴회와 존당 문안 후는 부인 압흘 ᄯᅥ나디 아니ᄒᆞ여 그 명ᄒᆞᄂᆞᆫ 바를 일마다 승슌ᄒᆞ니 대개 젼일 부인이 일호 ᄉᆞ졍이 업서 당초 양시를 신셜ᄒᆞ고 딜ᄋᆞ의 블인ᄒᆞ믈 베플며 간부셔의 ᄌᆞ톄 다ᄅᆞ믈 분변ᄒᆞ고 댱시 슬허ᄒᆞ믈 고ᄒᆞ여 두호ᄒᆞ쇼셔 ᄒᆞᆫ 즉 ᄂᆡᆼ안졀칙ᄒᆞ여 신텽치 아니ᄒᆞ니 그ᄯᅢᄂᆞᆫ 박졀이 녀엿더니 이제 보건ᄃᆡ 일마다 부인 말이 마잣ᄂᆞᆫ디라 이 곳 부인이 ᄉᆞ랑ᄒᆞᄂᆞᆫ 가온ᄃᆡ 허믈을 아라보고 ᄉᆞ졍으로 공의를 혜티 아니ᄒᆞ며 니ᄅᆞ디 아닌 일을 몬뎌 아ᄂᆞᆫ ᄇᆞᆰ으미 사ᄅᆞᆷ이 밋디 못ᄒᆞᆯ 덕인 줄 ᄭᆡᄃᆞ라 감복ᄒᆞ믈 이긔디 못ᄒᆞ여 더옥 효

61면

셩이 지극ᄒᆞ니 부인이 ᄯᅩᄒᆞᆫ ᄉᆞ랑ᄒᆞ미 졔ᄌᆞ의 디나 혹 시랑이 됴셕 문안의 밋디 못ᄒᆞ면 부인이 믄득 즐겨 아니타가 시랑을 보면 웃고 말솜ᄒᆞ여 우환을 니ᄌᆞ니 그 샹명ᄒᆞ고 ᄌᆞ인ᄒᆞ미 이 ᄀᆞᆺ더라 진공이 도라온 십여 일 후 녕운뎐의 니ᄅᆞ러 부인을 보고 피ᄎᆞ 변회와 환난을 베퍼 탄식ᄒᆞ며 ᄌᆞ녀를 모화 두긋기고 샹셔의 젼진의 조차 힝시 만젼ᄒᆞ고 디뫼 광원ᄒᆞ던 줄을 부인ᄃᆞ려 닐너 아ᄅᆞᆷ다오믈 이긔디 못ᄒᆞ고 시랑을 각별 경계ᄒᆞ여 슈신힝도를 ᄀᆞᄅᆞ치니 ᄉᆡᆼ이 ᄌᆡ비 슈명ᄒᆞ더라 시랑이 댱시를 버히매 양쇼졔 당시의 죄 죽엄 즉ᄒᆞ나 할은 닙법ᄒᆞ미 이ᄀᆞᆺ치 인졍 업ᄉᆞ믈 보매 그 위인이 대댱부 녈ᄉᆞ의 풍치 이시나 ᄆᆞᄎᆞᆷᄂᆡ 녀ᄌᆞ의 ᄆᆞ음 노티 못ᄒᆞᆯ 줄 알고 ᄯᅩ 월잉 죽이미 젹은 일인 줄 ᄭᆡᄃᆞ라 ᄆᆞ음의 깁히 원ᄒᆞ던 거술 덜고 조심ᄒᆞ며 두리오믈 겸ᄒᆞ엿더니 궁듕이 안녕ᄒᆞ야

62면

모든 일이 평안ᄒᆞ매 시랑이 십여 일을 야〃를 뫼셔 시침ᄒᆞ며 샹셔로 동슉ᄒᆞ여 광금당침의 즐거오믈 펴고 공이 녕운뎐을 ᄎᆞ즈매 샹계 ᄯᅩᄒᆞᆫ 태청뎐을 향ᄒᆞ니 시랑이 듁셔루의 니ᄅᆞ매 양쇼졔 옥빙운환의 ᄎᆡ의를 졍히 ᄒᆞ고 쵹하의셔 ᄋᆞᄌᆞ를 안고 희롱ᄒᆞ다가 시랑을 보고 넌망이 아희를 노코 니러 맛거ᄂᆞᆯ 시랑이 오래 이 곳의 오디 못ᄒᆞ엿다가 화란 후 처음이라 심니의 반갑고 깃거 ᄋᆞᄌᆞ를 나오혀 안고 서로 말솜ᄒᆞᆯᄉᆡ 부인이 퇴손ᄒᆞ고 공경ᄒᆞ믈 더으고 ᄉᆞᄉᆡᆨ이 숑연ᄒᆞ여 시랑의 은근ᄒᆞᆫ 담쇼를 됴곰도 응낙ᄒᆞ미 업ᄂᆞᆫ디라 ᄉᆡᆼ이 임의 지긔ᄒᆞ고 심니의 함쇼ᄒᆞ여 낭모로ᄡᅥ ᄂᆡ이 보아 짐즛 닐오ᄃᆡ 져

적당녀의 작악이 가국을 소요ᄒᆞ여 문호를 망ᄒᆞᆯ 번 ᄒᆞ니 일시 ᄉᆡᆼ의 방탕 취ᄉᆡᆨᄒᆞ므로 비로ᄉᆞ미라 사ᄅᆞᆷ을 ᄃᆡᄒᆞ매 참괴ᄒᆞ믈 이긔며 조션의 죄를 면ᄒᆞ리오 이제 요일을

63면

샥평ᄒᆞ고 일개 평안ᄒᆞ니 일노조차 ᄀᆡ과쳔션코뎌 ᄒᆞᄂᆞ니 부인은 엇더타 ᄒᆞᄂᆞ뇨 부인이 옷기슬 녀ᄆᆡ고 피셕ᄒᆞ여 ᄀᆞᆯ오ᄃᆡ 향일 망극ᄒᆞᆫ 변은 ᄎᆞ마 다시 니ᄅᆞ디 못ᄒᆞ려니와 이왕지ᄉᆡ라 다시 한심ᄒᆞᆫ 셜화를 일ᄏᆞᄅᆞ샤 무익ᄒᆞ고 이 도시 문운의 ᄃᆞᆯ녀시니 엇디 구ᄐᆡ여 군ᄌᆡ 죄를 ᄌᆞ당ᄒᆞ시리잇고 임의 ᄀᆡ과ᄒᆞᆯ ᄠᅳᆺ이 계시니 쳡이 우러〃 치하ᄒᆞ고 감히 알욀 배 업ᄉᆞ니 일노조차 안ᄌᆞ의 블쳔노와 블이과를 보리로소이다 시랑이 쇼이 문왈 부인의 처음 말은 올커니와 나죵은 됴롱ᄒᆞ미라 내 감히 안ᄌᆞ를 ᄇᆞ라리오 다만 ᄆᆞ음을 잡아 허믈을 곳치고뎌 ᄒᆞᄂᆞ니 부인도 안흐로 〈도으믈〉 삼가 ᄉᆡᆼ으로 ᄒᆞ여곰 인뉸의 죄를 면케 ᄒᆞ라 쇼졔 칭샤 왈 군ᄌᆡ 스ᄉᆞ로 슈힝ᄒᆞ믈 삼가ᄒᆞ실디니 고인이 말을 두어 슌하인이며 아하인인고ᄒᆞ니 내 스ᄉᆞ로 효측고뎌 ᄒᆞᆫ 즉 엇디 안ᄌᆞ의 일을 힝치 못ᄒᆞ리오 다

64면

만 공문 칠십 ᄌᆡ 효뎨튱신ᄒᆞ고 인의녜디ᄒᆞ여 슈혹이 일즉 병긔를 희롱ᄒᆞ기의 잇디 아니〃 이제 군ᄌᆞ의 힝ᄒᆞ시ᄂᆞᆫ 배 죄를 죄ᄒᆞ고 허믈을 허믈ᄒᆞ여 법을 다ᄉᆞ리고 슈를 복ᄒᆞ미 금셕을 ᄯᆞ림 ᄀᆞᆺ흐나 너모 ᄆᆡᆸ고 너모 엄ᄒᆞ여 인명을 초개ᄀᆞᆺ치 넉이고 결단을 호흡 간의 ᄒᆞ여 일이 비록 쾌ᄒᆞ나 ᄆᆞᄎᆞᆷᄂᆡ 자최 호강ᄒᆞ기의 갓갑고 도덕의 먼디라 원컨ᄃᆡ 관인ᄒᆞ믈 힘쓰샤 그 죄 이실딘ᄃᆡ 유ᄉᆞ의 부친 법을 힝ᄒᆞ여 세 번 ᄉᆡᆼ각ᄒᆞ미 계시면 아름다이 슈힝ᄒᆞ시ᄂᆞᆫ 가온ᄃᆡ 온듕ᄒᆞᆫ 쳐ᄉᆡ 더옥 놉흐리니 젼후의 ᄌᆞ힝ᄌᆞ살ᄒᆞ시므로ᄡᅥ 유죄무죄 간 여러 인명이 죽으니 이 곳 젹덕지가의 큰 흠이라 엇디 셩현군ᄌᆞ의 힝ᄉᆡ 구ᄐᆡ여 살ᄉᆡᆼ을 일삼으실 배리잇고 ᄉᆡᆼ이 그 현털ᄒᆞᆫ 말숨이 이 ᄀᆞᆺ흐믈 크게 탄복ᄒᆞ여 등용 칭샤 왈 부인의 아름다온 ᄂᆡ죄 이 ᄀᆞᆺ흐니 고인의 비ᄒᆞᆯ디라 혹ᄉᆡᆼ

65면

이 비록 무지ᄒᆞ나 엇디 심복ᄒᆞ여 명심티 아니리오 다만 당녀를 죽이믄 당초 국법을 쳥ᄒᆞ여 엇디 못ᄒᆞ매 브득이 친히 죽이미라 즐겨ᄒᆞ미 아니〃 부인은 박힝 당부로 아

라 고이히 넉이디 말나 쇼졔 샤례 왈 부즈 대륜이 텬디 곳고 부〃의 졍은 쇼〃ᄒᆞ니 군직 칼을 잡아 부형의 슈를 갑흐시매 쳡이 감히 박졀이 넉이미 아니라 다만 덕힝을 진션콰쟈 ᄒᆞ미러니 그릇 아라 계시니 말숨의 망녕되믈 참괴ᄒᆞ여이다 싱이 나아가 옥슈를 잡고 우어 골오ᄃᆡ 부인이 쇼싱을 잔인박힝지인으로 아라 ᄉᆞ싁을 허티 아니〃 싱의 노긔 갈 곳이 이실디언뎡 사름마다 범티 아니리니 너모 외ᄃᆡ치 말디어다 쇼졔 아미를 ᄂᆞ초아 브답ᄒᆞ니 싱이 대쇼ᄒᆞ고 인ᄒᆞ여 쳥ᄒᆞ여 침상의 나아가니 은졍의 진듕ᄒᆞ미 비길ᄃᆡ 업더라 명됴의 쇼졔 보니 시랑의 옷ᄉᆞ매 ᄉᆞ히 혈흔이 잇고 요ᄃᆡ의 큰 칼을 ᄎᆞᆺᄂᆞᆫ

66면

디라 ᄆᆞ음이 평안티 못ᄒᆞ여 원샹궁을 블너 새오ᄉᆞᆯ 나오고 ᄀᆡ복ᄒᆞ믈 쳥ᄒᆞ니 시랑이 뎌의 긔ᄉᆡᆨ을 보고 고이히 넉여 ᄉᆞᆯ펴보니 원간 분용ᄒᆞ여 당시를 버히매 ᄆᆞ음이 이런 ᄃᆡ 잇디 아냐 ᄉᆞᆯ피미 업더니 양쇼졔 ᄀᆡ복ᄒᆞ라 ᄒᆞ믈 듯고 오ᄉᆞᆯ ᄉᆞᆯ펴 보니 과연 혈흔이 잇ᄂᆞᆫ디라 미쇼 왈 슈인의 피를 마시디 못ᄒᆞ믈 ᄒᆞᆫᄒᆞᄂᆞ니 오시 무드믈 놀나리오 원샹궁이 닐오ᄃᆡ 임의 죽이신 후 자최를 가져 계시미 고이ᄒᆞ니 원컨ᄃᆡ 오ᄉᆞᆯ 고치쇼셔 시랑이 드ᄃᆡ여 오ᄉᆞᆯ ᄀᆞ라닙고 칼을 글너 벽상의 걸고 가니 양시 원샹궁ᄃᆞ려 왈 쳡의 졍신이 미약ᄒᆞ여 군직 사름을 죽이고 안연ᄒᆞ미 숑구ᄒᆞ고 칼흘 보매 더옥 평안치 못ᄒᆞ니 궁희ᄂᆞᆫ 칼과 오ᄉᆞᆯ 거두어 타쳐의 두라 샹궁이 웃고 두 가지 거ᄉᆞᆯ 곰초니라 화셜 진공의 오ᄌᆞ 양은 당부인 뎨 삼ᄌᆡ라 총명 호혹ᄒᆞ고 풍뫼 관옥 ᄀᆞᆺᄒᆞ니 공이 필ᄌᆡ라 ᄀᆞ장 ᄉᆞ랑ᄒᆞ더

67면

니 나히 십ᄉᆞ의 니ᄅᆞ니 황ᄌᆞ 당왕은 효종황뎨 후궁 소쳡여의 ᄌᆡ라 진양공쥬 지친으로 공쥐 망ᄒᆞᆫ 후도 진부 왕니 여구ᄒᆞ여 공으로 인친의 두터온 졍이 금난의 미ᄎᆞᆺ더니 오공ᄌᆞ의 용모 긔질을 보고 크게 ᄉᆞ랑ᄒᆞ여 녀ᄋᆞ를 구혼ᄒᆞᆫᄃᆡ 공이 국족의 결혼ᄒᆞ믈 아쳐ᄒᆞᄃᆡ 군쥐 일즉 이 녀ᄌᆞ의 아름다오믈 궐듕의셔 여러 번 보고 ᄆᆡ양 일ᄏᆞᆺ던 고로 노키를 앗겨 허혼ᄒᆞ고 턱일 셩녜ᄒᆞ니 신낭 신부의 아름다온 용모와 ᄲᅡ혀난 긔질이 황금빅벽이 광치를 ᄃᆞ톰 ᄀᆞᆺᄒᆞ니 공과 부인이 크게 깃거ᄒᆞ더라 쥬쇼졔 금지옥엽으로 낭왕의 당니보옥이라 임의 황야의 봉ᄒᆞ신 바 옥션군쥬 직텹이 이시니 존귀ᄒᆞ미 범〃

부녀와 굿디 아니코 싱셩호 배 농총옥골노 호갓 화월의 식광 분 아니라 싁〃 엄졍호 긔샹이 졔왕의 긔믹을 니어시니 궁듕이 다 공경호고 문챵군쥬 듕포 ᄌ미로 년치와 쟉질이

68면

호가지라 서로 ᄉ랑호여 의긔 샹합호니 공과 부인이 두긋기는 듕 공쥬의 보디 못호믈 슬허호더라 공의 필녀 명쥬는 당부인 필네니 옥용이뇨라 호고 틱되 빙뎡호여 흡연이 모부인 염틱를 습호엿더니 년긔 십삼ᄉ의 너비 가랑을 틱홀ᄉ 시예 졔람빅의 ᄎᄌ 경원이 십오 셰의 문댱 흑힝이 당딕예 싸혀나 그 형으로 다ᄅ미 업ᄉ니 졔람빅이 일즉 군쥬의 텬향국식과 슉ᄌ 현풍을 흑이호여 틱부호는 눈이 놉핫는 고로 쳔파 만믹 문의 몌여시나 허홀 쯧이 업고 오딕 진공의 쇼녜 이시믈 듯고 그윽이 ᄉ모호여 ᄋᄌ로 공의게 근졀이 구혼호니 공이 소ᄌ의 아름다오믈 깃거홀 분 아니라 군쥐 구가의 간 째 친척을 써나 외로오믈 닛디 못호다가 이 말을 듯고 ᄀ장 깃거 허혼호고 틱일호여 셩혼호니 소랑의 쥰아호 풍뉴와 쇼져의 향염 아틱 텬뎡호귀라 일개 칭찬호고 공과 부인이 틸혼

69면

을 호여 녀셔의 아름다오미 이 굿흐믈 희힝호고 소가의셔 신부를 보매 일월광휘는 군쥬긔 밋디 못호나 졀셰호 옥모화용과 아담 소아호 긔질이 일딕 명염이니 대희호여 군쥬로 빵〃이 왕닉호여 냥가 환낙이 츈풍의므로 녹으니 당시 영화부귀와 편익득통은 문챵군쥬와 명쥬쇼졔 홀노 쳔ᄌ호더라 ᄎ시 뉴시 졔공이 ᄌ녀를 다 셩취호여 승샹닉외 ᄌᄌ 칠십여 인이 남혼녀가호여 개〃히 옥슈경지 굿고 년혼개 다 공후 각노와 졔왕부매라 문뎡이 혁〃호여 날마다 당의 뭇는 빈긱이 ᄌ포금댱으로 면복 공휘 아니면 한원 명공과 옥당 흑ᄉ라 문두의 누른 쯧 글이 니러나고 황년치게 슷디 아니〃 녑〃호 홍포와 빈〃호 금지 곡듕의 몌여 청홍 냥산은 하늘을 ᄀ리오고 집ᄉ 아역은 도로의 니어시니 일문의 공후 빅ᄌ 뉵 인이 이셔 조ᄌ손 삼 셰의 위권이 텬하를 기우리니 송

70면

샹 복녹의 늉셩ᄒᆞ미 당시 분양왕의 비기디 못홀 배라 셩의빅이 본ᄃᆡ 겸퇴 공검ᄒᆞ여 부듕이 너모 셩만ᄒᆞ믈 두려 그 ᄌᆞ녀 구 인을 교훈ᄒᆞ믈 각별 엄히 ᄒᆞ여 졔ᄌᆞ 나히 십셰 된 즉 산곡의 어딘 스싱을 굴희여 슈혹게 ᄒᆞ고 일즉 금의와 진미를 몸의 나오디 아냐 구복의 죡디 못ᄒᆞ고 조혼 쇼빙은 션왕의 법이 아니라 ᄒᆞ여 졔ᄌᆞ를 다 이십이 된 후 셩혼ᄒᆞᄃᆡ 문지를 굴힐디언뎡 궁달을 굴ᄒᆡ디 아냐 산인 쳐ᄉᆞ의 무리로 결혼ᄒᆞ고 ᄌᆞ부의 치장이 헝차 포군이 오 졔ᄌᆞ ᄌᆡ혹과 풍신이 특이ᄒᆞᄃᆡ 조달은 조믈의 ᄭᅥ리는 배요 쳥운은 셩졍을 그룻 민드는 문이라 ᄒᆞ여 과거 보믈 허티 아니터니 됴부인의 권유ᄒᆞ믈 조차 마디 못ᄒᆞ여 댱ᄌᆞ 건을 과거 보기를 허ᄒᆞ니 건이 ᄒᆞᆫ번 드러 갑과 졔일의 ᄲᅡ혀 한님혹ᄉᆡ 되니 문당 믈망이 그 부친 풍치를 니으니 됴부인이 크게 두굿겨 졔ᄋᆞ의 과

71면

거 보기를 여러 번 니ᄅᆞ니 셩의빅이 간왈 ᄌᆞ고로 영통과 쟉녹이 오가 굿ᄒᆞ니 업ᄉᆞ니 쇼ᄌᆞ 형뎨 오 인은 조션 젹덕과 국가의 공뇌로 년ᄒᆞ여 후빅이 되엿거니와 믈이 ᄀᆞ득ᄒᆞ면 넘치고 즐거오미 극ᄒᆞ면 슬프미 오ᄂᆞ니 영화 복녹인들 그음이 업ᄉᆞ리잇가 가히 졀검ᄒᆞ고 삼가 부형을 뫼시고 신여명이 구젼키를 ᄉᆡᆼ각ᄒᆞ고 부귀를 탐티 말디니 이제 년쇼 후ᄉᆡᆼ이 다 ᄌᆡ샹 ᄌᆞ뎨로 부형의 셰를 ᄭᅵ고 헛된 문필노 쟉녹을 구ᄒᆞ여 그칠 줄을 모ᄅᆞ미 가티 아니〃 건은 원간 종통을 밧들 아ᄒᆡ라 비록 과거를 아니나 나라히 벼슬을 주실디라 공명을 도망티 못홀 사ᄅᆞᆷ이니 응과를 ᄒᆞ엿거니와 의식이 죡ᄒᆞ여 밧 ᄀᆞ디 아냐 먹으며 누에 치디 아냐 닙으니 이 ᄯᅩᄒᆞᆫ 죡ᄒᆞᆫ디라 엇디 구ᄐᆞ여 사ᄅᆞᆷ마다 공명을 구ᄒᆞ리잇고 됴부인이 올히 넉여 다시 권티 아니〃 일노조차 셩의빅의 ᄌᆞ네 군총뉴의 공검근신ᄒᆞ여 죠곰도 ᄌᆡ샹가 공ᄌᆞ 굿

72면

디 아냐 한소ᄒᆞᆫ 유ᄉᆡᆼ 굿더라 승샹이 뎌 ᄋᆞᄌᆞ의 덕을 아름다이 넉이고 졔공이 빅형의 공검ᄒᆞ믈 칭복ᄒᆞ나 각〃 소집이 다ᄅᆞᆫ디라 진공은 ᄯᅳᆺ이 뇌락ᄒᆞ고 긔샹이 두우의 ᄢᅦ쳐 들면 금계의 뫼셔 빅관을 총셥ᄒᆞ고 나면 빅만듕을 거ᄂᆞ려 ᄉᆞᄒᆡ를 ᄡᅳ러ᄇᆞ려 의긔 호탕ᄒᆞ여 텬디를 기우리칠 ᄃᆞᆺᄒᆞ고 ᄆᆞ음이 양〃ᄒᆞ여 하ᄐᆡ를 얏게 넉이니 그 시졀을 만

나면 뜻을 다ᄒᆞ여 님군을 요슌의 닐위고 몸을 직셜의 닐위 거시오 ᄣᆡ를 만나디 못ᄒᆞᆫ즉 머리를 뇽뎡의 ᄇᆡ의 쳐 뇽방비간의 뒤흘 ᄯᆞᆯ오고뎌 ᄒᆞ니 쳔승의 부귀를 탐ᄒᆞ며 죽기를 앗겨 나라흘 돕디 아니믄 소원이 아니라 그 밧 녕능후의 붉은 결단과 부풍후의 노셩홈과 각노 공의 겸약ᄒᆞ므로도 능히 빅형의 일을 항복ᄒᆞ나 힝치 못ᄒᆞ여 ᄌᆞ연 년혼개 혁〃ᄒᆞ고 졔ᄌᆞ의 닙신영홰 니어나니 셩의빅은 니른 바 평안ᄒᆞᆫ 가온ᄃᆡ 위틱ᄒᆞ믈 닛디 아니

73면

코 부귀로 빈쳔을 밧고디 아닛ᄂᆞᆫ 놉흐미라 사ᄅᆞᆷ이 밋디 못ᄒᆞ미 이 ᄀᆞᆺ고 승샹 삼녀 듕냥샹셔 부인이 ᄯᅩᄒᆞᆫ 가부를 인도ᄒᆞ고 ᄌᆞ녀를 교훈ᄒᆞ미 셩의빅 ᄀᆞᆺ흐여 부듕 ᄂᆡ외 검소ᄒᆞ고 간냑ᄒᆞ여 한가ᄒᆞᆫ 쳐ᄉᆞ의 집 ᄀᆞᆺ흐니 모든 형뎨 셩의빅과 냥부인을 님하쳐ᄉᆡ라 ᄒᆞ여 웃더라 진공이 출졍ᄒᆞ여 도라온 후 ᄌᆞ녀를 임의 다 셩인ᄒᆞ여 다시 틱부 틱셔ᄒᆞᄂᆞᆫ 념녜 업고 모든 부셰 개〃히 특이ᄒᆞᆫ 듕진 후 형뎨와 군쥬의 긔특ᄒᆞ믄 ᄌᆞ녀 듕 쒸여나고 셜양이 인과 소랑의 풍뉴호상ᄒᆞᆫ 긔샹이 당ᄃᆡ의 무빵ᄒᆞ니 ᄆᆞ음이 쾌활ᄒᆞ미 반뎜 흠이 업ᄉᆞᆫ디라 진양후ᄂᆞᆫ 셜쇼져로 더브러 결발 ᄉᆞ오지의 ᄒᆞᆫ번 샹힐ᄒᆞ미 업고 금슬이 화평ᄒᆞ고 은의 흡연홀 분 아니라 셩질이 돈후ᄒᆞ고 졍대ᄒᆞ여 부인을 비록 듕대ᄒᆞ나 희롱된 ᄉᆞ식과 셜만ᄒᆞᆫ 빗치 업ᄉᆞ니 쇼졔 ᄯᅩᄒᆞᆫ 유한졍뎡ᄒᆞᆫ 슉녀로 냥인을 공경ᄒᆞ고 두려 부뷔 샹ᄃᆡᄒᆞ매

74면

대빈을 만남 ᄀᆞᆺ흐여 셰월이 오래고 여러 ᄌᆞ녀를 ᄉᆡᆼ산홀ᄉᆞ록 녜 잡으미 ᄒᆞᆫ갈 ᄀᆞᆺ흐니 궁듕이 칭복 왈 쥬공과 션비 덕졍을 니을 쟈ᄂᆞᆫ 대공ᄌᆞ 부뷔라 ᄒᆞ고 공이 ᄉᆞ랑ᄒᆞ고 듕히 넉이미 가ᄉᆞ로써 다시 고렴ᄒᆞ미 업고 진양후의 영통과 풍녁이 부친긔 지〃 아냐 시랑의 믈망으로 빵으로 힝ᄒᆞ여 됴애 공경ᄒᆞ고 모든 쇼년 졔ᄉᆡᆼ이 닙신ᄒᆞ 니 만흐나 진후형뎨 믈망을 당ᄒᆞ 리 업ᄉᆞᆫ디라 인〃이 흠션ᄒᆞᄃᆡ 뉴시 졔인의 번셩ᄒᆞ고 아름다오믄 효문공의 젹뎍이오 기듕 진양후 남ᄆᆡ 츌뉴반췌ᄒᆞ믄 공쥬의 셩덕으로 틱교ᄒᆞ미라 ᄒᆞ더라 시랑이 일당풍파를 디내매 녜일을 크게 뉘우처 쥬식을 먼니ᄒᆞ고 힝실을 닥가 양쇼져로 금슬의 낙이 극진ᄒᆞ더니 일〃은 됴회로셔 도라와 듁셔루의 니ᄅᆞ니 양쇼졔 모든 졔ᄉᆞ 쇼고로 더브러 구고긔 문안ᄒᆞ고 이에 모다 담화ᄒᆞ더니 시랑이 셰수의 모

다시믈 보고 잠간 난함

75면

ᄉᆞ이의 빅회ᄒᆞ여 드ᄅᆞ니 명쥬쇼제 낭〃이 웃고 왈 양형이 월잉을 거게 죽이믈 흉히 넉여 입의 말이 업술디언뎡 긔ᄉᆡᆨ이 블령ᄒᆞ시더니 뎌적 화란 듕 당시의 참ᄉᆞᄒᆞ미 칼 늘희 놀난 넉시 되니 당초 비례의 셔찬과 구〃히 샹ᄉᆞ 위질ᄒᆞ여 쳔신만고ᄒᆞ여 어든 졍이 일댱츈몽이 되엿시니 셰샹ᄉᆡ 이러ᄒᆞ여 부〃 간 은졍을 가히 밋디 못ᄒᆞ니 ᄒᆞᆫ 시ᄋᆞ 죽이믄 도로혀 용이 ᄒᆞᆫ디라 모ᄅᆞ미 디난 일을 ᄉᆡᆼ각하여 ᄒᆞᆫ티 아니셤 즉하이다 양쇼제 츄연 탄식 왈 디난 화란은 문호의 블힝이라 엇디 귀신을 원ᄒᆞ며 사ᄅᆞᆷ을 ᄒᆞᆫᄒᆞ리오 ᄒᆞ믈며 부〃 존비 군신 ᄀᆞᆺᄐᆞᆫ디라 비록 군ᄌᆞ의 과도ᄒᆞᆫ 일이 이시나 쳡이 감히 원ᄃᆡᄒᆞ며 유심ᄒᆞ리잇고마ᄂᆞᆫ 인명이 지듕ᄒᆞ고 원억히 참ᄉᆞᄒᆞ미 인졍의 귀쳔 간 참혹ᄒᆞ믈 면티 못ᄒᆞᆯ 배어ᄂᆞᆯ ᄒᆞ믈며 쳡의 죄를 ᄃᆡ신ᄒᆞ미니잇가 이러므로 군ᄌᆞ를 ᄃᆡᄒᆞᆫ 즉 숑연ᄒᆞ미 박빙을 님ᄒᆞ고 빅잉이 쳡

76면

의 몸을 쵹ᄒᆞᆯ 둧ᄒᆞ니 ᄌᆞ연 ᄆᆞ음이 평샹티 못ᄒᆞ고 댱시 비록 유죄ᄒᆞ나 군ᄌᆞ의 법 쓰믈 보매 쳡의 명의 아모 ᄣᅢ의 아모리 ᄆᆞᄎᆞᆯ 줄 몰나 ᄒᆞᄂᆞ이다 문챵군쥐 잠쇼 왈 거〃의 힝ᄉᆡ 부인 녀ᄌᆞ로 ᄒᆞ여곰 이러ᄒᆞ미 고이티 아니ᄃᆡ 쏘ᄒᆞᆫ 강샹의 죄악이 잇디 아닌 후야 살쳐ᄒᆞ믈 간대로 ᄒᆞᆯ 거시 아니어ᄂᆞᆯ 양형이 너모 조심ᄒᆞ여 도로혀 비인졍으로 아ᄅᆞ시니 아디 못게라 우리 형이 블가근이니잇가 양쇼제 단슌을 사기ᄒᆞ고 옥치를 잠현ᄒᆞ여 칭샤 왈 쳡이 엇디 군ᄌᆞ를 이ᄀᆞᆺ치 알니잇고마ᄂᆞᆫ 그 쳐ᄉᆡ 곡직 간 ᄋᆞ녀ᄌᆞ로 ᄒᆞ여곰 놀나오믈 면치 못ᄒᆞ미라 군쥐 아쳐로이 드ᄅᆞ시니 언셩ᄒᆞ믈 뉘웃ᄂᆞ이다 양혹ᄉᆞ 댱녀 츄옥이 시년 십오 셰라 군쥬와 동년이로ᄃᆡ 틀노 형이러라 위인이 그 모친을 달마 회히를 잘ᄒᆞ더니 이 날 좌의 잇다가 낭쇼 왈 문챵현데ᄂᆞᆫ 거〃를 편드ᄃᆡ 말나 거〃의 힝ᄉᆡ 모질고 사오나오니 양형의

77면

흉히 넉이미 고이ᄒᆞ리오 당년의 월잉 죽이믄 형을 그ᄣᅢ 죽이고뎌 ᄒᆞᄃᆡ 슉부를 두려 ᄠᅳᆺ을 펴디 못ᄒᆞ고 잉의게 노긔 미ᄎᆞ미니 댱시 비록 간악ᄒᆞ나 나라 쳐분 밧긔 가셔 죽

이고 오미 엇디 인졍이리오 슉부의 상측의 님ᄒᆞ샤 익듕ᄒᆞ시는 셩덕을 ᄉᆡᆼ각건ᄃᆡ 진짓 슌ᄌᆡ 블쵸홈과 ᄀᆞᆺ흔디라 됴흔 안면으로 양형을 다래고 웃고 말ᄒᆞ나 그 ᄆᆞ음의 무손 의ᄉᆡ 잇는동 알니오 내 드ᄅᆞ니 당시의 양형 잡던 간부셔를 지금 낭듕의 너헛다 ᄒᆞ니 군ᄌᆡ 되여 비례의 글을 보ᄇᆡᄀᆞᆺ치 두어 무어시 쓰고뎌 ᄒᆞ리오 반ᄃᆞ시 ᄡᅵ둣기를 채 못 ᄒᆞ여 무손 미온ᄒᆞᆫ 일이 이셔 업시티 아니코 두엇ᄂᆞ니 일노 보아도 양형이 거〃를 흉히 넉이미 그ᄅᆞ디 아니〃라 좌듕이 다 웃고 양시 탄식 왈 이는 쳡의 명운이 험<흔> ᄒᆞ미니 이러므로 군ᄌᆞ를 ᄃᆡᄒᆞᆫ 즉 븟그러오미 몸 둘 ᄯᅡ히 업ᄉᆞ니 셰샹 영화부귀를 뉴련ᄒᆞᆯ ᄯᅳᆺ이 업ᄂᆞ이다 셜쇼졔 날호여 잠쇼 왈

78면

시비 만흐면 반ᄃᆞ시 됴치 아니ᄒᆞᄂᆞ니 형뎨 모다 즐기는 가온ᄃᆡ 무ᄉᆞ 일 블힝ᄒᆞᆫ 말을 하샤 양부인 심ᄉᆞ를 도〃시ᄂᆞ니잇고 군쥐 왈 셜형의 의논이 졍논이라 임의 디난 일을 일ᄏᆞ라 브졀 업고 ᄒᆞ믈며 ᄎᆞ형의 인ᄌᆞ 쾌달ᄒᆞ미 일ᄃᆡ 영걸노 잠간 부운이 옹례ᄒᆞ여 간인의 춤녕을 드러시나 이제 엇디 ᄡᅵᄃᆞ른 후 다른 ᄯᅳᆺ이 이시리오 셩인이 녜 아닌 말을 말나 ᄒᆞ시니 금일 명쥬현데와 양가 졀의 회히 ᄀᆞᆺᄒᆞ 니를 경계ᄒᆞ시미라 양형이 ᄯᅩᄒᆞᆫ 거〃를 ᄇᆡᆨ년 젹승을 ᄆᆡ자 일실지ᄂᆡ의 눈샹이 막듕ᄒᆞ거놀 ᄆᆡ양 깃거 아닛는 빗치 이셔 사름을 ᄃᆡᄒᆞᆫ 즉 그 흔단을 시작ᄒᆞ여 시비를 면티 못ᄒᆞ시니 너모 유심ᄒᆞ여 친ᄒᆞᆫ 가온ᄃᆡ ᄂᆡ외를 지으미 엇디 거〃의 혈심진졍의 지극ᄒᆞ믈 져ᄇᆞ리미 아니리오 언필 신ᄒᆞ고 ᄒᆡᆼ득경 즉 만ᄆᆡᆨ지방이라도 ᄒᆡᆼᄒᆞ리니 양형이 거〃의 블신무례ᄒᆞ미 이시나

79면

형이 덕을 닥가 호리의 유차ᄒᆞ미 업손 즉 가게 광망ᄒᆞ시나 감히 범티 못ᄒᆞ리니 월잉은 당하 비ᄌᆡ오 당시는 죄악이 그 눌의 당ᄒᆞᆯ 배라 엇디 스ᄉᆞ로 뎌 뉴의 비겨 욕도이 ᄉᆡᆼ각ᄒᆞᄃᆡ 군ᄌᆡ 뎌를 죽이니 날도 반ᄃᆞ시 죽이리라 혜아려미 편협디 아니리오 도쳑이 여러 안해를 죽이ᄃᆡ 공강의게 감화ᄒᆞ니 오형의 블인ᄒᆞ미 도쳑의게 더으디 아닐 거시니 양형은 덕을 닥고 ᄒᆡᆼ실을 닥가 감화ᄒᆞ기를 힘써 군ᄌᆞ 셤기믈 ᄃᆡᄒᆞ여는 공경화평ᄒᆞ고 거름을 두로혀 후는 눈을 기우리디 마ᄅᆞ쇼셔 오형이 ᄯᅩᄒᆞᆫ 범인이 아니시니 너모 이 ᄀᆞᆺᄒᆞ면 형의게 됴치 아니시리이다 셜파의 완이히 미쇼ᄒᆞ니 ᄆᆞᆰ은 ᄐᆡ도의 어리로온 긔샹과 졍딕ᄒᆞᆫ 말숨이 소좌의 공경ᄒᆞ믈 니ᄅᆞ혀는디라 취옥과 명쥬쇼졔 다 늠연

ᄒᆞ여 말을 그치고 양시 샤왈 군쥬의 ᄀᆞᄅᆞ치시미 의리예 당연ᄒᆞ니 엇디

80면

명심ᄒᆞ여 봉힝티 아니리잇고 군쥐 ᄯᅩᄒᆞᆫ 화답ᄒᆞ여 날이 느즈매 각〃 흐터질ᄉᆡ 졔쇼졔 나오다가 당속의 홍픠 비최믈 보고 도라보니 시랑이 금션으로 ᄂᆞᆺ출 ᄀᆞ리우고 난간을 베고 누엇ᄂᆞᆫ디라 그 불셔 왓던 줄 알고 앗가 셜화를 다 드러시믈 우이 넉여 취옥쇼졔 더옥 함쇼ᄒᆞ고 도라가니라

뉴시삼ᄃᆡ록 권지십삼

1면

화셜 양쇼졔 모다 흐터진 후 홀노 침실의셔 녜긔를 ᄉᆞᆯ피더니 시ᄋᆞ 난경이 ᄀᆞ마니 고왈 샹공이 아춤브터 난함 ᄉᆞ이의 누어계샤 졔부인ᄂᆡ 문답을 드ᄅᆞ시더니 인ᄒᆞ여 눕고 니디 아니시니 어인 일이신고 의혹ᄒᆞᄂᆞ이다 쇼졔 ᄀᆞ장 놀나 여러 말ᄒᆞᆫ 줄 심히 뉘우ᄎᆞᄂᆞ 홀일 업서 ᄒᆞ더니 믄득 보니 시랑이 댱을 거두치며 만면의 우음을 ᄯᅴ여 드러오니 풍뉘 훤연ᄒᆞ여 일실의 됴요ᄒᆞ고 화ᄒᆞᆫ 빗치 츈풍이 만믈을 녹이ᄂᆞᆫ ᄃᆞᆺᄒᆞ여 나아가 좌를 일우니 쇼졔 숑연공경ᄒᆞ고 ᄯᅩ 앗가 말을 드른가 참괴ᄒᆞ여 아미를 숙이니 싱이 쇼 왈 사름이 셩인이 아니면 허믈을 면키 어렵거ᄂᆞᆯ 싱이

2면

쇼년 교ᄋᆡ로 당년의 죄괘 이시나 셰월이 임의 오래고 인ᄉᆡ 변ᄒᆞᆫ 후도 부인이 가디록 용샤치 아니〃 아디 못게라 부인이 이리 유심ᄒᆞ여 쟝ᄎᆞᆺ 엇디코져 ᄒᆞᄂᆞ뇨 부인이 원간 싱의 힝ᄉᆡ 낙〃ᄒᆞ여 디난 바를 히셕디 아니믈 ᄆᆡ양 무졍홀가 의심ᄒᆞ니 이제 ᄒᆞᆫ번 베프미 방해롭디 아니토다 드ᄃᆡ여 낭듕으로셔 ᄒᆞᆫ당 셔간을 내여 쇼져를 주어 왈 부인은 이를 보라 ᄉᆞ광의 총명이라도 글시ᄂᆞᆫ 분간키 어려우니 싱이 엇디 경히 분노치 아니리오 이 나의 블명ᄒᆞ미 아니오 간인의 공교히 획계ᄒᆞ미니 ᄒᆞᆫ번 보아 젼일 곤욕ᄒᆞ믈 ᄒᆞᆫ티 말디어다 쇼졔 피셕 샤례 왈 쳡이 엇디 감히 군ᄌᆞ를 원망ᄒᆞ며 치부ᄒᆞ미 이시리잇고 당년ᄉᆞᄂᆞᆫ 쳡이

3면

운숴 블니홀 분 아니라 실노 가운의 둘닌 바니 엇디 흔갓 군즈의 타술 삼으리오마는 다만 죄악이 임의 여츠ᄒᆞ니 분명이 수죄ᄒᆞ여 명졍언슌이 다ᄉᆞ린 즉 쳡이 죽어도 홀 말이 업ᄉᆞ려든 모호히 입속의 곤욕ᄒᆞ여 보채기를 일삼아 웃는 가온ᄃᆡ 시ᄋᆞ의 머리를 상 가온ᄃᆡ셔 버혀 녀즈의게 호령ᄒᆞ시니 군즈의 ᄂᆞᆺ빗출 보면 은근ᄒᆞᆫ 부뷔요 그 힝ᄉᆞ를 본 즉 쳡의 ᄉᆞ싱이 뎡치 못ᄒᆞ니 쳡이 비록 우용ᄒᆞ나 당츠ᄒᆞ여 엇디 화경유어를 미드며 능히 ᄇᆡᆨ년을 뫼셔 능히 션죵ᄒᆞᆫ 귀신이 되리라 ᄒᆞ여시리오마는 임의 셰월이 삼년이 디낫고 큰 풍패 쇼냥의 니러나 망극ᄒᆞᆫ 변이 거의 돈문을 업칠 번ᄒᆞ니 쳡의 ᄀᆞᆺ긴 바는 족히 니ᄅᆞ디 못홀디라 엇디 개회ᄒᆞ여

4면

ᄉᆡᆼ각ᄒᆞ미 이시리오마는 마츠아 모든 형뎨 위연이 셕ᄉᆞ를 일ᄏᆞ르매 쳡이 감회ᄒᆞ는 언ᄉᆞ를 베프미러니 군ᄌᆡ 이러틋 ᄒᆞ시니 도로혀 황괴ᄒᆞ여이다 시랑이 그 안졍ᄒᆞᆫ 말솜과 쇄옥낭셩을 드르매 심하의 탄복블승ᄒᆞ여 이에 그 셔간을 〈펴〉 뵈여 왈 금일 부인의 소회를 드ᄅᆞ매 ᄉᆡᆼ이 ᄯᅩᄒᆞᆫ 참괴ᄒᆞ믈 이긔디 못홀노다 연이나 내 무단이 ᄉᆞ식과 ᄆᆞ음을 달니ᄒᆞ미 아니라 강샹 대변은 이목의 ᄀᆞ득ᄒᆞ고 부젼의 엄칙은 내게 도라와 소회를 고ᄒᆞᆫ 즉 도로혀 날을 칙ᄒᆞ시고 듕독ᄒᆞ여 죽어가는 댱시를 도로혀 요괴로이 넉이시니 그ᄯᅢ는 그ᄃᆡ 죄는 올코 댱시는 무죄ᄒᆞᆫ 줄노 아라 무죄ᄒᆞᆫ 녀ᄌᆡ 강포ᄒᆞᆫ 덕인의게 함해ᄒᆞᆫ 줄만 측은ᄒᆞ니 다ᄉᆞ릴 ᄯᅳᆺ을 품고 능히 ᄆᆞ음을 펴디 못ᄒᆞ여 긔운을 두리혀매 엇디 평샹홀 니 이시리오 고로 강잉ᄒᆞ여 됴흔 ᄂᆞᆺ출 ᄒᆞ다가 월

5면

ᄋᆡᆼ이 차긔를 들고 나아오믈 보니 믄득 힝흉ᄉᆞ를 ᄉᆡᆼ각고 분연ᄒᆞ여 칼흘 ᄲᅢ힌디라 비록 원억히 죽어시나 ᄒᆞᆫ 시비 무어시 관겨ᄒᆞ리오마는 비기죄야라 뉘우처도 밋기 어렵도다 다만 셔간의 공교ᄒᆞ미 이 ᄀᆞᆺᄐᆞ니 ᄉᆡᆼ이 능히 츰아 화평ᄒᆞ미 ᄯᅩᄒᆞᆫ 도량이 잇는가 넉이ᄂᆞ니 ᄌᆞ긱의 무샹홈과 소샹궁의 피해ᄒᆞ미 다 사ᄅᆞᆷ의 ᄉᆡᆼ각디 못홀 계교니 내 엇디 ᄌᆞ를 의심티 아니ᄒᆞ리오 부〃의 오륜의 참예ᄒᆞ여 ᄒᆞ여시나 ᄆᆞᄎᆞᆷᄂᆡ 부ᄌᆞ대륜과 ᄂᆡ도ᄒᆞ믈 알니로다 대인이 블초ᄌᆞ의 연고로 대화를 만나시니 이제 ᄉᆡᆼ각ᄒᆞ여도 심혼이

니톄ᄒᆞ고 나의 죄를 ᄉᆡᆼ각건ᄃᆡ 만ᄉᆞ라도 오히려 쇽디 못ᄒᆞᆯ 거시로ᄃᆡ

6면

시ᄃᆡ ᄒᆞᆫ번이 네 죄라 일ᄏᆞ르〈시〉미 업거ᄂᆞᆯ 부인은 셰월이 오래ᄃᆡ 가지록 유심ᄒᆞ니 엇디 그ᄅᆞ디 아니리오 쇼졔 동용칭샤ᄒᆞ고 말이 업ᄉᆞ며 ᄉᆡᆼ이 여러 번 셔간을 보라ᄒᆞ나 죵시 눈을 드러 보디 아니〃 ᄉᆡᆼ이 웃고 블을 가져오라 ᄒᆞ여 쇼화ᄒᆞ고 닐오ᄃᆡ 내 유심ᄒᆞ미 아니라 소활ᄒᆞ므로 망연이 닛고 이를 낭듕의 둔지 여러 ᄒᆡ러니 금됴의 표ᄆᆡ 말을 드ᄅᆞ니 모호히 혜아려 곰초앗다 ᄒᆞ니 엇디 원민치 아니리오 맛당이 업시ᄒᆞ여 모든 의심을 프러 ᄇᆞ리〃라 셜파의 환연이 우서 ᄒᆞᆫ 뎜 거리ᄭᅵᄂᆞᆫ ᄠᅳᆺ이 업고 호샹을 나와 십여 ᄇᆡ의 미처ᄂᆞᆫ 봉안이 몽농ᄒᆞ고 옥면의 부용의 훈ᄉᆡᆨ이 이셔 우쉬 뉴지의 풍신이 더옥 쇄락ᄒᆞ니 쇼져의 명모화용으로 샹ᄃᆡᄒᆞ

7면

매 문치경광이 일실의 ᄎᆞᆫ디라 가히 텬뎡호귀 줄 알니러라 원샹궁이 두긋기고 아름다오믈 이긔디 못ᄒᆞ여 이에 셜샹궁을 쳥ᄒᆞ여 뎌 부〃의 희락ᄒᆞ믈 당ᄉᆞ이의셔 서로 ᄀᆞᄅᆞ쳐 관광ᄒᆞ며 그 샹뎍ᄒᆞᆫ 풍도를 희힝ᄒᆞ여 공쥬를 ᄉᆡᆼ각고 도로혀 슬프믈 이긔디 못ᄒᆞ더라 이 ᄒᆡ 츄의 텬ᄌᆡ 셜당인지ᄒᆞ시니 소ᄉᆡᆼ이 응과ᄒᆞ여 장원의 ᄲᆡ이매 시년이 십뉵이라 즉시 어ᄉᆞ 태우를 ᄒᆞ니 소부의셔 경희ᄒᆞ믄 니ᄅᆞ도 말고 진공이 대열ᄒᆞ여 대연을 ᄇᆡ셜ᄒᆞ여 경하ᄒᆞᆯᄉᆡ 만됴ᄇᆡᆨ관이 모다 삼일 연낙ᄒᆞ매 소ᄉᆡᆼ이 옥면뉴풍의 계화를 숙이고 금의를 닙어 딘퇴유희ᄒᆞ여 풍뉴협긱의 노름이 밋디 아닌 곳이 업ᄉᆞ니 좌듕이 대쇼ᄒᆞ고 좌간의 사어ᄉᆡ 우어 왈 금일

8면

장원이 진공 면젼의 방ᄌᆞᄒᆞᆫ 희롱이 이 ᄀᆞᆺᄒᆞ니 공은 당부의 도량이 관셔ᄒᆞ시려니와 아디 못게라 ᄂᆡ루 쥬렴 안희 엿보ᄂᆞᆫ 위엄을 엇디코뎌 ᄒᆞ시ᄂᆞ뇨 소ᄉᆡᆼ이 쇼 왈 포의로ᄡᅥ 금의를 밧고며 형차로ᄡᅥ 봉관을 밧고ᄂᆞᆫ 경ᄉᆞ로ᄡᅥ 엇디 수개 창아를 아쳐ᄒᆞ리잇고 금일 쇼ᄉᆡᆼ의 즐기믈 더러이 넉여 ᄇᆞ릴딘ᄃᆡ 셔듕 유녀 안여옥을 ᄎᆞ즈리니 ᄯᅩᄒᆞᆫ 구속ᄒᆞᆯ 배 업ᄂᆞ이다 좌위 다 웃고 공이 ᄯᅩᄒᆞᆫ 잠쇼ᄒᆞ더니 파연ᄒᆞ기를 님ᄒᆞ여 ᄎᆡᆨ 깁 ᄇᆡᆨ필노ᄡᅥ ᄉᆡᆼ의 ᄃᆡ무ᄒᆞ던 챵기 이 인을 샹ᄒᆞ고 ᄂᆡ루 쥬렴 안희셔 나릉과 쥬옥을 ᄂᆡ시로 ᄒᆞ여

곰 당부인 말노 이 인을 듕샹ᄒᆞ니 듕인이 탄복ᄒᆞ더라 이윽고 금의 셔평의 ᄂᆞ리고 옥퇴 부상의 오르니 계하의 파연곡을 주ᄒᆞ매 듕빈이 흐터지고 공이 졔싱으로 더브러

9면

닉뎡의 드러가 ᄌᆞ녀를 모ᄒᆞ고 장원의 손을 잡고 등을 두ᄃᆞ려 두긋기며 츄연희허 왈 당년의 녀ᄋᆡ 유하를 ᄀᆞᆺ 면ᄒᆞ며 어미를 일허 이제 능히 댱셩ᄒᆞ여 어딘 군ᄌᆞ를 빅ᄒᆞ고 봉관화리의 빗나미 이시니 족히 공쥬의 녕을 위로ᄒᆞᆫ디라 엇디 슬픔과 깃브믈 춤으리오 진후 형데 블승감샹ᄒᆞ고 군쥐 옥뉘 죵힝ᄒᆞ여 나치 젓더라 이후 소싱이 직임의 나아가 직화믈망이 한ᄃᆡ 급당유와 당시 위현셩으로 흡ᄉᆞᄒᆞ여 졀딕쳥간ᄒᆞ니 텬직 녜우ᄒᆞ시고 공이 크게 ᄋᆡ듕ᄒᆞ며 진후 형데 됴모의 모다 우ᄋᆡᄒᆞ미 금난의 더으더라 직셜 당귀비 셜후를 도모ᄒᆞ여 셜휘 임의 승하ᄒᆞ시매 드ᄃᆡ여 뎡위예 올나 텬하의 대샤ᄒᆞ고 닉외 명부와 황친국족을 블너 진하ᄒᆞ라 ᄒᆞ실ᄉᆡ

10면

만일 ᄣᅥ러디고 아니 드러오ᄂᆞ니면 믄득 의심ᄒᆞ여 인ᄒᆞ여 질오ᄒᆞ미 잇ᄂᆞᆫ디라 공이 ᄇᆞ야흐로 위극홀 소임이 듕ᄒᆞᆫ 듕 당국구와 당휘 ᄉᆞ친의 각별ᄒᆞ믈 일ᄏᆞᄅᆞ믈 괴로이 넉이고 그 힝젹이 궤비ᄒᆞ믈 통ᄒᆞᆫᄒᆞ여 ᄌᆞ녀로 ᄒᆞ여곰 당국구 집의 친〃지의를 긋고 진하의 녀부를 드려 보내디 아냐 ᄀᆞᆯ오ᄃᆡ 내 능히 님군을 도아 됴뎡을 졍히 못ᄒᆞ고 엇디 후비의게 아당ᄒᆞ여 ᄠᅳᆺ을 굽히리오 황휘 녜ᄉᆞ 황휘면 신ᄌᆞ지되 맛당이 진하의 참예ᄒᆞ미 가ᄒᆞᄃᆡ 뎌의 위졍되 아니오 ᄉᆞ친으로 각별ᄒᆞᆫ 체〈ᄒᆞ니〉 내 엇디 누셰쳥덕으로 뎌의 빙산을 의지ᄒᆞ여 의 아닌 공명을 요구ᄒᆞ리오 ᄒᆞ여 죵시는 쳐를 응되 아니코 병 들나 칭탁ᄒᆞ니 당휘 블낙ᄒᆞᄃᆡ 공의 위권이 태듕ᄒᆞ고 셩되 엄듕

11면

ᄒᆞ니 노를 뎌의게 옴기디 못ᄒᆞ나 ᄆᆞ춤닉 ᄡᅥ리미 잇더니 이ᄣᅢ 당시랑이 샤의 노혀 도라오매 진공부ᄌᆡ 십니 댱뎡의 술을 잇그러 나와 마자 반기고 싱이 몬뎌 피셕 샤죄ᄒᆞ여 셰 마디 못 당시 버히믈 닐너 언에 졍대ᄒᆞ고 말숨이 녈〃ᄒᆞ니 시랑이 ᄯᅩᄒᆞᆫ 어진 댱뷔라 눈믈을 흘니고 ᄀᆞᆯ오ᄃᆡ 이는 노부의 운쉬라 엇디 녀ᄋᆞ의 죄 분이리오 사ᄅᆞᆷ의 며ᄂᆞ리 되여 그 싀아비를 ᄉᆞ지의 너흐미 인뉸의 변이라 녀ᄋᆞ 죽이믈 그ᄅᆞ다 아냐 부

녀지경이 참담ᄒᆞ나 현마 엇디 ᄒᆞ리오 공이 역시 츄연 왈 이 도시 나의 어하ᄒᆞᆷ믈 잘못ᄒᆞ여 관인ᄒᆞᆫ 정식 업ᄉᆞ므로 져믄 녀ᄌᆞ의 원을 길워 대죄예 ᄲᅡ디게 ᄒᆞ니 금일 형을 보매 안면이 둣겁고 돈ᄋᆞ의 박힝ᄒᆞ믄 인졍이 아니라 형이 반ᄃᆞ시 미안

12면

ᄒᆞᆯ가 ᄒᆞ더니 이ᄀᆞ치 관후ᄒᆞ니 쇼데 탄복블승ᄒᆞ노라 시랑이 ᄯᅩᄒᆞᆫ 뎌의 부ᄌᆞ를 ᄒᆞᆫᄒᆞᆯ 거시 업서 피ᄎᆞ 구졍이 연의ᄒᆞ더니 이ᄣᅢ 계영 형데와 김시 홍신은 죽으나 홀노 계형의 ᄯᆞᆯ 모란이 화란여싱으로 직조와 흉ᄒᆞ미 어미를 달마시ᄃᆡ 나히 어려 처음 쇠예 참예티 못ᄒᆞ고 목숨이 사라나믈 어드니 당시랑이 뎌의 죵뉴 민멸ᄒᆞ고 ᄒᆞᆫ낫 인싱이 남아시믈 오히려 츄연ᄒᆞ며 ᄯᅩ 모란이 당시 졔를 밧드러 슬허ᄒᆞᄂᆞᆫ 졍셩이 지극ᄒᆞᆷ믈 감동ᄒᆞ여 후히 ᄌᆞ뢰ᄒᆞ여 머므ᄅᆞ니 모란이 그윽이 보슈ᄒᆞᆷ믈 싱각ᄒᆞ여 쥬ᄉᆞ야탁ᄒᆞ매 진공은 지망이 뉵듕ᄒᆞ니 젹은 계교로 해ᄒᆞ려 ᄒᆞ다가 패ᄒᆞᆫ 효험이 목젼의 이시니 가히 싱의치 못ᄒᆞ고 그 버거를 싱각ᄒᆞ매 근본이 양시로

13면

비로섯ᄂᆞᆫ디라 ᄒᆞᆫ번 죽여 쥬인과 어믜 원슈를 갑고 뉴싱의 금슬을 희지어 쇼조ᄒᆞᆷ믈 보고져 ᄒᆞ여 일〃은 ᄀᆞ만이 당시의 ᄉᆞ랑ᄒᆞ던 슈식ᄌᆞ장을 품고 당국구 집의 가 원방녀인이로라 ᄒᆞ고 념가로ᄡᅥ 니ᄅᆞ니 당국구 일개 ᄇᆡ야흐로 사치ᄒᆞᆫ ᄌᆞ장을 일워 궐듕 츌입이 분〃ᄒᆞᆫ디라 이에 져믄 계집이 긔이ᄒᆞᆫ 보쥬와 셔역 구옥차를 ᄑᆞᄃᆡ 그 갑시 젹으믈 깃거 ᄃᆞ토아 사니 모란이 당시의 만흔 칠보ᄌᆞ장을 날마다 ᄑᆞ라 ᄒᆞ로 이틀 ᄒᆞ여 졈〃 안면이 닉은디라 당국구 집의셔 그 용뫼 아름답고 언에 능넌ᄒᆞᆷ믈 ᄉᆞ랑ᄒᆞ며 그 ᄑᆞᄂᆞᆫ 거시 개〃히 졀뵈믈 깃거 사괴미 월여의 미처ᄂᆞᆫ 친ᄒᆞ미 양낭 유모의 뉴로 다로미 업더니 인ᄒᆞ여 당부의 투탁ᄒᆞ여 숨어 일〃은 고ᄒᆞᄃᆡ 쳔쳡이 원방녀인으로 만승의 위의와

14면

뇽누 봉궐을 보디 못ᄒᆞ여시니 졔부인 입궐시의 조차가 귀경ᄒᆞ고 일신이 무탁ᄒᆞ니 인ᄒᆞ여 궁금의셔 낭〃 좌우의 근시ᄒᆞᄂᆞᆫ 시녜 되게 인진ᄒᆞ시면 난망지은이 되리로소이다 국구부인이 희왈 녀의 구듕의 깁히 이셔 삼쳔 시녜 이시나 심복이 업더니 만일 너

깃흔 사름이 즐겨 조츤 즉 엇디 희힝치 아니리오 드듸여 후일 입궐시 모란을 드리고 드러가 당후를 보고 모란의 말을 니르니 휘 모란을 보매 미뫼 빠혀나고 말숨이 흐르는 듯흔디라 크게 깃거 침뎐 시녀를 삼아 금슈 나릉을 상스ᄒᆞ고 은툥이 극ᄒᆞ니 모란이 후의 뜻을 바다 응듸여신ᄒᆞ고 그림재 서로 쫄와 일신 깃더니 일〃은 당휘 샹을 뫼셔 잔취ᄒᆞ고 침뎐의 도라와 앙〃블낙ᄒᆞ거늘 모란이 그 연고를 무른듸 휘 왈 내 만승국모로 부귀

15면

브족ᄒᆞ미 아니로듸 텬지 미양 셜후를 싱각ᄒᆞ시니 이는 블셔 죽은 스름이어니와 방쳡여를 극히 스랑ᄒᆞ샤 미양 뎌 곳의 가 디내시니 일노 블령ᄒᆞ여 오늘 쥬셕을 여러 유연ᄒᆞ시게 ᄒᆞ여 머므르실가 ᄒᆞ더니 쥬방 술 마시 사오납다 ᄒᆞ샤 수빅를 마시고 니러가시니 일노 블쾌ᄒᆞ노라 모란 왈 신쳡이 근닉 궐듕 쥬찬을 보니 비록 거륵하나 샤치흔 마시 아니라 신쳡이 일즉 흔 술을 비저 사름이 먹으매 능히 원긔를 븟들고 마시 쳥녈ᄒᆞ미 셰샹 술 마시 아니라 그 묽으미 옥익 깃고 사름의 나흘 길게 ᄒᆞ는 고로 명을 옥익년슈쥬라 ᄒᆞᄂᆞ니 낭〃이 이 술을 비저 셩샹긔 올니신 즉 샹이 낭〃 지조를 탄복ᄒᆞ시고 반드시 졍궁의셔 음연ᄒᆞ시믈 그치디 아니ᄒᆞ시리이다 휘 대희ᄒᆞ여 모란으로 술을 비저 친히

16면

마술 보니 훈향은 입의 ᄀᆞ득ᄒᆞ고 쳥녈흔 긔운이 복듕을 적셔 그 마시 긔특홀디라 휘 블승환희 왈 경은 가히 마고의 지조로 쇽인이 아니로다 ᄒᆞ고 이날 샹을 뫼셔 잔치홀식 두어 그릇 안쥬와 이 술노뼈 나오니 샹이 흔번 마시고 놀나 왈 이 술이 어듸셔 나니잇고 휘 듸 왈 폐해 후궁의 연음ᄒᆞ시믈 즐기시니 셩톄 힝혀 샹ᄒᆞ실가 두려 쳡이 즈작으로 이 술을 비저 긔운을 보익ᄒᆞ시게 ᄒᆞᄂᆞ이다 샹이 크게 칭션 왈 현후의 놉흔 지조와 딤을 념녀ᄒᆞ는 졍셩을 감샤ᄒᆞᄂᆞ니 근닉 몸의 질괴 이셔 쥬찬의 뜻이 업더니 이 술을 먹으니 그 셰상인 줄 니졸노다 휘 샤례 왈 엇디 감히 셩지를 승당ᄒᆞ리잇고 폐해 후궁의 즐기시는 쌔 흔갓 미란ᄒᆞ믈 간ᄒᆞ리 업고 쥬찬으로 권ᄒᆞ 리 만하 옥톄 상ᄒᆞ시믈 념녀ᄒᆞ매 이

17면

술을 쥬ᄉᆞ야탁ᄒᆞ여 일워내니 셩톄의 만의 일이나 유익ᄒᆞ믈 ᄇᆞ라미 이 곳 부인의 샹식라 무ᄉᆞᆫ 일ᄏᆞᄅᆞ시미 이시리잇고 샹이 더옥 칭복ᄒᆞ샤 이후 졍궁의 ᄌᆞ루 슉침ᄒᆞ샤 년일 ᄒᆞ여 술을 진어ᄒᆞ시니 당휘 깃브믈 이긔디 못ᄒᆞ여 모란을 듕히 넉이니 그 말을 듯디 아니미 업더니 일〃은 휘 침뎐의셔 진양공쥬의 말을 모든 후빙으로 더브러 일ᄏᆞ라 그 덕퇵과 문필을 탄지칭션ᄒᆞ거ᄂᆞᆯ 모란이 승시ᄒᆞ여 고 왈 녀쥬공 셩덕은 진실노 낭〃 말ᄉᆞᆷ ᄀᆞᆺ거니와 그 ᄌᆞ녀의 니ᄅᆞ러ᄂᆞᆫ 효측디 못ᄒᆞ고 진공은 긔군 망샹뉘라 녀염이 훤뎐ᄒᆞ여 니ᄅᆞ더이다 휘 왈 블연ᄒᆞ다 진공 셰형은 샤직지신이오 공개텬하ᄒᆞ니 사ᄅᆞᆷ이 권듕ᄒᆞ믈 아쳐ᄒᆞ미라 모란 왈 진공은 혹 방의 훼언인가 시브거니와 가졍은 신이 ᄌᆞ

18면

시 아ᄋᆞᆸᄂᆞ니 진공은 혹 방의 훼언인가 시브오나 그 가뎡은 신이 듯ᄌᆞ오니 그 ᄎᆞᄌᆞ 병부시랑 뉴현이 태샹셩 양강의 녀ᄅᆞᆯ 취ᄒᆞ오매 양시 투긔 방죵ᄒᆞ고 현을 당듕의 농낙ᄒᆞ여 지실 당시를 쳔단 모해ᄒᆞ여 내치고 용납디 아니〃 당시 모친 김시 녀ᄋᆞ의 일싱을 슬허 그릇 ᄉᆡᆼ각고 진공을 모함ᄒᆞ니 당시 년쇼 ᄋᆞ녀의 혬이 잘나 말니디 못ᄒᆞ고 마디못 동참ᄒᆞ엿다가 모든 일이 발각ᄒᆞ매 스ᄉᆞ로 죽기를 원ᄒᆞ고 그 조부모의 칙을 바다 심당 가치여 졍히 망모의 혼을 브ᄅᆞ고 ᄉᆡᆼ부의 덕힝을 슬허 졍히 피눈믈이 진홀 ᄶᆡ의 뉴현이 칼흘 ᄭᅳ을고 들입ᄒᆞ여 뎌의 말을 듯디 아니코 죽이믈 죠곰도 의심티 아니〃 당시 비록 죄 이시나 황야 됴셔를 거역ᄒᆞ미 방ᄌᆞᄒᆞ고 기쳐 양시 ᄆᆡ양 셜낭〃을 찬양ᄒᆞ여 태평

19면

국뫼라 ᄒᆞ고 낭〃은 비겨 의논ᄒᆞ믈 포ᄉᆞᄆᆡ희 뉘라 ᄒᆞ여 셜후의 빈텬ᄒᆞ시미 낭〃의 해ᄒᆞ시미라 ᄒᆞ여 위ᄒᆞ여 하루ᄒᆞᄃᆡ 요악ᄒᆞᆫ 후궁이 셩모를 도모ᄒᆞ고 포져를 션힝ᄒᆞ여 당가 요인으로 합계ᄒᆞ여 뉴문을 멸ᄒᆞ려 ᄒᆞ니 엇디 텬앙이 업ᄉᆞ리오 ᄒᆞ고 뉴현이 당시 죽이믄 양시의 지촉ᄒᆞᆫ 배라 규문의 참덕이 이 ᄀᆞᆺᄒᆞᄃᆡ 진공과 뉴현이 아디 못ᄒᆞ고 도로혀 어딘 며ᄂᆞ리와 아름다온 안해로 아니 엇디 혼암블명티 아니리잇고 뎌적 낭〃 승위지초의 진하 아니흠도 양시 셜후를 츄모ᄒᆞ고 낭〃이 당시 ᄋᆡ련ᄒᆞ시믈 원망ᄒᆞ여

악〃히 ᄀᆞᆯ오ᄃᆡ 내 엇디 요악ᄒᆞᆫ 후비의 압히 가 허리를 굽혀 칭신ᄒᆞᄂᆞᆫ 욕을 보리오 ᄒᆞ니 진공이 그 강개ᄒᆞ믈 칭찬ᄒᆞ고 아니 드려 보내다 ᄒᆞ더이다 당휘 텽필의 블연 변ᄉᆡᆨ 왈 양가 쳔녜 감

20면

히 군신의 톄면을 아디 못ᄒᆞ고 패만ᄒᆞ미 이러ᄐᆞᆺ ᄒᆞ냐 내 반ᄃᆞ시 국법으로 다ᄉᆞ리〃니 네 원간 어ᄃᆡ로 조차 이 일을 아ᄂᆞᆫ다 모란이 드ᄃᆡ여 부복ᄒᆞ여 울고 근본을 닐너 원슈 갑기를 쳥ᄒᆞ고 양시 ᄇᆞ덕을 지어 고ᄒᆞ미 무궁ᄒᆞ니 휘 크게 신텽ᄒᆞ여 뉴문의 화를 내고져 ᄒᆞ니 샹궁 녀현경이 간왈 가치 아니ᄒᆞ다 낭〃이 만승국모로 보위예 오ᄅᆞ시매 신민을 무휼ᄒᆞ샤 덕을 베프셤 즉ᄒᆞ거ᄂᆞᆯ 이제 죄 닙어 도망ᄒᆞᆫ 죵이 그 쥬인 해ᄒᆞ믈 고디드ᄅᆞ샤 친쳑의 졍과 군신의 의를 ᄇᆞ리시고 대신의 집을 침노ᄒᆞ시미 국톄의 만〃 블가ᄒᆞ니 ᄒᆞ믈며 진공이 대권을 당악의 두어 됴뎡 싱살을 쳔ᄌᆞᄒᆞ거ᄂᆞᆯ 만일 분뇌 ᄒᆞᆫ번 니러난 즉 그 디모 신긔로ᄡᅧ 근본을 ᄎᆞ자 일이 뒤티면 낭〃긔 븟그러오미 잇고 모란이 죽기

21면

를 면티 못ᄒᆞ리니 모ᄅᆞ미 녜우ᄒᆞ샤 셕일 친〃지의를 샹히오디 마ᄅᆞ쇼셔 휘 텽파의 ᄉᆞᄉᆡᆨ을 잠간 플거ᄂᆞᆯ 모란이 다시 고 왈 진공과 뉴현은 샤ᄒᆞ시나 양녀의 낭〃 슈욕ᄒᆞᆫ 죄를 다ᄉᆞ리샤 궁듕의 블너 가도아 뉴현으로 샹니ᄒᆞ여 죽게 ᄒᆞ시면 그 죄를 가히 쇽ᄒᆞ리이다 녀샹궁이 모란의 여ᄎᆞᄒᆞ믈 보고 ᄭᅮ지저 ᄀᆞᆯ오ᄃᆡ 네 진공 부하의 도망ᄒᆞᆫ 비ᄌᆞ로 그 님자를 해코져 ᄒᆞ니 왕법이 두렵디 아니냐 낭〃이 본ᄃᆡ 녀쥬공으로 듕표의 친이 계시고 ᄒᆞ믈며 당태후 ᄋᆡ휼ᄒᆞ시믈 밧ᄌᆞ와 계시니 그 졍이 범연ᄒᆞᆫ 종족이 아니라 이제 그 ᄌᆞ부를 네 말노ᄡᅧ 다ᄉᆞ린 즉 엇디 셩덕의 해롭디 아니리오 너는 가히 님군을 그ᄅᆞᆺ 믿드ᄂᆞᆫ 신해라 이 일을 만일 셩샹이 아ᄅᆞ신 즉 네 죄 ᄒᆞᆫ번 죽기를 면티 못ᄒᆞ리라 당휘 원ᄂᆡ 진공이 진

22면

하 ᄢᅢ 녀부를 아니 드려 보내믈 뮈이 넉여 이ᄢᅢ를 타 보원코뎌 녀샹궁ᄃᆞ려 왈 내 진공과 뉴현은 침노치 아니려니와 양시ᄂᆞᆫ 날을 욕ᄒᆞ고 ᄯᅩ 투악이 뎍인을 해ᄒᆞ니 샤치

못홀 죄라 구틱여 요란이 굴거시 아냐 양시를 블너 궁듕의 두어 뉴현으로 니이케 ᄒᆞ고 특별이 명가의 미부를 골히여 뉴현으로 쥐케 ᄒᆞᆫ 즉 종족의 경을 니ᄌᆞ미 아니〃라 녀샹궁이 후의 듯디 아니믈 보고 탄식고 믈너나다 당휘 즉일의 밀됴를 ᄂᆞ리와 시랑을 주니 ᄒᆞ여시ᄃᆡ

드ᄅᆞ니 경의 부인 양시 투악이 극ᄒᆞ여 경을 도아 당시를 죽여 됴명을 역ᄒᆞ고 녀쥬공의 가졔를 샹히온다 ᄒᆞ니 내 이제 텬하 풍교를 ᄀᆞ음아라 믁연이 잇디 못홀디라 고로 셩샹긔 알외여 쳐치코뎌 ᄒᆞᄃᆡ 살인재 ᄉᆞ라 경의게 니치 아닐디니 특

23면

별이 법을 굽혀 경의 죄를 샤ᄒᆞ고 양시를 궁듕의 가도아 잠간 그 죄를 경계코져 ᄒᆞᄂᆞ니 만일 명을 틱만 ᄒᆞ면 삼족의 환이 밋ᄎᆞ리라 ᄒᆞ엿더라 듕식 뉴부의 니ᄅᆞ니 시랑이 향안을 빅셜ᄒᆞ고 명을 바다 블승차악ᄒᆞ여 드러가 진공긔 알외니 공이 탄왈 후비의 위엄이 신ᄌᆞ의 인뉸을 어ᄌᆞ러이니 만일 졍도로 조ᄎᆞᆫ 즉 반ᄃᆞ시 문호의 니치 아닐디라 내 블힝ᄒᆞ여 위극인신ᄒᆞ니 슉야우구ᄒᆞ미 님심니박ᄒᆞ거늘 만일 셩샹이 크게 실덕ᄒᆞ미 아니신 즉 엇디 반ᄃᆞ시 면졀졍징ᄒᆞ여 경〃ᄒᆞᆫ 간관이 되리오 인신의 딕졀이 이런 일의 힘쁠 거시 아니오 대신의 톄면이 ᄌᆞ부 븟들기의 잇디 아니〃 ᄉᆞ싱이 명이 잇고 부귀 하늘의 이시니 양시 비록 잡혀 가나 능히 해티 못홀디라 슌히 조차 군신의 톄

24면

면을 삼가고 후비와 결원ᄒᆞ여 화를 쥐티 말녀니와 큰 일을 딕희므로 ᄋᆞ부의 졍식 가련ᄒᆞ고 굿기미 등한치 아닐디라 ᄉᆞ졍이 참혹디 아니리오 졔직 차악ᄒᆞ여 말이 업고 샹부의셔 승상과 졔공이 이 말을 듯고 경히ᄒᆞ여 서로 골오ᄃᆡ 황휘 비록 존ᄒᆞ시니 엇디 신ᄌᆞ의 인뉸을 난ᄒᆞ여 명부를 잡아 위력으로 궐ᄂᆡ의 가도리오 황샹긔 알외고 붉이 ᄃᆞ토미 올흐니 엇디 묵〃히 이시리오 셩의빅이 홀노 가티 아니타 ᄒᆞ여 왈 이제 당휘 명가 녀ᄌᆞ로 결발빅위어늘 졍상이 비록 태비ᄒᆞ나 임의 옥칙을 밧드러 보위예 오ᄅᆞ시매 명졍언슌이 국모의 계신지라 만모치 못홀 거시오 셩샹이 ᄒᆞ시ᄂᆞᆫ 바와 다ᄅᆞ니 궁위 ᄉᆞ이 일을 포폄ᄒᆞ여 ᄂᆞᆺᄎᆞ로 ᄃᆞ토디 못ᄒᆞ고 ᄯᅩ 감히 셩샹긔 알외여 어믜 흔단으로 아븨게 들

25면

니디 못ᄒᆞ리니 고요히 아딕 슌ᄒᆞ여 진실노 일이 크게 실덕ᄒᆞ고 양시 위틱ᄒᆞᆫ 즉 냥모ᄅᆞᆯ 쁨만 ᄀᆞᆺ디 못ᄒᆞ니 이제 고집ᄒᆞᆫ 풍녁으로 범의 나ᄅᆞ술 거우디 못ᄒᆞ리라 모다 올히 넉여 시랑으로 ᄒᆞ여곰 됴셔ᄅᆞᆯ 슌ᄒᆞ여 복명ᄒᆞ매 댱휘 즉시 ᄂᆡ시 뎡동으로 졀을 가져 양시의 고명과 봉관 옥결을 거두고 입됴ᄒᆞ믈 ᄌᆡ촉ᄒᆞ니 양시 잉틱 수월의 신ᄉᆡᆨ 피곤ᄒᆞ여 비록 강잉ᄒᆞ여 됴셕 셩졍의 츌입ᄒᆞ나 도라온 즉 침셕을 ᄯᅥ나디 못ᄒᆞᄃᆡ ᄆᆡ양 풍한의 쵹감ᄒᆞ믈 일ᄏᆞ르니 원샹궁이 해다 아디 못ᄒᆞ더니 쳔만 의외 광경을 만나 궁인이 핍박ᄒᆞ믈 보매 원억ᄒᆞ고 통히ᄒᆞ믈 이긔디 못ᄒᆞ고 부모와 구고ᄅᆞᆯ ᄯᅥ나 ᄋᆡᆨ뎡의 들매 도라올지 속이 아득ᄒᆞ니 간댱이 촌단하ᄂᆞᆫ디라 청뉘 화ᄉᆡᄅᆞᆯ 적시니 이ᄣᅢ 일가 족당이 진부의 다 모다 니별을 앗

26면

기고 눈믈을 흘녀 후회ᄅᆞᆯ 긔약디 못ᄒᆞ니 니부인이 타루 왈 공쥐 쳔고의 드믄 셩덕으로 세 낫 ᄌᆞ녀ᄅᆞᆯ ᄭᅵ쳐 남은 젹덕이 힝혀 여등으로 부귀ᄅᆞᆯ 안향ᄒᆞᆯ가 ᄒᆞ더니 수다 ᄌᆞ손이 다 무ᄉᆞᄒᆞᄃᆡ 엇디 홀노 공쥬의 ᄌᆞ부로ᄡᅧ 화란이 년면ᄒᆞ니 텬도ᄅᆞᆯ 가히 미들 것가 승상이 탄왈 남기 곳으매 몬뎌 버히고 지극ᄒᆞᆫ 보ᄇᆡᄂᆞᆫ 완젼치 못ᄒᆞ니 이ᄂᆞᆫ 양ᄋᆞ의 위인이 너모 츌범ᄒᆞᆫ 연괴라 하늘이 ᄆᆞᄎᆞᆷᄂᆡ ᄆᆡ믈케 아니시리니 쇼부ᄂᆞᆫ 안심보듕ᄒᆞ여 약질을 샹히오디 말나 양시 슈루ᄇᆡ샤ᄒᆞ니 일개 년〃ᄒᆞ여 ᄎᆞ마 ᄯᅥ나디 못ᄒᆞ니 이ᄣᅢ 날이 ᄇᆞᆯ셔 느졋ᄂᆞᆫ디라 궁인이 ᄌᆡ촉ᄒᆞ믈 마디 아닌ᄃᆡ 양혹ᄉᆞ 부인이 졍ᄉᆡᆨ 왈 낭〃 됴셰계시나 양시 본ᄃᆡ 국가의 득죄ᄒᆞ미 업고 ᄉᆞ족지녀로 명부항녈이어ᄂᆞᆯ 엇디 핍박ᄒᆞ며 셜만ᄒᆞ미 이대도록 ᄒᆞ리오 나라 형

27면

벌을 닙어 죽을디언뎡 궁인의 치욕을 감심치 아니리라 당부인이 니어 ᄀᆞᆯ오ᄃᆡ 낭〃이 구듕의 깁히 계샤 양시 부〃간 션악츔녕을 엇디 아ᄅᆞ시리오 반ᄃᆞ시 증모의 투져ᄒᆞ시미라 블구의 ᄭᆡᄃᆞ르시리니 군신지의 완젼ᄒᆞᆫ 즉 금일 궁인의 무례ᄒᆞ미 웃듬 ᄒᆞᆫ이 될디라 잠간 인졍을 두어 친쳑의 ᄯᅥ나ᄂᆞᆫ 졍을 위로ᄒᆞ라 궁이 졔부인의 ᄉᆡᆨ〃ᄒᆞᆫ 언ᄉᆞ와 아ᄅᆞᆷ다온 용안을 탄복ᄒᆞ고 ᄯᅩᄒᆞᆫ 무류ᄒᆞᆫ 듕 ᄯᅩᄒᆞᆫ 시ᄀᆡᆨ이 어긔믈 민망ᄒᆞ여 외뎐의 나

아가 진공긔 고 왈 쳡등이 낭〃 칙셔를 밧즈와 양부인을 뫼셔 가매 뎡흔이 잇거늘 졔 부인이 니별의 차아흐믈 인흐여 능히 썰치디 못흐시니 쟝춧 엇디 흐리잇고 시의 공이 위고권듕흐믈 두려 뜻을 낫초미 병이 되엿는디라 궁인의 말을 듯고 묵연이 말이 업서 닉당의 드러와

28면

양시를 니별흐고 경계흐여 보내려 흐니 궁인이 믈너 듕텽의 이셔 쏘흔 감히 직촉디 못흐고 공의 명을 기드리는디라 공이 닉뎐의 니르매 친쳑이 만당흐여 별회와 니졍을 닐너 추마 써나디 못흐거늘 공이 양시를 블너 츄연 왈 노뷔 금일스를 텬뎡의 간흐여 머리를 ᄲᆞ리며 몸은 죽여 亽싱을 블고흐여 너를 구코져 흐딕 당샹 학발의 부효를 추마 흐디 못흐여 널노뻐 궁뎡의 죄인을 민드니 평일 ᄇᆞ라던 바를 져ᄇᆞ렷는디라 엇디 가련치 아니리오 다만 놉흔 군즈와 텰흔 부인은 화복의 ᄆᆞ음을 동티 아닛ᄂᆞ니 이 쏘흔 명이라 심亽를 관억잉분흐여 타일 서로 보믈 긔약흐라 양시 계슈 직빅 왈 블쵸뷔 슬하의 의탁흐오미 亽년의 대인 은혜 산고히활 쳔만 어려온 듕 능히 보젼흐여숩더니 금

29면

일 낙미의 홰 쇼쟝의 니러나니 이는 흐ᄂᆞᆯ이 쳡을 죽이시미라 몸이 흔번 궁익의 믹이매 亽싱을 뎡티 못흐니 하시의 다시 슬하의 뫼셔 신혼을 밧들니잇고 쇽졀업시 바다 굿흔 셩은을 만분의 일도 갑숩디 못흐고 국가 죄인이 되와 부모를 영결티 못흐오믈 슬허흐오나 홀일 업슨지라 복망 대인은 블쵸으로 인흐여 셩녀를 허비티 마ᄅᆞ시고 쳔츄만셰를 누리시믈 ᄇᆞ라ᄂᆞ이다 셜파의 창원은 아미를 두ᄅᆞ고 쳥누는 의상을 적시니 근졀흔 말숨과 ᄆᆞᆰ은 틱되 더옥 사ᄅᆞᆷ을 감동흐니 공이 심하의 앗기고 잔잉흐여 위로 왈 황후 됴셰 엄흐시니 머므러 유익흐미 업는디라 ᄋᆞ부는 관심흐여 일즉이 드러가라 드딕여 외뎐으로 나가니 쇼졔 하당 빅별흐고 군쥬와 셜쇼져 등 모든 금당

30면

쇼고로 더브러 서로 톄읍흐더니 믄득 시랑이 듁셔루의 드러와 쇼져를 쳥흐니 쇼졔 즐겨 나아가디 아니흐고 원샹궁을 쳥흐여 골오딕 낭〃의 명이 급흐시고 대인이 수이

가믈 지촉ᄒᆞ시니 소실의 드러가 담논홀 시졀이 아니라 궁희ᄂᆞᆫ 이 뜻을 군ᄌᆞᄀᆡ 고ᄒᆞ라 셜파의 ᄋᆞᄌᆞ를 안아 이윽이 감샹ᄒᆞ다가 유모를 맛디고 일봉셔를 머므러 그 부모를 영결ᄒᆞᆫ 후 의연이 교ᄌᆞ의 오ᄅᆞ니 군쥬와 당손시 셜원 이 인으로 더브러 실셩호읍왈 만일 션비 계시면 엇디 금일이 이시리오 ᄒᆞ니 모든 궁인이 비록 당후의 명을 바다시나 이 경식을 보고 눈믈 아니 흘니 리 업더라 시랑이 쇼제 죵시 오디 아니믈 보고 다시 청코뎌 ᄒᆞ더니 공이 쇼ᄌᆞ 양으로 ᄒᆞ여곰 시랑을 블너 면유 왈 금일 ᄋᆞ부의 화란이 희

31면

한ᄒᆞᆫ 곡경이나 오히려 젼두를 측냥티 못ᄒᆞ니 네 오딕 문호를 념녀ᄒᆞ여 양시를 ᄉᆡᆼ각디 말나 ᄋᆞ뷔 비록 드러가나 인명이 ᄌᆡ텬ᄒᆞ니 당휘 엇디 간대로 해ᄒᆞ며 하낭〃이 계시고 뉵궁 비빙과 궁애 다 네 모비 은혜를 닙으 니 만흐니 반ᄃᆞ시 서로 보호ᄒᆞ여 도라오미 이시리니 니별의 샹회ᄒᆞ여 구〃한 거조를 말나 시랑이 ᄌᆡ비 슈명ᄒᆞ고 궤고왈 히ᄋᆡ 블쵸ᄒᆞ와 젼일 녀식을 관졍ᄒᆞ기로 대란이 니러나니 이제 비록 일이 다르나 만일 구〃ᄒᆞᆫ 거조로 당부의 긔상을 문허ᄇᆞ릴딘ᄃᆡ 무상ᄒᆞ미 심어젼일ᄒᆞ여 ᄀᆡ과홀 줄을 모ᄅᆞ미라 쇼ᄌᆡ 비록 혼암ᄒᆞ나 엇디 이 일을 ᄉᆡᆼ각디 못ᄒᆞ리잇고마ᄂᆞᆫ 후비의 작얼이 신ᄌᆞ의 안해를 무고히 겁탈ᄒᆞ여 금듕의 가도고 ᄆᆞ득 화란의 문

32면

을 열고뎌 ᄒᆞ니 남ᄋᆞ의 굴긔ᄒᆞ여 춤기 어려온 배로ᄃᆡ 됴뎡 녹을 먹고 품은 바를 베퍼 그 직칙을 다 못ᄒᆞ니 엇디 븟그럽디 아니리잇고 ᄒᆞ믈며 양시 무죄ᄒᆞ미 ᄇᆡᆨ일 ᄀᆞᆺ거ᄂᆞᆯ 쇼ᄌᆞ의 연고로 부모와 유치를 니별ᄒᆞ고 궁금의 가치여 모딘 후비의 슈듕의 ᄡᅥ러지니 ᄉᆞᄉᆡᆼ을 가히 뎡치 못홀디라 쇼ᄌᆞ로 인ᄒᆞ여 ᄉᆞ디의 도라가미 졍히 ᄇᆡᆨ인이 유아이ᄉᆡ라 시고로 ᄌᆞ연 듕졍이 블안ᄒᆞ오니 긔화즉심안이오 심화즉긔안이라 사ᄅᆞᆷ이 쇼ᄌᆞ로ᄡᅥ 노심쵸ᄉᆞᄒᆞᆫ다 홀가 두리ᄂᆞ이다 진공이 졈두 왈 이 말이 유리ᄒᆞ니 ᄋᆞᄋᆡ 스ᄉᆞ로 알오미 ᄇᆰ은디라 또 엇디 알고 힝티 아니리오 ᄒᆞ믈며 너는 타인과 ᄀᆞᆺ디 아냐 녀식으로 부형과 문호의 화를 닐윈 쟈라 금일의 만일 ᄉᆞ졍을 졀차치 못ᄒᆞᆫ 즉 금슈만 못ᄒᆞ리라

33면

시랑이 돈슈샤례ᄒᆞ매 원샹궁이 공의게 나아가 고 왈 처엄의 비직 쥬공 교지를 밧드러 양부인을 보호ᄒᆞᆸ더니 이제 일이 이에 미ᄎᆞ니 비직 엇디 감히 부인의 후거를 ᄯᆞ오디 아니코 안연이 편히 이시리잇고 ᄒᆞᆫ가지로 뫼셔 드러가믈 원ᄒᆞᄂᆞ이다 공이 미급답의 시랑이 츄연 정ᄉᆡᆨ 왈 가치 아니ᄒᆞ다 궁희ᄂᆞᆫ 션비 탁고를 밧ᄌᆞ와 우리 남ᄆᆡ를 보양ᄒᆞ고 대인 명교로 날을 도은 즉 일편도이 양시를 ᄯᆞᆯ을 배 아니라 내 이에 잇고 유직 어미를 일허시니 그ᄃᆡ 맛당이 보호ᄒᆞ여 가ᄉᆞ를 도으미 일이 만젼ᄒᆞᆯ디라 엇디 양시를 위ᄒᆞ여 궁듕의 드러가 소샹궁의 해를 밧고져 ᄒᆞᄂᆞ뇨 내 블인ᄒᆞ여 요샤의 계집을 어더 집을 기우리치고 션비의 골경지신으로 화를 만나 소샹궁의 피해ᄒᆞ믈 탄ᄒᆞ거ᄂᆞᆯ

34면

엇디 ᄯᅩ 그ᄃᆡ를 이에 너흐리오 ᄒᆞ믈며 그ᄃᆡᄂᆞᆫ 션후의 ᄐᆡᆨ취ᄒᆞ신 찬네관으로 셕일 궐듕의셔 후비와 뉵궁을 ᄀᆞᄅᆞ쳐 졀졔ᄒᆞ던 바로 이제 ᄒᆞᆫ 죄인의 시비되여 드러가 궁인과 당후의 쳔ᄃᆡ를 바드리오 실노 션비를 욕 먹이미라 만〃 블가ᄒᆞ니 오딕 유ᄌᆞ를 딕희고 듁셔루를 ᄉᆞᆯ펴 양시 도라오믈 기ᄃᆞ리라 원샹궁이 ᄃᆡ 왈 공직 ᄒᆞ나흘 알고 둘을 모ᄅᆞ시ᄂᆞᆫ도다 비직 션됴의 찬녜ᄒᆞ신 직품이 이시나 션비 탁고와 쥬공의 교지를 밧ᄌᆞ와 양부인을 셤기매 튱을 다ᄒᆞᆯ디니 공ᄌᆞ와 부인이 듕ᄒᆞ미 ᄒᆞᆫ가디라 신해 님군을 위ᄒᆞᆫ 즉 튱이오 국모를 위ᄒᆞᆫ 즉 튱이 아니〃잇가 양부인이 션비의 며ᄂᆞ리로 당후의 잡아 드리ᄂᆞᆫ 욕이 임의 션비와 쥬공긔 극ᄒᆞ여시니 비직 ᄯᆞ와가므로 욕이 더ᄒᆞ리

35면

잇고 공이 탄왈 비ᄌᆞ의 말이 의리 당연ᄒᆞ나 ᄋᆞ부를 ᄯᆞ라가미 니치 아니리니 ᄎᆞᄉᆡᆨ 새로이 니러나미 반ᄃᆞ시 당시의 여당이 이셔 당후를 다시 결연ᄒᆞ미라 날을 해티 못ᄒᆞ고 ᄋᆞ부의게 화를 옴겨 ᄇᆞ야흐로 간악ᄒᆞᆫ ᄡᅬ 셩ᄒᆞ니 비ᄌᆞ의 보호ᄒᆞ야 샹죵ᄒᆞ믈 됴히 보리오 ᄋᆞ부를 해코져 ᄒᆞ미 급ᄒᆞ므로 좌우를 몬뎌 덜고뎌 ᄒᆞᆫ 즉 그 환을 비직 아니당ᄒᆞ고 뉘 당ᄒᆞ리오 ᄯᅩᄒᆞᆫ 시녀ᄂᆞᆫ ᄯᆞᆯ와 가미 가ᄒᆞ거니와 비ᄌᆞᄂᆞᆫ 지망이 궐듕의 ᄀᆞ득ᄒᆞ니 간인의 ᄭᅥ리미 큰디라 ᄯᆞ라 갈 ᄯᅳᆺ을 그치고 ᄋᆞᄌᆞ의 말을 조ᄎᆞ라 원샹궁이 눈믈을 흘녀 샤이퇴ᄒᆞ매 궁인 초란은 ᄉᆡᆼ의 유뎨라 년이 십오 셰의 디릉언쥭ᄒᆞ여 담냑이

과인ᄒᆞ니 특별이 굴ᄒᆡ여 양시 후거를 ᄯᆞᆯ와가게 ᄒᆞ고 원샹궁이 하로 듁셔루를 딕ᄒᆡ여 텬시를 기ᄃᆞ리더

36면

라 이ᄯᆡ 당휘 양시를 잡아오라 ᄒᆞ고 보ᄂᆞᆫ ᄯᆡ 크게 욕ᄒᆞ여 분을 플녀홀ᄉᆡ 위의 십분 엄졍ᄒᆞ여 형벌 긔구를 버렷더니 이윽고 듕ᄉᆡ 양시 잡아와시믈 고ᄒᆞ니 휘 명ᄒᆞ여 브ᄅᆞ매 건장ᄒᆞᆫ 궁인이 십여 인이 젼챠후옹ᄒᆞ여 계하의 님ᄒᆞ매 양시 믄득 의샹을 슈렴ᄒᆞ고 돈슈ᄇᆡ례ᄒᆞ여 산호를 브ᄅᆞ니 녜뫼 졍슉ᄒᆞ고 소ᄅᆡ 쳥쇄ᄒᆞ여 형산바옥을 ᄆᆞ으ᄂᆞᆫ ᄃᆞᆺᄒᆞ거늘 팔ᄌᆞ 아황은 츈산의 내흔 젹이 몽농ᄒᆞᆫ ᄃᆞᆺ 일ᄡᅡᆼ 츄파의 ᄆᆞᆰ은 빗츤 산쳔슈긔를 거두어 셜익무빈과 년협단슌이 텬디졍화를 아사 츌인ᄒᆞᆫ 긔질과 쇼쇄ᄒᆞᆫ 격되 앙〃히 환패를 울녀 요디의 부회ᄒᆞ미 아니면 의연이 당년의 구당면복으로 통직의 옥보를 ᄎᆞ고 졔후를 셥졍ᄒᆞ여 졔왕공쥬와 뉵궁 비

37면

빙을 총졔ᄒᆞ던 녀쥬공의 거동과 방블ᄒᆞ니 시위 후궁이 암암히 칭긔ᄒᆞ고 당휘 대경 왈 ᄎᆞ인이 이러ᄒᆞ니 그 구개 엇디 듕히 아니 넉이리오 혜건ᄃᆡ 당시ᄂᆞᆫ 젹은 총명과 간샤ᄒᆞᆫ 쇠로 도화의 ᄌᆞᄉᆡᆨ이 이시나 ᄎᆞ인은 조흔 년ᄭᆞᆺ과 ᄆᆞᆰ은 ᄃᆞᆯ ᄀᆞᆺᄒᆞ여 텬디 졍화를 품슈ᄒᆞ여시니 ᄒᆞᆫ갓 미려ᄒᆞ므로 일ᄏᆞᆯ 배 아니라 다만 녀쥬공은 ᄉᆡᆼ민이 나므로 그 둘히 업ᄉᆞ니 이제 양시로 비컨ᄃᆡ 듕니와 안연 ᄀᆞᆺᄒᆞ니 대강 뉴문은 졀ᄉᆡᆨ 슉녜 못ᄂᆞᆫ도다 이러ᄐᆞᆺ 냥구 ᄉᆞ량 후 뎐교 왈 경이 국가지친으로 일즉은 군신의의 잇고 일즉은 친쳑의 졍이어ᄂᆞᆯ 딤이 승위지초의 진ᄒᆞ를 참예티 아니믄 엇디오 양시 ᄌᆡᄇᆡ 복지 왈 셩뫼 처음으로 만방의 님ᄒᆞ시니 신이 ᄉᆡᆼ각기를 ᄉᆞ히지ᄂᆡ 다 낭〃 젹지라 엇디 구ᄐᆡ여

38면

ᄂᆞᆺᄎᆞ로 하례ᄒᆞᆫ 후 군신의 졍분이 이시며 왕쟈ᄂᆞᆫ ᄉᆞᄉᆡ 업ᄉᆞ니 친〃지의로 별녜의 은혜를 현망ᄒᆞ미 셩덕을 돕ᄉᆞ오미 아닌고로 신이 분의를 삼가와 영통을 피ᄒᆞ므로 감히 나아오디 못ᄒᆞ엿ᄂᆞ이다 당휘 문왈 죄인 당셜혜ᄂᆞᆫ 경의 덕인으로 비록 션휘 이시나 소문 일믹으로 샹투ᄒᆞᄂᆞᆫ 누덕을 먼니 ᄒᆞ고 뉴현을 션겨 대아의 풍을 ᄯᆞᆯ오미 올커ᄂᆞᆯ 하고로 츔소ᄒᆞ여 내치고 죽이기의 니르게 ᄒᆞ믄 엇디오 양시 주 왈 뉴현이 텬은을 닙

ᄉᆞ와 한원의 고등ᄒᆞ매 냥쳐는 국법이라 당셜혜를 춰ᄒᆞ오나 신쳡이 감히 어딜믈 쟈랑ᄒᆞ고 덕이 이셔 투긔를 아니미 아니라 신의 ᄆᆞ음이 셰ᄉᆞ의 잇디 아냐 고요히 분의를 딕희니 엇디 춤소 ᄒᆞ여 내치며 함해ᄒᆞ여 죽이리잇고 진실노 죽이고뎌

39면

ᄆᆞ음이 이시나 념치의 지아비를 ᄃᆡᄒᆞ여 뎍인을 해ᄒᆞ고 내 몸의 니히 못ᄒᆞ려든 냥〃 셩감이 엇디 이런 말을 신텽ᄒᆞ시리잇고 뉴현이 댱시를 죽이믄 인졍이 아븨 원슈를 갑고뎌 ᄒᆞ믄 사ᄅᆞᆷ의 덧〃ᄒᆞᆫ 텬니라 텬뎡의 ᄇᆰ이 알외고 죽여시니 엇디 신의 춤소로 죽여시리잇고 냥〃 뎐괴 신의 말노ᄡᅧ 뉴현이 댱시를 죽이다 ᄒᆞ시니 이 말 고ᄒᆞᆫ 재 증참이 될디라 규듕 미셰지ᄉᆞ로 냥〃이 엄문ᄒᆞ시믈 당ᄒᆞ오니 만승의 톄면이 이저졋ᄂᆞᆫ 디라 임의 셰〃히 모르시므로 인ᄒᆞ여 누〃히 알외믈 마디 못ᄒᆞ오리니 원컨ᄃᆡ 신이 뉴현을 부쵹ᄒᆞ다 주ᄒᆞᆫ 사ᄅᆞᆷ을 브ᄅᆞ샤 ᄃᆡ면ᄒᆞ믈 명빅히 ᄒᆞ시믈 ᄇᆞ라ᄂᆞ이다 댱휘 그 강개ᄒᆞ여 굴티 아니믈 대로ᄒᆞ여 ᄉᆡᆼ각ᄒᆞᄃᆡ 대개 뎌러ᄒᆞ여 셜후를 츄모ᄒᆞ고 ᄌᆞ가를 만모ᄒᆞ던가 통

40면

ᄒᆞᆫᄒᆞ여 양시를 즉시 후원 복각의 가도고 밧그로 줌가 됴셕 음식을 굼그로 드리게 ᄒᆞ니 이 북각은 태종황뎨 죄 잇ᄂᆞᆫ 궁인을 가도고 혹 ᄉᆞ죄인을 이 곳의 와 ᄉᆞ〃ᄒᆞ거나 ᄋᆡᆨ살ᄒᆞ거나 ᄒᆞ니 여러 ᄃᆡ 디나매 죽은 재 쏘ᄒᆞᆫ 만흔디라 텬음우습ᄒᆞ면 귀신이 브ᄅᆞ지져 울고 공듕의 고이ᄒᆞᆫ 소ᄅᆡ와 돌이 무수히 ᄂᆞ려와 사ᄅᆞᆷ의 졍신을 혼잡게 ᄒᆞ니 궁듕이 일홈ᄒᆞ여 명ᄉᆞ계라 ᄒᆞ더니 댱휘 짐즛 쇼져를 이 곳의 가도아 ᄌᆞ진케 ᄒᆞ미러라 양쇼졔 임의 가치매 초란이 울고 ᄯᆞᆯ와 ᄒᆞᆫ가지로 들매 뎐각이 황냥ᄒᆞ고 거츤 플과 얽힌 형극이 아득ᄒᆞ여 나지라도 어두오니 노쥬 이 인이 일ᄉᆡᆼ 부귀의 ᄉᆡᆼ댱ᄒᆞ여 엇디 이런 곳을 보아시리오 쇼졔 앙텬 탄왈 유〃창텬이 엇디 쳡으로 ᄒᆞ여곰 후비의 치욕을 밧게 ᄒᆞ시ᄂᆞ뇨 ᄒᆞ

41면

몸은 앗갑디 아니나 양시 셰ᄃᆡ가셩을 츄락ᄒᆞ고 션비 고명을 욕 먹이믈 붓그려 ᄒᆞᄂᆞ니 진짓 블효ᄒᆞᆫ 며ᄂᆞ리오 박덕ᄒᆞᆫ 녀ᄌᆡ니 디하의 죄를 면키 어렵도다 셜파의 옥뉘 년

쥬ᄒᆞ니 초란이 ᄯᅩᄒᆞᆫ 크게 슬허 ᄇᆡᆨ단 관위ᄒᆞ여 날을 보내더라 모란이 황후를 도〃아 양시를 가도고 심하의 크게 깃거 ᄀᆞ만이 음식 보내ᄂᆞᆫ 궁인의게 황후의 교지를 가탁ᄒᆞ여 ᄒᆞ로 ᄒᆞᆫᄣᅢ식 밥을 주ᄃᆡ ᄒᆞᆫ그ᄅᆞᆺ식 더으미 업고 믈을 주디 아니〃 댱ᄎᆞᆺ 긔갈ᄒᆞ여 죽게 되엿ᄂᆞᆫ디라 쇼졔 초란ᄃᆞ려 왈 일이 이에 미처 살 길히 업ᄉᆞ니 ᄉᆡᆼ각건ᄃᆡ 경공이 우믈의 절ᄒᆞ여 믈을 엇고 졔갈은 ᄡᅡ흘 파 믈을 어더 군ᄉᆞ를 먹이니 내 비록 고인의 튱냥이 업ᄉᆞ나 텬되 무죄쟈를 어엿비 넉이시ᄂᆞ니 내 혜아리건ᄃᆡ 양시 셰

42면
ᄃᆡ 쳥명직절노 나라흘 셤기고 뉴문이 본ᄃᆡ 젹덕튱냥으로 문셩공이 집을 일워 ᄌᆞ손의 뎐ᄒᆞ시미 ᄇᆡᆨ여 년의 조심 공근ᄒᆞ여 허믈이 업ᄉᆞᆯ 분 아니라 우리 션비의 지극ᄒᆞ신 셩덕으로ᄡᅧ 엇디 ᄌᆞ부로 ᄒᆞ여곰 복ᄋᆞ를 품고 구텬의 원혼이 되게 ᄒᆞ시리오 텬도의 복션화음이 뎟〃ᄒᆞ니 간인의 흉계의 팀몰ᄒᆞ여 그치디 아닐디라 다만 목금의 계괴 업ᄉᆞ니 ᄒᆞᆫ번 둘너 보아 믈길을 ᄎᆞ자 ᄡᅡ흘 ᄑᆞᆫ 즉 가히 목 ᄆᆞ른 거ᄉᆞᆯ 구ᄒᆞᆯ 분 아니라 기리 보젼ᄒᆞ리라 ᄒᆞ고 초란으로 ᄒᆞ여곰 인도ᄒᆞ여 후원의 올나 두루보니 뎐각이 ᄌᆡᆼ영ᄒᆞ고 화계 층〃ᄒᆞ여 분댱이 둘너 셩곽이 니러시니 그 밧글 알 길히 업ᄉᆞᄃᆡ 다만 담 밧긔 인셩이 긋디 아니〃 이ᄂᆞᆫ 샹님원 만셰산으로조차 여러 폭푀 모혀 ᄇᆞᆨ각 뒤흐로 내히

43면
되여 흐르니 궁인의 무리 다 이 곳의 와 깁을 ᄲᆡᄂᆞᆫ디라 쇼졔 디셰로조차 두루 ᄉᆞᆯ피니 원닉 화계 ᄉᆞ이의 져근 ᄉᆡᆷ이 이셔 어즈러운 돌과 모래 ᄀᆞ득ᄒᆞ여 폐ᄒᆞ연디 오랜디라 쇼졔 친히 모래를 ᄎᆞ고 초란이 돌흘 아ᄉᆞ며 ᄡᅡ흘 ᄑᆞ니 이윽고 믈이 졈〃 고이ᄃᆡ 빗치 더럽고 마시 사오나오니 초란이 우러 왈 이 믈을 부인이 ᄎᆞ마 엇디 마시〃리오 쇼졔 왈 너ᄂᆞᆫ 우은 말 〃나 고인이 탐쳔을 마시매 ᄆᆞ음이 더옥 ᄆᆞᆰ으니 내 이 믈노 긔갈을 구ᄒᆞ미 관겨ᄒᆞ리오 드ᄃᆡ여 그ᄅᆞᆺ술 나와 갈ᄒᆞᆫ 거ᄉᆞᆯ 구ᄒᆞ고 금그로 드리ᄂᆞᆫ 음식을 ᄒᆞ로 ᄒᆞᆫ번식 바다 노쥐 뇨긔ᄒᆞᄃᆡ 본ᄃᆡ 식냥이 젹으므로 일월을 촉히 디내고 사오난 긔운과 고이ᄒᆞᆫ 돌히며 귀신의 ᄑᆞ람 소ᄅᆡ 쇼졔 드러온 후 업ᄉᆞ니 가히 샤블범졍인 줄 알니러라 노쥐

44면

고초 듕 여러 일월이 디낫더니 이때 궐듕 상해 다 당태후와 진양공쥬 덕튁을 쌔의 삭엿는디라 당후의 빅은망혜ᄒᆞ여 양시를 가도믈 분ᄒᆞᆫᄒᆞ여 사름이 모힌 즉 머리를 모화 서로 탄식ᄒᆞ니 하휘 드ᄅᆞ시고 크게 놀나샤 당후의 문안 올 때를 타 홀연 눈믈을 흘녀 슬허ᄒᆞ신ᄃᆡ 당휘 뭇ᄌᆞ와 왈 아디 못거이다 낭〃이 무슨 연고로 이러틋 번뇌ᄒᆞ시ᄂᆞ니잇고 휘 ᄀᆞᆯ오샤ᄃᆡ 셕일 태낭〃이 션뎨와 과인으로 더브러 뉴현 형뎨를 드려오샤 슬샹의 무익ᄒᆞ샤 닐오샤ᄃᆡ ᄌᆞ고 황친국쳑이 화를 만나미 쉬오나 진양이 임의 셩인의 덕이 잇고 ᄎᆞᄋᆞ 냥인이 비록 년유ᄒᆞ나 긔샹이 탁월ᄒᆞ여 현쟈의 풍되 이시니 반ᄃᆞ시 셩당ᄒᆞ여 진취ᄒᆞ미

45면

이실디라 타일 딤이 망ᄒᆞᆫ 후예는 맛당이 진양의 냥ᄌᆞ를 긔츌ᄀᆞᆺ치 ᄒᆞ라 ᄒᆞ시니 션뎨 슌〃 슈명ᄒᆞ시더니 인ᄉᆡ 변역ᄒᆞ매 태휘 금샹긔 뎐지ᄒᆞ샤 부탁ᄒᆞ시더니 이제 드르니 휘 공쥬의 ᄎᆞ부 양시를 븍각의 가도고 위엄이 ᄌᆞ루 뉴부의 ᄂᆞ려 뉴가 부지 블안ᄒᆞ미 잇다ᄒᆞ니 그 죄는 아디 못ᄒᆞ거니와 녜일을 ᄉᆡᆼ각ᄒᆞ매 감회ᄒᆞ미 업ᄉᆞ리오 당휘 ᄂᆞᆺ출 븕히고 이윽이 말을 아니타가 ᄃᆡ 왈 쳡이 부ᄌᆡ박덕으로 대위를 모쳠ᄒᆞ니 만〃블ᄉᆞ홀 다 양녜 무고히 쳔단ᄆᆡᆼ극ᄒᆞ와 쳡을 포ᄉᆞ ᄆᆡ희예 비겨 욕ᄒᆞ니 만일 태후 셩은과 녀쥬 공의 ᄉᆞ랑ᄒᆞ시던 졍을 도라보디 아니면 양녀로 ᄒᆞ여곰 엇디 ᄒᆞᆫ갓 븍각의 안치 분이리잇고 반ᄃᆞ시 국모 욕ᄒᆞᆫ 죄로 법을 뵘 즉ᄒᆞᄃᆡ 만히 잉분ᄒᆞ믄 녜일을 ᄉᆡᆼ

46면

각ᄒᆞ미라 국법을 젼폐치 못ᄒᆞ오리니 낭〃은 쳡이 박졍ᄒᆞᆫ가 넉이디 마ᄅᆞ쇼셔 하휘 악연 왈 후의 말이 여ᄎᆞᄒᆞ니 양시 만일 죄 올흔 즉 븍각의 안치ᄒᆞ미 관젼이어니와 ᄎᆞ인이 본ᄃᆡ 후로 은원이 업ᄉᆞ니 엇디 군신지의를 모ᄅᆞ고 이런 대악의 말을 홀 니 이시리오 당휘 ᄃᆡ 왈 그만홀 제 드른 증인이 업디 아니ᄃᆡ 일이 브ᄃᆡ 명빅ᄒᆞ려 아니 모ᄅᆞᄃᆡ 증을 아냣ᄂᆞ이다 하휘 당후의 죵시 듯디 아니믈 심듕의 분완ᄒᆞ시ᄃᆡ 당후의 통셰 위권이 ᄇᆡ야흐로 궐듕의 딘동ᄒᆞ니 하후의 형셰로 홀일업서 ᄒᆞᆫ갓 믁연 함탄ᄒᆞ시니 휘 〈도라와〉 말노뻐 하후긔 고ᄒᆞᆫ 궁인을 ᄎᆞ자 죄주니 궁듕이 크게 두리더니 샹궁 녀현경이 ᄀᆞ만이 모란의 작변ᄒᆞᆫ 근본을 ᄌᆞ시 고ᄒᆞ니 하휘 분노ᄒᆞ시나 홀일업서 밀지로뻐

진부

47면

샹궁 당손시긔 곡졀을 니ᄅᆞ시고 모란을 업시ᄒᆞ여 화근을 ᄭᅳᆫ흐라 ᄒᆞ시니 진부의셔 ᄇᆞ야흐로 모란의 작식믈 알고 진공이 ᄀᆞᆯ오ᄃᆡ 하낭〃 고렴ᄒᆞ시ᄂᆞᆫ 은권이 망극ᄒᆞ나 뎨임의 호혈을 웅거ᄒᆞ여시니 일시의 졔어ᄒᆞᆯ 배 아니라 텬시 ᄌᆞ연 도라갈 ᄣᆡ 이실 거시니 아딕 ᄎᆞᆷ으라 모다 슈명ᄒᆞ니 시랑이 심니의 분ᄒᆞ믈 이긔디 못ᄒᆞ더라 명일 됴회 후 샹이 시랑을 각별이 머므ᄅᆞ셔 편뎐의셔 한가히 말ᄉᆞᆷᄒᆞ시더니 인ᄒᆞ여 우어 ᄀᆞᆯ오샤ᄃᆡ 경이 쇼년 영ᄌᆡ로 조년 닙됴ᄒᆞ야 옥당금마의 놀매 수빅 잉쳡을 두엄 즉ᄒᆞ니 샤듕의 몃 부인이 잇ᄂᆞ뇨 시랑이 복지왈 신이 셩은을 닙ᄉᆞ와 부형의 여음으로 의식이 죡ᄒᆞ오나 일즉 이 ᄌᆞ모를 여희와 ᄆᆞ음이 화ᄉᆞ의 잇디 아니ᄒᆞ올 분 아니오라 댱녀의 작악을

48면

디낸 후ᄂᆞᆫ 녀ᄉᆡᆨ을 경계ᄒᆞ와 가듕의 잇ᄂᆞᆫ 졍쳐 밧근 다시 모혼 의ᄉᆡ 업ᄂᆞ이다 샹이 쇼왈 당뷔 되여ᄒᆞᆫ번 속으므로써 화ᄉᆞ의 ᄆᆡ믈ᄒᆞ미 너모 박졀ᄒᆞᆫ디라 딤이 각별 경을 위ᄒᆞ여 작ᄆᆡᄒᆞ리니 태듕 태우 왕션은 현재요 귀인 왕시딜이니 뎨삼녜 이셔 ᄌᆞ못 현미ᄒᆞ다 ᄒᆞ니 경이 ᄌᆡ취ᄒᆞ야 풍뉴를 빗내고 위의를 ᄀᆞ초라 ᄉᆡᆼ이 돈슈 샤왈 셩은이 망극ᄒᆞ샤 미아를 ᄉᆞ혼ᄒᆞ시니 신이 감히 거역ᄒᆞ올 배 아니오ᄃᆡ 신이 임의 ᄉᆡᆨ을 딩계ᄒᆞ와 허믈을 고치오매 ᄆᆞ음이 이런 ᄃᆡ 밋디 아니ᄒᆞᆸ고 쳔ᄒᆞᆫ 쳬 조강의 〈이〉셔 허믈이 업ᄉᆞ오니 다시 소를 옴기믈 원티 아니ᄒᆞᆸᄂᆞ니 복원 셩샹은 신의 소원을 조ᄎᆞ샤 뎐지를 거두시믈 ᄇᆞ라ᄂᆞ이다 샹이 ᄀᆞᆯ오샤ᄃᆡ 경이 고집ᄒᆞ다 논어의 왈 님군이 산 거술 주매 반ᄃᆞ시 기르라 ᄒᆞ니

49면

ᄒᆞ믈며 ᄒᆞᆫ 미인이 무어시 관겨ᄒᆞ여 국은을 가ᄇᆡ야이 넉이ᄂᆞ뇨 ᄉᆡᆼ이 다시 돈슈 왈 신이 셩은을 가ᄇᆡ야이 넉여 위월ᄒᆞ미 아니오라 분의를 ᄃᆡᆨ히고 녀ᄉᆡᆨ을 징계ᄒᆞ오미니 셩샹이 맛당이 신의 ᄀᆡ과ᄒᆞ믈 권댱ᄒᆞ셤 즉ᄒᆞ올디라 미인을 주샤 그 뜻을 ᄃᆡᆨ히디 못ᄒᆞ게 ᄒᆞ시미 〈셩덕의〉 흠ᄉᆡ요 신의 셩이 고이ᄒᆞ와 규방의 울젹ᄒᆞᆫ 뜻이 업ᄉᆞ오니 왕시를 취ᄒᆞ와 만일 ᄃᆡ졉이 박ᄒᆞ온 즉 셩은을 져ᄇᆞ리미오 강잉코뎌 ᄒᆞ온 즉 신의 셩되고

톄ᄒᆞ믈 면티 못ᄒᆞ와 조강의 녯 졍을 몬뎌 ᄒᆞ고 부귀예 조츤 쟈를 버거ᄒᆞ오면 ᄌᆞ연 요란ᄒᆞ미 잇슬리니 출하리 이제 셩교를 밧즙디 아니미 님군을 속이디 아니미라 원컨ᄃᆡ 폐하는 구〃ᄒᆞᆫ 졍ᄉᆞ를 통쵹ᄒᆞ시믈 ᄇᆞ라ᄂᆞ이다 샹이 쇼 왈 경은 금지옥엽으로 풍뉴 동탕ᄒᆞ고 믈망이 산두

50면

ᄀᆞᆺ거ᄂᆞᆯ ᄒᆞᆫ번 ᄌᆡ취ᄒᆞ매 곡졀이 만하 ᄋᆞ녀ᄌᆞ의 쇼〃 호의를 ᄒᆞᄂᆞ뇨 딤의 ᄯᅳᆺ이 임의 뎡ᄒᆞ여시니 다시 니ᄅᆞ디 말고 ᄲᆞᆯ니 튁일ᄒᆞ여 뉵녜를 시힝ᄒᆞ라 드ᄃᆡ여 왕태우를 명툐ᄒᆞ샤 ᄎᆞᄉᆞ를 니ᄅᆞ시고 셩녜ᄒᆞ믈 ᄌᆡ촉ᄒᆞ시니 왕공은 의외 황은을 감격ᄒᆞ여 샤은ᄒᆞ고 믈너나니 시랑이 앙〃 블낙ᄒᆞ여 퇴이환가ᄒᆞ니 공이 듯고 쇼 왈 이 곳 안ᄒᆞ로 샹의를 요동ᄒᆞ야 ᄋᆞ부를 가도고 미식으로 너를 주어 ᄋᆞ부를 닛게 ᄒᆞ미니 ᄉᆞ양ᄒᆞ여 어들 배 아니라 슌히 밧ᄌᆞ오미 온당ᄒᆞᆫ 도리라 드ᄃᆡ여 이 말노 부모형뎨긔 고ᄒᆞ니 모다 쇼 왈 이는 양시를 뮈이 넉여 미인으로 현을 주어 은의를 닛게 ᄒᆞ미니 계괴 공교ᄒᆞ미 가쇠로다 현이 능히 미인계의 ᄲᆞ디믈 면ᄒᆞ랴 시랑이 ᄃᆡ 왈 쇼딜이 비록 취식 방일ᄒᆞ나 ᄆᆡᆼ세ᄒᆞ여 두 번 허믈을 범티 아니리니

51면

왕녜 홍안박명을 취ᄒᆞ미로소이다 승샹 왈 ᄋᆞ부를 닛디 아니믄 가커니와 왕시 무슨 죄로 박ᄃᆡᄒᆞ리오 여ᄎᆞ 즉 만젼지되 아니라 ᄉᆡᆼ이 믁연이 퇴ᄒᆞ여 울〃ᄒᆞ믈 마디 아니터니 왕부의셔 튁일을 보ᄒᆞ니 혼긔 ᄉᆞ오 일이 격ᄒᆞ엿는디라 시랑이 더옥 블낙ᄒᆞ더니 길일이 다ᄃᆞ르매 왕가의 갈 ᄯᅳᆺ이 업서 듁셔루의 드러가 양시 침병의 비겨 편〃 광슈로 ᄂᆞᆺ출 덥고 누엇는디라 원샹궁이 눈믈을 먹 음고 나아가 품ᄒᆞᄃᆡ 날이 늣고 쥬공이 ᄌᆡ촉ᄒᆞ시니 공ᄌᆞ는 니러나쇼셔 시랑이 드른 쳬 아니타가 일셩댱탄의 양쇼져의 옥용화틱와 셛연미질을 ᄉᆡᆼ각고 어딘 말숨과 놉흔 거동이 눈의 버러 ᄌᆞ긔 연고로 무죄히 궁뎡의 죄쉬 되여나을 긔약이 업고 새 사ᄅᆞᆷ을 마자오믈 ᄉᆡᆼ각ᄒᆞᆫ 즉 댱부의 심ᄉᆡ나 눈믈이 절노

52면

나고 탄식이 긋디 아냐 몸이 ᄡᆞ힌 박혀 쳔근이나 무거우니 니러 날 ᄯᅳᆺ이 업서 원샹궁

의 지촉을 좋시 응치 아니터니 이쌔 진공이 승샹을 뫼셔 닉던의셔 시랑의 아니오믈 보고 경식고 진양후를 도라보아 왈 ᄎᆞ익 안해를 위ᄒᆞ여 부형의 명을 거역ᄒᆞ니 블승 한심ᄒᆞᆫ디라 ᄡᅵᆯ니 브ᄅᆞ라 진휘 년망이 니러나 듁누의 니ᄅᆞ니 시랑이 혼침언와ᄒᆞ여시믈 보고 자ᄂᆞᆫ가 넉여 나아가 ᄉᆞ매를 드러보니 눈믈이 만면ᄒᆞ여 광슈를 즘갓ᄂᆞᆫ디라 진휘 경식 왈 현뎨 칠쳑 댱부로 눈의 만권셔를 보며 ᄋᆞ녀의 우름을 ᄒᆞ여 사름의 우음을 취ᄒᆞᄂᆞ뇨 양쉬 일시 굿기시나 타일 무ᄉᆞ히 도라오실 거시오 이 혼ᄉᆡ 비록 깃브디 아니나 텬지 ᄉᆞ혼ᄒᆞ신 바를 취ᄒᆞᆫ 즉 깁히 드러 ᄀᆞ만ᄒᆞᆫ 눈믈노 슬허ᄒᆞ미 비록 일이 다ᄅᆞ나 죵시 ᄋᆞ

53면

녀ᄌᆞ의게 ᄆᆡ이여 쒸여나디 못ᄒᆞ미니 부형이 하 면목으로 텬하 사름을 ᄃᆡᄒᆞ리오 시랑이 텽파의 등용칭샤 왈 형댱의 경계ᄒᆞ시미 지극ᄒᆞ시니 쇼뎨 엇디 황괴ᄒᆞ믈 아디 못ᄒᆞ리잇고 다만 양시 굿기미 다 쇼뎨를 인ᄒᆞ미니 인졍이 ᄎᆞ마 타연치 못ᄒᆞ미라 형댱은 용샤ᄒᆞ쇼셔 진휘 ᄯᅩᄒᆞᆫ 그 등을 어ᄅᆞ만뎌 탄식 왈 이거시 다 우리 집 운싂 블니ᄒᆞ미니 ᄒᆞᆫ갓 양수의 익만 아니라 탄ᄒᆞᆫ들 엇디 ᄒᆞ리오 강잉ᄒᆞ여 부명을 슌ᄒᆞ고 황은을 밧드러 우수ᄒᆞᆫ ᄉᆡᆨ으로 타인의 긔쇼를 취티 말나 대인이 위진텬하ᄒᆞ시고 됴권을 잡아 ᄉᆡᆼ살을 쳐결ᄒᆞ시ᄂᆞᆫ 신긔 위무로 ᄒᆞᆫ 모란을 업시티 못ᄒᆞ시리오마ᄂᆞᆫ 가운이 블힝ᄒᆞ고 됴권을 쳔ᄌᆞ치 아니려 텬시를 ᄃᆡ히고 겸약ᄒᆞ믈 힘쓰샤 ᄒᆞᆫ 말 ᄃᆞ토시미 업ᄉᆞ시니 이ᄂᆞᆫ 졍히 젼

54면

두를 보아 결ᄒᆞ려 ᄒᆞ시미라 네 비록 ᄉᆞ졍이 참연ᄒᆞ나 화ᄉᆡᆨ 유셩으로 승안위열ᄒᆞ미 올커ᄂᆞᆯ 만일 이 ᄀᆞᆺᄐᆞᆫ 즉 대인이 엇디 편히 넉이시리오 시랑이 ᄭᆡᄃᆞ라 샤례ᄒᆞ고 ᄒᆞᆫ가지로 나올ᄉᆡ 유지 유모의게 안겨 난간ᄀᆞ의 잇거ᄂᆞᆯ 시랑이 믄득 가련ᄒᆞ믈 이긔디 못ᄒᆞ여 거름을 머추워 유〃ᄒᆞᆫᄃᆡ 진휘 ᄉᆞ매를 잇그러 왈 네 ᄆᆞ음이 이러ᄒᆞ니 진실노 ᄭᆡ돗기 어렵도다 긴 날의 슬하 히ᄋᆞ를 ᄉᆞ랑ᄒᆞ리니 금일 부명을 지류ᄒᆞ믄 엇디오 시랑이 탄식고 밧그로 나오니 공이 다른 말 아니코 관복을 닙고 수이 가라 ᄒᆞ니 좌듕 졔부인과 쇼년녀지 양시를 ᄉᆡᆼ각고 슬허 아니 리 업더라 시랑이 게얼니 니러 관ᄃᆡ를 닙고 추죵을 거ᄂᆞ려 왕부의 나아가 홍신을 뎐ᄒᆞ고 봉교ᄒᆞ여 도라와 닉텽의셔 독좌ᄒᆞ고

폐빅을 밧드러 진뎡ᄒᆞ매 공이

55면

눈을 드러 신부를 보매 싀틱 미려ᄒᆞ여 일지 히당홰 동풍의 부치는 듯 긔샹이 훤출ᄒᆞ여 뵈딕 잠간 어린 긔운이 이셔 거동이 됴용티 못ᄒᆞ여 안공ᄌᆞ부ᄒᆞ는디라 좌우의 수플 ᄀᆞᆺᄒᆞᆫ 치의 홍샹의 녀ᄌᆡ 제부인을 뫼셔시나 다 ᄉᆞᆺ출 지우고 옥을 더러이는 틱되오 돌을 ᄀᆞ리우고 진쥐 무광ᄒᆞᆫ 용뫼라 기듕 표〃 츈뉴ᄒᆞ 니는 문챵군쥬와 셜쇼졔니 모든 홍샹 가온ᄃᆡ 빼혀날 분 아니라 쳔ᄃᆡ의 무빵ᄒᆞ니 신부의 조ᄎᆞᆫ 시녜 제쇼져로ᄲᅧ 당ᄃᆡ의 독보ᄒᆞ므로 아라 동셔로 ᄌᆞ득ᄒᆞ다가 졔부인 쇼져의 용광 긔질을 보고 긔운이 져상ᄒᆞ믈 ᄭᆡ돗디 못ᄒᆞ더라 녜파 후 공이 즉시 밧그로 나가고 모든 부인닉 한담홀식 당부인이 셜원이 샹궁을 도라보아 왈 신뷔 처음으로 도라와 만좌 족당이 초견이라 ᄒᆞᆫ번

56면

ᄀᆞ르쳐 알게 ᄒᆞ미 가ᄒᆞ도다 셜원 이 인이 명을 니어 나아가 ᄎᆞ례로 ᄀᆞ르쳐 왈 븍벽으로 옥상의 안즈시 니는 대승샹 초국 부인이시니 이 곳 왕존당 니부인이시오 동벽으로 금관환패ᄒᆞ시고 년ᄒᆞ여 안즈신 아홉 부인은 셩의빅 부인과 녕능후 두 부인과 브풍후 부인과 각노의 두 부인과 양혹ᄉᆞ 부인과 낭샹셔 부인과 샤참졍 부인이시고 셔벽으로 금화관과 옥홀뎍의예 명월패ᄒᆞ시 니는 곳 졍당 당부인이시니 쇼져의 존괴시라 ᄯᅩ 쇼년 뉵십여 인을 ᄀᆞᄅᆞ쳐 니ᄅᆞ니 왕시 ᄒᆞᆫ번 보매 상담ᄒᆞ여 믄득 두 손을 집고 ᄂᆞᆺ출 드러 좌우를 고면ᄒᆞ여 왈 모든 셩화를 닉이 드러숩더니 금일 이리 만나오니 평싱이 헛되디 아냐이다 좌듕이 샹고믁연이러니 양혹ᄉᆞ 부인이 잠쇼 왈 신뷔 규듕의셔 우리 일홈

57면

을 엇디 드럿더뇨 왕시 졍싀고 소릭를 놉혀 왈 형산의 옥이 돌 속의 이셔도 봉황이 능히 아라 깃드리고 공곡의 난최 곰초여도 사름이 ᄌᆞ연 아ᄂᆞ니 모든 부인닉 션연미질과 싀모염틱 요지군션 ᄀᆞᆺᄒᆞ시니 엇디 그 일흠이 곰초여시며 쳡이 비록 규듕의 이시나 귀눈이 이시니 홀노 듯디 못ᄒᆞ여시리잇가 만좨 일졔히 함쇼ᄒᆞ여 말을 아니터니

사참경 부인이 춤디 못ᄒᆞ여 쇼 왈 신부의 말숨이 ᄀᆞ장 쾌활토다 셜사 규쉰들 이목의 듯는 거시 업ᄉᆞ리오 신뷔 일뎡 시랑 뉴현의 풍치 믈망도 닉이 드러시리라 왕시 희쩡 시러 우어 왈 이는 쇼쳡을 우ᄉᆞ시는 말숨이어니와 실노 듯긴들 아니 드러시리잇가 바히 모ᄅᆞ노라 말숨은 못홀소이다 졔쇼년이 일시의 챠용ᄒᆞ고 낭〃이 우ᄉᆞ니 니부인이 더옥 한심이 넉여 양

58면

시를 싱각고 앗기고 슬허 탄식 왈 너희는 오히려 호화ᄒᆞ도다 노모는 ᄋᆞ부의 약질이 심궁의 가치여 빅가지로 고초를 격는딕 이러틋 즐기믈 싱각ᄒᆞ니 간댱이 뮈는 듯ᄒᆞᆫ디라 균텬광악이 압히 이시나 즐거오믈 모ᄅᆞ리로다 양사이 부인이 쇼이딕 왈 태〃는 위존ᄒᆞ시므로 쇼년의 일을 고이히 넉이시나 쇼녀 등은 ᄉᆞ십이 머러시니 여ᄎᆞ 승유를 ᄒᆞᆫ번 웃디 아니ᄒᆞ리잇고 ᄒᆞ믈며 딜ᄋᆡ 이십이 ᄎᆞ디 못ᄒᆞ여셔 벼슬이 츈경의 잇고 셩텬지 미인을 ᄉᆞ혼ᄒᆞ시미 쳔딕의 드믄 거죄니 일변 아름답고 일변 즐거온디라 엇디 구〃히 양시만 싱각ᄒᆞ리잇고 셜파의 낭쟝ᄒᆞᆫ 화긔도 츈풍이 니러나고 상활ᄒᆞᆫ 긔상은 호걸의 틀이 이셔 상하 졔인이 두 부인의 단슌호치로 옥셩봉음을 여러 뉴슈 ᄀᆞᆺᄒᆞᆫ 말숨을 우러〃 쥬식을 니리시

59면

니 니부인이 역시 잠쇼ᄒᆞ더라 ᄎᆞ일 진환ᄒᆞ고 신부 쳐소를 공의게 취품ᄒᆞ니 공 왈 둑누는 타인이 드디 못ᄒᆞ리니 긔린각을 다시 슈보ᄒᆞ여 머믈나 궁인이 긔린각을 쇄소ᄒᆞ여 왕시를 인도ᄒᆞ여 드리니 왕시 드러가단 의룰 졍히 ᄒᆞ고 시랑을 기ᄃᆞ리더니 ᄀᆞ장 야심 후 시랑이 완〃이 니ᄅᆞ러 신인을 보매 양쇼져의 슉ᄌᆞ인풍을 ᄇᆞ라도 못ᄒᆞ려니와 식으로 닐너도 댱시를 밋디 못ᄒᆞ거놀 ᄒᆞ믈며 거동이 우람ᄒᆞ고 긔운이 ᄀᆞ득ᄒᆞ여 신부의 슈습ᄒᆞ는 틱되 일호도 업ᄉᆞ니 또 고이ᄒᆞᆫ 거술 어더 신셰 요란홀노다 혜아리매 슈려ᄒᆞᆫ 미우의 수운이 집희고 일빵 봉안의는 고인을 싱각는 눈믈이 어릐여 기리 툐챵ᄒᆞ여 안셕의 비겻더니 인ᄒᆞ여 광슈로 ᄂᆞ출 덥고 누어 ᄌᆞ긔 운쉬 이대도록 머흘믈 ᄒᆞᆫᄒᆞ고 양쇼져의 빙옥 긔질노 고초

60면

ᄒᆞᆫ 욕을 슬허 스ᄉᆞ로 혜아리ᄃᆡ 당뷔 되여ᄋᆞ녀ᄌᆞ의 간계를 졔어티 못ᄒᆞ여 환난과 고경이 여ᄎᆞᄒᆞ니 일셰의 당뷔 되미 븟그럽디 아니리오 반ᄃᆞ시 이 분을 ᄲᅵ서 ᄉᆡᆼ니의 븟그러오믈 셜ᄒᆞ리라 이러틋 뎐〃 ᄉᆞ량ᄒᆞ여 믄득 원촌의 금계 새벽을 보ᄒᆞ고 죵각의 효괴 늪〃ᄒᆞ여 동방이 희ᄂᆞᆫ디라 홀연 ᄉᆞ매로조차 틈을 여러 신인을 보니 좌우의 쵹이 오히려 ᄇᆞᆰ앗ᄂᆞᆫᄃᆡ 신뷔 웅장셩식으로 안자 ᄌᆞ루 ᄌᆞ가를 향ᄒᆞ여 유의ᄒᆞ여 보거ᄂᆞᆯ ᄉᆡᆼ이 심니의 우이 넉여 은〃이 입가은ᄃᆡ 고시를 을퍼 ᄀᆞᆯ오ᄃᆡ 비동방즉명이 월츌지광이로다 비계즉명이오 창승지셩이로다 ᄒᆞ니 금하위경고 당시 경식이 금일이로다 왕시 졍히 새도록 안자 뎌의 오ᄉᆞᆯ 닙은 재 ᄡᅴ를 그ᄅᆞ디 아니코 누어 자ᄂᆞᆫ 쳬ᄒᆞ믈 고이히 넉이더니 뎌의 은〃ᄒᆞᆫ 소ᄅᆡ

61면

로조차 귀를 기우려 드ᄅᆞ니 믄득 ᄌᆞ가를 됴희ᄒᆞᄂᆞᆫ 글이라 심니의 대로ᄒᆞ여 젼도히 소ᄅᆡ를 놉혀 왈 군ᄌᆡ 사ᄅᆞᆷ을 업슈이 넉이미 심ᄒᆞ도다 쳡이 비록 뇨됴ᄒᆞᆫ 슉녜 아니나 황명으로 도라오매 죵고의 베픔과 빅냥의 마즈미 이시니 엇디 능만ᄒᆞᆫ 우음이 이에 미ᄎᆞ리오 셜파의 분〃ᄒᆞ믈 이긔디 못ᄒᆞ니 시랑이 어히 업서 심하의 혜오ᄃᆡ 이 결연이 패악 발뷔라 등한이 졔어ᄒᆞ여ᄂᆞᆫ 내 도로혀 뎌의 욕을 바드리라 ᄒᆞ여 믄득 ᄉᆞ매를 앗고 가연이 니러 안자 념슬위좌이 문왈 ᄉᆡᆼ은 뎨실지친이오 금지옥엽이라 진국 지공ᄌᆞ로 년당 십여 셰의 만권셔를 보고 몸이 영쥐의 ᄂᆞ라 어향을 ᄡᅩ이니 십오 셰를 넘디 못ᄒᆞ여 벼ᄉᆞᆯ이 츈경의 니ᄅᆞ고 부귀 교ᄋᆞ로 ᄆᆞ음이 호탕ᄒᆞ여 미ᄉᆡᆨ을 석은 플ᄀᆞᆺ치 넉이고 인명을 습 개〃치 아라

62면

눈의 ᄒᆞᆫ번 노ᄒᆞ매 양태샹의 귀ᄒᆞᆫ ᄯᆞᆯ노 ᄒᆞ여곰 뉴미의 ᄒᆞᆫ이 즘기고 당시랑의 ᄋᆡ녀로 머리 업슨 귀신을 ᄆᆡᆫᄃᆞ라 텬하의 쇼〃ᄒᆞᆫ 녀ᄌᆞ를 거리ᄭᅵ미 업더니 황은이 더으샤 미인으로 ᄉᆡᆼ의 풍뉴를 더으시니 ᄉᆡᆼ이 깁히 영힝ᄒᆞᆫ 듕 쇼져의 평ᄉᆡᆼ을 그윽이 념녀ᄒᆞᄂᆞ니 무슨 덕으로 능히 ᄂᆡ조ᄒᆞ여 ᄉᆡᆼ을 진복ᄒᆞ려 ᄒᆞᄂᆞ뇨 ᄇᆞᆰ히 ᄀᆞᄅᆞ치믈 듯고뎌 ᄒᆞ노라 왕시 시랑의 호〃ᄒᆞᆫ 위풍과 츄텬 ᄀᆞᆺᄐᆞᆫ 긔샹의 ᄀᆞ다듬아 뭇ᄂᆞᆫ 소ᄅᆡ 심히 유화치 아닌디라 눈을 드러 보매 ᄆᆡᆼ녈ᄒᆞᆫ 긔운이 뇨우히 어ᄅᆡ여시니 비록 ᄂᆡ심의 분ᄒᆞ고 말이 이

시나 감히 내디 못ᄒᆞ니 노분이 텅듕ᄒᆞ여 홀연 ᄂᆞᆺ출 븕히고 눈믈이 년면ᄒᆞ야 홍군의 ᄲᅥ러지니 시랑이 미쇼ᄒᆞ고 ᄉᆞ매를 ᄯᅥᆯ쳐 나가 부모긔 문안ᄒᆞ니 공이 문왈 오ᄋᆡ 작일 황은을 ᄉᆡᆼ각ᄒᆞ미 잇ᄂᆞ냐

63면

시랑이 아라 듯고 계슈 ᄃᆡ 왈 ᄒᆡᄋᆡ ᄯᅩᄒᆞᆫ 혜아리미 이셔 긔린각의 가 밤을 디내엿ᄂᆞ이다 공이 희동 안식ᄒᆞ더라 시랑이 왕시를 블관이 넉여 부〃지의를 밋디 아니나 본ᄃᆡ 강잉ᄒᆞ기를 잘ᄒᆞᄂᆞᆫ 셩졍이라 ᄉᆞ싀이 화평ᄒᆞ여 일 삭의 ᄉᆞ오 일식 그 침소의셔 밤을 디내ᄃᆡ 긔샹이 엄위ᄒᆞ니 왕시 감히 긔운을 펴디 못ᄒᆞ더니 일〃은 왕시 아춤 문안을 뭇고 태쳥뎐의 드러가니 셜쇼졔 문창군쥬와 허다 샹궁으로 안잣다가 마자 좌를 일우고 한담ᄒᆞ더니 왕시 우러〃 보니 쳥옥판의 븕은 ᄌᆞ로 메워 어필노 태쳥뎐 세 ᄌᆞ를 놉히 브쳐시니 그 놉히 빅여 쳑이오 아ᄅᆡ로 오댱긔를 셰울디라 믄득 ᄂᆞᆺ게 넉여 보ᄂᆞᆫ 쳬 ᄒᆞ고 골오ᄃᆡ 이 궁뎐이 비록 장녀ᄒᆞ나 우리 귀인 낭〃계 신댱 츄뎐만 못ᄒᆞ도다 댱츄 뎐은 놉기 쳔쳑이러니 이ᄂᆞᆫ

64면

오빅 쳑은 된다 ᄒᆞ거ᄂᆞᆯ 댱손샹궁이 쇼 왈 인신의 집이 궁궐과 ᄀᆞᆺ흐리오 연이나 이 졍 뎐은 션비 직시 침실이라 션뎨 친히 도형ᄒᆞ샤 므릇 놉기와 너르기를 댱낙뎐과 ᄀᆞᆺ치 ᄒᆞ시니 놉기 겨요 빅쳑이오 원간 궐ᄂᆡ의 댱낙뎐 미양궁 댱ᄉᆡᆼ뎐이 겨요 빅쳑이오 구 의ᄂᆞᆫ 빅쳑 안희 드ᄂᆞ니이다 왕시 크게 짓궤여 여손을 두ᄅᆞ며 먼니 ᄀᆞᄅᆞ쳐 왈 샹궁이 원ᄂᆡ 아디 못ᄒᆞᄂᆞᆫ도다 내 어려셔브터 대ᄂᆡ의 츌입ᄒᆞ여 댱낙뎐 미양궁을 다 보앗ᄂᆞ니 우리 낭〃 문안 가실 적 ᄯᆞ라가 여어보니 광활ᄒᆞ고 놉흐미 댱츄뎐과 ᄒᆞᆫ가지라 대개 댱츄뎐은 녯날 태샹황 계시던 집이 매ᄌᆞ ᄂᆡ 샹황이 아니 계시고 공환ᄒᆞᆫ 집이 되여시 므로 우리 낭〃을 주시니 샹궁이 이 일을 엇디 다 알니오 이런 공쥬졔왕의 집은 블과 젹은 산뎡의 뉴라 댱츄뎐 긔이ᄒᆞ

65면

믄 아방궁의 비기디 못ᄒᆞ리라 ᄒᆞ여 어린 소ᄅᆡ 딘동ᄒᆞ니 댱손시와 모든 궁희 그 입을 ᄇᆞ라보고 믁연이 안자 각별 웃도 아니코 ᄃᆡ흠도 업더니 시의 옥션군쥐 좌의 잇더니

쇼 왈 우리는 대닉를 즈루 보딕 당츄뎐이 녜스 힝각으로 후궁의 침실노 아랏더니 부인 말숨을 드루니 부인 말숨을 드루니[3] 눈이 이시나 태산을 몰나보믈 탄호누이다 명쥬쇼제 니어 웃고 왈 우리는 대닉롤 보디 못호엿거니와 드루니 태후와 션데 뎐하 인녁을 다드려 이 궁을 지으시니 태청뎐 녕하뎐이 계뎐과 쵸방이 의〃히 누는 구름의 걸니는 고로 조부와 야애 여러 슌 샹표 스양호시고 션비 나와 보시고 심히 깃거 아니샤 허러 누초고뎌 호시매 태휘 어필노 뎨익을 청호샤 허디 못호게 호시다 호더니 왕형의 말을 드루니 브야흐로 농누 봉궐의

66면

긔특호믈 알니로소이다 금일 무춤 한가호니 왕형은 놉흔 문견을 뎐호여 삼쳔 분딕와 뉵원 비빙과 팔빅 연지의 셩호믈 니루쇼셔 왕시 흔연이 웃고 몸을 우즐겨 궐닉 긔특흔 문견을 뎐호매 태반이나 수며 보태여 바른 말이 젹은디라 졔인이 히괴히 녁여 흔 말도 슈답호미 업스딕 홀노 명쥬쇼졔 니음차 뭇기를 그치디 아니터니 믄득 진휘 드러오매 다 허여뎌 도라가니 문챵군쥐 명쥬를 머므러 안싀을 졍히 호고 닐오딕 현민의 아름다은 말숨과 낭〃흔 회히를 됴히 아니 녁이누니 부인의 도는 졍슌호미 웃듬이라 뎨 비록 블혜호나 형뎨지의 이시니 이러틋 됴희 호미 동긔의 졍이 아니라 네 만일 이런 희롱을 간대로 호여 졍의 기러난 즉 남지라도 문인 지식 되려니와 대가 뎍요의 온당흔 부도는 결연이 아

67면

니라 구괴 본딕 엄졍호시고 구개 사름 칙망이 놉흐니 힝혀 그룻 녁이는 일이 이시면 엇디 가문을 욕 먹여 븟그러오미 업스리오 명쥬쇼제 빅샤호여 그룻호믈 일쿠르니 진휘 그 연고를 무러 알고 군쥬의 졍대호믈 크게 깃거 호고 쇼민의 무안호믈 위로호여 우어 왈 사름마다 졍인 군지면 도로혀 무미홀디라 쇼민의 지긔 호변이 풍싱 운집호매 소싱의 침혹호미 브야흐로 하쥐의 스시를 만난 문왕 굿흐여 호니 엇디 낫비 녁이며 무광홀가 념녀호리오 군쥐 잠쇼호더라 군쥬의 셩되 졍녈호여 궁듕 대쇼스의 간예호여 시비호미 업스딕 말 곳 발흔 즉 당〃 졍논이 사름의 단쳐를 혐쇄호미 업스니 궁

3) 부인 말숨을 드루니 : '부인 말숨을 드루니' 중복.

인이 긔탄ᄒᆞ고 졔형뎨 공경ᄒᆞ니 ᄌᆞ연 ᄒᆞᆫ가온대 엄졍ᄒᆞ미 여ᄎᆞᄒᆞᆫ디라 당부인이 이 말을 듯고 군쥬를 더옥

68면

ᄋᆡ듕ᄒᆞ여 녀ᄋᆞ를 경계ᄒᆞ여 미ᄉᆞ를 법측ᄒᆞ라 ᄒᆞ더라 텬해 년ᄒᆞ여 긔근ᄒᆞ여 졀강 등쳐의 도적이 니러나 관니를 잡아 죽이고 고을〃 블디르며 창곡을 겁냑ᄒᆞ니 샹이 근심ᄒᆞ샤 셜됴ᄒᆞ여 빅관을 모화 남방 일도를 위덕으로 다ᄉᆞ려 진무ᄒᆞᆯ 리를 무르시니 모다 미처 ᄃᆡ티 못ᄒᆞ여셔 병부시랑 뉴현이 츌반 주 왈 신이 셩됴의 슈은ᄒᆞ오미 오래오ᄃᆡ 능히 만의 ᄒᆞ나흘 갑숩디 못ᄒᆞ오니 그으이 후록을 븟그려 ᄒᆞᄋᆞᆸᄂᆞ니 원컨ᄃᆡ 졀강을 다ᄉᆞ려 도적을 졔어ᄒᆞ고 빅셩을 안무ᄒᆞ여지이다 샹이 대희ᄒᆞ샤 즉시 슌무어ᄉᆞ로 졀강포졍ᄉᆞ를 겸ᄒᆞ시고 졀월을 주시니 싱이 샤은ᄒᆞ고 집의 도라와 존당 부모긔 빅ᄉᆞᄒᆞ고 길 날ᄉᆡ 공이 흔연이 치민션무ᄒᆞᆯ 도리를 ᄀᆞᄅᆞ치고 존당과 졔슉이 ᄯᅩᄒᆞᆫ 보듕ᄒᆞ여 도라오

69면

믈 니ᄅᆞ더라 당부인이 시랑의 하딕ᄒᆞ믈 보고 손을 잡고 눈믈을 흘녀 왈 네 ᄣᆡ를 타 국ᄉᆞ를 진심ᄒᆞ미나 심ᄉᆡ 울〃ᄒᆞ여 이 길흘 가미니 현뷔 입궐 후 심ᄉᆡ 슬프나 널노 위로ᄒᆞ여 디내더니 네 이제 모자 슬하를 ᄯᅥ나니 너희 부〃의 형영을 다 보디 못ᄒᆞᆯ디라 엇디 샹심치 아니리오 시랑이 이 셩화긔 ᄒᆞ여 주 왈 히ᄋᆡ 국은을 호발 갑ᄉᆞ오미 업ᄉᆞ오므로 잠간 일방을 다ᄉᆞ려 신ᄌᆞ의 도리를 힝ᄒᆞ고 실노 집의셔 괴로온 경식을 보디 아니려 ᄒᆞ와 남도 산쳔의 울젹ᄒᆞᆫ 거ᄉᆞᆯ 플고뎌 슬하를 ᄯᅥ나오니 블회 심ᄒᆞ온디라 금일 ᄌᆞ교를 듣ᄌᆞ오매 감황ᄒᆞ믈 이긔디 못ᄒᆞᄋᆞᆸᄂᆞ니 슈연이나 미구의 도라오올디라 셩녀를 허비티 마ᄅᆞ시믈 ᄇᆞ라ᄂᆞ이다 부인이 탄식고 ᄎᆞ마 손을 노티 못ᄒᆞ더니 날이 느ᄌᆞ매 시랑이

70면

이[4] 하딕고 듕당의 나와 원샹궁으로 오ᄌᆞ를 ᄃᆞ려 오라ᄒᆞ여 어ᄅᆞ만뎌 츄연 왈 어미를

4) 이 : '이' 중복.

일코 아비를 ᄆᆞ자 써나니 비록 인ᄉᆞ 모ᄅᆞᄂᆞᆫ 아희나 엇디 잔잉티 아니ᄒᆞ리오 궁희ᄂᆞᆫ 각별 조심ᄒᆞ여 보호ᄒᆞ라 인ᄒᆞ여 모든 형뎨로 십니 댱뎡의셔 분슈ᄒᆞ여 칙긔 졀월을 거ᄂᆞ려 남방을 향ᄒᆞ니 싱이 이때 쇼년영풍으로 미위텬인ᄒᆞ니 일노의 긋보ᄂᆞ 니 아니 칭찬ᄒᆞ 리 업고 도임ᄒᆞᆫ 후 환과고독을 무휼ᄒᆞ며 녜의 념치로 ᄇᆡᆨ셩을 ᄀᆞᄅᆞ치며 쳥쵹ᄒᆞᄂᆞᆫ 길흘 막고 공평ᄒᆞᆫ 졍ᄉᆞ를 펴니 위덕이 딘동ᄒᆞ여 수월지ᄂᆡ의 교홰 대힝ᄒᆞ니 도적이 냥민이 되고 남방 삼쳔여 리 도블습유ᄒᆞ니 인의지화와 녜양지풍이 빈〃ᄒᆞ여 치셩이 낭쟈ᄒᆞ여 경ᄉᆞ의 니ᄅᆞ니 부형의 두긋기믈 니ᄅᆞ디 말고 텬ᄌᆞ 드ᄅᆞ시고 크게

71면

깃그샤 진공의게 포댱ᄒᆞ시고 쳐ᄌᆞ를 샹ᄉᆞᄒᆞ시니 왕시 텬ᄌᆞ의 샹ᄉᆞ를 밧ᄌᆞ와 더옥 양〃 ᄌᆞ득ᄒᆞ니 시랑이 업ᄉᆞ므로 어긔탄홀 거시 업서 동셔로 죵힝ᄒᆞ여 긔죄 더옥 고이ᄒᆞᄃᆡ 공은 모ᄅᆞᄂᆞᆫ 거시 아니라 쥭가를 아니코 님군 주신 사ᄅᆞᆷ이라 ᄒᆞ여 아모 일이 이셔도 시이블견ᄒᆞ니 궁듕이 다 그대로 좃더라 시랑이 졀강 이션 디 반년이 되매 ᄇᆡᆨ셩이 슌후ᄒᆞ고 군위 셩ᄒᆞ여 치졍이 더옥 나타나 니샹이 아름다이 넉이샤 특지로 병부샹셔 연국후를 봉ᄒᆞ여 역마로 브르시니 시랑이 븍향샤은ᄒᆞ고 ᄉᆞ를 ᄯᆞᆯ와 드러와 됴회ᄒᆞ니 샹이 문화뎐의 인견ᄒᆞ샤 ᄉᆞ쥬ᄒᆞ시고 남방 션치ᄒᆞᆫ 덕을 표댱ᄒᆞ시니 싱이 샤은ᄒᆞ여 믈너 집의 도라오니 존당부모 슉당졔형이 반기고 깃거ᄒᆞ나 공이 봉후쟉직을 외람ᄒᆞ여 ᄀᆞᆯ오ᄃᆡ 이

72면

결연이 진복ᄒᆞᆫ 샹셰 아니라 셩만ᄒᆞ미 이 ᄀᆞᆺ고 조믈의 ᄭᅥ리미 업ᄉᆞ리오 부풍휘 ᄀᆞᆯ오ᄃᆡ 딜ᄋᆡ 년쇼ᄒᆞ므로 남방을 션치ᄒᆞ여 병긔를 ᄡᅳ디 아냐 인심을 진복ᄒᆞ여 삼쳔 니 ᄉᆞ이예도 블습유ᄒᆞ니 태공망의 오월보졍이나 다ᄅᆞ디 아니커늘 엇디 셩명치셰의 팀믈ᄒᆞ리잇고 병부샹셔 연국휘 득기소지니 고집히 과려티 마ᄅᆞ쇼셔 공이 쇼 왈 현뎨 평싱 조심ᄒᆞ미 누ᄉᆞ덕의 덕을 힘ᄡᅥ더니 금일 이런 활대ᄒᆞᆫ 말을 ᄒᆞᄂᆞ뇨 이 역시 변이로다 녕능휘 우어 왈 누ᄉᆞ덕은 춤을 바타도 뽓디 말믈 경계ᄒᆞ거늘 문원은 쟉녹을 탐ᄒᆞ여 과ᄒᆞᆷ믈 모ᄅᆞ니 엇디 누공의 덕이 이시리오 진짓 범을 그리다가 개를 그리미니 누공이 구쳔의셔 현뎨를 우으리로다 졔공이 대쇼ᄒᆞ고 부풍휘 역시 웃더라 연휘 모친긔 뵈옵고 원샹궁이 ᄋᆞ

73면

ᄌᆞ를 ᄃᆞ려오매 아히 임의 들시디 닛고 반년을 써낫다가 보니 용뫼 히월 ᄀᆞᆺ고 완연이 그 모친을 달마시니 반갑고 슬프미 니러나 어ᄅᆞᄆᆞᆫ더 이윽이 말을 못ᄒᆞ더니 히익 반년을 나갓다가 도라오ᄃᆡ 당후의 뇌 오히려 프디 못ᄒᆞ엿ᄂᆞᆫ가 양시나 오디 못ᄒᆞ여시니 아디 못거이다 그 몸이 사라시미 잇다 ᄒᆞᄂᆞ니잇가 부인 왈 내 ᄯᅩ 아디 못ᄒᆞᄃᆡ 미앙궁으로 드ᄅᆞ니 븍각의 너허 밧그로 문을 즘그고 굼그로 음식을 주어 ᄒᆞᆫ번 가돈 후ᄂᆞᆫ 여디 아냐시ᄃᆡ 하낭〃이 ᄌᆞ루 의복과 음식을 당후긔 청ᄒᆞ고 드려 보내시니 초란이 ᄆᆡ양 바다가ᄃᆡ 양시의 형영은 보디 못ᄒᆞᄃᆡ 무ᄉᆞᄂᆞᆫ ᄒᆞ다 ᄒᆞ나 어이 오죽ᄒᆞ리오 ᄉᆡᆼ각ᄒᆞᆫ즉 심댱이 ᄇᆞ아지ᄂᆞᆫ ᄃᆞᆺᄒᆞ니 네 부친이 고집히 뎐시를 ᄃᆡ히미 도로혀 ᄒᆞᆫ홉디 아니랴 연휘 텽필의 가ᄉᆞᆷ이 막히나 강잉ᄒᆞ여 ᄃᆡ 왈 이ᄂᆞᆫ

74면

가운의 둘녀시니 야애 엇디 ᄉᆡᆼ각ᄒᆞ시미 젹으시리잇고마ᄂᆞᆫ 견두를 보시미니 쇼직 양시ᄂᆞᆫ 구티 못ᄒᆞ나 모란은 반ᄃᆞ시 죽여 ᄒᆞᆫ을 씻고뎌 ᄒᆞᄂᆞ이다 뎡인간의 향풍이 진울ᄒᆞ고 패옥 소ᄅᆡ 어ᄌᆞ러오며 왕시 나와 녜ᄒᆞ거ᄂᆞᆯ 연휘 기리 읍ᄒᆞ고 은근이 반기ᄂᆞᆫ ᄉᆞᆨ으로 웃고 문왈 ᄉᆡᆼ이 남힝시의 군명이 급ᄒᆞ므로 미처 니별티 못ᄒᆞ엿더니 반년지ᄂᆡ의 녕당 냥위ᄂᆞᆫ 평안ᄒᆞ시며 부인도 무ᄉᆞ히 디내시더냐 왕시 뎌의 화ᄉᆡᆨ유어로 은근ᄒᆞ믈 보고 깃거 흔연이 ᄃᆡᄒᆞ여 여러 말이 년쇽ᄒᆞᄃᆡ 연휘 일〃이 ᄃᆡ답ᄒᆞ니 당부인이 왕시의 위인을 ᄀᆞ이 업시 넉이고 후의 도량을 어려이 넉이더라 왕시 연후의 긔위 더옥 영발ᄒᆞ고 풍뉘 더옥 련뎐ᄒᆞ여 슈려ᄒᆞᆫ 미우의ᄂᆞᆫ 오악의 졍치 녕〃ᄒᆞ고 엄슉ᄒᆞᆫ 긔상은 한텬의 븍풍이 늠녈ᄒᆞᆯ ᄃᆞᆺ 몸의ᄂᆞᆫ 홍금포의 옥ᄯᅴ를 두ᄅᆞ고 금인

75면

을 횡ᄃᆡᄒᆞ여 ᄋᆞᄌᆞ를 가챠ᄒᆞ며 만면 화ᄉᆡᆨ으로 모부인긔 말ᄉᆞᆷᄒᆞ매 간〃이 옥치단슌의 우음을 열매 귀인의 엄듕ᄒᆞᆫ 긔샹과 미인의 긔이ᄒᆞᆫ 용모를 겸ᄒᆞ여 광치 됴요ᄒᆞ니 황홀ᄒᆞ여 보고 고쳐보아 능히 눈을 옴기디 못ᄒᆞ니 연후의 블근 안광이 비록 보디 아니나 모ᄅᆞ리오 눈들미 업ᄉᆞ나 사ᄅᆞᆷ의 심례를 ᄉᆞ못ᄂᆞᆫ디라 뎌의 거동을 참혹히 넉이나 모ᄅᆞᄂᆞᆫ ᄃᆞ시 담쇠 ᄌᆞ약ᄒᆞ더라 명됴의 텬지 진공의 삼부ᄌᆞ를 편뎐의 인견ᄒᆞ샤 됴용이

말숨ᄒᆞ실ᄉᆡ 공과 진양후의 셔역 치던 일과 연후의 졀강 다ᄉᆞ리던 졍ᄉᆞ를 무ᄅᆞ시니 삼인이 ᄌᆞ시 주ᄒᆞ매 샹이 긔용치경ᄒᆞ시고 흠션 탄복ᄒᆞ샤 경의 부ᄌᆞ 삼 인이 샤직의 이런 공이 이시ᄃᆡ 딤이 능히 갑흐미 업고 도로혀 쇼인의 춤소를 드ᄅᆞ니 당년 일을 싱각ᄒᆞ매 엇디 붓그럽디 아니리오 뉴현이

76면

나히 이십이 못ᄒᆞ여 ᄒᆞᆫ번 가 남방을 뎡ᄒᆞᄃᆡ 병긔를 쓰디 아니ᄒᆞ고 산적을 툐안ᄒᆞ여 군ᄉᆞ 십여 만을 엇고 ᄇᆡᆨ셩을 안무ᄒᆞ니 딤이 더옥 아름다이 넉이ᄂᆞ니 진공의 위무ᄂᆞᆫ 아란 지 오래나 관의 형뎨 ᄯᅩᄒᆞᆫ 군녀의 댱진ᄒᆞᆫ 소흑이 잇ᄂᆞ냐 진휘 부복 주 왈 신은 잔미ᄒᆞᆫ 셔싱이라 힘이 겨요 붓대를 희롱ᄒᆞ고 소흑이 유업 분이라 엇디 군녀를 알니잇고 샹이 쇼 왈 ᄎᆞᄂᆞᆫ 겸양지연이어니와 연후ᄂᆞᆫ 임의 졀강을 가 군무를 다ᄉᆞ려 산적을 툐안ᄒᆞ여시니 ᄂᆡ부지풍으로 엇디 병법을 아시 못ᄒᆞ리오 연휘 계슈 주 왈 신이 나히 졈고 소흑이 뉵경의 잇ᄉᆞ오니 비록 폐하 위령으로 힘닙ᄉᆞ와 도적을 툐안ᄒᆞ여ᄉᆞ오나 용병ᄃᆡ진ᄒᆞᆫ 배 아니오니 뉵도삼냑을 아디 못ᄒᆞᄂᆞ이다 샹이 우으샤 진공ᄃᆞ려 니ᄅᆞ샤ᄃᆡ 션싱의 냥ᄌᆡ 츌인ᄒᆞᆫ 의표로 봉텬경일ᄒᆞᆯ ᄌᆡ죄라 약관이 못ᄒᆞ

77면

여 딤을 도아 위거공후ᄒᆞ니 타일 션싱의 뒤흘 니을 쟈ᄂᆞᆫ 〈냥〉경이라 그 소댱을 아라 쓰고져 ᄒᆞᄃᆡ 딤이 그 진짓 ᄌᆡ조를 아디 못ᄒᆞᄂᆞᆫ디라 션싱은 냥ᄌᆞ의 소댱을 ᄌᆞ시 니ᄅᆞ미 엇더ᄒᆞ뇨 진공이 ᄃᆡ 왈 냥ᄌᆡ 다 황구치ᄋᆡ라 무ᄉᆞᆫ ᄌᆡ릉이 이시리잇고 연이나 지신은 막여쥐라 ᄒᆞᆸᄂᆞ니 폐해 임의 관으로ᄡᅥ 니부의 승탁ᄒᆞ시고 현으로ᄡᅥ 병부의 탁용ᄒᆞ시니 그 소임을 비록 당치 못ᄒᆞ오나 됴뎡 벼술이 그 위인을 보아 주시ᄂᆞᆫ디라 신이 ᄯᅩ 엇디 달니 알외리잇가 샹이 졈두 왈 여ᄎᆞ 즉 현의 ᄌᆡ죄 군무의 잇도다 인ᄒᆞ여 연후ᄃᆞ려 니ᄅᆞ샤ᄃᆡ 딤이 근ᄂᆡ 심히 울젹ᄒᆞ니 샹님의 무ᄉᆞ를 블너 ᄒᆞᆫ번 관무ᄌᆡᄒᆞ여 경의 ᄌᆡ조를 보고져 ᄒᆞ노라 경이 임의 대ᄉᆞ매 되여시니 명일 병부군ᄉᆞ를 거ᄂᆞ려 샹님의 습딘ᄒᆞ라 연휘 샤은ᄒᆞ고 부ᄌᆡ 퇴ᄒᆞ여

78면

도라올ᄉᆡ 젹거ᄉᆞ마로 벽졔추죵이 도로의 니어 냥산과 우개ᄂᆞᆫ 좌우의 나렬ᄒᆞ고 ᄇᆡᆨ모

황월은 젼후의 버럿ᄂᆞᆫᄃᆡ 진연이 휘 홍포옥ᄃᆡ로 관면을 졍히 ᄒᆞ여 공의 슬위를 어거ᄒᆞ매 공이 명ᄒᆞ여 ᄶᅥ러뎌 뒤흘 ᄯᆞᆯ오라 ᄒᆞ니 이 인이 ᄇᆞ야흐로 믈너 술위예 오를ᄉᆡ 연후의 진양후 공경ᄒᆞᄂᆞᆫ 졀ᄎᆞ와 진후의 연국후 츄양ᄒᆞ여 국쟉을 존경ᄒᆞ여 ᄑᆞᆯ을 미러 읍ᄒᆞᄂᆞᆫ 거죄 졍히 태을 텬션이 남쳔문 밧긔 ᄲᅡᆼ으로 ᄇᆡ회ᄒᆞᄂᆞᆫ ᄃᆞᆺ 의관과 위의 황홀ᄒᆞ니 슈문 ᄂᆡᄉᆞ와 집ᄉᆞ 아역이 거름을 머추워 구경ᄒᆞ니 경긱의 사ᄅᆞᆷ이 산히ᄀᆞᆺ치 모다 탄복ᄒᆞ며 블워ᄒᆞ더라 진연이 휘 몬뎌 샹부의 나아가 승샹긔 뵈고 연휘 병부의 나아가 군ᄉᆞ를 졈고ᄒᆞ여 명일 샹님원의 나아가니 샹이 현무문을 여러 군ᄌᆞ를 브ᄅᆞ시고 동쳥ᄃᆡ의 올나

79면

습딘을 보시니 병뷔 이 날 융복을 ᄀᆞ초아 댱ᄃᆡ의 올나 븍치고 습딘ᄒᆞ매 ᄃᆡ외 졍졔ᄒᆞ고 긔갑이 션명ᄒᆞ며 검극이 ᄉᆞᆷ녈ᄒᆞ고 호령이 엄슉ᄒᆞ니 샹이 보시기를 다ᄒᆞ시매 대열ᄒᆞ샤 병부를 나아오라 ᄒᆞ샤 어쥬를 옥잔의 부어 먹이시고 니ᄅᆞ샤ᄃᆡ 경의 ᄌᆡ죄 이 ᄀᆞᆺᄐᆞ니 가히 진공의 후를 니으리로다 경은 금궐지친이오 쇼방의 딜ᄌᆞ라 말을 은휘치 아닛ᄂᆞ니 태후와 황휘 심궁의 계셔 울젹ᄒᆞ므로 샹〃의 무ᄉᆞ의 ᄌᆡ조를 보시미 션됴의 ᄯᅩᄒᆞᆫ ᄒᆞ시던 배라 경의 슉모 신샤댱군의 〈놉흔〉 일홈을 흠모ᄒᆞ나 굴ᄒᆞ여 닐위미 가치 아니ᄒᆞ니 경이 ᄒᆞᆫ번 궁듕 너른 곳의 군ᄉᆞ를 거ᄂᆞ려 드러와 낭〃과 후로 쟝관케 ᄒᆞ미 엇더ᄒᆞ뇨 연휘 가티 아니믈 간코뎌 ᄒᆞ다가 홀연 일계를 ᄭᆡ쳐 주 왈 궁듕 지엄지디의 병마를 움즈이디 못ᄒᆞ올디라 낭〃이 굿ᄒᆞ여 보고져 ᄒᆞ실딘ᄃᆡ 션됴의 녀쟝

80면

군의 검슐과 신샤를 보셔 금인을 주어 황후를 호위ᄒᆞ던 규구로 궁녀를 내여 신을 맛디시면 신이 좌우 대댱을 삼아 진치고 ᄡᅡ홈 ᄡᅡ호ᄂᆞᆫ 형셰를 ᄀᆞᄅᆞ쳐 ᄒᆞᆫ번 나오며 ᄒᆞᆫ번 믈너나게 ᄒᆞᆫ 즉 일〃 지ᄂᆡ의 녀병의 졍예ᄒᆞ미 남군도곤 나으리이다 샹이 희왈 네 손무지 녀병을 ᄀᆞᄅᆞ쳐시니 경히 ᄯᅩᄒᆞᆫ 효측ᄒᆞ여 년습ᄒᆞ라 연휘 징을 울녀 병을 거두고 다시 녀쟝을 모흘ᄉᆡ 샹이 궁녀 쳔여 인을 녀여 주시니 병뷔 츄슈졍신을 흘녀 ᄉᆞᆯ펴 보매 모란의 형영이 업ᄉᆞ니 샹긔 주 왈 이 궁녀ᄂᆞᆫ 가히 군ᄉᆞᄂᆞᆫ 삼으려니와 쟝슈ᄂᆞᆫ 되디 못ᄒᆞ리니 궁인 듕 ᄌᆡ죄 놉하 낭〃긔 친신ᄒᆞᆫ 궁녀로 좌우 대쟝을 삼아 군을 다ᄉᆞᆺ ᄃᆡ의 ᄂᆞᆫ화 습딘ᄒᆞ여지이다 샹이 다시 졍궁시녀를 다 브ᄅᆞ시니 시예 모란이 거륵ᄒᆞᆫ 구경을

ᄒᆞ고져 ᄒᆞ여 나아오매 병뷔 임의 일견의 모란인 줄 알고 암희ᄒᆞ여 궁녀

81면

삼쳔 듕 오빅을 〈싸 오방의〉 ᄂᆞᆫ호고 웃듬 궁녀 다ᄉᆞ술 내여 다ᄉᆞᆺᄃᆡ 대쟝을 삼으니 모란이 듕군대쟝의 싸엿더라 병뷔 댱ᄃᆡ의 올나 친히 젼후 ᄃᆡ오를 ᄂᆞᆫ화 일〃히 ᄀᆞᄅᆞ치고 임의 진을 친 후 다시 븍을 치고 긔를 둘너 나아들나 ᄒᆞ니 모든 궁녜 입을 ᄀᆞ리와 크게 웃고 응치 아니ᄒᆞ니 병뷔 노왈 내 샹명을 밧ᄌᆞ와 여등을 딘법을 ᄀᆞᄅᆞ치매 군듕은 희롱이 업거ᄂᆞᆯ 감히 거역ᄒᆞᄂᆞ뇨 만일 다시 그ᄅᆞ미 이시면 군법을 ᄡᅳ리라 드ᄃᆡ여 다시 븝을 울니고 긔를 두ᄅᆞᄃᆡ 모든 궁녜가 웃고 강잉ᄒᆞ여 나아드나 서로 희롱ᄒᆞ여 ᄎᆞ셰 업ᄂᆞᆫ디라 병뷔 대로ᄒᆞ여 무ᄉᆞ를 ᄭᅮ지저 좌우로 대쟝을 잡아내여 왈 ᄎᆞ등이 법을 범ᄒᆞ여시니 몬뎌 버히고 후의 주ᄒᆞ리라 ᄡᅧᆯ니 내여 군법을 안ᄒᆞ라 도부싊 ᄭᅳ어 진문 밧긔 나가니 샹이 급히 ᄂᆡ시로 니ᄅᆞ시ᄃᆡ 이ᄂᆞᆫ 진짓 딘법이 〈아니〉라 일시 희롱이니 인명을

82면

샹히오디 말나 병부 ᄃᆡᄒᆞᄃᆡ 신이 군명을 밧ᄌᆞ와 대ᄉᆞ마의 소임으로 딘습ᄒᆞ오매 ᄋᆞ녀의게 녕이 힝치 못홀딘ᄃᆡ 엇디 감히 졔군 무댱을 졔어ᄒᆞ리잇고 슈연이나 셩샹이 호싱을 크게 넉이시니 웃듬 대쟝만 버히고 기여ᄂᆞᆫ 노흐니 이 ᄯᅩ 황은이로소이다 드ᄃᆡ여 모란을 버혀 군듕의 호령ᄒᆞ니 모든 궁녜 실ᄉᆡᆨᄒᆞ여 삼군이 딘동ᄒᆞ더라 병뷔 다시 딘습ᄒᆞ매 ᄇᆡ야흐로 딘퇴 졀치 규구의 합ᄒᆞ니 샹이 탄복ᄒᆞ시고 좌우 ᄂᆡ시와 졔왕이 다 공경ᄒᆞ고 두려ᄒᆞ더라 습딘을 파ᄒᆞ고 병부를 브ᄅᆞ샤 ᄉᆞ쥬ᄒᆞ시고 크게 포댱ᄒᆞ시니 병뷔 샤은이퇴ᄒᆞ여 도라오니라 댱휘 모란의 죽으믈 듯고 대경대로ᄒᆞ여 샹의 드러오시믈 타고 왈 금일 궁녀를 년습ᄒᆞ믄 쳡의 울젹ᄒᆞ믈 위로ᄒᆞ미어ᄂᆞᆯ 뉴현이 감히 쳡의 좌우를 버혀 됴곰도 긔탄ᄒᆞ미 업ᄉᆞ니 신ᄌᆞ의 되 아니라 가

83면

히 죄 업디 못ᄒᆞ리이다 샹이 쇼 왈 휘 아디 못ᄒᆞᄂᆞᆫ도다 군법은 친쇠 업ᄉᆞ니 졔왕이 법을 범ᄒᆞ여도 샤치 못ᄒᆞ려든 엇디 ᄒᆞᆫ 궁녀를 니ᄅᆞ리오 뉴현이 궁녀 버히미 그 소임을 맛다 법을 엄히 ᄒᆞ미니 후ᄂᆞᆫ 고이히 넉이디 마ᄅᆞ쇼셔 휘 믁연 블낙ᄒᆞ나 샹의 말솜

이 올흐시니 다시 말을 못ᄒᆞ고 모란이 업ᄉᆞ니 좌우 슈를 일흔 ᄃᆞᆺᄒᆞ여 년슈쥬를 다시 못ᄒᆞ고 모란의 ᄉᆡᆼ시의 비ᄒᆞ디 못ᄒᆞ믈 뉘우ᄎᆞ며 연후를 깁히 ᄒᆞᆫᄒᆞ여 ᄉᆡᆼ각ᄒᆞᄃᆡ 뉴현이 반ᄃᆞ시 모란의 일을 알고 짐즛 군법을 핑계ᄒᆞ여 죽이미라 제 진실노 날을 항거코뎌 홀딘ᄃᆡ 양시를 죽여 이 분을 ᄡᅵᆺ스리라 ᄒᆞ더라 이ᄣᅢ 양태샹 집의셔 그 여ᄋᆡ 궐듕의 가치여 도라올 긔약이 업고 진부의셔 황명으로 왕시를 취ᄒᆞ여 ᄉᆞ긔 고요ᄒᆞ믈 보고 태샹은 탄식ᄒᆞ고 샹부인은

84면

쥬야톄읍비도ᄒᆞ여 날을 보내니 양가 ᄌᆞ딜 족당이 쳥운의 오른 재 여러히라 모다 분연ᄒᆞ여 왈 진공부ᄌᆞ는 ᄉᆞ졍으로 혐의로와 말을 못ᄒᆞ거니와 인신이 되여 국모의 과실을 간치 아니코 원억ᄒᆞᆫ 사름을 가도아 두 ᄒᆡ의 미ᄎᆞᄃᆡ 말을 아닌 즉 이는 나라 녹을 먹으미 브졀 업디 아니리오 그 졔빅와 간관을 ᄎᆡᆨᄒᆞ여 어뎐의셔 ᄃᆞ토아 결단을 내고뎌 ᄒᆞ니 진공이 듯고 연후를 블너 닐오ᄃᆡ 양문 졔ᄉᆡᆼ이 일시의 지존 국모를 결우고뎌 ᄒᆞ니 엇디 온당ᄒᆞ미 이시리오 ᄯᅩ 네 혈긔예 분으로ᄡᅥ 모란을 죽이미 일이 비록 쾌ᄒᆞ나 님군의 그른 거술 승시ᄒᆞ여 군용을 궁금의 버리고 궁녀로 무비를 희롱ᄒᆞ여 ᄀᆞ만이 모란 죽이믈 크게 넉여 님군을 간ᄒᆞ여 가치 아니믈 ᄃᆞ토디 아니ᄒᆞ니 ᄒᆞᆫ 모란이 무어시 관겨ᄒᆞ여 국가 대ᄉᆞ로 말미아므리오 타일

85면

당휘 패홀 ᄱᅢ의 ᄋᆞ뷔 빗내 도라오리니 진실노 ᄉᆞ졍을 ᄎᆞᆷ디 못ᄒᆞ미 여ᄎᆞᄒᆞᆫ 즉 네 아비 엇디 네 모친을 구원의 영결ᄒᆞ고 사라시며 네 ᄯᅩ ᄌᆞ모를 여흰 슬프미 엇디 양시 니별의 비기리오 네 엇디 경듕을 ᄉᆡᆼ각디 못ᄒᆞ미 이 ᄀᆞᆺᄒᆞ는 연휘 문타의 기리 감읍ᄒᆞ여 눈믈을 흘니고 계상 ᄌᆡ비 왈 히ᄋᆡ 구ᄐᆡ여 양시를 ᄉᆞ렴ᄒᆞ여 모란을 죽이미 아니오라 뎌의 ᄒᆡᆼ지 흉험ᄒᆞ고 당후의 좌우의셔 화의 삭시 이시니 몬뎌 졀졔ᄒᆞ오미러니 엄교를 듯ᄌᆞ오니 쇼ᄌᆡ 슈무샹이오나 쳐ᄌᆞ로ᄡᅥ 모비 영결의 비우ᄒᆞ여 경듕을 의논ᄒᆞ리잇고 ᄎᆞ후 다시 양시 일노ᄡᅥ 신샹의 환우를 삼디 아니ᄒᆞ리이다 공이 우왈 내 너의 일이 만젼쾌다 ᄒᆞ미오 칙ᄒᆞ미 아니라 다만 양문 졔ᄉᆡᆼ이 간관을 ᄎᆡᆨᄒᆞ여 샹소를 ᄒᆞ고뎌 ᄒᆞᆫ다 ᄒᆞ니 텬하의 극히 어려온 거ᄉᆞᆫ 부〃

86면

ᄉᆞ이라 간관의 샹쇠 오ᄅᆞ나 셩샹이 일시의 황후를 칙ᄒᆞ시고 양시를 샤ᄒᆞ여 도라보내시나 니어 나는 츔소를 여러 번 드리면 반ᄃᆞ시 증모의 븍 더지미 계시리니 그때 ᄋᆞ뷔 국모를 구욕ᄒᆞᆫ다 ᄒᆞ며 널노뼈 됴명 밧긔 사ᄅᆞᆷ을 죽엿다 ᄒᆞ여 ᄋᆞ부를 대악부도로 다ᄉᆞ리고 너ᄂᆞᆫ 살뉵을 쳔ᄌᆞ히 힝ᄒᆞ다 ᄒᆞᆫ 즉 아디 못게라 왕법이 능히 인졍을 둘소냐 이런 고로 소ᄒᆞᆫ 니 친ᄒᆞᆫ 니를 니간티 못ᄒᆞᄂᆞ니 군신지간이 더욱 두립디 아니ᄒᆞ랴 임의 모란을 죽여 츔소의 길흘 ᄭᅳᆫ허시니 다시 ᄎᆞᄂᆞ치 말고 ᄇᆞ려 두면 ᄋᆞ뷔 비록 고초ᄒᆞ나 싱셩ᄒᆞ미 범인이 아니〃 ᄌᆞ연 보젼ᄒᆞ여 도라오리니 너는 다만 텬시를 기ᄃᆞ리라 연휘 크게 ᄭᆡᄃᆞ라 ᄇᆡ사ᄒᆞ고 믈너나 양태샹을 보고 공의 말ᄉᆞᆷ을 뎐ᄒᆞ니 양가의 셔공을 신명ᄀᆞᆺ치 알므로 과연ᄒᆞ여 ᄉᆞ긔를

87면

〈그치니라〉 지셜 양시 초란으로 더브러 븍각의 가쳔 지 두 ᄒᆡ의 샤를 닙디 못ᄒᆞ고 쳔만 고초 가온ᄃᆡ 졈〃 만월ᄒᆞ여 무ᄉᆞ히 ᄒᆡ만ᄒᆞ매 옥 ᄀᆞᆺᄐᆞᆫ 남ᄋᆡ라 초란이 깃브믈 이긔디 못ᄒᆞᄃᆡ 쇼졔 오래 단댱 감회ᄒᆞ여 심ᄉᆡ 만히 샹ᄒᆞ여시므로 산후 병이 듕ᄒᆞ여시나 능히 ᄒᆞᆫ 그ᄅᆞᆺ 쥭음을 어더 쇼져를 구완ᄒᆞᆯ 길히 업ᄂᆞᆫ디라 이에 음식 드리ᄂᆞᆫ 궁인을 ᄃᆡᄒᆞ여 울며 비러 왈 우리 노쥐 일즉 존가로 은원이 업ᄉᆞ니 비록 낭〃 엄지 계시나 측은지심이 업ᄉᆞ리오 쥬뫼 약질의 병이 듕ᄒᆞ여 ᄉᆡᆼ되 망연ᄒᆞ니 ᄒᆞᆫ 그ᄅᆞᆺ 미음을 구발ᄒᆞ고 미양궁의 이 말을 알외여 아ᄅᆞ시게 ᄒᆞᆫ 즉 은혜 난망이라 ᄒᆞᆫᄃᆡ 궁인이 ᄯᅩᄒᆞᆫ 감동ᄒᆞ여 왈 우리 ᄯᅩᄒᆞᆫ 녯날 녀쥬공 은턱을 닙ᄉᆞ왓ᄂᆞᆫ디라 보은ᄒᆞᆯ ᄯᅳᆺ이 업ᄉᆞ미 아니라 낭〃이 ᄌᆞ루 신틱ᄒᆞ샤 소루ᄒᆞ미 업게 ᄒᆞ라

88면

ᄒᆞ시니 감히 거역디 못ᄒᆞ더니 이제 부인 병이 듕ᄒᆞ시니 엇디 죽기를 두려 녯 은덕을 니ᄌᆞ리오 맛당이 하태후긔 알외여 약믈을 어더 그ᄃᆡ 위쥬튱셩을 갑흐리라 ᄒᆞ고 ᄀᆞ만이 미양궁의 가샤 경난을 보아 이 일을 고ᄒᆞᆫᄃᆡ 샤샹궁이 ᄭᆡ니 하낭〃긔 양시 병이 듕ᄒᆞᆷ을 알외니 낭〃이 대경ᄒᆞ샤 왈 내 만일 혐의를 거리쪄 구치 아닌 즉 양시 반ᄃᆞ시 ᄒᆞᆫ번 죽기를 면티 못ᄒᆞ리니 디하의 가 어ᄂᆞ 면목으로 진양공쥬를 보오리오 ᄒᆞ시고 드ᄃᆡ여 난여를 ᄀᆞ초아 양노궁의 가 당헌태후를 보시니 이 곳 샹의 ᄉᆡᆼ모 부시라 샹이

본싱 부왕을 츄증ᄒᆞ고 모비를 태후로 존ᄒᆞ여 양노궁의 뫼셔 봉양ᄒᆞ시니 위인이 ᄀᆞ장 현렬ᄒᆞᆫ디라 하휘 나아가 좌를 뎡ᄒᆞ시니 부태휘 문왈 노인이 근ᄂᆡ 병이 이셔 츌입디 못ᄒᆞ므로 오래 서로 보읍

89면

디 못ᄒᆞ엿더니 현휘 엇디 니ᄅᆞ러 계시니잇고 하휘 답왈 미망지인이 셰상의 이시미 구챠ᄒᆞ니 일즉 비환셰고를 알오미 업고뎌 ᄒᆞ므로 낭〃긔 오래 뵈오믈 폐ᄒᆞ엿더니 금일은 큰 연괴 이시므로 마디 못ᄒᆞ여 니ᄅᆞ럿ᄂᆞ이다 부휘 경 문왈 아디 못게라 무슨 일인고 듯고뎌 ᄒᆞᄂᆞ이다 ᄒᆞ더라

뉴시삼ᄃᆡ록 권지십ᄉᆞ

1면

어시의 하휘 부태후를 ᄃᆡᄒᆞ여 탄식고 ᄀᆞᆯ오샤ᄃᆡ 국개 블힝ᄒᆞ여 무동황뎨 져ᄉᆡ ᄭᅳ처지고 금샹이 늉흥ᄒᆞ시매 효무 냥뎨 골육이 다 금샹긔 의탁ᄒᆞ여 그 졍ᄉᆡ 슬프거늘 도로혀 평안ᄒᆞ믈 엇디 못ᄒᆞ여 뎌 적 홍신의 고변으로 뉴부마의 삼족이 거의 멸ᄒᆞᆯ 번ᄒᆞ고 힝혀 샹의 ᄇᆞᆰ으시믈 힘닙어 보젼ᄒᆞ엿더니 이제 녀쥬공의 며ᄂᆞ리 양시 죄악이 국가의 간셥ᄒᆞ미 업시 황휘 밀지로 잡아 북각의 너헌 디 두히예 산후병이 듕ᄒᆞ여 댱ᄎᆞᆺ 죽기의 니ᄅᆞ럿ᄂᆞᆫ디라 양신즉 공쥬의 며ᄂᆞ리오 ᄉᆡᆼ인즉 션뎨의 골육이니 그 원억ᄒᆞ믈 닐너 황후를 ᄀᆡ유ᄒᆞᆫ즉 됴곰도 허ᄒᆞᆯ ᄯᅳᆺ이 업ᄉᆞ니 말이 공이 업ᄉᆞ믄 니ᄅᆞ디 말고 도로혀 톄면이 휴손ᄒᆞ니 다시 니ᄅᆞ디 못ᄒᆞᆯ 거시오 ᄉᆡᆼ각

2면

건ᄃᆡ 양시 쇼년 ᄋᆞ녀ᄌᆞ로 셜사 유죄ᄒᆞ나 모역대죄 아니어ᄂᆞᆯ 진양공쥐 샤직의 대공이 이셔 금샹을 마자 셰우고 쇼심공근ᄒᆞᆫ 덕이 이셔 셩인의 놉흐미 잇고 뉴부매 남졍셔벌ᄒᆞ고 국부민강ᄒᆞ여 됴뎡을 도으니 엇지 도라보ᄂᆞᆫ 일이 업ᄉᆞ리잇고마ᄂᆞᆫ 근본 업ᄉᆞᆫ 일노 셰월이 오라ᄃᆡ 샤ᄒᆞ미 업서 죽기의 니ᄅᆞ리니 황후의 실덕이 이만 크미 업고 ᄯᅩᄒᆞᆫ 댱태후의 ᄉᆡᆼ셩지은을 닛ᄌᆞ오며 효종황뎨를 만모ᄒᆞ여 ᄌᆡ텬디녕을 업슈이 넉여 무

죄흔 ᄌᆞ손을 어육고뎌 ᄒᆞ니 일이 가히 히연ᄒᆞ믄 니ᄅᆞ도 말고 쳡이 비록 모황ᄒᆞ나 오히려 효종과 태후 틱명을 밧ᄌᆞ와 신민의 우히 이션 디 이십 년이 거의라 팔ᄌᆡ 박ᄒᆞ여 조ᄌᆞᆼ신녕을 ᄯᆞᆯ와 ᄆᆡ시지 못ᄒᆞ나 잔쳔이 셰상의 이신 젼은 사ᄅᆞᆷ의 박멸ᄒᆞ믈 감심홀 배 아니라 ᄆᆞᄎᆞᆷᄂᆡ 진적 양태후의 금

3면

용 셩환이 이셔도 션예의 ᄌᆞ손과 녀쥬공의 골육을 져ᄇᆞ리디 아냐 디하의 븟그러오미 업고뎌 ᄒᆞᄂᆞ이다 낭〃은 ᄌᆡ삼 술피샤 황후의 실덕을 ᄀᆡ유ᄒᆞ셔 양녀의 모ᄌᆞ를 구ᄒᆞ쇼셔 부태휘 텽파의 대경ᄒᆞ샤 왈 노인이 샹의 츄존ᄒᆞ믈 닙어 비록 태후 위예 이시나 ᄆᆞ양 젼일을 ᄉᆡᆼ각고 그윽이 외람ᄒᆞ고 두려ᄒᆞᄂᆞ니 몸이 비록 부귀ᄒᆞ나 현후긔 구일 군신지의와 녀쥬공의 셩덕과 우리 무리의 앙ᄒᆞ여 셤기던 일을 니ᄌᆞ리오 인ᄉᆡ 변ᄒᆞ고 셰월이 오래나 ᄆᆡ양 모ᄌᆡ ᄃᆡᄒᆞ면 세 번 탄식ᄒᆞ여 읍톄티 아닐 적이 업ᄉᆞ니 이제 텬ᄌᆞ의 부귀와 태후의 존ᄒᆞ미 뉘 주신 배며 뉘 마자 셰운 공이라 ᄉᆞᄉᆞ로 아디 못ᄒᆞ고 도로혀 당태후 낭〃의 ᄌᆞ손을 원억히 고초를 밧게 ᄒᆞ며 녀쥬공의 집으로 ᄒᆞ여곰 화를 ᄭᅵ치게 ᄒᆞ리오 당휘 본ᄃᆡ 방자존대ᄒᆞ여 이러틋 실덕ᄒᆞ미 이실

4면

분 아니로ᄃᆡ 샹이 침혹ᄒᆞ여 일시 ᄭᆡ닷디 못ᄒᆞ나 ᄆᆞᄎᆞᆷᄂᆡ 허믈을 알 ᄣᅢ 이시리니 믁연이 텬시를 기ᄃᆞ리더니 이제 양시를 무고히 가도아 병이 듕홀딘ᄃᆡ ᄉᆞᄉᆡᆼ이 ᄯᅩ흔 위틱흔디라 노인이 당〃이 호언으로 당후를 ᄀᆡ유ᄒᆞ여 가둔 거슬 프러 평안흔 집의 두고 의약으로 구완ᄒᆞ여 증셰 낫고 됴용흔 ᄣᅢ를 어더 샹긔 닐너 내여 보내려니와 일시의 황후를 씻질너 양시를 구ᄒᆞ여낸즉 일이 비록 쾌ᄒᆞ나 그 ᄆᆞ음을 프디 못ᄒᆞ여 다시 힝혀 니해 잇ᄂᆞᆫ 참소를 나온즉 양시긔 해로올 분 아니라 진공과 양가의 ᄯᅩ 환이 미츨가 두리ᄂᆞ니 현후ᄂᆞᆫ ᄂᆡᆨ이 혜아려 노인의 계교를 조ᄎᆞ쇼셔 하휘 샤례 왈 낭〃이 만일 이곳치 호ᄉᆡᆼ지덕으로 양시를 구ᄒᆞ신즉 쳡의 말이 공이 이실 분 아니라 당태후와 효종황데 ᄌᆡ텬지녕이 명〃 듕 감격ᄒᆞ시리니 이 말솜이

5면

ᄀᆞ장 온당ᄒᆞ시니 원컨ᄃᆡ 당후의 문안 오ᄂᆞᆫ ᄣᅢ를 타 히유ᄒᆞ샤 양시 병을 됴리케 ᄒᆞ시

면 구안ᄒᆞᄂᆞᆫ 소임은 쳡이 당ᄒᆞ리이다 ᄯᅩ 뎨 목숨이 무ᄉᆞᄒᆞ면 청츈 쇼년이니 도라가미 밧브리잇고 됴용이 구쳐ᄒᆞ실디니이다 부휘 흔연 응ᄃᆡᄒᆞ고 이윽ᄒᆞ여 하휘 도라가신 후 셕양의 샹과 휘 양노궁의 니ᄅᆞ러 문안ᄒᆞ고 도라 가실ᄉᆡ 부태휘 당후를 머믈나 ᄒᆞ시니 당휘 승명ᄒᆞ여 난가를 머초고 뭇ᄌᆞ오ᄃᆡ 낭〃이 무ᄉᆞᆫ 하괴 계시니잇고 부휘 왈 내 드ᄅᆞ니 현휘 연후 뉴현의 부인 양시를 잡아 북각의 가도안 디 오래라 ᄒᆞ니 무ᄉᆞᆫ 연괴뇨 당휘 시러곰 긔이디 못ᄒᆞ여 ᄃᆡ 왈 뉴현 쳐 양시 신을 포ᄉᆞ 달긔로 비ᄒᆞ야 모욕ᄒᆞ미 심ᄒᆞ니 신이 국법으로 다ᄉᆞ리고뎌 ᄒᆞ오ᄃᆡ 드ᄅᆞᆫ 곳이 뎡되 아니〃매[5] 감히 셩샹긔 주치 못ᄒᆞ고 그 죄를 므ᄅᆞ시ᄒᆞ오믄 너모 프러디오므로 잠간 북각의 너허 경

6면

계코뎌 ᄒᆞ미니이다 부휘 왈 그ᄃᆡ 아디 못ᄒᆞᄂᆞᆫ도다 믈읫 옥ᄉᆡ 종참이 잇거ᄂᆞᆯ 이 말을 드ᄅᆞᆫ 곳이 ᄆᆞ춤ᄂᆡ 허망ᄒᆞᆫ 사ᄅᆞᆷ인줄 내 ᄯᅩᄒᆞᆫ 아ᄂᆞ니 엇디 일시의 쳔인의 원망ᄒᆞ는 말노ᄡᅥ 만승국 뫼 신텽ᄒᆞ여 대신의 며느리요 대신의 ᄯᆞᆯ이며 공후의 부인을 노예ᄀᆞᆺ치 가도아 군신지의를 폐ᄒᆞ고 ᄎᆞᆷ녕의 길흘 열니오 후의 ᄒᆞᆯ 바ᄂᆞᆫ 당〃이 이 말노ᄡᅥ 고ᄒᆞᄂᆞᆫ 쟈를 칙ᄒᆞ고 양시를 무유ᄒᆞ여 ᄉᆞ혼을 달ᄒᆞ고 ᄉᆞ묵을 달ᄒᆞ미 군샹의 졍ᄉᆡ니 죵이 항거ᄉᆞᆯ 잡고 쳔인이 우흘 범ᄒᆞ미 큰 죄라 뎌 조ᄌᆞ손 삼 셰의 튱냥은 니ᄅᆞ도 말고 휘 그 위인을 엇더케 아랏ᄂᆞ뇨 슌히 양녀를 드려보내고 일언도 아냐 우히 ᄉᆡ돗기를 기ᄃᆞ리미 신ᄌᆞ 분의를 엄히 ᄃᆡᆨ히며 후의 힝ᄉᆞ를 족가티 아니미니 노인이 하 면목으로 샹으로 더브러 신민의 우히 이시며 뉴가 부ᄌᆞ의 츄존을 바드리오 양시를 노하 즉시 내

7면

여보내기는 쾌치 아니나 궁듕 안정ᄒᆞᆫ 곳의 두어 후히 ᄃᆡ졉ᄒᆞ다가 도라보내면 뉴양 이문이 엇디 현후를 고무 칭숑티 아니리오 내 ᄎᆞ언을 졔긔치 아니믄 뎨 아ᄅᆞ신즉 반ᄃᆞ시 후를 칙ᄒᆞ실디라 냥궁이 평안키를 위ᄒᆞ미니 내 말은 어그ᄅᆞᆺ디 말고 ᄲᆞᆯ니 시힝ᄒᆞ라 당휘 블평ᄒᆞ미 심ᄒᆞ나 샹이 효의 지극ᄒᆞ시고 태휘 현덕이 계시니 ᄌᆞ부의 도리 거역디 못ᄒᆞ야 공슈 ᄇᆡᆨ샤 왈 신이 소견이 회ᄉᆡᆨᄒᆞ와 아득ᄒᆞ미 잇ᄉᆞᆸ더니 낭〃 명괴 지

---

5) 아니〃매 : '니'가 반복됨.

극 맛당ᄒᆞ시니 삼가 봉힝ᄒᆞ리이다드듸여 댱낙뎐의 도라와 양시로뼈 샤ᄒᆞ여 의츈헌의 머믈나 ᄒᆞ니 ᄎᆞ시 양쇼졔 증셰 위악ᄒᆞ여 쵸란으로 더브러 속슈듸ᄉᆞᄒᆞ더니 홀연 당후의 샤명을 닙어 의츈헌의 머므니 이 곳은 안뎡ᄒᆞ고 뎐각이 광활ᄒᆞ여 미양궁이 갓가온디라 하휘 약믈을 조졔ᄒᆞ여 구안ᄒᆞ시믈 지극히 ᄒᆞ시고 뉵원비빙과 허다 궁

8면

쳡이 황후의 뇌 풀닌가 ᄒᆞ여 ᄃᆞ토아 약믈과 진슈로 문후ᄒᆞᄂᆞᆫ 궁인이 년쇽ᄒᆞ여 의츈헌의 몌여시니 쇼졔 모든 졍을 감샤ᄒᆞ나 번요ᄒᆞ믈 괴로이 넉이더니 십여 일 후 병셰 소복ᄒᆞ니 ᄇᆡ야흐로 소셰를 일우고 ᄋᆞᄌᆞ를 보매 골격이 비샹ᄒᆞ여 신치 쥰매ᄒᆞ니 진부의셔 그 복듕의 드러시믈 몰낫던 아히라 이ᄀᆞ치 녕형ᄒᆞ듸 쇼식을 통홀 길히 업ᄉᆞ니 기리 탄식고 슬허ᄒᆞ더라 의츈헌의 온 디 뉵삭의 당휘 팀노ᄒᆞ미 업더니 일〃은 부태휘 당후로 더브러 동됴의 모다 후원의 풍경을 보시며 하태후를 쳥ᄒᆞ샤 ᄒᆞᆫ가디로 쇼작을 여러 즐기시니 시졀이 졍히 삼츈망시라 옥계의 만홰 ᄃᆞ토아 퓌여 비단댱을 친 듯ᄒᆞ고 뉴지ᄂᆞᆫ 탕〃ᄒᆞ여 댱듸의셔 스ᄉᆞ로 춤을 추니 경믈이 쇼쇄ᄒᆞ여 스ᄉᆞ로 사름의 흥을 돕ᄂᆞᆫ디라 뉵궁비빙의 금슈 단장이 쏫빗치 ᄇᆡᄋᆡ니 니원 뎨ᄌᆞᄂᆞᆫ

9면

예샹우의무를 주ᄒᆞ며 샹방 진찬은 금반옥긔예 ᄀᆞ득ᄒᆞ여 술이 반감의 믄득 셔역 삼십뉵국 공헌이 드러 긔진이뵈 무수ᄒᆞ고 그 듕 쵸염 ᄒᆞᆫ 합식 냥 태후뎐과 황후긔 왓ᄂᆞᆫ디라 당휘 초염을 보고 ᄀᆞ장 깃거 궁인을 맛뎌 별녜로 신칙ᄒᆞ여 댱낙궁으로 보내고 부휘 쏘 그 친싱 진션공쥬를 주려 ᄒᆞ시고 하휘 쏘 슉경공쥬긔 보내고져 겻히 노하 계시더니 하휘 문득 웃고 부후긔 ᄀᆞᆯ오듸 셰쇽 미식이 비록 만흐나 양용ᄒᆞ기를 마디 못ᄒᆞᄂᆞᆫ디라 쇼년 부인이 홍분을 염ᄒᆞᄂᆞᆫ ᄌᆞ식이 이시나 쵸염은 어더 믈니칠 사름이 업ᄂᆞᆫ디라 진실노 텬싱 특용으로 단장이 절노 니러 ᄭᅮ미디 아니ᄒᆞ고 남ᄌᆞ의 소셰ᄒᆞᄂᆞᆫ 규구로 방틱을 더러이 넉이ᄂᆞᆫ 쟈ᄂᆞᆫ 진양공쥬 ᄒᆞᆫ 사름 밧근 업더니 공쥬의 녀ᄋᆞ 문챵이 톄틱풍광을 만히 모습ᄒᆞ엿더이다 부휘왈 현후 말숨

10면

이 맛당ᄒᆞ이다 내 비록 미식을 만히 보아시나 녀쥬공긔 방블ᄒᆞ 니를 보디 못ᄒᆞ엿ᄂᆞ

이다 하휘 왈 녀쥬공 며ᄂᆞ리 양시 황후 명으로 의츈헌의 이션 디 오라ᄃᆡ ᄒᆞᆫ번 블너 보디 아냣더니 금일 블너 보고 친〃지의를 펴고 그 위인이 엇던고 보고뎌 ᄒᆞᄂᆞ니 낭〃 뜻이 엇더ᄒᆞ시니잇고 부휘 왈 노인이 망연이 니젓더니 현후 말ᄉᆞᆷ이 맛당ᄒᆞ이다 드ᄃᆡ여 궁인으로 양시를 브ᄅᆞ니 양쇼졔 마디못ᄒᆞ여 동됴의 나아가 금계의셔 ᄉᆞ빅ᄒᆞ고 만셰를 브ᄅᆞ니 쇼ᄅᆡ 몱아 구쇼의 어린 봉이 우ᄂᆞᆫ ᄃᆞᆺ 옥용이 쇄락ᄒᆞ여 텬디졍화를 아사시며 미목이 �혀나 강산 슈긔를 오로디 거두어시니 구롬 귀밋과 눈 ᄀᆞᆺᄒᆞᆫ 긔뷔 진애예 므드디 아냣고 뉵쳑 신댱의 일쳑 셰외며 삼촌 금년의 봉익이 아〃ᄒᆞ여 셰샹의 무빵ᄒᆞ니 윤틱ᄒᆞ고 빙뎡ᄒᆞᆫ ᄐᆡ되 슈려쇄락ᄒᆞ여 뎐폐의 ᄇᆞᆫ이니 옥계의 ᄇᆡᆨ홰 무

11면

ᄉᆡᆨᄒᆞ고 뉵궁의 분면 치장이 다 명듀 가온ᄃᆡ 와셕 ᄀᆞᆺᄒᆞ니 낭태휘 놀나믈 마디 아니샤 뎐샹의 좌를 주고 ᄀᆞᆯ오샤ᄃᆡ 경이 궐듕의 온 디 오래ᄃᆡ ᄎᆞᆺ디 못ᄒᆞ엿더니 금일 연셕을 인ᄒᆞ여 브ᄅᆞ매 화안옥모와 션풍을 ᄃᆡᄒᆞ니 흠ᄋᆡᄒᆞ믈 이긔디 못ᄒᆞᄂᆞ니 년긔 언마나 ᄒᆞ뇨 양시 피셕 ᄇᆡ샤 왈 신은 녀염 미쳔ᄒᆞᆫ 쇼녀로 년긔 십칠이오니 유치의 미셰ᄒᆞᆫ 몸이 국가의 득죄ᄒᆞ오니 죽기를 면키 어렵ᄉᆞᆸ거ᄂᆞᆯ 호텬대은을 닙ᄉᆞ와 옥듕을 면ᄒᆞᄋᆞᆸ고 어하의 딩쇼ᄒᆞ샤 옥음이 돈유ᄒᆞ시니 산고히활지은을 ᄇᆡᆨ골의 삭이와 일만 번 죽어도 다 갑ᄉᆞᆸ디 못ᄒᆞ리로소이다 하휘 그 쳥아ᄒᆞᆫ 옥셩을 더욱 과ᄋᆡᄒᆞ시고 부휘 흠ᄋᆡᄒᆞ여 ᄀᆞᆯ오샤ᄃᆡ 미우의 졍명지긔와 문치긔딜이 일편도이 연화를 버서나 녕〃형〃ᄒᆞ미 골샹이 서로 비최여 츄슈의 쳥빙이 비쵠 ᄃᆞᆺᄒᆞ

12면

니 진셰의 엇디 뎌런 사ᄅᆞᆷ이 잇ᄂᆞ뇨 ᄉᆞ미디 아닌 용모와 단장이 절노 니러 아미 빵환이 당ᄃᆡ 뉴엽과 초ᄃᆡ 모운을 우이 넉이니 이 진짓 절염이오 홍군 가온ᄃᆡ 군지라 ᄒᆞ시고 각별이 금슈 진보를 ᄉᆞ급ᄒᆞ샤 왈 경이 ᄋᆡᆨ운으로 드러와시나 오라디 아냐 도라간 디라 금쥬로ᄡᅥ ᄉᆞ랑ᄒᆞᄂᆞᆫ 졍을 표ᄒᆞ노라 양시 ᄇᆡᆨ복 왈 신은 죄인이라 태낭〃 셩우를 엇디 감당ᄒᆞ리잇고 금일 옥니의 ᄉᆞ슈로ᄡᅥ 어향을 ᄡᅩ이고 텬안을 앙쳠ᄒᆞ오니 신의 복이 순ᄒᆞ와 분골쇄신ᄒᆞ와도 만분의 일을 갑ᄉᆞᆸ디 못ᄒᆞ오리로소이다 죄명을 벗디 못ᄒᆞ여ᄉᆞ오니 소싱이 아모 대뎡ᄒᆞ오믈 아디 못ᄒᆞᄋᆞᆸᄂᆞᆫ디라. 금쥬를 ᄲᅳᆯ곳이 업ᄉᆞ오니 감히 밧ᄌᆞᆸ디 못ᄒᆞᄂᆞ이다 부휘 더욱 ᄋᆡ경ᄒᆞ샤 드ᄃᆡ여 쵸염으로ᄡᅥ 양시를 주어 ᄀᆞᆯ오샤ᄃᆡ 이

거순 벽농의 두골과

13면

치봉의 쇼리로 합ᄒᆞ여 민든 약이니 셔역 텬츅국의셔 십년의 ᄒᆞᆫ 번식 나오ᄃᆡ 극히 녕명ᄒᆞ여 쵸방의 귀ᄒᆞᆫ 거시러니 진공이 셔역을 평정ᄒᆞ여 공헌ᄒᆞ는 ᄉᆞ신이 길히 슌ᄒᆞᆫ 고로 금년 진샹의 세 합이 왓ᄂᆞᆫ디라 삼뎐의 ᄂᆞᆫ화 딤이 진션을 주고뎌 ᄒᆞ더니 그ᄃᆡ 풍용을 보매 ᄋᆡ모ᄒᆞ믈 이긔디 못ᄒᆞ여 일노뻐 옥모의 광치를 더으고뎌 ᄒᆞᄂᆞ니 황휘 또ᄒᆞᆫ 뉘우ᄎᆞ미 이시리니 오라디 아냐 도라갈디라 죵시를 념녀치 말고 바다 장념의 두어 딤의 ᄉᆞ랑ᄒᆞᄂᆞᆫ 졍을 닛디 말나 양시 안쉭을 졍히 ᄒᆞ고 피셕 돈슈 왈 금일 태낭〃 여텬대은으로 쌔화ᄒᆞ고 넉시 ᄉᆞ라뎌도 닛줍기 어렵ᄉᆞ오나 쳡이 규듕 잔약ᄒᆞᆫ 계집으로 ᄉᆞ덕삼죵을 닥가 셔ᄌᆞ의 눈섭 그리ᄂᆞᆫ 직조를 공교히 넉이옵고 니부인의 얼굴 곰쵸ᄂᆞᆫ 뜻을 더러이 넉이와

14면

됴〃화 츄미ᄂᆞᆫ 신의 원이 아니오니 엇디 감히 녕약을 어더 밋출 더으미 이시리잇고 소회 여ᄎᆞᄒᆞ와 감히 밧줍디 못ᄒᆞ오니 ᄉᆞ죄를 쳥ᄒᆞᄂᆞ이다 부휘 텽파의 칭찬 왈 이 녀직 만일 남지런들 엇디 국가의 직신이 아니며 셥셰 힝도ᄒᆞ매 졍인군직 아니리오 진짓 녀쥬공 며ᄂᆞ리로다 탄복ᄒᆞ믈 마디 아니시고 좌우 궁빙이 서로 도라보아 ᄂᆞᆺ비출 고치고 흠경ᄒᆞ며 냥휘 크게 예우ᄒᆞ샤 도라보내시니 당휘 좌의셔 이 거동을 보고 심듕의 무류ᄒᆞ고 당초 태후의 명을 거역디 못ᄒᆞ여 면강ᄒᆞ여 노하시나 ᄆᆞ춤ᄂᆡ ᄌᆞ가를 욕ᄒᆞ더라 ᄒᆞᄂᆞᆫ 분을 프디 못ᄒᆞ여 심니의 더욱 블쾌ᄒᆞᄃᆡ 냥태후와 뉵궁이 다 뎌를 츄존ᄒᆞ여 믈망이 도로혀 놉핫ᄂᆞᆫ디라 크게 써려 ᄉᆡᆼ각ᄒᆞᄃᆡ 뎨 블과 ᄒᆞᆫ 죄쉬어ᄂᆞᆯ 궁듕 샹해 다 날을 기탄티 아니미 여ᄎᆞᄒᆞ니 만일 태휘 다시 노하 보내라 ᄒᆞ시ᄂᆞᆫ 명이 계

15면

시면 무궁ᄒᆞᆫ 원망을 내게 끼쳐 도라가 모욕ᄒᆞ미 층 가ᄒᆞ리니 맛당이 풀을 버히매 블휘를 업시 ᄒᆞᆯ디라 사라 도라보내미 듕무소쥬ᄒᆞ미라 일〃은 좌우를 도라보아 궁인 월난과 취향ᄃᆞ려 ᄀᆞ마니 분부 왈 양녜 궁듕의 셰를 깁히 미더 슌졸ᄒᆞᄂᆞᆫ 도리 업고 의츈헌 번화ᄒᆞ미 도로혀 댱낙뎐의 더으미 이시니 엇디 통히티 아니리오 여등이 쥬찬을

가져 위로ᄒᆞᄂᆞᆫ 쳬ᄒᆞ고 딤쥬를 가져 양시를 죽이라 월난 등이 승명ᄒᆞ여 의춘헌을 향코져 ᄒᆞ더니 녀샹궁이 간 왈 낭〃이 만승국모로 무죄ᄒᆞᆫ 공후의 부인을 죽이고뎌 ᄒᆞ시니 저컨ᄃᆡ 국가의 시비 뎍디 아닐가 ᄒᆞᄂᆞ이다 ᄒᆞ믈며 금일은 고황데 안가ᄒᆞ신 날이오 명일은 셩샹 탄일이시니 가히 살인힝흉을 못ᄒᆞ시리이다 당휘 블열ᄒᆞ여 믁연 브답ᄒᆞᆫᄃᆡ 녀샹궁이 당후의 ᄉᆞ긔 ᄆᆞᄎᆞᆷᄂᆡ 양시를 죽이랴 ᄒᆞ

16면

믈 보고 참혹히 넉여 이 날 밤의 ᄀᆞ마니 미양궁의 나아가 하태후긔 ᄎᆞᄉᆞ를 ᄌᆞ시 알외여 국긔로 잠간 듕지ᄒᆞ나 디난 후 ᄆᆞᄎᆞᆷᄂᆡ 해ᄒᆞ려 ᄒᆞ믈 주ᄒᆞ니 하휘 대경ᄒᆞ샤 셰〃 샹냥ᄒᆞ시매 뎨 이ᄀᆞᆺ치 요악 싀험ᄒᆞ니 듯디 아닐 줄 아ᄅᆞ시고 지혜로 양시를 구코뎌 ᄒᆞ샤 노샹궁 샤경난을 명ᄒᆞ샤 ᄀᆞ만이 ᄎᆞᄉᆞ를 의춘헌의 가 니ᄅᆞ라 ᄒᆞ시니 샤샹궁이 슈명ᄒᆞ여 양소져 노쥬를 보고 당후의 해ᄒᆞ려 ᄒᆞᄂᆞᆫ 계교와 태후의 디혜를 뎐ᄒᆞ매 양시 텽파의 돈슈 샤례ᄒᆞ여 명을 밧들기로뻐 회주ᄒᆞ고 기야의 ᄋᆞᄌᆞ를 안고 톄읍ᄒᆞ여 ᄎᆞ마 니디 못ᄒᆞ거ᄂᆞᆯ 초란이 ᄀᆞᆯ오ᄃᆡ 일이 급ᄒᆞ여시니 무익ᄒᆞᆫ 비읙를 그치시고 부인은 밧비 니러나쇼셔 쇼졔 눈믈을 거두고 유ᄌᆞ를 다시 져슬 먹여 누이고 노쥐 잇그러 태읙디의 니ᄅᆞ러 신을 버서 못ᄀᆞ의 노코 ᄀᆞ마니 미양궁의 니ᄅᆞ니 샤샹궁이 마자 하낭〃 침뎐 후루의 노쥬를 깁히 곰초

17면

매 ᄍᆡ 졍히 삼경 반야의 만뇌 구젹ᄒᆞ니 다만 하후와 샤샹궁이 알 분이라 하휘 임의 양시 노쥬를 곰초시매 미양궁 옥듕의 가둔 양연과 슈운이 본ᄃᆡ 년쇼ᄒᆞ고 ᄌᆞ싀이 졀셰ᄒᆞ여 회람왕을 ᄉᆞ통ᄒᆞ니 하휘 대로ᄒᆞ샤 쟝ᄎᆞᆺ 듕죄를 주랴 ᄒᆞ시니 이 예후의 엄ᄒᆞ시믈 두려 슈라의 딤독을 두엇다가 일이 들닌 배 되여 발각ᄒᆞ니 당ᄎᆞᆺ 잡아 유ᄉᆞ의 맛디고져 ᄒᆞ시나 회람왕을 구애ᄒᆞ샤 아딕 옥의 두어 계시더니 샤샹궁으로 ᄒᆞ여곰 두 궁인을 취ᄒᆞ여 양시와 쵸란의 복식과 모양을 ᄒᆞ여 궁쳡의 장속을 업시 ᄒᆞ고 이 인을 미러 태읙디의 너흔 후 이 녀의 가둔 바 ᄌᆞ믈쇄를 트러 ᄲᅢ히고 후원의 운뎨를 노하 ᄃᆞ라난 형상을 ᄒᆞ여 샤샹궁이 후의 명을 밧ᄌᆞ와 진심갈튱ᄒᆞ여 획계ᄒᆞ미 귀신ᄀᆞᆺᄒᆞ니 사ᄅᆞᆷ이 다 아득 듕 ᄲᅡ졋더라 명됴의 당낙궁이 믈 ᄉᆞᆯ 툿ᄒᆞ여

18면

연후의 부인 노쥐 간 곳이 업고 유즈를 빠 누엇다 ᄒᆞ니 댱휘 대경ᄒᆞ여 두루 어더 임의 태익디의 ᄒᆞᆫ빵 쥬리와 두 빡 초혀를 어드니 ᄇᆡ야흐로 믈의 빠뎌 죽은 줄 알고 댱휘 샹이 아ᄅᆞ실가 두려 샹하를 엄틱ᄒᆞ여 요란이 구디 말나 ᄒᆞ고 국긔와 탄일이 디난 후 삼 일만의 ᄀᆞ만이 심복 궁관과 환시로 ᄒᆞ여곰 믈을 처 두 시톄를 어드니 신톄 임의 샹ᄒᆞ여 본형을 몰나보게 되엿고 복식 거동이 양시와 초란이라 하휘 드ᄅᆞ시고 거즛 놀나 통곡ᄒᆞ시고 댱후를 ᄃᆡᄒᆞ여 ᄀᆯ오샤ᄃᆡ 현휘 내 말을 듯디 아니고 무죄ᄒᆞᆫ 사ᄅᆞᆷ을 해ᄒᆞ여 ᄎᆞ경의 니ᄅᆞ니 뉘우ᄎᆞ나 밋디 못ᄒᆞᆯ 거시오 양시 임의 죽어시니 그 시톄를 후히 염습ᄒᆞ여 진부의 도라보내고 유즈를 내여 보내여 허믈을 샤례ᄒᆞ여 군신의 의를 완젼ᄒᆞ쇼셔 댱휘 심듕의 크게 놀나고 뉘우ᄎᆞ며 양시 죽으믈 일

19면

변 쾌히 넉여 흔연이 칭샤ᄒᆞ고 즉시 말을 내되 뉴연후 부인 양시를 황휘 친〃지의와 그 ᄉᆡᆨ덕이 쵸셰ᄒᆞ믈 흠ᄋᆡᄒᆞ샤 궐ᄂᆡ의 두엇더니 태익디의 구경 갓다가 실죡ᄒᆞ여 빠디니 그 비즈 초란이 급히 븟잡다가 ᄒᆞᆷᄭᅴ 빠뎌 구티 못ᄒᆞ니 황휘 시슈를 금의를 념습ᄒᆞ여 내여 준다 ᄒᆞ니 뉵궁이 비록 아ᄂᆞ니 이시나 샹의 통권이 ᄇᆡ야흐로 극ᄒᆞ니 감히 말ᄒᆞ 리 업고 샹이 그러히 아ᄅᆞ샤 ᄀᆞ장 차악ᄒᆞ시며 상ᄉᆞ를 후히 다ᄉᆞ려 진공 부즈를 블너 위로ᄒᆞ여 ᄀᆯ오샤ᄃᆡ 경의 부인을 황휘 친〃지의로 ᄉᆞ랑ᄒᆞ여 블너 보미 엇디 이러ᄒᆞ믈 아라시리오 딤이 참혹히 넉이고 황휘 더옥 비탄ᄒᆞᄂᆞ니라 ᄒᆞ시니 공의 부ᄌᆡ 뎐교로 조차 샹의를 예탁ᄒᆞ니 곡졀을 므ᄅᆞ시미 분명ᄒᆞᆫ디라 감히 실ᄉᆞ를 주티 못ᄒᆞ고 믁연이 ᄇᆡ샤ᄒᆞ여 집의 도라오매 블셔 후지 문으로브터 양

20면

시와 초란의 시신을 념빙ᄒᆞ고 입관ᄒᆞ여 궁감과 ᄂᆡ시 녕거ᄒᆞ여 본부의 니ᄅᆞ니 이ᄂᆞᆫ 하휘 사ᄅᆞᆷ이 알가 두리샤 댱후를 권ᄒᆞ여 후히 ᄃᆡ졉ᄒᆞ여 그 원ᄉᆞᄒᆞ믈 위로ᄒᆞ라 ᄒᆞ시니 댱휘 별네로 관곽을 ᄀᆞ초아 치여와 쥬거로 시러 보내고 유즈를 금강보히 빠 샹궁녀현셩으로 ᄒᆞ여곰 품어 옥교를 ᄐᆡ와 진부의 니ᄅᆞ니 진부 샹해 양시를 보낸 디 돌시되여시되 쇼식을 모ᄅᆞ고 더욱 히ᄐᆡᄒᆞ여시믄 망연 부지러니 이에 몸이 죽어 죵시 텬일을 보디 못ᄒᆞ고 쇽졀 업시 노쥬의 시신이 실니여 도라오믈 보니 비록 무단ᄒᆞᆫ 타인

이라도 ᄆᆞ음이 버히ᄂᆞᆫ 듯ᄒᆞ려든 ᄒᆞ믈며 연후와 진공의 ᄆᆞ음이 엇더ᄒᆞ리오 이때 양태샹 부쳐와 샹부 졔공과 졔부인이 승샹 부〃를 믜셔 이에 모다 ᄂᆡ외 샹하의 곡셩이 텬디를 흔드니 진공이 공줘 망ᄒᆞ므로브터 의지ᄒᆞ고 위로ᄒᆞ

21면

는 배 그 ᄌᆞ녀를 ᄉᆞ랑ᄒᆞ여 셩인ᄒᆞ믈 ᄇᆞ라다가 ᄌᆞ부 녀셰 특출ᄒᆞ믈 요힝ᄒᆞ고 양시의 쳥고ᄒᆞ고 유슌ᄒᆞ믈 편ᄋᆡᄒᆞ더니 이제 그 몸이 죽고 강보 히ᄋᆡ 형영을 ᄭᅵ쳐 도라오믈 보매 과도히 통상ᄒᆞ여 본병이 복발ᄒᆞᆫ디라 이 날 손ᄋᆞ를 안고 관을 어ᄅᆞ만져 실셩 통곡ᄒᆞ다가 인ᄒᆞ여 피를 토ᄒᆞ고 혼졀ᄒᆞ여 것구러지니 모다 크게 놀나 황망이 븟드러 누이고 연휘 즉시 우롬을 그치고 졔인을 권위ᄒᆞ여 곡읍을 말니고 관을 븟드러 듁셔루 동편의 빙소ᄒᆞ고 쵸란의 관을 하당의 두어 흠긔 장ᄒᆞ려 ᄒᆞᆯ시 원샹궁을 블너 유ᄌᆞ두 아히를 맛뎌 보호ᄒᆞ믈 당부ᄒᆞ고 믈읫 질병의 엄태감과 당손샹궁을 샹의ᄒᆞ여 기ᄅᆞ고 부ᄅᆞ디 아냐셔ᄂᆞᆫ 부모와 ᄌᆞ가의게 뵈디 말나 ᄒᆞ니 대강 히ᄋᆞ를 본즉 심식 됴티 아닌 연괴라 ᄯᅩ 양시 졔ᄉᆞ의 곡읍을 낭쟈히 말고 오딕 유모와 궁희 듕 ᄒᆞ나히 ᄒᆞ고

22면

즉시 그쳐 그 야〃의 귀에 드르시게 말나 일〃이 분부ᄒᆞ기를 ᄆᆞᆺ고 십분 관심ᄒᆞ여 눈믈을 거두고 공의 겻히셔 온화ᄒᆞᆫ ᄉᆞ식과 ᄂᆞ즉ᄒᆞᆫ 말솜으로 위로ᄒᆞ여 왈 일이 비록 이에 미쳐 참혹ᄒᆞ오나 즁이파의니 과도히 비ᄋᆡᄒᆞ시미 가티 아니코 ᄒᆞ믈며 샹식 경듕이 이시니 대인이 과도히 ᄋᆡ샹ᄒᆞ시미 여ᄎᆞᄒᆞ신즉 히ᄋᆞ의 블효ᄂᆞᆫ 니ᄅᆞ도 말고 조부모의 념녀ᄒᆞ시미 젹디 아니실가 ᄒᆞᄂᆞ이다 공이 집슈 탄식 왈 내 엇디 아디 못ᄒᆞ리오마ᄂᆞᆫ 일시의 구병이 침노ᄒᆞ니 ᄆᆞ음을 관억디 못ᄒᆞ미라 너는 날을 위로치 말고 ᄆᆞ음을 관대히 ᄒᆞ여 속의 슬ᄂᆞᆫ 거술 밧긔 내고 밧긔 화ᄒᆞᆯ 거술 속의 너허 심폐를 샹히오디 말나 휘 ᄇᆡ이슈명ᄒᆞ매 일빵 봉안의 츄쉬 어ᄅᆡ여 묵연이 믈너나 무릅흘 안고 텬애를 ᄇᆞ라며 어린 ᄃᆞ시 안자 신식이 츤 ᄌᆡ ᄀᆞᆺᄒᆞ니 진휘 나아가 탄식고 호언으로 관위ᄒᆞ매 연휘 ᄒᆞᆯ

23면

연 가ᄉᆞᆷ을 어ᄅᆞ만뎌 왈 금일 경식은 쳔고의 드믄 변이라 ᄒᆞ믈며 이 일이 다 쇼데로

말미아마 니러나고 양시 이십이 못ᄒᆞ여 쳔단곤욕을 밧고 ᄒᆞ로도 무흠히 영화를 보디 못ᄒᆞ고 궁익의 드러가 북각의 고초를 격고 ᄒᆞᆫ낫 차두를 ᄃᆞ리고 긔한과 괴로오믈 무릅뻐 복듕 ᄋᆞ를 나흐ᄃᆡ 그 부모와 쇼데 아디 못ᄒᆞ니 기간의 위란ᄒᆞᆫ 경계는 가히 듯디 아냐 알디라 이 ᄀᆞᆺᄒᆞᆫ 험난을 격그ᄃᆡ 오히려 살길히 이실가 ᄒᆞ다가 구ᄐᆞ여 댱후의 독슈를 닙어 노쥐 명을 ᄭᅳᆺᄎᆞ니 그 죽기를 님ᄒᆞ여 서로 보아 영결티 못ᄒᆞ고 유ᄌᆞ와 부모를 두고 죽는 졍식 ᄎᆞ마 가히 니ᄅᆞ디 못ᄒᆞᆯ디라 쇼데 비록 셕묵간댱이나 엇디 능히 촘으리잇고마는 대인 긔운이 블안ᄒᆞ시고 무익디통이 블가ᄒᆞ여 강잉ᄒᆞ나 ᄆᆞ음이 엇디 평샹ᄒᆞ리잇고 흉격의 빙잉을 ᄉᆞᆷ즘 ᄀᆞᆺᄒᆞ니 언쇼를 ᄒᆞ나 간댱이 ᄇᆞ아디ᄂᆞᆫ ᄃᆞᆺᄒᆞᆫ디라 오라디 아

24면

냐 블효 죄인이 될가 두리ᄂᆞ이다 언파의 옥면이 쳐창ᄒᆞ고 봉안의 항뉘 숨〃ᄒᆞ여 져근덧 ᄉᆞ이의 쉬 젓ᄂᆞᆫ디라 진휘 ᄯᅩᄒᆞᆫ 타루ᄒᆞ여 ᄌᆡ삼 위로 왈 현데 심식 그러ᄒᆞ미 그ᄅᆞ다 ᄒᆞ미 아니라 경듕이 이시니 관심ᄒᆞ여 튱효를 힘ᄡᅳ라 너희 ᄠᅳᆺ을 우형이 아ᄂᆞ니 것치 비록 ᄌᆞ약ᄒᆞ나 안흐로 남과 다른 심위 이시니 엇디 샹치 아니리오 연휘 탄식 수셩의 눈믈을 거두고 다시 부젼의 나아가 말솜ᄒᆞ여 화긔 츈풍 ᄀᆞᆺᄒᆞ니 그 노셩ᄒᆞ고 ᄆᆞ음 잡으미 여ᄎᆞᄒᆞᆫ디라 진공이 아름다이 넉여나 ᄯᅩᄒᆞᆫ 잔잉ᄒᆞ여 탄식ᄒᆞ믈 마디 아니ᄒᆞ더라 이 ᄶᅴ 양태샹 ᄂᆡ외 이에 모다 ᄀᆞᆨ골 통지ᄒᆞᄃᆡ 진공이 토혈과 샹ᄒᆞ믈 놀나 슬프믈 강잉ᄒᆞ고 심ᄉᆞ를 관억ᄒᆞ여 양시의 유ᄌᆞ를 보니 개〃히 곤산의 보벽이오 벽히의 명쥐라 서로 안고 가솜을 두ᄃᆞ리며 소ᄅᆡ를 솜켜 혈누를 드리오니

25면

이 경샹을 ᄎᆞ마 보디 못ᄒᆞᆯ너라 연휘 호언관위ᄒᆞ여 도라보ᄂᆡ고 됴셕으로 졔ᄉᆞ를 디내매 우름이 식경을 넘디 못ᄒᆞᄃᆡ 누흔이 졔복을 ᄌᆞ므고 식음이 날노 감ᄒᆞ여 풍영ᄒᆞᆫ 안ᄉᆡᆨ이 졈〃 초체ᄒᆞ매 갓갑더니 셰월이 뉴슈 ᄀᆞᆺᄒᆞ여 두어 ᄃᆞᆯ이 디나니 연휘 ᄉᆞ졍이 졀박ᄒᆞ나 진공의 환휘 미류ᄒᆞ고 당부인이 ᄯᅩᄒᆞᆫ 과도히 ᄋᆡ샹ᄒᆞ여 침셕의 위돈ᄒᆞ여시니 슬프믈 다 ᄒᆞ디 못ᄒᆞᆫ 줄 알고 즉시 틱일 안장ᄒᆞ려 ᄒᆞᆯ시 진공이 날이 오랠ᄉᆞ록 샹도ᄒᆞ믈 마디 아냐 온가지로 샹냥ᄒᆞ매 양시 본ᄃᆡ 긔골이 쳥아ᄒᆞ고 격되 고상ᄒᆞ나 온윤한 품질이 이시며 ᄌᆞ뭇 견강ᄒᆞᆫ디라 당쵸의 단명ᄒᆞᆯ가 의심ᄒᆞ다가 셩의ᄇᆡᆨ이 닐오ᄃᆡ ᄌᆡ앙

이 만흐나 항슈 다남ᄌᆞᄒᆞᆫ 샹이라 ᄒᆞ더니 그 말과 ᄀᆞᆺ치 ᄌᆞ익이 잇고 냥 자를 연싱ᄒᆞ여 셩의빅 지감이 그ᄅᆞ디 아니ᄃᆡ 홀노 항슈 두

26면

ᄌᆞ를 마치디 못ᄒᆞ여 조요ᄒᆞ니 고이히 넉여 쳔ᄉᆞ만녀ᄒᆞ매 총명영긔로 엇디 의심이 업ᄉᆞ리오 향인ᄒᆞ여 니ᄅᆞ디 아니나 졈〃 심두의 의혹ᄒᆞ미 이셔 ᄎᆞ야의 병을 강잉ᄒᆞ여 난두의 나와 텬샹을 보니 이십팔슈 ᄂᆡ의 녀셩이 ᄒᆞᆫ 조각 구름이 ᄀᆞ리와 경ᄃᆡ 당〃ᄒᆞ니 공이 대희ᄒᆞ여 좌우를 도라보니 진휘 필데 양으로 더브러 시립ᄒᆞ여 잡인이 업ᄂᆞᆫ디라 공이 양으로 ᄒᆞ여곰 연후를 브ᄅᆞ라 ᄒᆞ니 연휘 승명 추진ᄒᆞ매 공이 손으로 ᄀᆞᄅᆞ쳐 왈네 져 별을 아ᄂᆞᆫ다 연휘 눈을 드러 냥구히 보다가 ᄭᅮ러 ᄃᆡ 왈 이ᄂᆞᆫ 이십팔슈 ᄂᆡ의 녀셩이로소이다 공왈 올커니와 쥬ᄒᆞᆫ 사ᄅᆞᆷ을 아ᄂᆞ냐 ᄃᆡ 왈 ᄒᆡ익 일쟉 야〃의 ᄀᆞᄅᆞ치시믈 닙ᄉᆞ와 텬문의 대강을 아오매 샹히 녀셩이 진국 분야의 비최매 양시의 쥬셩으로 아라ᄉᆞᆸ더니 이제 오히려 의구ᄒᆞ오니 그 연고를 아디 못ᄒᆞ여 의혹ᄒᆞᄂᆞ이다

27면

공이 위연 탄왈 여등이 외모 ᄌᆡ혹이 일ᄏᆞᄅᆞᆷ즉ᄒᆞ나 경뉸의 대ᄌᆡ 아니로다 이ᄂᆞᆫ ᄋᆞ부의 쥬셩이니 ᄂᆡ 혜아리건ᄃᆡ 우리 빅시 지인지감이 신명 ᄀᆞᄐᆞ샤 ᄒᆞᆫ 말도 헛도이 발치 아니시니 엇디 ᄋᆞ부를 그ᄅᆞᆺ 보실 니 이시리오 ᄯᅩ 범인으로 니ᄅᆞᆯ디라도 ᄋᆞ뷔 이러ᄐᆞᆺ 흉죵 조요ᄒᆞᆯ 샹격이 아니라 ᄂᆡ 이러므로 나와 건샹을 보니 듀셩이 의구ᄒᆞ야시니 그 싱존ᄒᆞ믈 가히 알디라 반ᄃᆞ시 길일을 만나 ᄀᆞ만ᄒᆞᆫ 가온대 신출귀몰ᄒᆞᆫ 속이미 이시니 사라시믄 의심이 업ᄉᆞ나 다만 이 말을 두 번 입의 내디 못ᄒᆞᆯ디라 잉질ᄒᆞ여 텬수를 기ᄃᆞ리고 심ᄉᆞ를 샹히오디 말나 진연이 휘 텽파의 대희ᄒᆞ여 ᄇᆡ샤 왈 진실노 이 말ᄉᆞᆷ ᄀᆞᆺᄒᆞᆫ 즉 양시 죽디 아냐실 거시니 가히 젼두를 볼 거시니이다 공이 뎜두ᄒᆞ고 냥 ᄌᆞ를 당부 왈 만일 누셜ᄒᆞᆫ 즉 ᄋᆞ부를 두 번 죽이미니

28면

여등은 계지〃ᄒᆞ라 이 인이 경복ᄒᆞ믈 마디 아냐 퇴ᄒᆞ여 ᄎᆞ후 ᄆᆞ음을 잠간 진뎡ᄒᆞ여 장ᄉᆞ를 디내고 의구히 ᄉᆞ긔 ᄡᅳ리친 ᄃᆞᆺᄒᆞ여 복제를 ᄀᆞ초고 양시 비록 죽디 아냐시나 일신이 아모 도의 ᄀᆞᆷ초여시믈 몰나 싱ᄂᆡ의 만날 긔약이 업ᄉᆞ믈 슬허ᄒᆞ니 ᄌᆞ연이 희

허탄샹ᄒᆞ여 연후의 비식이 여구ᄒᆞ고 가듕 샹해 아니 참담ᄒᆞ 리 업ᄉᆞᄃᆡ 홀노 셩의빅일 인이 밋디 아닐 분 아니라 당초브터 미〃히 우어 하낭〃이 지혜로 군신을 속이시믈 탄복ᄒᆞ나 구외예 일ᄏᆞᆮ디 아니〃 진공이 명달군ᄌᆡ라 그 긔식을 고이히 넉여 드ᄃᆡ여 의심ᄒᆞ여 텬상을 보아 결단ᄒᆞᆫ 후 다시 샹회ᄒᆞ미 업고 양시를 장ᄒᆞᆫ 후 손ᄋᆞ를 보양ᄒᆞ며 양시 비록 싱존ᄒᆞ나 연후의 금슬이 어ᄌᆞ럽고 일이 만히 고이ᄒᆞ믈 차탄ᄒᆞ여 일호 됴흔비치 업ᄉᆞ니 가듕이 다 아득히 ᄭᆡ돗디 못ᄒᆞ더라 이 ᄯᅢ 왕시 연

29면

후의게 도라완 디 수년의 부〃의 낙이 돈연ᄒᆞ고 그 긔식이 졈〃 엄듕ᄒᆞ여 우러〃 보미 어려온디라 왕시 처음은 언셩이 놉고 긔운이 거룩ᄒᆞ여 말도 히이치고 ᄂᆞᆾ촐 븕혀 능히 항거코뎌 ᄒᆞ더니 연휘 본 긔상이 엄숙ᄒᆞᆫᄃᆡ 왕시를 본 즉 더옥 싁〃ᄒᆞ여 삭풍이 어름을 부ᄂᆞᆫ 둧 말솜이 흔연홀ᄉᆞ록 소ᄅᆡ 유티 못ᄒᆞ고 안ᄉᆡᆨ이 화티 못ᄒᆞ니 졈〃 서어ᄒᆞ여 보면 급히 피ᄒᆞ더니 양시 상ᄉᆞ를 만나 궁듕이 이러틋 진경ᄒᆞ여 공의 부ᄌᆞ의 슬허ᄒᆞ믈 보매 도로혀 블워ᄒᆞ여 골오ᄃᆡ 놈은 죽어도 날도곤 유복ᄒᆞ도다 우리 군후의 ᄆᆞ음을 동ᄒᆞ미 이 ᄀᆞᆺ흐니 죽어시나 사라심 ᄀᆞᆺ도다 ᄒᆞ고 탄식ᄒᆞ니 ᄉᆞ 공ᄌᆞ 졍이 듯고 이 말노ᄡᅧ 후의게 뎐ᄒᆞ니 휘 ᄋᆞᄌᆞ를 안고 유희ᄒᆞ다가 미쇼 왈 그 몸이 스ᄉᆞ로 블관ᄒᆞᆫ 줄 아라 망인을 블워ᄒᆞ니 ᄌᆞ디재 명이로다 졍이 쇼 왈 가인의

30면

ᄒᆞᆫ이 이에 밋게 ᄒᆞ믄 형당의 박졍ᄒᆞ시미 심ᄒᆞᆫ디라 모ᄅᆞ미 그 무죄ᄒᆞ믈 고렴ᄒᆞ셤 즉ᄒᆞ이다 연휘 탄식 왈 내 사름을 그ᄅᆞᆺ 믿드라 깅참의 함닉ᄒᆞ니 타인의게 졍을 머므러 엇디 금슬지낙을 ᄉᆡᆼ각ᄒᆞ리오 졍이 우 쇼 왈 형당이 젼일 녀ᄉᆡᆨ의 이러치 아니시더니 엇디 도로혀 듕승의 〈下〉고쵸와 환관의 〈上〉슈힝[6]을 감심ᄒᆞ여 양수를 수졀코뎌 ᄒᆞ시ᄂᆞ니잇고 네 엇디 연작이 홍곡의 ᄠᅳᆺ을 알니오 공지 대쇼 왈 쇼데 형당의 칼 ᄲᅢ혀 사름 죽이심과 비례의 셔찰은 밋디 못ᄒᆞ려니와 왕수 박ᄃᆡᄒᆞᄂᆞᆫ 소유ᄂᆞᆫ 아ᄂᆞ니 수〃의 긔운이 놉흐믈 ᄶᅥ려 억졔ᄒᆞ시민가 ᄒᆞᄂᆞ이다 이리 말홀 제 왕시 시녀 취월이 듯고 왕시긔 고ᄒᆞᄃᆡ 왕시 분노ᄒᆞ여 ᄉᆡᆼ각ᄒᆞᄃᆡ 양시를 과도히 듕ᄃᆡᄒᆞ여 죽은 후도 츄모ᄒᆞ미

---

6) 듕승의 ~ 〈上〉슈힝 : '듕승의 슈힝과 환관의 고쵸'로 위아래 구절을 바꾸라는 뜻.

그 ᄌᆞ식이 이시므로쎄라 그 용식의 고

31면

으미야 엇디 구틱여 내게셔 더으미 이시리오 가히 ᄒᆞᆫ흡다 ᄒᆞᆫ낫 아들을 어든 즉 평ᄉᆡᆼ을 의탁ᄒᆞ고 은졍을 어들디라 엇디 ᄌᆞ식을 인녁으로 도모ᄒᆞ리오 젼의 드ᄅᆞ니 슈락ᄉᆞ 셩녈 대ᄉᆞᄂᆞᆫ 셩화황뎨 공쥬로 출가ᄒᆞ여 슈락ᄉᆞ의셔 신긔ᄒᆞᆫ 술업이 당시 셰존이라 ᄒᆞ니 ᄒᆞᆫ번 나아가 부〃 ᄒᆞᆫ합과 ᄉᆡᆼᄌᆞᄒᆞᆯ 경ᄉᆞ를 튝원ᄒᆞ리라 ᄒᆞ여 분〃이 혜아리고 당듕의셔 직계ᄒᆞ고 범ᄉᆞ를 츌히더니 ᄌᆡ믈이 부족ᄒᆞ여 ᄉᆡᆼ각ᄒᆞᄃᆡ 내 드러완 디 오라ᄃᆡ 진후 형뎨 동포 골육으로 형셰 ᄀᆞᆺ거ᄂᆞᆯ 셜시ᄂᆞᆫ 총제 샹궁이 이시ᄃᆡ 날은 밧드ᄂᆞᆫ 샹궁이 업ᄉᆞ니 어인 일인고 드ᄃᆡ여 시녀로 원샹궁을 브ᄅᆞ라 ᄒᆞ니 이ᄯᅢ 원샹궁이 양쇼졔 별셰ᄒᆞ므로부터 가슴을 어ᄅᆞᄆᆞᆫ뎌 셰샹의 ᄠᅳᆺ이 업ᄉᆞᄃᆡ 연후와 냥ᄋᆞ를 위ᄒᆞ여 범ᄉᆞ를 슬피고 됴셕 제젼을 지극히 ᄒᆞ며 쥬야 톄읍ᄒᆞ여 식음을 폐ᄒᆞ니 당손시와 셜샹궁

32면

이 위로ᄒᆞ여 디내더니 왕시의 브ᄅᆞ믈 듯고 나아가니 왕시 졍식고 ᄀᆞᆯ오ᄃᆡ ᄂᆡ 황명으로 드러오난 디 오래ᄃᆡ 그ᄃᆡ 엇디 봉읍 소산을 ᄂᆡ게 알외디 아냐 취품치 아닛ᄂᆞ뇨 이제 가듕의 우환이 연쳡ᄒᆞ고 ᄂᆡ 또 잉틱ᄒᆞᄂᆞᆫ 경ᄉᆡ 업ᄉᆞ니 즘심 치진ᄒᆞ여 슈락ᄉᆞ의 나아가 경셩으로 나의 ᄉᆞ쇽을 빌고뎌 ᄒᆞᄃᆡ ᄌᆡ믈이 쳔금이 들디라 맛당이 일〃히 출혀 진향ᄒᆞ게 ᄒᆞ라 원샹궁이 어히 업서 도로혀 족가를 아니코 안흐로 ᄂᆡᆼ쇼ᄒᆞ나 공슌히 ᄉᆞ샤 왈 이 일이 다 비ᄌᆞ의 알 배 아니라 쥬공이 명ᄒᆞ샤 진연 이후의 봉읍 진샹을 다 고듕의 두어 ᄉᆞ툑을 업시ᄒᆞ라 ᄒᆞ시고 군휘 듁셔루의 양부인 두 공ᄌᆞ를 두샤 봉양ᄒᆞ여 의건즙믈을 ᄉᆡᆼ시ᄀᆞᆺ치 ᄒᆞ시니 비ᄌᆡ 다문 쥬공 명을 밧ᄌᆞᆸ고 양부인 졔ᄉᆞ를 소임ᄒᆞ니 엇디 부인을 압두ᄒᆞ미 이시리잇고 ᄌᆡ보를 쓰고뎌 ᄒᆞ신즉 만금이

33면

라도 당손샹궁의게 니ᄅᆞ고 ᄡᅳ시려니와 ᄡᅳ고뎌 ᄒᆞ시ᄂᆞᆫ 배 당연ᄒᆞᆫ 곳이 아냐 부텨의게 진향코뎌 ᄒᆞ시니 가티 아녀이다 슈락ᄉᆞᄂᆞᆫ 홍치간의 명아공쥐 발셔ᄒᆞ시매 지어 주신 디라 셩녈대ᄉᆡ 금지옥엽으로 뎨실지친이시니 황친국쳑이 뉘 아니 공경ᄒᆞ며 홍치황뎨 친힝ᄒᆞ여 보시니 졔왕공쥐 다 빅블ᄒᆞ여 츄존ᄒᆞᄃᆡ 홀노 션비 ᄒᆞᆫ 번 입을 여러 시비

를 의논치 아니시고 스스로 거ᄂᆞ린 후빙을 경계ᄒᆞ샤 만일 흠모ᄒᆞ여 나아가ᄂᆞ 니는 일죄로 하령ᄒᆞ시니 효종과 당태휘 연고로 무ᄅᆞ시니 션비 ᄃᆡ하시ᄃᆡ 명아공쥬 ᄒᆞ시는 배 패되라 유풍을 상히오고 눈을 멸ᄒᆞ니 신의 소업은 유되라 되 임의 길히 다ᄅᆞ니 서로 통ᄒᆞ여 무ᄅᆞ미 가티 아닌디라 신의 힘이 뎍어 능히 텬하 블법을 젼졔티 못ᄒᆞ고 지친간 이런 일이 이셔 셩ᄃᆡ치화를 상히오니 크게 븟그려

34면

ᄒᆞ옵ᄂᆞ니 거ᄂᆞ린 비ᄌᆞ로 ᄒᆞ여곰 통ᄒᆞ여 공문의 혹을 욕ᄒᆞ리잇고 ᄒᆞ시니 션뎨 대찬왈 내 아히 이러틋 빅쳑ᄒᆞ여 졍논이 당〃ᄒᆞ니 공ᄌᆞ 시졀의 여ᄅᆡ이심 ᄀᆞᆺ도다 ᄒᆞ시고 일노써 션비직함을 지셩대덕승텬이라 ᄒᆞ시니 비ᄌᆞ 등이 슈락사를 아디 못ᄒᆞ여 피ᄎᆞ의 신을 ᄊᆞᆫ흐시고 좌위 대ᄉᆞ의 말숨을 시비ᄒᆞᆫ 즉 슌〃 역식ᄒᆞ샤 삼가 경계ᄒᆞ라 ᄒᆞ시니 이에 니ᄅᆞ히 부듕 삼십년 ᄂᆡ의 션비 유탁과 쥬공의 셩교로써 블ᄉᆞ를 니ᄅᆞ디 아니시미 구습이 되엿거ᄂᆞᆯ 부인이 일됴의 녯법을 파코져 ᄒᆞ시니 두리건ᄃᆡ 군후의 노를 만나고 쥬공긔 죄를 어드실가 ᄒᆞᄂᆞ이다 지어 싱산은 군후와 부인이 다 쳥츈이시니 무어시 밧브리잇고 샹부 졔노야와 쥬공이 일싱 슈락ᄉᆞ를 모ᄅᆞ시고 명산대찰을 아디 못ᄒᆞ시ᄃᆡ ᄌᆞ손이 승〃ᄒᆞ고 종식 션〃ᄒᆞ시니 이 엇디 오덕

35면

을 닥고 인을 힝ᄒᆞ여 텬도의 복션여음이 늉〃ᄒᆞ니 금동옥녀 ᄀᆞ득ᄒᆞ엿ᄂᆞᆫ디라 블ᄉᆞ로 복을 구하믄 듕승의 말이오 군ᄌᆞ의 덕이 아닐 분 아니라 우리 션비의 힝티 아니ᄒᆞ시던 바를 그 ᄌᆞ뷔 되여 ᄒᆞ시미 만〃 블가ᄒᆞ니 싱각ᄒᆞ쇼셔 왕시 원샹궁의 허다 졍대ᄒᆞᆫ 의논이 금셕 ᄀᆞᆺ흐믈 드ᄅᆞᄃᆡ 텬셩이 우람ᄒᆞ고 혼용ᄒᆞ여 ᄭᆡᄃᆞ라 고치믈 싱각디 아니ᄒᆞ고 노긔 블연ᄒᆞ여 왈 이는 궁희 나의 슈복을 어들가 아쳐ᄒᆞ미라 내 일즉 부모와 귀인낭〃의 교훈을 밧ᄌᆞ와 힝실의 반뎜 그ᄅᆞ미 업ᄉᆞ니 엇디 금일 그ᄃᆡ 졀졔를 감심ᄒᆞ리오 한셜을 말고 당손샹궁ᄃᆞ려 니ᄅᆞ고 금빅을 츌혀 ᄃᆡ령ᄒᆞ라 원샹궁이 졍식 왈 비직 평싱 아는 배 쥬공과 션비라 녯 님군의 탁고를 밧ᄌᆞ와 군후를 봉양ᄒᆞ매 엇디 ᄯᅳᆺ을 굽히고 ᄆᆞ음을 굴ᄒᆞ여 의 아닌 일을 조ᄎᆞ며 녜 아닌 일을 힝ᄒᆞ리오 부인이 비ᄌᆞ의 머리

36면

ᄂᆞᆫ 가히 버히시려니와 블ᄉᆞ로뻐 유림의 금ᄇᆡᆨ을 내여 진향ᄒᆞ믄 결연히 좃디 못ᄒᆞ리니 부인이 스ᄉᆞ로 말ᄆᆡ아므쇼셔 셜파의 머리를 두ᄃᆞ려 샤례ᄒᆞ고 도라가니 왕시 대로ᄒᆞ여 분〃이 ᄭᅮ짓고 당손샹궁을 보아 금ᄇᆡᆨ을 구ᄒᆞ니 당손시 웃고 닐오ᄃᆡ 이ᄂᆞᆫ 우리 션비의 덕이 아니시니 노신이 감히 쳔ᄌᆞᄒᆞ리오 부인이 구ᄐᆡ여 ᄒᆞ고뎌 ᄒᆞ시거든 쥬공과 군후긔 알외여 허ᄒᆞ신 후 힝ᄒᆞ쇼셔 왕시 ᄒᆞᆯ 일 업서 ᄉᆡᆼ각ᄒᆞ매 미친 의ᄉᆡ 씃치 누ᄅᆞ디 못ᄒᆞ여 ᄉᆞᄉᆡᆼ으로뻐 결단ᄒᆞ고 연후와 진공긔 알외여 ᄌᆡ믈을 어드려 뎐도히 듕당을 향ᄒᆞ여 오니 졍히 태을뎐 난함 ᄉᆞ이예 쇼환 두어 빵이 왕ᄂᆡᄒᆞ여 ᄃᆡ후하ᄂᆞᆫ 거동이어ᄂᆞᆯ 왕시 나아가 댱 틈으로 기우려 보니 연휘 ᄇᆞ야흐로 ᄆᆞ을노셔 ᄀᆞᆺ 도라와 공복을 닙은 채 냥ᄌᆞ를 슬샹의 두어 유희ᄒᆞ여 화긔 면모의 어ᄅᆡ엿더니 ᄒᆞᆯ

37면

연 기리 탄식ᄒᆞ여 봉안의 ᄀᆞ을 믈결이 움즉이니 홍금광슈로 ᄌᆞ루 누흔을 ᄡᅳᄉᆞ매 경국의 비단 ᄉᆞ매 저ᄌᆞ니 좌위 다 감창ᄒᆞ여 타루ᄒᆞ고 막감앙시ᄒᆞ더니 믄득 진공이 진양후를 ᄃᆞ리고 샹부 문안을 파ᄒᆞ고 오다가 뎌 거동을 보고 ᄋᆡ이동지ᄒᆞ여 잠간 거름을 머초워 그 부ᄌᆡ 샹ᄋᆡᄒᆞ믈 일변 두굿기고 진휘 ᄯᅩ 참연 가셕ᄒᆞ여 머리를 두로혀 오래 ᄇᆞ라보니 연휘 비로소 알고 밧비 유ᄌᆞ를 궁인을 맛디고 니러나 부형을 ᄯᆞ라 외뎐으로 나가니 풍뉘 훤연ᄒᆞ고 의용이 쇄락ᄒᆞ여 일ᄉᆡᆨ의 ᄇᆞ이니 왕시 말을 못ᄒᆞ고 침소의 도라와 혜오ᄃᆡ 뎌의 부ᄌᆡ ᄌᆞ식 ᄉᆞ랑이 ᄃᆡ〃로 이 ᄀᆞᆺᄒᆞ니 만일 ᄒᆞᆫ낫 옥동을 어드면 엇디 연후의 툥을 엇디 못ᄒᆞ리오 굿ᄒᆞ여 뎌ᄃᆞ려 뭇디 말고 내 ᄌᆞ량ᄒᆞ여 갈 거시라 ᄒᆞ여 ᄌᆞ긔 슈식과 금의를 다 내여 만금을 어더 범ᄉᆞ를 다 ᄀᆞ쵸고 심복 시녀로 더

38면

브러 지셩ᄌᆡ계ᄒᆞ여 거즛 근친가노라 일ᄏᆞᆺ고 공과 연후긔 알외디 아냐 바로 슈락ᄉᆞ의 니ᄅᆞ러 블가의 허다 젼셰과보와 ᄂᆡᄉᆡᆼ현묘ᄒᆞᆫ 일을 드러 대혹ᄒᆞᆯ 배 되여 무챠대회 칠일을 ᄒᆞᆯᄉᆡ 모든 승니 우어 왈 진양공쥬 ᄉᆡᆼ시의 우리 대ᄉᆞ 신긔ᄒᆞ시믈 ᄇᆡ쳑ᄒᆞ여 서로 음문을 ᄉᆞᆫ헛더니 이제 공쥐 조졸ᄒᆞ고 며ᄂᆞ리 스ᄉᆞ로 션문의 나아와 이러틋 ᄒᆞ니 엇디 유도의 무익ᄒᆞᆷ과 블도의 놉흐미 쇼양 ᄀᆞᆺ디 아니리오 ᄒᆞ더라 왕시 대ᄉᆞ의 신긔ᄒᆞᆫ 도를 여러 날 드러 ᄆᆞ음이 취ᄒᆞ고 믄득 고이ᄒᆞᆫ 의ᄉᆡ 니러나 대ᄉᆞ긔 고 왈 드르니 쳡

의 고모 진양공쥐 블도를 ᄇᆡᆨ쳑ᄒᆞ여 션문의 음신을 ᄉᆞᆫ헛더라 ᄒᆞ니 올ᄒᆞ니잇가 대ᄉᆞ 왈 올커니와 ᄆᆞᄎᆞᆷᄂᆡ 고집ᄒᆞ니라 왕시 ᄯᅩ ᄀᆞᆯ오ᄃᆡ 션비 ᄌᆞᄉᆡᆨ이 텬하의 독보ᄒᆞ여 방블ᄒᆞ 니 업더라 ᄒᆞ니 대ᄉᆡ 임의 죽은 사람을 ᄇᆡᆨ일의 능히 니ᄅᆞ혀

39면

ᄉᆡᆼ인을 뵈시ᄂᆞᆫ 슐이 계시다 ᄒᆞ니 가히 ᄒᆞᆫ 번 쳥ᄒᆞ여 뵈시리잇가 대ᄉᆡ 왈 가티 아니타 진양통지ᄂᆞᆫ ᄉᆡᆼ민이 나므로 요슌의 후를 니으니 우리 블가의 감히 닐위여 굴ᄒᆞᆯ 배 아니라 되 긋디 아니〃 샹통ᄒᆞᆯ 일이 업고 서로 공경ᄒᆞ고 훼방티 말디니 엇디 녹〃ᄒᆞᆫ 듕ᄉᆡᆼ의 신녕과 ᄀᆞᆺ치 블어로 쳥ᄒᆞ리오 쳥ᄒᆞ여 오디 아니면 션문의 일홈만 쇼삭ᄒᆞᆯ 분이니 그ᄃᆡᄂᆞᆫ 다만 복을 빌고 일즉이 도라가라 연후의 노를 만나 어려오미 잇거든 진부의 드디 말고 뉴부 초공 문하로 가라 망〃ᄒᆞᆫ 텬수를 미리 알미 어려오나 ᄆᆞᄎᆞᆷᄂᆡ 보젼ᄒᆞ여 기리 무ᄉᆞᄒᆞ리라 ᄒᆞ더라 칠일이 디난 후 왕시 대ᄉᆞ긔 하ᄃᆡᆨᄒᆞ고 진부의 니ᄅᆞ니 이ᄯᅢ 연휘 왕시 친가의 귀령ᄒᆞᄃᆡ 니ᄅᆞ미 업ᄉᆞ믈 더옥 ᄒᆡ괴히 넉이나 다시 개렴ᄒᆞ미 업더니 일〃은 외뎐의셔 엄태감으로 더브러 연국 하관을 모화 공ᄉᆞ를 쳐

40면

결ᄒᆞᆯᄉᆡ 궁관과 가뎡이 만히 궐이 나시니 고이히 넉여 무ᄅᆞᆫᄃᆡ 연국 총졔관 위량이 압ᄒᆡ 나아가 고 왈 궁관 가졍 수ᄇᆡᆨ인이 년일 슈락ᄉᆞ의 ᄃᆡ령ᄒᆞ여 부인 슬위를 호위ᄒᆞ므로 금일 능히 참예티 못ᄒᆞ엿ᄂᆞ이라 연휘 대경 왈 슈락ᄉᆞ의 엇던 사ᄅᆞᆷ이 갓관ᄃᆡ 궁관 가뎡이 내게 알외디 아니코 방소를 ᄡᅥ낫ᄂᆞ뇨 위량 왈 이ᄂᆞᆫ 궁관 하리의 죄 아니라 군후의 명으로 부인 슈륙ᄒᆞ시ᄂᆞᆫ 도량을 위호ᄒᆞ라 ᄒᆞ시니 엇디 감히 거역ᄒᆞ리잇고 연휘 대로ᄒᆞ여 ᄀᆞᆯ오ᄃᆡ 뉘 내 녕으로 나와 니ᄅᆞ더뇨 위량 왈 처엄은 부인 ᄎᆡ게 왕부로 귀령ᄒᆞ시므로 알고 뫼아 가미오 듕노의셔 부인이 군후 명으로 분부ᄒᆞ여 슈락ᄉᆞ의 가셔 호위ᄒᆞ라 ᄒᆞ시니 ᄐᆡ만티 못ᄒᆞ여 일힝 듕인이 부인 도라오시믈 ᄃᆡ후ᄒᆞ미니이다 연휘 어히 업시 넉여 왈 여등이 부인 ᄆᆡ셔 간 궁관 도라오

41면

ᄂᆞᆫ ᄯᅢ 내 녕 업시 궁문의 드런 즉 삼족을 멸ᄒᆞ리라 ᄒᆞ니 엄태감이 니ᄅᆞᄃᆡ 가치 아니ᄒᆞ라 궁관이 다 부인 ᄒᆡᆼ차를 ᄆᆡ셔 도라오거ᄂᆞᆯ 만일 조당ᄒᆞᆫ즉 샹하지분이 업ᄉᆞ미라

엇디 싱각디 못ᄒᆞ시나니잇고 연휘 왈 부인이 가댱이 모ᄅᆞ게 츌입을 ᄒᆞ여 몸소 사문의 비블ᄒᆞ니 엇디 용납ᄒᆞ리오 도라오미 잇거든 아오라 〈모라〉 내쳐 드리디 말나 ᄒᆞ니 본ᄃᆡ 연후의 셩되 엄쥰ᄒᆞ여 궁듕 ᄂᆡ의 두리고 긔탄ᄒᆞ미 공의게 디〃 아닌디라 엇디 틱만ᄒᆞ리오 이날 왕시 도라오매 미처 궁문의 드디 못ᄒᆞ여셔 슈문 ᄉᆞ졸이 조당 왈 연후 노야 명이 계샤 만일 부인 힝ᄎᆞ롤 입문ᄒᆞᆫ즉 군법을 힝ᄒᆞ라 ᄒᆞ시니 방ᄌᆞ치 못ᄒᆞ리라 ᄒᆞ고 굿이 막으니 왕시의 ᄎᆡ게문 밧긔 반일을 머므러 죵시 드디 못ᄒᆞ니 궁관 뎡탄과 허다 가뎡이 연후의 노롤 드ᄅᆞ매 대황ᄒᆞ여 아모리 ᄒᆞᆯ 줄을 모ᄅᆞᄂᆞᆫ디라

42면

왕시 탹급ᄒᆞ여 ᄒᆞᆫ갓 머리롤 기우려 발 밧글 ᄌᆞ루 내미러 술피니 궁문 밧긔 검극과 블근 곤댱이 살대 ᄀᆞᆺᄒᆞ여시니 믄득 대ᄉᆞ의 말을 싱각고 시비로 ᄒᆞ여곰 술위롤 쌀니 승샹부로 도로혀 드러가 바로 ᄂᆡ당의 니ᄅᆞ매 쌔 졍히 낫 문안이라 일가 족댱이 좌우의 ᄀᆞ득ᄒᆞ여시며 진공과 연휘 다 이시니 왕시 두루 믈니여 든니믈 싱각ᄒᆞ니 븟그럽고 분ᄒᆞ믈 이긔디 못ᄒᆞ여 바로 공의 압히 도라드러 크게 울고 ᄀᆞᆯ오ᄃᆡ 쇼쳡이 황명으로 존문의 드러와 일즉 칠거롤 범티 아냣거ᄂᆞᆯ 엇딘 고로 구박ᄒᆞ여 내치시ᄂᆞ니잇고 공이 왕시의 뉵칠 일 간 곳이 업ᄉᆞ믈 고이히 넉여 좌우ᄃᆞ려 무른 즉 친당의 갓다 ᄒᆞ여ᄂᆞᆫ 비록 임의로 츌입ᄒᆞ믈 미안이 넉이나 죡가티 아니터니 금일 안젼의 돌입ᄒᆞ여 언시블숀ᄒᆞ믈 보고 졍식 왈 네 친뎡의 도라가되 하딕디 아니코 금일 ᄉᆞ긔 패만ᄒᆞ니 엇

43면

딘 도리뇨 왕시 ᄯᅩ 울고 ᄃᆡ 왈 쳡이 본ᄃᆡ 친당의 가디 아냐 일즉 박명ᄒᆞᆫ 신셰 ᄒᆞᆫ 일도 위로ᄒᆞᆯ 거시 업ᄉᆞᆫ 고로 ᄉᆞ속을 어더 일신을 의탁고져 ᄒᆞ여 슈락ᄉᆞ의 진향비블ᄒᆞ고 도라오매 문을 막고 드리디 아냐 반일을 도듕의셔 지〃ᄒᆞ노니 궁극히 이에 니ᄅᆞ러습ᄂᆞ니 대인은 술피쇼셔 공이 연후의 일인 줄 알고 후롤 도라보아 왈 이ᄂᆞᆫ 무ᄉᆞᆫ ᄠᅳᆺ고 휘 피셕 ᄃᆡ 왈 뎨 여지 되여 지아븨게 거취롤 무ᄅᆞ미 업고 구가의셔 빅쳑ᄒᆞᄂᆞᆫ 거술 슝샹ᄒᆞ여 몸소 사문의 비블ᄒᆞ니 엇디 궁듕의 용납ᄒᆞ리잇고 진공이 흔연이 웃고 이윽이 말을 아니타가 좌우로 ᄒᆞ여곰 왕시를 진부로 ᄃᆞ려가라 ᄒᆞ고 연후를 ᄃᆡᄒᆞ여 ᄀᆞᆯ오ᄃᆡ 뎌의 힝지 놀난 ᄆᆞᆯ ᄀᆞᆺᄒᆞ니 일시의 진뎡ᄒᆞᆯ 배 아니라 에 엇디 샹도로 ᄎᆡᆨ망ᄒᆞᄂᆞ뇨

논어의 님군이 산 거술 주시거든 기르라 ᄒᆞ여시니 이 황명이 ᄉᆞ혼ᄒᆞ신 배오 오히려

44면

인면이 이시니 금슈의셔 낫디 아니랴 후히 관졉ᄒᆞ여 됴히 거ᄂᆞ리미 관대ᄒᆞᆫ 도리니 엇디 가댱이 지어미 졀졔ᄒᆞᄂᆞᆫ 도리를 뎌 곳의 쁘리오 진실노 사ᄅᆞᆷ의 지아빈 쳬ᄒᆞ고 뎌 ᄒᆞ거든 타일 어딘 안해를 ᄌᆡ봉ᄒᆞᆫ 후 위엄을 뽈디어다 셜파의 만좌 대쇼ᄒᆞ고 승샹이 역쇼 왈 졔형이 왕시 알오믈 견마ᄀᆞᆺ치 넉이니 너모 심ᄒᆞᆫ디라 뎨 비록 온슌ᄒᆞᆫ 부덕이 업ᄉᆞ나 엇디 금슈의 비기리오 공이 계슈 ᄃᆡ 왈 녯말을 비우ᄒᆞ미라 구ᄐᆡ여 견마ᄀᆞᆺ티 넉이미 아니로소이다 졔공이 박쇼ᄒᆞ고 연후를 도라보아 왈 지록위마ᄒᆞ니 믈이 또ᄒᆞᆫ 듕ᄒᆞᆫ디라 왕시의 믈망이 녹마지간의 이시니 네 아니 고지질족재냐 연후 쇼이브ᄃᆡ러라 ᄎᆞ후 쇼년 졔ᄉᆡᆼ이 연후를 보채여 혹 마뷔라 ᄒᆞ며 견뷔라 ᄒᆞ니 연휘 쇼 왈 나ᄂᆞᆫ 견마를 아디 못ᄒᆞᄂᆞ니 ᄉᆡᆼ닉의 양태

45면

샹의 ᄯᆞᆯ과 당시랑의 녀와 왕태우의 녀를 취ᄒᆞ니 양시ᄂᆞᆫ 흑ᄉᆞ슉부 친딜이오 댱시ᄂᆞᆫ 모부인 딜ᄋᆡ요 왕시ᄂᆞᆫ 황야 후궁 왕귀인 손녜니 졔형의 말이 망발이라 ᄒᆞ니 졔인이 대쇼ᄒᆞ더라 연휘 왕시를 다시 칙디 아니코 다만 그 ᄃᆞ려갓던 가졍을 듕치ᄒᆞ여 취품ᄒᆞ미 업시 망녕도이 방소 써나믈 칙ᄒᆞ니 모든 창두 하리 고두 슈죄ᄒᆞ고 믈너나니 왕시 또ᄒᆞᆫ 댱듕의 드러 됴셕 문 안 밧근 서어ᄒᆞ여 나트니디 아니ᄒᆞ더라 이때 양쇼졔 쵸란으로 더브러 하후의 곰초시믈 닙어 미양궁 후루의 숨어시니 하휘 ᄌᆞ루 님ᄒᆞ여 보시고 언어를 문답ᄒᆞ시매 의논이 통달ᄒᆞ고 ᄉᆞ리 샹명ᄒᆞ야 일마다 과인ᄒᆞ고 인혜ᄒᆞᆫ 셩심과 빙뎡ᄒᆞᆫ ᄉᆡᆨ틱 뉵궁비빙의 비치 못ᄒᆞᆯ디라 낭〃이 크게 ᄋᆡ듕ᄒᆞ샤 ᄀᆞ만이 슈라를 ᄂᆞᆫ호시고 샤샹궁으로 범ᄉᆞ를 뇨리ᄒᆞ샤 수월이 디나매 ᄆᆞ춤ᄂᆡ 이목이 만하 ᄉᆞ

46면

긔 패루ᄒᆞᆯ가 두리샤 일〃은 양시를 보시고 닐오샤ᄃᆡ 경이 이런 ᄋᆡᆨ경을 만나 심궁의 곰초여시나 만일 누셜ᄒᆞᆫ 즉 경의게 대해 잇고 과인이 또ᄒᆞᆫ 블평ᄒᆞ리니 ᄉᆡᆼ각건ᄃᆡ 긴계괴 아니라 먼니 숨어 금듕을 써나미 됴호ᄃᆡ 경의 친뎡과 구개 다 가티 아니〃 혜아리매 쇽긱의 자최 드믈고 사ᄅᆞᆷ이 감히 범티 못ᄒᆞ여 몸이 안뎡이 곰초일 곳이 슈락ᄉᆞ

밧긔 업술디라 금월 망일의 내 궁인으로 대ᄉᆞ긔 진향ᄒᆞᄂᆞᆫ 일이 잇더니 그ᄃᆡ 가는 비ᄌᆞ의 교ᄌᆞ 가온ᄃᆡ 곰초여 션문의 나아간 즉 블가의 법이 젹션으로 음공을 삼으니 반ᄃᆞ시 디셩으로 안보ᄒᆞ여 죵젹을 누셜티 아니리니 이ᄂᆞᆫ 홰 변ᄒᆞ여 복이 됨 ᄀᆞᆺ흐리라 양시 계슈 ᄌᆡ빅 왈 신은 국가 듕쉬어ᄂᆞᆯ 낭〃이 셩은을 드리오샤 구확의 인ᄉᆡᆼ으로 금일ᄀᆞ디 디팅ᄒᆞ와 옥누의 머므르시고 어션을 ᄂᆞᆫ호샤 긔갈을 면케 ᄒᆞ

47면

시니 이 졍히 두 번 살오신 은혜 일신의 저젓ᄂᆞᆫ디라 ᄒᆞ믈며 신이 엇디 ᄐᆡ만ᄒᆞ리잇고 마ᄂᆞᆫ 다만 드ᄅᆞ니 군ᄌᆞᄂᆞᆫ 곡경의 구챠히 면티 아닛ᄂᆞᆫ다 ᄒᆞ니 신이 살기ᄅᆞᆯ 탐ᄒᆞ고 셩은을 감격ᄒᆞ와 금일ᄀᆞ디 투ᄉᆡᆼᄒᆞ오미 고인의 경계ᄅᆞᆯ 져ᄇᆞ리고 다시 도망ᄒᆞ여 산문의 분주하믄 더옥 가티 아닌디라 임의 홰 니러나 힝혀 누셜ᄒᆞᆫ 즉 신의 몸은 죡히 앗갑디 아니ᄒᆞ오나 낭〃긔 홰방이 미ᄎᆞ면 신의 죄 만ᄉᆞ라도 쇽디 못ᄒᆞ오리니 금일 뎐폐ᄅᆞᆯ ᄯᅥ나와 노쥐 태익디 귀신 되오믈 원ᄒᆞᄋᆞᆸ고 슈락ᄉᆞ의 가믈 원티 아닛ᄂᆞ이다 하휘 악연 왈 과인이 당초 경을 구ᄒᆞ미 시비ᄅᆞᆯ 도라보디 아냐시니 이제 듕도의 ᄇᆞ리며 슈락ᄉᆞᄂᆞᆫ 명아공쥬 계신 졀이라 남승의 잡된 ᄉᆞ찰이 아니어ᄂᆞᆯ 고집히 죽기ᄅᆞᆯ 구ᄒᆞ고 가디 아니믄

48면

엇딘 ᄠᅳᆺ이뇨 양시 눈믈을 흘니고 ᄉᆞ러 주 왈 신이 낭〃 셩은을 감격ᄒᆞ와 감히 위월코뎌 ᄒᆞ오미 아니라 일즉 신의 몸이 미셰ᄒᆞ오나 오히려 군ᄌᆞ의 ᄯᆞᆯ이오 군ᄌᆞ의 며ᄂᆞ리로 아비와 구뷔 블도ᄅᆞᆯ ᄇᆡ쳑ᄒᆞ오믈 닉이 듯ᄌᆞ올 분 아니라 션비 진양통ᄌᆡ 가훈을 보오니 슈락ᄉᆞᄅᆞᆯ 영졀ᄒᆞ여 샹문ᄒᆞ미 업ᄉᆞ오니 신이 비록 살기를 탐ᄒᆞ여 뎌 곳의 망명ᄒᆞ와 셜ᄉᆞ 무ᄉᆞᄒᆞ오나 타일 구가의 법을 문희친 며ᄂᆞ리요 부조의 교훈을 ᄃᆡ희디 못ᄒᆞᆫ ᄌᆞ손이 되여 하면목으로 구가의 용납ᄒᆞ리잇고 시고로 못 가온ᄃᆡ 귀신 되기ᄅᆞᆯ 감심ᄒᆞ고 사문의 갈 ᄠᅳᆺ이 업ᄉᆞ오니 역명ᄒᆞ온 죄 태산 ᄀᆞᆺ흐여 즉을 ᄡᅡ흘 아디 못ᄒᆞᄂᆞ이다 하휘 크게 탄복ᄒᆞ시고 칭샹 왈 경의 뎡도ᄅᆞᆯ ᄃᆡ히미 ᄉᆞᄉᆡᆼ위디의 변티 아니〃 엇디 고쟈 튱냥 군ᄌᆞ의 지미 이시리오 과연 진양 현비 슈락ᄉᆞ의 샹통ᄒᆞ미 업ᄉᆞᄃᆡ

49면

일시 권도를 힝코져 ᄒᆞ미러니 이러ᄐᆞᆺ 고집ᄒᆞ니 엇디 강박ᄒᆞ리오 딤이 임의 일을 시작ᄒᆞ여시니 엇디 나ᅏᅮᆼ이 업시ᄒᆞ리오 경은 안심ᄒᆞ라 양시 빅빅 샤은ᄒᆞ고 믈너나니 휘경히 계칙을 ᄉᆡᆼ각디 못ᄒᆞ샤 번민ᄒᆞ시더니 ᄎᆞ시 졔왕이 다 황도의 모다시니 봉국 빅셩이 님자 업시 니산ᄒᆞ므로 샹이 졔왕을 명ᄒᆞ샤 각〃 도라가 치국ᄒᆞ고 삼년의 ᄒᆞᆫ 번식 됴회ᄒᆞ라 ᄒᆞ시니 졔왕이 각〃 나라흐로 도라갈 ᄉᆡ 졔왕비 대ᄂᆡ의 드러가 하딕ᄒᆞ니 황ᄌᆞ 냥왕은 홍치황데 아들이오 옥션군쥬 부친이니 왕비 허시 현슉ᄒᆞ여 하후긔 경셩이 지극ᄒᆞ니 샹시 입궐ᄒᆞᆫ 즉 죵일토록 뫼셔 게어르미 업더니 이제 먼니 ᄯᅥ나게 되니 읍톄ᄒᆞ여 빅ᄉᆞ홀식 하휘 조각을 어더 쳐치ᄒᆞ랴 ᄀᆞ장 깃거ᄒᆞ샤 님별의 ᄯᅩᄒᆞᆫ 타루ᄒᆞ여 ᄀᆞᆯ오샤ᄃᆡ 션데 붕ᄒᆞ시고 모든 왕과 비의 후경을 기리

50면

의탁ᄒᆞ여 위로ᄒᆞ더니 경등이 봉국의 도라가니 왕은 삼 년의 ᄒᆞᆫ번 보려니와 비는 다시 볼 날이 업도다 드ᄃᆡ여 긔진이보를 내여 각〃 토산의 업ᄉᆞᆫ 거슬 샹ᄉᆞ를 후히 ᄒᆞ여 여러 왕비를 보내시고 특별이 냥왕비를 머믈워 밀실의 드러가 ᄎᆞᄉᆞ를 ᄌᆞ시 니ᄅᆞ시고 궐듕이 번거ᄒᆞ여 누셜키 쉬오니 왕비 년 속의 너허 위국의 ᄃᆞ려가 ᄀᆞᆷ초라 ᄒᆞ시니 허비 대경대희ᄒᆞ여 주 왈 신등이 셕일 녀쥬공 교화를 닙습고 금일 셩괴 여ᄎᆞᄒᆞ시니 엇디 지친의 졍과 밀지의 듕ᄒᆞ믈 범연이 ᄒᆞ리잇고 이 일을 진부의셔 안 즉 졈〃 뎐파ᄒᆞ여 됴티 아니ᄒᆞ오리니 신의 ᄯᆞᆯ 옥션이 비록 와시나 당부ᄒᆞ여 함구ᄒᆞ라 ᄒᆞ고 양시를 ᄒᆞᆫ 술위예 ᄀᆞᆷ쵸아 가리이다 태휘 크게 깃그샤 즉시 양시를 블너 허비를 뵈시니 피ᄎᆞ 임의 면분이 잇ᄂᆞᆫ디라 반기고 슬허 눈믈을 ᄲᅳ리고 양쇼졔 하후

51면

긔 ᄉᆞ빅 하딕ᄒᆞᆫ 후 왕비 몬뎌 양시와 초란을 잇그러 년 속의 너흔 후 뎐폐의 빅ᄉᆞᄒᆞ고 부듕의 니ᄅᆞ러 좌우를 츼우고 양시 노쥬를 협실의 ᄀᆞᆷ초아 시야의 ᄀᆞ만이 왕과 ᄌᆞ녀를 ᄃᆡᄒᆞ여 이 일을 니ᄅᆞ니 졔인이 대경ᄒᆞ고 옥션군쥐 황〃ᄒᆞ여 ᄀᆞᆯ오ᄃᆡ 양형이 죽어 관이 진부의 도라오니 연후의 샹심ᄒᆞᆷ과 존구의 참졀ᄒᆞ시는 ᄉᆞ긔 일월이 오라도록 더옥 근졀ᄒᆞ니 이런 신긔ᄒᆞᆫ 일이 이시믄 몽듕 의외로소이다 왕이 ᄀᆞᆯ오ᄃᆡ ᄎᆞ는 등한ᄒᆞᆫ 일이 아니라 태휘 밀지로 당부ᄒᆞ시니 신ᄌᆡ 맛당이 젼가 냥쳔으로 보호ᄒᆞᆯ디라 여

등이 싱심도 구외예 내디 말나 더옥 옥션은 뉴싱드려 흔 즉 닙긱의 진공 부즈의 귀예 가리니 진공은 텀듕흔 군지라 아라도 ㅅ식디 아니려니와 연후는 년쇼지심의 춤디 못흔 즉 크게 환난이 니러나리니 녀ㅇ는 명심ㅎ라 군쥐 응낙ㅎ고

52면

협실의 드러가 양쇼져를 보매 서루 손을 잡고 청뉘 만안이라 별후 쇼식을 뎐ㅎ여 연후의 왕시 춰ㅎ여 ㅅ〃의 긔괴홈과 진공의 과도히 ㅇ샹ㅎ믈 니ㄹ니 양시 동용 타루 왈 대인이 블쵸한 첩으로 샹회ㅎ시미 여ㅊㅎ시니 쳡의 부회 쳔고의 다시 업ㅅ리로소이다 군쥐 쏘 연후의 경을 니ㄹ매 쇼제 아미를 ㄴ초아 안싀이 경〃ㅎ여 말이 업더라 명됴의 왕과 비 발힝ㅎ매 양시를 비와 연을 흔가지로 ㅎ고 초란을 궁인뉴의 두어 혼잡히 발힝ㅎ여 봉국을 향하니 진공과 진연 이 휘 쥬찬을 ㄱ초아 십니 당뎡의 잔을 드러 분슈ㅎ고 별시를 부치니 왕이 후경을 칭샤ㅎ고 연후의 손을 잡고 골오디 현딜이 비록 청츈의 영통 부귀 극ㅎ나 금슬의 마댱이 만하 현합을 일흐믈 과인이 탄ㅎ더니 이제 서로 니별ㅎ매 모들 긔약이 업ㄴ디

53면

라 위국산쳔이 본디 일홈 나 위무휘 오긔로 문답이 잇ㄴ디라 대댱뷔 흔번 보암 즉ㅎ고 빅를 셔하의 씌오미 쏘흔 쾌싀라 현딜이 국가의 일이 업슨 째 흔번 현셔로 더브러 폐읍을 유람ㅎ면 별흔을 위로ㅎ리로다 연휘 빅샤 왈 슉뷔 황도를 써나시니 하졍이 결연흔디라 흔번 틈을 어든 즉 국가의 말미ㅎ고 방소를 두어 슉부의 후졍을 닛디 아니리이다 왕이 지삼 청ㅎ고 도라가니 양쇼졔 초란으로 더브러 고국을 써나 타향의 뉴락ㅎ여 투싱ㅎ믈 위ㅎ여 부모 친쳑을 보디 못ㅎ고 슬하 유치를 싱각ㅎ여 옥뉘 니음차더니 믄득 거셩이 닌〃ㅎ고 우개 휘를 ㄱ리오며 벽졔 딘동ㅎ니 길히 메인 사름이 일시의 좌우히 ㄴ호여 길을 열며 왈 대쟝군이 오신다 ㅎ거늘 왕비 발 틈으로 보다가 쇼져를 ㄷ리여 왈 부인은 쇽졀업시

54면

슬허 말고 진공이 우리 대왕을 젼별ㅎ고 오시ㄴ가 시브니 존안을 텸망ㅎ라 양시 텽파의 년망이 눈을 드러보니 먼니 홍금냥산이 은〃ㅎ여 빅모황월이 좌우로 버럿ㄴ디

진공이 쥬륜을 미러 날호여 오니 뫼신 사름이 황〃ᄒ고 샹게 미러 면목이 ᄌ셔티 못ᄒ나 풍광 위의 완연ᄒ여 졈〃 갓가오며 문득 금션을 드러 ᄂᆞᆺ출 ᄀ리오고 길흘 ᄉ양ᄒ여 좌편으로 혁을 ᄃ릐니 경긔 폐공ᄒ여 ᄃ쟝과 군졸이 ᄀᆯ 셔 듯ᄒ니 다시 의용을 보디 못ᄒ고 허다ᄒᆫ 사름 가온ᄃ 홍금뢰 얼프시 디나니 별셔 먼니 갓ᄂ디라 쇼제 존구를 잠간 텸망ᄒ여 의희히 반갑고 슬프믈 이긔디 못ᄒ더니 이윽고 진연 이 후의 술위 훔긔 니ᄅ니 거매 휘동ᄒ고 인셩이 훤텬ᄒᆫᄃ 냥 인이 쇼년 영풍의 공복과 관면이 화려ᄒᆫ 풍치를 도아 광휘 일노의 ᄇᄋ더니 왕비의 금년이 다ᄃ르니 일시의

55면

몸을 굽혀 술위ᄶ를 눌너 식ᄒ니 동탕ᄒᆫ 신치ᄂ 벽쇼의 ᄲ이고 쇄락ᄒᆫ 풍모ᄂ ᄒᆫ빵 일월 ᄀᆺ흐니 왕비 념 ᄂ의셔 탄식 왈 진양ᄌ군으로 셩덕으로 비록 조셰ᄒ시나 뎌 두 공ᄌ를 두어 형데 ᄒᆫ갈ᄀᆺ치 ᄲ혀나니 엇디 긔특디 아니리오 부인은 ᄒᆫ치 말라 뎌 부귀 가온ᄃ ᄒᆫ 흠이 업ᄉ면 도로혀 수ᄒᆫ이 방해로오리니 역시 ᄋ운을 ᄶ미라 언마ᄒ여 태운이 오리오 쇼제 ᄯ 칭샤ᄒ고 연후의 관복과 위의 견일과 ᄂ도ᄒ여 귀인의 되여시나 신식이 많이 환탈ᄒ여시믈 그윽이 념녀ᄒ고 즐겨 아니터라 쥬야 ᄇ도ᄒ여 위국의 니ᄅ니 산쳔이 명녀ᄒ고 셩곽이 장ᄒᆫ디라 왕비 ᄂ궁의 드러가 침뎐 겻희 별뎐을 서르저 양시를 안둔ᄒ고 초란과 궁인 십여인을 뫼시게 ᄒ여 왕과 비 지극 관ᄃᄒ니 몸이 비록 평안ᄒ나 됴양셕월의 부모와 유ᄌ

56면

를 ᄉ렴ᄒ여 눈물이 ᄆ르디 아니ᄒ더라 지셜 연휘 양시 ᄉᆡᆼ각이 일월이 오랠ᄉ록 졈〃 더어 심ᄉ를 진뎡치 못ᄒ더니 일〃은 듁셔루의 니ᄅ니 시졀이 츄구월이라 단풍은 비단댱을 친 ᄃᆺᄒ고 황국은 형향을 먹음어 듁님 ᄉ이의 만발ᄒ여시니 금풍이 쇼슬ᄒ매 듁엽이 어ᄌ러오니 완연이 쇼샹경ᄉ을 ᄃᄒᆫ ᄃᆺ 당듕의 버린 거시 의구ᄒ고 유ᄌ 냥 인이 빵〃이 희롱ᄒ여 댱ᄌ 운망이 언어를 통ᄒ고 만믈을 분변ᄒᄂ디라 침상을 도라보니 양시 금침과 의샹이 완연ᄒᄃ 홀노 옥인의 형영이 업ᄉ니 연휘 근심이 구롬 ᄀᆺ고 슬프미 안개 ᄀᆺ흐며 금관을 탄ᄒ고 옥샹의 봉팀을 베여 츄연 탄식 왈 셰ᄉ 번복ᄒ미 이 ᄀᆺ흐니 어ᄂ 시졀의 옥안화용을 샹ᄃᄒ리오 우리 부뷔 다 십팔청츈으로 ᄒᄅ도 ᄆ음을 펴디 못ᄒ고 이 디경을 만나니 인셰

57면

의셔 직봉ᄒᆞ미 이신 즉 금일 샹ᄉᆞᄒᆞ미 일댱 고식 되려니와 만일 텬문이 헛되여 향혼이 구원의 도라가신 즉 나의 유ᄒᆞᆫ이 텬양 디하의 명목디 못ᄒᆞ리로다 말노조차 눈믈이 흐ᄅᆞ니 사ᄅᆞᆷ이 볼가 ᄉᆞ매로 ᄂᆞᆺ촐 덥고 이윽도록 심신을 뎡티 못ᄒᆞ더니 문득 혼미ᄒᆞ여 잠간 조을매 원닉 샹시 ᄉᆡᇰ각ᄂᆞᆫ 거시 ᄭᅮᆷ의 뵈ᄂᆞᆫ디라 비몽간의 양시를 만나니 만신의 믈을 흘고 녹발이 허트러 운빈을 덥허시며 남누ᄒᆞᆫ 의샹과 쵸쳬ᄒᆞᆫ 옥용이 ᄎᆞ마 보디 못ᄒᆞ리러라 초란으로 더브로 슬피 울고 연후의 ᄉᆞ매를 잡고 왈 쳡이 무죄히 못가온ᄃᆡ 귀신이 되여 군ᄌᆞ를 다시 영결티 못ᄒᆞ고 구텬의 원혼이 되엿더니 이제 쳡을 이ᄀᆞᆺ치 ᄉᆞ렴ᄒᆞ시믈 감격ᄒᆞ여 유명이 길히 다ᄅᆞ나 ᄒᆞᆫ번 뵈여 셜운 졍을 고ᄒᆞ려 ᄒᆞᄂᆞ이다 연휘 반갑고 슬프믈 이긔디 못ᄒᆞ여 젼도히

58면

붓들고 실셩당통ᄒᆞ여 소ᄅᆡ로조차 ᄭᆡᄃᆞ르니 이 ᄒᆞᆫ ᄭᅮᆷ이오 양시의 거동이 안뎌의 버려시니 믄득 긔운이 막혀 칠ᄇᆡᆨ이 유〃ᄒᆞ고 삼혼이 경〃ᄒᆞ여 날이 ᄂᆞ즈ᄃᆡ 니러나디 못ᄒᆞ니 원샹궁이 의심ᄒᆞ여 나아가 두어번 ᄭᆡ오ᄃᆡ 응답이 업ᄂᆞᆫ디라 그 ᄉᆞ매를 드러보니 누흔이 만면ᄒᆞ고 혈ᄉᆡᆨ이 업서 긔졀ᄒᆞ여시니 샹궁이 대경ᄒᆞ여 황망이 공과 진후의게 고ᄒᆞ니 공이 졔ᄌᆞ로 더브러 드러와보니 진ᄆᆡᆨᄒᆞ매 극히 위틱ᄒᆞ고 일신의 ᄒᆞᆫ뎜 온긔 업ᄂᆞᆫ디라 공이 대경 왈 이 아희 장건ᄒᆞ고 ᄭᅵ친 병이 업거ᄂᆞᆯ 졸연이 이 ᄀᆞᆺᄒᆞ믄 엇디오 진휘 눈믈을 흘니고 궁듕이 황〃ᄒᆞ니 왕시 이 경ᄉᆡᆨ을 보고 ᄯᅱ놀고 구으러 긔괴ᄒᆞᆫ 광언으로 브르지뎌 통곡ᄒᆞ니 공이 좌우로 븟드러 ᄎᆡ우고 침약을 년ᄒᆞ여 ᄡᅳ니 반야의 미처ᄂᆞᆫ 연휘 숨을 내쉬고 눈을 ᄯᅥ 솔피니 졔슉과 졔형뎨 당듕의 메

59면

엿고 진휘 ᄌᆞ가를 안고 눈믈이 비오 ᄃᆞᆺᄒᆞ니 연휘 참연ᄒᆞ여 니러나고져 ᄒᆞ나 졍신이 어둑ᄒᆞ여 능히 니디 못ᄒᆞ거ᄂᆞᆯ 공이 집슈 악연 왈 닉 아희 일족 글을 닑어 튱효를 알니〃 엇디 부모의 놀나심과 나의 근심을 ᄭᅵ치ᄂᆞ뇨 연휘 계상 샤죄 왈 위연이 몽압ᄒᆞ여 막히온디라 엇디 다ᄅᆞᆫ 연괴 이셔 이러ᄒᆞ미리잇고 공이 탄식ᄒᆞ고 모다 크게 깃거 각〃 위로ᄒᆞ다가 야심ᄒᆞ매 도라가니 ᄎᆞ〈후 진〉휘 연후의 긔운이 평샹티 못ᄒᆞ믈 념

녀ᄒᆞ여 좌와의 서로 ᄎᆞ자 슈유를 ᄯᅥ나디 아니〃 연휘 ᄯᅩᄒᆞᆫ 개탄 왈 부형의 날 ᄉᆞ랑ᄒᆞ시미 이 ᄀᆞᆺ거ᄂᆞᆯ 내 엇디 ᄎᆞ마 ᄉᆞ정으로 부형의 근심을 ᄭᅵ치리오 ᄒᆞ여 ᄎᆞ후 ᄆᆞ음을 관억ᄒᆞ여 세월을 보내더라 이러구러 수년이 디나매 당휘 직위 오뉵년의 덕이 업고 학경이 심ᄒᆞ여 ᄂᆡ외 신민이 크게 실망ᄒᆞᆯ 분 아니라 셜후를 해ᄒᆞ던 ᄉᆈ 누셜

60면

ᄒᆞ니 샹이 ᄇᆞ야흐로 아ᄅᆞ시고 대로ᄒᆞ샤 당후를 폐출ᄒᆞ시며 동모ᄒᆞ던 궁인과 간당을 ᄎᆞ자 극뉼노 쳐참ᄒᆞ시고 쳡여 방시를 칙봉ᄒᆞ여 경궁을 삼으시니 당휘 이젼 은통이 ᄒᆞ로 아츰 이슬 ᄀᆞᆺᄒᆞ여 쇽졀업ᄉᆞ믄 니ᄅᆞ도 말고 증젼 부덕이 쵸〃히 드러나니 샹이 더옥 통히ᄒᆞ샤 ᄂᆡᆼ궁의 ᄉᆞ〃ᄒᆞ시니 하휘 비로소 샹긔 당후의 양시 가도아 죽이려 ᄒᆞ던 일과 죄 지은 궁녀로 밧고아 당왕부로 ᄀᆞᆷ초아 보내믈 심셰히 베프샤 샤를 쳥ᄒᆞ시니 샹이 크게 놀나시고 이대도록 ᄒᆞᄃᆡ 아득히 모ᄅᆞ시믈 참괴ᄒᆞ샤 하후긔 ᄇᆡ샤 왈 신이 브ᄌᆡ 브덕으로 션뎨의 업을 니어 텬하를 덕으로 밧드디 못ᄒᆞ고 도로혀 황고와 황형의 골육으로 ᄒᆞ여곰 평안치 못ᄒᆞ여 후비의 작난이 이 ᄀᆞᆺᄒᆞᄃᆡ 망연이 아디 못ᄒᆞ고 연무 듕의 이시니 하면목으로 낭〃긔 뵈오리잇고 더옥 진공부ᄌᆡ 일언을 아니코 ᄉᆞ

61면

색을 밧고미 업서 시신을 바다 도라가니 그 튱셩이 감격ᄒᆞ고 참괴ᄒᆞ미 심ᄒᆞᆫ디라 진공을 다시 볼 ᄂᆞᆺ치 업도소이다 하휘 ᄯᅩᄒᆞᆫ 손샤ᄒᆞ시더라 샹이 즉일의 진공과 연후를 블너 인견ᄒᆞ시고 젼일 당후의 속이믈 닙어 바히 아디 못ᄒᆞ심과 양시 ᄉᆡᆼ존ᄒᆞ여 위국의 간 일과 하휘 디혜로 궁인을 밧고아 구ᄒᆞ시믈 ᄌᆞ시 니ᄅᆞ신ᄃᆡ 진공 부ᄌᆡ ᄇᆞ야흐로 ᄭᅮᆷ이 ᄭᆡᆫ ᄃᆞᆺᄒᆞ야 만심환희ᄒᆞ니 ᄯᅩᄒᆞᆫ 고두ᄒᆞ야 셩은을 샤례ᄒᆞ니 샹이 탄식 왈 딤이 션ᄉᆡᆼ 아로미 당의 이윤과 쇼렬의 와룡ᄀᆞᆺ거ᄂᆞᆯ 션ᄉᆡᆼ은 하고로 ᄂᆡ외ᄒᆞ미 이ᄀᆞᆺ치 심ᄒᆞ여 폐후의 블인ᄒᆞᆫ 경ᄉᆡ 공후의 부인을 죽이기의 미ᄎᆞᄃᆡ ᄒᆞᆫ 말노 규정ᄒᆞ미 업ᄂᆞ뇨 경의 부ᄌᆡ 공근ᄒᆞ고 팀듕ᄒᆞ믄 진실노 아름다오나 딤이 아득ᄒᆞ여 왕녀를 사혼ᄒᆞ고 양시 죽다 ᄒᆞᆫ 적 폐후의 말을 은연이 옴겨 니ᄅᆞᄃᆡ 션ᄉᆡᆼ이 묵연이 함구ᄒᆞ니

62면

이 엇디 평일 ᄇᆞ리던 배리오 공이 면관 샤죄 왈 폐휘 임의 텬하의 모림ᄒᆞ샤 밀지로

양녀를 잡아 가도시고 셩샹이 쏘흔 아디 못ᄒᆞ시고 셩괴 여ᄎᆞᄒᆞ시니 신이 엇디 감히 궁위 ᄉᆞ이의 말ᄉᆞᆷ으로ᄡᅥ 폐하긔 알외리잇고 여염 미쳔흔 붕우지간이라도 그 부인의 말노ᄡᅥ 가댱의게 논폄ᄒᆞ여 니ᄅᆞ디 못ᄒᆞ오려든 ᄒᆞ믈며 어미로 셤기며 아븨게 단쳐를 고ᄒᆞ미 신의 ᄠᅳᆺ이 아니라 ᄎᆞᄅᆞ히 어진 며ᄂᆞ리를 일흘디언뎡 블튱 무상흔 신해 되디 아니려ᄒᆞ미니 엇디 감히 폐하를 만모ᄒᆞ리잇고 샹이 감탄 위로ᄒᆞ시고 즉시 양시로 연국부인을 봉ᄒᆞ샤 고명과 당복을 ᄂᆞ리오시고 위국의 틱지를 ᄂᆞ리오샤 양시를 금긔옥뉸으로 호송ᄒᆞ여 보내라 ᄒᆞ시니 진공과 연휘 빅빅샤은ᄒᆞ고 믈너와 ᄎᆞᄉᆞ를 부모긔 고ᄒᆞ니 합개 환희ᄒᆞ여 하낭〃 셩은과 지혜를 감복ᄒᆞ여 화긔 샹하의 ᄀᆞ득

63면

ᄒᆞ여 환셩이 딘동ᄒᆞᄃᆡ 왕시 홀노 블열ᄒᆞ니 인〃이 통흔ᄒᆞ더라 연휘 진공긔 고 왈 냥왕이 갈 적 위국 산쳔을 흔번 와보라 ᄒᆞ던디라 이제 겸ᄒᆞ여 가셔 냥왕 부〃의 후덕을 샤례ᄒᆞ고 산쳔을 유람ᄒᆞ여 지긔를 녈니며 양시를 권실코져 ᄒᆞᄂᆞ이다 공이 팀음 냥구의 왈 길히 멀고 네 됴뎡 듕신으로 부인의 힝도를 쳔니의 호송ᄒᆞ미 너모 셰쇄ᄒᆞ여 구〃ᄒᆞ기의 갓가온가 ᄒᆞ노라 댱부인이 웃고 왈 명공이 고집흘 말ᄉᆞᆷ을 ᄒᆞ시ᄂᆞᆫ도다 현이 브졀업시 분주ᄒᆞ여 위의를 일흐미 아니라 냥왕이 비록 하낭〃 명을 밧ᄌᆞ와시나 신근이 거ᄂᆞ려 가미 감격ᄒᆞ고 쏘흔 지친이니 흔번 가 샤례ᄒᆞ고 솔귀ᄒᆞ미 고이ᄒᆞ리잇고 공이 웃고 드ᄃᆡ여 허ᄒᆞ니 연휘 빅샤ᄒᆞ고 필데 양으로 흔가지로 가믈 알외니 공이 쾌허ᄒᆞ매 힝니를 출혀 명일 나라히 말ᄆᆡᄒᆞ고 형데 길히 오ᄅᆞ니

64면

부뫼 힝노의 보듕ᄒᆞ믈 당부ᄒᆞ고 옥션군쥐 부모를 ᄉᆡᆼ각고 슬허 평셔를 부치니 ᄉᆡᆼ이 우어 왈 그ᄃᆡ 양수의 ᄉᆡᆼ존을 알고 젹년토록 긔이미 심ᄒᆞ니 어ᄂᆞ 면목으로 글월을 뎐ᄒᆞ여 달나 ᄒᆞᄂᆞ뇨 군쥐 미쇼 왈 브졀업시 ᄉᆞ긔를 누셜ᄒᆞ미 무익ᄒᆞ고 모휘 낭〃 밀지를 밧ᄌᆞ와 젼가로ᄡᅥ 양형을 보젼ᄒᆞ라 ᄒᆞ시니 엇디 감히 누셜ᄒᆞ리잇고 일노ᄡᅥ 쳡의 글월을 막아 인ᄌᆞ 졍니를 막고져 ᄒᆞ시매 쏘흔 비인졍인가 ᄒᆞᄂᆞ이다 ᄉᆡᆼ이 대쇼ᄒᆞ고 니별ᄒᆞ여 연후와 위국을 향ᄒᆞ니 일노의 거마 복죵이 거룩ᄒᆞ고 디방관이 지영ᄒᆞ니 연휘 민폐 이실가 위의를 다 덜고 쥬야 ᄃᆞᆯ녀 위국의 니ᄅᆞ니 왕이 듯고 크게 반겨 모든 공ᄌᆞ로 ᄒᆞ여곰 빅니의 가 마자 궁듕의 드러와 서로 보고 별후 돈문을 니를 ᄉᆡ 미조차

틱셰 니르니 왕이 향안을 빅셜ᄒᆞ고 됴명을 바든 후

65면

연후 형뎨로 더브러 닉뎐의 나아가 왕비를 보니 허비 녀셔 형뎨를 만나 반기믈 이긔디 못ᄒᆞ고 연후의 부뷔 복합ᄒᆞ믈 치하ᄒᆞ니 연휘 피셕ᄒᆞ여 양시 거두어 무휼ᄒᆞ시믈 샤례ᄒᆞ여 언에 위곡ᄒᆞ고 근졀ᄒᆞ니 좌위 다 감탄ᄒᆞ더라 왕이 쥬찬을 나와 두어 슌의 연휘 잔을 미러 ᄉᆞ양 왈 쇼딜이 원노의 구치ᄒᆞ야 신식 심히 곤뇌ᄒᆞ니 빅쟉의 뜻이 업ᄉᆞᆫ디라 믈너가 쉬믈 원하ᄂᆞ이다 왕이 쇼 왈 연휘 ᄉᆞ양ᄒᆞ믄 졍히 부인을 ᄎᆞ자 별회를 펴고뎌 ᄒᆞ미어늘 과인이 미처 싱각디 못ᄒᆞ고 무익ᄒᆞᆫ 술을 권ᄒᆞ과라 연휘 쇼 왈 슉뷔 임의 쇼딜의 심폐를 붉이 비최시니 감히 발명티 못ᄒᆞᄂᆞ이다 왕이 대쇼ᄒᆞ고 궁아를 명ᄒᆞ여 연후를 인도ᄒᆞ여 양시 침소의 니르니 뎐각의 의〃ᄒᆞ고 누딕 층〃ᄒᆞᆫ딕 양쇼졔 옥상의 단좌ᄒᆞ여 아미의 희식이

66면

어릐여 초란으로 더브러 태후 셩은과 왕비의 후졍을 감은ᄒᆞ며 연후의 친님ᄒᆞ미 오히려 숢인가 의심ᄒᆞ더니 염전의 궁애 연후의 드러오믈 보ᄒᆞ니 쇼졔 도로혀 놀납고 참괴ᄒᆞ여 니러 마자 녜를 뭇고 좌를 뎡ᄒᆞ매 연휘 눈을 드러 부인을 보니 샹별 ᄉᆞ년의 쳔신만고를 디내고 지싱지인을 서로 만나매 반가옴과 슬프미 교극ᄒᆞ고 또ᄒᆞᆫ 쇼져의 용광이 빅승젼일ᄒᆞ여 쇄락ᄒᆞᆫ 풍도는 옥슈 놉하시며 묽은 긔질은 구슬끗치 상냥ᄒᆞᆫ 듯 쳔연ᄒᆞᆫ 용ᄌᆞ와 쇄연ᄒᆞᆫ 골격이 텬틱의 어룸과 형산의 빅벽이라도 밋디 못ᄒᆞᆯ디라 심신이 넌망ᄒᆞ고 의식 창광ᄒᆞ니 눈믈을 흘니고 골오딕 시운이 브졔ᄒᆞ고 싱의 명되 긔구ᄒᆞ여 부인으로 ᄒᆞ여곰 쳔고의 업ᄉᆞᆫ 환난을 만나게 ᄒᆞ니 이 다 싱의 연괴라 금듕의셔 관을 시러 내여오고 유ᄌᆞ의 어미 일허 도

67면

라오던 시졀의 싱의 구곡의 블이 나고 심댱이 뮈여지니 진실노 신싱의 어린 신을 ᄉᆞ모ᄒᆞ여 인셰 간의 머믈 뜻이 업ᄉᆞ딕 대인이 셩톄 샹ᄒᆞ시기의 니ᄅᆞ고 강보 냥 ᄋᆞ 고독ᄒᆞ믈 ᄎᆞ마 보디 못ᄒᆞ여 침식을 놈과 굿치 ᄒᆞ여 타연ᄒᆞ나 심골은 다 ᄉᆞ라뎟ᄂᆞᆫ디라 엇디 금일 은샤를 닙어 반경이 두렷ᄒᆞ고 농검이 지합ᄒᆞᆯ 줄 알니오 부인은 오히려 태후

와 냥왕의 구ᄒᆞ시믈 닙어 경궁요ᄃᆡ의 평안이 디내니 ᄉᆡᆼ의 심회ᄂᆞᆫ 홍도의 손을 부ᄅᆞ며 듁궁의 반혼향을 엇디 못ᄒᆞ여 쥬야 슬허ᄒᆞ고 ᄉᆞ모ᄒᆞ던 용녀와 다ᄅᆞ던가 안ᄉᆡᆨ이 쇠ᄒᆞ미 업도다 쇼졔 아미ᄅᆞᆯ ᄂᆞ초고 옷기ᄉᆞᆯ 념의여 ᄀᆞᆯ오ᄃᆡ 쳡의 명되 험흔ᄒᆞ여 쇼댱의 홰 일신을 함ᄒᆞ니 진실노 보젼키 어렵거ᄂᆞᆯ 존문젹덕과 하낭〃 호텬대은으로 죽을 ᄯᅢ 다시 살고 이운 남긔 닙히 다

68면

다시 남 ᄀᆞᆺᄒᆞ여 구ᄉᆞ일ᄉᆡᆼᄒᆞ여 금일 다시 텬일을 보고 군휘 ᄂᆡ림ᄒᆞ시니 쳡 심이 감격ᄒᆞ고 비황ᄒᆞ여 갑흘 바ᄅᆞᆯ 아디 못ᄒᆞᄂᆞ이다 더욱 슬프고 블ᄒᆡᆼ흔 바ᄂᆞᆫ 군직 ᄇᆡᆨᄒᆡᆼ을 ᄀᆞ죽이 못ᄒᆞ셔 대인과 션비 놉흔 덕을 욕 먹이고 셩녀ᄅᆞᆯ 만히 ᄭᅵ치오니 브회 쳔고의 드믄디라 엇디 부〃의 녹〃흔 ᄉᆞ졍을 니ᄅᆞ리잇고 연휘 탄식 왈 이왕지ᄉᆞᄂᆞᆫ 다시 닐러 브졀업ᄉᆞ니 ᄃᆞ 시쉬라 엇디 흔갓 ᄉᆡᆼ의 허믈이며 더옥 부인의 연괴리오 ᄉᆞ년지ᄂᆡ의 존당 부뫼 평안ᄒᆞ시고 냥 지 다 무양ᄒᆞ니 이제 도라가매 완젼 여구흔디라 엇디 텬ᄒᆡᆼ이 아니리오 태후 셩은과 왕비의 유졍ᄒᆞ신 돈목지의ᄂᆞᆫ ᄇᆡᆨ셰의 갑기 어렵도다 쇼졔 왕ᄉᆞᄅᆞᆯ ᄉᆡᆼ각ᄒᆞ매 새로이 한심ᄒᆞᄃᆡ 연휘 ᄇᆞ야흐로 심ᄉᆡ 참담ᄒᆞ여 회포ᄅᆞᆯ 뎡티 못ᄒᆞᄂᆞᆫ디라 댱부의 ᄆᆞ음을 도〃ᄂᆞᆫ ᄃᆞᆺᄒᆞ여 기리 탄식

69면

ᄒᆞ고 말을 아니ᄒᆞ더니 오 공지 조ᄎᆞ 드러와 서로 보매 피ᄎᆞ의 반가옴과 깃븐 별회ᄅᆞᆯ 긔록디 못ᄒᆞᆯ너라 연휘 이날 부인으로 더브러 무궁흔 은졍과 샹회ᄒᆞ던 말을 닐너 밤이 ᄆᆞᆺ도록 ᄌᆞᆷ을 일우디 못ᄒᆞᄃᆡ 왕시의 긔괴흔 셜화ᄅᆞᆯ 일ᄏᆞᄅᆞ미 업고 부인이 구고슉믹의 셩우ᄅᆞᆯ 감샤ᄒᆞᄂᆞᆫ 말이 긋디 아니며 부모의 ᄋᆡ샹ᄒᆞᄂᆞᆫ 경ᄉᆞᄅᆞᆯ 늣기ᄃᆡ 념네 ᄋᆞᄌᆞ와 부〃 ᄉᆞ졍의 밋디 아니〃 연휘 더옥 놉히 너기며 탄복ᄒᆞ여 진듕ᄒᆞ미 비ᄒᆞᆯ ᄃᆡ 업더라 명일 왕이 금난뎐의 대연을 ᄇᆡ셜ᄒᆞ여 ᄂᆡ외 흔가지로 모다 연후 부뷔 직합ᄒᆞ믈 치하ᄒᆞ고 젼송ᄒᆞᆯᄉᆡ 일국 녜악은 교방의 셩ᄒᆞ믈 다 ᄒᆞ여시며 슈륙진찬은 뫼ᄀᆞᆺ치 흘너드니 거룩ᄒᆞ미 듕국이나 다ᄅᆞ디 아니터라 이날 양씨 듀췌 구봉관의 면뉴ᄅᆞᆯ 드리오고 촉나 홍금삼의 망뇽을 그려

70면

옥딕 패옥이 쟝〃ᄒᆞ니 의관복식이 왕비긔 ᄒᆞᆫ 층이 감ᄒᆞᆫ디라 셩모월풍이 만좌의 됴요ᄒᆞ여 졔공ᄌᆞ의 부인과 왕의 비빙 졔희 ᄉᆡᆨ을 아이ᄂᆞᆫ디라 다만 연후의 풍광옥골이 서로 ᄇᆞ익여 차등티 아니〃 인〃이 눈을 기우려 새로이 흠션ᄒᆞ믈 마디 아니ᄒᆞ고 왕이 우어 왈 위국의 십이승 비최ᄂᆞᆫ 명쥬 잇더니 당금의 양부인 광염과 연후의 풍치ᄂᆞᆫ ᄒᆞᆫ갓 말업ᄉᆞᆫ 진쥬의 비기디 못ᄒᆞᆯ디라 과연 텬싱이로딕 ᄒᆞ나 뭇ᄂᆞ니 연휘 뎌 부인을 ᄉᆞ별ᄒᆞ고 셩상의 누변ᄒᆞ매 왕시를 취ᄒᆞ니 신혼의 즐거오미 능히 고인을 니즐너냐 연휘 잠쇼 왈 쇼딜이 호화부귀 가온딕 미아를 가ᄂᆡ예 두매 엇디 염고ᄒᆞ리잇고 다〃익션으로 만흘ᄉᆞ록 깃브니 구틱여 일편도이 고인을 ᄉᆡᆼ각디 아닐너이다 왕이 대쇼 왈 과인이 젼의 옥션의 말을 드ᄅᆞ니 그딕

71면

부인을 ᄶᅥ난 후로 공방의 독거ᄒᆞ여 ᄂᆡ외 홍장을 유의치 아닐 분 아니라 갓가이 신임도 ᄉᆡᆨ이디 아니코 ᄒᆞᆫ빵 쇼환을 복ᄉᆞᄒᆞ여 왕부인 침당을 죵젹이 니ᄅᆞ디 아니ᄒᆞᆫ다 ᄒᆞ더니 허언인가 의심ᄒᆞ여 짐즛 ᄆᆡᆨ바드매 말ᄉᆞᆷ이 이ᄀᆞᆺ치 화려ᄒᆞ여 본심을 ᄀᆞᆷ초니 가히 ᄂᆡ외 ᄀᆞ쓱ᄒᆞᆫ 군ᄌᆡ 아니로다 연휘 슈려ᄒᆞᆫ 미우의 우음을 ᄯᅴ여 딕ᄒᆞ딕 텬ᄌᆞᄂᆞᆫ 목〃ᄒᆞ고 졔후ᄂᆞᆫ 황〃ᄒᆞ다 ᄒᆞ니 슉비 비록 쇼딜을 ᄉᆞ랑ᄒᆞ시미나 위국 신민이 슉부의 쇼쇄ᄒᆞ시믈 우을가 두리ᄂᆞ이다 왕이 ᄯᅩ 대쇼ᄒᆞ더라 죵일 진환ᄒᆞ고 셕양의 파연ᄒᆞ매 연휘 오 공ᄌᆞ로 더브러 외뎐의셔 모든 왕ᄌᆞ와 신ᄒᆞ로 야화ᄒᆞ여 삼일을 야이계일ᄒᆞ딕 문답이 강하 ᄀᆞᆺ고 위의 늠연ᄒᆞ여 됴곰도 틱타ᄒᆞᆫ 빗치 업ᄉᆞ니 위국 문ᄉᆞ와 한원 신뇨들이 앙복ᄒᆞ믈 마디 아니ᄒᆞ고 위공ᄌᆞ 냥 인

72면

이 ᄯᅩᄒᆞᆫ 호걸의 풍치 잇ᄂᆞᆫ디라 연후로 듕표의 졍과 뉴공ᄌᆞ로 인친의 후ᄒᆞ믈 겸ᄒᆞ여 니별을 앗기며 ᄒᆞᆫ번 산쳔을 유람ᄒᆞ믈 왕긔 알외여 ᄒᆞᆫ ᄎᆡᆨ 쾌션을 어더 셔하의 듕뉴ᄒᆞ여 즐길 ᄉᆡ 연휘 쥬즙을 인ᄒᆞ여 풍범을 놉히 ᄃᆞᆯ고 쳔층벽산을 편관ᄒᆞᆯᄉᆡ 산하의 구듬과 인민의 부요ᄒᆞ미 졍히 녯말의 감티 아니코 션듕의 녹의홍상의 산히진찬이 ᄀᆞ득ᄒᆞ여 술이 반감의 모든 챵녜 연후의 위풍과 오 공ᄌᆞ의 옥모를 보고 황홀이 넉ᄉᆞᆯ 일허 ᄒᆞᆫ번 겻히 나아가 ᄯᅳᆺ을 부치고뎌ᄒᆞ딕 연후 형뎨 본딕 가문 도덕으로 조ᄌᆞ손 삼셰의

영통 부귀 듕 ᄌᆡ취를 홀디언뎡 쳔인을 친압ᄒᆞ미 업ᄂᆞᆫ디라 연됴 가인과 진딘 챵아 교방의 ᄒᆞᆫ번 눈을 기우리미 업거ᄂᆞᆯ 엇디 금일 뎌 뉴의 송구영신 ᄒᆞᄂᆞᆫ 더러오믈 눈ᄀᆞ의 두리오 연후ᄂᆞᆫ 뎌

73면

옥 뎐품 덕힝이 ᄀᆞ즉하여 임의 과를 이티 아니며 노를 현치 아니ᄒᆞ여 녀ᄉᆡᆨ을 크게 경계ᄒᆞ매 비록 비연 황후의 경신무와 ᄌᆞ군부인의 졀셰가라도 눈을 둘 ᄯᅳᆺ이 업ᄂᆞᆫ디라 금일 왕의 후졍과 위의예 조흔 풍믈이 이셔 허다 챵녀 션듕의 버러시나 심하의 알오미 ᄒᆞᆫ 호리 교토의 분 ᄇᆞᆯ나 ᄉᆞ민 거ᄉᆞ로 보ᄂᆞᆫ 고로 다만 금슬을 드ᄅᆞ며 쥬찬을 맛보아 ᄒᆞᆫ 빵 동ᄌᆞ로 안젼의 ᄉᆞ환ᄒᆞ니 다만 졔공ᄌᆞ의 즐기믈 볼 ᄯᆞ름이러니 날이 느ᄌᆞ매 ᄒᆡ듕의 안개 니러나고 파랑이 움즉이니 연휘 봉창을 열고 풍셰를 볼 ᄉᆡ 먼니 변하를 ᄇᆞ라고 강산을 ᄉᆞᆯ피니 모연은 쳥산을 ᄡᅴ〃여 ᄇᆡᆨ깁을 두른 ᄃᆞᆺᄒᆞ고 화류ᄂᆞᆫ 원근의 금슈를 편 ᄃᆞᆺᄒᆞ여 경믈이 화려ᄒᆞ믈 보매 진실노 그림 가온ᄃᆡ ᄀᆞᆺᄒᆞᆫ디라 영웅의 의ᄉᆡ 뇌락ᄒᆞ고 ᄌᆡᄉᆞ의 긔운이 도〃ᄒᆞ니 손의 옥란을

74면

잡고 능파ᄉᆞ 일 곡을 챵쇼ᄒᆞ매 신긔ᄒᆞᆫ 셩음이 반공의 어ᄅᆡ여 호〃히 구텬의 달ᄒᆞ고 편〃이 슈부의 ᄉᆞᄆᆞᆺ차 군확의 즘교를 춤추이고 심규의 니부를 움즉일디라 만좌 졔인이 쇄연 동ᄉᆡᆨᄒᆞ여 어린 ᄃᆞ시 드ᄅᆞ며 졔챵이 상혼 낙담ᄒᆞ여 블구 념치ᄒᆞ고 ᄃᆞ토아 금슬을 안고 진징을 잡아 연후 안젼의 나아가 고 왈 쳡등은 위국 천창이나 젼후 열인ᄒᆞ미 쳔만 수의 디ᄂᆞᄃᆡ 일즉 군후 노야 ᄀᆞᆺ흐시 니를 보옵디 아냐시니 ᄆᆞ음의 흠앙ᄒᆞ미 일ᄉᆡᆼ을 의탁ᄒᆞ와 그날 ᄇᆞ리셔도 ᄒᆞᆫ이 업ᄉᆞᆯ 거시로ᄃᆡ 노애 안ᄉᆡᆨ이 ᄂᆡᆼ엄ᄒᆞ시고 위의 낙〃ᄒᆞ샤 쳥안을 여디 아니ᄒᆞ시니 쇼쳡 등이 감히 나아오디 못ᄒᆞ엿더니 이제 신이 ᄒᆞᆫ 가곡을 듯ᄌᆞ오니 블 ᄀᆞᆺᄒᆞᆫ ᄆᆞ음이 더옥 감동ᄒᆞᄂᆞᆫ디라 당돌ᄒᆞ믈 닛고 침변의 ᄇᆡᆨ년을 뫼오믈 원ᄒᆞᄂᆞ니 ᄇᆞ라건ᄃᆡ 군후ᄂᆞᆫ

75면

에엿비 너기쇼셔 연휘 이 거동을 보고 잠간 우어 ᄀᆞᆯ오ᄃᆡ 여등이 ᄒᆞᆫ갓 나의 소ᄅᆡ와 얼

골을 알고 소힝을 모르는도다 내 본디 ᄆᆞ음이 낙〃ᄒᆞ여 규방의 울젹ᄒᆞ믈 괴로이 넉이고 셩졍이 조급ᄒᆞ여 너 톄엿 사름 죽이기를 됴히 넉이니 구ᄐᆡ여 ᄯᆞᆯ오미 유익디 아니ᄒᆞ고 녀ᄌᆞ의게 ᄲᅳᆯ ᄃᆡ 업슨 사름이라 각〃 믈너가 각별이 호걸을 굴히고 브졀업시 념녀를 허비티 말나 졔녜 눈믈을 흘니고 죽기로 니러나디 아니〃 연휘 미우를 ᄧᅵᆼ긔고 〈좌우를 보니〉 복시 동ᄌᆞ 뎡통 왕경이 황망이 나아가 졔챵을 즐퇴 왈 우리 노애 만일 너 ᄀᆞᄐᆞᆫ 무리를 갓가이 ᄒᆞ실딘대 엇디 진딘 칠빅 교아를 ᄒᆞᆫ번 도라보디 아냐 계시리오 ᄲᆞᆯ니 믈너가라 졔녜 무류히 퇴ᄒᆞ니 위공지 쇼 왈 셩인은 ᄉᆞ블박졀이어늘 뉴형이 이ᄀᆞᆺ치 담박ᄒᆞ니 비인졍이로다 연휘 쇼이답 왈

76면

교언녕ᄉᆡᆨ으로 송구영신ᄒᆞ여 ᄉᆞᄉᆞ로 인뉸을 더러이ᄂᆞᆫ 무리를 빅쳑디 아닌즉 ᄯᅩᄒᆞᆫ 엇디ᄒᆞ리오 금일 나의 일을 셩인이 드ᄅᆞ셔도 그ᄅᆞ다 아니시리라 좌위 다 쇼이칭샹ᄒᆞ더라 ᄎᆞ일 즐기〃를 다 ᄒᆞ고 뉵노로 산쳔을 유람ᄒᆞ여 신능군의 무덤을 됴문ᄒᆞ고 송젹군신의 분묘와 명승을 보아 강개ᄒᆞ미 니러나니 쳐〃의 글을 지어 뎨명ᄒᆞ고 십여일을 한유ᄒᆞᆫ 후 도라오니 왕이 마자 반기고 깃거ᄒᆞ더니 연휘 드러가 부인을 보니 쇼졔 안ᄉᆡᆨ을 졍히 ᄒᆞ고 골오ᄃᆡ 군지 산쳔을 편관ᄒᆞ샤 비록 댱부 힝ᄉᆡᆨ이 쾌ᄒᆞ시나 군친을 ᄯᅥ난 디 수월의 미ᄎᆞ니 의려지망이 극ᄒᆞ실 거시오 ᄒᆞ믈며 쳡은 쳔신만고ᄒᆞᆫ 지싱지인으로 구고와 부모긔 뵈오미 일시 급ᄒᆞ니 ᄲᆞᆼ친의 손곱아 기ᄃᆞ리시믈 싱각ᄒᆞ매 슉식의 ᄯᅳᆺ이 업ᄂᆞᆫ디라 군후ᄂᆞᆫ 술피

77면

쇼셔 영휘 공슈 칭샤 왈 부인의 놉ᄒᆞᆫ 소견이 ᄂᆡ조ᄒᆞ미 큰디라 엇디 시힝티 아니ᄒᆞ리오 드ᄃᆡ여 명일 발힝홀ᄉᆡ 왕이 말뉴ᄒᆞᄃᆡ 가뎡의 긔ᄒᆞᆫ이 어긔믈 니ᄅᆞ매 왕이 마디못ᄒᆞ여 다시 대연을 베프고 양시 님별의 왕의 부〃의 대은을 만〃 칭샤ᄒᆞ여 눈믈을 ᄲᅮ려 하딕ᄒᆞ니 왕비 ᄯᅩᄒᆞᆫ 타루 왈 부인을 의외 서로 만나 쳔니의 동힝ᄒᆞ고 일실의 졍을 ᄆᆡ잔 디 두 ᄒᆡ의 이제 은샤를 ᄡᅴ여 도라가믄 영힝ᄒᆞ나 다시 만날 긔약이 업ᄉᆞ니 엇디 감창ᄒᆞ믈 춤으리오 양시 옥뉘 방〃ᄒᆞ여 길히 오ᄅᆞ니 연휘 오 공ᄌᆞ로 흠긔 하딕ᄒᆞ매 왕비 쥬루를 흘녀 별회를 늣기며 녀셔의게 군쥬의 평싱을 지삼 부탁ᄒᆞ니 이 인이 다 감창ᄒᆞ여 비샤ᄒᆞ고 나오니 왕의 부ᄌᆡ 난가를 ᄀᆞ초아 십니 댱뎡의 잔을 드러 니별ᄒᆞ

니 냥졍이 의〃ᄒᆞ믈 씌돗디 못ᄒᆞ더라 일힝이 쥬야 ᄇᆡ도ᄒᆞ여 경ᄉᆞ의 니ᄅᆞ

78면

니 뉴뷰 졔ᄉᆡᆼ이 양문 졔인으로 십니의 마자 진휘 연후로 서로 보고 크게 반겨 각〃 별닉를 니ᄅᆞ고 마혁을 ᄒᆞᆫ가지로 ᄒᆞ여 진부의 니ᄅᆞ매 승샹이 진공으로 일문이 대회ᄒᆞ여 양쇼져를 마즐ᄉᆡ 서로 반기고 슬허ᄒᆞᄂᆞᆫ 경ᄉᆡᆨ을 측냥티 못ᄒᆞ리러라 니부인이 옥슈를 잡고 실셩 뉴톄ᄒᆞ여 쳥뉘 의상의 저〃 늣기믈 마디 아니〃 진공이 화셩유어로 관위ᄒᆞ고 양시를 ᄃᆡᄒᆞ여 탄식 왈 금일 태운이 니ᄅᆞ러 ᄋᆞ뷔 ᄉᆡᆼ환ᄒᆞ니 당초를 ᄉᆡᆼ각ᄒᆞᆫ 즉 엇디 한심티 아니리오 이제ᄂᆞᆫ 마당이 ᄉᆞ라뎌시니 ᄎᆞ후ᄂᆞᆫ 무ᄉᆞ홀디라 블힝 듕 문호의 만힝이니 내 ᄇᆞ야흐로 ᄉᆞᄉᆡᆼ간 은우를 프럿노라 드ᄃᆡ여 양시의 냥 자를 내여와 모ᄌᆡ 서로 보게 ᄒᆞ니 냥 ᄋᆡ의 당셩 슈미ᄒᆞ미 진짓 뇽ᄌᆞ 봉쇼이라 양시 쳥뉘 만안ᄒᆞ여 존당구고의 홍은과 슉미의 셩우를 샤례ᄒᆞ고 블효를 샤죄ᄒᆞ여 졀낭ᄒᆞᆫ 말ᄉᆞᆷ과

79면

아름다온 풍용이 젼의셔 새로오니 졔인이 새로이 칭ᄋᆡᆨᄒᆞ며 하후의 구ᄒᆞ시던 젼후 슈말을 ᄌᆞ시 듯고 승샹이 감누를 드리워 모든 ᄌᆞ손을 ᄃᆡᄒᆞ여 골오ᄃᆡ 하냥〃 이 ᄀᆞᆺ흐신 덕은 도시 공쥬를 닛디 아니시미라 슬프다 냥〃 셩은을 우리 부ᄌᆡ 니ᄌᆞ미 이시랴 뉴문이 ᄃᆡ〃로 국은을 밧ᄌᆞ오미 심샹티 아니ᄒᆞᄃᆡ 션군이 효종이 션군긔 지긔지우로 어쉬 계합ᄒᆞ신 군신이러시니 블힝 조세ᄒᆞ시고 여음이 노부의게 미쳐지어 여등이 녈후를 봉ᄒᆞ고 양ᄋᆞ의 환난의 니ᄅᆞ히 국은의 이 ᄀᆞᆺ흐미 쳔고의 듯디 못ᄒᆞᆫ 배니 비록 공쥬 셩덕을 닛디 못ᄒᆞ신 배나 오문의 젹덕여경이 ᄌᆞ손의 위틱ᄒᆞ믈 플미라 쟝ᄎᆞᆺ 간담을 ᄲᅡ혀 ᄇᆞ려도 국은과 션셰셩틱을 갑기 어렵도다 졔공이 다 공슈ᄒᆞ여 맛당ᄒᆞ시믈 일ᄏᆞᆺ고 양시 도라오믈 치하ᄒᆞ여 죵일 달난ᄒᆞ고 옥틔 셔평

80면

ᄒᆞ매 양시 듁셔루의 니ᄅᆞ니 버린 거시 의구ᄒᆞ고 궁희와 원샹궁이 마자 눈믈을 ᄲᅮ리고 디난 굿기믈 닐너 슬프고 깃브믈 이긔디 못ᄒᆞ더니 셜부인과 문챵군쥐 다 니ᄅᆞ러 됴용이 담화홀ᄉᆡ 양쇼제 옥션군쥬를 향ᄒᆞ여 왕의 부〃의 관곡ᄒᆞᆫ 후졍을 칭샤ᄒᆞ믈 마디 아니ᄒᆞ고 ᄯᅥ나ᄂᆞᆫ 회포를 샹감ᄒᆞ니 군쥐 ᄯᅩᄒᆞᆫ 쳐연ᄒᆞ더라 이 날 졔쇼제 모다 달야

ᄒᆞ고 명됴의 존당구고긔 ᄒᆞᆫ가디로 문안ᄒᆞ니 승샹과 구괴 희힝ᄒᆞ믈 이긔디 못ᄒᆞ여 왕ᄉᆞ를 됴용이 문답ᄒᆞ더니 셜원 이 샹궁이 나아가 고ᄒᆞᄃᆡ 양부인이 처음으로 도라오시매 왕부인이 맛당이 녜로 보실디라 위의를 ᄀᆞ초아시니 쥬공과 부인긔 취품하ᄂᆞ이다 공이 잠간 웃고 연후를 도라보아 ᄀᆞᆯ오ᄃᆡ 녜법은 엄졍ᄒᆞ기를 쥬ᄒᆞ거ᄂᆞᆯ 왕시 됴용이 힝녜를 슌히 ᄒᆞᆯ 니 업ᄉᆞ니 권도로 원비 보ᄂᆞᆫ 예를

81면

아니미 엇덜고 ᄒᆞ노라 연휘 복슈 ᄃᆡ 왈 뎨 셩되 비록 패려ᄒᆞ나 엇디 그 법을 감히 위월ᄒᆞ리잇고 금일 만일 샹녜로 볼진ᄃᆡ 후일 더옥 명분을 삼가디 아닐디라 금일 녜ᄂᆞᆫ 폐티 못ᄒᆞ리이다 좌듕이 다 연후의 말이 올타 ᄒᆞ니 공이 팀음 냥구의 드ᄃᆡ여 왕시를 브ᄅᆞ니 왕시 이ᄣᅢ 연후의 박ᄃᆡ를 ᄒᆞᆫᄒᆞ고 양시 도라와 가듕이 츄존ᄒᆞ믈 크게 노ᄒᆞ여 당 듕의 깁히 드러 어즈러이 욕ᄒᆞ고 ᄭᅮ짓더니 공의 명을 듯고 마디 못ᄒᆞ여 나오매 일가 족당이 당의 ᄀᆞ득ᄒᆞ고 존당과 구괴 샹좌의 이셔 위의 십분 졍졔ᄒᆞᆫᄃᆡ 당듕의 홍젼을 포셜ᄒᆞ고 셜원 이 샹궁이 왕시를 인도ᄒᆞ여 동벽의 일위 부인을 ᄀᆞᄅᆞ쳐 ᄉᆞ빅ᄒᆞ라 ᄒᆞ거ᄂᆞᆯ 왕시 눈을 드러보니 그 녀ᄌᆡ 긔화의 용모와 명월의 광치를 아오라 산쳔 졍긔ᄂᆞᆫ 미우의 녕〃ᄒᆞ고 태허의 ᄆᆞᆰ은 빗촌 일신의

82면

광화ᄒᆞ여 구름 귀밋ᄎᆞᆫ 보옥이 어린 ᄃᆞᆺ 비봉 냥익의 월나 홍금삼을 탁ᄒᆞ고 젼후 패옥이 댱〃ᄒᆞ니 ᄒᆞᆫ번 ᄇᆞ라매 심혼이 니톄ᄒᆞ고 의ᄉᆡ 어ᄌᆞ러워 샹궁을 도라보아 ᄀᆞᆯ오ᄃᆡ 날노 ᄒᆞ여곰 엇던 사ᄅᆞᆷ의게 녜ᄒᆞ라 ᄒᆞᄂᆞ뇨 셜샹궁이 ᄃᆡ 왈 뎌 부인은 연후 노야 졍비 양시〃니 작일 분요ᄒᆞ여 서로 보디 못ᄒᆞ여 계신디라 금일 맛당이 션후 분의를 출혀 부인이 몬뎌 교위 아릐셔 ᄉᆞ빅ᄒᆞ신 후 다시 샹읍ᄒᆞ여 보시ᄂᆞᆫ 규귀 이시니 폐티 못ᄒᆞ시리이다 왕시 블연 변ᄉᆡᆨ고 고셩대매 왈 궁인이 무례ᄒᆞ여 사ᄅᆞᆷ 업슈이 넉이미 이대도록 심ᄒᆞ뇨 나ᄂᆞᆫ 경궁옥누의 ᄉᆞ족지녜오 쵸방계익의 지친이라 뎌 양가 녀ᄌᆞ로 ᄒᆞ여곰 나의 장ᄃᆡ 아릐 시녀 삼기로 더러이 넉이거ᄂᆞᆯ 엇디 도로혀 황명으로 도라온 졍실이 뎌 못 가온ᄃᆡ 나믄 귓거ᄉᆡ게 절ᄒᆞ미 이시리

83면

오 좌듕이 도시 돈견이라 님군의 주신 바를 경히 넉이뇨 도라 분연이 신을 ᄭᅳ어 진궁으로 도라갈 ᄉᆡ 거름이 뎐도ᄒᆞ고 분뇌 압흘 ᄀᆞ리와 급히 ᄃᆞᆺ다가 실죡ᄒᆞ여 놉흔 섬의 ᄂᆞ려디니 모든 시녜 븟드러 니ᄅᆞ혀매 머리 ᄭᆡ여지고 ᄑᆞᆯ이 졉질녀 어혈디미 듕ᄒᆞᆫ디라 모다 도로혀 놀나 구완ᄒᆞ여 잠간 진뎡ᄒᆞ매 왕시 하ᄂᆞᆯ을 브르며 ᄯᆞ흘 두ᄃᆞ려 크게 웨지〃며 우러 왈 내 비록 얼굴이 양녀만 못ᄒᆞ나 엇디 날노써 천쳡 ᄀᆞ치 ᄃᆡ졉ᄒᆞ여 뎌의게 절ᄒᆞ라 ᄒᆞ리오 우리 낭〃긔 이 곡절을 알외면 대리시 옥듕의 큰 칼을 면티 못ᄒᆞ시리이다 좌위 어히 업서 믁〃히 서로 보고 말을 아니터니 연휘 대로ᄒᆞ여 좌우를 ᄭᅮ지저 왕시를 핍박ᄒᆞ여 ᄂᆞ리와 옥듕의 미러 너코 스ᄉᆞ로 계하의셔 쳥죄ᄒᆞ여 ᄀᆞᆯ오ᄃᆡ ᄎᆞ녀의 패악ᄒᆞ미 블용쥐라 쇼ᄌᆡ 임의 그 가댱이 되여 죄 엇

84면

디 업ᄉᆞ리잇고 조부와 야〃의 다ᄉᆞ리시믈 원ᄒᆞᄂᆞ이다 승샹이 쇼 왈 뎌의 위인은 아란 디 오랜디라 엇디 금일 경ᄉᆡᆨ이 고이ᄒᆞ리오 네 비록 가뷔라 ᄒᆞ나 피ᄎᆡ 힝노인이니 그 죄를 당ᄒᆞ미 원민티 아니랴 좌듕이 다 미〃히 우서 눈으로 연후를 보니 휘 ᄯᅩᄒᆞᆫ 함쇼 믁연이러니 시녜 급히 보ᄒᆞᄃᆡ 왕부인이 시방 옥문을 박ᄎᆞ고 통곡ᄒᆞ시며 결항ᄒᆞ려 ᄒᆞ시나이다 진공이 광미를 ᄶᅵᆼ긔고 연후를 ᄃᆡᄒᆞ여 ᄀᆞᆯ오ᄃᆡ 내 젼일 너ᄃᆞ려 경계ᄒᆞᆫ 말이 잇거ᄂᆞᆯ 엇디 ᄆᆡ양 뎌를 위엄으로 절제코뎌 ᄒᆞᄂᆞ뇨 맛당이 침실노 도라보내라 연휘 블열ᄒᆞ여 이윽이 쥬뎌ᄒᆞᆫᄃᆡ 공이 졔 궁희로 ᄒᆞ여곰 왕시를 븟드러 궁으로 보내고 양시를 나아오라 ᄒᆞ여 닐오ᄃᆡ ᄋᆞ부의 셩덕은 내 본ᄃᆡ 알거니와 사ᄅᆞᆷ이 분두의 과도ᄒᆞ믈 남ᄌᆡ라도 면키 어려온디라 뎌의 무궁ᄒᆞᆫ 욕과 고이ᄒᆞᆫ

85면

거죄 여러 슌 니ᄅᆞ면 현뷔 ᄯᅩᄒᆞᆫ 블평ᄒᆞᆫ 의ᄉᆡ 이셔 감화치 못ᄒᆞᆯ딘ᄃᆡ 인ᄒᆞ여 보젼ᄒᆞᆯ 형셰 못되리니 부〃의 눈이 ᄯᅩᄒᆞᆫ 듕커ᄂᆞᆯ ᄒᆞ나흔 죽이고 ᄒᆞ나흔 내티미 집을 화평이 ᄒᆞᆯ 덕이 아니오 ᄒᆞ믈며 황명으로 ᄉᆞ혼ᄒᆞ시니 ᄉᆞ단이 ᄯᅩᄒᆞᆫ 듕ᄒᆞᆫ디라 현뷔 맛당이 온노ᄒᆞᄂᆞᆫ ᄆᆞ음을 먹디 마라 지셩으로 감화ᄒᆞ여 오ᄋᆞ의 집을 진뎡ᄒᆞ라 양시 계슈 ᄌᆡ빈ᄒᆞ여 명을 밧고 좌위 다 공의 관인ᄒᆞᆫ 덕을 탄복ᄒᆞ더라

뉴시삼ᄃᆡ록 권지십오

1면

ᄎᆞ일 양쇼제 문안을 파ᄒᆞ고 듁셔루의 니르러 긴 단장을 벗고 상샹의 비겨 왕시의 경식을 보매 비록 댱시의 간교홈 ᄀᆞᆺ디 아니나 입의 굴힐 말이 업고 힝디 챵광ᄒᆞ미 크게 괴로온 인믈이라 범의게 샹ᄒᆞᆫ 심ᄉᆡ라 그윽이 우려ᄒᆞ여 츈산 ᄀᆞᆺᄒᆞᆫ 아미를 수집ᄒᆞ여 신셰 안샹티 못ᄒᆞ믈 슬허ᄒᆞ더니 문챵군쥐 댱손시를 더브러 니ᄅᆞ러 양쇼져를 보고 우어 왈 양형이 호탕ᄒᆞᆫ 뎐은과 흡연ᄒᆞᆫ 경ᄉᆞ를 ᄡᅴ여 도라와 두 날이 ᄎᆞ디 못ᄒᆞ여셔 근심ᄒᆞᄂᆞᆫ 빗치 계시니 아니 왕시의 즐욕을 놀나미냐 양시 강잉ᄒᆞ여 웃고 답왈 궁듕 뎨ᄉᆞ 쇼괴 여러히나 만상험난을 쳡ᄀᆞᆺ치 디내 니 업ᄉᆞ리니 평안ᄒᆞᆫ 시절을 당ᄒᆞ나 북각 고초와 위국의 뉴락ᄒᆞ던 졍경

2면

을 ᄉᆡᆼ각ᄒᆞ매 ᄌᆞ연 심ᄉᆡ 편티 아니나 구ᄐᆡ여 왕시의 일을 경의ᄒᆞ미리오 다만 대인의 듕ᄒᆞᆫ 탁명을 밧ᄌᆞ와 명교를 욕먹일가 두려ᄒᆞᄂᆞ니 군쥬와 샹궁은 보신 안가ᄒᆞᆯ 슐을 ᄀᆞ르치쇼셔 군쥐쇼 왈 하늘이 덕으로ᄡᅧ 형의게 내여 계시니 뎌 왕형이 엇디 ᄒᆞ리오 군ᄌᆞ의 국치졔가와 슉녀의 ᄉᆞ덕부힝이 졍도 밧긔 나디 아니〃 잡된 거죄 부운ᄀᆞᆺ치 니ᄅᆞ나 홍모ᄀᆞᆺ치 블 분이니 긴 날의 근심ᄒᆞ여 엇디ᄒᆞ리오 댱손시 왈 군쥬 말솜이 금옥 ᄀᆞᆺᄒᆞ시이다 왕부인 힝ᄉᆡ 비록 ᄒᆡ연ᄒᆞ시나 댱시와 다르니 그 스ᄉᆞ로 몸의 해롭고 ᄂᆞᆷ의게 무해ᄒᆞᆯ디라 부인이 다만 잉지위덕으로 셩심관졍ᄒᆞ샤 인의지화로 감화ᄒᆞ쇼셔 양시 샤왈 ᄇᆞᆰ이 ᄀᆞᄅᆞ티믈 폐부의 삭이리니 쳡이 감히 샹힐ᄒᆞᆯ ᄯᅳᆺ이 이시미 아니라 편협ᄒᆞᆫ 도량이 능히

3면

뎍인의 예긔를 진압디 못ᄒᆞ고 승양공의 어리믈 취ᄒᆞᆯ가 두리ᄂᆞ이다 군쥬와 댱손시 ᄯᅩᄒᆞᆫ 웃더라 양시 십여일 친당의 귀령ᄒᆞ여 부모형뎨를 만나 각〃 븟들고 슬허ᄒᆞ며 반기믈 측냥티 못ᄒᆞ더니 진공이 도라오믈 ᄌᆡ촉ᄒᆞ고 연후의 뎡혼이 이시므로 ᄉᆞ졍을 춤고 진부의 도라오니 공의 ᄉᆞ랑과 연후의 듕ᄃᆡ 날노 더은디라 슬하의 구술 ᄀᆞᆺᄒᆞᆫ 냥 ᄌᆞ

이셔 빵〃이 희롱ᄒᆞ고 셜부인과 군쥬로 더브러 구고긔 문안 후 ᄒᆞᆫ당의 모다 회포를 닐너 즐기미 츈풍이 므ᄅᆞ녹으니 일〃은 진공이 듕당의셔 ᄌᆞ부를 모화 됴용이 말슴ᄒᆞ며 당손상궁이 초란의 말을 드러 양쇼제 궐듕의셔 태후의 주신 바 쵸염을 ᄉᆞ양ᄒᆞ고 북각의셔 믈 길흘 ᄎᆞ자 긔갈을 구ᄒᆞ며 태휘 슈락ᄉᆞ의 곰초려 ᄒᆞ시니 ᄉᆞ양ᄒᆞ고 죽기로 가디 아니〃 태휘 탄복ᄒᆞ샤 위국의 보내

4면

신 ᄉᆞ연을 ᄒᆡ비히 알외여 왈 우리 궁듕의 졍도를 잡고 이단을 빅쳑ᄒᆞ시며 ᄉᆞ싱의 집심을 변티 아니미 양부인이시니 셜부인과 군쥐 양부인만 못ᄒᆞ시미 아니로ᄃᆡ 태평셩ᄃᆡ의 안자셔 도를 의논홈 ᄀᆞᆺ고 난셰예 ᄃᆞᆨ힌 가ᄉᆞᆯ 잡아 츌군 됴셰ᄒᆞ신 바도 양부인이시라 엇디 아름답디 아니리잇고 공이 텽파의 탄지 칭션ᄒᆞ여 ᄀᆞᆯ오ᄃᆡ 셰강쇽말ᄒᆞ여 머리의 션빅관을 쁜 재 능히 유업을 다ᄒᆞ 리 업고 ᄒᆞ믈며 심규 녀ᄌᆞ의 일은 쪽가를 못홀너니 힝혀 공쥬의 셩덕이 셰샹의 쒸여나 여러 ᄌᆞ네 그 법을 ᄃᆞᆨ히나 난셰의 엇디 완젼ᄒᆞ리오 ᄋᆞ부의 유식ᄒᆞᆫ 소견과 엄뎡ᄒᆞᆫ 네법이 이 ᄀᆞᆺᄒᆞ니 가히 그 고모의 며ᄂᆞ리 되미 욕되디 아니ᄒᆞ고 또 지식이 관대ᄒᆞ여 쵸염을 믈리쳐 샤치ᄒᆞᆫ 부녀의 ᄆᆞ음을 경계ᄒᆞ니 이는 녀듕군ᄌᆞ라 엇디

5면

일개 ᄋᆞ녀ᄌᆞ로 니ᄅᆞ리오 댱부인의 탄 왈 진실노 사ᄅᆞᆷ이 ᄒᆞᆫ갈ᄀᆞᆺ디 아니토다 뎌 적 왕시 공연ᄒᆞᆫ 슈락ᄉᆞ 힝도와 양시 피화ᄒᆞ믈 위ᄒᆞ여 태휘 보내시ᄃᆡ 가디 아닌 힝ᄉᆞ를 비겨 ᄉᆡᆼ각ᄒᆞ면 우쥬 ᄉᆞ이는 앙망이나 ᄒᆞ려니와 ᄎᆞ 이 인은 샹게 하ᄒᆡ 밧긔 또 하히니 텸망ᄒᆞ기 어려오리로다 좌듕이 다 감탄ᄒᆞ고 연휘 ᄇᆞ야흐로 알고 더옥 흠션ᄒᆞ더라 왕시 이때 연후의 가도믈 닙엇다가 공의 명으로 침소의 도라와 분예ᄒᆞ믈 이긔디 못ᄒᆞ여 날마다 연후를 욕ᄒᆞᄃᆡ 잘못 살리라 ᄒᆞ며 고이 못 죽으리라 ᄒᆞ고 혹 양시를 흉ᄒᆞᆫ 형벌을 바드리라 ᄒᆞ여 죵일토록 당듕의셔 욕ᄒᆞ더니 홀연 ᄒᆞᆫ 일을 ᄉᆡᆼ각고 분연이 니러나 두루 타뎜ᄒᆞ여 ᄒᆞᆫ 거리 바와 ᄒᆞᆫ 그릇 분즙을 들고 듁셔루의 니ᄅᆞ러 난간의 치ᄃᆞ르니 연휘 ᄇᆞ야흐로 문안을 파ᄒᆞ고 도라와

6면

됴식을 먹으며 은근이 말숨ᄒᆞ여 화긔 안면의 둘너시니 왕시 뎌 거동을 보매 뮈은 ᄆᆞ음이 심ᄒᆞ딕 연후를 두려 나아가디 못ᄒᆞ고 좌우를 도라보니 왓ᄂᆞᆫ 줄 사ᄅᆞᆷ이 미처 못 보앗거ᄂᆞᆯ 몸은 댱 틈의 ᄀᆞᆷ초아 분즙을 그릇재 드러 연후를 향ᄒᆞ여 더지니 더러온 거시 방듕의 난만ᄒᆞ고 악취 ᄀᆞ득ᄒᆞᆫ디라 양시ᄂᆞᆫ 블셔 왕시의 일인 줄 알고 안식을 블변ᄒᆞ고 시녀를 블너 더러온 거ᄉᆞᆯ 거두어 아ᄉᆞ라 ᄒᆞ니 연후ᄂᆞᆫ 무심 듕 ᄀᆞ장 놀나 좌우ᄃᆞ려 연고를 무ᄅᆞᆫ딕 졔 시녀 역경ᄒᆞ여 두루 술피매 셧녁 난함 ᄉᆞ이의 왕시 손의 바흘 들고 총〃이 ᄃᆞᆺᄂᆞᆫ디라 초란이 몬뎌 보고 고 왈 난간의 잡인이 업고 왕부인이 와 계시다가 가시ᄂᆞ이다 양시 당목시지ᄒᆞ여 정식 왈 쳔비 엇디 우흘 범ᄒᆞ미 여ᄎᆞᄒᆞ뇨 난이 황공이 퇴ᄒᆞ니 연휘 왕시의 일을 ᄡᅵᄃᆞ라 그 거조를 ᄯᅩᄒᆞᆫ

7면

우이 넉여 무당대쇼ᄒᆞ더라 왕시 다시 틈을 타 연휘 업ᄉᆞᆫ ᄣᅢ를 타 양시를 욕ᄒᆞ랴 ᄒᆞ더니 수일 후 연휘 ᄆᆞᄎᆞᆷ 외각의셔 본국 공ᄉᆞ를 결ᄒᆞ노라 반일을 드러오디 아니커ᄂᆞᆯ 왕시 ᄣᅢ를 타 듁누의 드러가니 양쇼졔 왕시 위인이 이러ᄐᆞᆺ 패려ᄒᆞ믈 보고 큰 욕을 볼가 근심ᄒᆞ더니 금일 왕시 돌입ᄒᆞ야 양시를 텰여의로 치려ᄒᆞᆯ 적 원샹궁이 그 손을 잡고 ᄀᆞᆯ오딕 ᄎᆞᄂᆞᆫ 녀항 쳔인의 징투ᄒᆞᄂᆞᆫ 거죄요 쳔승 명부의 톄면이 아니〃 부인은 존듕ᄒᆞ쇼셔 왕시 대로ᄒᆞ여 눈을 놉히 ᄯᅳ고 원샹궁을 밀티며 양시긔 ᄃᆞ라드나 블셔 텰여의를 아여시니 창츌의 매를 엇디 못ᄒᆞ고 ᄆᆞ음이 급ᄒᆞ여 몬뎌 그 고은 얼굴을 샹히오고뎌 ᄒᆞ여 두손으로 양시를 븟들고 그 ᄂᆞᆺ출 ᄆᆡ이 무러 ᄣᅦ치니 좌위 급히 구ᄒᆞ딕 밋디 못ᄒᆞ여 양시 듕히 샹ᄒᆞᆫ디라 원샹궁

8면

이 차악ᄒᆞ여 왕시를 븟드러 긔린각으로 보내니 왕시 뎌의 ᄂᆡ이 샹ᄒᆞ믈 보고 크기 깃거 ᄲᅧᆯ니 도라가고 셕양의 연휘 드러와 부인을 보매 옥면이 어ᄌᆞ러이 샹ᄒᆞ엿거ᄂᆞᆯ 경혹ᄒᆞ여 무르니 우연이 샹ᄒᆞ미라 ᄒᆞ고 니ᄅᆞ디 아니〃 원샹궁이 나아와 그 곡졀을 ᄌᆞ시 뎐ᄒᆞ매 연휘 블승한심ᄒᆞ여 도로혀 우어 왈 대인이 일죽 뎔로ᄡᅥ 놀난 ᄆᆞᆯ ᄀᆞᆺ다 ᄒᆞ시더니 진실노 올흔디라 슈연이나 부인이 엇디 뎌의게 믈닐 줄 알니오 뎌의 무상ᄒᆞ미 여ᄎᆞᄒᆞ딕 가듕의 두믄 님군의 주신 바를 공경ᄒᆞ미라 부인의 괴로오미 금일 분이 아

닐가 ᄒᆞ노라 양시 붓그리믈 ᄲᅴ여 말을 아니터라 금창약을 브르고 십여 일을 됴리ᄒᆞ니 진공이 양시 문안 블참ᄒᆞ믈 고이히 넉여 무ᄅᆞᆯᄃᆡ 댱부인이 이 ᄉᆞ연을 ᄌᆞ시 고ᄒᆞ니 공이 놀나고 ᄯᅩᄒᆞᆫ 우이 넉여 족가를 아니ᄃᆡ 댱부

9면

인이 왕시를 뮈이 넉여 힝사를 통흔ᄒᆞ여 모든 궁인을 분부ᄒᆞ여 왕시 힝ᄉᆞ를 다 ᄌᆞ시 아라 고ᄒᆞ라 ᄒᆞ고 듁셔루 시인을 졀칙ᄒᆞ여 왕시 작난이 쇼져 신샹의 밋도록 알외디 아니믈 닐너 ᄎᆞ후 만일 왕시 듁누 근쳐의 어른기ᄂᆞᆫ 일이 잇거든 부인 명으로 미러 내티라 ᄒᆞ니 궁듕 수만여 인이 부인 명을 드ᄅᆞ므로브터 ᄒᆞᆫ갈ᄀᆞᆺ치 왕시를 구속ᄒᆞ니 왕시 감히 양시를 거우디 못ᄒᆞ고 계괴 궁진ᄒᆞ여 스스로 방듕의셔 부인을 원망ᄒᆞ여 고이ᄒᆞᆫ 말을 무수이 ᄒᆞ고 ᄃᆞᆯ 댱근 문안을 참예티 아니터니 홀연 단장을 셩히ᄒᆞ고 진공의 뵐 ᄉᆡ 마초아 졔쇼년이 모닷ᄂᆞᆫᄃᆡ 양쇼졔 면뫼 의구히 빗나고 됴곰도 샹ᄒᆞᆫ 흔적이 업서 좌의 이시니 뮈오며 분ᄒᆞ믈 이긔디 못ᄒᆞ여 즉긱의 죽이고 시브니 두 눈을 독히 ᄠᅧ 양시를 보거ᄂᆞᆯ 공이 더 거동을

10면

보고 ᄯᅩᄒᆞᆫ 냥구히 왕시를 보니 왕시 공의 위풍을 드려 급히 침소의 도라와 혜오ᄃᆡ 이제 됴곰도 ᄠᅳᆺ을 일우디 못ᄒᆞ니 맛당이 집의 도라가 귀인 낭〃긔 의논ᄒᆞ리라 ᄒᆞ고 스ᄉᆞ로 위의를 출혀 귀령ᄒᆞ니 공과 연휘 다 거ᄎᆔ를 뭇디 아니터라 왕시 집의 도라가 부모를 보고 울며 연후의 박ᄃᆡ와 양시 젼통ᄒᆞ믈 니ᄅᆞ고 셜치ᄒᆞᆯ 꾀를 무ᄅᆞ니 왕태위 크게 ᄭᅮ지저 왈 네 일즉 댱시의 일을 듯디 못ᄒᆞ엿ᄂᆞᆫ다 댱시ᄂᆞᆫ 진국부인 친딜이오 ᄌᆞ식이 유명ᄒᆞ여 연휘 샹ᄉᆞᄒᆞ여 어든 배로ᄃᆡ ᄒᆞᆫ번 일을 그ᄅᆞᆺᄒᆞ매 츌뷔 되여 검단경혼이 되믈 면티 못ᄒᆞ니 엇디 그 ᄌᆞ모의 ᄂᆞᆺ출 보디 아니며 인친의 의를 ᄉᆞᆯ피디 아니리오마ᄂᆞᆫ 연후의 위인의 법뉼을 ᄇᆞᆰ히며 인졍이 업ᄉᆞ미라 눈 압희 ᄒᆞᆫ번 노ᄒᆞ매 시녀를 방듕의셔 버히며 궁녀를 딘문의

11면

셔 죽여 사ᄅᆞᆷ의 슈급을 본 후 ᄂᆞᆺ 우희 희긔 니러나니 이 엇디 부인 녀ᄌᆡ 조심ᄒᆞ며 긔탄ᄒᆞ미 업고 도로혀 젹은 투긔로 네 목숨을 ᄌᆡ촉ᄒᆞ여 어버이긔 욕을 ᄭᅵ치려 ᄒᆞᄂᆞ뇨

왕시 쏘 우러 왈 연후의 긔식이 쇼녀를 박딕ᄒᆞ미 업ᄉᆞ딕 양녀의 식을 고혹ᄒᆞ여 타인을 박히 ᄒᆞ미니 귀인 낭〃긔 알외여 양녀를 졀제코져 ᄒᆞ거놀 대인이 엇디 ᄌᆞ식의 평싱을 념녀티 아니시ᄂᆞ잇고 태위 대로 즐칙ᄒᆞ여 녀ᄋᆞ의 입궐ᄒᆞ믈 허티 아니ᄒᆞ니 왕시 홀 일 업서 ᄀᆞ만이 글을 닥가 귀인긔 젼후 곡졀을 ᄌᆞ시 베퍼 양시 젼제ᄒᆞ여주믈 청ᄒᆞ여시니 이 왕귀인은 위인의 싀험 잔포ᄒᆞ나 ᄌᆞ식이 졀셰ᄒᆞ여 샹통이 깁흐딕 ᄌᆞ식이 업서 왕시를 어려셔 궁금의 드려다가 양휵ᄒᆞ여 ᄉᆞ랑ᄒᆞ므로 샹이 왕시를 여러번 보시고 그 미려ᄒᆞ믈 아름다이 넉

12면

이샤 댱후의 쳥으로뻐 연후의게 ᄉᆞ혼ᄒᆞ신디라 금일 귀인이 왕시의 글을 보니 셔듕ᄉᆞ의 만단 ᄋᆡ긍홀 분 아니라 연후의 박딕 비샹 잉혈이 완젼ᄒᆞ다 ᄒᆞ여시니 크게 노ᄒᆞ고 왕시를 슬피 넉이나 댱후의 위셰로딕 능히 양시를 업시티 못ᄒᆞ엿고 진공 부ᄌᆡ 범연ᄒᆞᆫ 외뎡 신해 아니라 태후와 텬ᄌᆞ의 예우ᄒᆞ심과 뉵원비빙과 삼쳔궁애 다 진부의 졍을 ᄆᆡ자시니 실노 ᄒᆞᆫ 후궁의 힘으로 요동ᄒᆞ디 못ᄒᆞᆫ 줄 혜아리매 의시 궁진ᄒᆞ여 일쳑 셔를 닷가 진국부인 댱시긔 보내니 궁인이 진부의 니ᄅᆞ매 댱부인의 졍히 침뎐의셔 ᄌᆞ부를 거ᄂᆞ려 한담ᄒᆞ더니 댱츄년 궁인이 나오믈 듯고 아미를 찡긔여 왈 이 반ᄃᆞ시 왕시의 연괴라 가듕이 어ᄂᆞ 날 안졍ᄒᆞ리오 연휘 우어 왈 미친 후 궁의 고이ᄒᆞᆫ 셔찰이 니ᄅᆞ믈 엇

13면

디 죡히 념녀ᄒᆞ시리잇고 셔듕의 아모 말이 이셔도 됴곰도 요동치 마ᄅᆞ쇼셔 드ᄃᆡ여 밧그로 나가고 녀부들이 부인을 ᄆᆡ셧더니 이윽고 궁인이 드러와 두 번 절ᄒᆞ고 봉셔를 밧드러 드리니 부인이 좌를 주어 평신ᄒᆞ믈 니ᄅᆞ고 날호여 봉셔를 ᄣᅦ혀 보니 글와 시딕

귀인 왕시는 ᄌᆡᄇᆡᄒᆞ고 진국 부인 안하의 올니ᄂᆞ니 쳡이 비록 후궁의 튱수ᄒᆞ여 싱셩ᄒᆞ신 은혜를 밧ᄌᆞ오나 ᄌᆞ식이 업ᄂᆞᆫ 고로 뇨젹ᄒᆞ믈 위ᄒᆞ여 딜ᄌᆞ의 녀ᄋᆞ를 무휵ᄒᆞ니 은ᄋᆡ 긔츌의 디난고 연후의 풍뉴지화를 ᄉᆞ랑ᄒᆞ여 손ᄋᆞ로 ᄉᆞ혼ᄒᆞ여 지친의 의를 두터이 ᄒᆞ고뎌 ᄒᆞ리니 싱각디 아닌 연휘 양시의 식을 고혹ᄒᆞ여 황명을 경히 넉이고 왕시를 참혹히 구박ᄒᆞ여 노예도곤 심히ᄒᆞ니 이 엇디 셩

14면

샹을 경멸ᄒᆞ미 아니리오 양네 비록 조강지쳬나 듕ᄒᆞ미 황명의셔 더을 거시 아니〃 부인은 맛당이 진공으로 샹의ᄒᆞ여 샹원위로뻐 왕녀를 주고 네로 관ᄃᆡᄒᆞ여 ᄇᆞ라는 바를 져ᄇᆞ리디 말ᄅᆞ쇼셔 이 일이 ᄒᆞᆫ갓 쳡의 ᄉᆞ〃 뜻이 아니라 황샹 셩의 ᄯᅩᄒᆞᆫ 이 ᄀᆞᆺᄒᆞ니 만일 연휘 방ᄌᆞᄒᆞ믈 고치디 못ᄒᆞ고 양네 ᄉᆞ양홀 뜻이 업ᄉᆞ면 다시 북각 고초를 면티 못ᄒᆞ리이다

부인이 견파의 필연을 나와 답셔를 일우니 휘쇄ᄒᆞ미 풍우 ᄀᆞᆺ고 필하의 쥬옥이 난낙ᄒᆞ니 회두 ᄉᆞ이의 졸편ᄒᆞ여 궁인을 맛디고 ᄀᆞᆯ오ᄃᆡ 나는 드ᄅᆞ니 셩인의 명뉸지홰 부인은 밧출 니ᄅᆞ디 아니ᄒᆞ고 남ᄌᆞᄂᆞᆫ 안흘 니ᄅᆞ디 아냐 각〃 방소를 두어 소임을 출히ᄂᆞ니 당금의 진공이 집을 다ᄉᆞ리고 연휘 ᄯᅩ 두부인을 거ᄂᆞ리매 부〃의 후박과 션후를 이역ᄒᆞ믈 나의 소임의 아니라 귀

15면

인의 이러틋 샹의를 니ᄅᆞ시나 진실노 무익ᄒᆞ니 궁인은 도라가 ᄌᆞ시 고ᄒᆞ라 궁네 참괴ᄒᆞ여 칭샤ᄒᆞ고 ᄯᅩᄒᆞᆫ 부인의 단엄ᄒᆞᆫ 용광과 쇼년 졔명부의 월안화풍을 경모ᄒᆞ여 ᄀᆞᆯ오ᄃᆡ 쳔쳡이 일족 연후 부인 션풍화모를 텬샹인간의 무빵ᄒᆞ신가 ᄒᆞ옵더니 좌샹 졔부인이 ᄒᆞᆫ갈ᄀᆞᆺ치 긔이ᄒᆞ시니 군쥬ᄂᆞᆫ 닉이 닉이[7] 뵈와시나 다른 부인은 뉘시니잇고 부인 왈 이는 진양후 부인 셜시와 그 아ᄅᆡ 안즌 삼 인은 나의 녀뷔니 엇디 궁인의 과당ᄒᆞ믈 당ᄒᆞ리오 궁인이 블승칭찬ᄒᆞ고 궐듕의 드러가 귀인을 보내고 문답ᄉᆞ를 알외니 귀인이 노를 먹음고 봉셔를 ᄯᅥ혀보니 ᄀᆞᆯ와시ᄃᆡ 진국비 당시는 계슈직ᄇᆡᄒᆞ고 왕귀인 각하의 글을 올니ᄂᆞ니 일족 궁듕 부듕이 현격ᄒᆞ여 셩위를 뎜방티 못ᄒᆞ

16면

믈 ᄒᆞᆫᄒᆞ더니 쇼ᄌᆞ 현이 의람이 국은을 닙ᄉᆞ와 공후의 거ᄒᆞ고 낭〃 지친으로 ᄉᆞ혼ᄒᆞ샤 왕시를 어더시ᄃᆡ 부〃의 은의ᄂᆞᆫ 인녁으로 못ᄒᆞ고 쇼ᄌᆡ 의식 낙〃ᄒᆞ여 심규 녀ᄌᆞ를 샹ᄃᆡ홀 뜻이 업서 ᄌᆞ루 뭇디 못ᄒᆞ나 엇디 낭〃의 과려ᄒᆞ시미 이 디경의 이시며 양

---

7) 닉이 : '닉이'가 한 번 더 반복됨.

시의게 죄 도라가리잇고 현이 왕시의 힝ᄉᆞ를 블합ᄒᆞ여 졍이 소ᄒᆞ미 오란 후 양시 텬은을 닙ᄉᆞ와 도라완 디 수삭의 니ᄅᆞ니 엇딘 고로 위ᄎᆞ를 ᄉᆡᄀᆡᄒᆞ고 덕싁을 ᄊᆡ려 조강을 모함ᄒᆞ며 낭〃 위엄을 비러 구가를 졔어코져 ᄒᆞᆯ 줄 알니잇고 왕시 비록 귀ᄒᆞᆫ 녀진나 현의 빙녜를 바다 현의 사ᄅᆞᆷ인즉 위셰로 이 ᄀᆞᆺᄒᆞ미 ᄆᆞᄎᆞᆷ니 부덕이 아니오 지어위ᄎᆞᄂᆞᆫ 가국의 ᄒᆞ나흘 존ᄒᆞᄂᆞᆫ 배라 우리 태조 고황뎨 창업지시의 오ᄃᆡ의 존쳡위쳐ᄒᆞᄂᆞᆫ 풍속을 ᄒᆡ연이 넉이샤

17면

이 법을 엄히 막으시니 금일 낭〃 말ᄉᆞᆷ이 국법이 아니오 귀ᄒᆞ므로 조강을 밧고디 아니믄 송홍의 아ᄅᆞᆷ다온 말ᄉᆞᆷ이 이시니 쳡의 가뷔 비록 어디〃 못ᄒᆞ나 텬하 뉸음을 교화ᄒᆞ여 셩샹을 돕ᄉᆞ오니 몬뎌 집을 어ᄌᆞ러여 우리 셩샹치화를 그르게 아닐디라 만일 이 일이 샹명으로 나실딘ᄃᆡ 부ᄌᆡ 머리를 농뎡의 ᄇᆞ의쳐 ᄃᆞ톨 ᄯᅳᆺ이 이시니 ᄒᆞᆫ갓 양녀를 ᄉᆞ랑ᄒᆞ고 왕녀를 질오ᄒᆞ미 아니라 공번된 풍화를 ᄀᆞ다듬과뎌 ᄒᆞ미니 낭〃은 ᄌᆡ삼 슬피샤 당돌ᄒᆞ믈 관셔ᄒᆞ쇼셔
ᄒᆞ엿더라 귀인이 견파의 대로ᄒᆞᄃᆡ 셔ᄉᆞ의 강개ᄒᆞ미 극ᄒᆞ고 ᄯᅩ 진공이 만일 텬ᄌᆞᄭᅴ 알왼 즉 샹교를 주츌ᄒᆞᆯ 일이 드러날디라 ᄉᆞᄉᆞ로 죄를 알고 크게 두려 ᄎᆞ후 다시 말을 못ᄒᆞ니 왕시 일싱 귀인을 미더 언필칭 귀인이러니 이ᄀᆞᆺ치 ᄒᆞᆯ 일 업ᄉᆞ믈 보고 앙〃 분

18면

격ᄒᆞ여 심복 비ᄌᆞ로 각쳐의 광문ᄒᆞ야 부〃 호합ᄒᆞᄂᆞᆫ 망문을 구ᄒᆞ니 시비 옥난의 ᄒᆞᆫ 단약을 가져와 닐오ᄃᆡ 이ᄂᆞᆫ 여의긔용단이니 갑ᄉᆞᆯ 쳔금을 구ᄒᆞ더이다 왕시 왈 이를 어ᄃᆡ ᄡᅳᄂᆞᆫ뇨 옥난 왈 부인이 이를 자시고 양부인 얼굴이 되샤 진공과 연후 노야를 속이시면 묘치 아니리잇가 왕시 대희ᄒᆞ여 만히 사가지고 진부로 오니 어시의 당부인이 진공과 연후형뎨를 보고 셔찰을 가져 슈말을 뎐ᄒᆞ니 공의 부ᄌᆡ 탄식 왈 셩샹이 비록 인명ᄒᆞ시나 후궁의 작난의 ᄉᆞᆺ디 아니〃 엇디 가셕디 아니리오 슈연이나 오가를 간대로 협박디 못ᄒᆞ려니와 왕시 패악ᄒᆞᆫ 계괴 궁진ᄒᆞ면 고이ᄒᆞᆫ 의ᄉᆡ ᄯᅩ 나리니 비록 당시와 ᄀᆞᆺ디 아니나 오부의 신샹의ᄂᆞᆫ ᄀᆞ장 환이 될디라 부인과 ᄋᆞᄌᆡ ᄀᆞ장 샹심ᄒᆞ여 슬피라 ᄒᆞ더라 오라디 아냐 왕시 도라오니 가듕이 후히 ᄃᆡ졉ᄒᆞ여 한셜

19면

을 ᄉᆞ식디 아니〃 왕시 또 ᄆᆞ음 펴 ᄃᆞᆫ니더니 듕츈 초오일은 진후의 탄일이라 진딘 이국 방물과 궁듕 내외 쥬육으로 헌하ᄒᆞ니 진후형뎨 일즉 구로지은을 싱각ᄒᆞ여 싱일을 당ᄒᆞ면 빅히 슬프니 쥬찬의 뜻이 업ᄉᆞᄃᆡ 공이 잇고 위의예 조촌 바를 폐치 못ᄒᆞ여 쇼쟉을 여러 존당 부모긔 올니고 모든 형뎨로 즐길 ᄉᆡ 진공이 술이 반감의 미처ᄂᆞᆫ 셜양이 인과 군쥬를 블너 갓가이 안티고 츄파를 흘녀 만좌 쇼년을 술펴 졔뉴의 특이ᄒᆞ믈 크게 두굿기니 셜시ᄂᆞᆫ 이때 이십셰라 블셔 ᄉᆞ ᄌᆞ를 나핫고 양시ᄂᆞᆫ 십팔이라 이 ᄌᆡ 잇고 빵으로 공후 명부의 복식을 ᄀᆞ초아 ᄌᆡ덕과 풍용이 일빵 명쥬오 두 숑이 뎐화로 샹ᄒᆞ 우렬을 아디 못ᄒᆞ고 군쥐 이때 복야부인이 되여 명부의 복식 분 아니라 군쥬의 긔질이 범인과 다ᄅᆞᆫ디라 당복과 위의 용화

20면

를 도아 만좌의 고은 비치 됴요ᄒᆞ니 이 삼 인의 식틱 문광이 승샹 ᄌᆞ손 칠십여 인 듕 특이ᄒᆞ고 일ᄃᆡ 무력ᄒᆞᆫ 듕 양시ᄂᆞᆫ 화란을 만히 디내여 ᄌᆡ봉ᄒᆞ매 친쳑의 경과 구고의 ᄆᆞ음이 각별 영힝ᄒᆞ믈 겸ᄒᆞ니 ᄌᆞ연 ᄉᆞ랑이 더어 승샹 부〃와 진공의 통우ᄒᆞᄂᆞᆫ 말숨과 익듕ᄒᆞᄂᆞᆫ 뜻이 믈결 솟 듯ᄒᆞ여 그 힝ᄉᆞ를 기리며 굿기믈 앗겨 죵일토록 즐기ᄂᆞᆫ 가온ᄃᆡ 양시 찬양ᄒᆞᄂᆞᆫ 셜홰 듯디 아닛ᄂᆞᆫ디라 왕시 좌의 이셔 이 거동을 보고 분ᄒᆞ믈 이긔디 못ᄒᆞ나 본ᄃᆡ 실업ᄉᆞᆫ 거시라 연후를 두리고 공을 써려 감히 말을 못ᄒᆞ고 입속의셔 슈욕이 근심ᄒᆞ더니 날이 져믈매 파연ᄒᆞ고 각 침의 도라갈 ᄉᆡ 연휘 믈너와 다시 반과를 ᄀᆞ초아 진후로 챵음ᄒᆞ여 대취ᄒᆞᆫ 후 ᄃᆞᄃᆡ여 듁셔루의 니ᄅᆞ니 양쇼져ᄂᆞᆫ 졍당의셔 뎨ᄉᆞ 쇼고로 더브러 당부인을 뫼셔 야화ᄒᆞ기로 도라오디

21면

못ᄒᆞ고 유ᄌᆡ 각〃 유모를 ᄯᆞᆯ와 협실의셔 방듕이 황연ᄒᆞ니 연휘 쥬긔 오로매 안셕을 의지ᄒᆞ여 누어시니 원샹궁이 겻틱 뫼셔 차를 ᄃᆡ후ᄒᆞ고 쥬후를 보호ᄒᆞ더니 왕시 때를 타 ᄀᆡ용단을 먹고 양시 얼굴이 되여 복식을 ᄀᆞᆺ치 ᄒᆞ고 뎐도히 쥬리를 ᄭᅳ어 듁누의 나아가니 원샹궁이 마자 왈 야심ᄒᆞ고 군휘 진취ᄒᆞ여 계시거ᄂᆞᆯ 부인이 엇디 도라오미 더ᄃᆡ시고 또 뫼신 사ᄅᆞᆷ이 업ᄉᆞ니잇고 왕시 소ᄅᆡ를 ᄂᆞ족이 ᄒᆞ여 왈 존괴 머므ᄅᆞ시니 수이 못오고 밧비 오노라 미처 초란 등을 ᄃᆞ리고 오디 못ᄒᆞ엿ᄂᆞ라 샹궁 왈 부인이 네

긔를 보디 아냐 게시냐 야힝의 무촉이어든 블힝이라 ᄒᆞ여시니 부인은 ᄎᆞ후 명심ᄒᆞ쇼셔 군후의 셩졍이 흔연ᄒᆞ신 가온대나 사름의 단쳐는 무심티 아니시니 무례히 넉이실가 두리ᄂᆞ이다 양

22면

시 거즛 온화히 ᄉᆞ샤ᄒᆞ고 예〃히 침상의 나아가니 연휘 대취ᄒᆞ여 손을 잡고 희롱ᄒᆞ여 우어 왈 우리 냥 인은 옥데 뎡ᄒᆞ신 ᄇᆡ위라 왕녀의 패려ᄒᆞ미 엇디 능히 간셥ᄒᆞ리오 인ᄒᆞ여 은근이 쳥ᄒᆞ여 침상의 나아가 은졍이 흡연ᄒᆞ니 왕시 연후를 젹년 ᄉᆞ모ᄒᆞ미 심ᄒᆞ여 이 계교로ᄡᅥ 금일 동침지락을 어드니 심듕의 환희ᄒᆞ여 부녀의 졍녈ᄒᆞᆫ 긔습을 다 일허시ᄃᆡ 휘 고이히 넉이나 취긔 미란ᄒᆞ여 ᄭᆡ돗디 못ᄒᆞ더니 이윽고 양시 블을 잡히고 여러 시녀로 더브러 이에 니ᄅᆞ니 야심ᄒᆞ므로 원샹궁이 ᄌᆞ긔 슉쇼로 도라가고 각 듕이 고요ᄒᆞ여 인젹이 젹〃ᄒᆞᆫᄃᆡ 침실의 블을 ᄭᅳ고 임의 댱을 지웟는지라 양시 의아ᄒᆞ여 촉을 가져 안샹의 노코 머리를 두루혀 연후를 보니 ᄌᆞ긔 금침의 일개 녀ᄌᆞ로 더브러 취몽이 깁헛는디라 블승경히ᄒᆞ여 즉시 촉을 들고

23면

당 밧긔 나와 ᄀᆞ만이 혜아리매 반ᄃᆞ시 별단 묘ᄆᆡᆨ이 잇는디라 명됴의 경식을 보고뎌 ᄒᆞᄃᆡ 듕야 삼경의 당마다 취침ᄒᆞ니 분주ᄒᆞ미 심히 블안ᄒᆞ나 마디 못ᄒᆞ여 초란으로 ᄒᆞ여곰 군쥬의 자며 ᄭᆡ여시믈 아라 오라 ᄒᆞ니 난이 즉시 도라와 군쥐 침소의 ᄀᆞᆺ 도라와 아딕 취침티 아냐시믈 고ᄒᆞᆫᄃᆡ 양시 즉시 월영각의 니ᄅᆞ니 군쥐 마자 왈 임의 야심ᄒᆞ거늘 형이 엇디 니ᄅᆞ러 계시뇨 양시 잠쇼 왈 쳡이 팀당의 도라오매 뇨젹ᄒᆞ미 심ᄒᆞᆫ 고로 이에 니ᄅᆞ러 다시 부인으로 야화코뎌 ᄒᆞ미라 군쥐 흔연이 깃거 좌를 뎡ᄒᆞ고 됴용이 말솜홀ᄉᆡ 양시 ᄉᆡᆨ긔 화평ᄒᆞ니 경히ᄒᆞᆫ 빗치 만면의 어ᄅᆡ여 왕〃이 미우를 ᄡᅵᆼ긔거늘 군쥐 문 왈 형이 쇼뎨를 ᄎᆞ자 니ᄅᆞ시니 동긔예 졍이나 ᄯᅩᄒᆞᆫ ᄉᆡᆼ각건ᄃᆡ 긔게 대취ᄒᆞ여 반ᄃᆞ시 신샹이

24면

블안홀 거시오 ᄯᅩ 외뎐의 나가디 아냐 듁누의 계신 즉 형이 공연이 ᄇᆞ리고 이에 니ᄅᆞ미 고이ᄒᆞᆫ디라 기간의 아니 연괴 잇ᄂᆞ니잇가 양시 본ᄃᆡ 군쥬의 졍대ᄒᆞ믈 아는디라

드듸여 드듸여 좌우를 츼오고 ᄎᆞ언을 뎐ᄒᆞ니 군쥐 경아 왈 기네 엇던 사ᄅᆞᆷ이러니잇고 양시 왈 쳡이 비례의 거동을 괄목ᄒᆞᆫ 줄 심혼이 다 니톄ᄒᆞ니 엇디 그 얼굴을 보아시리오 혜건ᄃᆡ 궁쳡의 뉜가 ᄒᆞᄂᆞ이다 군쥐 잠쇼 왈 가치 아니타 우리 형이 당초 나히 졈고 ᄋᆡᆨ운이 ᄀᆞ리여 당시를 비례로 ᄉᆞ모ᄒᆞ미 신뉘 되여시나 본ᄃᆡ 심디 구뎡 ᄀᆞᆺᄒᆞᆫ디라 허믈을 임의 고친 후 엇디 다시 녀ᄉᆡᆨ을 뉴렴ᄒᆞ여 ᄒᆞ믈며 남ᄋᆡ 방외예 잡된 일이 이시나 허다ᄒᆞᆫ 뎐각이 잇거ᄂᆞᆫ 엇디 형의 팀상의셔 이러틋 무례히 굴니오 만〃 밍낭ᄒᆞ니 반ᄃᆞ시 가간의 블

25면

녕재 거〃의 취ᄒᆞ믈 타 혼야의 묘ᄒᆞ히 쇽이미라 결단코 궁인이 아니리니 가히 닙극의 죵덕을 ᄎᆞ자 형의 의심을 플니이다 양시 유〃 브답이어ᄂᆞᆯ 군쥐 ᄌᆞ가 보모 최낭옥을 명ᄒᆞ여 긔린각의 가 왕부인을 청ᄒᆞ라 ᄒᆞ니 최샹궁이 시아를 드리고 긔린각의 가 왕시를 ᄎᆞ자 군쥬의 말을 뎐ᄒᆞ랴 ᄒᆞᆫ 즉 왕시 거쳬 업고 옥난 등이 말을 ᄭᅮ며 슈미를 다히디 못ᄒᆞ니 최샹궁이 도라와 왕시 간 곳이 업ᄉᆞ믈 고ᄒᆞᆫᄃᆡ 궁쥐 탄 왈 가ᄂᆡ예 요얼이 이럿틋 셩ᄒᆞ니 사ᄅᆞᆷ으로 ᄒᆞ여곰 븟그리오미 ᄂᆞᆺ 둘 ᄯᅡ히 업도다 양시 당쵸브터 왕시를 의심ᄒᆞ나 나타나디 아닌 일을 즈레 일ᄏᆞ르미 가티 아냐 궁녀로 지목ᄒᆞ더니 군쥬의 말을 듯고 안셔히 ᄃᆡ 왈 이 도시 군ᄌᆞ의 힝ᄉᆡ 편벽ᄒᆞ여 사ᄅᆞᆷ의 허믈을 닐위미라 부인은 뎌의 단쳐를

26면

의논치 마ᄅᆞ쇼셔 군쥐 탄식고 그ᅀᅳᆨ이 블열ᄒᆞ더라 챠셜 연휘 ᄃᆞᆰ이 울매 비록 취듕이나 신셩ᄒᆞ던 버ᄅᆞ시라 비로소 좀을 ᄭᅵ여 보니 가양시 오히려 침상의셔 니러날 ᄯᅳᆺ이 업ᄉᆞᆫ디라 연휘 우어 왈 부인이 젼일은 계명을 응ᄒᆞ여 소세ᄒᆞ고 신셩ᄒᆞ여 ᄒᆞ로도 ᄣᅢ를 어긔미 업고 ᄉᆡᆼ이 혹 틔만ᄒᆞ나 ᄂᆡᆼ안으로 묘시ᄒᆞ더니 금일은 엇딘고로 날이 ᄂᆞ즈ᄃᆡ 니디 아닛ᄂᆞ뇨 가양시 거즛 ᄃᆡᄒᆞᄃᆡ 작야의 존고를 뫼셔 야심 후 도라오니 신ᄉᆡ 곤뇌ᄒᆞ미라 군후의 됴쇼ᄒᆞ시믈 드ᄅᆞ니 참안ᄒᆞ이다 연휘 쇼 왈 우연히 희롱ᄒᆞ미니 부인은 노티 말고 평안이 됴리ᄒᆞ야 실셥디 말나 왕시 쳔만 교틱ᄒᆞ여 ᄃᆡ답ᄒᆞ니 연휘 그 셩음이 다ᄅᆞ믈 고이히 넉이나 뎨 임의 병들다 ᄒᆞ니 측감ᄒᆞ민가 넉이ᄃᆡ 언ᄉᆞ 동디 젼일 졍대홈과 ᄂᆡ도ᄒᆞ니 츄파를 흘녀 지삼

27면

슬피고 즐겨 아냐 니러나 소셰ᄒᆞ고 부모긔 문안ᄒᆞ니 블셔 졔수 졔믹와 모든 형뎨 다 명운뎐의 모닷더라 연휘 좌듕을 보니 양시 블셔 소장을 졍히ᄒᆞ고 뎨ᄉᆞ 쇼고로 항녈을 일워 부인을 뫼셔시니 ᄇᆰ은 용모ᄂᆞᆫ 옥남긔 구슬ᄭᅩᆺ치 상냥ᄒᆞᆫ 듯 졍뎡ᄒᆞᆫ 거동은 소월이 벽공의 한가ᄒᆞᆫ 듯 닋외의 병텰ᄒᆞ미 복듕의 ᄒᆞᆫ뎜 흐린 거시 업서 뵈니 작야의 통을 즐기고 텸미아요ᄒᆞ던 일을 ᄉᆡᆼ각ᄒᆞ매 젼후 두 사ᄅᆞᆷ ᄀᆞᆺ고 ᄒᆞ믈며 병들나 ᄒᆞ고 침상의 누엇더니 이에 블셔 니ᄅᆞ러시믈 의혹ᄒᆞ여 지삼 슉시ᄒᆞ니 좌듕이 무심ᄒᆞᄃᆡ 군쥬와 양시ᄂᆞᆫ 블셔 알고 심니 함쇼ᄒᆞ여 서로 도라보나 엇디 얼굴을 변ᄒᆞ야 양시 되여 뎌러ᄐᆞᆺ 작용ᄒᆞ믈 알니오 어두운 구석을 의지ᄒᆞ여 연후의 술이 미란ᄒᆞᆫ ᄯᅢ를 타 속이므로 아랏ᄂᆞᆫ디라 댱부

28면

인은 극히 영오ᄒᆞᆫ 녀ᄌᆞ라 연후와 양시 긔ᄉᆡᆨ을 고이히 넉여 믄득 무르ᄃᆡ 현은 작일 술이 취ᄒᆞᆫ 연괴냐 엇디 늣게야 니ᄅᆞ러시며 왕시ᄂᆞᆫ 무ᄉᆞ 일노 오디 아냣ᄂᆞ뇨 연휘 공슈샤 왈 젼일 혹 취ᄒᆞᆫ ᄯᅢ 아니 이시리잇가마ᄂᆞᆫ 사ᄅᆞᆷ이 ᄭᆡ와 문안이 늣디 아니터니 금일은 쇼ᄌᆡ 스ᄉᆞ로 ᄭᆡ여오매 이제야 니ᄅᆞ럿ᄂᆞ이다 졍언간의 원샹궁이 면ᄉᆡᆨ이 여토ᄒᆞ여 년망이 니ᄅᆞ러 진공긔 ᄃᆡ 궁듕의 큰 변이 이시니 쥬공긔 알외ᄂᆞ이다 공과 좌듕이 다 놀나 연고를 무ᄅᆞ니 원샹궁이 ᄃᆡ 왈 작일 비ᄌᆡ 듁셔루의셔 연후노야 취ᄒᆞ신 샹을 보호ᄒᆞ며 부인의 도라오시믈 ᄃᆡ후더니 야심 후 부인의 홀연 시녀도 업시 니ᄅᆞ러 계시거ᄂᆞᆯ 비ᄌᆡ 혹업시 야힝ᄒᆞ믈 간ᄒᆞᆫ 즉 유〃히 팀실노 드러가시매 비ᄌᆡ 믈너왓더니 앗가 초

29면

란 등의 말을 드ᄅᆞ니 양부인이 그ᄯᅢᄂᆞᆫ 졍당의셔 오디 아냐 계시다가 ᄀᆞ장 오란 후 시녀와 쵸롱으로 도라오샤 침실의 드러와 보시니 군휘 엇던 녀ᄌᆞ로 더브러 즘드러 계시매 인이 감히 머므디 못ᄒᆞ야 월영각의 가샤 밤을 디내시고 인ᄒᆞ여 신셩ᄒᆞ시다 ᄒᆞ니 비ᄌᆡ 듯고 놀나 밧비 듁누의 가 본 즉 양부인이 의연이 침상의 누어 계샤 병드러 신셩을 못ᄒᆞ노라 ᄒᆞ시니 텬하의 이런 요탄허망지ᄉᆡ 어ᄃᆡ 이시리잇고 진실노 진가를

아디 못ᄒᆞ여 감히 쥬공긔 알외ᄂᆞ이다 좌듕이 대경ᄒᆞᄃᆡ 홀노 요동치 아닛ᄂᆞᆫ 쟈ᄂᆞᆫ 공과 진양휘오 문챵군쥬와 양시 서로 보아 안ᄉᆡᆨ이 져상ᄒᆞ더라 반향 후 공이 진연 이 후를 나아오라 ᄒᆞ여 ᄀᆞᆯ오ᄃᆡ ᄎᆞᄉᆞ를 여등이 아디 못ᄒᆞᄂᆞᆫ다 진휘 계슈ᄃᆡ 왈 ᄌᆞ시 아니 못ᄒᆞ오ᄃᆡ 이 환슐의 조홴가 ᄒᆞᄂᆞ이

30면

다 연휘 신ᄉᆡᆨ이 ᄌᆡ빗 ᄀᆞᆺᄒᆞ여 ᄌᆡ비 왈 ᄎᆞᄂᆞᆫ 희ᄋᆞ의 무상ᄒᆞ믈 비로서 신샹의 욕이 이에 미ᄎᆞ니 옥셕을 분변ᄒᆞ여 죄쟈를 벌ᄒᆞ믈 마디 못ᄒᆞ리로소이다 공이 요두 왈 가티 아니코 가티 아니타 이 일이 원부의 통을 구ᄒᆞᄂᆞᆫ 일시 요망ᄒᆞᆫ 환슐이라 오ᄋᆡ 모ᄅᆞ미 관인ᄒᆞ기를 쥬ᄒᆞ여 사ᄅᆞᆷ의 허믈을 용셔ᄒᆞ여 보젼케 ᄒᆞ미 올ᄒᆞ니 네 만일 졔가의 화평ᄒᆞ고 공번된 즉 엇디 금일 거죄 이시리오 내 젼의 드ᄅᆞ니 외면단과 여의기용단이라 ᄒᆞᄂᆞᆫ 약이 도봉ᄌᆞ로 뎨명ᄒᆞ여 셰샹의 왕〃 잇다 ᄒᆞᄃᆡ 친히 보디 아냣더니 왕시 작난이 이 약을 어더 너를 속이민가 시브니 ᄯᅩᄒᆞᆫ 가쇠라 엇디 분노ᄒᆞ리오 연휘 심듕의 ᄂᆞ긔 블 ᄀᆞᆺᄒᆞᄃᆡ 야〃의 명을 거역디 못ᄒᆞ여 다시 말을 아니터니 공이 좌우로 왕시를 브ᄅᆞᄃᆡ 왕시 단약으로 연후를 속

31면

이고 인ᄒᆞ여 칭병ᄒᆞ여 듁누를 웅거ᄒᆞ여 양시 드러오나든 ᄭᆞ지저 믈니쳐 졍인을 요새라 지목ᄒᆞ고 요인이 졍인〃 톄 ᄒᆞ고뎌 ᄒᆞ므로 당듕을 ᄡᅥ나디 아니터니 홀연 공의 명을 듯고 강잉ᄒᆞ여 녕운뎐의 니ᄅᆞ니 샹하 노쇠 다 얼굴을 우러〃 우음을 ᄢᅴ여시니 왕시 스ᄉᆞ로 단약을 미더 담을 크게 ᄒᆞ고 나아와 양시를 보고 거ᄌᆞᆺ 희연ᄒᆞ여 좌우로 고변ᄒᆞ니 공이 명ᄒᆞ여 샹하의 ᄉᆞᆯ니고 졀칙 왈 네 황명으로 내 집의 드러와 삼년지ᄂᆡ의 과실이 만ᄒᆞᄃᆡ 족가ᄒᆞ미 업서 졔부 항녈의 두엇거ᄂᆞᆯ 무ᄉᆞᆷ 연고를 쳔고의 드믄 요술을 ᄒᆞ여 나의 가법을 어즈러이고 네 스ᄉᆞ로 금슈의 ᄒᆡᆼ실을 감슈ᄒᆞᄂᆞ뇨 만일 다시 이런 거죄 이시면 결단코 관셔티 아니리니 ᄲᆞᆯ니 본샹을 내고 슈졸ᄒᆞ여 허믈을 고치라 셜파의 시녀 십여인을 블너 계하의셔 엄히 힐문ᄒᆞ여 단약

32면

약의 출처를 ᄎᆞ즈니 모든 시녜 상담ᄒᆞ여 다 옥난의게 밀우니 난이 ᄯᅩ 왕시의게 밀위

여 금빅을 주며 사오라 ᄒᆞ므로 노쥬 분의예 거ᄉᆞ리디 못ᄒᆞ여 ᄀᆡ용단을 사 드리믈 고ᄒᆞ니 공이 연후로 ᄒᆞ여곰 왕태우긔 이 연유를 ᄌᆞ시 베퍼 글을 지어 가인을 ᄎᆡ뎡ᄒᆞ여 옥난을 맛뎌 왕부로 보내고 왕시를 외면단을 ᄎᆞ자 먹이니 왕시 약그릇슬 박ᄎᆞ고 어ᄌᆞ러이 통곡ᄒᆞ여 골오ᄃᆡ 쳡이 본ᄃᆡ 양시어늘 대인이 엇디 핍박ᄒᆞ여 왕시라 ᄒᆞ시ᄂᆞ뇨 왕네 젼브터 쳡을 싀긔ᄒᆞ다가 이런 요약을 먹고 내 얼굴이 되여 몬뎌 와시니 대인이 슬피디 아니시고 죵시 쳡을 왕네라 ᄒᆞ실딘ᄃᆡ 인눈이 그룻되미 이시리이다 공이 안셕 횡텸ᄒᆞ여 완이 쇼지ᄒᆞ고 부인을 도라보아 왈 텬하의 이런 일이 이셔 사ᄅᆞᆷ의 염치도 상ᄒᆞ미 심ᄒᆞ니 엇디 도로

33면

혀 놀나오리오 일당 가쇠로다 드ᄃᆡ여 녀ᄋᆞ로 ᄒᆞ여곰 다시 약을 나와 왕시를 먹여 임의 용믜 변작ᄒᆞ매 경긱의 구면목이 도라오니 좌위 다 입을 ᄀᆞ리오고 머리를 숙여 우음을 춤디 못ᄒᆞ고 연휘 졈〃 안식이 싁〃ᄒᆞ고 봉안이 몽농ᄒᆞ니 공이 좌우로 왕시를 붓드러 긔린각으로 도라보내고 연후를 ᄀᆡ유ᄒᆞ여 관인ᄒᆞ기로 경계ᄒᆞ니 대개 공이 ᄌᆞ유로 셩되 강엄ᄒᆞ고 이 국을 총졔ᄒᆞ여 군무를 겸ᄒᆞ니 므룻 샹벌이 엄듕ᄒᆞ미 ᄉᆞ싱을 결단ᄒᆞᄂᆞᆫ디라 연휘 유시브터 ᄌᆞ라기의 니ᄅᆞ히 눈의 닉이 본 배 사ᄅᆞᆷ 죽이기를 수이 알고 텬셩이 공을 만히 습ᄒᆞ여시므로 젼후 여러 인면 죽이믈 등한이 ᄒᆞᄂᆞᆫ디라 공이 스ᄉᆞ로 훈ᄌᆞᄒᆞ믈 관인이 못ᄒᆞᆫ가 뉘우처 집의 이셔ᄂᆞᆫ 화평ᄒᆞ믈 젼쥬ᄒᆞ여 연후의 왕시 증염ᄒᆞᄂᆞᆫ 거동이

34면

ᄯᅩ 반ᄃᆞ시 죽이고져 ᄒᆞ믈 슷치고 옥난을 형벌을 더으디 아냐 슌히 왕가로 보내고 관후ᄒᆞ므로ᄡᅥ 연후의 ᄆᆞ음을 프러 경계ᄒᆞ니 연휘 부친 ᄯᅳᆺ을 알고 깁히 감격ᄒᆞ여 샤례ᄒᆞ고 ᄉᆡᆼ각ᄒᆞ매 왕시ᄂᆞᆫ 블셔 죡가를 아니랴 ᄒᆞ거니와 양시 야심토록 침소를 ᄎᆞᆺ디 아냐 악인이 틈을 타게 ᄒᆞ고 ᄯᅩ 〈표연이 월영각으로 가〉 문안의 ᄌᆞ긔 거동을 보고 군쥬로 서로 보고 웃던 일을 ᄉᆡᆼ각ᄒᆞ매 참괴ᄒᆞ고 분노ᄒᆞ여 양시를 미온ᄒᆞ미 깁흐니 엇디 우읍디 아니리오 양시 좌의셔 이 광경을 보고 사ᄅᆞᆷ의 념치 이에 미ᄎᆞ믈 개탄ᄒᆞ고 왕시를 위ᄒᆞ여 붓그리더니 믄득 좌위 분〃ᄒᆞ여 념젼의 궁애 녕능후와 부풍후와 각노의 니ᄅᆞ믈 보ᄒᆞᄃᆡ 제 소년이 일시의 하당ᄒᆞ여 마자 좌뎡ᄒᆞ매 녕능휘 문 왈 앗가 드ᄅᆞ니

궁듕의 고이흔 일이 잇다 ᄒᆞ고 샹해 서로 뎐ᄒᆞ니 쇼뎨 등이 역시 경혹ᄒᆞ여 알고뎌

35면

니ᄅᆞᆺᄂᆞ이다 공이 웃고 젼후 슈말을 뎐ᄒᆞ니 삼 공이 대쇼 왈 이 일이 지극흔 원부의 궁진흔 계괴라 도로혀 잔잉ᄒᆞ니 형댱의 쳐지ᄒᆞ신 배 진실노 맛당ᄒᆞ시이다 부풍휘 또 우어 왈 우리 등이 텬하의 광거ᄒᆞ여 나히 ᄉᆞ십의 니ᄅᆞ러시ᄃᆡ 이런 고이흔 약을 듯디 못ᄒᆞ엿더니 진실노 이샹ᄒᆞ니 아디 못게라 그러톳 공교홀딘ᄃᆡ 나롯 만흔 남ᄌᆡ 먹어도 아리ᄯᅡ온 미인이 되ᄂᆞᆫ가 아디 못ᄒᆞ리로다 진공이 쇼 왈 현데 남ᄌᆡ 녀ᄌᆡ 되믈 무ᄅᆞ니 엇딘 ᄯᅳᆺ고 우리 형데 듕 슈염 만키 현데 웃듬이니 시험ᄒᆞ여 흔 그롯 맛보미 엇더ᄒᆞ뇨 녕능휘 박슬 대쇼 왈 ᄎᆞ형의 맛당ᄒᆞ시니 이제 반ᄃᆞ시 왕시긔 남은 약이 이시리니 어더다가 ᄉᆞ데 소원을 일우미 올토다 풍휘 쇼 왈 뎌 약의 공교ᄒᆞ고 요괴로오믈 니ᄅᆞ미 어늘 이 형이 엇디

36면

이대도록 쇼뎨를 긔롱ᄒᆞ시ᄂᆞ뇨 공 왈 됴흔 말이 만커ᄂᆞᆯ 네 홀노 당부의 몸으로셔 남ᄌᆡ 녀ᄌᆡ 되믈 무ᄅᆞᄃᆡ 슈염이 만흐며 젹으믈 무ᄅᆞ니 우형이 엇디 웃디 아니리오 부풍휘 역쇼 무언이러니 녕능휘 ᄀᆞᆯ오ᄃᆡ 현이 양시로 금슬이 듕ᄒᆞ믈 알니로다 왕시 비록 변형ᄒᆞ여 드러가신들 능히 ᄯᅳᆺ 맛치미 이 ᄀᆞᆺ흐리오 연후의 손을 잡고 우어 왈 네 혈긔 미령흔 ᄋᆞ비로 쥬ᄉᆡᆨ을 삼가디 아니미 여ᄎᆞᄒᆞ니 우슉은 왕시의 일도곤 너의 신샹을 념녀ᄒᆞᄂᆞ니 네 이제도 녀ᄉᆡᆨ을 먼니 ᄒᆞ노라 고담대언으로 ᄒᆞ여 우슉을 속일다 연휘 복슈 ᄃᆡ 왈 쇼딜이 비록 용우ᄒᆞ오나 몸이 남ᄌᆡ 되여 쳐ᄌᆞ ᄃᆡ졉의 슉부의 념녀ᄒᆞ시믈 닐위리잇가 졔공이 우 쇼 왈 당〃흔 남일ᄉᆞ록 쥬ᄉᆡᆨ의 샹ᄒᆞ면 부형의 념네 엇디 젹으리오 양시ᄂᆞᆫ 모ᄅᆞ미 딜ᄋᆞ를 절칙

37면

ᄒᆞ여 먼니 거졀ᄒᆞ고 용납디 말나 진공이 쇼 왈 삼데 ᄆᆡ양 연쇼지심이 이셔 돈슉의 톄면이 샹ᄒᆞ믈 ᄉᆡᆼ각디 아닛ᄂᆞᆫ도다 녕능휘 답쇼 왈 이ᄂᆞᆫ 희롱이 아니라 딜ᄋᆞ의 신샹을 념여ᄒᆞᄂᆞᆫ 말이어ᄂᆞᆯ 형이 쇼새히 넉이시니 도로혀 민망ᄒᆞ이다 셜파의 서로 환쇼ᄒᆞ믈 마디 아니〃 졔공의 뉴슈지언과 화흔 빗치 일실의 됴요ᄒᆞ니 샹하인이 흠앙ᄒᆞ믈 마디

아니ᄒᆞ더라 날이 느ᄌᆞ매 공이 모든 아ᄋᆞ와 졔ᄌᆞ를 거ᄂᆞ려 샹부로 나아가니 연휘 ᄇᆡ야흐로 침소의 니ᄅᆞ러 노긔 표동ᄒᆞ여 상샹의 단좌ᄒᆞ여시니 ᄋᆞ직 겻희 가 야〃를 브ᄅᆞ나 도라보미 업고 부인이 니ᄅᆞᄃᆡ 눈을 드디 아닛ᄂᆞᆫ디라 쇼졔 ᄯᅩᄒᆞᆫ 안심티 아니케 넉여 ᄒᆞᆫᄀᆞ의 묵연이 안잣더니 연휘 홀연 문을 열고 소ᄅᆡ를 놉혀 궁관과 ᄉᆞ예를 브ᄅᆞ라 ᄒᆞ니 슈유의 계하

38면

의 모드매 블근 곤댱과 흰 매를 헤치고 양부인 심복 시녀 연경등 십여 인을 잡아 ᄂᆞ리와 수죄ᄒᆞᄃᆡ 부인의 녜되 야힝의 촉을 잡고 무고히 당의 노리디 아니므로 ᄇᆡᆨ희 오히려 죽기를 감심ᄒᆞ고 블을 피티 아냐거ᄂᆞᆯ 네 부인이 혼야의 분주ᄒᆞ여 당을 뷔오고 간인의 쇠를 도아 날노뼈 우음의 밋기를 삼아 ᄇᆡᆨ안묘시ᄒᆞ니 엇디 여힝을 알미리오 몬뎌 그 죄를 다ᄉᆞ리ᄂᆞ니 좌우ᄂᆞᆫ 날을 위ᄒᆞ여 쾌히 뎌 무리를 치라 말노조차 호령이 뇌뎡 ᄀᆞᆺ흐니 시뇌 감히 틔만티 못ᄒᆞ여 일시의 결박ᄒᆞ고 형벌을 더으매 영휘 봉안을 놉히 ᄯᅳ고 안모의 엄슉ᄒᆞ미 삼동 삭풍이 빙셜을 부ᄂᆞᆫ 듯 매마다 고찰ᄒᆞ니 원샹궁이 구셜노 프디 못ᄒᆞᆫ 줄 알고 쎌니 진후긔 고ᄒᆞᆯ대 진휘 니ᄅᆞ러 말닐 ᄉᆞ이 블셔 수십댱 마자 뉴혈이 님니

39면

ᄒᆞ고 피육이 후란ᄒᆞ니 진후 좌우를 ᄭᅮ지저 믈니치고 연후를 졀칙 왈 너의 힝식 궤비ᄒᆞ고 블통ᄒᆞ니 군ᄌᆞ의 졔가지되 아니라 양누의 침소 ᄎᆞᄌᆞ미 더ᄃᆡ믄 블과 모부인 권익ᄒᆞ시믈 인ᄒᆞ미니 엇디 네 왕시긔 속을 줄 미리 아라 겨시리오 ᄉᆞᄉᆞ로 블명ᄒᆞ여 일실의 진가를 아디 못ᄒᆞ고 ᄋᆞ녀ᄌᆞ의게 속은 배 되여 무죄ᄒᆞᆫ 시녀를 졍실의 죄로 형댱ᄒᆞ니 이 무슨 녜졀이뇨 연휘 샤례ᄒᆞ여 그릇ᄒᆞ믈 일ᄏᆞᆺ더라 진휘 도라가매 연휘 다시 말을 아니코 상샹의 누어 미온ᄒᆞ믈 프디 아니〃 양시 숑연ᄒᆞ여 감히 갓가이 뵈디 못ᄒᆞ더니 이러구러 수일이 디나매 연후의 ᄉᆞ긔 일양 엄슉ᄒᆞ니 양쇼졔 혼뎡ᄒᆞ고 도라온 즉 연휘 블셔 방듕의셔 문을 안흐로 걸고 인젹이 고요ᄒᆞ여 양시 들기를 용납디 아니〃 쇼졔 수삼일ᄀᆞ디ᄂᆞᆫ 난간 안희셔

40면

쵹을 볽히고 경야ᄒᆞ여 노ᄒᆞᆫ는 빗도 업고 고이히 넉임도 업서 믁〃히 이셔 새벽의 연휘 니러 쵹을 혀고 소세홀 ᄯᅢ의 가연이 드러와 의복을 골고 또ᄒᆞᆫ 신셩ᄒᆞ니 궁듕이 다 아디 못ᄒᆞ더니 쟝춧 십여일의 미처는 원샹궁이 쇼져의 약질이 샹홀가 두려 권ᄒᆞ히ᄒᆞ여 왈 군휘 스ᄉᆞ로 사름 ᄂᆡ적이속으시고 도로혀 부인의 탓만 넉이시니 무단키 심ᄒᆞᆫ디라 가당의 일이나 그른 일을 슌ᄒᆞ여 부모 주신 유톄를 샹ᄒᆞ오미 가티 아니〃 군후의 노긔 프ᄅᆞ실 동안 별당의 머므샤 신샹을 됴보ᄒᆞ쇼셔 양시 날호여 답왈 쳡이 부도를 일허 샹공의 칙이 이시니 어이 무단ᄒᆞ리오 오날이 ᄎᆞ디 아니코 옥난쥬탐 ᄉᆞ이예 명쵹을 ᄃᆡᄒᆞ여 한가히 이시니 금〃 요셕의 즘자기의셔 도로혀 편ᄒᆞᆫ디라 궁희는 념녀를 과히 말나 원샹궁이 그 견고ᄒᆞ믈 칭복ᄒᆞ여

41면

이ᄯᅢ 양시 당ᄌᆞ 운망이 오 세라 영민ᄒᆞ미 과인ᄒᆞ더니 겻ᄒᆞ셔 문답을 듯고 연후의게 고ᄒᆞᄃᆡ 모친이 원샹궁ᄃᆞ려 앗가 니ᄅᆞ시ᄃᆡ 방듕의셔 금침 펴고 자기는 편티 아니ᄃᆡ 난간의셔 디ᄂᆡ기는 편ᄒᆞ여라 ᄒᆞ시더이다 연휘 두미를 아디 못ᄒᆞᄃᆡ 부인이 ᄌᆞ가를 역경ᄒᆞ여 원망ᄒᆞᆫ는 말인가 더옥 노ᄒᆞ고 뮈이 넉이더니 당부인이 연후의 일을 듯고 좌위 됴용ᄒᆞᆫ ᄯᅢ를 타 연후를 블너 탄식 왈 셕년의 션비 귀텬ᄒᆞ실 ᄯᅢ를 당ᄒᆞ여 네 나히 겨오 뉵세라 ᄌᆞ녀 가온ᄃᆡ 특별이 너의 호탕ᄒᆞ믈 념녀ᄒᆞ샤 내게 탁고ᄒᆞ샤 금슬의 마댱을 제어ᄒᆞ고 졍도로 인도ᄒᆞ라 ᄒᆞ시더니 사름이 미ᄒᆞ여 소탁을 져ᄇᆞ려 너히 부〃로 ᄒᆞ여곰 일ᄃᆡ의 희한ᄒᆞᆫ 환난을 격고 이제 겨요 평안ᄒᆞᆫ 시절을 어드니 동고의 낙과 금슬의 화를 기리 누릴 거시어늘

42면

엇딘 고로 죵풍챠미의 일이 니러나 온슌ᄒᆞ믈 업슈이 넉이고 현텰ᄒᆞ믈 업눌너 밤마다 당밧긔 내치니 이 엇딘 뜻이뇨 당초 ᄉᆞ단이 비로스미 나의 양시를 머므러 야화코뎌 ᄒᆞ므로 왕시 틈을 타시니 허믈이 내게 잇고 양시긔 잇디 아닌디라 ᄒᆡ오는 ᄉᆡᆼ각ᄒᆞ여 보라 연휘 년망이 계상 빅샤ᄒᆞ고 또ᄒᆞᆫ 감동ᄒᆞ여 쳑연 빅샤 왈 블쵸ᄋᆡ 무상ᄒᆞ와 능히 인ᄌᆞ의 도를 닥디 못ᄒᆞ고 도로혀 ᄌᆞ교의 이 깃흐시믈 닐위오니 유명간의 득죄ᄒᆞ미 듕ᄒᆞᆫ디라 어ᄂᆞ 면목으로 텬하의 셔리잇고 양시는 그 쳐신의 쇼ᄌᆞ의 뜻의 어긘 고로

칙ᄒᆞ고뎌 ᄒᆞᄃᆡ 뎨 환난 여싱으로 겨요 지봉ᄒᆞ매 박졀ᄒᆞ미 인졍이 아닌 고로 다만 문을 다〃 서로 보디 아냐 피ᄎᆞ의 ᄆᆞ음을 편히ᄒᆞ매 양시 ᄯᅩᄒᆞᆫ 쇼ᄌᆞ의 사오나온 거동을 아니 보믈 깃거 스ᄉᆞ로 즐겨ᄒᆞ미 사름

43면

을 향ᄒᆞ여 춤디 못ᄒᆞ오니 동풍ᄎᆞᄆᆡ란 말ᄉᆞᆷ은 의윈가 ᄒᆞᄂᆞ이ᄃᆞ 슈연이나 명괴 이 ᄀᆞᆺ흐시니 엇디 다시 블호ᄒᆞ미 이시리잇고 부인이 ᄌᆡ삼 권유 왈 양시 ᄉᆞ덕이 옥ᄀᆞᆺ고 빅힝이 어름ᄀᆞᆺ흐
니 진실노 규각의 녀ᄉᆡ라 뉴문이 여경이오 너의 쾌ᄒᆞᆫ 복이니 샹공이 듕히 넉이는 배오 나의 여론 ᄌᆡ덕으로 고뫼 되믈 붓그려ᄒᆞᄂᆞ니 졍히 니론 바 부믜 ᄉᆞ랑ᄒᆞ면 견마의 니ᄅᆞ히 후히 ᄒᆞ고 아들이 기쳐를 박ᄃᆡᄒᆞ다가도 부뫼 왈 날을 잘 셤긴다 ᄒᆞᆫ 즉 아들이 죵신토록 경ᄃᆡᄒᆞ여 쇠티 말나 ᄒᆞ니 네 ᄋᆞ부와 본ᄃᆡ 듕경이 업다가 그 덕의를 셤복ᄒᆞ여 공경ᄒᆞ미 되여시나 이제 됴용이 모든 ᄣᅢ 공연ᄒᆞᆫ 치칙이 이시니 내 혹이 두려ᄒᆞᄂᆞᆫ 근심이라 연휘 눈믈을 먹음고 ᄉᆞ려 주 왈 ᄌᆞ괴 지졍 혈심으로 발ᄒᆞ시니 히ᄋᆡ 셕목이 아니오라 엇디 봉힝티 아니리

44면

잇고 젼일을 나히 졈고 ᄆᆞ음을 텽티 못ᄒᆞ와 그러툿 ᄒᆞ오나 본ᄃᆡ 뎌의 현미ᄒᆞ믈 알고 ᄒᆞ믈녀 냥 ᄌᆞ의 듕ᄒᆞ미 이시니 엇디 져ᄇᆞ리〃잇고 다만 쳐지 비록 긔특ᄒᆞ나 당뷔 일양 츄존ᄒᆞ여 밧들미 가티 아니ᄒᆞ오니 이 역시 듕ᄃᆡᄒᆞ므로 이 거죄 잇ᄉᆞᆸᄂᆞᆫ디라 모친은 의려티 마ᄅᆞ시믈 원ᄒᆞᄂᆞ이다 부인이 ᄇᆞ야흐로 연후의 진졍을 보고 관심ᄒᆞ더라 연휘 믈너 듁누의 니ᄅᆞ매 양시 여러 날이 되ᄃᆡ 연후의 뇌 ᄑᆞ디 아니믈 보고 심하의 ᄯᅩᄒᆞᆫ 블열ᄒᆞ여 ᄎᆞ후 난간 안히 병당을 두로고 거쳐ᄒᆞ여 다시 방듕의 좌쳐를 드ᄃᆡ디 아니코 죵일토록 이셔도 말을 아냐 구고긔 문안ᄒᆞ고 뎨ᄉᆞ 쇼고를 ᄃᆡᄒᆞ매 양츈 화긔로 담쇠 ᄌᆞ약ᄒᆞ다가도 연후를 본 ᄃᆞᆺ 입을 닷고 ᄂᆞᆺ빗출 거두어 ᄆᆡᆨ〃히 안자시니 연휘 ᄯᅩᄒᆞᆫ 지긔ᄒᆞ고 말을 아니터니 부인 훈교를 감동ᄒᆞ

45면

여 ᄆᆞ음을 플고 이날 침소의셔 ᄋᆞᄌᆞ 운망ᄃᆞ려 니ᄅᆞᄃᆡ 내 니를 말이 이시ᄃᆡ 네 어미

날을 피ᄒᆞ여 얼굴을 뵈디 아니〃 네 이 뜻을 뎐ᄒᆞ라 운망이 ᄀᆞ장 깃거 급히 양시긔 가 고ᄒᆞ니 양시 드른 톄 아니ᄒᆞ고 난간을 지혀 념젼의 잉무 깃드리믈 보거ᄂᆞᆯ ᄋᆞ지 여러번 ᄃᆞᄅᆡ여 왈 부친이 청ᄒᆞ시니 어이 아니 가시ᄂᆞ니잇가 양시 ᄋᆞᄌᆞ의 지리히 글믈뮈이 넉여 눈을 흘긔고 손으로 밀텨 왈 요망ᄒᆞᆫ 아ᄒᆡ 어즈러이 구ᄂᆞ뇨 셜파의 아ᄒᆡ 유모ᄅᆞᆯ 블너 ᄃᆞ려가라 ᄒᆞ니 운망이 모친의 ᄆᆡ몰ᄒᆞ믈 보고 부친 죄ᄅᆞᆯ 내게 쓰신다 ᄒᆞ고 우니 연휘 ᄇᆡ야흐로 부인을 기ᄃᆞ리더니 ᄋᆞᄌᆞ의 우름을 조차 그 말을 드ᄅᆞ매 부인이 ᄌᆞ가ᄅᆞᆯ 깁히 ᄒᆞᆫᄒᆞ믈 알고 모ᄅᆞᄂᆞᆫ 톄ᄒᆞ여 상샹의 누엇더니 원샹궁을 블너 닐오ᄃᆡ 양시 듕야의 하당ᄒᆞ여 분주ᄒᆞ고 가부ᄅᆞᆯ 멸시ᄒᆞ니 다ᄉᆞ릴 줄을 모ᄅᆞᄂᆞᆫ 거시 아니로ᄃᆡ

46면

모친이 경계ᄒᆞ시ᄂᆞᆫ 명이 계시매 ᄋᆞᄌᆞ로 브ᄅᆞᄃᆡ 드러오미 업고 도로혀 블경ᄒᆞᆫ 거조ᄅᆞᆯ ᄒᆞ니 진실로 날과 항거코뎌 ᄒᆞᆯ딘대 나의 쳐ᄌᆡ로라 ᄒᆞ여 이 가ᄂᆡ의 이시리오 ᄲᆞᆯ니 양가로 도라가 뉴ᄉᆡᆼ과 의ᄅᆞᆯ 슷ᄎᆞ라 뎐ᄒᆞᆯ디어다 원샹궁이 웃고 왈 부인이 본ᄃᆡ 유슌ᄒᆞ시고 사ᄅᆞᆷ의게 지기ᄅᆞᆯ 슝상ᄒᆞ시니 엇디 항거ᄒᆞ실 뜻이 계시리오 드ᄃᆡ여 양시ᄅᆞᆯ 보고 후의 말을 뎐ᄒᆞ니 양시 아미ᄅᆞᆯ ᄂᆞ죽이 ᄒᆞ고 말을 아니커ᄂᆞᆯ 원샹궁이 ᄀᆞᆯ오ᄃᆡ 부인이 ᄯᅩᄒᆞᆫ 군후의 셩졍은 아ᄅᆞ시리니 샹힐티 마르시고 졍ᄒᆞ시ᄂᆞᆫ ᄯᅢ 나아가 화평ᄒᆞ믈 취ᄒᆞ쇼셔 양시 안셔히 ᄃᆡ 왈 쳡의 명되 긔구ᄒᆞ니 검하의 죽은들 현마 엇디ᄒᆞ리오 죄 이시매 죽이미 당부의 쾌ᄉᆡ라 일ᄉᆡᆼ일ᄉᆞᄂᆞᆫ 고금의 면티 못ᄒᆞᆯ 배니 출하리 군ᄌᆞ의 손의

47면

죽어 샹공의 위풍을 빗내게 ᄒᆞ리니 ᄉᆞᄉᆡᆼ의 앗가오며 두리미 업ᄉᆞᆫ디라 어ᄂᆞ 면목으로 군ᄌᆞ긔 뵈오리오 죽기ᄅᆞᆯ ᄯᆞᄅᆞᆷ이라 셜파의 안ᄉᆡᆨ의 ᄂᆡᆼ담ᄒᆞ고 츄패 ᄀᆞᄂᆞ라 말ᄉᆞᆷ의 뜻이 업ᄉᆞ니 원샹궁이 역시 츄연ᄒᆞ여 ᄌᆡ삼 ᄒᆡ위ᄒᆞ더니 연휘 그 더ᄃᆡ믈 보고 몸을 니러 지게 ᄉᆞ이의 셔〃 뎌의 문답을 듯고 깁히 노ᄒᆞ믈 아라 고요히 안자 원샹궁의 오믈 기ᄃᆞ리더니 샹궁이 부인의 죵시 움즉일 뜻이 업ᄉᆞ믈 보고 마디 못ᄒᆞ여 드러와 연후의게 고ᄒᆞᄃᆡ 부인이 시방 문안 가시ᄂᆞᆫ 고로 날호여 군후의 명을 밧들녀 ᄒᆞ시더이다 연휘 잠간 웃고 다시 청티 아니터라 이날 져녁의 구고긔 문안ᄒᆞ고 미처 오디 아냐 연휘 난간의 두른 병댱을 다 거두어 앗고 그 곳의 누어시니 양시 니ᄅᆞ러 뎌 거동을 보고 거름을 머추워 잠간 쥬뎌ᄒᆞ다가 방듕의 드러가 ᄒᆞᆫ ᄀᆞ의 안

48면

즈니 연휘 쏘흔 드러오디 아니코 밧그로 나가더라 인ᄒᆞ여 외뎐의셔 뉵칠 일을 형뎨 환낙ᄒᆞ더니 일〃은 아츰 문안을 파ᄒᆞ고 뉵누의 나ᄅᆞ러 부인을 보니 양시 안싀이 뎡〃ᄒᆞ고 ᄉᆞ긔 안상ᄒᆞ여 말이 업거ᄂᆞᆯ 연휘 ᄇᆡ야흐로 뎡식 단좌ᄒᆞ여 소ᄅᆡ를 놉혀 ᄀᆞᆯ오ᄃᆡ 복의 심듕 소회를 ᄌᆞ의게 니ᄅᆞ고뎌 ᄒᆞ나 ᄌᆡ복을 흔ᄒᆞ미 구슈의 치부ᄒᆞ니 감히 베프디 못ᄒᆞ고 용녈ᄒᆞ기 심ᄒᆞ니 금일 능히 거두어 용납ᄒᆞ미 이시랴 부인이 하상 념임이ᄃᆡ 왈 쳡이 녀ᄌᆞ의 덕힝이 업서 부ᄌᆞ의 칙ᄒᆞ시미 이에 밋ᄎᆞ시니 당〃이 만ᄉᆡ라도 쇽디 못ᄒᆞᆯ디라 하면목으로 군후를 보오리오 당부의 졔가ᄒᆞᄂᆞᆫ 도리 국쇽ᄒᆞ여 울결ᄒᆞ시미 업슬 거시로ᄃᆡ 이ᄀᆞᆺ치 블평ᄒᆞ시미 계시거든 쾌히 흔번 다ᄉᆞ려 의려치 마ᄅᆞ시믈 원ᄒᆞᄂᆞ이다 연휘 뎌의 화흔 소ᄅᆡ와 뎡

49면

〃흔 빗출 보매 미온ᄒᆞ미 츈셜 ᄀᆞᄐᆞ나 날호여 ᄀᆞᆯ오ᄃᆡ 부인의 유슌흔 거동이 싱을 됴롱ᄒᆞ여 은악냥션ᄒᆞ미라 왕망의 겸공ᄒᆞ미 평뎨의 환이 젹으리오 싱을 원ᄒᆞ미 구슈의 더으니 ᄃᆡ언을 흔번 베퍼 죽기를 감심ᄒᆞ리라 져젹의 부인이 심야의 시녀를 거ᄂᆞ려 당하의 분주ᄒᆞ며 내 간인의게 속으믈 안도ᄒᆞᄃᆡ 닐너 ᄭᆡ둣게 아니ᄒᆞ고 타인의게 창누ᄒᆞ여 비쇼ᄒᆞ니 이 엇디 부인 녀ᄌᆞ의 지아비 셤기ᄂᆞᆫ 도리〃오 원샹궁의 명빅히 젹발홈 곳 아니면 뎔노ᄡᅧ 부인이라 ᄒᆞ여 긴 날의 속이미 깁흘디니 나의 혼암블명ᄒᆞ미 일셰의 거두ᄒᆞ미 참괴ᄒᆞ믈 니ᄅᆞ도 말고 부인이 날노ᄡᅧ 어린 사름을 ᄆᆡᆫᄃᆞ라 치쇼의 근본을 삼고 무슨 쾌ᄒᆞ미 이셔 ᄌᆞ득ᄒᆞ여 날을 빅안으로 비쇼ᄒᆞ리오 싱이 블승통히ᄒᆞ여 그 허믈을 십분의 일을 칙ᄒᆞ매

50면

도로혀 원망ᄒᆞᄂᆞᆫ ᄉᆞ싀과 블평흔 말노 싱을 공치ᄒᆞ니 부녀의 뎡슌흔 힝ᄉᆡ 이신 즉 이 ᄀᆞᆺ티 무례ᄒᆞ여 나의 ᄇᆞᄅᆞ믈 응티 아니코 싱을 뮈워ᄒᆞᄂᆞᆫ ᄆᆞ음으로 ᄋᆞᄌᆞ를 구타ᄒᆞ니 싱은 본ᄃᆡ 부인긔 유졍흔 가뷔 아니므로 ᄌᆞ당 감쉬어니와 당녀를 내 죽이믄 그 죄를 인ᄒᆞ미러니 부인이 스ᄉᆞ로 뎌 무리되고뎌 ᄒᆞ니 쏘 고이흔디라 죽기를 진뎡으로 원흘딘ᄃᆡ 쏘 무어시 어려오리오 한뮈 구익부인을 무죄히 죽이ᄃᆡ 쇼뎨 무뎨를 원슈로 아

디 아냣ᄂᆞ니 내 셜사 그ᄃᆡ를 죽이나 냥의 날을 ᄇᆞ리디 아니리니 심ᄉᆞ를 ᄇᆰ이 니ᄅᆞ라 양시 겁박ᄒᆞ여 결칙ᄒᆞᄂᆞᆫ 말을 드ᄅᆞ니 심한골경ᄒᆞ고 ᄯᅩ 블안ᄒᆞ여 무빈을 ᄂᆞ초아 ᄃᆡ언이 업ᄉᆞ니 연휘 숙시 냥구의 ᄀᆞᆯ오ᄃᆡ 싱의 말이 족이 ᄃᆡ답ᄒᆞ염즉디 아니ᄒᆞ미냐 블승황괴ᄒᆞ니 욕ᄉᆞ무디로다 양쇼제 마디

51면

못ᄒᆞ여 ᄀᆞᆯ오ᄃᆡ 쳡이 한미ᄒᆞᆫ 문호의 교훈이 업시 싱댱ᄒᆞ여 ᄉᆞ덕을 아디 못ᄒᆞ나 삼죵을 ᄃᆡ희여 거의 큰 허믈을 면ᄒᆞᆯ가 ᄒᆞ더니 득죄ᄒᆞ미 이ᄀᆞᆺ치 듕ᄒᆞ여 인뉸의 용납디 못ᄒᆞ게 칙ᄒᆞ시니 일즉은 참괴ᄒᆞ고 일즉은 황공ᄒᆞᆫ디라 엇디 감히 한셜을 베퍼 당돌ᄒᆞᆫ 죄를 더으리잇고 다만 소회를 무ᄅᆞ시니 죽기를 무릅ᄡᅥ 원민ᄒᆞ믈 고ᄒᆞᄂᆞᆫ 바ᄂᆞᆫ 군휘 ᄒᆞ나흘 알고 둘흔 아디 못ᄒᆞ미 잇ᄂᆞᆫ디라 녀직 힝실을 쳔누히 ᄒᆞ여 당하의 분주ᄒᆞᆷ은 규힝이 아니어니와 쳡이 임의 군의 졔수 졔믹로 더브러 졍당의 시봉ᄒᆞ여 존괴 취팀ᄒᆞ시믈 기ᄃᆞ려 ᄉᆞ실의 믈너오미 그ᄯᅢ 녜를 다ᄒᆞ미오 밋 도라오매 군휘 녀ᄌᆞ로 더브러 동팀의 취몽이 깁허시니 쳡이 눈의 ᄒᆞᆫ번 보미 블힝커ᄂᆞᆯ 이에 비례를 강잉ᄒᆞ여 군후의 취ᄒᆞᆫ 좀을 ᄭᆡ오

52면

리오 임의 군후와 뎌 녀지 ᄭᆡ디 못ᄒᆞᆫ 즉 쳡이 ᄯᅩᄒᆞᆫ 머믈 곳이 아니〃 형세 만분 민면ᄒᆞ여 월영각의 가니 군쥐 의혹ᄒᆞ여 연고를 무ᄅᆞ실 ᄉᆡ 쳡은 군ᄌᆞ긔 외인이어니와 골육동긔지간의 은휘ᄒᆞᆯ 말이 업ᄉᆞᆯ 거시오 ᄒᆞ믈며 ᄎᆞ식 혼자 둣덥허 그만 ᄒᆞᆯ 일이 아니라 군쥬긔 마디 못 곡졀을 베푸미 군후의 허믈을 챵누코뎌 ᄒᆞ미 아니오 서로 차악ᄒᆞᆫ ᄯᅳᆺ이니 엇디 비쇼ᄒᆞ미 이시리오 왕시 명문지녀로 황명을 ᄆᆡ여 도라와 군후의 뎍거부뷔 되니 뎌의 힝ᄉᆡ 비록 궤비ᄒᆞᄂᆞ 스ᄉᆞ로 욕될 ᄯᆞᄅᆞᆷ이오 군후긔 해로오미 업거ᄂᆞᆯ 큰변을 만난 사ᄅᆞᆷ ᄀᆞᆺ흐실 분 아냐 군후의 부〃 두 사ᄅᆞᆷ이 서로 속이며 속ᄂᆞᆫ ᄉᆞ이의 허믈이 쳡의게 도라와 그 소를 평안이 득디 못ᄒᆞ게 ᄒᆞ시니 본ᄃᆡ 군ᄌᆞ의 가듕이오 쳡이 군후의 슈해니 출하리

53면

내치고 죽일디언뎡 사ᄅᆞᆷ 박멸ᄒᆞ미 이 디경의 미ᄎᆞ리오 쳡이 비록 용우ᄒᆞᆫ 구고와 부

모의 명으로 결발 뉵칠 년의 칠거를 범티 아냐고 강상의 죄를 엇디 아냐거놀 거취와 스싱을 반당ᄀᆞᆺ치 ᄒᆞ시니 인졍이 엇디 구ᄐᆞ여 즐거오리잇고 연휘 뎌의 졀당ᄒᆞᆫ 말슴을 드ᄅᆞ매 늬괴ᄒᆞ미 업디 아냐 안ᄉᆡᆨ을 고쳐 위로 왈 ᄉᆡᆼ이 부인의 일을 모ᄅᆞᄂᆞᆫ 거시 아니로ᄃᆡ 시운이 블니ᄒᆞ고 왕녀의 작변이 여ᄎᆞᄒᆞᄃᆡ 부인이 다만 몸을 ᄲᆡ혀 도라가 ᄒᆞᆫ갓 부녀의 뎍국 두흔ᄒᆞᄂᆞᆫ 덕을 크게 넉이고 가뷔 요슐의 ᄲᆡ뎌 몸이 샹ᄒᆞ믈 됴곰도 념녀치 아니〃 이ᄂᆞᆫ 홀노 도지기일이오 미지기이 아니냐 ᄉᆡᆼ이 평일 부인 알오믈 놉흔 스싱과 익우의 셩ᄉᆞ로 알미니 만일 용샹ᄒᆞᆫ 녀ᄌᆡ 면 칙망이 ᄯᅩ 이 ᄀᆞᆺ디 아닐디라 부인은 깁히 ᄒᆞᆫ티 말나 양시 명모롤 ᄂᆞ초고 깁히 손샤ᄒᆞ고 다시

54면

한셜이 업ᄉᆞ니 연휘 그 유한팀뎡ᄒᆞ믈 탄복ᄒᆞ여 은졍이 새로오ᄃᆡ 양시 밤이 깁흐나 침상의 나아가디 아니〃 궁인이 드러와 침금을 포셜ᄒᆞᆯᄉᆡ 쇼졔 눈으로 초란을 보니 난이 그 ᄯᅳ즐 알고 이젼 금침을 다 거두고 ᄒᆞᆫ 벌 새 자리를 포셜ᄒᆞ고 믈너나니 연휘 그 긔ᄉᆡᆨ을 ᄉᆞᆺ치고 심니의 함쇼ᄒᆞ더라 드ᄃᆡ여 옥쵹을 믈니고 슈당을 ᄂᆞ족이 ᄒᆞ여 나위예 나아가매 연휘 미온지심은 츈풍이 빙셜을 녹임 ᄀᆞᆺ고 하히 ᄀᆞᆺ흔 듕졍이 비길 ᄃᆡ 업ᄉᆞ나 부인이 됴곰도 ᄯᅳᆺ을 여러 가랍ᄒᆞ미 업ᄉᆞ니 연휘 뎌의 닝뎡ᄒᆞ믈 보매 비록 입으로 박졍ᄒᆞ믈 ᄭᅮ지ᄌᆞ나 심하의 더옥 놉히 넉여 공경ᄒᆞ며 왕시의게 속으믈 실쇼ᄒᆞ여 인품의 현격ᄒᆞ믈 그윽이 차탄ᄒᆞ더라 ᄎᆞ후 연휘 일삭의 십여 일을 진후로 더브러 공을 뫼셔 자고 기여ᄂᆞᆫ 듁누의 이셔 국ᄉᆞ와 셩뎡 여가의 부인으로

55면

화락ᄒᆞ여 은익 날노 더으니 군ᄌᆞᆼ 형뎨 긔롱ᄒᆞ여 우ᄉᆞᆫᄃᆡ 연휘 쇼 왈 ᄉᆞ년 독쳐의 살쳐 박힝지인이 쳐ᄌᆞ의게 팀닉ᄒᆞ다 ᄒᆞ믄 진실노 의외라 내 임의 환재 아니〃 졍실노 부〃지도롤 일워 일삭의 일망을 동쳐ᄒᆞ매 사ᄅᆞᆷ이 대변으로 아니 엇디 고이치 아니리오 내 보니 우리 빅시와 ᄉᆞ도형이 녀ᄉᆡᆨ의 담연ᄒᆞ시나 그 밧 여러 형뎨 부인의게 굴복ᄒᆞ여 당듕의 나디 못ᄒᆞ며 도로혀 날을 긔롱ᄒᆞ미 엇디 고이치 아니리오 고금의 당부의 풍치롤 일치 아니키ᄂᆞᆫ 내 웃듬이 되리니 모든 형뎨ᄂᆞᆫ 스ᄉᆞ로 밋디 못ᄒᆞ믈 아라 웃디 말나 졔ᄉᆡᆼ이 무언 대쇼ᄒᆞ더라 어시의 왕시 진공의 졀칙을 밧고 듕인 듕 취졸을 드러내여 허다 참괴ᄒᆞᆫ 형상을 뵈매 상진ᄒᆞᆫ 념치라도 오히려 븟그러오미 이셔 당듕의

깁히 듣고 됴셕 공회예도 츌입디 아니며 연휘 양시로 블묵ᄒᆞ믈 깃

56면

거ᄒᆞ더니 이제 도로 화동ᄒᆞ믈 알고 ᄀᆞ장 분〃ᄒᆞ여 새로이 패악ᄒᆞᆫ 말이 긋디 아니〃 궁듕이 더옥 히연ᄒᆞ고 연휘 졀치통ᄒᆞᆫᄒᆞᄃᆡ 공의 경계를 감격ᄒᆞ여 ᄉᆞ긔를 진뎡ᄒᆞ나 뎌를 만난 즉 봉안이 ᄀᆞᄂᆞᆯ고 미워 한상 ᄀᆞᆺᄐᆞ니 양부인이 그윽이 념녀ᄒᆞ여 원샹궁을 ᄃᆡᄒᆞ여 왕시의 아모 즐욕이 이셔도 연후의게 뎐티 말나 ᄒᆞ니 좌위 다 그 현덕을 감탄ᄒᆞ더라 차셜 왕태위 진공의 글월과 옥난의 단약을 가져 잡혀오믈 보고 대경참괴ᄒᆞ고 녀ᄋᆞ를 통ᄒᆞᆫᄒᆞ여 분긔 튱식ᄒᆞ니 이십여 일을 병 드러 겨요 차복ᄒᆞ매 이에 진부의 니ᄅᆞ러 공의게 쳔만샤죄 왈 하관이 블쵸ᄒᆞᆫ ᄌᆞ식으로 셩문을 감당티 못ᄒᆞᆫ 줄 알오ᄃᆡ 황은을 감격ᄒᆞ고 연후의 위인을 ᄉᆞ랑ᄒᆞ여 외람ᄒᆞᆫ 혼사를 일웟더니 블초예 분의를 아디 못ᄒᆞ고 패악무힝ᄒᆞ미 이 ᄀᆞᆺᄐᆞ니 하관이 어ᄂᆞ 면목으로 합하

57면

긔 뵈오리오 녀ᄋᆞ를 ᄃᆞ려가 부녀의 힝실을 ᄀᆞᄅᆞ쳐 타일 ᄀᆡ과 즉 용납ᄒᆞ시믈 ᄇᆞ라ᄂᆞᆫ 배로소이다 진공이 왕공의 현명 당뷔믈 아ᄂᆞᆫ디라 흔연이 웃고 위로 왈 돈ᄋᆡ 제가ᄒᆞ미 일편 되니 년쇼녀ᄌᆡ ᄒᆞᆫ이 업ᄉᆞ리오마ᄂᆞᆫ 부도ᄂᆞᆫ 뎡슌ᄒᆞ미 귀ᄒᆞ거ᄂᆞᆯ 약을 숨켜 변형ᄒᆞ믄 쳔고의 업ᄉᆞᆫ 광경이라 현형의 어딜므로 슬하의 블쵸ᄒᆞ미 이 ᄀᆞᆺᄐᆞ니 가히 탄ᄒᆞ염즉 ᄒᆞᄃᆡ ᄉᆡᆼ각건ᄃᆡ 요슌지ᄌᆡ 블쵸ᄒᆞ니 ᄯᅩᄒᆞᆫ 홀 일 업ᄂᆞᆫ디라 오ᄃᆡ ᄃᆞ려가 경계ᄒᆞ여 ᄀᆡ과ᄒᆞ미 이신 즉 오가의 대힝이니 형의 덕이 젹디 아닐디라 우리 부ᄌᆞ의 졀박ᄒᆞᆫ ᄯᅳᆺ을 ᄉᆞᆯ피라 태위 쳔만샤례ᄒᆞ고 녀ᄋᆞ를 블너 한셜을 아니코 바로 뎡속의 드러 도라가믈 니ᄅᆞᄃᆡ 왕시 그 야〃의 셩졍을 아ᄂᆞᆫ 고로 가기를 두려 머뭇기고 니러나디 아닌ᄃᆡ 태위 대로ᄒᆞ여 눈을 브릅ᄯᅳ고 시녀를 ᄭᅮ지저 구박ᄒᆞ여 승교ᄒᆞ매 교부를 지촉ᄒᆞ여

58면

부듕의 도라와 녀ᄋᆞ를 당하의 ᄭᅮᆯ니고 수죄ᄒᆞᆫ 후 차환으로 ᄒᆞ여곰 오십 당을 ᄆᆡᆼ타ᄒᆞ여 방듕의 가도고 그 심복 시녀를 먼니 두어 슈족을 놀니디 못ᄒᆞ게 ᄒᆞ니 왕시 황겁ᄒᆞ여 실업ᄉᆞᆫ 긔운이 주러뎌 실혼ᄒᆞᆫ 사ᄅᆞᆷ이 되여시니 부인이 오히려 모녀지졍이라 눈믈을 흘니고 잔잉이 너겨 태우긔 용샤ᄒᆞ믈 청ᄒᆞ니 태위 노 왈 부인이 뎌 못ᄡᅳᆯ ᄌᆞ식을

도아 당원경부인의 화를 취코뎌 ᄒᆞᄂᆞ냐 ᄎᆞ녀를 용이히 다ᄉᆞ려ᄂᆞᆫ 나의 문호를 위틔케 ᄒᆞ고 제 목숨을 보젼티 못ᄒᆞ리니 잡말 말나 ᄒᆞ니 부인이 감히 다시 말을 못ᄒᆞ더라 왕시 가쳔 지 삼ᄉᆞ 삭의 태우의 위엄이 ᄒᆞᆫ갈ᄀᆞᆺᄐᆞ니 긔운이 쵀찰ᄒᆞ여 히음업시 어딘 부인이 되니 태위 ᄀᆞ장 깃거 더옥 졔어ᄒᆞ여 회심슈덕게 ᄒᆞ니 원ᄂᆡ 왕시 본셩은 용녈티 아닌 거ᄉᆞᆯ 어려셔 궐듕의 가 길니여 뉵궁이 황

59면

후를 써려 모해코뎌 ᄒᆞ며 궁인의 소새ᄒᆞᆫ 말과 ᄌᆡ변 저ᄋᆞᆫ 거동을 습여셩졍ᄒᆞ여 ᄌᆞ라니 힝실의 니를 거시 업고 동셔로 긔탄ᄒᆞ여 두릴 거시 업더니 이제 태우의 엄뇌 용납ᄒᆞᆯ 싸히 업고 날노 황구ᄒᆞ여 조심ᄒᆞ므로 ᄒᆞᆫ 어히업ᄉᆞᆫ 어딘 부인이 되니 진실노 사ᄅᆞᆷ이 교화ᄒᆞ므로 가디 아니리오 반년이 디나ᄃᆡ 왕시 유슌공근ᄒᆞ미 젼후 두 사ᄅᆞᆷ이 되여시니 부믜 비로소 샤ᄒᆞ여 크게 깃거ᄒᆞᄃᆡ 뉴부의 고ᄒᆞᆯ ᄂᆞᆺ치 업서 ᄒᆞ더니 일〃은 태위 파됴ᄒᆞ고 도라오다가 듕노의 니ᄅᆞ러 쳥나산 아ᄅᆡ 일위 대신이 수빅 추종을 거ᄂᆞ려 대로를 쪄 벽졔 소ᄅᆡ 진동ᄒᆞ여 오거ᄂᆞᆯ ᄇᆞ라보니 이 연휘라 비록 년당이 ᄂᆡ도ᄒᆞ나 쟉ᄎᆞ의 고해 현격ᄒᆞ니 티만티 못ᄒᆞ여 수ᄅᆡ를 도로혀 길ᄀᆞ의 머믈매 연휘 다 도라보고 놀나 왈 ᄎᆞᄂᆞᆫ 거국 현태위라 엇디 쟉위로 만모ᄒᆞ리오 좌우로 힝ᄒᆞ믈 쳥ᄒᆞ

60면

고 그 압흘 디나매 수ᄅᆡ 삐를 눌너 식ᄒᆞ니 태위 ᄉᆞ샤ᄒᆞ고 각〃 도라가 연휘 이 말을 고ᄒᆞ니 공이 흘연 ᄉᆡᆨ텨 왈 왕시 간 디 오래니 아조 ᄇᆞ리미 의 아니오 왕공의 어딜미 감격ᄒᆞ니 맛당이 브ᄅᆞ미 올흔디라 오ᄋᆞ의 ᄯᅳᆺ은 엇더ᄒᆞ뇨 휘 ᄇᆡ샤왈 일이 맛당ᄒᆞᆫ 후야〃의 명괴 계실디라 쇼ᄌᆡ 엇디 다ᄅᆞᆫ ᄯᅳᆺ을 두리잇고 공이 잠쇼ᄒᆞ고 드ᄃᆡ여 거마를 ᄀᆞ초아 쇼ᄌᆞ 양으로 ᄒᆞ여곰 왕시를 ᄃᆞ려오라 하니 뉴ᄉᆡᆼ이 왕부의 나아가 태우를 보고 부명을 뎐ᄒᆞᆫᄃᆡ 태위 감격ᄒᆞ여 칭샤ᄒᆞ고 녀ᄋᆞ를 경계ᄒᆞ고 부인이 예도를 ᄀᆞᄅᆞ쳐 ᄌᆡ삼 당부ᄒᆞ여 보내니 왕시 임의 젼일을 붓그리고 ᄀᆡ과쳔션ᄒᆞ매 도로혀 진부의 가기를 참괴ᄒᆞ여 임의 도라오매 당하의셔 구고긔 쳥죄ᄒᆞ고 눈믈을 흘녀 욕ᄉᆞ무디 ᄒᆞ니 공이 그 쾌히 ᄀᆡ과ᄒᆞ여시믈 크게 깃거 흔연이 당의 올녀 위로ᄒᆞ고 다시 긔린각의 머믈게 ᄒᆞ니 왕시 양

61면

부인을 향ᄒᆞ여 문득 공슌이 지비 왈 쳡이 당년의 어리고 아득ᄒᆞ여 부인긔 득죄 여산ᄒᆞ니 금일 뵈오매 참괴ᄒᆞ미 ᄂᆞᆺ 들 ᄯᅡ히 업서이다 부인이 ᄣᅢ니 답녜 ᄉᆞ샤 왈 부인이 금일 쳡의 용우ᄒᆞᆫ 허믈을 관셔ᄒᆞ여 안항의 즐거우믈 허ᄒᆞ시니 쳡이 셩ᄒᆞᆫ 덕을 폐부의 삭여 몰신토록 닛기 어렵도소이다 왕시 ᄂᆞᆺ출 븕히고 참식이 ᄀᆞ득ᄒᆞ더니 문득 진연 이 휘 십여 군죵으로 드러오니 의관이 화려ᄒᆞ고 풍광이 동인ᄒᆞ여 ᄎᆞ례로 공을 뫼셔 안즈매 졔인이 연후와 왕시 긔식을 보니 연휘 왕시를 보고 그윽이 블열ᄒᆞ여 눈을 ᄂᆞ쵸와시나 담쇼ᄂᆞᆫ ᄌᆞ약ᄒᆞ딕 왕시ᄂᆞᆫ 고개를 숙이고 몸 둘 ᄯᅡ히 업서 ᄒᆞᄂᆞᆫ디라 공이 왕공의 현덕을 아름다이 넉이고 뎌의 ᄀᆡ과ᄒᆞ믈 깃거 ᄌᆞ부 항의 두어 ᄃᆡ졉을 후히 ᄒᆞ고 당부인이 역시 후ᄃᆡᄒᆞ니 쇼년 부녜 뎌의 젼일

62면

을 비록 우이 넉이나 ᄂᆡ도히 변ᄒᆞ여시믈 깃거 다 쳥안 관ᄃᆡᄒᆞᄃᆡ 연휘 홀노 ᄉᆞ긔 날노 엄숙ᄒᆞ고 사ᄅᆞᆷ이 왕시 말 곳 ᄒᆞ면 변식ᄒᆞ고 니러나니 명쥬쇼져의 회히와 삼 공ᄌᆞ 혜의 호변으로도 가ᄇᆡ야이 니ᄅᆞ디 못ᄒᆞ니 왕시 크게 두려 됴셕 문안의 겨요 참예ᄒᆞᆫ 후ᄂᆞᆫ 당듕의 감히 곰초여 죄인으로 ᄌᆞ쳐ᄒᆞ더라 이적의 나라희셔 셜과ᄒᆞ여 인지를 ᄲᆡ실ᄉᆡ 삼 공ᄌᆞ 혜와 오 공ᄌᆞ 양이 동방 급졔ᄒᆞ고 녕능후 댱ᄌᆞ 문과 각노의 댱ᄌᆞ 만이 참방ᄒᆞ여 형뎨 ᄉᆞ 인이 금화를 숙이고 쳥삼 아홀노 도라오니 일노의 싱쇼 고악이 훤텬ᄒᆞ고 챵부 ᄌᆡ인이 구름 ᄀᆞᆺ흐니 만되 흠션ᄒᆞ고 ᄀᆞᆺ보ᄂᆞ 니 길히 메여 칭찬 왈 뉴문의 경ᄉᆡ 슷디 아닐 분 아니라 ᄉᆞ위 신ᄂᆡ의 옥모션풍이 젹강션인이니 엇디 이대도록 아름답고 긔특ᄒᆞᆫ고 탄복ᄒᆞ믈 마디 아니ᄒᆞ더라 진공 형뎨 너모 셩만ᄒᆞᆷ믈

63면

두려 깃거 아니ᄒᆞ고 졔ᄌᆞ를 경계ᄒᆞ여 공검ᄒᆞ믈 니ᄅᆞ니 졔싱이 닙죠ᄒᆞ니 수십여 인이로ᄃᆡ 사ᄅᆞᆷ을 공경ᄒᆞ고 예의를 힘ᄡᅧ 현ᄉᆞ를 예ᄃᆡᄒᆞ고 노인을 존히 ᄒᆞ며 의로은 거술 븟들고 강포ᄒᆞᆫ 니를 ᄇᆡ쳑ᄒᆞ여 ᄒᆞᆫ갈ᄀᆞᆺ치 튱효로 본을 삼고 븡당을 모흐디 아니며 ᄉᆞ시 가경을 ᄎᆞ자 벗을 ᄯᆞ라 쇼동으로 술을 부으며 시부를 읇퍼 소아ᄒᆞᆫ 노롬이 연명의 인호샹이ᄌᆞ쟉과 니ᄇᆡᆨ의 ᄭᅩᆺ 아릐 취ᄒᆞ믈 흡ᄉᆞᄒᆞ니 일즉 외당의 녀ᄉᆞ의 무리 왕ᄂᆡᄒᆞ미 업ᄂᆞᆫ디라 시인이 아름다이 넉이고 텬지 경듕ᄒᆞ샤 만일 인지를 초모의 브ᄅᆞ고 군신의

쳔거ᄒᆞᆫ 배 이시면 믄득 무러 골오샤ᄃᆡ 뉴시 졔인과 ᄌᆡ긔 엇던고 ᄒᆞ시니 그 듕히 넉이시미 이 ᄀᆞᆺ더라 댱부인이 냥 ᄌᆞ의 득의ᄒᆞ믈 그윽이 외람ᄒᆞ여 골오ᄃᆡ 텬되 믈극필반이라 명공이 쳔승의 부귀와 쵸방의친으로 진딘 이 국의 밧들미 인신의

64면

분의 죡ᄒᆞ고 관현 이 ᄋᆡ 힝혀 션비 유틱으로 봉후의 귀ᄒᆞ미 빵으로 힝ᄒᆞ여 만영의 두리오미 극ᄒᆞ거ᄂᆞᆯ 이제 황구 냥 ᄋᆡ 금방의 올나 어향을 뽀이니 만일 죡ᄒᆞᆫ 줄을 아디 못ᄒᆞᆫ 즉 반ᄃᆞ시 조믈의 싀긔를 만나리니 ᄎᆞ후ᄂᆞᆫ 졍의 과거를 금ᄒᆞ샤 분의를 삼가미 맛당ᄒᆞ이다 공이 졈두 왈 현ᄌᆡ라 부인의 ᄂᆡ죄 이 ᄀᆞᆺᄒᆞ니 삼가 닛디 아니리라 ᄒᆞ더라 텬ᄌᆡ 혜의 형뎨 아름다오믈 ᄉᆞ랑ᄒᆞ샤 혜로 한님혹ᄉᆞ를 ᄒᆞ이시고 양으로 간의태우를 ᄒᆞ이시고 문과 만을 다 셔길ᄉᆞ의 ᄡᅡ 쁘시니 문뎡이 더 번화ᄒᆞ고 남부인과 박부인이 다 ᄋᆞᄌᆞ의 득의ᄒᆞ믈 두굿기더라 이ᄠᅢ 연휘 왕시 도라온 후 비록 ᄀᆡ과ᄒᆞ믈 아라시나 ᄆᆞᄎᆞᆷᄂᆡ 젼과를 통히ᄒᆞ여 평싱을 거졀코뎌 ᄒᆞ니 공회예 만나 보미 이시나 눈을 들미 업고 졔인의 희롱이 범티 못ᄒᆞ게 ᄒᆞᄂᆞᆫ디라 왕시 더옥 두려 감히 연후긔 뵈디 못ᄒᆞ고 혹 무심

65면

듕 만난 즉 병든 놀니 모진 범을 ᄃᆡᄒᆞᆫ ᄃᆞᆺᄒᆞ니 양부인이 그윽이 그 신셰를 가련이 넉이고 홀노 듕ᄃᆡ를 바ᄃᆞ믈 더욱 블안ᄒᆞᄃᆡ 후의 긔샹과 위인이 ᄋᆞ녀ᄌᆞ의 간언을 용납디 아니홀디라 감히 베프디 못ᄒᆞ고 ᄒᆞᆫ갓 심니의 블평홀 분이러니 일〃은 존당의 신셩ᄒᆞ고 인ᄒᆞ여 머므러 말ᄉᆞᆷᄒᆞ더니 니부인이 모든 쇼년 녀ᄌᆞ로 ᄒᆞ여곰 투호 치이고 양혹ᄉᆞ 부인 삼형뎨 각〃 샹벌을 뎡ᄒᆞ여 고하를 뎡ᄒᆞ더니 셩의빅과 진공이 됴회를 파ᄒᆞ고 쇼년 졔싱을 거ᄂᆞ리고 드러와 모친긔 시좌홀ᄉᆡ 홍픠 분벽이 어른기고 패옥이 댱〃ᄒᆞ여 셩신이 버럿ᄂᆞᆫ ᄃᆞᆺᄒᆞ더라 졔쇼졔 공슈 영지ᄒᆞ여 감히 희학을 못ᄒᆞ고 왕시ᄂᆞᆫ 연후를 보고 면여토싀ᄒᆞ여 고개를 숙이고 치신 무디ᄒᆞ니 졔공이 우어 왈 좌듕쇼댱 남녀 빅여 인이 화긔를 일티 아냐시ᄃᆡ 홀노 현의 부〃 삼

66면

인이 미위 수집ᄒᆞ여 은위 이시니 엇딘 연괴뇨 연휘 졔슉의 희롱ᄒᆞᄂᆞᆫ ᄉᆞ단을 보고 안

식을 단졍이 ᄒᆞ여 공슌ᄒᆞᆫ 녜모를 다 ᄒᆞᆯ디언뎡 왕시를 향ᄒᆞ여 츄패 더 ᄂᆞ즉ᄒᆞ니 졔공이 서로 눈 주어 우ᄉᆞ며 녕능휘 쇼 왈 가듕의 연괴 업고 친쳑이 졔회ᄒᆞ여 모친 안젼의 즐거오미 극ᄒᆞ니 맛당이 쇼년 ᄋᆞᄇᆡ로 ᄒᆞ여곰 저희 부〃를 빵〃이 긔국을 ᄃᆞ토아 일시 승ᄉᆞ를 표ᄒᆞ미 올흔디라 ᄉᆡᆯ니 금판을 나오라 니부인 긔국 두 ᄌᆞ의 쳑연이 안식을 고쳐 탄식ᄒᆞ여 ᄀᆞᆯ오ᄃᆡ 셕일 ᄎᆞᄋᆞ의 부〃와 녀ᄋᆡ의 당듕의셔 긔국 승부를 ᄃᆞ토아 공쥬의 신셩ᄒᆞ신 ᄌᆡ조로 만좌의 즐거오믈 돕더니 이제 셰월이 여러 번 변ᄒᆞ여 어딘 ᄉᆞ람이 도라가매 좌듕의 죵적이 긋처지고 금판이 의구ᄒᆞ여 너희 다시 즐기고뎌 ᄒᆞ니 엇디 슬프미 젹으리오 셜파의 진공과 당부인이 츄연 감오ᄒᆞ고 냥샹셔

67면

부인의 눈믈을 흘니ᄂᆞᆫ디라 셩의ᄇᆡᆨ이 온화ᄒᆞᆫ 말ᄉᆞᆷ으로 위로ᄒᆞ여 ᄀᆞᆯ오ᄃᆡ 긔왕지ᄉᆞ를 샹〃 츄감ᄒᆞ시니 원컨ᄃᆡ 관심믈 우ᄒᆞ시고 딜녀 문챵이 의용과 ᄌᆡ홰 만히 진비를 모습ᄒᆞ엿고 관현 냥 딜이 영쥐의 믈망으로 녈토를 분ᄒᆞ여 덕망과 ᄌᆡ예 만됴를 기우리니이다 공쥬의 여음이라 엇디 사름이 셰샹의 나 ᄒᆞᆫ번 죽디 아니리잇고 드ᄃᆡ여 진연이 후를 도라보아 ᄀᆞᆯ오ᄃᆡ 모친 심ᄉᆡᆨ 새로이 쳐챵ᄒᆞ시니 너희 남ᄆᆡ 맛당이 안젼의셔 긔국 승부를 ᄃᆞ토아 ᄆᆞ음을 위로ᄒᆞ시게 ᄒᆞ라 졔인이 마디 못ᄒᆞ여 투호와 바둑의 뉴로 각〃 승부를 ᄃᆞ톨 ᄉᆡ 진후와 셜부인 놉흔 ᄌᆡ죄 니를 통ᄒᆞ여 열 판 안희 승뷔 업고 연후와 양부인 ᄌᆡ죄 빵뎍으로 판마다 비기니 존당 졔슉이 다 놀나고 두굿겨 칭찬 왈 이는 진실로 하늘이 유

68면

의ᄒᆞ여 내신 줄 알니로다 드ᄃᆡ여 졔쇼년을 ᄎᆞ례로 잡기를 식여 우음을 돕더니 ᄎᆞ례 문챵군쥬긔 미ᄎᆞ니 좌듕의 소ᄉᆡᆼ이 잇ᄂᆞᆫ디라 녕능휘 웃고 왈 금일 유희를 군이 홀로 면티 못ᄒᆞ리니 맛당이 딜녀로 더브러 ᄒᆞᆫ 판을 시험ᄒᆞ미 엇더ᄒᆞ뇨 소ᄉᆡᆼ이 공슈 칭샤 왈 금일 만가ᄒᆞᆫ 녈위 존젼과 졔형이 다 실인의 친권이라 쇼ᄉᆡᆼ이 외로온 몸으로 훈아이미 이셔 듕인 듕 취졸이 날가 두려ᄒᆞᄂᆞ이다 부풍휘 쇼 왈 ᄌᆞ픠 엇디 ᄋᆞ녀ᄌᆞ의 말을 ᄒᆞᄂᆞ뇨 만일 우리 등이 딜녀를 도아 군을 공격ᄒᆞᆯ가 의심ᄒᆞᆯ딘대 맛당이 긔를 두로혀 군을 도으리니 모ᄅᆞ미 겁ᄒᆞ디 말나 소ᄉᆡᆼ이 역쇼ᄒᆞ고 몸을 니러 좌의 나아가 판을 ᄃᆡᄒᆞ매 군쥐 문득 안ᄉᆡᆨ을 싁〃이 ᄒᆞ고 봉관을 숙여 니러나디 아니커ᄂᆞᆯ 당부인이 ᄀᆞᆯ오

듸 금일 존당의 즐기시믈

69면

위ᄒᆞ여 엇디 지란ᄒᆞ미 이시리오 졔슉이 일시의 니어 직촉ᄒᆞ니 군쥬 마디 못ᄒᆞ여 나아가 냥 인이 듸ᄒᆞ여 승부를 ᄃᆞ톨 ᄉᆡ 남치 녀뫼 반월ᄒᆞ여 샹셔의 빗치 만좌의 쏘이니 졔인이 새로이 탄복칭ᄋᆡᄒᆞ여 일시의 좌를 옴겨 소ᄉᆡᆼ을 도아 군쥬를 지우려 홀ᄉᆡ 진공의 엄듕ᄒᆞ므로도 오히려 춤디 못ᄒᆞ여 좌를 잠간 나오혀 녀셔의 직조를 보니 원ᄂᆡ 소ᄉᆡᆼ의 영호ᄒᆞᆫ 긔샹과 당〃ᄒᆞᆫ 문치 양〃히 두우를 쎄치ᄂᆞᆫ디라 모든 뉴시 졔인의 츌진ᄒᆞᆫ 긔샹으로도 ᄆᆡ양 소ᄉᆡᆼ의게 굴ᄒᆞ미 이셔 오ᄃᆡᆨ 강ᄒᆞ기로 서로 듸ᄒᆞᄂᆞᆫ 쟈ᄂᆞᆫ 연후일 인이라 군쥬 일양 안ᄉᆡᆨ이 온화ᄒᆞ고 긔운이 ᄂᆞ족ᄒᆞ여 ᄉᆡᆼ어 십뉵 셰의 ᄒᆞᆫ 번 블평ᄒᆞᆫ 긔ᄉᆡᆨ을 사ᄅᆞᆷ의게 뵈디 아냐시니 긔국의 유희라도 오히려 ᄉᆞᄉᆡᆼ의게 ᄉᆞ양홀가 넉여 첫 판은 냥인의 직조를 보고뎌 ᄒᆞ여 아모도 말을

70면

아니터니 ᄉᆡᆼ각디 아닌 군쥬 ᄉᆡᆼ이지〃ᄒᆞ여 ᄒᆞᆫ 번 부형의게 ᄇᆡ혼 배 업고 ᄒᆞᆫ 번 형뎨로 시험ᄒᆞᆫ 배 업시 임의 판을 당ᄒᆞ매 초옥 ᄀᆞᄐᆞᆫ 셤쉬 구슬을 희롱ᄒᆞ여 판 우희 버리매 하락의 수와 풍운의 긔틀을 일워 손 ᄡᅳᄂᆞᆫ 조홰 셩신 운변을 당듕의 너허 사ᄅᆞᆷ이 미처 아라보디 못ᄒᆞ여셔 판 우희 귀신이 브ᄅᆞ고 뇽희 둔쥬ᄒᆞ여 삼판을 년ᄒᆞ여 이긔니 소ᄉᆡᆼ의 의ᄉᆡ 궁진ᄒᆞ고 눈이 아득ᄒᆞ여 의연이 당년의 진공이 공쥬긔 패ᄒᆞ던 경ᄉᆡᆨ과 ᄀᆞᆺᄒᆞ며 군쥬의 신긔ᄒᆞᆫ 직죄 공쥬와 방블ᄒᆞᆫ디라 진공이 녀ᄋᆞ의 손을 잡고 두ᄀᆞᆺ겨 왈 녀ᄌᆡ 되여 가당을 이긔매 일 슈를 ᄉᆞ양티 아니미 녀ᄌᆞ의 온슌ᄒᆞᆫ 부덕이 아니라 소랑의 무류ᄒᆞ미 이실가 ᄒᆞ노라 소ᄉᆡᆼ이 쇼이ᄃᆡ 왈 쇼셰 비록 용이ᄒᆞ나 엇디 ᄋᆞ녀ᄌᆞ의게 지미 이시리잇고 처음 말솜 ᄀᆞᆺᄒᆞ여 실인의 친당이믈 긔렴ᄒᆞ여 모든

71면

안면을 보미로소이다 졔공이 일시의 박쇼 왈 ᄉᆞᄉᆞ로 직죄 밋디 못ᄒᆞ고 도로혀 짐ᄌᆞᆺ 지ᄂᆞᆫ 톄ᄒᆞ니 엇디 가쇄 아니리오 좌듕이 다 군쥬의 직조를 탄복ᄒᆞ고 니부인의 공쥬를 본 ᄃᆞᆺ 반기고 슬프믈 이긔디 못ᄒᆞ더라 이ᄣᅢ 왕시 졔쇼년의 각〃 빵으로 니부인 안젼의셔 승부를 결워 존당 우으시믈 돕고 슉당의 두ᄀᆞᆺ기미 비홀 듸 업ᄉᆞᄃᆡ ᄌᆞ긔 홀노

수의 드디 못ᄒᆞ니 무류코 븟그려 안잣더니 원ᄂᆡ 샤참녕 부인이 영오ᄒᆞ고 회ᄒᆡ를 즐기ᄂᆞᆫ디라 웃고 왈 왕시 외로이 안자시니 엇디 가련티 아니리오 내 젼의 드르니 왕시 바둑 두ᄂᆞᆫ ᄌᆡ조 신묘타 ᄒᆞ니 현딜이 맛당이 시험ᄒᆞ여 ᄒᆞᆫ번 왕시로 더브러 ᄀᆡ국의 승부를 ᄃᆞ토아 ᄌᆞ웅을 결ᄒᆞ미 엇디 아름답디 아니리오 연휘 공슈 샤왈 쇼딜이 본ᄃᆡ 이런 일의 죰심ᄒᆞᄂᆞᆫ 셩품이 아니라 앗가 양시의게 겨오 ᄂᆞᆺ 업기를

72면

면ᄒᆞ여습거니와 ᄒᆞ믈며 놉흔 슈단을 엇디 ᄡᆞ로리잇가 양혹ᄉᆞ 부인의 쇼 왈 내 보니 좌듕 남녀 빅여 인의 문챵 딜ᄋᆞ의 ᄌᆡ죄 읏듬이라 양ᄋᆡ 잠간 묘ᄒᆞᆫ 슈단이 방해되디 아녀시나 엇디 겸양ᄒᆞ기를 과히 ᄒᆞᄂᆞ뇨 잡말〃고 수이 나와 ᄒᆞᆫ 슈를 희롱ᄒᆞ라 연휘 웃고 강잉ᄒᆞ여 나아와 바둑을 어ᄅᆞ문뎌 작판ᄒᆞ매 왕시 크게 븟그려 머리를 드디 못ᄒᆞᄃᆡ 양샤 이 부인의 ᄌᆡ촉이 심ᄒᆞ고 녈위 존젼의 국공ᄒᆞ여 겨요 손을 움즉여 두어 슈의 밋디 못ᄒᆞ여셔 연휘 긴절ᄒᆞᆫ 곳을 다 막고 공슈ᄒᆞ고 안자시니 ᄎᆞᆫ 긔운은 사ᄅᆞᆷ의 ᄲᅨ를 블고 ᄆᆡ운 빗ᄎᆞᆫ ᄉᆞ벽의 ᄡᅩ이니 왕시 공구ᄒᆞ미 몸 둘 곳이 업서 졍히 미친 개 ᄆᆡᆼ호를 만남 ᄀᆞᆺᄒᆞ니 부뷔라 ᄒᆞ미 블ᄉᆞᄒᆞ고 왕시 바둑의 ᄌᆡ죄 궁진ᄒᆞ여 손을 움즉이디 못ᄒᆞ거ᄂᆞᆯ 냥샹셔 부인은 본ᄃᆡ 인ᄌᆞ 온

73면

ᄒᆞ여 희롱의 일이 업ᄉᆞ므로 날호여 웃고 왈 현의 바둑 ᄌᆡ죄 모든 부형이 밋디 못ᄒᆞ거ᄂᆞᆯ ᄒᆞ믈며 심규 ᄋᆞ녜리오 브졀업시 유희ᄒᆞ여 년쇼ᄇᆡ 븟그리믈 닐위미 엇디 어룬의 도리〃요 져져와 현뎨ᄂᆞᆫ 엇디 ᄉᆡᆼ각디 못ᄒᆞᄂᆞ뇨 셩의ᄇᆡᆨ이 졈두 왈 현ᄆᆡ 의논이 금옥 ᄀᆞᆺᄒᆞᆫ 졍논이라 녀ᄌᆡ ᄉᆞ덕을 삼가 닷그리니 엇디 딜ᄋᆞ의 호방ᄒᆞᆫ ᄌᆡ긔를 이긔미 쾌ᄒᆞ리오 드ᄃᆡ여 시녀로 금판을 서르저 아ᄉᆞ라 ᄒᆞ니 왕시 심하의 감격ᄒᆞ여 ᄇᆡ샤ᄒᆞ고 믈너나며 이윽고 문안을 파ᄒᆞ여 모다 ᄒᆞ터디매 니부인이 ᄒᆞᆯ노 연후를 블너 됴용이 경계 왈 네 왕시를 취ᄒᆞᆫ 삼ᄉᆞ 년의 뎨 비록 당초의 고이ᄒᆞᆫ 거죄 이시나 임의 ᄀᆡ과 슈덕ᄒᆞ여 어딘 사ᄅᆞᆷ이 되엿고 그 부형의 어딜미 가히 공경ᄒᆞ염즉 ᄒᆞ거ᄂᆞᆯ 엇디 ᄒᆞᆫ갈ᄀᆞᆺ치 용납디 아니리오 뉴문이 본ᄃᆡ 젹덕ᄒᆞ기로 일홈 나 일부의

74면

원억ᄒᆞ미 업거ᄂᆞᆯ 네 홀노 살인ᄒᆞ기를 즐기고 규ᄂᆡ의 함원ᄒᆞᆫ 녀ᄌᆡ 잇게 ᄒᆞ니 이 크게 션조의 뎐ᄒᆞᄂᆞᆫ 녜법이 아니라 뎌의 무상ᄒᆞ미 ᄉᆞᄉᆞ로 몸이 해로올디언뎡 강샹의 대악이 아니〃 임의 ᄀᆡ과 후 관샤ᄒᆞᄂᆞᆫ 도리 업ᄉᆞ리오 ᄒᆞ믈며 님군의 주신 배오 쇼방의 지친이니 투셔이긔를 아니티 못ᄒᆞ리라 연휘 ᄇᆡ샤 왈 소쇼이 일즉 뎌를 박히 ᄒᆞ여 능멸ᄒᆞ미 업고 부명을 밧ᄌᆞ와 가ᄂᆡ예 편이 두어ᄉᆞ오니 왕모의 념녀를 더으시게 ᄒᆞ리잇고 부인 왈 블연ᄒᆞ다 내 일즉 술피기를 ᄌᆞ시 ᄒᆞ엿ᄂᆞ니 속이기 어려온 거ᄉᆞᆫ 긔ᄉᆡᆨ이라 네 엇디 날을 속이고뎌 ᄒᆞᄂᆞ뇨 연휘 쇼이 ᄃᆡ 왈 왕모 영교를 감히 거역디 못ᄒᆞ오려니와 음난ᄒᆞᆫ 녀ᄌᆞ를 갓가이 ᄒᆞ미 욕될가 ᄒᆞᄂᆞ이다 부인 왈 당시 ᄀᆞᄐᆞᆫ 요인도 네몰나보고 혹 ᄒᆞ엿던 거시어ᄂᆞᆯ 왕시 회과ᄒᆞᆫ 후 고집히 박ᄃᆡᄒᆞ미 엇

75면

디 그ᄅᆞ디 아니리오 잡말고 노모의 경계를 조차 하상의 원을 위로ᄒᆞ고 그 신셰를 고렴ᄒᆞ라 연휘 유〃 슈명ᄒᆞ고 믈너나매 미우를 펴디 못ᄒᆞ거ᄂᆞᆯ 진휘 고이히 넉여 무른ᄃᆡ 연휘 실노ᄡᅥ 고ᄒᆞ니 진휘 쇼 왈 왕모의 관대ᄒᆞ신 대덕이 규ᄂᆡ의 원이 업고뎌 ᄒᆞ시미니 ᄌᆞ손이 엇디 봉힝티 아니리오 일즉 각노 슉부의 슌부인 ᄃᆡ졉ᄒᆞ시던 도량을 현뎨 엇디 법측디 못ᄒᆞᄂᆞ뇨 연휘 왈 슌슉모ᄂᆞᆫ 션조의 슈은ᄒᆞ신 배 잇고 조부 망우의 고혈ᄒᆞᆫ 녀ᄌᆡ라 의 가히 ᄇᆞ리디 못ᄒᆞᆯ 거시므로 슉부와 왕뷔 칠거를 칙디 아니시고 관셔ᄒᆞ여 머므ᄅᆞ신 배오 ᄯᅩᄒᆞᆫ 허믈이 왕시와 ᄀᆞᆺ디 아냐 일시 술을 취ᄒᆞ고 뎍국을 치고 욕ᄒᆞ미니 엇디 군ᄌᆞ와 댱재 족가ᄒᆞ리오 시고로 왕부 두호ᄒᆞ시고 슉뷔 용셔ᄒᆞ시미어니와 ᄎᆞ인은 약을 숨켜 얼굴을 변ᄒᆞ고 후궁의 셰로ᄡᅥ 구가를

76면

업눌너 위ᄎᆞ를 이역고뎌 ᄒᆞ니 이제 비록 부형의 엄ᄒᆞᆫ 경계로조차 잠간 븟그려 주러뎌시나 일이 용샤티 못ᄒᆞᆯ 배어ᄂᆞᆯ 왕뫼 과도히 념녀ᄒᆞ시니 이 ᄯᅩᄒᆞᆫ 쇼뎨를 ᄉᆞ랑ᄒᆞ시므로 비로ᄉᆞ시미니 역명 즉 승슌지되 아니오 밧쟙고져 ᄒᆞ나 더러온 녀ᄌᆞ를 갓가이 ᄒᆞ여 본심을 ᄃᆡ히디 못ᄒᆞ미 엇디 분티 아니리잇고 진휘 미우의 우음을 ᄯᅴ여 ᄀᆞᆯ오ᄃᆡ 존명이 계시매 슈화라도 ᄉᆞ양티 못ᄒᆞ려든 셜〃이 근심ᄒᆞ리오 연휘 묵연이 듁셔루의 니ᄅᆞ니 양부인이 당복을 벗고 옥상의 비겨 ᄋᆞᄌᆞ를 유희ᄒᆞ니 연휘 심ᄉᆡ 흔연ᄒᆞ여 나

아가 혼가지로 유으를 완농호여 만스를 니젓더니 이날 져녁의 니부인이 연후를 경계호고 양시드려 왈 으부의 셩덕은 아란 디 오라거니와 왕시 졍식 실노 잔잉호니 네 맛당이 현을 기유호여 갈담 힝치의 미진호미 업게 호라

77면

양시 직비 슈명호고 연휘 마디 못호여 강잉호여 긔린각의 니르니 왕시 졍히 시녀로 더브러 슈선을 다스리다가 후를 보고 대경호여 몸이 절노 댱 밋히 무티여 고개를 싸히 박고 늣출 드디 아니〃 연휘 본디 엄쥰호나 인졍이 만코 의긔 잇는디라 뎌의 뉘우츰과 붓그리믈 보고 오히려 잔잉호여 스식을 화평이 호고 좌우로 침금을 포셜호라 호여 상의 올나 자디 뎌와 말호미 업스니 왕시 쏘훈 죽은 드시 댱 틈의셔 밤을 새오고 감히 즈가 자리도 추자 자디 못호니 연휘 짐줏 뉴칠 일을 츌입호여 긔식을 유화히 호며 말솜을 누그러이 호며 혹 집슈호여 친〃이 구는 톄호나 왕시 가디록 붓그려 호며 두려호니 휘 비로소 쾌히 기과호믈 알고 브야흐로 허호여 침셕의 용납호고 네 일을 일큐르미 업스나 디위 날노 엄뎡호니 왕시 도로

78면

혀 연후를 보디 아니믈 영힝호니 그 기과호미 이 굿더라 추휘 연후 일삭의 수삼일식 동몽호믈 허호나 므음의야 무엇만 넉이리오 다만 규닉 화평코뎌 호며 왕태우의 뎡딕호믈 감동호며 조모의 지셩을 밧들미라 양부인이 평일 연후의 위인을 알므로 그 노긔를 촉범호여 되디 못홀 일을 베프디 아니나 실노뻐 왕시를 잔잉이 넉여 니부인 경계를 밧기 젼이라도 홀노 영화 부귀를 누리믈 블안호더니 도금호여 이 굿호믈 보매 크게 깃거호디 쏘훈 현〃이 나타내여 긍과호미 업고 즈연훈 가온디 어딜미 신명 굿흔디라 일가의 텰부 슉녀와 군즈 명공이 버러시니 엇디 그 션악을 모르리오 그윽이 양시의 놉흔 덕을 항복디 아니 리 업고 연휘 더옥 공경호더라 차셜 문챵 군쥐 소싱으로 더브러 결발 스오 년의 구고의 스랑과 소싱의 듕디 산히예

79면

비길디라 슬하의 훈 낫 옥닌을 두어 합가의 통권이 온젼호고 소싱이 벼술이 졈〃 놉하 샹셔 복야 동평당스의 니르니 나히 약관이 못호여 쟉위 일품의 잇는디라 텬지 예

우ᄒᆞ시고 만되 공경ᄒᆞ니 ᄉᆡᆼ이 사름 닐온 지 미워 진텬인ᄒᆞ고 관ᄆᆡᆼ이 동쥬ᄒᆞ고 강워 합도ᄒᆞ여 먼니 ᄇᆞ라보매 구츄 상월 ᄀᆞᆺ고 갓가이 나아간 즉 ᄒᆞᆫ덩이 화긔라 뇌락ᄒᆞᆫ 흉금과 츌인ᄒᆞᆫ 의픠 당셰예 영걸이니 ᄒᆞᆫ갓 ᄂᆞᆺ치 희고 입이 븕은 쇼〃 직ᄉᆞ와 거셰 명공 ᄯᆞ름이리오 평ᄉᆡᆼ의 사름을 안하의 보아 거리ᄭᅵ미 업ᄉᆞᄃᆡ 오딕 공경ᄒᆞ고 긔탄하ᄂᆞᆫ 바도 그 악당이오 ᄉᆞ랑ᄒᆞ고 심복ᄒᆞᄂᆞᆫ 바도 연휘라 대개 뉴시 졔인이 현인군ᄌᆞ와 명공 직녈의 풍치 이시나 영웅의 도량은 진공과 연휘니 소ᄉᆡᆼ이 지긔 서로 합ᄒᆞ므로 이러 톳 ᄒᆞ미더라 평당이 비록 거셰를 혼

80면

일홀 ᄯᅳᆺ이 이시나 진공이 국졍을 당ᄒᆞ여 텬하 현ᄉᆞ를 네ᄃᆡᄒᆞ고 일궤이십거ᄒᆞ여 만민을 위로ᄒᆞ니 도로의 남네 길흘 분ᄒᆞ고 인의지화와 녜양지풍이 날노 새로온디라 포졔블힝ᄒᆞ고 녀알이 쇼삭ᄒᆞ니 궁듕 부듕이 일톄로 뎡돈ᄒᆞ여 텬해 태평ᄒᆞ여 옥듕의 죄슈 젹고 도블습유ᄒᆞ니 소ᄉᆡᆼ의 개셰 영지를 ᄡᅳᆯ 곳이 업ᄂᆞᆫ디라 쇽졀업시 아부의 슈하의 딘평이 이심 ᄀᆞᆺ흐여 도로혀 울젹ᄒᆞ미 심ᄒᆞᆫ디라 됴뎡이 미〃ᄒᆞᆫ 쇼인과 ᄉᆞ례감의 허다ᄒᆞᆫ 환쉬 다 진공을 두려 유〃히 소임을 조심홀 ᄯᆞ름이로ᄃᆡ 소ᄉᆡᆼ이 이 뉴의 심졍을 그 윽이 ᄉᆞᆯ펴 통히ᄒᆞ여 날마다 호활ᄒᆞᆫ 문댱과 번거ᄒᆞᆫ 진복으로 논힉ᄒᆞᄂᆞᆫ 샹쇠 아닐 날이 업ᄉᆞ니 부형과 진공이 보신지칙이 아니라 여러 번 니ᄅᆞᄃᆡ 소ᄉᆡᆼ이 더옥 강개ᄒᆞ여 듯디 아니터니 이ᄯᆡ 금샹 귀ᄌᆞ 졔왕이 샹통을 미더

81면

됴뎡 대신을 능모ᄒᆞ고 환쟈 태억으로ᄡᅥ 민간의 고운 계집을 듯보아 위력으로 겁탈ᄒᆞ여 빈어를 ᄎᆡ오고 사름을 죽이고 ᄌᆡ믈을 아사 금빅을 ᄲᅢ흐니 흉픠 이러ᄒᆞᄃᆡ 됴뎡이 그 셰를 두려 감히 말을 못ᄒᆞ니 소ᄉᆡᆼ이 ᄆᆞᄎᆞᆷ 파됴ᄒᆞ여 도라오다가 무수 남네 길히 모여시믈 보고 고이히 넉여 술위를 머추어 ᄉᆞᆯ피니 ᄒᆞᆫ 녀ᄌᆡ 최의를 닙고 운발을 프러 ᄂᆞᆺ출 덥고 통곡ᄒᆞᄂᆞᆫᄃᆡ 무수 아역이 겁박ᄒᆞᄂᆞᆫ 거동이 참혹ᄒᆞ고 일개 쇼년을 난타ᄒᆞ여 뉴혈이 팀신ᄒᆞ여 명지 경국ᄒᆞ니 평당이 놀나 좌우ᄃᆞ려 연고를 무ᄅᆞᆫᄃᆡ 그 듕 일 인이 나아와 통곡 왈 뎌 녀ᄌᆞᄂᆞᆫ 쇼덕의 ᄯᆞᆯ이오 죽게 된 소년은 사회라 졔왕 뎐해 쇼녀의 뎍인ᄒᆞ믈 알오ᄃᆡ 위력으로 드리려 ᄒᆞ여 녀셔를 왕궁 환관이 듕히 쳐 죽어가니 노야ᄂᆞᆫ ᄉᆞᆯ피쇼셔 말이 ᄆᆞᆺ디 못ᄒᆞ여셔 소ᄅᆡ 딜너 노인을 잡아가라 ᄒᆞ며 쇼

82면

년을 어즈러이 치라 ᄒᆞ니 ᄒᆞᆫ 소ᄅᆡ를 디ᄅᆞ고 죽엄이 사당의 빗기니 쇼평댱이 대로ᄒᆞ여 본부 아역을 분부ᄒᆞ여 태억을 잡아 욕의 ᄂᆞ리오고 바로 궐하의 쳥ᄃᆡᄒᆞ여 제왕의 죄를 혜여 댱ᄂᆡ 국가의 환이 될 거시니 폄ᄒᆞ여 내치시믈 ᄃᆞ토아 언논이 격절ᄒᆞ고 ᄉᆞ의 정딕ᄒᆞᄃᆡ 샹이 처엄은 듯디 아니시〈더〉니 평댱이 고두 녁징ᄒᆞ여 뉴혈이 피면ᄒᆞ믈 보시고 놀나고 감동ᄒᆞ샤 드ᄃᆡ여 태억을 죽이시고 제왕을 듕티ᄒᆞ샤 월봉을 거두시니 모든 황친 환관이 크게 두려 긔탄ᄒᆞ고 제왕이 크게 ᄒᆞᆫᄒᆞ여 업시코뎌 ᄒᆞᄂᆞᆫ디라 진공이 녀셔의 이ᄀᆞᆺ치 강개ᄒᆞ믈 보고 비록 긔샹을 두굿기나 반ᄃᆞ시 후환이 이실 줄 알고 탄ᄒᆞ여 ᄀᆞᆯ오샤ᄃᆡ 내 이제 일ᄃᆡ 듕신으로 국가의 휴쳑을 ᄒᆞᆫ가디로 ᄒᆞᆯ디라 엇디 소ᄋᆞ의 뜻이 업ᄉᆞ리오마ᄂᆞᆫ 빵친과 문호를 도라보매 ᄉᆞᆨ절업시 필부의

83면

용이ᄒᆞ믈 딕희여 후록을 허비ᄒᆞᆯ ᄯᆞᄅᆞᆷ이러니 소ᄋᆞ의 튱의 분발ᄒᆞ미 일이 비록 쾌ᄒᆞ나 ᄆᆞᄎᆞᆷᄂᆡ 일이 니러나고 국가의 나으미 업ᄉᆞ리니 엇디 블힝티 아니리오 졔ᄌᆡ 다 위ᄒᆞ여 근심ᄒᆞ믈 마디 아니터라

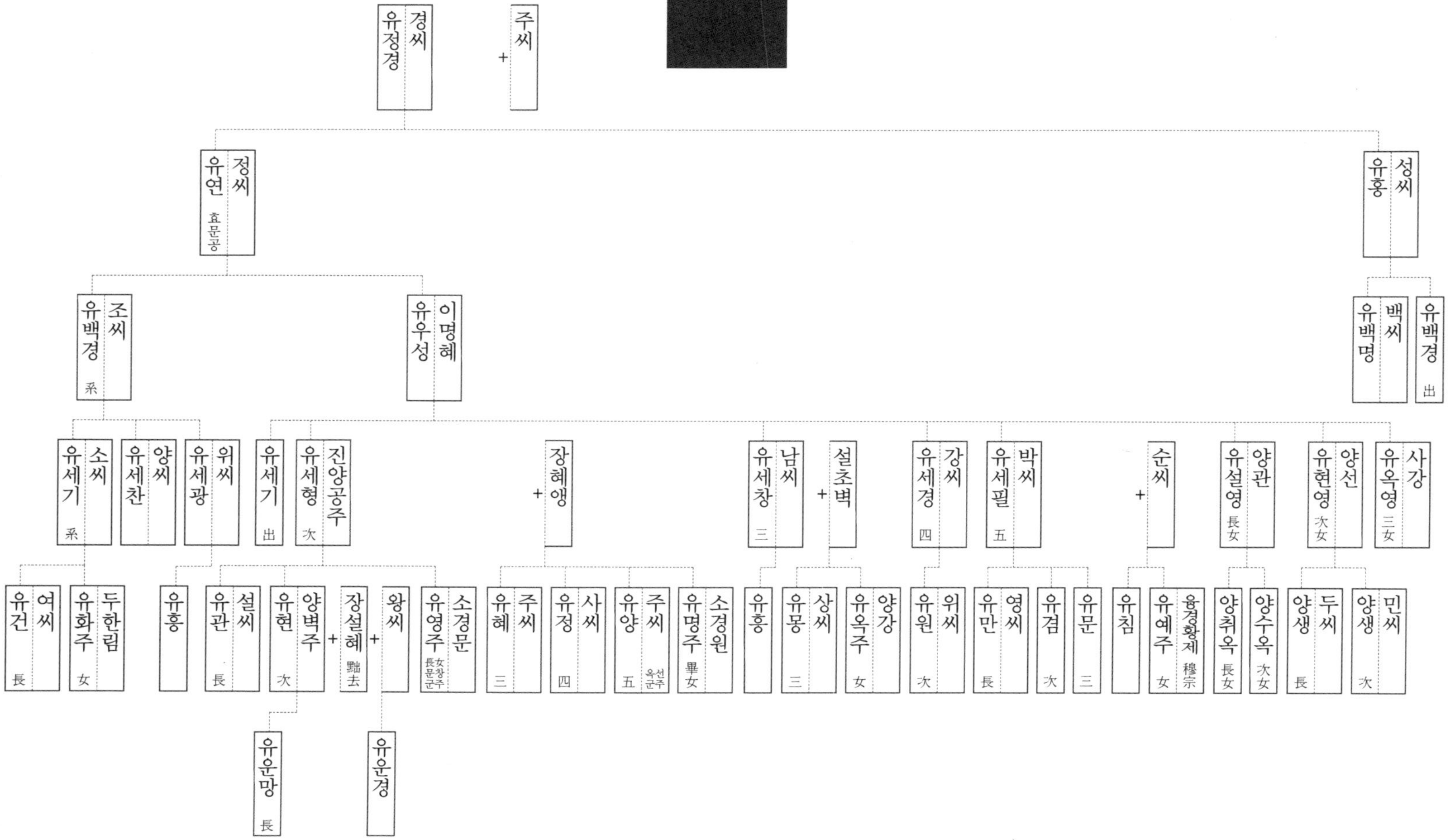
유정경 경씨
주씨
유연 정씨 효문공
유홍 성씨
유백경 조씨 系
유우성 이명혜
유백명 백씨
유백경 出
유세기 소씨 系
유세찬 양씨
유세광 위씨
유세기 出
유세형 진양공주 次
장혜앵
유세창 남씨 三
설초벽
유세경 강씨 四
유세필 박씨 五
순씨
유설영 양관 長女
유현영 양선 次女
유옥영 사강 三女
유건 여씨 長
유화주 두한림 女
유홍
유관 설씨 長
유현 양벽주 次
장설혜 黜去
왕씨
유영주 소경문 長女 문창군주
유혜 주씨 三
유정 사씨 四
유양 주씨 五 옥선군주
유명주 소경원 畢女
유홍
유몽 상씨 三
유옥주 양강 女
유원 위씨 次
유만 영씨 長
유겸 次
유문 三
유침
유예주 융경황제 女 穆宗
양취옥 長女
양수옥 次女
양생 두씨 長
양생 민씨 次
유운망 長
유운경